HUGO VON HOFMANNSTHAL

BRIEFWECHSEL

MIT
OTTONIE GRÄFIN DEGENFELD
UND
JULIE FREIFRAU VON WENDELSTADT

S. FISCHER VERLAG

Herausgegeben von Marie Therese Miller-Degenfeld
unter Mitwirkung von Eugene Weber †
Eingeleitet von Theodora von der Mühll

Redaktion: Claudia Mertz-Rychner

Zweite, verbesserte und erweiterte Auflage der 1974 erschienenen Ausgabe
»Hugo von Hofmannsthal-Ottonie Gräfin Degenfeld: Briefwechsel.«

Umschlagentwurf: Buchholz / Hinsch / Walch
Satz: Clausen & Bosse, Leck
Druck: Wagner GmbH, Nördlingen
Einband: G. Lachenmaier, Reutlingen
Printed in Germany 1986
ISBN 3-10-031551-0

INHALT

EINLEITUNG

Als Ottonie Gräfin Degenfeld-Schonburg siebenundachtzigjährig am 19. März 1970 starb, trauerten Menschen aller Altersstufen in ganz Deutschland und weit über die Landesgrenzen hinaus um sie.
Hinterhör, das Jagdhaus nah bei Neubeuern am Inn, war der Ort, wo Zahllose Rat und Hilfe, Erholung und Stärkung fanden. Ottonie Degenfeld, mit uneingeschränkter Gastfreundschaft und offenen Armen, strahlte Herzenswärme und lebensbejahende Heiterkeit aus, sie besaß ungewöhnliche Einfühlungsgabe, und ihr erfrischender gesunder Menschenverstand war mit den Jahren zu Weisheit gereift.
Hugo von Hofmannsthals Freundschaft hatte die junge Witwe aus seelischer und körperlicher Erschöpfung zu jener Teilnahme geführt, die ihr Leben so reich machte.
Ottonie ist am 25. Mai 1882 als neuntes von zehn Kindern des Johann Friedrich von Schwartz und seiner Frau Margarethe, geborene Schroeder, zur Welt gekommen. Einer ihrer vielen Taufnamen heißt Bringfriede, ein ungewöhnlicher und für die Wesensart des Kindes wahrhaft bedeutungsvoller Name. Sie wuchs im Städtchen Sondershausen auf, wo ihr Vater Hofmarschall des Fürsten von Schwarzburg-Sondershausen war. Heiter, aufgeweckt, für ihre Mitmenschen offen und zugänglich, wurde sie allgemein verwöhnt und geliebt. Vereint mit ihren Geschwistern stellte sie allerhand Streiche an, und mit der Schule nahm sie es nicht sehr genau, ging im Sommer lieber schwimmen, im Winter eislaufen, blieb auf dem Weg zum Unterricht beim Theater hängen, schlüpfte in eine dunkle Loge und sah sich Proben an, die ihrer Phantasie mehr Nahrung boten als die Lehrstunden. Die daraus erfolgenden Strafen nahm sie gelassen hin. Sie mußte nachsitzen.
Mit vierzehneinhalb Jahren verließ sie das Elternhaus, um im

Kaiserin-Augusta-Stift in Charlottenburg in geordneter Zucht den letzten Schliff zu erhalten. Sie stürzte sich begeistert in dieses neue Leben, interessierte sich für die Kameradinnen aus den verschiedenen, ihr unbekannten Teilen Deutschlands. Berlin mit der Oper, den Museen, dem Zoologischen Garten bot ihr eine Quelle der Anregung. Im Mai 1900 wurde sie in der Kapelle des Stifts konfirmiert, war somit nach damaliger Geltung »erwachsen«. Sie hatte Freundschaften geschlossen, besuchte die eine oder andere Mitschülerin auf großen Gütern, absolvierte bei einem Onkel ein Haushaltjahr auf dem Land, wo sie auch reiten und fahren lernte.

Sondershausen kam ihr sehr eng vor. Sie freute sich im folgenden Sommer über eine Einladung nach Süddeutschland. Eine Mitschülerin, Carola von Ahlers, lebte damals mit ihrer Mutter bei Baron und Baronin Wendelstadt im Schloß Neubeuern am Inn. Dorthin kam Ottonie als Gast und lernte eine ihr völlig neue Welt kennen – bildende Künstler, Musiker, Dichter und den durch keine materiellen Sorgen eingeschränkten großen Lebensstil der Vorkriegszeit.

Sie blieb nur kurze Zeit dort, aber in Sondershausen gefiel es ihr nicht mehr. Eine Hofdame der Fürstin, eine Miss Winslow, bot ihr die Gelegenheit, zu einer Cousine nach Brighton zu fahren. Diese Dame war ein lediger Blaustrumpf und hatte zusammen mit einem französischen Philosophen eine Art Internat gegründet, wo junge Leute aller Nationen aufgenommen wurden, um Englisch zu lernen und sich in Philosophie zu bilden. Am Unterricht konnte Ottonie nur selten teilnehmen, denn der Blaustrumpf war, was den Haushalt betraf, so hilflos unpraktisch, daß »Miss von Schwartz« sich dieses immerhin wichtigen Teils der Unternehmung erbarmte. Sie hatte über ein Jahr dort verbracht, als sie zu Weihnachten nach Hause reiste, mit der Absicht, nach England zurückzukehren. Aber die Eltern fanden, sie sei lange genug fort gewesen, sie solle sich, abgesehen von kurzen Besuchen bei Freundinnen, jetzt ihrer Familie widmen.

Im September des Jahres, in dem sie einundzwanzig Jahre alt

geworden war, traf ein Brief aus Neubeuern ein, der sie bat, für drei Wochen hinzukommen. Sie fand die Baronin Wendelstadt in Wiesbaden, wo diese ihre dort zur Kur weilende jüngere Schwester Baronin Bodenhausen besuchte, und fuhr von da nach Hinterhör, denn das Schloß Neubeuern wurde umgebaut.

Und nun fangen die seltsamen Wege des Schicksals an, sich abzuzeichnen: Baronin Wendelstadt wurde krank. Das sonnige Fräulein aus Thüringen erwies sich als wohltuendste Pflegerin. Die Genesende sollte auf Verordnung des Arztes an die Riviera fahren. Es bedrückte sie aber sehr, auf einen geplanten Besuch bei ihren Eltern, dem Grafen Alfred Degenfeld-Schonburg und seiner Frau, verzichten zu müssen, und sie bat Ottonie von Schwartz, an ihrer Stelle nach Eybach in Württemberg zu fahren.

Auf diese Weise ist Ottonie in das große Barockschloß bei Geislingen im waldigen Tal zu Füßen der alten Stammburg gekommen.

In Eybach hat Ottonie den Sohn des Hauses kennengelernt. Sie verliebten sich, sie verlobten sich und haben am 6. Mai 1906 in Sondershausen geheiratet.

Christoph Martin Degenfeld war sechzehn Jahre älter als seine junge Frau, war Major, Adjutant des Herzogs von Württemberg, dessen Regiment von Stuttgart nach Kassel versetzt worden war. Wohl hatte Ottonie beim ersten Besuch in Eybach auf Wunsch ihrer Eltern bald wieder heimkehren müssen, aber einige Monate später hatte der alte Graf einen Unfall erlitten, und seine Familie bat dringend um die Gegenwart des jungen Mädchens, zu dem der Verletzte eine zärtliche Zuneigung gefaßt hatte. Sie kehrte also zurück. Er durfte noch die Verlobung seines Sohnes mit Ottonie erleben und starb im Januar 1906. In Kassel genossen die Neuvermählten eine Zeit ungetrübten Glücks. Sie bewohnten ein hübsches Haus, Ottonie hatte einen Dogcart, mit dem sie herumkutschierte, und bald erwartete sie ein Kind.

Da brach das Unglück herein. Im November 1907 erkannten die Ärzte die Anzeichen der grausamen Krankheit, für die es auch heute noch nur selten Heilung gibt. Ottonie pflegte ihren Mann mit großer Hingabe. Als sie in einer Januarnacht die ersten Wehen spürte, schlich sie sich im Dunkeln allein, um niemanden zu stören, aus dem Haus, stapfte durch den Schnee ins Krankenhaus. Sie gab einer Tochter das Leben. Es war eine schwere Geburt. Aber von Erholung und Ruhe wollte sie nichts wissen. Sie kehrte ans Krankenlager ihres Mannes zurück und wich nicht von ihm, bis ihn am 30. März 1908 der Tod erlöste.
Nun brach die junge Frau zusammen. Ein Zittern am ganzen Körper hatte sie befallen, und sie konnte nicht mehr gehen. Sie wurde in Wiesbaden mit den damals zu Gebot stehenden Mitteln behandelt. Ihr Baby nahm ihre kinderlose Schwägerin Wendelstadt in Neubeuern auf. Hier packte das Unglück wiederum zu. Im Sommer 1909 starb Baron Wendelstadt an Miliar-Tuberkulose. Fortan blieben die Schwägerinnen vereint.
Ottonie lebte im Winter bei Julie Wendelstadt in Neubeuern, in den Sommermonaten im Jagdhaus Hinterhör, das Baron Wendelstadt ihr überschrieben hatte.
Baron Eberhard von Bodenhausen, der Schwager, wurde menschlich und geistig die Stütze der beiden verwitweten Frauen.
Dieser vielseitig begabte Mensch, Kunsthistoriker und Jurist, hatte seine organisatorischen Gaben in den Dienst der Industrie gestellt. In seinen bei stetig wachsender Verantwortung ihm gegönnten Stunden der Entspannung erholte er sich mit den Freunden der musischen Welt. Dank seinem Zuspruch führte die Schloßherrin Julie Wendelstadt die Gastlichkeit in Neubeuern weiter. Am 1. Dezember 1906 trug sich Hofmannsthal zum ersten Mal ins Gästebuch des Schlosses ein. Er rühmt die beiden Gastgeberinnen: Engel seien sie, schreibt er seiner Frau. Doch der Briefwechsel mit Ottonie Degenfeld setzt erst 1909 ein.
In den ersten Jahren ihrer Freundschaft hat Hofmannsthals

Lustspiel ›Ariadne auf Naxos‹ seine endgültige Fassung erhalten. »*Ihre* Ariadne«, schreibt der Dichter ihr am 6. September 1911. Die Figur des Harlekin gibt in Worten die vollkommenste Definition des Zustandes tiefer Depression, und in einem Brief Hofmannsthals vom 20. Januar 1911 an Ottonie heißt es, der innerste Lebenskern seines ganzen Fühlens für sie sei die unendliche Sehnsucht, dieser armen »zerbrochenen« Frau wohlzutun, das Entsetzliche, Schwere, die Seele Tötende von ihr wegzuhalten, mit allen Kräften seiner Seele sie herüberzuziehen zum Leben.

Gräfin Degenfeld hat später selbst aufgezeichnet, Hofmannsthal und Bodenhausen seien die zwei Menschen gewesen, »die in nie ermüdender Kraft« ihr geholfen haben, sich wieder dem Leben zuzuwenden. Bald traten R. A. Schröder und seine Schwestern, Borchardts, van de Veldes anregend in ihren Freundeskreis. Wie sie fortan auf ihre Mitmenschen gewirkt hat, schildert Rudolf Borchardt 1918 in einem Brief an Hofmannsthal. Er schrieb ihm nach dem Tod Eberhards von Bodenhausen am 22. Juni aus Degerneshausen, dem Besitz der Bodenhausen: »Die Seele des Hauses ist heut noch wie sie es in unsäglicher Weise während der Begräbnistage war, Ottonie, die mit einer kraftvollen Zartheit, über allen Worten, die notwendige Elastizität des durch und durch erschütterten und wankenden Hausgefüges zu erhalten weiß und sich wie durch Zauber allem Gebrochenen und Defekten als Ergänzung mitteilt, hier hineingleitend wo der Vater, dort wo die Mutter, dann wo der Mann und der Freund fehlt und noch darüber hinaus wo ich es nicht ahnen kann, die Luft und Temperatur der Heilung verbreitend. Von dem wunderbaren Vorrechte der Frauen, das Allerinnerlichste im Alleräußerlichsten, bis in den derbsten Zugriff und die Hantierung hinein ausdrücken zu dürfen, macht sie einen so ständigen und so rührenden Gebrauch, daß ich sie damals während der schwersten Tage fast nicht ohne Tränen des Begreifens und jetzt noch immer nicht ohne Bewegung sehen kann. Tätig, aufmerksam, scherzend lächelnd, das menschliche Gewebe in allen seinen Einzelheiten immer im Auge haltend, jeden zugleich scheinbar nehmend wie er sich gibt und doch aus der Klugheit der Seele heraus behandelnd wie einen Kranken, die Strenge in Liebe verhüllend, die sie aus der Liebe hinter aller Strenge so leicht zu ziehen weiß und alle Disharmonie mit der Musik ihres Wesens auflösend. Zugleich die materienhafteste Stütze dieses ganzen Periklitierenden und die der Materie verbundene Trosterscheinung aus einer leichteren Geisteswelt – und all das immer zugleich – so ist diese Frau, die es so leicht ist, bedingungslos zu verehren und so unmöglich zu schildern. «

Und an seine Mutter hat Rudolf Borchardt im selben Jahr geschrieben: »Ihr Zauber ist die unermüdlichste leise Wohltätigkeit, das ständige Beschäftigtsein zum Wohle anderer, und daß ihr Wesen wie Trost und Heilung in alle Lücken tritt, die sich in ihrem menschlichen Kreise finden oder auftun ... Es ist doch schön, daß es Frauen gibt, die ohne eigentlich Mädchen zu sein, nur dadurch ihrer Aufgabe in der Welt genügen können, daß sie durch keinen Mann, weder Gatten noch Geliebten, festgelegt und abhängig gemacht werden. Sie kann man sich nur freitätig denken, jedes gebundene Verhältnis würde sie zerstören. «

Daß Ottonie Degenfeld aus der Tiefe ihrer Ablehnung des Lebens emporgehoben, ihrer eigensten Wesensart zurückgegeben worden ist, daraus haben über ein halbes Jahrhundert lang Generationen Kraft schöpfen dürfen, und es bewahren sie heute noch viele Menschen in dankbarer Erinnerung.

Th. v. d. M.

VORBEMERKUNG

Das Erscheinen dieses Briefwechsels ist in erster Linie der Initiative von Dr. Rudolf Hirsch zu verdanken. Nach dem Tod meiner Mutter hat er mir mit seinen Fragen und Hinweisen den Impuls gegeben, diese Briefe zu veröffentlichen. Rudolf Hirschs profundes Wissen und unerschöpflicher Rat haben die Edition entscheidend gefördert.
Theodora von der Mühll, durch ihren Bruder Carl J. Burckhardt unserer Familie seit langem verbunden, skizzierte mit behutsamer Einfühlung in das Wesen dieser Frau das Leben und das Porträt von Ottonie Degenfeld. Dafür danke ich ihr von Herzen.
Dankbar bin ich auch meinem Mitarbeiter Professor Eugene Weber und dem Lektorat des S. Fischer Verlags, die sich mit Sachkenntnis, Sorgfalt und freudigem Eifer an der editorischen Mühe beteiligten.
Meiner Freundin Alice Köpcke und allen anderen, die mir bei dieser Briefausgabe bereitwilligst halfen, gilt ebenso aufrichtiger Dank.

Hinterhör, im Herbst 1974 *M. T. M.-D.*

Nachdem die erste Auflage dieses Briefwechsels nach kurzer Zeit vergriffen war und ich im Sommer 1984 bei der Auflösung des Haushalts in Hinterhör zehn weitere Briefe von Hofmannsthal an Ottonie von Degenfeld entdeckt hatte, entschloß sich der Verlag zu dieser neuen, erweiterten Ausgabe.
Außerdem entschied ich mich, die leider nur unvollständig erhaltene Korrespondenz von Hofmannsthal mit der Baronin Julie von Wendelstadt, Schloßherrin auf Neubeuern und Schwägerin von Ottonie von Degenfeld, beizufügen.

Nußdorf am Inn, im Sommer 1985 *M. T. M.-D.*

HUGO VON HOFMANNSTHAL
OTTONIE GRÄFIN DEGENFELD

BRIEFWECHSEL

HARLEKIN in der Kulisse, singt:

Lieben, Hassen, Hoffen, Zagen,
Alle Lust und alle Qual,
Alles kann ein Herz ertragen
Einmal um das andere Mal.

Aber weder Lust noch Schmerzen,
Abgestorben auch der Pein,
Das ist tödlich deinem Herzen,
Und so darfst du mir nicht sein!

Mußt dich aus dem Dunkel heben,
Wär es auch um neue Qual,
Leben mußt du, liebes Leben,
Leben noch dies eine Mal!

›Ariadne auf Naxos‹

2. 9. [1909]. Aussee, Obertressen

Liebe Gräfin,
Ich zerreiße nun zum zweiten Mal einen längeren an Sie gerichteten Brief. Da mir dergleichen Hemmungen sonst niemals zu widerfahren pflegen, so weiß ich nicht recht was hier im Spiel ist. Die Briefe bezogen sich natürlich beidemal auf die Sache, die wir einmal im Jänner beim Schlittenfahren besprochen hatten. Es könnte ja sein, daß Sie diese Sache überhaupt vergessen hätten, doch glaube ich nicht, daß Sie zu den Menschen gehören, die irgend etwas, selbst beiläufiges, *vergessen*. Ich habe während dieser Monate jenes Gesprächs im Schlitten sehr viele Male gedacht und war mehrere Male, auch vor dem Tod des armen Wendelstadt, dessen ich sehr gedenke, im Begriff, Ihnen zu schreiben – und als das Stillschweigen schon sehr langdauernd geworden war, wiederum zu schreiben, um das vorhergegangene Stillschweigen aufzuklären.
Nun scheint es ja, daß Eberhard den Wunsch hat, uns im October zu treffen und daß Neubeuern der Ort sein soll, und ich hoffe, daß es dazu kommt und ich Sie dann wiedersehen werde.
Doch wollte ich Sie nicht sehen, ohne das Obige einmal ausgesprochen zu haben, so unergiebig es auch ist.

Ihr ergebener HvHofmannsthal.

Rodaun 23. 12. [1909]

Liebe Gräfin
ist es möglich, daß nun fast ein Monat vergangen ist, seit ich Ihre lieben Zeilen aus München bekommen habe, daß ich vom Semmering, wo sie mich trafen hinunterfuhr, nach Berlin fuhr, zurückfuhr, wieder da bin – und sie bis heute nicht beantwortet

habe – und sie auch heute nicht beantworte, sondern nur um Verzeihung bitte für jetzt, und Sie sehr herzlich grüße. Und damals als die Karte kam, abends, ich war unterm Arbeiten, ganz einsam, ganz still, freute mich so, sah Ihre klaren Augen auf mich gerichtet, sprach mit Ihnen – und es schien mir ein langes Hinausschieben, daß ich die Antwort auf den nächsten Morgen verschob, dann auf den nächsten Nachmittag. Aber ich glaube, ich habe fast jeden Tag zu irgend welcher Zeit zu Ihnen gesprochen. Wo Sie jetzt sein mögen? ob Sie Julie dazu gebracht haben, über diese Tage von Neubeuern fortzugehen. Ich bin zu müde um so viel zu schreiben, wie ich möchte. Ich hoffe so sehr, daß Ihnen die Comödie Freude macht. Es ist ja unendlich mehr Menschliches darin natürlich als in der Spieloper. Über die Spieloper wollte ich auch immer, daß Sie mir allein etwas sagen, etwas Persönliches, ich erinnere mich daß mir die Frage immer auf den Lippen war, wenn ich durch den langen Corridor ging und wenn ich dann in Ihrem Zimmer war oder in dem blauen Zimmer, kam immer ein anderes Gespräch dazwischen und ich vergaß meine Frage. – Sonderbare Tage damals für mich – ich selbst so sonderbar verloren manchmal – das Physische, das *Nicht-schlafen* u.s.f. war nur eine Spiegelung. Sie schrieben damals von schönen Büchern, die Eberhard Ihnen schickte. Wie gern hätte ich immer gewußt, was es für Bücher waren. Bitte schreiben Sie mir *bald* wieder. Ich bin eine Weile hier, dann in Berlin zu den Proben. Ende Januar spielt man die Comödie. Aber so viel anderes ist in mir lebendig.

Ihr Hofmannsthal.-

Schön und freundlich und lieb war der Tag wo wir den großen Ausflug machten. – Haben Sie die Französin? Wie vieles wüßte ich gern!

[Hotel Adlon Berlin W]
Berlin Montag 24. 1. 10.

Liebe Gräfin
Ich danke Ihnen von Herzen für den lieben schönen Brief. Diese ganzen Wochen ist wirklich kein Tag vergangen, daß ich nicht mit Freude einmal oder mehrmals an Sie gedacht hätte. Anstatt einer Antwort schicke ich Ihnen in diesen Tagen im Bürstenabzug oder irgend einer unordentlichen aber leserlichen Form meine Comödie. Darin steht jedenfalls mehr von mir, als man im längsten Brief und im aufrichtigsten aussprechen könnte. Nehmen Sie es als etwas ganz persönliches, daß ich sie Ihnen so schicke, und geben das Ding bitte nicht aus der Hand. Aber dann wenn Sie einmal ein bißchen Zeit und Lust dazu haben, schreiben Sie mir darüber, was Ihnen daran gefällt, oder minder gefällt und so. Heute komme ich von der ersten Probe. Es ist das etwas wunderschönes. Sie dürfen nicht denken, daß es anstrengend oder aufregend ist, es ist nur charmant, etwas sehr charmantes, so daß der Gedanke daran mich beim Arbeiten anfeuert und aufrecht hält, wenn ich manchmal müde werde. Eine Probe, geleitet von einem so überaus merkwürdigen, genialen und dabei persönlich fascinierenden Menschen wie Max Reinhardt (mir neben Kessler einer der merkwürdigsten und kostbarsten Menschen in meinem Leben) – dann alle diese Schauspieler, junge Männer, alte Männer, Frauen, Mädchen, die sich, im Halbdunkel dieser häßlichen leeren Bühne, allmählich in Figuren zu verwandeln anfangen, und ein solcher Contact unter allen denen, wie unter gemeinsam Trunkenen oder gemeinsam in einer Gefahr befindlichen – dabei alle Eitelkeiten wach, alles wie ein bißchen fiebernd – und im Ganzen doch eine Atmosphäre die in ganz seltsamer Weise dem Gemeinen des Lebens entrückt ist – es sind immer sehr schöne Wochen und ich liebe sehr die Erinnerung daran, und noch mehr die Gegenwart.
Es ist mir lieb daß Sie mit Freude lesen und daß Sie die Gewohnheit annehmen mehrere Bücher gleichzeitig zu lesen. Dies ist, meiner Erfahrung nach, die richtige Form.

Ich möchte – warum, möchte ich lieber sagen als schreiben – daß Sie Balzac kennen lernen, einen Autor dem ich nächst Shakespeare und Goethe unendlich viel verdanke. Ihn kennt man durchaus nicht wenn man fünf seiner Bücher, sondern erst wenn man ihrer dreißig kennt. Wer aber soweit kommt, der wird ihn wohl auch immer wieder lesen. Es kommt ziemlich viel darauf an, was man zuerst von ihm in die Hand bekommt. Es gibt Bücher von ihm die langweilen und abschrecken. Mit Ungeduld darf er überhaupt nicht gelesen werden.
Ich würde vorschlagen La cousine Bette, eines der letzten und meisterhaftesten, zuerst in die Hand zu nehmen. Dann vielleicht le médecin de campagne, dann illusions perdues, le père Goriot, la vieille fille u.s.f. Es gibt unzählige wohlfeile Ausgaben, doch die à 1 franc hat elenden Druck.
Werden Sie mir lang nichts schreiben.

Ihr Hofmannsthal

Bin für 4 Wochen etwa *hier*.

Neubeuern 23. 2. 10.

Lieber Herr von Hofmannsthal,
mein Telegramm von neulich muß ich doch etwas erklären, denn Sie werden zu erstaunt darüber gewesen sein, doppelt erstaunt nach Ihrer Unterhaltung mit Eberhard über Mädy. Die Idee kam mir, Mädy nach Weimar zu schicken, da es ihr körperlich so viel besser ging, dachte ich es würde ihr seelisch so sehr gut tun, wenn sie nur einige Tage mit Ihnen allen zusammen sein könnte und nur still dabeisitzen um eine Atmosphäre einzuatmen, die für uns Alltagskinder Höhenluft bedeutet. Ich gedachte der van de Veldeschen Einladung und Graf Kessler forderte Mädy auch so liebenswürdig auf. Mädy hatte jedoch das Gefühl sie sei aufdringlich und daher telegraphierte ich. Es ist nun gewiß auch gut so, sie ist mit Julie in Nizza, was hoffentlich beiden gut tut. Ich bin so sehr glücklich, daß ich nicht

mitbrauchte und genieße so unendlich die Ruhe hier mit meinem Kind. Es ist einfach göttlich schön jetzt hier, das prachtvollste Frühlingswetter, so daß es grausam ist fort zu gehen.
Graf Kessler wird Ihnen erzählt haben, daß wir in München waren um seinen Vortrag zu hören, aber was uns allen der Vortrag war, kann er gar nicht ahnen. Mir war es ein absolutes Erlebnis. Totmüde und abgehetzt von dem Tag in der Stadt kam ich hin, enerviert durch Kleinigkeiten und nach kaum drei Minuten seines Sprechens fiel alles von mir. Es ging etwas so Reines und Großes von ihm aus, daß alles Kleine davoneilen mußte. Es ist ein Abend gewesen, der mir sicher unvergeßlich sein und bleiben wird.
Und nun noch einmal tausend Dank für Cristinas Heimreise. Mit unendlichem Genuß habe ich es gleich durcheilt, und weile jetzt zum 2ten Mal mit Muße darin. Die Charaktere sind alle so wundervoll durchgeführt, jeder in seiner Art. Der Kapitän sagt so herrliche tiefempfundene Sachen. Cristina ist so entzückend. Später mal mehr hierüber.
Eberhard sah ich leider nur einen Moment in München, er stand noch so unter den Eindrücken der Berliner Tage, die ihn so aufgefrischt hatten. Er erzählte mir geschwind, *wie* wundervoll der Abend der Vorstellung gewesen wäre und *wie* groß Sie über allem gestanden hätten. Welch ein prachtvolles Gefühl der Einigkeit muß es Ihnen gegeben haben, alle Freunde so vereint zu sehen, um Patenstelle eines Ihrer Geisteskinder zu übernehmen.
– Für Ihren Brief habe ich Ihnen auch nie recht gedankt. Einige Bücher von Balzac las ich letztes Jahr mit großem Genuß. Père Goriot war eins davon. Jetzt habe ich mir noch einige besorgt. Leider kann die Französin nicht kommen, nachdem ich fast alles mit ihr erledigt hatte, ich hoffe jedoch noch jemand zu finden für den März, denn die Zeit des Alleinseins möchte ich gerne ausnützen. Manchmal waltet ein Unstern über einer Sache und so geht es mir mit den französi-

schen Studien. – Wenn Sie mal wieder etwas Zeit haben, freue ich mich sehr über ein paar Zeilen.
Mit den herzlichsten Grüßen für Ihre Frau und Sie bin ich stets
Ihre Ottonie Degenfeld.

Charfreitag, den 25. 3. [1910]

Liebe Gräfin,
Dies soll Ihnen Ostergrüße bringen und Sie grüßen in Ihrer Einsamkeit – die aber vielleicht indessen schon zu Ende ist. Ich hatte es gern, Sie mir einsam zu denken. Man braucht das von Zeit zu Zeit.
Daß Ihnen die Comödie beim Lesen Freude gemacht hat, ist mir lieb. Wem wollte man Freude machen, als den Menschen, die man gern hat – für wen schriebe man denn schließlich überhaupt? Sonderbar, dies Stück ist sozusagen durchgefallen und ich habe nie über eine andere Arbeit so viel Freundliches, Nettes, Kluges, Aufmunterndes gehört. Sie werden es im Sommer in München spielen sehen, in einer kürzeren, kühneren oder frecheren Fassung, die ich gestern abgeschlossen habe (und in dem der trübere, auch mehr nachspielhafte dritte Act wegfällt, denn man soll nie *geben*, was sich ohnedies erraten läßt) und da werden Sie erstaunen, wie sehr das Stück auf der Bühne gewinnt, wie es nett und munter fließt und aus dem Schauplatz, aus den unscheinbaren aber mitspielenden Dingen recht viel Heiterkeit und Freude hervorbricht. Ich glaube auch, daß die Figuren recht gut sind, besonders Cristina. Aber ich glaube, das Eigentliche in dem Stück liegt nicht in den Figuren (vielleicht wird das überhaupt in meinen Comödien so sein) sondern in dem, wie die Figuren zu einander stehen. Verhältnisse zwischen Menschen sind mir etwas besonders anziehendes. Das Verhältnis zwischen zwei Menschen ist etwas ganz bestimmtes, ist ein Individuum, ein zartes, aber wesenhaftes Gebilde. Dies zu sehen, und daraus etwas zu machen, das ist vielleicht *meine* Sache. Wenn man sein Auge darauf wendet, wird das

Leben auf einmal viel reicher, und gewissermaßen entlastet. Das Individuum ist voll Schwere aber diese Beziehungen schweben frei zwischen, ja über den Menschen, geistige Kinder gleichsam mit dämonischen oder Engelsgesichtern. Sie haben, wie die wirklichen Kinder, von beiden Elternteilen etwas an sich, aber sie lösen sich von den Erzeugern und bilden den schwebenden Reichtum der Erde.
Ich machte eine Bemerkung über Balzac, worauf Sie geantwortet haben. Diese Antwort war sehr präcise, aber ich hätte gehofft, Sie würden vielleicht zufällig daran anknüpfen, und erwähnen, welche Bücher Sie etwa jetzt lesen und welches davon Ihnen mehr oder weniger gegeben hätte. So hätte ich vielleicht wieder daran anknüpfen können: denn in diesen Dingen kommt man leicht von einem zum andern – dagegen ist es schwer, programmatisch anzufangen. –
Wissen Sie, daß ich wirklich daran denke – und vielleicht höchst unbescheidener und absurder Weise – einmal im Lauf des Sommers die Kinder für eine Zeit nach Hinterhör zu bringen? Es sind leichte, ganz gewöhnliche Kinder und sie hätten an der Landschaft, den Tieren u.s.f. unendliche Freude. Und für mich hätte es viel angenehmes, weil ich im August werde in München zu tun haben, weil Reinhardt den König Ödipus von Sophokles spielt, den ich frisch übersetzt habe. Dies ist aber vielleicht garnicht durchführbar aus tausend Gründen – dann macht man es eben nicht. Ich finde es ganz reizend von Baronin Julie, daß sie – ohne die Menschen selbst zu kennen, den Musiker Varèse und seine Frau, ein ganz junges, äußerst zartes, kluges und charmantes Wesen, zu einem séjour nach Neubeuern eingeladen hat. Wenn die guten Menschen das annehmen würden (ich glaube sie sind äußerst timide und menschenscheu) so hätten Sie die netteste französische Conversation. Schreiben Sie mir bitte bald, wenn es Sie nicht müd macht und Sie in der Laune sind.
In Freundschaft, Ihr Hofmannsthal

Nizza Hotel de France
3. 4. 10.

Mein lieber Herr von Hofmannsthal,
heute an Mädy's Geburtstag will ich versuchen Ihnen ein paar Zeilen zu schreiben. – Sie sehen durch obige Aufschrift, daß meine Einsamkeit in das ganze Gegenteil verwandelt worden ist. Ich war nur 8 Tage allein und diese wenigen Tage habe ich sehr genossen, ich habe die Einsamkeit so sehr nötig, für den inneren sowie den äußeren Menschen und gewinne hier wieder täglich den Eindruck, daß ich mehr aufs Land passe. Die ersten Tage war ich ganz fassungslos über die Leere des hiesigen Lebens, in dem man nicht einem vernünftigen Wort begegnet, jetzt habe ich mich wohl mehr daran gewöhnt oder ist es das tägliche Autofahren was darüber hinweghilft. Am Donnerstag gehen wir hier fort, nach Paris für 4–5 Tage. Ich freue mich darauf, denn ich kenne es gar nicht, aber ich möchte jemand haben, der Freude daran hätte mir alle die Punkte zu zeigen, die man durch die Literatur und Geschichte schon so lange kennt. Julie wird zu müde sein viel zu sehen. –
Nun muß ich Ihnen aber doch sagen, wie so sehr merkwürdig es mit unseren gemeinsamen Gedanken war. Die ganzen letzten Tage hatte ich sehr intensiv Ihrer gedacht und las in dem Moment als Ihr letzter Brief ankam gerade den vorletzten durch. Ich habe selten so das Gefühl der Gedankenübertragung gehabt. Ich danke Ihnen so für Ihren Brief. Wissen Sie eigentlich was Sie mir damit tun, ich glaube Sie können es nicht ahnen. Sie geben mir stets neuen Lebensmut. Es ist so schwer immer so allein weiterzuwandern, wenn alles zu zweit genießt und lebt und Ihr selbstverständliches Annehmen meiner Interessen an Allem, gibt mir Kraft und feuert mich an, mich nicht gehen zu lassen in Trauer. – Ich freue mich *so* »Cristinas Heimkehr« in München zu erleben und denke mir einen großen Genuß davon. Mit viel Lust habe ich »La femme de trente ans« gelesen und momentan »La cousine Bette« angefangen. Ich glaube noch nie ein Buch gelesen zu haben, in dem ein Mann so

die Frauenseele kennt und durchblättert hat. Wie ist dies möglich für einen Mann frage ich mich immer. Ich fand es schön dieses nicht detaillieren sondern so nur angedeutet jeden wissen lassen, was als Seelenleben sich bei den einzelnen abspielt. Etwas verstehe ich nicht in »La femme d. tr.« daß sie alles an dem armen Kind ausläßt, ihren Haß gegen den ungeliebten Mann, da sie doch zuerst das Kind geliebt hat. –
Was Sie mir über das Verhältnis der Personen Ihrer Comödie schreiben, hat mir viel zu denken gegeben. Sie haben Recht, es hat was unendlich anziehendes dieses »zu einander stehen« man kann es oft nur ahnen. Ich möchte Ihre Frage betreffs Ihrer Kinder noch beantworten. Hinterhör wird am 1. August von mir bezogen, d. h. es wird nur ein provisorischer Sommeraufenthalt in primitivster Form. Ich würde mich *sehr* freuen, wenn ich Ihre Kinder haben darf, nur müßten Sie mir wenn es Ihnen möglich ist, genau sagen wann die Kinder kommen können. Drei Wochen würde ich sie gut haben können. Da ich nämlich nur 2 Gastzimmer habe muß ich es mir genau einteilen und schon möglichst vorher wissen. Es würde mir sehr gut passen, wenn die Kinder gleich im Anfang August kämen. Sie werden sie doch dann bringen mit Ihrer Frau? Hat Ihre Frau die Operation hinter sich und wie ist alles gegangen? Ich hoffe gut. – Wir fahren von Paris aus nach Stuttgart und Boll zu Pfarrer Blumhardt, von dem Sie wohl schon gehört haben. Am 21ten verlebe ich meines Mannes Geburtstag allein in Eybach und gehe von dort bis 6. oder 8ten Mai nach Sondershausen zu meinen Eltern. Die lange Trennung von dem Kind ist mir schrecklich, aber ich muß!
Leben Sie wohl, denken Sie mal wieder an Ihre treu ergebene

Ottonie Degenfeld.

Haben Sie gehört daß Direktor Schmidt in Essen gestorben ist? Dies wird viel bedeuten für Eberhard.

Rodaun 10. 6. [1910]

Liebe Gräfin

Ich kann es kaum glauben seit wievielen Tagen, Wochen ich an Sie schreiben will und nicht schreibe. Indessen sind Sie längst wieder nachhaus gekommen.

Das mit den Kindern, sie zu Ihnen zu bringen, zu Ihnen nach Hinterhör, nicht nach Neubeuern, für ein paar Wochen, das war halt so ein Gedanke. Natürlich meinte ich es im Zusammenhang mit unserm Hinkommen, weil ich wußte ich würde irgend einmal im Sommer etwa 10 Tage in München zu tun haben – aber das ließ sich damals nicht wissen, wann es sein würde, auch heute weiß ich es nicht genau und wie mir klar wurde, daß so etwas nicht zu improvisieren geht, daß es nicht ohne Vorbereitungen abgeht, nicht ohne weitsichtige Einteilung und vor allem nicht ohne Plackerei (auch moralischer Art) für Sie, ließ ich es gleich fallen. Aber was mich betrifft so werde ich wohl etwa vom *20ten bis 30ten August in München mit dem Ödipus zu tun haben,* und hoffe dabei zwischen München und Neubeuern zu existieren und dann habe ich einen Gedanken (nicht erst jetzt im Moment) –: wie nett es wäre wenn Sie, ganz allein, einmal 5 oder 6 Tage nach Aussee kämen. Ich glaube das wäre sehr nett. Oder mit den Bodenhausens zugleich. Das werden wir überlegen. Ich bin von übermorgen früh an Venedig-Lido, Excelsior Palace. Dies war kein Brief. Trotzdem sind Sie vielleicht so lieb und antworten mit ein paar Zeilen.

Ihr Hofmannsthal

Kurhaus Tarasp
Engadin. 24. 6. 10.

Lieber Herr von Hofmannsthal,

Sie genießen Italien, ich das Engadin und den gleichen Inn wie zu Hause nur etwas näher an seinem Geburtsort. Gestern sind wir hier angekommen, wir, ist Julie und ich. Die Wagenfahrt

von Landeck hier herauf war lang aber sehr sehr genußreich. Jetzt müssen wir wie die Uhr nach den Bestimmungen unseres Heilkünstlers leben, hoffentlich mit dauerndem Erfolg. Am 20. Juli wollen wir wieder daheim sein.
Ich wollte Ihnen aber heute hauptsächlich sagen, daß ich Ihre Kinder so gern bei mir in Hinterhör hätte, – vorausgesetzt, daß sie mit einer *höchst* primitiven Unterbringung sich begnügen würden, d. h. eines der Kinder müßte auf einem Divan schlafen. Würde die sorgende Mutter damit einverstanden sein?! Ich freute mich wirklich zu sehr eine kleine Kindergesellschaft zwischen all dem Federvieh herumtollen zu haben. Marie-Thérèse wäre ja selig endlich mal Spielkameraden zu haben. Ihre Frau wird doch mit Ihnen in München sein und Sie werden dann beide viel in Neubeuern hineinschauen. Es ist so schade, daß es grade August sein muß, da habe ich meinen Vater und eine Freundin bei mir, ich hätte mich *zu sehr* gefreut, wenn Sie mit Ihren Kindern *bei mir* hätten wohnen können. Haben Sie Herzen'sdank für die liebe Aufforderung einige Tage nach Aussee zu kommen, ich tu's schrecklich gern dann später, mit oder ohne Bodenhausens. –
Jetzt haben wir Mama und Kind nach Eybach gebracht und dort installiert so lange wir hier sind. In Hinterhör haben wir tüchtig geschafft damit wir dann bald hinein können wenn wir zurückkommen. Am 1. August soll der kleine Haushalt anfangen zu laufen.
Zum Lesen bin ich leider wenig gekommen in der ganzen letzten Zeit und freue mich nun auf einige ruhige Stunden hier. Habe mir das neue Süddeutsche Monatsheft mit Alexander Schröders 15tem Gesang aus Homers Odyssee mitgebracht und will es gleich nachher genießen. Außerdem sollen Balzacs Gedanken mich erfreuen.
Die Natur ist so wunder-wunderschön hier, man muß immer hinaufschauen zu den steilen Bergen und bewundern und dabei kommt ein entsetzliches Gefühl der Sehnsucht nach all den schönen Tagen, die ich mit meinem Mann damals in der

Schweiz verlebt habe und ich werde dann recht innerlich empört, wenn ich mir sage, daß all *das* Glück zu zweit für immer nun für mich vorbei ist. Man fühlt sich oft recht ausgestoßen, wenn man alle anderen vergnügt und vereint sieht. – Verzeihen Sie diesen Klageseufzer, er lag gar nicht in meiner Intention, aber nun ist er so auf das Papier gefahren – mag er stehen bleiben, man kann nicht immer gegen seine Natur. –

Leben Sie wohl. Schreiben Sie mir wieder mal, wenn Sie Gefühl dafür haben. Es ist ganz merkwürdig wie ich genau immer weiß wann von Ihnen ein Brief kommt, ich habe so etwas selten erlebt.

Also viele liebe Grüße

Ihre Ottonie DegenfeldS.

[Dolomitenhaus Canazei]
den 5ten 8. [1910]

Liebe Gräfin,

den Inn habe ich nun zwei Mal fließen gesehen und immer sehr lebhaft an Sie gedacht, einmal fuhren wir in Wasserburg über ihn hin, das zweite Mal floß er bei Finstermünz wild tief unter der Straße wo wir hinfuhren. Wenn man so hinfährt, neben dem chauffeur sitzend, ganz still, da kann man die Menschen sich herbeidenken, die man will und kann sie eine Weile halten. Dann verliert man sie wieder und man sieht nur in die Luft hinein: lustig ist wie vieles da in der Luft hängt, außer den schönen großen Wolken, die ziehen und glänzen und Schatten werfen. Einmal war an einem Telegraphendraht ein Rechen hängen geblieben von einem hohen Erntewagen. Und die vielen schönen alten Wahrzeichen von den Wirtshäusern, jedes hängt eine Secunde lang über einem: Künstliche vergoldete Adler, die eine blaue Traube im Schnabel halten, und weiße Lämmer, Kaiserkronen, goldene Kreuze mit Strahlen herum, schwarze Bären, wilde Männer. Gegen Italien hinunter sind es dann statt der alten Nußbäume die großen Wipfel der Edelkastanie mit tausenden spiegelnder Blätter, aber keine so lustigen Wirthausschilder mehr, aber schöne Marktbrunnen dafür, mit einem Dach auf zierlichen steinernen Säulen und die Frauen kommen mit den schönen kupfernen Kesseln und schöpfen. Wir waren westlich bis Konstanz, südlich bis Brescia, und zuweilen morgens oder abends ganz niedrig, in der Ebene, an Seeufern, und mittags schon wolkenhoch, auf dem Arlberg oder auf dem Stilfserjoch, wo die Schneefelder unter der Fahrstraße liegen. Was für wundervolle Landschaften hat die Erde!

Sehr lieb habe ich die Landschaft des südlichen Baierns, mit der Kette der Alpen am Rande, da sah ich gegen Kufstein und dachte an unsere schöne Wagenfahrt und das Gehen zusammen, wo Sie mir viel erzählt haben von den Schicksalen Ihrer Brüder und Verwandten.

Sie haben es einmal gesagt und ein früheres Mal auch, daß Ihnen das Leben nur für zwei verbundene Menschen eine Seligkeit scheint – das sind Klagen, die man nicht in sich verschließen soll, man soll sich nicht scheuen, sie aus sich hervorzulassen, und ich kann ja gut verstehen, welches Glück Sie meinen und wie sehr es die Tränen wert ist.

Aber Sie sind jung und sind gut, und in Sie sind Kräfte gelegt und Glück und Schmerzen haben diese Kräfte veredelt und Sie haben sich am Leben zu halten, ich sage es nicht um des Kindes Willen, ich sage es um Ihres Wesens Willen, das mehr ist als eines Kindes Leben. Das Heiligste und Erhabenste, das Stillste und Gewaltigste ist noch da für Sie, es ist da für den Einzelnen, für den Einsamen und doch mit allen Menschen verbundenen – für den der liebt und lebt – und lieben kann man viele und vieles und verbinden kann man sich vielem und vielen und so muß es bei Ihnen sein. Ich habe recht den Wunsch, Sie einmal ein paar Tage bei uns zu haben, vielleicht läßt es sich im September machen!

Schreiben Sie mir bald. Ich denke Sie haben den Vater und den

Bruder bei sich und sind wirklich in Hinterhör und nicht immer auf dem allzu großen Schloß. Und sagen Sie mir, was mit den Bodenhausens ist, seit endloser Zeit weiß ich nichts von Eberhard, ich hoffe, da er so vieles erreicht hat, wird ihm wohl – ich habe ihn sehr lieb.
Leben Sie wohl. Ein Brief trifft mich hier bis zum 9ten, dann in Aussee, Steiermark (Obertressen 14).

Ihr Hofmannsthal

Hinterhör 30. 8. 10.

Lieber Herr von Hofmannsthal,
diesen sehr harmonischen Abend, den ich allein mit meinem Kind hier verbringe, möchte ich zu einigen Zeilen an Sie benützen. – Hinterhör ist nach meinen Begriffen entzückend geworden und ich habe wohl seit meinen glücklichen Zeiten in Cassel nie bis jetzt wieder in einer so glücklichen Periode gelebt. Ich wollte Sie könnten mal herkommen und diese wunderbare Ruhe mitgenießen. Ob es blos die eigenen Möbel sind, oder die Abwesenheit der Menschen, die nicht so ganz zu einem passen, ich glaube letzteres, die es so unsagbar schön hier machen?! –
Ich habe meinen Vater hier und es begeistert mich, *wie* er die Schönheiten unserer Berge genießt, er trinkt alles mit vollen Zügen und ist mit seinen 70 Jahren wie ein Jüngling. –
Dann habe ich eine Freundin, die Klavier spielt da, das gibt so genußreiche Abende. Aber heute sind sie alle fort, sogar die nurse, so habe ich Marie-Thérèse allein besorgt, nun liegt sie im Nebenzimmer im Bettchen, wie ein kleiner Engel mit ihrem blonden Lockenköpfle und verbreitet einen unsagbaren Frieden. [...] Morgen kommt Eberhard leider nur auf eine Woche, dann geht er mit Mädy auf die Mendel. Ich freue mich so auf ihn – er ist so anregend und das brauche ich doch auch sehr. Ich würde wirklich sehr gern mal auf einige Tage nach Aussee kommen, fürchte aber, daß es einstens eine liebe Idee von

Ihnen war die wohl längst nicht mehr besteht, auch verstehe ich zu sehr, daß Ihre Arbeitszeit nicht gestört werden darf. Sollten Sie aber im September oder Oktober denken ich könnte einige Tage in Ihren Kreis passen, so lassen Sie es mich wissen.

Haben Sie Dank für Ihren schönen Brief. Sie hatten den meinen verstanden, es war ein Aufschrei der hinaus wollte – mußte, ich bin schon lange wieder ruhig fast glücklich geworden. Zum Lesen komme ich fast nicht, jede nur einigermaßen schöne Minute wird zu Touren benützt. Mir geht es so selten gut und ich kann wieder so herrlich gehen. Letzte Woche stiegen wir drei hinauf auf die Hohe Salve, es war unsagbar schön trotz Gewitter und am Montag war ich auf dem Heuberg das erste Mal seit ich so lange dort geweilt. Ich würde es so genießen wenn Sie gerade jetzt in diesem Moment die Stille durch Ihre Stimme brechen würden um mir etwas wunderbares vorzulesen, so muß ich selbst etwas von Ihnen lesen und dann zu Bett gehen.

Gute Nacht

Ihre Ottonie DegenfeldS.

6. 9. [1910] Aussee, Obertressen 14.

Liebe Gräfin,

Ich hätte Sie gern einmal hier gehabt. Etwas wie einen Kreis gibt es hier durchaus nicht, wenn Sie das Wort auf Menschen beziehen – aber die Landschaft, das tägliche Tun, die kleinen Häuser in denen da und dort jemand lebt, mit dem man einmal eine Stunde redet, dies alles rundet sich zu schönen kleinen Kreisen und darin liegt etwas Zauberhaftes und ich weiß, blitzschnell hätten Sie sich darin zurechtgefunden, gerade Sie, und nach einem Tag wäre Ihnen gewesen, als hätten Sie es schon früher einmal erlebt.

Nun aber ist es besser, wir heben es auf ein anderes Jahr auf, denn nun regnet es seit 9 Tagen fast ohne Unterlaß, nicht eine

Stunde Sonne war in 9 Tagen und wer weiß wann es anders wird. Dann habe ich mich unterdessen einer Arbeit zugewandt und wenn Sie nun hier wären, und es würde schön, Sie wollten gehen und steigen, so könnte ich Sie nicht begleiten, wir würden uns kaum sehen das wäre wieder nicht das Rechte. Zudem ist es nun fast sicher, daß wir uns in München und Neubeuern bald sehen. Denn wider Erwarten spielt nun Reinhardt doch noch am 21ten September den König Ödipus von Sophokles, von mir übersetzt, ich komme dazu nach München für eine Woche (vielleicht bleibe ich allein dann länger dort) ich denke Sie kommen für diesen Abend in die Stadt und dann kommen wir für 2 Tage nach Neubeuern, vielleicht ist dann auch Eberhard dort, dann wäre ja alles über Erwarten vom Zufall combiniert. Ich wäre sehr froh, wenn Sie mir eine Zeile schrieben, ob Ihnen das paßt, – hoffentlich steht nichts mir Unbekanntes dazwischen.

Ihr H.

Aussee 10 9. [1910]
bei ewigem Regen und Nebel.

Liebe Gräfin,
Es gibt keine Fortuny-shawls mehr er macht keine mehr, beschäftigt sich jetzt mit andern Dingen und die die es gegeben hat, sind verkauft.
Unsere Briefe haben sich, denke ich, gekreuzt.
Hoffentlich höre ich etwas, in Kürze, über Eberhards definitive Pläne.

Ihr Hofmannsthal

München. Sonntag. [2. 10. 1910]

Liebe Gräfin
ich habe mich für Dienstag Abends angesagt. *Bitte* seien Sie auch im Schloß. Wie traurig wäre es gleich den ersten Abend wenn Sie nicht da wären. Für was komme ich denn eigentlich hin?

Ihr Hofmannsthal.

[Oktober 1910]

Wenn man sich in den
Park
irgendwohin hin begeben hätte
anstatt auf
diesen
dummen
Allerwelts-Platz.
†R. I. P.

Hinterhör 25. 10. 10.

Mein lieber Herr von Hofmannsthal,
Sie hätten mich sehen sollen, als Ihre Sendung kam wie ein kleines Mädel mit einem Arm voll Seligkeit, so lief ich mit dem Arm voll Bücher durchs Häusel und bin schon im Anblick ganz beglückt. Haben Sie also tausend Dank! Soll ich die Bücher von Ihnen selbst wirklich als mein eigenstes Eigentum behalten? dann nochmals vielen lieben Dank. Vergebens suchte ich noch nach mehr von Ihnen, das heißt ein paar Zeilen, die ich leider nicht fand. [...]
Sonntag habe ich nun einen wundervollen ruhigen Tag für mich gehabt, machte einen kleinen einsamen Spaziergang auf Ihren bekannten Wegen und saß dann so recht gemütlich in meinem blauen Zimmerle und konnte lesen, von Ihnen so schöne Gedichte und fing dann den Médecin de Camp. an, der

etwas so wunderbar Ruhiges hat, das sich ganz auf mich übertrug. Julie und Mädy trafen sich dann beide bei mir zum Tee nichts von einander ahnend, was sehr komisch war und ich freute mich als sie wieder fort waren und die unsagbar schöne Ruhe wieder herrschte. Es war dies der erste Tag seit Jahren, an dem ich das gehetzte Gefühl los war, von dem ich Ihnen auch mal sprach. [...]
Jetzt genieße ich meinen einsamen Abend. Ich kann Ihnen gar nicht sagen, was für einen Hunger ich nach Alleinsein habe und kann es immer so schwer erreichen. Ich bin heute etwas sehr von meinen Gefühlen hin und hergepeitscht, wie froh wäre ich Sie hier zu haben, um dies neu entstandene Problem durchzusprechen. Julie hatte die Idee zehn Tage nach Paris zu gehen vom 12ten November an natürlich mit mir, da kam mir der Gedanke doch gleich bis Weihnachten dort zu bleiben und meine französischen Studien dort zu erledigen, ganz als Bohème. Zuerst war alles dafür und dann kamen Julie wieder tausend Bedenken und nun weiß ich nicht, soll ich es durchsetzen oder mich von ihr zum negativen bestimmen lassen. Ich habe mich auf einmal in den Gedanken verliebt dort allein zu hausen und es wird mir schwer davon abzulassen, andererseits kommt es mir auch vor als sei es zu vergnügungssüchtig und somit nichts für mich. Warum muß sich der Mensch immer so viel Skrupeln machen, anstatt alles einfach zu nehmen und zu tun was ihm der Instinkt sagt. Sie sehen aus all diesem, daß ich mir nicht recht klar heute mit mir selbst bin. –
Morgen reist Rysselberghe ab, Mädy am Sonnabend, Pepino ist fort und Hildenbrand geht ebenfalls diese Woche, so ändert sich das ganze Bild bei uns und wir müssen *hier* ebenfalls blutenden Herzens *Schluß machen*. – [...]
So nun Gute Nacht – ich könnte ja noch endlos mit Ihnen schwätzen, aber man muß auch aufhören können. Grüßen Sie Gerty herzlichst.
Es gedenkt Ihrer in treuer Freundschaft

Ihre Ottonie Degenfeld.

[Schloß Grätz bei Troppau]
den 28ten [10. 1910]
(bis übermorgen)

Liebe Gräfin
Es ist ein rechter Unsinn, ich will es aber doch lieber schreiben, damit es gesagt und erledigt ist, es quält mich schon seit der Eisenbahnnacht zwischen München und Wien. Damals, am letzten Abend in München, war Mädi etwas scharf und wie ich fand, ungerecht gegen Karin. Ich sagte es ihr, dann entstand ein Gespräch darüber, Mädi zählte Verschiedenes auf was sie »prinzipiell« nicht dulden und niemals gestatten würde, ich hatte einiges zu widersprechen und in diesem Zusammenhang bilde ich mir ein daß ich gesagt habe: »wenn die Ottonie manchmal von ihrer Jugend spricht« ect. – »so sieht man wie gut es ist, wenn Menschen ihre Jugend nicht verkümmert wird.« Mag sein, daß ich den Satz so gesagt habe, vielleicht habe ich auch nur gesagt: »wenn einem Menschen von ihrer Jugend erzählen« – und dabei Ottonie *gedacht*, und mir nachher eingebildet, ich hätte Ottonie *gesagt*, kurz in der Nacht im Schlafwagen wurde das ein furchtbar unangenehmer fixer Gedanke, ich hörte Mädi bei der nächsten Gelegenheit sagen: »der Hugo hat mir erzählt, du erzählst ihm immer von deiner Jugend« und Sie denken Gott weiß was, – das Ganze ist ja ein Halbunsinn [...] – so quält mich der (wahrscheinlich nie gesagte) Satz diese zehn Tage lang und drängt sich immer zwischen das Denken an Sie. Deshalb schreibe *ich* es lieber.
Die Bücher, die manchmal ankommen, drängen sich nicht auf als Lectüre, das wollen sie durchaus nicht, sondern es sollen *Ihre* Bücher sein, – nicht wahr, der Goethe wird *Ihr* Goethe sein, der Kleist *Ihr* Kleist? – denn solche Bücher sollen Sie nicht aus der Bibliothek in Neubeuern nehmen müssen, sondern die sollen in Hinterhör sein und zu Ihrer Existenz gehören und später für Marie-Thérèse, aber jetzt denke ich nicht an Marie-Thérèse sondern an Sie.
Wenn Sie das Lesen nach den Gruppen, die auf dem Zettel an-

gedeutet sind, durchführen können, so ist viel gewonnen. Ich getraue mich jetzt, hier zu raten und zu wünschen, durch das Wort, daß Sie das Systematische lieben, haben Sie die Ängstlichkeit von mir genommen, die mich im vorigen Jahr stocken machte, denn es war Ängstlichkeit, nicht Vergeßlichkeit.
Ohnehin ist es für Ihre Nerven unerläßlich daß Sie außer den eigentlichen Ruhestunden sich auch 1½ bis 2 ruhige Stunden fürs Lesen schaffen und diese auch verteidigen, sich nicht durch Hausgeschäfte und Anderes uferlos hin und her zerren lassen. (Ich rede von den Monaten in Neubeuern)
Es wäre mir sehr lieb, wenn Sie in ein kleines Notizbuch die tägliche Lectüre eintragen könnten.
In Rodaun und Wien war ich in einem rechten Trubel, Briefe, Geschäfte, Bücher, Menschen. Hier ist es still, ich bin der einzige Gast in dem riesengroßen Schloß, habe zwei stille Zimmer, wenn es dämmert bringt ein stiller Diener zwei Öllampen, manchmal kommt der Hausherr herein für eine Viertelstunde, sehr hastig, sonderbar und sehr klug, ich goutiere ihn sehr und mag beide gern.
Ich muß leider aufhören, wegen Essen.
Nun müssen Sie von Hinterhör weg, das liebe Hinterhör.
Adieu

Ihr H.

[Schloß Grätz bei Troppau]
Sonntag 30 10. [1910]

Liebe Gräfin
heute ist Ihr Brief hierhergekommen und ich freue mich sehr sehr sehr damit. Man hat gut sagen: es ist ganz gleich, ob sie schreibt oder nicht schreibt, wie heute nach dem Frühstück der Diener die Post servierte und der Brief darunter war, hab ich mich doch unendlich gefreut. In der Pariser Sache kann ich von hier aus nicht drein reden. Daß Sie einmal hin müssen, für ein paar Monate, ist ganz klar – daß es so bald sein könnte, war

nicht in meine Gedanken gekommen, aber da sich eine Gelegenheit zu bieten schien, an die sich anknüpfen ließ, so war es ganz Ihre gute rasch entschieden geradlinige Art, die ich sehr lieb habe, es auch sofort durchführen zu wollen. Kommt es nun nicht dazu, so ist es aufgeschoben, weiter nichts. Ein Wort wie »vergnügungssüchtig« ist zu leer um der Rede wert zu sein; eine Tote sind Sie nicht, eine Nonne auch nicht, sondern am Leben und in der Welt und haben sans phrase et sans cérémonie das Ihnen Gemäße im Dasein zu suchen und sich anzueignen, um die in Ihnen liegenden Kräfte, das unschätzbare Geschenk der Natur, zu entwickeln und zu brauchen. Wer sein Leben für abgeschlossen hält, soll sich eine Kugel durch den Kopf schießen, nicht als Gespenst herumlaufen – das übrige ist Halbheit oder Hypokrisie, mehr oder minder unschuldige.
Ängstlich ist mir, daß Sie aus dem stillen Haus heraus sind und nun einer gewissen rastlosen Halbtätigkeit und Einteilungslosigkeit so preisgegeben. Ich wäre glücklich wenn Sie eine Form fänden, das einzuschränken, eine tägliche Zeit fürs Lesen zu gewinnen, aber nicht *die Zeit vor dem* Einschlafen, ich bitte Sie um alles, nicht die.
Hier ist es mir endlich gelungen, den Brief an Kessler zu schreiben. Er geht morgen zur Post.
Von Gersdorff kam plötzlich ein ganz glücklicher Brief, die Mißverständnisse und Zwischenträgereien zwischen Max Reinhardt und ihm sind beseitigt, er bleibt beim Deutschen Theater. Darf ich Sie bitten, das inliegende an Eberhard zu übermitteln, so daß es ihn baldigst trifft, vielleicht noch vor seiner Ankunft in Essen.
Daß ein Tag war, an dem Sie das Gefühl des Gehetztseins los waren, freut mich so. Wenn es einmal möglich war, so wird es *ganz* möglich sein. Ich denke nie mit Sorge an Sie, immer nur mit Freude.
Adieu

Ihr H

Hinterhör 1. 11. 10.

Ich muß Ihnen doch gleich schreiben, um Ihnen die närrische Idee mit dem Gespräch mit Mädy ein für alle Mal zu nehmen. Bitte seien Sie dessen gewiß, daß was Sie auch sagen von unseren Gesprächen, ich nie mehr als Indiscretion auffassen würde, sondern fest überzeugt bin, daß das Wie es stets in den rechten Ton versetzt hat. Ich habe ein so fabelhaftes Vertrauen in Sie, daß Sie dies nie erschüttern könnten durch irgendeine Wiederholung, sei es was es auch sei. –
Ich habe Sie nun mal als Freund hingenommen und da dies bei mir sehr sehr selten geschehen kann, so müssen Sie sich mein Vertrauen gefallen lassen [...] Also bitte sagen Sie in Zukunft was Sie denken, mit und ohne Zusatz »Ottonie« und fühlen Sie sich stets ganz frei darin mir gegenüber. So –.
Ihr Brief an Julie war so entzückend, daß sie eine große Freude darüber gehabt hat. Es ist dies ein Brief, den sie ja oft erhält und der meistens so banal klingt und Sie haben alles so reizend darin ausgedrückt.
Überhaupt genießen wir wohl alle noch im Nachgefühl die lieben Oktobertage mit Ihrer und Gertys Gegenwart.
Tief beglückt haben Sie mich mit den herrlichen Büchern, wie liebe gute Freunde liegen sie um mich herum und machen mir mein Stüble doppelt heimlich.
Ein entsetzlicher Unstern steht über dem Bücherzettel, denn auch der zweite ist spurlos verschwunden, die einzige Erklärung ist hierfür diesmal Marie-Thérèse, Mary erzählte mir sie habe sie gefunden, als sie große Ordnung auf meinem Schreibtisch machen wollte. Seither ist alles mögliche abhanden gekommen. Ich schäme mich so vor Ihnen, ich finde ich mache einen zu unordentlichen Eindruck auf Sie, tröste mich dann wieder und sage mir, daß Sie mich doch auch von der anderen Seite kennen. Ich fürchte nur, ob Sie wohl noch genau wissen, was Sie mir aufgeschrieben und ob es nicht zuviel verlangt ist, den Zettel noch ein drittes Mal zu verfassen? Es ist wirklich

entsetzlich von mir. Der kleine Almanach freut mich so mit Lucidor, ich habe auch sonst so entzückende Sachen darin gefunden. –

[...]

Marie-Thérèse ist doch im Herzen schon zu tief mit Neubeuern verwachsen, ich habe das Kind noch nie so aufgeregt gesehen als gestern bei ihrem Einzug in ihrem alten Zimmer, eines Teils tuts mir leid und doch soll es vielleicht so sein.

Paris habe ich aus Philisterhaftigkeit aufgegeben.

Leben Sie wohl, grüßen Sie Gerty recht lieb

Ihre getreue Ottonie Degenfeld

Rodaun 3ten 11. [1910]

Liebe Gräfin, wenn ich jetzt denke so ist mir als hätte sich die kleine Quälerei mit dem Wort Ottonie (das ich damals wahrscheinlich gar nicht ausgesprochen habe) gar nicht auf die Wirklichkeit bezogen. Der Schmerz, die Unlust ein Wesen entbehren zu müssen, dessen Gegenwart man sich wünscht, nimmt sonderbare Verkleidungen an; die meinige war nicht Sehnsucht, oder war es vielleicht doch, aber unterdrückte, und so stellte sich dafür eine recht häßliche kleine Qual ein. Ich konnte Sie nicht denken, Ihr Gesicht nicht sehen, Ihre Stimme nicht hören. Winkler, Bernauer, die Treiber von der Jagd konnte ich in mir hervorrufen, die Gesichter der Kinder, wie deutlich, – Sie nicht. Zuckte Ihr Bild flüchtig auf, sitzend oder gehend, so fuhr der alberne trockene Gedanke an jenes mögliche Mißverständnis dazwischen, wie eine schwarze Hand sich über ein liebes Bild legt, wenn man es anschauen will. In Grätz, als der Brief geschrieben war, war der Spuk weg.

(Meinen zweiten Brief aus Grätz, mit einer Einlage an Eberhard, haben Sie doch auch bekommen?)

Der Bücherzettel!

Der Gedankengang war der: drei Gruppen festzuhalten, aus

deren jeder je ein Buch ungefähr fortlaufend gelesen wird. Dies läßt sich leicht tun, es verwirrt nicht, sondern eines ruht vom andern aus.
Die Gruppen wären: die geschichtlichen Bücher, Memoiren etc., dann die Werke deren Inhalt das Geistige bildet, wie es sich in Betrachtungen, Briefen oder sonstigen Äußerungen bedeutender Menschen offenbart, drittens die rein dichterischen Producte. Die zweite und dritte Gruppe fließen ineinander über. Für die erste Gruppe wollten wir uns an die französische Revolution und das Phänomen Napoleon halten. Zu den Vieux papiers vieilles maisons finden Sie in der Bibliothek die Revolutionsgeschichte von Thiers als Leitfaden für das rein-historische. Die von Napoléon an die Generale Gourgaud und Montholon dictierten Memoiren sind gleichfalls da. Einiges Andere, diesem Menschen, ohne den der geistige Gehalt des 19ten Jahrhunderts eine andere Form bekommen hätte, beizukommen, folgt nächstens. In die Gruppe I gehört auch die systematische Lectüre von Taine, Hist. de la littérature anglaise (Bibliothek) *neben* welcher Sie die unbedeutenderen französischen Litteraturgeschichten Epoche für Epoche einsehen können. Bevor der Taine Sie über die Zeit Shakespeares hinausführt, sehen wir uns wohl.
In der IIten Gruppe zähle ich verschiedenes auf, ohne irgend eine Reihenfolge anzudeuten. Goethe Eckermann, Goethe Sprüche in Prosa, Kleists Briefe (in Ihrer Ausgabe in Band fünf, durch einen biographischen Faden sehr verständig verbunden.)
In der dritten Gruppe war (manches entfällt mir, doch kommt das so gelegentlich wieder) Balzac médecin de campagne und lys dans la vallée; ferner Gotthelf: Uli der Knecht hatten wir in der Bibliothek gefunden. Musset. Auch Eichendorff steht dort, das reizende »Leben eines Taugenichts«. – Im Goethe müssen Sie lesen lernen, allmählich, auch blättern lernen, das muß von selbst kommen. »Alexis und Dora« ist ein wundervolles Gedicht (unter den Gedichten in antiker Form) – zum westöst-

lichen Diwan wird Ihnen das Buch über die Willemer einen kleinen netten Schlüssel in die Hand geben. – Hermann und Dorothea, vielleicht sein schönstes Werk, war mein Gedanke, einmal mit Ihnen zu lesen.
Welche Bände Goethe fehlen Ihnen noch, bitte schreiben Sie das.

Gute Nacht   Ihr Hofmannsthal

P. S. Ich hätte es gern gehabt, wenn Sie nach Paris gegangen wären – und kann gut verstehen, daß Sie es für diesmal haben sein lassen und aufschieben wollen. Aber wenn Sie sich deswegen »philisterhaft« nennen, das kann ich nicht leiden. Ist es schon bös, wenn man andere leichtfertig mit einem solchen Wort abtut, so ist es noch unverantwortlicher gegen sich selbst. Schließlich läßt man es auf sich sitzen, beruhigt sich dabei und es wird wahr. Sie sind frei und beweglich im Denken, also nicht philisterhaft; schnell und allenfalls mutig im Entschluß, also nicht philisterhaft; begierig nach dem Höheren und Weiteren und gern bereit, die Ecke hinterm Ofen für eine andere freiere Stätte hinzugeben, also vom innersten Kern heraus nicht philisterhaft, und ich will nicht hören, daß man Sie so schimpft.

[von Hofmannsthal für Ottonie Degenfeld aufgeschriebene Lektüre.]

MEMOIREN:

Vieilles maisons vieux papiers.
(daneben Thiers Histoire de la révolution)
Montholon
Gourgaud
Napoléon
Memorial de Ste. Hélène

POESIE:
Balzac: Médecin de Campagne
Curé de village
Lys dans la vallée
Keats
Gotthelf: Uli der Knecht.
Shakespeare: (versuchen zu lesen wenn Sie im ...
Hebbel: Meine Kindheit.

LITERATURGESCHICHTE:
Demogeot ... (franz.) (kommt aus Rodaun)
Taine: Histoire de la littérature anglaise
Dilthey: (kommt aus Rodaun)
Erlebnis und Dichtung
Grimm: Goethe
Freytag: Bilder aus der deutschen Vergangenheit

[Zettel No. 2]

Browning:
(von Smith Elder & Co.)
Men and women
Dramatic romances
Whitman

[Zettel Nr. 3]

Knut Hamsun: Mysterien
Pan
Bibliothek der Romane, Inselverlag
Fontane: Sämtliche Werke (Fischer Verlag)
Björnson: Gesammelte Werke
Strindberg: Sämtliche Werke
Balzac: (schöne Ausgabe: Louis Conard, Paris)
Chef d'œuvre inconnu

Séraphita
Recherche de l'absolu
Louis Lambert
Cousin Pons
Albert Savarus

Neubeuern 10. 11. 10.

Mein lieber Herr von Hofmannsthal,
Ihr Brief war der Morgengruß nach der ersten Nacht hier im Schloß wieder. Haben Sie von Herzen Dank dafür. Wenn so ein lieber Brief von Ihnen kommt, muß ich stets unwillkürlich an Gerty's Rede auf der Heubergwiese denken (systematische Briefschreibestunden betreffend) und ich denke stets Gott sei Dank, daß er kein »Schnitzler« ist. –
Ich fange an mich wieder hier einzuleben und es geht besser als ich dachte. Ich bin viel allein auf meinem Zimmer (es ist besser geworden als es war) unter dem Vorwand französisch zu treiben, stört man mich dann nicht, so habe ich vormittags eine schöne stille Lesezeit, die ich unendlich genieße. Haben Sie wirklich vielen Dank für den erneuten Bücherplan, der mir alles sehr erleichtert. Le Médecin d. C. hat mir *sehr* gut getan und mich in eine so wundervoll ausgeglichene Stimmung versetzt, ich glaube es wird für mich ein Buch werden, welches noch öfters von mir wieder gelesen wird. Die Charaktere sind alle so herrlich bis zu Ende gezeichnet und haben alle so viel Edeles. Solche Bücher sind so gut für mich, ich fühle mich dann stets weniger allein und weniger unglücklich. Dann denke ich sehr dankerfüllt an Sie, die Sie mir diese stillen Stunden schaffen, auch Ihr verständnisvolles Interesse an mir, allein hätte ich gewiß doch nie die Initiative gefunden, mich aus all dem Unnötigen, für nötig gehaltenen, loszulösen. –
Ich lese Taine und suche brav wie ein Schulmädel dabei Vocabeln auf, um zu gleicher Zeit etwas Fortschritte in der Sprache

zu machen. Die Französin kommt nun erst nach Weihnachten. Sie haben ganz gut getan, mich etwas zu schimpfen, man bildet sich all den Unsinn wirklich ein, was dann vielleicht schließlich ein Hemmschuh wird.
Wie gut, daß der Brief an Kessler geschrieben ist, er ist gewiß gut geworden und wird alles dazwischenliegende ausgleichen. –
Ob Sie wohl schon bald nach Dresden gehen zu den Proben? Ich habe schon vor längerer Zeit wegen der Plätze geschrieben, bin aber noch ohne Antwort. – [...]
Eh' ich hergezogen bin, habe ich noch einige vollständig einsame Tage ohne Kind in Hinterhör erlebt, die *wunderbar* waren. Unter anderem habe ich da den »Tor und den Tod« mit ganz anderem Verständnis *unendlich* tief empfunden.
Es kommt mir vermessen vor, Ihnen etwas darüber zu sagen aber ich hatte ein so unendliches Dankgefühl gegen Gott, daß er Menschen leben läßt, die so etwas ausdrücken können und dürfen. –
Ihren Brief an Eberhard habe ich sofort weiter expediert. Wie gut für Gersdorff, daß er bei Reinhardt bleibt, er ist nun doch schon mal dort eingearbeitet und braucht nicht wieder etwas Neues anzufangen, schließlich ist es ein Jammer, immer wieder gehaltvolle Menschen in diesen Riesenschlund zu werfen, die sich ja alle mehr oder weniger, später oder früher dort kaputt machen.
So nun zum Schluß lassen Sie mich Ihnen noch einmal sehr sehr eindringlich für all die herrlichen Bücher danken, die ich schon alle so lieb habe.
Ihnen und Gerty viel treue Grüße

Ihre Ottonie DegenfeldS

Rodaun 19. 11. [1910]

Liebe Gräfin
es war mir so arg lang, als Sie das vorige Mal 8 oder 9 Tage lang nicht schrieben, nun sind es ja auch schon 9 Tage, daß ich den Brief habe. Die Tage gehen so hin, sie waren zerrissen, zerzupft von Briefen und anderem, jetzt fühle ich daß es ruhiger wird, es glättet sich etwas und fängt wieder Bilder auf. Von Kessler ist ein Brief gekommen, es mußte darauf wieder einer hingehen, wieder einer hergehen, man hat sich mißverstanden, mit Gewalt mißverstanden, ganz verstehe ich es nicht, doch es wird nun erträglich werden, man wird allmählich vergessen, ich kann davon leichter sprechen als schreiben, hab es Ihnen schon erzählt (in Gedanken), werd es Ihnen vielleicht noch einmal erzählen, in Wirklichkeit.
Strauss war auch da, das ist nun vielleicht 12 Tage her. Nun ist also die Première nicht am 11ten, sondern erst am 25ten, das zerstört viel, so ziemlich alles, was wir damals combiniert hatten (die Intendanz läßt vorläufig wie es scheint, jedermanns Briefe noch unbeantwortet.)
Ich bin aber so froh, daß er mir nach einigem hin und herreden die Zeit bis zum 8ten Jänner von Proben (soweit sie mich angehen) frei gegeben hat – wo ich schon, nach seinen Briefen, meine Proben auf den 28ten December – 6ten Jänner angesetzt gesehen und die schönen lieben Tage ganz verloren gegeben hatte –

Dienstag 22.

Wenn ich denken könnte, daß dies wirklich gelingen könnte, dies mit den Büchern. Versuchte, Sie zu beruhigen, reicher zu machen, Ihnen zu geben, woran Sie sich halten können, den vom Leid und Unglück verworrenen Reichtum Ihrer Natur wiederzusammeln – der bloße Gedanke, daß es möglich scheint, könnte mich so glücklich machen. – Es ist kein Buch, das ich Ihnen schicke, absichtslos gewählt – aber wenn nur auch dies gelingt, daß sie sich Ihnen nicht aufdrängen, nicht *verwirren*, nicht belasten – um das zittere ich manchmal innerlich.

Es war falsch, grundfalsch die Lebensläufe aus der französischen Revolution (Vieux papiers vieilles maisons) in den Leseplan dieses Jahres aufzunehmen. Freilich diese Umwälzung die eigentlich die Werte unseres modernen Lebens hergestellt hat, ist der Gegenstand aller Gegenstände unter den »historischen«, mit der Gestalt Napoleons, der einzigen, die nahe genug ist, um uns die »große Tat« in der Geschichte aufzuschließen. Auch sind diese Lebensläufe märchenhaft und geben die stärkste Einsicht in menschliches Geschick; aber das Dunkle, das Schreckliche ist bei weitem zu überwiegend darin. Sie dürfen diese Bücher jetzt nicht in die Hand nehmen, ich weiß nicht wo ich meinen Kopf gehabt habe, Ihnen diese in der ersten Liste aufzuschreiben; dabei war weder Verstand noch Gefühl, verzeihen Sie mir.

Neulich habe ich in *Ihrem* Goethe gelesen, im fünfzehnten Band, es war mir ein bißchen, als läsen wir zusammen, und da Sie Striche nicht ungern haben, so habe ich nach Herzenslust Striche gemacht. Es stehen da so schöne Dinge, ganz versteckt und kaum sehr bekannt. (Ich meine die letzten hundert Seiten des fünfzehnten Bandes.) Vielleicht bringt der schöne kleine Aufsatz »Lob der Mutter« Sie darauf, Goethes Lebensbekenntnisse zu lesen. (Dichtung und Wahrheit). Zuerst hat die Darstellung etwas Kühles, aber was für Blumen wachsen in diesem Garten. Was für Gestalten, in einem sanften milden Licht und so bestimmt, so gegenwärtig, man möchte sie anrühren. Das Leben in dem Pfarrhaus zu Sesenheim, oder noch vorher, die Tanzmeistertöchter, und, über allem, das Gretchen. Wie geht einem das ans Herz und ist alles von einer Freudigkeit getragen, die sich wie Balsam über die Wunden des Lebens legt. Da ist ein Wort von Gretchen, das geht mir immer nach, vor kurzem fand ich es auf einem Gedichtenbuch und gleich war mir das ganze Buch lieb »Nicht küssen! sagte sie: das ist so was Gemeines; aber lieben, wenns möglich ist.« Ist das nicht unsäglich schön?

Je mehr ich daran denke, desto mehr scheint mir, Sie sollten das lesen »Dichtung und Wahrheit« und dann nächst ein anderes Buch, aus der ganz gleichen Zeit (1750–80) aber von einem ganz armen Mann, der auch eine innerlich leuchtende Seele hatte. Diese zwei Bücher ergänzen sich schön, sie sind beide Zeitdocumente für das XVIIIte Jahrhundert, aber keine finsteren, ängstigenden. Dieses andere Buch schicke ich Ihnen nächstens, es wartet schon darauf nach Neubeuern zu fahren. Wie gerne finge ich ein neues Blatt an, doch fürchte ich, dann bleibt der Brief liegen und um so länger kommt keiner von Ihnen. Bitte schreiben Sie mir bald, wenns Ihnen möglich ist.

Ihr H.

P. S. Ist jetzt Ihr Goethe vollständig, Band I–XV? Bitte schreiben Sie das!
Ist in das letzte Bücherpaket vielleicht irrthümlich Band II der Memoiren eines Herrn Heinrich von Lang hineingerathen? *den ich zurückerbitten würde.*
Das Paket sollte enthalten: Goethe, Band IX und XV. Ferner ein Bändchen Aussprüche Napoleons und eine Auswahl aus dem Angelus Silesius. Ein Bändchen Gedichte von H. Carossa geriet nicht zufällig, sondern absichtlich mit hinein. Es ist dies ein junger Landarzt in der Gegend von Passau, den ich nie gesehen habe, mit dem ich aber in Briefwechsel geraten bin. Es ist etwas von einem wirklichen Dichter in ihm und was das Schöne ist und mich an ihm freut, er treibt's nicht als Litteratenhandwerk, sondern fährt den ganzen Tag unermüdlich herum, Menschen curieren und dann und wann schreibt er ein Gedicht auf. Ich habe ihn aus der Ferne recht lieb und konnte ihm vielleicht hie und da nützlich sein.

Neubeuern 24. 11. 10.

Mein lieber Herr von Hofmannsthal,
schon gestern fand ich es unglaublich, Ihnen noch nicht geschrieben, noch nicht gedankt zu haben, ich wartete noch weil ich auf einen Brief hoffte, aber auch ohne diesen hätte ich heute geschrieben. Die Bücher waren mir ja doch zum Teil eine Antwort auf meinen Brief. Wir haben uns darin doch sehr verstanden. Denn grade der fünfzehnte Band übte eine unwiderstehliche Anziehungskraft auf mich aus, ich fing drin an zu lesen, vielmehr zu blättern, mitten heraus, dann fand ich Ihre lieben Striche und es wurde mir gleich so heimlich, es ging mir wie Ihnen, wir lasen zusammen.
Ebenso habe ich Angelus Silesius als Antwort auf einen Passus in meinem letzten Brief aufgefaßt, irre ich mich da? Ich habe es schon einigemale gelesen, möchte aber lieber noch nichts darüber schreiben. Überhaupt haben mich neue Bücher wieder so beglückt, nicht nur der Inhalt, ich bin kindlich genug mich an den süßen kleinen Einbänden unglaublich zu freuen, wie Marie-Thérèse an einer Puppe. Haben Sie wirklich tausend Dank, ich finde Sie schicken mir zu viel, es beschämt mich und doch nehme ich alles so gern von Ihnen an. Das kleine O. D. hat mich entzückt und mir so zart gesagt »ich gehöre Dir.«
Sehen Sie wir haben uns unbewußt noch weiter verstanden und zwar ist mein kleines Fassungsvermögen daran Schuld. Ich hatte nämlich mit Guizot und Taine genügend zu tun, da ich an beiden richtig zu arbeiten habe, denn es ist für mich ein großer Unterschied, ob ich einen Roman lese, in dem doch fast ausschließlich die Conversation vorherrscht, die ich gut verstehe, oder ob Fachausdrücke die Hauptsache sind. So habe ich denn Vormittags mich damit beschäftigt und habe nach dem Tee im Goethe gelesen und in den letzten Tagen le lys dans la vallée, was ich ganz wundervoll empfunden habe durch diese Wolke von Poesie, die über dem ganzen liegt.
Ängstigen Sie sich nicht, mir zu viel zu geben oder mich zu verwirren, denn neben Ihrem Geist, der meilenweit voraus-

fliegt, kommt mein großes Wollen, aber geringes Vermögen ja nur langsam nach und stellt dadurch das Gleichgewicht wieder her.

Soviel ist jedenfalls sicher, daß Sie mir durch Ihr Sein für mich, wie Sie es sind, eine unendliche innere Ruhe und Glücklichkeit geben, was auch körperlich nicht ohne Einfluß ist. Denn ich freue mich auf jede Minute des Alleinseins, laufe nicht unnötig im Haus herum und habe dadurch im Ganzen mehr Ausruhen. Seien Sie also über diesen Punkt ganz beruhigt.

Ich bin sehr sehr froh, daß Neubeuern über die Neujahrszeit nun hoffentlich doch Ihr Aufenthaltsort sein wird, es wäre schon zu traurig, würde etwas dazwischen kommen.

Sonnabend:

[...] Nach dem was ich bis jetzt von Kessler gehört hatte, habe ich erwartet, daß der Brief nicht gleich auf den rechten Boden fallen würde und doch hoffte ich immer für Sie beide, es würde sich alles wieder schnell glätten. Ein Wiedersehen wird wohl die noch schwebenden Wolken verwischen. Jedenfalls wird alles Entgegenkommen von Ihnen ausgehen müssen, denn Kesslers Charakter wird zu steif dafür sein. – Die Memoiren von Lang sind nicht mit zu mir gekommen!

In den Gedichten des Landarztes habe ich etwas geblättert, es hat mich lebhaft interessiert, was Sie mir über ihn schrieben, welch' schöne Gabe neben einer so ernsten Tätigkeit.

»Dichtung und Wahrheit« habe ich letztes Jahr in der Klinik gelesen und mit großem Vergnügen mir damit die langen Stunden des Liegens verkürzt in angenehmster Weise. – [...]

So nun leben Sie wohl. Es wird mir eigentlich schwer zu schließen, ich kann aber auch nicht immer so weiter schwätzen.

Ich erwarte genau mit der gleichen Freude Ihre Briefe.

Getreu Ottonie Degenfeld

[Südbahn-Hotel, Semmering bei Wien]
15 [= 14.] 12. [1910]

Ich kann nicht schreiben, gerade Ihnen nicht, schreibe an zweihundert Menschen in diesen letzten Tagen, und gerade aber darum vielleicht kann ich jetzt an Sie nicht schreiben. Vielleicht ist es auch, weil ich mich so sehr darauf freue, wieder mit Ihnen zu sprechen, Sie sprechen zu hören, daß mich das mühsälige ärmliche Schreiben so ungeduldig macht. Den letzten Büchern wollte ich ein Wort nachschicken, denn die konnten wohl nicht so deutlich für sich selber sprechen, – das hätte ich gleich tun müssen, nun ist es zu spät, nun muß ich *sagen*, was ich schreiben wollte.
Der arme Mann im Tockenburg ist ein wunderschönes Buch, weil es aus dem Volk herausgeschrieben ist. Man sieht immer nur *Leute*, man meint es gäbe nur *Leute*, aber doch ist das Volk da, darunter, dahinter, geheimnisvoll, und aus seiner Tiefe steigt das Schöne, Seelenvolle hervor. Dieses armen Mannes Buch ist ein Gegenstück zu Goethes Beschreibung seines eigenen Lebens. So knüpft es sich an etwas, das Sie schon kennen, so kommt es zu Ihnen: denn es muß sich immer eins ans andere knüpfen, so entsteht eine wirkende Gewalt, Reichtum in der Seele und Ruhe im Herzen.
Über den Novalis kann ich nicht schreiben. Es ist der meinige, den ich Ihnen schickte, mit meinen Strichen, den neuen, den Ihrigen habe ich behalten, aber später können wir wieder tauschen, der ist nicht schön genug, oder ich lasse ihn anders binden.
Hier sind Waldwege, ich sehe Sie herumgehen, Bänke, und ich sehe Sie sitzen. Lieb haben, heißt wissen, wie einer ist. Ich weiß noch nicht genug, wie Sie sind. – Wird man wirklich in 12 Tagen miteinander am Kamin sitzen?

Ihr H.

Neubeuern 17. 12. 10.

Mein lieber Herr von Hofmannsthal,
es war so nett gestern Abend, als ich allein hier ankam Ihren Brief zu finden. Ich hielt es in der Stadt nicht mehr aus und fuhr den beiden Schwestern voraus, da begrüßten mich Ihre lieben Bücher. Aber wissen Sie, so kann man doch nicht forttun, stets die teuren Bücher mir zu schenken, ich glaube da muß ich dann sagen, danke nun ist's genug! Haben Sie für diese Sendung noch von Herzen Dank. – [...]
Ich freue mich namenlos auf die Zeit nach dem Fest und hoffe es wird was draus werden. Ihr Brief war so lieb.
In treuem Gedenken hofft auf ein Wiedersehen

Ihre Ottonie D.

Rodaun 22 12. [1910]

Liebe Gräfin
Sie haben die brüske Anfrage verziehen. Wir kannten uns gar nicht aus als Tag für Tag kein Brief kam (wir nahmen an, Eberhard käme vielleicht nicht hin oder so). Auch hatte ich Schröder auf den Wunsch der Hausfrau eingeladen, der auch hinkommen will, und telegraphisch Bescheid erbat, wann wir *bestimmt* dort seien. Vor 5 Minuten höre ich wieder, daß ich schon erste Woche Januar in Dresden erwartet werde! Also wir wollen jedenfalls den 28ten Abends in Neubeuern eintreffen!
Der Orientexpress ist verschoben und die Hinreise dadurch schwieriger als das vorige Mal. Wir können nicht früher als 7 h 5 abends in Salzburg weiterfahren, sind 8 h 40 in Rosenheim. Sollen wir dort die Wagen erwarten? Bei großer Kälte vielleicht lieber nicht, sondern besser in Rosenheim ¾ Stunde warten (was etwas öd) um 9 h 32 nach Raubling weiterfahren, 9 h 44 in Raubling eintreffen, also nach 10 h Neubeuern, 2 Eier im Zimmer und schlafen gehen. Sie haben noch Zeit, wenn Sie so gut sein wollen, mir durch ein Telegramm den entscheiden-

den Rat zu geben. Ich weiß nicht genau, ob die Fahrt Rosenheim für Menschen und Pferde sehr ins Gewicht fällt, also Sie werden es mit der Hausfrau besprechen. Verzeihen Sie den ganzen fürchterlich hastigen Brief.
Ihre Bemerkung über Bücher-schicken macht mich etwas traurig. Ich kann sie weder ignorieren noch verstehen. Ich hatte gehofft, wir verstünden einander in dieser Sache vollkommen gut, wüßten, daß es sich um einen Plan handelt, um etwas Überlegtes, sozusagen notwendiges, nicht um »Schenken«. Sie sind doch sonst nicht gar so sehr aus Sondershausen! Man »schenkt« shawls, Reisekoffer, Perlenschnüre, Möpse, Parfümflacons, aber man *gibt* jemandem Bücher, die er *braucht*, damit sie bei ihm sind. Ich war plötzlich ganz traurig als ich den kleinen Satz las. Aber denken Sie jetzt darüber *nicht nach*, bitte, Liebe, *nicht nach*, sondern wir sprechen darüber. Zunächst muß ich mich daran halten und werde die Grimmschen Märchen die für Sie zu Weihnachten bestimmt waren, nun Julie schenken, als Märchentante für Marie Thérèse. Es ist ja gleichgültig wem sie *gehören*, ich wollte nur daß Sie der Kleinen daraus die ersten Märchen vorlesen. Also auf bald, wenn's wahr ist. Bitte seien Sie nicht krank – ich freue mich so.

Ihr H.

[Schloß Neubeuern a/Inn
Dezember 1910]

Es ist ja alles eingeengt und abgegrenzt, aber doch eine so namenlose Freude mit Ihnen in einer Luft zu stehen – nicht bloß zu wissen, sondern zu *sehen*, daß Sie auf der Welt sind. Das unbegreifliche Geheimnis der körperlichen Gegenwart. Lieb haben ist sicher beglückender, als geliebt zu werden. Was nützt's Ihnen daß ich Sie lieb habe! Liebe Ottonie! Wie ich mich freue, das in *Ihr Zimmer* zu tragen.
Wenn ich mich verschlafe, bitte lassen Sie mich zu Tisch holen.

[Schloß Neubeuern a/Inn]
[Dezember 1910]

Ich fahre gern wenn Sie fahren. Überlegen Sie doch sicher ob es für Sie nicht zu viel ist. Ich glaube es ist zu viel.

[Schloß Neubeuern a/Inn, 4. 1. 1911]
Nicht lesen, wenn Sie müde sind.
Liegen lassen.

Nun sind Sie schon so weit fort, schon fast 2 Stunden, in die Nacht hinaus, mit jedem Augenblick weiter um ein großes finsteres Stück, und sind doch noch so nah, so da. Durch die Türen kommen Sie herein, immer im nächsten Zimmer könnten Sie sein, – es ist alles noch so erfüllt von Ihnen. Ich sitze mit Julie und dem Doctor, da sitzen Sie am Kamin ganz nahe von uns – ich nehme den Herrn Heiseler auf mein Zimmer und lese ihm vor, um ihn zu beschäftigen – da sitzen Sie und hören zu, wie damals in der Ecke, Dabeth zu Ihren Füßen gekauert, an dem schönen schönen Abend – und ich begreife gar nicht, wie meine Augen von einer Zeile zur anderen kommen können, da ich doch immerfort auf Sie hinsehe, und wie meine Lippen ganz schnell fortwährend die Worte sagen können, da ich doch zugleich mit Ihnen rede, aber es geht ganz gut und gefällt dem Herrn Heiseler ausnehmend.
Was wünsche ich? was ist das Innerste, das Wirkliche an diesem maßlosen Sich-hinüberlehnen einer Seele zu einem anderen Wesen? Es müßte sich doch mit ganz einfachen Worten sagen lassen! Daß Sie es fühlen könnten, daß es in Sie hineinginge wie ein Strahl. Ich hab Sie lieb. Aber das »Ich« in dem Satz ärgert mich – was geht Sie der an, der Sie lieb hat. Der, den Sie lieb hätten, ginge Sie was an. Man sollte es so sagen können: es hat Sie lieb. Und dann müßten Sie es fühlen können, so leise

und bestimmt wie man die anderen Dinge fühlt, die unguten: die Leere, die Einsamkeit, die Schwere.
Aber Sie wissen, daß es Sie sind, nur Sie – die einer auf der Welt irgendwo sehr lieb hat, nicht wahr, das wissen Sie? Es fällt mir ein, daß ich manchmal gesagt habe, so unterm Reden: Sie sind gut oder Sie sind lieb oder das oder jenes ist hübsch oder gewinnend an Ihnen – aber alles dieses Einzelne macht ja nichts aus – nicht weil Sie gut sind, hat jemand Sie lieb, und nicht wegen dessen, was hübsch an Ihnen ist und nicht wegen dessen, was freundlich und gewinnend an Ihrem Wesen ist – das alles ist ja da, ich sehe es, aber das alles ist mir ja beinahe gleichgiltig *an sich*, sondern dahinter ist etwas, das sind Sie, das ist Ihre Natur, das ist in allem, auch wenn Sie schwer sind, wenn Ihr Gesicht müd aussieht – das muß man so lieb haben, wenn man es einmal gewahr geworden ist, danach muß man sich so sehnen – ich muß aufhören, ich muß zum Essen hinunter und nicht zu spät – ich will sagen »Gute Nacht« und weiß, Sie werden nicht schlafen, ich will sagen: Quälen Sie sich morgen nicht und weiß, Sie werden sich quälen – ich bin heute noch nicht traurig – ich bin so namenlos dankbar, daß Sie *da* sind.

H.

[Schloß Neubeuern a/Inn, Oberbayern]
den 7ten [1. 1911] mittags

Liebe Gräfin
verzeihen Sie wenn der gestrige Brief ganz kopflos war, kaum zum Entziffern, und wahrscheinlich viele Worte doppelt geschrieben oder Sätze ohne Ende. Ich habe ihn nicht überlesen können und während ich im Schreiben war, kam Gerty ins Nebenzimmer, zog sich an und sprach durch die Tür herein; sie ist so gewohnt, daß ich meine »Briefe« mit halbem Kopf schreibe und man ruhig dabei mit mir reden kann, und wenn ich sie gebeten hätte, mich nicht zu stören, oder ich hätte die Türe

zugemacht, so hätte sie sofort gewußt, daß ich an Sie schreibe, oder ich hätte eine directe Lüge gebrauchen müssen und das hätte mir sehr widerstrebt.

Nun sind Sie dort, wo Sie nicht sein wollen und das finstere, furchtbar Schwere hat wieder seine ganze Gewalt über Sie. Und es ist so strahlend schön, der Inn und die Berge in einem silbernen Nebel. Ich war auf der Terrasse, wie gestern, Muscadin ist mir nachgelaufen, er war mir so sympathisch: er sieht auch aus als ob er immer auf jemanden warten würde, ganz bescheiden und ohne bestimmte Hoffnung. Auf einmal ist wieder etwas über mich gekommen, das ich seit meinen Bubenjahren nie mehr gespürt habe, ein solches schwindelndes Verloren-sein in der Welt, ein solches Sich-nicht-besinnen können – wer bin ich denn? wie komme ich denn daher? Diese Mauern, das Schloß, drunten das Dorf, der Himmel die Sonne – und hier dieser, der da steht? *wer* ist das? es ist eine namenlose Fremdheit, eine Art von Angst – einmal als Bub hab ich es unterm Ministrieren bei der Schulmesse so stark gehabt – und fast aufgeschrien – aber heute war es nicht so angstvoll, gleich war Ihr Gesicht vor mir und an der Sehnsucht hab ich mich wieder ins Leben hineingezogen –. Mir ist als wenn ich bis jetzt nie gewußt hätte, daß das Wort *Herz* einen Sinn hat – und nun weiß ich es auf einmal. Als ob ich zwanzig Jahre alt wäre – was das für Dinge sind.

Ich kann in manchem Augenblick so glücklich sein, eine solche Welle von Freudigkeit geht durch mich hin, Ihre Nähe, Ihre Gegenwart – ist es nur hier? wird es weg sein, wenn ich von hier fort bin? Wird wieder dieses Starre kommen, wie im October, dieses Böse? Manchmal fliegt mir etwas ganz kleines Entzückendes entgegen, wie die Frühlingsluft einem einen ganz kleinen süßen Duft von Veilchen oder frischem Gras entgegenwirft. Es sind kleine Worte, die Sie gesagt haben, so zwischenhin, manche mit einem guten lieben Blick: das von den unbeantworteten Briefen, die man im Schreibtisch liegen hat, aber daß Sie meinen Brief damals, den kurzen Zettel aus München

»für was komme ich sonst nach Neubeuern« wieder in der Hand gehabt haben. Eine solche Erinnerung kann man aber nie rufen, man muß nur sehr glücklich sein wenn sie kommt.
Ich habe eine Menge Briefe und Depeschen bekommen, das gibt eine gute contenance, und wenigstens »muß« man irgend etwas. Ich fahre also morgen Abends nach München, muß mich dort um Proben bekümmern und vorerst einem Schreiber ein oder zwei Tage lang dictieren, bin also dort bis Donnerstag, im Hôtel Marienbad. Julie wird nicht allein sein, es kommt das Fräulein Kolb, auch sonst noch eine Dame und indessen ist ja Mädi zurück. Ich habe die Adresse hingeschrieben, aber das wissen Sie, nicht wahr?! ich *erwarte* keinen Brief. Niemals müssen Sie das tun, daß Sie mir um meinetwillen allein schreiben, keinen Blick und kein Wort, auch keine Begegnung will ich dem verdanken, daß Sie sich sagen: der arme Mensch, er verlangt sichs so sehr. Das werden Sie *nie* tun, Ottonie, nicht wahr? ich würde es immer durchfühlen und mich *erniedrigt* fühlen.
Ich möchte so gern weiterschreiben, es ist doch, als wären Sie da und hörten mir zu, manchmal auch nicht, aber was tut das, Sie fühlen doch daß jemand irgendwo – das Wort kommt zu oft.
Ich muß schlittenfahren mit dem Herrn Heiseler und einer Frau von Döring. Wie weit sind Sie nun schon. Unter den fremden schwarzen Menschen. Wie weit von mir.

Ihr Hofmannsthal.

Stuttgart 22 Mörikestr.
Sonntag Abend. [8. Januar 1911]

Der ganze Tag ist vergangen, es ist fast 12 Uhr, ich liege im Bett und fange diese Zeilen an Sie an, ob ich sie auch beenden werde, heute, weiß ich nicht. Aber sagen muß ich Ihnen, *wie* froh ich war heute morgen durch Ihren Brief begrüßt zu werden. *Wie* lieb von Ihnen mir gleich zu schreiben und *so* zu schreiben. Der eine Satz: »*es* hat Sie lieb«, sagt mir wie tief dies Gefühl bei Ihnen für mich ruht. Für mein Gefühl ist es der höchste Grad, wenn man sein ganzes Innere *wunschlos* dem Anderen gibt und es erzeugt ein namenloses Gefühl der Rührung in mir. – Ja ich weiß jetzt daß es *nur* für mich ist was Sie mir schreiben und sagen und nehme es alles hin, denn es macht mich glücklich und dadurch hoffe ich, tut es auch Ihnen wieder wohl. – Was waren unsere Tage schön – auch die bösen, die ersten – ich möchte sie nicht missen, denn sonst wären die späteren nie geworden was sie uns gewesen sind. Nun müssen wir in Briefen weiter zusammen leben, es ist auch schön; ich habe den Ihrigen wohl schon viele Male heute gelesen. Doch denken Sie wie gräßlich, ich weiß ja eigentlich gar nicht wo Sie sind und wie Ihre Pläne sich gestaltet haben; meine Gedanken suchen Sie momentan in München, bitte schreiben Sie mir aber doch gleich wohin Sie gehen werden. –

Der gestrige Tag war entsetzlich lang und ich halbtot als ich hier ankam, aber die Aufregung in Warthausen war nicht so arg als ich gedacht hatte, die Menschen waren alle so wenig Schmerz getroffen, das half doch darüber fort. Ich bin nur noch so namenlos müde daß ich zu allem »nein danke« sage und den ganzen Nachmittag liegend verbracht habe, selbst unfähig auch nur eine Zeile weiter zu lesen. Es weiß noch niemand von meiner Anwesenheit, ich möchte ich dürfte unbemerkt wieder abreisen.

Eben kommt mir ein merkwürdiger Gedanke! Ob Sie wohl noch einige Tage in München bleiben? Dann könnten wir am Donnerstag oder Freitag zusammen reisen, von hier bis Erfurt, ich könnte den Tageszug auch nehmen. Aber Sie werden wohl schon fort sein bis dieser Brief kommt. Ich brauche von hier aus nur bis Erfurt fahren, nicht nach Halle. Gute Nacht für heute, es ist schon Zeit um das Schlafen wenigstens zu versuchen.

Ihre Ottonie DS.

Wenn unsere Zusammenreise möglich wäre, wäre es das Beste gleich Freitag ins Auge zu fassen. Wenn wir den Tag über fahren wollen, müßten Sie Abends zuvor hier ankommen und im Marquardt wohnen. Wir steigen dann zusammen ein, dürften uns aber nicht erkennen vor den Andern. Sollte Ihnen die Nachtreise besser passen, so treffen wir uns im Schlafwagen für einige Stunden.

[Hotel Marienbad, München]
Dienstag 10ten [1. 1911] 4^{h}

Liebe Gräfin
ich habe nur diese 10 Minuten um ungestört zu schreiben, dann muß ich einen Sänger anhören, dann Bruckmanns sehen, dann Gerty an die Bahn bringen, die zu den Kindern heimfährt.
Ihr Brief kam morgens, als schon das Auto dastand, um zur Probe zu fahren – ich hatte ihn ja »nicht erwartet«, und war so glücklich als er dalag, las ihn im Auto zuerst ganz ruhig und froh über das Gute Liebe, dann kam der *so* unerwartete Vorschlag, diese plötzliche fast unglaubliche Möglichkeit, Sie zu sehen – ich hatte immer mit so dumpfer Sehnsucht an den Tag gedacht, wo Sie in der gleichen Richtung fahren würden wie ich – hatte immer 2 Züge gesehen, die nebeneinander durch die finsteren Landschaften rollten, und jedes von uns in einem, und jetzt kommt etwas *so* schönes, noch kann ich es nicht glauben, etwas in mir sagt immer: es wird nicht sein! Aber ich bin so glücklich, daß Sie daran gedacht haben und ich glaube in diesem Augenblick daß es *nicht nur* um meinetwillen war, nicht nur so, wie ich es immer fürchte.
Als ich den Brief ausgelesen hatte, war ich ganz schwindlig von dem plötzlichen Umstellen aller meiner Gedanken, da hielt auch schon das Auto vor dem Bühneneingang, ich ging hinein, der finstere Raum, der grellbeleuchtete Mann am Pianino, Männer und Frauen, unschön und bürgerlich, die agierten und meine Worte sangen, seltsam brüllten mir meine Worte aus

ihren Mündern entgegen, dann kam wieder ein Satz auf den Wellen der Musik entzückend in mich hinein – dazwischen sah ich die Landkarte aus dem Cursbuch vor mir, Erfurt, Halle, Reichenbach wo ich hin soll, in dem Halbdunkel drehte sich alles so sinnlos um mich, aber die Worte Ihres Briefes leuchteten irgendwo in mir wie kleine Sterne. – Nun drängt die Zeit so, ich will nur schnell alles sagen, was ich überlegt habe.

Nachts zusammen zu fahren, dann seh ich Sie müd werden, man sagt sich gute Nacht, keines schläft, früh seh ich Sie müd in den kalten grauen Nebel aussteigen – nein *so* möchte ich Sie nicht sehen, dann lieber nicht. – Aber Tags. Aber ob Sie es vertragen? überlegen Sie es noch, lassen Sie sich durch meine Freude nicht binden. Ich fahre Donnerstag abends von hier nach Stuttgart (Marquardt) Sie haben bis Donnerstag mittags die Möglichkeit mir telegraphisch abzusagen. Können auch durch einen Diener vom Postamt aus noch in der letzten Stunde telephonisch absagen: brauchen dazu nicht meinen Namen, sondern Sie lassen bloß ans H. Marienbad telephonieren, die Sendung nach Stuttgart soll nicht abgehen, ich habe instruiert, was das bedeutet. Wenn Sie nicht absagen, steige ich Freitag morgens in den Zug und in den direkten Wagen der über oder nach Erfurt geht. Soll ich das nicht, sondern in einen anderen Wagen? Das können Sie mir eventuell ins Marquardt sagen lassen. Ich sehe mich auf der Bahn nach niemand um, und fahre auch weg wenn *niemand* da ist, außer Sie hätten mir eine Weisung gegeben. Das wäre freilich sehr traurig allein so wegzufahren und gar nichts von Ihnen zu wissen.

Ich muß aufhören – adieu, auf bald (Indem ich es schreibe, glaube ich es nicht.)

Ihr Hofmannsthal.

Stuttgart
Donnerstag [12. Januar 1911]

Einen kleinen Gruß der Sie in dem öden Marquardt willkommen heißen soll.
Wenn kein direkter Wagen Erfurt da ist, so muß man in den Berliner Wagen steigen.
Ich werde dann wohl in Erfurt übernachten sonst käme ich erst um 12 Uhr zu Hause an, hätte so allerdings den ganzen Abend in Erfurt. Werde jedenfalls meine Ankunft auf Sonnabend Morgen anmelden. Zwei liebe Bücher kamen heute zu mir in reizendem Gewande und wurden sehr huldvoll aufgenommen.
Also auf Wiedersehen O. D. S.

Verweigern Sie die Annahme des Reisekissens nicht, es kommt an seine rechte Adresse.

[Amtshauptmannschaft Auerbach im Vogtland]
Sonntag früh [15. Januar 1911]

Liebe Gräfin
wenn Sie gelegentlich etwa reisen müssen und das Eisenbahnfahren schlecht vertragen, so kann ich Ihnen nichts so sehr empfehlen, als die Gesellschaft eines gewissen kleinen Thüringischen Fräuleins. Wie diese Fräulein es anstellt, weiß ich nicht, aber sie heilt die Migräne, und nicht nur während sie selbst mit einem fährt, sondern auch im nachhinein. Man kann nachher mutterseelenallein in überheizten oder ungeheizten coupés die albernsten Strecken fahren, z. B. von Erfurt über Leipzig nach Reichenbach, mit nichts als einem Apfel zum Essen für den ganzen Tag, und man wird ohne eine Spur von Kopfschmerzen ankommen, mit ganz freien und glücklichen Augenhöhlen sogar und mit einem seligen glücklichen Gefühl, das immer um einen herumbleibt, einem Gefühl wie vom Vorhof

des Himmels, oder wie es ganz glückliche Kinder in der Weihnachtswoche haben müssen, wenn sie sich nachts einmal herumdrehen und nur wissen: der Baum steht da. Dieses Gefühl ist so unbeschreiblich und süß, daß man nicht viel davon sagen darf. Manchmal schwillt es an und seine liebe dämmernde Helligkeit verändert sich, und auf einmal ist etwas da: eine bestimmte Erinnerung, ein Satz, ein kleiner Augenblick, das Nebeneinanderstehen auf dem vereisten kleinen Balcon in Erfurt, dann flutet das wieder weg und läßt das Herz noch glücklicher zurück.

Das ist gerade die Tonart, wie man zu einer Frau nicht von einer anderen sprechen darf, und wenn Sie nun das thüringische Wesen kennen und gar, wie es dazu kommen kann, unter einem Dach mit ihr wohnen, so wird Ihre Kritik schnell fertig sein und in Ihren Augen werde ich der sein der von allen Menschen der Welt das Fräulein am wenigsten kennt.

Und doch sage ich Ihnen, ich kenne sie gut, und daß ich sie kenne ist meine Freude und sie immer mehr zu kennen, mein ganzer Wunsch. Und ich sehe sie, wie sie ist, und nicht anders. Es ist durchaus keine imposante Person: will man sie in Schröders Decke wickeln, so ist auf einmal kein Fräulein mehr da: gleich hat sie schon aufgehört. Ihre Stimme ist durchaus nicht so besonders schön und sogar ein bißchen rauh: aber wenn man einen Tag nur diese Stimme gehört hat, mag man keine andere Stimme hören und alle sind einem zuwider. Ihre Sprechweise ist sonderbar genug: von Natur norddeutsch und darüber ein angenommenes Schwäbisch oder Bairisch, nicht Hund und nicht Katz: daß man es namenlos lieb hat, in diesem unmöglichen Dialekt schwätzen zu hören, ist eine Privatsache. Die hübschesten Hände sind es auch nicht die sie hat: nur daß es die hübscheste Sache von der Welt ist sie ihr einmal am Morgen und einmal am Abend küssen zu dürfen. Nun werden Sie fragen, was denn *eigentlich* an ihr ist und ob man das sagen könnte, ohne zu radotieren. Aber das will ich Ihnen in einem anderen Brief sagen. Für heute nur das: wenn Sie unter einem Dach mit ihr

sind, seien Sie gut zu ihr. Aber das brauche ich Ihnen nicht aufzutragen, das kommt von selbst. Es ist etwas in ihr, das einen zwingt, ihr gut zu sein. Man darf es ihr auch hie und da einmal sagen, in irgend einer Sprache, que l'on l'aime profondément, und che le si vuol bene, und that one is very fond of her. Aber es muß *bescheiden* gesagt sein und leicht. Es darf sie berühren aber nicht beschweren. Das Leben hat ihr namenlos weh getan und vielleicht gerade darum muß man sie namenlos und wunschlos lieb haben.
Und noch eines, liebe Gräfin. Sie ist leichtfertig wie ein Schulmädel und gedankenlos gegen ihre Gesundheit. Dazu ist sie eigensinnig und hört auf niemanden. Sie wird zu Bett gehen und ihre Flasche nicht heiß machen lassen, sie wird bei 10 Grad Kälte auf dem Eisplatz herumstehen und endlos schwätzen, bis jeder Sondershausener glaubt, er sei doch *der* mit dem sie es am besten meine. Und wird nicht daran denken, daß Kälte den Nerven weh tut und daß unsere Seele ärmer wird, wenn wir unseren Körper malträtieren. Versuchen Sie es mit ihr, mir folgt sie nicht und glaubt mir nichts. Was geht das aber mich an? Ich hab sie eben lieb.
Adieu, liebe Gräfin Ihr Hofmannsthal

Sondershausen 16. 1. 11.

Können Sie glauben daß das thüringische Fräulein wahnsinnig auf einen Brief gelauert hat von einem gewissen Herrn, der mal ganz zufällig mit ihr im Zug zusammen gefahren war? Daß sie dazu morgens früh im Schlafrock (aus dem Bett geschlüpft) durch kalte Räume eilen muß, um zu sehen ob denn der Postbote immer noch nicht da war, um dann resigniert wieder zurück zu kriechen. So dumm ist diese gewisse thüringische Fräulein noch, da sie doch genau wissen müßte, daß der Brief erst am Nachmittag kommen konnte. Und nun hat sie ihn eben gelesen und gleich muß sie aufs Papier schwätzeln und sagen, *wie* sie froh ist, daß der Reisebegleiter *ohne Migge* angekommen ist und recht lieb und frisch hat ausschauen können als er sich zur Schlittenfahrt hat anschicken müssen. Und wie sie hofft, er möge auch ebenso frisch zu seiner Feldmarschallin nach Dresden kommen. –

Das thüringische Fräulein ist nun wieder in die Tochter und Schwester verwandelt und hat längst abgegebene Funktionen wieder übernehmen müssen, nämlich den Vater zu trösten.

Leider ist es diesmal recht schwer. Ich muß mir auch sagen, daß der Hang zur Melancholie doch sehr viel tiefer in Vaters Natur ruht und stets dort ruhte, als ich es glaubte. Es ist bei ihm eine Krankheit und nur Wechsel in Umgebung und Menschen würde es immer auf Zeiten bessern oder, vielleicht auch hier wieder das entsetzliche Geld. Wenn er jährlich anstatt grade mit dem Seinen auszukommen, einige tausend Mark übrig hätte, würde er *vielleicht* die anderen Sorgen leichter tragen, aber auch nur vielleicht. Ich möchte dem lieben Alten so namenlos gerne helfen und fühle mich so ohnmächtig, denn ich sage mir so lange ich da bin gehts, aber verlasse ich das Haus, dann ist er doch gleich wieder am alten Punkt angelangt. – Sehen Sie, da lasse ich mir doch schon besser helfen, oder sollten Sie es wirklich so viel besser verstehen? Grad wirds mir klar, ja Sie könnens auch besser, Sie tun es intensiver, Sie sind wohl viel selbstloser und geben sich ganz her.

Ich tu es nur wenn ich mit ihm zusammen bin, aber viel wichtiger wäre es wahrscheinlich, ich würde ihm oft schreiben um ganz drin zu sein in seiner Gedankenwelt, denn dann könnte ich ihm auch ab und zu nützen. [...]

So nun leben Sie wohl, mein lieber Reisegefährte, ich bin lange nicht *so* gut gefahren, ob wir's wohl noch mal zusammen wagen!

In Treue das thüringische Fräulein.

[Sendig Hotel: Europäischer Hof,
Dresden-A., d.] 17ten 1. 11. abends

Das wird ein schlechter Brief, liebe Gräfin, ich fühls – zwar ein dankbarer und froher schon für den Ihren, der vor zwei Stunden dalag als ich von der endlosen Probe nachhaus kam, und mich *so* glücklich machte, aber ein schlechter, dummer, unzulänglicher doch, weil ich so namenlos müd bin. Man kann ja so namenlos unbeschreiblich müd werden bei diesem Stehen und Stehen auf der Bühne, und Reden und Reden und Versuchen, aus diesen Ungeschöpfen etwas herauszubringen. Da spürt man erst daß man das was man gemacht hat, doch sehr lieb hat, daß man mit heimlichen Fasern dran hängt. *Wie* traurig waren wir gestern vormittag auf der ersten kläglichen Probe, wie hilflos und traurig, Strauss tut mir so leid, der große starke, halb grobe, halb überfeine Mensch, wie er dem Weinen so nah war. Hätten wir nicht Max Reinhardt hier, es wäre zum verzweifeln. Es ist unglaublich, wie er uns hilft, unermüdlich, den ganzen Tag, von 10 Uhr morgens bis 11 Uhr nachts, zuerst auf der Bühne dann im Zimmer, so leise, unhörbar, fast unmerklich und so wirksam, wirklich wie ein Zauberer. Ich habe ihn sehr gern, auf eine besondere Weise, anders als andere Freunde – sehr sehr gern – und hat man nicht *jeden* Menschen auf eine besondere Weise lieb? Wenn ich einen Menschen gern habe und seinen charme spüre und ihn merkwürdig finde, denke ich immer gleich an Sie und möchte ihn mit Ihnen beisammen sehen. Wie oft denke ich: wenn Sie da unten im dunklen Parkett säßen und uns zusähen, vielleicht unterhielte es Sie, und wie wohl wäre mir, ich käme hinunter, setzte mich neben Sie und würde nicht müde, gerade so wenig wie neulich von der Fahrt.

Ottonie, mit was für einer Sehnsucht habe ich auf diesen Brief gewartet und *wie* froh war ich, als er dalag, wie froh! Gestern war in mir so eine leise unsinnige unberechtigte Hoffnung und Erwartung, nein nicht Erwartung, nur Hoffnung, eine

Hoffnung mit schlechtem Gewissen, über ihre eigene Unbescheidenheit, Sie würden vielleicht geschrieben haben, ohne meinen Brief abzuwarten. Vor der Abendprobe hatte ich mich ins Bett gelegt, schlief ein bißchen und dreimal klopfte es und dreimal fuhr ich auf und hoffte so unsinnig, es würde ein Brief von Ihnen sein, und jedesmal waren es Depeschen von Leuten die Plätze für die Première besorgt haben wollen. Es gibt aber natürlich keine. (»Ihren« hab ich in der Tasche und gebe ihn erst eine Stunde vor dem Anfang weg, aber ich denke nicht daran, daß Sie kommen sollen.)
Ich bin so glücklich, daß Sie so nahe sind, es kommt mir so nah vor, so erreichbar. Wie glücklich bin ich, daß nicht das halbe Deutschland dazwischen liegt. Wenn Sie in Cassel, in Essen, in Bremen lebten, wie verfinstert wäre mein Leben, wie namenlos dankbar muß ich sein, daß alles so ist wie es ist und wunderbar sich gefügt hat für mich: Sie zu finden, Ihnen grenzenlos gut sein zu dürfen, Sie sehen zu dürfen und von Sehen und Wiedersehen, Erinnerung und Sehnsucht glücklich zu sein.
Ottonie, was für ein kindischer Unsinn von Ihnen, mich »selbstlos« zu nennen? Soll ich mich dafür von Ihnen loben lassen, woran nichts wahr ist? Ich hab Sie lieb, das ist alles. Was ist denn da selbstlos, und was ist da wunschlos? Wünsch ich mir nicht fort und fort etwas: Sie zu sehen, Ihre Stimme zu hören, Sie nahe zu fühlen – oder Sie an mich denken zu machen oder Sie lächeln zu machen, oder bei Ihnen zu sitzen und Ihre armen kleinen kalten Füße einzuwickeln, oder Ihr Gesicht mit meinen Augen anzuschauen, ob Sie nah sind oder ob viele viele Meilen dunkler Nacht dazwischen liegen – und jetzt in diesem Augenblick, Ottonie, schreib ich denn nicht um meinetwillen, damit ich Sie mir zuhören fühle, damit ich Ihre Gedanken ein wenig an mich binde, oder an *das was Sie lieb hat* und ist dahinter nicht die heftigste Sehnsucht schon nach der Antwort, die ewig unausgesprochene
[Letzte Seite fehlt im Original]

[Sendig Hotel: Europäischer Hof,
Dresden-A., d.] [Januar 1911]

Bitte: schreiben Sie mir *bald* wieder, wenn es auch nur eine Zeile ist, nur *bald*!
Ottonie ich denke so intensiv an das was Sie über Ihren Vater schreiben und ich möchte so um alles gern das Richtige, das Wesentliche darüber sagen – es gibt ja nichts auf der Welt das ich so nachfühlen kann, als diese Sorge um den Kummer eines Vaters. – Das war ja in so frühen Zeiten fast bis zur Verrücktheit in mir, und daher ist mein Vater heiter, und die Last, an der ich mich manchmal fast überhoben habe, war fast eine eingebildete. Ottonie, wenn ich das was ich denke, nur so ausdrükken könnte, daß es Ihnen hilft – aber ich fürchte diese erbärmliche körperliche Müdigkeit wird es verhindern. Ich möchte das sagen: geben Sie so viel von sich, von Ihrem lieben heiteren Wesen, von Ihrer Lebendigkeit, von Ihrer Teilnahme jetzt an ihn, als Sie können – aber darüber hinaus geht es nicht, in das *Eigentliche* eines fremden Lebens, eines fremden Leides kann man nicht hinein, das ist frevelhaft, man vergeudet die tiefsten Kräfte seiner Seele, ohne zu nützen, man kann die geheimnisvolle Lebenslast eines andern nicht auf sich nehmen, man *darf* es nicht wollen, man zerstört sich darüber. Und bohren Sie sich mit Ihrer Phantasie nicht in die Schatten eines Leidens, quälen Sie sich nicht mit dem Gedanken: »er wäre froh wenn er reicher wäre! Könnte ich, sein Kind, ihn reicher machen!« Das ist nicht wahr: er wäre nicht anders, fühlen Sie es nur, in Ihnen ist ein so gesundes seliges Fühlen der Wahrheit, der Grenzen, des Richtigen – daran halten Sie sich. Ottonie, Sie verstehen mich nicht falsch, nicht wahr, es ist für Ihr Ohr nichts von Härte, nichts von Herzenskälte in diesen Worten? Könnt ich eine Stunde bei Ihnen sein, zu Ihnen reden! Meine Stimme würden Sie nicht mißverstehen, das weiß ich. – Oder sind es meine Briefe, die Sie lieber mögen als mich? Soll ich bitter eifersüch-

tig werden auf meine eigenen Briefe wie der arme Lucidor? –

Gute Nacht. H. H.

Sondershausen Mittwoch [18. Januar 1911]

Mein sehr lieber Herr von Hofmannsthal, schau'n Sie, man sollte doch stets seinem inneren Gefühl folgen, hätt' ich dies getan, so hätten Sie bei Ihrer Ankunft einen Brief von mir vorgefunden und dieses entsetzliche Warten und ewig unnötige Enttäuschtsein wäre nicht gewesen, aber diese dumme weibische Zurückhaltung macht immer alle guten Gefühle kaputt. –

Wie gern ich in dem dunklen Theater säße, neben Ihnen – ich kann's Ihnen gar nicht sagen und wie ich glücklich wäre, könnte meine Gegenwart Ihnen etwas über die Widerwärtigkeiten dieser ersten Proben hinweghelfen, – aber da es unmöglich ist, will ich Ihnen wenigstens schreiben.

Ihr Brief war *so so* sehr lieb, trotzdem er aus einem müden Kopf hat sein sollen. (Ich glaub, er kam direkt aus einem sehr warmen Herzen, das gar nichts von der allgemeinen Müdigkeit gewußt hat.) Seien Sie sicher, ich habe Sie so gut verstanden, alles alles was Sie mir über mein Verhältnis zu meinem Vater sagen hat nichts von Härte an sich gehabt, sondern nur tiefes Sich-hineinversenken in meine Seele. Sie haben ja so Recht in Allem, aber die Tatsache nichts, aber auch gar nichts daran ändern zu können, ist schon sehr hart. – Ich weiß es ja selbst wie ausgeschlossen es ist jemandes Schmerz zu nehmen, oder ihn zu teilen, man kann ja nur allein damit fertig werden, aber man kann Hilfen bekommen, die die Kraft des Tragens stärken, wie ich es durch Sie erfahren habe, aber ich bin es wohl wirklich nicht im Stande meinem Vater dies zu geben. Seien Sie aber unbesorgt über mich, ich werde mich nicht hinein steigern, sondern werde versuchen mit den Tatsachen zu rechnen. –

Wie sehr freue ich mich Max Reinhardt bei Ihnen zu wissen,

der Sie sowohl, wie Strauss über die Klippen der ersten entsetzlichen Tage hinweg steuern wird. Ich denke mir auch den Anfang entsetzlich, wenn man *sein* Kind so von anderen fremden Menschen, die einem noch dazu unsympathisch sind (da man ihren Charme noch nicht gefunden hat) entgegen gehalten bekommt. Nach und nach wird es wohl ganz anders, Sie bekommen Interesse an den handelnden Personen und das Ganze rundet sich ab und wird reizend. Ich käme doch schon rasend gerne zum 26ten aber ich glaube nach allem was wir darüber gesprochen haben, ist es wohl doch besser ich unterdrücke diesen Wunsch. – Wissen Sie was ich seit einigen Tagen sehr sehr genieße? Das Gefühl, Sie haben alle die häßlichen Punkte an dieser gewissen Ottonie genau so gesehen, wie sie dies selber tut (und sie sieht sie sehr stark und noch viele mehr) und doch haben Sie sie lieb, weil Sie die kleine Seele die in ihr wohnt, lieb haben und das macht diese kindliche Ottonie namenlos glücklich. Soll ich Ihnen nun auch noch sagen, ob ich die Briefe von einem gewissen Mann noch lieber habe als ihn selbst! das ist ganz schwer zu erklären. Nein, ich habe ihn schon sehr gern und ich spreche schon lieber mit ihm und besonders gern reise ich mit ihm, – aber etwas was ich eben gar nicht liebe, ist irgendwo ohne ihn sein, wenn kein Brief mich dort erreichte. Soll ich Ihnen nun noch mehr sagen, warum ich ihn so gern habe; weil er auch den Staub auf den Blüten liebt, weil er die Knospenbüschel nicht ins Warmhaus setzen würde um sie vorzeitig aufbrechen zu lassen, und das ist etwas was ihn vor allen andern Männern auszeichnet, was wie Balsam für ein wundes Herz ist. Aber wenn ich nun grausam ehrlich bin, dann muß ich doch wohl sagen, ihn habe ich namenlos gern, aber ich liebe ihn nicht und seine Briefe habe ich nicht nur gern, sondern die liebe ich direkt. Aber dabei wird mir grade klar – wenn ich seine Briefe liebe, muß ich dann nicht seine Seele, sein Inneres Ich auch lieben, denn seine Briefe sind doch seine Seele?! ich weiß es nicht, ich muß mir erst darüber klar werden.

Leben Sie wohl Ottonie D.

Sondersh. 18. 1. 11.

Eine Stunde nur eh Ihr Telegramm kam war grade ein Brief an Sie nach Dresden abgegangen, er wird Sie wohl noch in Berlin erreichen. – Gewiß ist es ganz gut für Sie nicht alle Proben bis zum 26ten noch mitzumachen. Reist es sich mit Max Reinhardt auch so gut und migrainelos wie mit dem gewissen thüringischen Fräulein, oder mußten Sie sogar allein fahren?
Wissen Sie daß ich mich eigentlich entsetzlich viel mit Ihnen beschäftige, ich lese Ihre Briefe immer wieder bis ein neuer kommt, dann schreib ich an Sie und der Tag ist um und Sie haben mich fast ausschließlich beschäftigt. Nebenbei lese ich *in meinem* entzückenden Stifter, der grade die richtige Nahrung für mich hier ist und mir eine wundervolle Stimmung gibt. Momentan sitzt alles um mich herum und liest, sogar meine Mutter! –
Ich möchte Sie hätten meinen ersten Brief vor diesem, dann könnte ich viel besser schreiben, als in dem Gefühl daß er in Dresden rum irrt ohne seinen Herrn zu finden. –
Ich habe selten das Gefühl gehabt einen so unguten Brief an Sie geschrieben zu haben wie diesen, fast sollte ich ihn zerreißen, da ich aber neulich gesagt habe ich würde es nicht tun so soll also auch dieser Wisch fort gehen – die Stimmungslosigkeit ist wohl eben hereingekommen durch meine Umgebung und es wird nichts helfen dagegen zu kämpfen.
In treuem Gedenken Ottonie D.

Sondershausen 19. 1. 11.

Heute nacht habe ich so entsetzlich viel mit Ihnen gesprochen, hätte es so gern in Wirklichkeit getan. Hab drüber nachgedacht daß Sie sich dagegen sträuben, von mir selbstlos genannt zu werden und gebe Ihnen Recht daß es ja vielleicht im letzten Grunde alles nur aus Liebe für mich getan ist, was Sie mir gege-

ben haben. Aber einst im Anfang als Sie immer von Zeit zu Zeit mal an mich schrieben, da war ja garnichts von Liebe, sondern wohl nur ein großes Mitleid mit der armen zerbrochenen Frau und da war es doch sehr uneigennützig wie Sie gegen mich waren. Aber eigentlich hat dies ja alles gar keinen Zweck drüber zu schreiben, aus welchen Motiven Ihr Sein zu mir wie es ist, kommt, denn das erzielte Resultat ist ja da, daß Sie mir sehr sehr viel helfen, wieder zu leben, um zu leben, wie es andere Menschen tun. Immer ist ja freilich der Wunsch nicht so brennend da, denn die Sehnsucht nach dem der war, ist oft zu *grausam* stark und dann will gar keine Lebensfreude aufkommen, bis ich mich dann entschließe mir von Ihnen helfen zu lassen, sei es direkt durch Briefe oder ein Buch, das Sie mit Liebe für mich gewählt haben und das sind wohl die Momente die Sie nie wissen, in denen ich Ihnen am dankbarsten bin. Dankbar weil Sie mir dann geholfen haben das Graue, Schwere, Trostlose, Einsame mal wieder zu überwinden. Und sehen Sie das kann ich *nie* allein, denn wenn ich Sie heute verlieren würde, würde ich namenlos tief in einen neuen und meinen alten Schmerz versinken. Drum bleiben Sie mir bitte was Sie mir sind. Ich glaube dies war auch die Angst damals, eh Sie nach Neubeuern wieder kamen, die mir gar nicht so klar wurde, wie erst heute Nacht. Sehen Sie so habe ich Sie auch aus recht egoistischen Gründen gern und möchte es immer weiter so haben. –
Ich glaube gestern hab *ich* die recht dummen Briefe geschrieben und ich hätte so gern gehabt wenn ein netter lieber Brief zu Ihnen nach Berlin gekommen wäre. Ich versuche jetzt mein Möglichstes meinem Vater etwas zu sein und er genießt mein Hiersein, so werde ich mich damit bescheiden müssen. – Es ist vieles so merkwürdig, wenn man in die alten Verhältnisse zurück kommt aus denen heraus man sich so ganz anders entwikkelt hat. Da bin ich dann doch wieder zufrieden mit allem, auch mit dem großen Leid, denn Christoph nicht gekannt zu haben und in all dem kleinen Kreis sich weiter bewegen zu müssen, wäre entsetzlich! –

Nun adieu, schade, daß gar keine Aussicht ist Sie noch mal zu sprechen, eh ich wieder so weit fort von Ihnen bin. Ich hoffe daß Sie mal in München zu tun haben werden.

Ihre getreue Ottonie D.

[Hotel Adlon Berlin W]
den 20ten I 1911. 12h mittags

Liebe Gräfin
was war das für ein schöner lieber Tag heute vor einer Woche. Wo fuhr da das liebe liebe thüringische Fräulein? An Würzburg, glaub ich, fuhr sie vorbei, richtete sich auf und sagte: »das ist eine schöne Stadt, die hab ich aber noch nie gesehen, weil ich immer bei Nacht fahre.« Wie nah und wie fern ist der liebe schöne Tag. Ich glaube, er ist im Zeitlosen und steht dort ganz dicht neben den letzten Octobertagen, und ist nicht weniger schön wie sie, fast noch schöner, noch reicher (für den, der mitfahren durfte.) Und zur Erinnerung, daß es gerad eine Woche her ist, wird heute die Frau Feldmarschallin mit ihrer ganzen Gesellschaft nach Sondershausen fahren und dem thüringischen Fräulein viele liebe Grüße bringen und hofft gut aufgenommen zu werden und es wird gehofft daß die beiden netten Frauen sich miteinander befreunden werden um ihrer Verwandtschaft willen die sie doch irgendwo im innersten haben; trotz so verschiedenen Blutes, verschiedener Seelen und verschiedenen Geschickes. (Sie liegt darin daß sie beide sehr natürliche, sehr wahre und klare Wesen sind.)
Und den, der die Frau Feldmarschallin gedichtet hat, freut es sehr daß das thüringische Fräulein dieses Buch, es ist das sogenannte Probeexemplar, ganz allein auf der Welt haben soll, 8 Tage bevor irgend ein anderer von den zehntausend neugierigen Menschen eines in die Hand bekommt.
Wie rührend gut war es von Ihnen mir vorgestern, als mein Telegramm kam und Ihr Brief nach Dresden schon abgegangen

war, gleich noch einen Brief hierher zu schreiben. *Wie* freute ich mich, als er in der Früh dalag. Aber warum schreiben Sie, es wäre ein *unguter* Brief, wo es doch ein so *guter* Brief war, und ich so nett die Atmosphäre darin spüren konnte, und das Familienzimmer wo alle sitzen und lesen und mitten drin das schreibende »Fräulein«, die Ottonie von *damals*, Miss von Schwartz, dieselbe die nach Cassel fuhr und nach Erfurt fuhr und Gott weiß wohin überall *fuhr*, und meistens fuhr einer mit oder stieg ein oder wartete irgendwo, aber es war niemals der Rechte sondern war alles nur die Jugend des kleinen thüringischen Fräuleins.

Und dann war ich sehr besorgt wegen des anderen Briefes, der in Dresden lag, fast wie um ein hilfloses lebendes Wesen war mir bang um ihn, und wenn er bis fünf Uhr nicht da ist, sagte ich mir, so telephoniere ich nach Dresden, da ein Viertel vor fünf war er da, und so hatte der Abend einen Inhalt und dann hatte ich noch abends ein nettes Gespräch mit Strauss (der mir ein merkwürdiger aber ganz ganz fremder Mensch ist, wie von einem anderen Stern) und da sahen wir alles mögliche Nette und Bunte vor uns, das man zusammen machen könnte – und das auf Jahre hinaus, und ich dachte immer, wie oft man da miteinander wird etwas besprechen müssen, und wie München der einzige Ort auf der Welt sei, der sich für diese Besprechungen eigne, und war *so* vergnügt, und eine leise Stimme in mir oder außer mir sagte von Zeit zu Zeit: Ottonie, Ottonie, Ottonie!

Da ist nun Ihr Brief von gestern, wo Sie nachts mit mir geredet haben (Sie sollen nicht reden in Gedanken wenn Sie nachts wach liegen, Sie sollen wenn ich Ihnen zufällig einfall, denken: der Mensch hat mich lieb, was gehts mich weiter an – und sich ein bißchen freuen, daß *es* Sie lieb hat irgendwo, wie ein kleines Lüftchen irgendwo für den der wandert in der Nacht, aber nicht denken, nicht reden, nicht in Gedanken Briefe schreiben, ich bitte Sie um alles, Ottonie, wenn Sie mich ein wenig gern haben, so unterdrücken Sie das, verscheuchen es – es wäre der einzige Gedanke der mich dazu bringen könnte daß ich aufhörte an Sie zu schreiben) und da sind die letzten Seiten des vorigen Briefes, wo Sie versuchen mir die Antwort zu geben auf meine Frage, ob Sie am Ende die Briefe viel lieber haben als mich selbst. Es war eine dumme unnötige zudringliche Frage und ich bereue sie sehr. Aber sie war ganz leicht hingeschrieben und vielleicht wartete sie auf keine Antwort. Denn wie es damit steht, das weiß ich ganz genau, Ottonie, und ich rechne damit und nichts ist in mir, kein Fühlen, kein Wollen, kein Wünschen, kein Spielen oder Träumen, das nur eine Linie von diesem Wissen abwiche, – und ich bin froh, so froh, daß Sie eben doch auf der Welt sind, und darum brauchte es vielleicht nicht *gesagt* zu werden, brauchten diese zwei kleinen Worte »nicht – lieben« nicht in einem dieser Briefe zu stehen (daß es aber gesagt wurde, daß die beiden Worte so beieinander zu stehen kamen, daran bin nur ich Schuld, nur meine Frage, und an der ist wohl nur die ungeschriebene Comödie schuld und die seltsame Parallele mit Lucidors Briefen: Aber das ist ja alles im Grund ganz anders, denn Ferdinand ist *ver*liebt in Arabella und zudem nun *liebt* er die Seele, die in den Briefen ist und die er für Arabellas Seele hält und das muß ihn, wenn er die Wahrheit erfährt, daß jemand anderer die Briefe geschrieben hat, natürlich fürs erste an den Rand der Verzweiflung bringen) – und da liegt Ihr Brief von gestern, der letzte, und da habe ich auf einmal (nicht beim ersten Lesen) laut lachen müssen, über mich selbst, nicht über Sie: nämlich als Sie damals das Wort »selbstlos« brauchten, da wehrte ich es ab, und heute wo Sie auf meine Gedanken eingehen und meine früheren Briefe und mein früheres Handeln als *uneigennützig* dem jetzigen gegenüberstellen, da find ich wieder diese Worte gar nicht wahr: denn der innerste Lebenskern meines ganzen Fühlens für Sie ist die unendliche Sehnsucht, dieser armen »zerbrochenen« Frau wohlzutun, das Entsetzliche, Schwere, die Seele tötende von ihr wegzuhalten, mit allen Kräften meiner Seele, sie herüberzuziehen, aber nicht zu mir, sondern zum Leben –, das ist das

Innerste davon, heute wie damals, als ich nur einzelne Briefe schrieb. Und leise lieb gehabt, in Bescheidenheit lieb gehabt, habe ich Sie damals wie heute, also hat sich nichts verändert, und dieses Sprechen und Abgrenzen-wollen ist in unsere Gespräche und Briefe gekommen. Durch den entsetzlichen Schreck dieser ersten Tage nach Weihnachten, durch die Angst, Sie zu verlieren, oder verloren zu haben. Diese Abgrenzung von eigensüchtig und selbstlos ist wahrscheinlich gar nicht möglich wo von Neigung und Liebhaben die Rede ist.

Nun aber kommt das *andere*, und auch davon, meine ich, kann man ganz frei und ohne Schwere sprechen und eine Katze eine Katze nennen und Sie können vielleicht einmal in irgend einem Brief etwas darauf sagen und mich frei machen von etwas das – manchmal – aus der Vergangenheit heraufkommt wie im Alp, aus meiner Jugend, aus diesen Geschichten mit den ungeliebten Frauen. Sehen Sie, Ottonie, ich habe Sie wohl so lieb, als es in meinen Kräften liegt, irgend ein Wesen auf der Welt lieb zu haben (das Verhältnis zu der eigenen Frau, mit der man seit 10 Jahren lebt, das zum Vater und zu den Kindern ist ja ein Geheimnis für sich) und ich habe Sie mit solcher Kraft lieb gewonnen in der Stunde als Sie mir ihr ungeheures Leid erzählten, und es lächelnd erzählten, in diesen Augenblicken hat etwas von mir Ihnen gehört, das noch nie jemandem gehört hat – und das ist nun so gekommen und zugleich, Ottonie, ist so wenig Verliebtheit für Sie in mir, so wenig Begehren als nur möglich bei so viel Neigung. Es ist als ob Ihr Gesicht, Ihr Mund, Ihre Hände, Ihre Glieder nur durch Ihre Seele für mich überhaupt *da* wären, als ob die Seele den ganzen Körper einhüllte, so wie bei anderen Menschen umgekehrt der Körper die Seele einhüllt und diese nur selten aus ihm hervorbricht. Aber so leise, so zart – und ungezwungen leise, ungezwungen zart – es immer sein mag, es ist doch auch da, jenes andere, jene geheimnisvolle süße Hingezogenheit. Es quält nicht, es brennt nicht, es will nicht, es ist bloß da und

freut sich so still da zu sein und möchte, daß diese letzten hundert Worte nicht geschrieben wären, die ihm schon zu laut sind.
Zu wissen, daß eine Hand keine schöne Hand wäre wenn sie irgend jemand anderem auf der Welt gehörte, und doch einen Strom von Glück durch sich fließen fühlen, wenn diese Hand beim Abschiednehmen eine Zehntelsecunde länger in meiner zu bleiben scheint (vielleicht ist es nur Einbildung, dieses Zehntelsecunde) ein zufälliges Nahe-beieinander-stehen, wie auf dem Balcon in Erfurt, unendlich spüren, aber nie etwas dafür tun, daß es wieder käme, wenn der Zufall es nicht bringt, – Ihre Haare ansehen und sich denken, wie schön es wäre, sie aufgelöst zu sehen – aber nicht es wünschen, auch den Gedanken daran nicht rufen, nicht ihn festhalten, nie willkürlich mit ihm spielen, und dies alles noch viel leiser, viel verteilter in das Ganze der Existenz als es erscheint, wenn man es in Worten zusammenfaßt – dies Alles, was geht Sie's an? Und nun kommt – zuweilen, dies Unerträgliche, diese idée fixe aus diesen Jugenderfahrungen her. Daß es nichts gebe als zweierlei: Hingezogenheit und Abstoßung – daß wo die leise, ganz leise Hingezogenheit fehle – dort schon (übertäubt durch den Willen, freundlich zu sein) die Abstoßung, der Widerwille schlummern – daß Sie so zu mir stehen wie ich zu jenen Frauen damals, und daß Sie *um der Seele willen* (um der Seele des anderen, den man nicht leiden machen will) es übertäuben, es vor sich selbst verbergen (wie ich es verbarg). Es kommt diese Angst: Sie sagen (in der Eisenbahn): »Wenn ich die Augen zuhabe und fühle, daß Sie da sind, ist mir gemütlich« – und das gleiche könnte ich damals dieser Frau gesagt haben – wissend, daß es nicht wahr ist, – nur um wohlzutun, uns durch Täuschen wohl zu tun. (Bis die Frau ihr Haar aufmachte und ich spürte, was in mir war.) Verstehen Sie es? Liebe, der Brief muß hier aufhören, ich muß fort, und doch höre ich so ungern mit diesen Sätzen auf.
Wenn ich kann schreibe ich noch heute, damit Sie fühlen daß

meine Gedanken von diesem Punkt weitergehen, ganz frei und leicht, daß dies nur das Ende dieses Briefes ist, aber kein »totes Geleis« sondern etwas das ich einmal sagen wollte, weil es einmal gesagt sein sollte, weil – ich bin jetzt etwas müd und wirr, aber ich *bitte* Sie, knüpfen Sie hier Ihr Denken nur an, wenn Sie es leicht verstehen, wenn es keine Quälerei ist. Ich möchte noch so tausend Dinge sagen. Das Eine schnell, es ist das Wesentliche: das wofür ich unnennbar dankbar bin, die geheimnisvolle Wohltat Ihres Daseins für mich, gerade das bleibt immer unausgesprochen – das liegt ganz ganz wo anders. Mit der Zeit Sie fühlen machen, was Sie mir sind, das möge mir gegeben sein.

Leben Sie wohl und bleiben mir gut Ihr Hofmannsthal

Bin morgen Abend Dresden Europ. Hof.

[Hotel Adlon Berlin W]
20 I. [1911] 7^{h} abends.

Da sind wir in Erfurt in den Straßen herumgegangen. (Der lange Brief geht hier weiter, ich hab ein ungutes Gefühl, daß er nicht richtig aufgehört hat.) Ich hab indessen mit Mechtild Lichnowsky Tee getrunken, in einem hübschen, hübsch beleuchteten Salon im Esplanade. Sie hat hübsch ausgesehen und war sehr nett. Es gibt mir so ein nettes freies Gefühl zu Frauen, daß ich Sie habe – oder daß ich dies Sie-liebhaben habe. Alle diese Sachen haben einen Bezug auf Sie und sind dabei grenzenlos abseits von Ihnen. Ich könnte mich heut oder morgen ganz gut in den physischen Charme einer Frau verlieben (nicht in M. L.) aber es wäre ganz an die Gegenwart dieser Person gebunden. Warum ist es mir aber dabei so entsetzlich, Sie als die Frau oder Geliebte eines Mannes zu denken?

Vielleicht weil ich fühle, daß wie Sie heute sind (als Mädel konnten Sie innerhalb gewisser Grenzen anders sein) die gewisse Bezauberung auch Ihre Seele und Ihr ganzes Wesen nachziehen würde, müßte, und für mich gar gar nichts übrig bleiben könnte. Wenn ich daran denke, wird mir ganz klar und finster, als ob das Licht aus der Welt weg wäre. Das wäre die eine Art, Sie zu verlieren. Die andere wäre – vielleicht – wenn Gerty stürbe. Es kommt mir vor, daß dann irgend etwas mich zwingen könnte, Sie nie mehr zu sehen. Wer heißt mich aber an finstere Dinge denken? In einer halben Stunde hole ich Reinhardt ab und gehe mit ihm in den Oedipus. Was für ein charmanter, eigenartiger Mensch. Vorgestern fuhr ich mit ihm von Dresden her. Wir sprachen in der hinrollenden Eisenbahn anders miteinander als sonst. Wir sind immer sehr »der Mensch« einer für den anderen, so ganz und gar nicht der »Dichter« und der »berühmte Theatermann«. Ohne ihn würde mich das Theater gar nicht mehr freuen und ich würde Novellen schreiben. Gewöhnlich können wir nur vom nächstliegenden miteinander sprechen, diesmal waren wir freier und sprachen von anderen Dingen, von Frauen, von Wesen, die man liebt oder geliebt hat. Es blieb alles ganz im Unbestimmten, ich habe keine Ahnung worauf sich das bezog, was er sprach, er ist der scheueste schamhafteste Mensch, den ich kenne, und gerade darum hatte es einen großen charme, zu fühlen, wie in ihm Dinge waren, die das Glück für ihn ausmachten oder ausgemacht hatten. Das ist etwas sehr Schönes zwischen Männern, dieses Sich-einander-nahe-fühlen, ohne daß die Äußerung einer Zuneigung auch nur möglich wäre. In den Pausen wenn wir schwiegen, fuhr ich zwischen Stuttgart und Erfurt. Das kleine Kissen und die Decke wußten es genau, sagten aber nichts.

Gute Nacht H. H.

Sondershausen Sonntag [22. Januar 1911]

Mein lieber Herr von Hofmannsthal,

das Thüringische Fräulein hat die Marschallin gar sehr liebevoll empfangen und wird sie unendlich gern bei sich behalten, dem Übersender aber sagt sie viel tausend Dank, er hat ihr einige reizende Stunden gestern durch den ganzen lieben Rosenkavalier geschenkt. Es wird doch gewiß entzückend werden in Dresden und ich hoffe und wünsche Sie möchten einen herrlichen Abend dort erleben. – Ich hatte eine Idee die ich Ihnen gern sagen möchte. Da Sie doch wohl den Platz für mich noch haben, ich ja aber *leider* doch nicht kommen kann, wäre es Ihnen da sehr unsympathisch, den Platz Maria van de Velde zu geben. Ich glaube der Gedanke, daß Sie ihrer gedacht hätten, würde sie so glücklich machen. Ich glaube sie lebt in einer so schweren Zeit, daß man ihr helfen muß wo man kann. Dann habe ich auch noch einen egoistischen Gedanken dabei. Sie wird direkt von Ihnen kommen und mir von allem so viel erzählen, was ich so unendlich genießen würde. – Wenn es Ihnen aber irgendwie nicht passen soll, so denken Sie nicht mich zu betrüben wenn Sie es nicht tun, es soll halt nur eine Idee sein. – Für Ihren ausführlichen lieben langen Brief tausend Dank. Es ist schon schad' wenn man über Gefühle oder Nichtgefühle so viel hin und hersagt und wir wollen auch nun wieder damit aufhören. Aber zuvor will ich Sie noch von der idée fixe befreien die Sie sich machen, hervorgerufen durch Ihre Erfahrungen mit jenen Frauen, die *Sie* nicht liebten. Eigentlich ist es schriftlich sehr sehr schwer zu sagen, was ich möchte, ich will es so gut ich kann versuchen, aber dann wenn wir uns sehen, dann sprechen wir mal drüber. Sei es, daß es nur die zwei Dinge zwischen Menschen gibt: Hingezogenheit und Abstoßung, dann herrscht bei mir wie bei Ihnen, das Erstere. Sie müßten mich eigentlich so weit kennen, um zu wissen, daß ich viel zu grade, zu einfach bin, um nicht genau zu sagen, was ich und wie ich für Sie empfinde. Nein, wenn tief im Innern eine Abstoßung gegen Sie schlummerte, dann hätte *ich* Ihnen *nie* schreiben können, fahren Sie mit mir, ich hätte Sie vielleicht aus Mitleid in Neubeuern ertragen, wäre wohl auch lieb und nett gewesen, (aber nie in dem Grad wie ich zu Ihnen war) aber gebeten mit mir zu reisen, hätt' ich Sie nie. Dazu wäre ich nicht mehr jung und unerfahren genug gewesen, das konnte Ottonie Schwartz tun, Ottonie Degenfeld nicht mehr. Nun will ich Ihnen auch versprechen, daß ich sofort es Sie wissen lasse wenn *je* sich ein Gefühl gegen Sie in mir regt, ich weiß ich werde Ihnen dann weh tun, es wird mir sehr sehr bitter schwer sein, aber ich *werde* es tun, damit Sie nie nie die Empfindung haben müssen: fühlt sie nicht mehr für mich wie ehedem und wills nicht eingestehen. –

Nun seien Sie auch ganz getrost und sorglos, es wird wohl der Andere *nie* kommen der mich Ihnen nimmt. Suchen tu ich ihn nicht und Sehnsucht habe ich auch nicht nach ihm. So wollen wir uns doch bitte bitte bleiben was wir uns sind. Und das Gefühl Ihnen etwas zu sein, macht mich unendlich glücklich. Was Sie mir bedeuten, hab ich zu oft wohl schon gesagt ums aufs Neue zu tun. Ich sage mit der Marschallin: »sei nicht wie alle Männer sind, dann macht Er mich unendlich glücklich.«

Wie freue ich mich über Ihr reizendes Verhältnis zu Reinhardt, er muß ein prachtvoller Mensch sein wenn *Sie* ihn so gern haben, wie gern würd ich ihn kennen lernen. Vielleicht bringen Sie ihn doch mal mit nach Neubeuern und dann realisiert sich vielleicht doch mal die schöne Idee von einer Aufführung im Park. –

Wissen Sie daß mich der Satz mit Strauss auch sehr beglückt hat. Wie herrlich herrlich schön wär es, wenn viel und oft in München etwas zwischen Ihnen besprochen werden müßte, wenn dann Stunden und vielleicht auch mal Tage für uns dabei herauskommen. Es ist dies ein recht egoistischer Wunsch, denn eigentlich sollt ich ja gar nicht wünschen daß Sie gleich wieder zusammen mit Strauss arbeiten werden, denn es ist doch nicht das Gleiche als wenn Sie allein in Ruhe arbeiten, was Sie grad müssen, von Innen heraus, nicht was Sie nun müssen, weil

Strauss schon wieder wartet. Jedenfalls lassen Sie sich bitte einen großen Spielraum in der Zeit ihm gegenüber. –
Dabei denke ich an alle die Ideen die Sie mir sagten als wir zum lieben Heuberg hinaufstiegen. *Wie* gern denk ich an diese Zeit. –
Leben Sie recht wohl. Möchten die Tage vor der Première recht in Ruhe dahingehen.
In steter Treue Ottonie D.

[Sendig Hotel: Europäischer Hof,
Dresden-A., d.] Dienstag 24ten [Januar 1911]
(bis zum 27ten mittags, dann Berlin Hôtel Adlon)

Liebe Gräfin,
es sind so schöne paar Tage, die hinter mir liegen, und sie werden uns allen unvergeßlich sein für unser ganzes Leben. Reinhardt reiste heute früh ab, nach London wo er zu tun hat, und als wir uns heute nachts um 2 an der Treppe die Hände gaben, sagte er, er sei ganz glücklich, nicht bleiben zu müssen, sondern mit diesem schönen reinen Eindruck fortzufahren, der nicht mehr überboten werden könne. Vorgestern der erste Act, gestern abends der dritte, das werden wir nie nie mehr *so* sehen, mit diesem vollkommenen Zusammenklang von Dichtung und Musik und Darstellung, so zart und leise und *so* schön, daß wir alle unten im Finstern sitzend die Tränen in den Augen hatten. Es ist etwas merkwürdiges, daß einem manchmal, ganz selten, im Leben die Tränen kommen über das *ganz* Schöne, das Vollendete, den absoluten Zusammenklang. Ich erinnere michs vor den Elgin marbles und einmal im Leben vor einer Landschaft, dem Golf von Ithea in Griechenland. Strauss sagte mir, es gehe ihm *immer* so, wenn Caruso singt. Dem alten Haydn, hab ich irgendwo gelesen, strömten manchmal die Tränen über beide Wangen, wenn er an seinen Messen schrieb; aber nicht über seine Musik: sondern darüber, daß Gott die Welt gar so schön gemacht hat. – Die schönen langen Vormittage, wo wir mit

dem Orchester probierten und die bunten Gestalten oben standen, nur Reinhardt leise zwischen ihnen umherging und alles immer wirklicher wurde, immer bestimmter, immer eleganter und leiser und schließlich so menschlich, und so XVIIItes Jahrhundert, wie ich *nie* etwas auf der Bühne gesehen habe. Das hat Roller für uns gemacht, mit unglaublichem Talent und unglaublicher Hingabe. Nie war etwas auf der deutschen Bühne, woran so jeder Fleck dem Auge wohltut, wie an einem Pastell von Delatour oder einem alten Farbendruck. Und die schönen Abende von 7 bis 11 in dem kleinen Probiersaal, mit diesen unermüdlichen drei Frauen, der Marschallin, blond und ein bißchen üppig, dem Quinquin, und der rührenden unbeschreiblich charmanten Sophie. Das ist eine junge Frau, oder vielleicht auch gar nicht so jung, sie hat ein undefinierbares Alter, aber es ist für mich eine Person von namenlosem Charme wie nie eine Theaterperson, so rührend, hilflos, so ganz poupée de Saxe – ich kann nicht wegsehen wenn sie auf der Bühne ist. Wie sie sich dem Ox *entzieht*, darin liegt die ganze Figur und mehr noch, als ich im Stand war der Figur zu geben.

Nein ich habe die idée fixe, Sie *müssen das hier sehen*, wie häßlich wird es überall anders dagegen sein, hier nur hat es das *Elegante* was so unbeschreiblich nötig ist dafür. Aber Sie sollen nicht eigens dafür herfahren, sondern den *Rückweg* über Dresden nehmen und die 4te oder 5te Vorstellung sehen, in den ersten Tagen Februar. Ich werde Ihnen nach Weimar telegraphieren wann Vorstellungen sind, dann wählen Sie eine, ich hab es schon mit dem Intendanten besprochen daß dann zu jeder Vorstellung 2 Plätze zu meiner Verfügung sind, die schickt Graf Seebach Ihnen dann ins Hôtel (für Sie und Maria van de Velde) und am nächsten Abend reisen Sie 7 h 21 hier ab, finden in Halle den Schlafwagen und sind 8 Uhr morgens in München. Nicht wahr, so werden Sie's machen?

Ihr H. H.

Sondershausen 25. 1. 11.

Mein lieber Herr von Hofmannsthal,
Sie haben wirklich zu zu liebe Gedanken und ich komme ganz *gewiß* nach Dresden, auch wenn Maria nicht mit will. *Wie* freue ich mich, daß Sie so schöne, so unvergeßlich schöne Momente gehabt haben, die sind es doch allein, die dem Leben Wert geben. Ihre Zeilen haben mich ganz begeistert, wie gern hätt' ich mit Ihnen alles miterlebt. Meine Gedanken werden intensiv morgen Abend in Dresden und bei Ihnen und allen sein. *Wie* ich hoffe und wünsche es müsse ein wirklich *großer* Erfolg sein, für Sie und Strauss, ich kann es nicht in Worten ausdrücken. Es ist so herrlich daß die drei Frauengestalten so gut besetzt sind, welch ein Zauber wird über dem Ganzen liegen. – Heut will ich Ihnen nicht mehr schreiben denn diese Zeilen werden kurz vor dem Anfang kommen, wo viel Hin und Her von Menschen sein wird, da ist nicht viel Zeit für die fernen Freunde.
Gerty wird heute gekommen sein, grüßen Sie sie recht lieb von mir. Es gibt Ihnen die Hand *wie damals*

Ihre Ottonie DegenfeldS

[Sendig Hotel: Europäischer Hof,
Dresden-A., d.] Freitag [27. 1. 1911] 5^h

Liebe Gräfin, kann nur ganz schnell schreiben, so viel Menschen überall, im Hôtel, auf den Treppen, immer an die Tür klopfend, fabelhaft abspannend, und doch *sehr* nett. Es war ein wunderschöner Abend, wie froh wär ich gewesen wenn Sie da gewesen wären. Alles so festlich, so besonders in der kleinen Stadt; die Zufahrt von hunderten von Wagen, die ganzen Straßen voll zuschauender Menschen, dann der Anfang, die Spannung, dann nach dem zweiten Act das Gefühl: jetzt ist der Erfolg entschieden. Da ging ich in die Loge von Frau Strauss, um ihr zu gratulieren, in diesem Augenblick sahen mich von unten die Leute, das ganze Parkett kehrte sich um und fing an, hinaufzuapplaudieren, aus allen Logen riefen die Leute, es war ein sehr hübscher Moment und hat mich sehr gefreut, mehr als das dumme conventionelle Herauskommen auf die Bühne. Am Schluß als das Rufen gar nicht aufhörte bin ich aber doch auch auf die Bühne gegangen, um Strauss nicht zu verletzen. Dann war ein Souper, ich glaube etwa bis vierhundert Menschen, ich sah alles ein bißchen wie durch einen Nebel, viele »Freundinnen« waren da, Helene Nostitz sah sehr hübsch aus, Mechtild L. die eine sehr sehr nette Frau ist, dann Schröders Schwestern, das blonde Clärchen und die dunkle Lina, alle Menschen waren *sehr* nett zu mir, Max Schillings hielt eine Rede auf mich, viele Fürschtinnen redeten mit vielen Kritikern, Sängerinnen und Intendanten umarmten sich, Kessler war nervös und sehr nett, Rudi Schroeder entzückt und totschläfrig, die Telegraphendrähte arbeiteten nach der ganzen Welt, der Zwerg aus Bremen trank immerfort auf mein Wohl, um ½ 2 kam ich auf mein Zimmer und schlief ein wie ein Stein. – Wir bleiben noch zur zweiten Vorstellung, sind in Berlin Sonntag mittag. Welche Vorstellung werden Sie hören.

Ihr H. H.

Sondershausen 27. 1. 11.

Mein lieber Herr von Hofmannsthal,
jetzt kommen Sie nun grade in Berlin an, die ganze Episode Dresden–Rosenkavalier, auf die man wochenlang hingelebt hat ist vorbei, wie schnell so was dann doch schließlich geht. Ich habe noch gar nichts gehört *wie* nun der gestrige Abend verlaufen ist und brenne doch drauf. –
Meine hiesige Zeit naht nun auch dem Ende. Morgen Mittag fahre ich nach Staßfurt (19 Bernburgerstr.) bis Dienstag bleibe ich dort. Zwei Stunden wohl nur von Berlin, wie nah sind wir uns da wieder und halt doch sehr fern – eben die zwei unüberwindlichen Stunden. Ich habe meinen Vater überredet und er

fährt mit, es wird gut für ihn sein, wenn's auch nur einige Tage sind mal wieder etwas anderes zu sehen und zu hören. Ich gab ihm Eckermann's Gespräche, da mußte er mir draus vorlesen, es hat ihn so interessiert und er war ganz glücklich dann für einige Zeit, es wird mir ordentlich schwer werden ihn zurück zu lassen. – Julie schrieb gestern, sie wolle jetzt nicht fort, somit kann ich also auch in Neubeuern bleiben, aber nicht ganz so ungestört wie ich erwartet hatte. Ich freue mich schon wieder auf die langersehnte Ruhe, denn hier ist's mir doch schon wieder reichlich viel geworden, denn es kam doch jeden Nachmittag irgend jemand um mich etwas zu genießen, da hab ich natürlich viel zu viel geschwätzt. – Denken Sie ich freue mich *sehr* sehr auf Dresden und werde ganz bestimmt hinfahren. Ich hatte vor bis Sonnabend oder Sonntag bei Maria zu bleiben, es würde mir also wundervoll passen, wenn am 5, 6, oder auch 7ten eine Vorstellung wäre. Auch war ich noch nie in Dresden und freue mich die Stadt auch mal kennen zu lernen. Ich wohne wohl am besten im Europäischen Hof? –
Nun werden Sie viel vor haben in Berlin und ein ganz mondänes Leben führen, denken Sie da zuweilen auch mal an die oberbayerischen Landbewohner, zwischen denen sich auch das thüringische Fräulein aufhalten wird. – In den wenigen stillen Momenten hier habe ich unendliche Freude an Ihrem entzükkenden zarten Stifter gehabt, der so ganz hierher paßt zum lesen. All die kleinen Verhältnisse die ich hier mit erlebe, finde ich bei ihm mit so unendlicher Poesie festgehalten. Es hat doch auch wieder seinen Reiz zu sehen, *wie* bescheiden all die Menschen hier ihr Leben dahinleben, wie sie versuchen es so gut als möglich zu tun. Aber amüsant ist es wie jede Kleinigkeit die etwas aus der großen Welt kommt, die alle anderen für selbstverständlich halten, hier mit Kopfschütteln besprochen wird. Besonders auf moralischem Gebiet bin ich oft ganz paff, welches Entsetzen nur die kleinste Flirtation schon hervorruft. Schon die Lust einer jungen Frau, sich etwas eleganter anzuziehen als die Nachbarin, ist frevelhaft und gewiß der Anfang vom

Ende, in den Augen aller. Entzückend sind dann die alten Originale, wie sie nur eine Kleinstadt hervorbringen kann und dazwischen habe ich viele alte Freunde, die ich aufsuchen muß, die beglückt sind, mich wieder zu sehen und strahlend daß ich noch ebenso zu ihnen komme wie früher, trotzdem ich doch nun eine *Gräfin* geworden bin, was ihnen nach der Fürstin ja das Allerhöchste ist. – So nun kommen alle meine drei Schwestern nach Haus und wollen nun den letzten Abend mit mir intensiv verleben. Also leben Sie wohl, es gedenkt Ihrer oft Ihre getreue

Ottonie DegenfeldS.

[Hotel Adlon Berlin W]
Montag 7^h [30.1.11]

Liebe Gräfin
Die beiden Briefe sind richtig zu mir gekommen, der eine war gestern da, als ich ankam, der andere kam heute morgen. Wie nett sieht man die kleine Stadt in dem einen und darinnen die Gräfin, das kleine Fräulein, das eine andere geworden und doch dieselbe geblieben ist.
Nun ist es gerade ein Monat, auf den Tag, daß ich abends in Neubeuern angekommen bin. Wie viel kann in einem Monat darin sein und wie viel Liebes und Schönes war in diesem. Die letzten Tage in Neubeuern, dann die Reise dann die Proben, dann dieser verwirrende Trubel der Première. Als ich in Dresden das Hôtelzimmer verließ, schien es mir ganz übervoll von Erinnerungen. Da war das erste Warten auf Ihren Brief damals, die schlaflosen Nächte, die abscheuliche Depression, dann so viel Unruhe, Müdigkeit und Freude miteinander vermischt. Die tiefste Freude ist das Werk selbst, daß es in so unglaublicher Weise *ein Ganzes* geworden ist, als ob es gar nicht von 2 Menschen wäre.
Ich bin so froh, daß Sie hinwollen es sehen. Sie werden natürlich drei Plätze bekommen oder so viele Sie wollen, aber ich

muß es rechtzeitig wissen, damit ich an die Intendanz telegraphieren kann, denn es werden auf lange hinaus ausverkaufte Häuser sein. Am 4ten wird eine Vorstellung sein, die nächste dann wahrscheinlich gerade am 7ten, wie Sie wünschten, oder spätestens am 8ten. Darf ich gleich für diese Vorstellung die Plätze bestellen?? Sie werden im Europ. Hof bestellen, aber bitte ein ruhiges Zimmer, *nicht nach* der dem Neubau zugewandten Seite (wo auch nachts gehämmert wird). Die Plätze werden am Tag der Vorstellung auf Ihren Namen ins Hôtel kommen. Sollte Confusion sein und die Plätze bis Mittags nicht da sein, so lassen Sie bitte, unter Berufung auf mich, an Regierungsrat Dr *Adolf*, Generaldirection der Hoftheater, telephonieren.

Dresden ist eine schöne Stadt, die ich sehr liebe. *Wie* gerne wäre ich mit Ihnen in den alten Straßen herumgegangen. Es trifft sich etwas ungut, daß Sie gerade mit van de Velde dort sein werden, der so verschlossen und intolerant gegen das Große und Schöne vergangener Kunstepochen ist. Ich hoffe Sie sehen in der Gemäldegallerie nicht nach Zu-vielem und machen sich tot. Freilich ist so vieles vom ersten Rang da daß es schwer wird, sich zu menagieren. Der Rembrandtsaal ist jetzt neu und schön gehängt. Die Venezianer sind auch ein wundervoller Saal, 2 Tintoretto, die ich sehr liebe, Veronese, Giorgione. Der prachtvolle Vermeer van Delft! – Ich lege eine nette Depesche vom Heymel bei.

Ihr Hofmannsthal

Wir gehen zu Varnbühlers essen; ich glaube, ich habe nur angenommen, weil sie Menschen sind die irgendwie mit Stuttgart zusammenhängen.

[Hotel Adlon Berlin W]
2 II. 1911.

Liebe Gräfin, was war das gestern für ein netter Geburtstagsmorgen (Sie wußten natürlich gar nicht, daß mein Geburtstag war, auch Gerty hatte es vergessen und sogar mein Vater und natürlich auch ich selber, bis dann Briefe von den Kindern kamen) – ich war gerade seit ein paar Minuten aufgewacht, da klingelt es auf dem Schreibtisch, zuerst leise, dann sehr heftig, ich laufe hin, da heißt es »Weimar« und dann kommt Ihre Stimme. Es ist doch *so* märchenhaft, gewöhnlich fühlt man es nicht, aber da, als Sie Ihren Namen sagten, da fühlte ich es so stark. So nah waren Sie mir, mir war, als spräche ich in Neubeuern, Sie in Hinterhör und dann würde ich gleich hinüberkommen und wir zusammen spazierengehen, in einem Vorfrühlingswald, noch kahl, aber mit Weidenkätzchen, Crocus und dem süßen Duft, wie ihn die Stengel der Primel haben. Den ganzen Tag konnte ich die leise und doch nahe Stimme hören, die »Ottonie« sagte. Nun sind Sie in Weimar und ich kann Sie herumgehen sehen, in dem Park, wo ich jeden kleinen gekrümmten Weg so oft mit Kessler gegangen bin, oder Sie sitzen bei Frau Foerster und trinken Tee in einer Atmosphäre von Cultur, Klatsch und Albernheit oder Sie gehen durch die kleinen Straßen und über die Plätze, wo Goethe so definitiv *gestorben* ist, wie nirgend anderes auf der Welt. Wenn ein hübscher Nachmittag ist so fahren Sie doch einmal mit Ihren Freunden nach Tiefurt hinaus, das ist so hübsch – und einmal gehen Sie ins Goethehaus, aber in das Arbeitszimmer und das Zimmer worin er starb, gehen Sie allein hinein, *bitte*, allein, mit keinem anderen Menschen. Ich würde auch nie mit einem anderen Menschen dort hineingehen.
Ich muß hier viel Menschen sehen und manchmal kommt es mir sehr anstrengend vor, albern, ein bißchen leergehend. Es ist wohl nur Müdigkeit und Reaction gegen die fast unwahrscheinlich gespannten und schönen Tage in Dresden. Gestern

spät abends bekam ich eine »Geburtstagsdepesche«, unterzeichnet von den unwahrscheinlichsten Leuten, Strauss, Schillings, Julie, Mädi, Heymel, Bosetti und Gott weiß wem noch. Ich freue mich *sehr* daß die beiden Frauen doch ein bißchen in den Lärm und das Leben mithineingezogen worden sind, aber ich bin sehr froh, daß *Sie* die Oper in Dresden sehen werden, wo alles doch viel zarter und besser ist, wo unser aller Gepräge darauf ist. – Sie werden keine Zeit haben, mir von Weimar zu schreiben, aber bitte schicken Sie mir eine Depesche, damit ich weiß ob ich die 2 Plätze für den 7. vorausbestellen kann (man telegraphiert mir, daß es immer ausverkauft ist) oder für den 9. wo die Oper wahrscheinlich *auch* ist. Sie bekommen natürlich zwei Plätze, aber warum wollen Sie eigentlich, wenn Maria van de Velde nicht mitkommt irgend jemanden mitnehmen, statt den friedlichen leeren Platz neben sich zu lassen und *allein* zu sein, wie man beim Lesen eines hübschen Buches allein ist. – Vorgestern Abend war ich mit Gerty und M. L. im Theater und sah die »Ratten«, das neue Stück von Hauptmann, worin doch Vieles einem nahe geht, und gestern Othello, mit Bassermann, einem wundervollen, einem ins Herz treffenden Othello, sonst unzulängliche Schauspieler, dritte Besetzung, aber immerhin Othello, der ganze Shakespeare, ungeheuer, namenlos groß und neu, wie von gestern und erschütternd wie nichts zweites. Und auf einmal so, in der dunklen Loge, kam mir der ganz häßliche, neidische, eifersüchtige, selbstsüchtige Gedanke daß auch noch genug viel Tage für Weimar übrig geblieben wären wenn Sie für 2 Tage und diese beiden Abende nach Berlin gekommen wären und daß mir dann alles nicht so anstrengend und leergehend wäre und: warum? warum? warum? Sie es nicht getan haben. Meinen kleinen Plan mit Strauss erzähle ich sonst einmal, Sie haben jetzt gar nicht Zeit so viel zu lesen, will nur sagen, daß es gar nicht belastend für mich ist.

Ihr Hofmannsthal

[Haus »Hohe Pappeln«
Ehringsdorf bei Weimar]
Weimar 3. 2. 11.

Es ist zwar gleich 12 Uhr nachts, Henry und ich haben bis eben die Tischsitzung für morgen Abend gemacht. Maria hat im Nebenzimmer Klavier gespielt. Eigentlich sollte ich heute Abend in einen Goethevortrag von Wiecke (aus Dresden) gehalten, er liest all *die* Sachen, die Sie uns just in Neubeuern gelesen hatten, vielleicht mocht ich deshalb nicht hin vielleicht auch widerstrebte es mir überhaupt mir so mit der Menschenmasse Goethe vorlesen zu lassen. So blieben wir hier und es war *so* harmonisch. – Heute morgen wartete ich vergeblich auf einen Brief von Ihnen und benutzte eine ruhige Stunde Ihnen zu schreiben. Als ich dann Mittags ins Atelier kam um Henry abzuholen, gab er mir Ihren Brief, der dort den ganzen Morgen meiner gewartet hatte, so behielt ich den meinen zurück. –
Mir gings ähnlich wie Ihnen am Telephon, ich fand es *zu* nett Sie zu hören (gewöhnlich liebe ich ja Telephone nicht) besonders da ich auf Gerty gerechnet hatte, war ich so überrascht Sie zu hören, da Sie ja diese Abneigung gegen das Telephon mit mir teilen. –
Ich genieße mit vollen Zügen die Harmonie des Hauses, der Zusammenklang von Form und Ton ist doch wundervoll, es gibt mir unwillkürlich eine rechte Feiertagsstimmung wenn ich so ganz still unten in den schönen Räumen sitze. Da merkt man so ganz besonders welchen Einfluß der Raum auf den Menschen ausübt. Ganz bang wird mir dann der Gedanke an mein Zimmer in N. –
Ich genieße das Zusammensein mit diesen beiden prachtvollen Menschen sehr, je mehr ich Maria kennen lerne desto größer oder stärker wird meine Liebe für sie. Innerlich durchlebt sie wohl schwere schwere Zeiten momentan, aber ich glaube, daß was sich auch mal zwischen die Beiden stellen kann, nie wirklich sie trennen kann, denn tief im Innersten sind sie zu eng

verwachsen. Es gibt wohl in jeder Ehe, selbst in der der wertvollsten Menschen innere Conflikte die sich fast zu einer Krise gestalten für die man aber noch die genügende moralische Stärke aufbringen müßte, um zu überwinden. – Am Montag gegen 6 Uhr werde ich nach Dresden kommen, am Dienstag die Stadt und etwas Bilder anschauen und am Abend in die Oper gehen. Weshalb ich jemand mitnehmen will (wohl Pepino) weil es der einzige Moment ist den ich *hasse allein* in ein mir fremdes Theater gehen. Wenn mich jemand hinbringen und abholen würde, wäre ich am zufriedensten, aber so was kann man doch nur von jemand *ganz ganz* Bekannten verlangen. –
Henry muß am Montag nach Hannover und am 9ten soll er schon wieder in Paris sein, es ist ein furchtbar hetzendes Leben jetzt für ihn.
Nun gute Nacht Ottonie.

Übrigens habe ich immer Zeit Briefe von Ihnen zu lesen auch wenn sie noch so lang sind. Ich hoffe Sie schreiben mir nach Dresden, damit ich doch mit Ihnen sprechen kann.
Guten Morgen, es ist so ein schöner Sonnenmorgen heute, der erste schöne Tag hier (draußen) gleich gehe ich die Allee hinunter um Henry im Atelier zu besuchen, da werden Sie mich auf dem ganzen Weg begleiten, das hab ich sehr gern, da unterhalten wir zwei uns so nett, Sie würden es gewiß auch nett finden wenn Sie uns hören würden. Ihr Brief gestern hat mich *so* gefreut, ich glaube Sie wissen gar nicht, *wie* mich so ein Brief von Ihnen freut, ganz glücklich bin ich dann immer wenn er sich etwas gewichtiger anfühlt, schon eh ich ihn öffne, dann lese ich ihn *so* oft, bis ein neuer kommt. – Nun muß ich Ihnen aber doch geschwind noch ein bißel erzählen was wir so getrieben haben. Von den Menschen die Ihr alle gemeinsam kennt, ist eigentlich niemand hier momentan. Und ich war noch nicht einmal bei Frau Förster N. soll es aber doch morgen tun. Einen Abend waren wir im Theater um »Die lustigen Weiber v. W.« zu sehen, mit wirklich erstaunlich guten Kräften, sonst hat uns

Henry Abends vorgelesen, ein neues Stück »Les Affranchis« sehr interessant. Morgen Abend wollen wir es beenden. Gestern waren wir im Goethehaus. Es war mir doch ein gewaltiger Moment da hinein zu gehen und *seine* Welt zu sehen. Der Garten wo jeder Baum von ihm gepflanzt und all' die Sachen die er mit Liebe gesammelt und sich dran erfreut hat und dann zuletzt *seine* beiden *eigensten* Zimmer ein unvergeßlicher Moment. – Maria mahnt ich muß fort.

Ottonie.

[Hotel Adlon Berlin W]
[7. 2. 1911]

Liebe Gräfin
Als gestern Abend das Telegramm aus Dresden kam, war ich so traurig, weil ich bestimmt dachte: nun geht es nicht, nun denkt sie, es ist ja doch gleich, ob ich es in Dresden sehe oder in München – und in der Wirklichkeit ist es *nicht* gleich, ich wünsche mir *so*, daß Sie es in Dresden sehen, dort ist so viel von mir drinnen als ich hineinlegen kann, in München ist *nichts* von alledem. – Dann hatte ich eine miserable Nacht, an der war eine unglückliche Viertelstunde mit Kessler schuld, heute früh ist dann kein Telegramm da, ich bekomme auf einmal Furcht, meine Nachricht ist zu spät gekommen und Sie sind schon auf dem Weg nach Dresden, endlich bekomme ich die Verbindung, zuerst mit dem Atelier, dann mit dem Haus, und nun ist alles gut. Sie verbringen zwei nette ruhige Tage mit Maria v. d. V. die sich darüber unendlich freut und sehen die Frau Feldmarschallin zwei Tage später.
Die böse Viertelstunde mit Kessler wuchs ganz unheimlich aus der harmlosesten Situation hervor. Wir hatten ein Diner im Esplanade mit Lichnowskys, Harrachs, Montgelas, auch Rudi Schröder war da, dann fuhren wir alle zusammen in den »Wintergarten«, sollten eine chinesische Schauspielertruppe sehen, kamen zu spät, sahen sie nicht, fuhren ins Esplanade zurück,

setzten uns in die hall, plauderten, dann stand Gerty auf, ich nahm ihren Platz neben einer hübschen Frau, mit der ich den ganzen Abend nicht geredet hatte, sie wendet sich aber zufällig zu einem anderen Herrn, ich sitze neben Kessler, er sagt, daß er morgen in den Ödipus geht, von dem er sich nur einen häßlichen Eindruck erwartet, das *Thema Craig ist da*, er spricht mit furchtbarer Heftigkeit von Reinhardt, mit entsetzlicher Härte, Phantasielosigkeit, Ungerechtigkeit, ich bleibe ganz ruhig, sehe aber innerlich immerfort vor mir, wie einer von uns dem anderen ins Gesicht schlägt und wir uns schießen, an einer häßlichen gelbgrauen Fabriksmauer, bleibe aber ganz ruhig und freundlich (hab mich immerfort gezwungen an Sie zu denken, an den Weg damals im Herbst, Ihr ruhiges, gutes Sprechen, liebe Ottonie) M. L. sieht herüber mit ganz angstvollen Augen, obwohl wir natürlich nur leise sprechen, ich kann aber ruhig und freundlich bleiben bis zum Schluß, nur in der Nacht dann im Bett vor Zorn und innerer Erregung stundenlang kein Aug zu, gegen Morgen versuche ich, *es zu sehen wie er es sieht* und kann einschlafen – und um 1 Uhr frühstücken wir wieder zusammen bei Frau Richter. Ich hatte Furcht, wirkliche Furcht, vor mir, vor ihm, vor uns beiden. Wir treffen uns im Vorzimmer. Ich sage: weißt du was Gerty gesagt hat? wenn wir uns wegen Craig schießen und du mich totschießt, mußt du sie dann heiraten. Wir lachen beide, sein Gesicht ist so unbeschreiblich sympathisch beim Lachen, und wir haben ein sehr gemütliches Frühstück. Eine sehr nette kluge alte Frau, Frau von Spitzemberg, die eine nahe, die einzig nahe Freundin von Bismarck war. Ich spreche sehr gern mit ihr und sie ist sehr gut zu mir. Es ist so nett, daß so viele Menschen so freundlich zu einem sind. Ich möchte noch so viel schwätzen, ist fast 12 Uhr, Gerty ist unten im Lesezimmer, ich aber so todschläfrig, eine Reaction gegen den abscheulichen Zorn von gestern, fallen mir fast die Augen zu, dabei macht es mir so viel Spaß, mit Ihnen zu schwätzen [...]

In dem gestrigen Brief, halb Bleistift halb Tinte, abends ange-

fangen, morgens weitergeschrieben, steht am Anfang: »ich benutzte eine ruhige Stunde um Ihnen zu schreiben«. Dieser frühere Brief ist ja niemals gekommen. (Der den Sie geschrieben hatten bevor Ihnen im Atelier meiner gegeben wurde). Ist er verloren? hat er sich nur verspätet und kommt morgen früh?? Wie nett wäre das.
Gute Nacht. Gute Nacht. H.

[Haus »Hohe Pappeln«
Ehringsdorf bei Weimar.]
Mittwoch [8. 2. 1911]

20 Minuten bleiben noch bis zum Abschied von diesem lieben Haus, einige davon will ich benutzen um Ihnen schnell ein paar Zeilen zu schreiben. Ich gehe gleich mit Veldes zu Fr. Förster N. um dort mit Kessler zu frühstücken, von dort direkt zur Bahn nach Dresden.
Ihren lieben Brief bekam ich heute Morgen, ich werde nun immer Kessler und Sie sehen und Sie und Kessler und bin *so* namenlos dankbar daß er sympathisch gelächelt hat und wieder Friede zwischen Ihnen beiden herrscht. Hoffentlich fühlen Sie beide tief innerlich die Häßlichkeit des Ganzen nicht mehr. Ich bin so sehr sehr froh, daß wir damals drüber gesprochen haben, daß es Ihnen gleich wieder einfiel und neben Ihnen stand und dadurch vielleicht Ihnen Ruhe gab und Fassung. Es ist so grauenhaft Auseinandersetzungen zu haben mit Menschen die man so lieb hat, wie Sie Kessler. –
Der Brief von damals ist vernichtet, warum weiß ich selbst nicht, es stimmte einiges nicht mehr, durch schon gegebene Antworten von Ihnen auf hingeworfene Fragen meinerseits. Meine Briefe sind aber auch nicht so kostbar, daß es schad' wäre einen nicht zu erhalten.
Leider ist keine Zeit weiter zu schwätzen. Viele liebe Gedanken

Ihre Ottonie D.

[Sendig Hotel: Europäischer Hof,
Dresden-A., d.] Mittwoch [8. 2. 1911]

Sehr lieber Rosenkavalier,
Mein lieber Herr von Hofmannsthal,
Rosen, entzückende Rosen begrüßten mich als ich in mein Zimmer kam. Ob ich wohl falsch geraten habe, als ich meine Gedanken blitzschnell ins Adlon eilen ließ, um dort den Geber zu finden? Ich möcht' ihm so gern von Herzen danken so nimm er's an. Ich hab mein Zimmer gleich *so* gern gehabt, es war mir als wenn ein liebes Wesen fürsorgend durchgegangen wäre. – Es ist mir ganz merkwürdig nun hier zu sein, hier, in dem Dresden, von dem man so viel gesprochen, so viel geschrieben hat, in dem gleichen Hotel aus dem *so* verschiedenartige Briefe kamen. – Heute Mittag war es sehr nett. Kessler hat auch für mich einen unglaublichen Charme, ich kenn' ihn ja eigentlich kaum und doch hab ich ihn sehr gern, es kommt mir auch immer so vor als wenn ich ihn lange schon kennte. Henry war noch reizend, er kann so fabelhaft leicht sein, so entzückend, ich hab ihn schon *sehr* gern. – Für Maria ist dies ewige Alleinsein auch recht schwer, alle die Menschen die ihr was sein könnten, sind auch fort. – Ich glaube es ist doch fast noch besser von dem den man liebt, *absolut* getrennt zu sein, wie ich, als dies ewige zu-einanderziehen, sich wenig sehen und dann wohlmöglich den rechten Ton nicht treffend und sich von Neuem trennen müssen, ohne sich zuvor wieder gefunden zu haben. Was wohl schwerer ist zu ertragen, zu fühlen wie alle Gedanken des Geliebten sich langsam in eine andere versenken oder physisch ihn verlieren? Ich weiß garnicht wie weit ich mit all meinen Vermutungen bei Veldes Recht habe, aber ich glaube die 2 letzten Jahre waren für beide hart. Jetzt da Henry doch seine volle Freiheit so viel in Paris hat, lernt er seine harmonische Häuslichkeit wieder viel mehr schätzen. –
Sehen Sie nirgends ist man allein. So treffe ich ausgerechnet meine Freundin Gräfin Wengersky aus London hier die am Freitag mit mir nach München fährt und bald drauf nach Neu-

beuern kommen wird. Sie ist begeistert vom Rosenkavalier und möchte sehr gern mit mir morgen noch einmal hin. Ich hoffe es wird keine Verwechslung mit den Plätzen geben und sie werden gewiß kommen. Ob Sie meine wenigen Zeilen wohl erhalten haben (von heute Morgen) ich gab sie einem jungen Leutnant der ein Stück mit mir reiste zur Besorgung. Die Fahrt war recht allein heut. Keine Schrödersche Decke, vielweniger jemand der kalte Füße eingewickelt hätte, – keine netten Gespräche und kein Erfurt. –

Jetzt ist's schon wieder 12 Uhr, ich glaube doch ich sollt ins Bett und noch etwas in Emanuel Quint lesen. –

Ach da fällt mir ein, von dem reizenden Fest hab ich Ihnen gar nichts erzählt. Wir, besonders Henry, hatten solche Angst davor, was diese Kunstjünglinge und Jungfrauen alles verbrechen würden und es war so wirklich wunderhübsch. So taktvolle und geschmackvolle Aufführungen und reizende nette liebe Reden auf Henry, was mich so für ihn freute. –

Recht lieb gute Nacht Ottonie.

[Hotel Adlon Berlin W]
Donnerstag früh [9. 2. 1911]

Liebe Gräfin

So kann es sich wirklich ereignen, daß man in dieser Stadt einen ganzen Tag lang einen Brief schreiben will, von Stund zu Stunde daran verhindert wird und schließlich um 1 Uhr nachts schlafen geht und ihn nicht geschrieben hat. Es ist manchmal als ob sich alles gegen einen verschworen hätte. Immerfort in den Zwischenstunden kam jemand herein, klingelte jemand an. Abends war ich bei Reinhardt, er ging ins Nebenzimmer, ich wollte schnell an seinem Schreibtisch schreiben, kam wieder jemand herein, der Maler des Theaters, der schon eine Stunde gewartet hatte, um mit mir zu sprechen über die Costüme für Ariadne (was ist das, Ariadne? Später erzählen –) so war es wieder nichts und jemand ist in Dresden angekommen,

kein Brief ist dagelegen – und – ich fürchte so sehr – auch keine Blumen! Wirklich, waren *keine* Blumen in Ihrem Zimmer?? Auf einmal heut Nacht war mirs ganz klar: der Mensch, den ich gebeten hatte, die Blumen für mich auszusuchen, muß ja gar nicht in Dresden sein, sonst hätte er mir auf einen Brief und drei Telegramme doch mit einer Zeile geantwortet. Wie ungeschickt ich das angefangen habe. Aber heute ist ein freundlicher Morgen, die Stadt wird Ihnen gefallen, die alten Plätze, der Zwinger, die Hofkirche, das schöne Wasser, die schöne vornehme Anlage des Ganzen – wie gerne ginge ich mit Ihnen herum. Vor 7 Jahren war ich das erste Mal dort, auch ganz allein, da gefiel es mir sehr gut. Nur der häßliche langweilige Speisesaal im Hotel! Ganz allein essen? Vielleicht mit Pepino? Und abends die Vorstellung – wenn nur keine von den Sängerinnen krank wird, denke ich immer, keine zweite Besetzung, nichts störendes. –
Und dann fahren Sie nach München, und ich auch bald, ganz bald, vielleicht in 3–4 Tagen, und dann sind wir wieder gar nicht so weit auseinander. Gar nicht bang ist mir diesmal – gar nichts Finsteres, Fernes ist da, seit dem Tag in Stuttgart ist alles so freundlich, nur das Abreisen aus Neubeuern war so finster damals.
Mir ist es immer so arg, wenn ich fühle daß Sie einen Brief vernichtet haben. Es ist mir, als ob man etwas Lebendiges umbrächte – und dann ist mir auch als ob Sie mir etwas verheimlichten, etwas wegnähmen, was schon mir gehörte. Vielleicht ist es mir nur so befremdend weil ich selbst es fast nie thue.
Es hat mich beinahe gereut als ich das von der bösen Viertelstunde mit Kessler hingeschrieben hatte – aber dann war es geschrieben ich dachte: Was muß sie denken, daß ich ihr *alles* erzählen muß – aber dann dachte ich: Ich *wollte* es ihr doch erzählen, also soll es gesagt bleiben. – Wenn die zwei einsamen Tage in Dresden nur keine unguten Tage sind!
Warum Maria eigentlich nicht mitgefahren ist?
Adieu Ihr Hofmannsthal

[Sendig Hotel: Europäischer Hof,
Dresden-A., d.] 9te Donnerstag [2.1911]

»Wenn nur die zwei Tage in Dresden keine unguten Tage sind«, lese ich eben. Nein *das* sind sie wirklich nicht, aber schöne wunderschöne Tage. Ich komme ja eben von der Marschallin und von der *entzückenden* Sophie und von Quinquin und von all dem Entzückenden, Lieben, Reizvollen – wie könnte es hier ungut sein, wo ich Sie fühle auf Schritt und Tritt, wo Sie beständig mit mir gehen, mit mir auf der Terrasse stehen, das Eis auf dem Wasser treiben sehen, drüber etwas Dunst und da drüber Sonne, wunderschöne Sonne. Ich glaube wir haben selten *so* intensiv zusammengelebt wie heute. Ich bin ja *so* froh, daß ich *doch* her gefahren bin und *wie* habe ich diesen Abend genossen, ich versuchte immer mich in die Premièrenstimmung zu versetzen, es gelang mir auch so, ich meinte fast, ich müßte Sie irgendwo sitzen sehen. Gott, was war es schön, die drei Frauen waren wunder, wundervoll. Sie haben Recht, man kann nicht wegschauen sobald Sophie da ist, es hat mich tief ergriffen ihr prachtvolles Spiel. Es ist wirklich *ein Ganzes*. Text, Musik, Spiel! –
Ich wünschte es wäre morgen Abend wieder und ich dürft es noch einmal sehen. –
Eben als ich ganz allein unten beim Essen saß, kam ein rührendes Kellnerle zu mir und erkundigte sich nach meiner Gesundheit, er hatte mich täglich in Wiesbaden bedient als es mir so schlecht ging. Er schien mich einsam zu finden und wollte mich unterhalten und so erzählte er mir von der Première, es war so rührend.
Immer wieder möchte ich Ihnen das Gleiche sagen: es war über alle Begriffe schön; ich bin Ihnen *so* dankbar daß Sie mich hierher bewegt haben. – Heute Morgen sagten *Ihre* Rosen mir zuerst »Guten Morgen« und jetzt sagt mir Ihr Brief »Gute Nacht«! Kann man einen Tag besser anfangen und beenden? Dann kam ganz früh ein Paket, mit wundervollen Süßerles,

von wem mögen die wohl gewesen sein? Sollte Eberhard evt.?! Heute Morgen habe ich die Stadt angeschaut und so viel Schönes gesehen, dann war ich draußen in Loschwitz bei Pepinos und zum Frühstück bei Wengerskys, Nachmittags ruhte ich dann um Kräfte zu sammeln für den Abend. Morgen gehe ich in die Gallerie, ich werde versuchen sparsam mit meinen Kräften Haus zu halten. –
Es war gut, daß Sie mir die Adresse von Dr. Adolf gegeben hatten, denn die Plätze kamen nicht, ich telephonierte und sie lagen friedlich meiner wartend an der Casse. – Maria wollte die paar Tage die sie Henry dort hat nicht gern fort, was ich *so* begreifen konnte und daher gar nicht zugeredet habe. –
Ich finde es schon sehr recht und auch lieb wenn Sie mir so alles erzählen und auf eine Äußerung über eine Begegnung mit Kessler hatte ich schon lange gewartet. – Er sprach so ganz leicht von Ihnen in W. ich hätte gern etwas über Sie gefragt oder Grüße aufgetragen, aber es war mir doch nicht möglich. – So nun will ich schlafen gehen. Es schickt Ihnen sehr liebe dankbare Gedanken aus Dresden Ihre Ottonie D. die nun schlafen muß.

Neubeuern 13. 2. 11.

Mein lieber Herr von Hofmannsthal,
heute vor einem Monat saß man sich vis-à-vis und mußte alle paar Minuten laut und deutlich »herein« rufen, wie lustig und nett war es da und wie hat man den Tag und den netten Abend genossen, und wie oft wird man an die ganze liebe gute Fahrt noch zurückdenken. –
Am Sonnabend Mittag bin ich wieder hier angekommen. Mädy holte mich per Schlitten in Rosenheim ab. Es war noch derselbe Schnee auf dem wir damals nach Rosenheim gefahren sind, an jenem schönen Tag mit der herrlichen Heimfahrt, die uns alle die Schatten der vorangegangenen Tage vertrieb. Es ist so merkwürdig sich wieder hier einzuleben, es ist so anders dies Neubeuern, so verschieden von dem Neubeuern das ich ver-

ließ. Sie haben mich so nett begrüßt hier, wissen Sie womit, – mit all den Zetteln die in meinem lieben Goethe sind. Ich begrüßte die guten Bücher, diese Freunde in meinem Zimmer mit so viel Liebe und war so angenehm berührt, Sie von Neuem ganz frisch dazwischen zu spüren. –
Julie hat mein Zimmer wieder etwas geändert, eine hellere Beleuchtung ist da und der große Schrank an dem Vorhang zum Toilettezimmer ist fort und durch ein großes Büchergestell ersetzt. Das Wetter ist so wunderbar schön, nachts einige Grade Kälte und untertags herrlicher Sonnenschein, gestern war es so warm, daß wir ohne Jacken auf der Terrasse saßen. –
Marie Thérèse war entzückend in ihrer Freude über meine Rückkehr. [...] Mama fand ich viel wohler. Momentan hat sie gute Unterhaltung durch Fräulein von Reck und Frau von Martens. (ich weiß nicht ob Sie die zwei mal hier getroffen haben) die erste vertritt die Interessen »Gothas«, die zweite die religiösen Gebiete. [...]
– Ich möchte Ihnen doch noch meinen letzten Tag in Dresden erzählen, er war auch sehr schön. Den ganzen Morgen habe ich in den Gallerien zugebracht und die vielen vielen herrlichen Sachen wirklich tief genossen. Mein Kummer war wirklich nur der, nicht genügend Zeit zu haben, um jedes einzelne der schönen Bilder noch mehr auf mich wirken zu lassen. Abends reiste ich dann mit I. Wengersky nach München, dann allein weiter. – Mädy wird wohl bis nach Julies Geburtstag (1. März) hier bleiben und dann mit Christa nach Bredeney gehen. Die drei größeren Kinder behalten wir wohl bis kurz vor Ostern. Ich werde jetzt versuchen, meine Zeit mit Baby so einzuteilen, daß ich auch etwas zum lesen komme, ob's mir gelingen wird, ist mir noch fraglich. Momentan warten eine Unmenge Briefe auf ihre Erledigung, denn in der letzten Zeit ist merkwürdiger Weise das Meiste an die gleiche Adresse gegangen! – Es schlägt eben elf Uhr drum Gute Nacht

Ihre Ottonie D.

Neubeuern a/Inn
Freitag [17. 2. 1911]

Obgleich ich mir vorgenommen hatte, Ihren nächsten Brief erst abzuwarten eh ich schon wieder schreibe, muß ich es doch tun, wenn ich auch diesen Brief gar nicht bis zu Ihnen gelangen lasse. Denken Sie, Ihr Schweigen beunruhigt mich so namenlos. Alles mögliche und unmögliche stelle ich mir vor. Ob Sie etwas von mir mißverstanden haben, oder ob ich Ihnen irgendwie weh tat, oder oder oder! ja wie viele unendlich viele »oder« kommen einem nicht, wenn man zwei mal täglich einen Brief erwartet der nicht kommt und dies genau seit einer Woche. Eigentlich ist eine Woche ja gar nichts so furchtbar Endloses und doch erscheint es einem so, wenn man zu verwöhnt wurde. Sollten Sie vielleicht krank sein, auch von dieser entsetzlichen Influenza heimgesucht sein, die alle Welt plagt? Bitte schreiben Sie mir nur ein paar Zeilen mit der Bemerkung daß Sie mir in Zukunft 4 oder 6 oder 8 Wochen lang nicht schreiben werden, dann gewöhne ich mich allmählich wieder um.
Mary ist fort und ich spiele Mary. Bis ich mich ganz dran gewöhnt habe, ist es etwas anstrengend, besonders das frühe Aufwachen bei meinem späten Einschlafen will sich noch nicht als sehr zuträglich erweisen, aber es wird kommen. –
Ich weiß so gar nicht *wo* ich Sie suchen soll, sind Sie vielleicht fort von Berlin, wieder in Rodaun oder waren Sie die letzten Tage mit Eberhard im Adlon gemeinsam wie würde Eberh. sich gefreut haben Sie dort zu finden. – Mädy hat sehr nette Tage in München gehabt, sich mit Heymel angefreundet und Blei und anderen, es hat ihr gut getan. –
Ich versuche mich wieder einzuleben, es wird mir so schwer diesmal, mir kommen alle alle im Haus so fremd vor, ich weiß nicht wodurch, nur meine Bücher sind liebe Bekannte. Ganz zufällig schlug ich »Dichtung und Wahrheit« wieder auf, fing mitten drin wieder an zu lesen und kann mich nicht trennen, *diese* wunderbare Atmosphäre die drin liegt ist unbeschreib-

lich, so namenlos wohltuend so beruhigend für zitternde Nerven. Wenn es keine Dichter gäbe die uns armen Erdenwürmern solche Werke hinterließen, was wär' das Leben traurig, nicht auszudenken wär' es.
So nun leben Sie wohl, ich will den Brief doch an seine Adresse gelangen lassen, es geht mir halt auch, wie anderen Menschen manchmal, ich muß halt alles sagen was mir das Herz bedrückt, damits dann wieder frei wird.
Addio! Ottonie D.

[Rodaun] Samstag abends [18. 2. 1911]

Ich denke Sie könnten denken, ich muß krank sein. Dies kann kein Brief werden, will nur sagen: ich bin nicht krank. Die letzten Tage in Berlin waren übervoll, hier dann das kleine Haus, die Zimmer, halberleuchtet mit den Lampen, die Kinder, die Stille, eine ganz andere Welt. Draußen ein Südsturm als wollte mit Gewalt schon der Frühling hereinbrechen. Es soll aber noch die Zwischenzeit bleiben, ich will noch so viel tun, bevor Frühling wird.
Zwischen dem Fortgehen und dem Wiederkommen liegt ein ganzes Leben möchte man denken. Neubeuern, München, wie weit und doch nah, der Brief, der mir nach Stuttgart zu kommen erlaubte, der Morgen der Abfahrt in Stuttgart. Ihr Herantreten, ohne Hinsehen, an das coupé, worin ich mit den fremden Leuten saß. Den Augenblick habe ich so grenzenlos gern im Nachgefühl.
In Berlin, die letzten Tage waren gut. Es löste sich vieles auf eine liebe Weise. Ich erzähle es noch. Es war das Harte, Ungerechte von Kessler gegen Reinhardt, das war es gewesen, nicht meine persönliche Sache. Ich habe aber eben R. sehr gern, vielleicht habe ich ihn lieber wie K. wer weiß so etwas.
Es war ein nettes Diner bei Harrachs wo wir alle waren, dann gingen wir noch in eine bar, ich fühlte wie die beiden gut mit-

einander sprachen, ging um 2 Uhr schlafen, ließ sie allein. Beide sprachen dann am nächsten Tag mit Freude jeder vom andern. Der Reichskanzler war auch bei dem Diner, gefiel mir sehr gut, ich sprach lange mit ihm, so angenehm wie selten mit einem Fremden.
Bin froh, daß Sie die Zettel in dem Goethe gefunden und gespürt haben: es ist jemand da, der Sie lieb hat, aber es wird nicht davon gesprochen. Als ich sie hineinlegte, war das Zimmer so öd, ich so traurig. Nun ist alles gut, schön. Damals war es Trennung, jetzt ist keine. Gute Nacht.

H. H.

Rodaun 23. 2. [1911]

Liebe Gräfin
Der Brief kam über Berlin hierher. Ich bin trauriger als ich sagen kann, daß ich so ahnungslos, so unfühlend etwas Unbegreifliches, Ungutes tun konnte! Sie so unruhig machen, unnütz, grundlos quälen – nicht wissen lassen, wo man ist, was mir selbst das Ärgste wäre wenn Sie es thäten – ich weiß nicht mehr wo ich meinen Kopf gehabt habe! Dabei hab ich so viel wie immer an Sie gedacht, und so *nichts* von Ihrer Unruhe gefühlt. In Berlin in den letzten Tagen ist mir das Zeitgefühl ganz verloren gegangen – dann (ich finde es mir allmählich zusammen, mit solcher Beschämung) hier, da war ganz verrückter Föhn, und die Kinder, das Haus, zahllose Briefe, ich so verworren, so sonderbar in den Nerven, schlief ein paar Mal mitten am Tag unterm Schreiben ein, da gingen dann wohl noch 2, 3 Tage so hin – oder noch mehr?? Es tut mir so namenlos leid – ich weiß ja daß Sie es verzeihen, schon verziehen haben, aber das ändert ja nichts – das Häßliche bleibt doch, daß ich Ihnen weh tun konnte, Sie unruhig machen. Das hast du können, sagt eine Stimme in mir, eine Woche ihr verderben, jeden Tag belasten und beschweren – aber könntest du ihr 8 Tage leicht und frei und schön machen? Nein!

An ein Wesen denken – gerade von hier aus, so oft, so anders wieder, so glücklich. So glücklich sein, daß Sie *da* sind, das Glück recht fühlen, nachts zwischen Aufwachen und Wiedereinschlafen, oder in der Landschaft – oder sich mit den Kindern freuen und denken: Ich bringe sie aber *wirklich* nach Hinterhör! – und in dies hinein diesen namenlos traurigen Brief bekommen, abends – man möchte auf, ins Dunkle hinaus, auf die Straße, über Hügel, bis man *hinkäme*, jemanden fände, ein Zimmer, ein Licht, in dem Lichtkreis ein Gesicht, Hände, im Dunkeln arme kleine kalte Füße, die man einwickeln würde in eine Decke, – und etwas sprechen, wissen, daß es wieder gut ist, es wegwischen können. – Daß ich keinen Brief schrieb, der den ersten, den zweiten Morgen dort gelegen wäre! Ich weiß den kleinen dummen Gedanken, der es verhinderte. Ich dachte: wenn sie die Zettel in dem Goethe findet, so ist es etwas Wortloses, das besser ist als ein Brief.
Dies Fremde in Neubeuern, dies Befremdende – Sie sagen es in beiden Briefen. Es ist mir ganz ängstlich. Ganz unbekannt ist mir das Gefühl nicht: das Zurückkommen, Zurückgewiesenwerden auf das Ich, auf das Bleibende. Ob es nicht auch das unglückliche Zimmer ist – in Hinterhör wäre es nicht so, meine ich. Immer wieder such ich mir in dem Brief den Absatz über den Goethe. Ich bin so glücklich, daß ein Buch Ihnen das geben konnte. Ich weiß, es liegt in Ihnen, Ottonie, daß Sie dieser geheimnisvollen größten geistigen Wohltat teilhaftig werden *können*, andern Menschen ist es nicht *gegeben*, aber Ihnen ist es gegeben und Sie dahin zu führen, Ihnen dazu zu helfen, das ist ja das *Eigentliche* in meinem Denken an Sie – das war ja von Anfang in meinem Sprechen, meinen Briefen, meinen Gedanken, und wäre das nicht, so hätte ich nie den *Mut* gehabt, mich Ihnen so entschieden zu nähern, und ich glaube auch nie den *Wunsch*.
Jede starke Neigung hat ein Ziel. Das meinige ist mir innerlich deutlich, aber es verträgt keine Worte, es braucht auch keine. Aus dem ganz Kleinen, dem Unscheinbaren baut sich alles

Wirkliche auf, das innerliche Gesunden verträgt keine Sehnsucht, keine Ungeduld, aber wer lieb hat, ist glücklich und voll Zuversicht, und so bin ich, wenn ich Sie denke.
Nur eines, darf ich es sagen, liebe Ottonie? Es ist ja so richtig und natürlich, daß Sie das Kind besorgen, es dadurch wieder ganz an sich ziehen – nur wenn Sie das Schlafen bei dem Kind, *um* der *Morgen*stunden *willen*, einer anderen Person überließen, es sind so viele im Haus, die das Kind sicher ganz gern hat, den Kindern ist ein Wechsel nicht arg, nicht halb so gewichtig als man denkt – und für Sie fällt dieses bißchen Schlaf so ins Gewicht, – Sie haben noch nichts zuzusetzen von Ihren Kräften, noch nicht das geringste Überflüssige, Entbehrliche lebt in Ihnen, – alles was da ist, wird erwartet, wird gefordert von einem Höheren in Ihnen, das sich sein Haus aufbauen will, das unter Trümmern nicht wohnen will und nicht *darf*, das zwischen Leben und Sterben sich hinzufristen verschmäht – soll dieses Höhere, dieses Einzige was das Leben lebenswert macht, es entgelten, daß es bei Ihnen keinen besseren, keinen stärkeren Fürsprecher hat als mich?
Es war immerfort zwischen durch mein ängstlicher Gedanke, schon seit Wochen, ob sich der Faden wieder anknüpfen würde, wenn Sie nun zurückkämen: ob Sie Ihre Stunden mit dem Alleinsein, mit dem Lesen einhalten würden, ob sich da Steinchen auf Steinchen fügen würde – und nun es ist kein ängstlicher Gedanke mehr, sondern sorgenvolle Angst, daß Ihre Tage Ihnen von fremden Händen abgesponnen werden wie der Flachs vom Rocken – und doch ist Sammlung *alles*, ist Besinnung, Zusammenfassung, Abgeschlossenheit *alles*. Es gibt keine Woche, keinen Tag der ungestraft und freudlos vergeudet werden darf, furchtbar ist im Leben und auch zugleich bezaubernd dieses immerwährende Krisenhafte, diese fortwährenden Entscheidungsstunden. Wie namenlos glücklich wäre ich, wenn ich denken dürfte, daß die Zeit wieder an den November sich anfügte – wo ein leises Aufwärtsgehen, ein zartes Stärkerwerden so entzückend fühlbar war. –

Auch ich muß mich zusammenfassen, namenlos mich zusammennehmen, (wie viel leichter ist das, ich weiß es ja) und ich werde nicht so oft schreiben als während wir außer dem Haus waren, es werden vielleicht manchmal 8 Tage vergehen – aber wie traurig muß ich sein, wenn ich denken soll, daß alle diese Briefe *ohne Kraft* wären, daß Sie Ihnen solche Stunden wie diese vorige Woche nicht ersparen können – daß Sie nicht dessen, was ich Ihnen nun einmal sein kann, so wortlos *sicher* sind, und daß das *Gefühl* davon, das Gefühl fast ohne Bezug auf mich, das Warme, das Wissen, geliebt zu sein, das kleine Licht in der Welt, Sie gleich so ganz im Stich läßt – wie arm macht mich das!

Adieu H. H.

Ein Balzac, den Sie hoffentlich lieb haben werden, zögert endlos aus Paris zu kommen. Ist der Stifter ausgelesen?
Welche von den Geschichten mochten Sie besonders. Das wüßte ich gern.

Rodaun 4. 3. [1911]

Liebe Gräfin
Das ist schon recht ungut und arg, wenn Tag für Tag früh und nachmittags so recht viele Briefe daliegen und niemals der *eine* darunter ist, den man erwartet. Ich *will* mich nicht beunruhigen und nicht nachdenken und tausend Möglichkeiten herumdrehen, aber fast muß ich doch recht unruhig sein, wenn ich denke, daß es nun schon wieder mehr als acht Tage sind, daß ich den kleinen Brief von Ihnen bekommen habe, der eigentlich gar kein Brief war, sondern nur die Briefe Eberhards begleitete, und der sich doch wohl mit einem recht langen von mir gekreuzt haben muß. Diesen langen schrieb ich vergangenen Donnerstag etwa (den 23ten Februar) und es war die Antwort auf einen, den Sie mir Freitag den 17ten geschrieben hatten und der mir über Berlin am 21ten Februar hierher nachkam. Soll ich

denken, daß Sie meinen Brief vom 23ten nicht bekommen hätten? oder daß ich darin etwas könnte geschrieben haben, was Sie verletzt hätte? Ich schrieb wegen des Kindes, daß Sie sich nicht ermüden, nicht Ihre Kräfte vergeuden sollten – kann das Sie geärgert haben? Wir haben uns schon manchmal mißverstanden aber nur in dem allerzartesten allerheikelsten Gebiet des Bezugs von einem auf den anderen – und in diesem Brief war nichts davon –. Hoffentlich war nichts darin, was Sie schweigen machte, aber *wenn* es war, bitte, so sprechen Sie es aus, in irgend welcher Form, wenn auch hart – es wird mir weniger quälend sein als Schweigen, und bitte, seien Sie so gut, und antworten mir bald.
Es liegt jetzt so gar nicht in mir, mich abzuquälen und mich an Sorge und Kleinmut zu verlieren, meine Verfassung ist gerade die gegenteilige. Es ist ein fast ununterbrochenes Hinströmen von Einfällen, alles bunt und durchsichtig wie wenn es aus Halbedelsteinen geschnitten wäre und dabei beziehungsreich und tief, ich muß nur die Außenwelt von mir abwehren, immer kann ich das ja nicht, aber selbst wenn ich es nicht kann und bin mit Leuten oder sitze im Theater, so strömt es weiter und ich bin in zwei Welten zugleich, die einander nicht einmal bekämpfen sondern wie spiegelnde ineinander gesteckte Glaskugeln aufeinander wirken. Vieles erzähle ich Ihnen und während ich Ihnen erzähle, sehe ich Sie so deutlich so wirklich, so rein und stark ist das Glück, Sie zu *haben* in diesen schönen Augenblikken, die nichts festhalten kann. Mir ist dann, als müßte etwas hinüberströmen zu Ihnen von diesem schönen Zusammensein, als müßten Sie fühlen, daß Ihr Bild, nein mehr als Ihr Bild, Ihre wirkliche Gegenwart in einer andern schönen durchleuchteten Welt sich befunden hat und so wundervoll dazugehört hat. – Gestern Abend schlug ich ein größeres Gedicht von Goethe auf, das Fragment »die Geheimnisse« – halb wollte ich darin lesen, um auszuruhen von eigenen zu lebhaften Gedanken und Einfällen, halb aber war es kein wirkliches Lesen, denn ich suchte – und fand – in dem Gedicht einen geheimen, ganz unterirdi-

schen Bezug auf Bilder und Gestalten, die in mir sich bewegten, ich sah in das Gedicht hinein wie in einen Zauberspiegel, sah hinein mit sehenden und doch zugleich mit blicklosen, nach innen gewandten Augen – plötzlich kam da eine sehr schöne Stelle, etwas ewig Wahres war da gesagt, für meinen Sinn war es in diesem Augenblick mehr als *gesagt*, es stand da wie ein wirkliches Ding, ein Wesen, aber von crystallener Reine, etwas Schönes, geistig aber wesenhaft, und plötzlich waren auch Sie da, unter jenem schönen Ding standen Sie und Ihr ganzer aufmerksamer Blick, den ich so lieb habe, heiter und ernst zugleich, – und in dem Blick Ihr ganzes Wesen – war auf das Ding geheftet und dann auf mich, aber auf mich nur im Sinn der großen gemeinsamen Aufmerksamkeit, die wir beide dem Ding schenkten – wir waren verbunden, als wären wir zusammen einen langen schönen Weg gegangen, um dies zu finden, wir zeigten es einander – es war ein so schöner beglückender Augenblick – soll ich *allein* ihn gehabt haben?

Oft auch sehe ich uns miteinander herumgehen in der wirklichen Welt, immer wieder sind es Gassen einer fremden Stadt, Gassen die ich nicht gerade kenne, es ist aber wohl Paris ganz gewiß und dann sitzen wir miteinander in einem kleinen Restaurant unter vielen fremden Leuten, es sind aber keine groben bourgeois, sondern nette Gesichter des Lebens, und das sind wohl auch gar keine Träume, sondern Halbträume nur und Wünsche und dazu wird es auch kommen und es wird wirklich sein, wie der Abend in Erfurt wirklich war, und doch so über dem Wirklichen durch Lieblichkeit und Freude. Gehen Sie doch um die Mitte April nach Paris, Ottonie, und machen daß Julie in ein paar Wochen darauf Ihnen nachkommt, – alles geht ja – in diesen kleinen Dingen – wenn man will, und das Entgegenstehende ist so scheinhaft, so wesenlos und leistet auch keinen wirklichen Widerstand.

Das Neue für Eberhard und Mädi macht mich recht froh und im Grund nicht besorgt, weder für ihn noch sie. Alles Äußere, wie spür ich das mehr und mehr, gehorcht einer leichten Hand. Wie vieles fällt mir ein, wie oft! Ihr Vater – über das und tausend Dinge möcht ich mit Ihnen sprechen. Adieu. Werden Sie mir wieder gut – wenn Sies in diesem Augenblick nicht sind – aber könnte ich so innerlich froh sein, wenn das nicht schon wäre!

Ihr H.

Neubeuern Montag 27. 2. 11.
[Abgeschickt am 6. März 1911]

Es tat mir so leid, Sie traurig gemacht zu haben, mit den zwei unguten Briefen. Man sollte wirklich nicht schreiben wenn man sich in schlechter Stimmung befindet. Bei mir kam eins aus dem anderen, ich kam übermüdet von der Reise an, fand Menschen vor, denen ich mich widmen sollte, was mich von Neuem ermüdete und konnte daher nicht meinen alten Tageslauf finden was mich deprimierte, da ich mir die Ursachen nicht klar machte. Es war ja nur eine Woche so, seither ist alles gut, innerlich, denn eigentlich habe ich einige schlechte Tage hinter mir, rechte böse Migränetage die ich fast ganz im Bett zubringen mußte. Ich war recht traurig sehen zu müssen, *wie* namenlos wenig ich leisten kann und wie wenig widerstandsfähig ich bin, daß so ein paar Tage mit dem Kind mich gleich so absolut fertig werden ließen mit meinen Kräften. Heute gehts mir wieder gut und ich will es noch einmal mit dem Schlafen bei Marie-Thérèse versuchen, obgleich ich weiß daß es dumm ist, ich es auch wohl doch nicht aushalten werde. Wenn ich Ihnen aber eingestehe aus welchen Motiven, dann werden Sie mich gar nicht verstehen, das eine ist die Freude auf den Moment den süßen kleinen Körper in meinen Armen zu fühlen wenn sie morgens nur im Nachtkleidle zu mir ins Bett schlüpft, wenn Sie wollen ist es eine Art Sinnlichkeit, die ja so selten befriedigt wird, weshalb ich es genieße. Das zweite Motiv ist noch häßlicher, wenn ich nicht bei dem Kind schlafe, tut es Julie, und obgleich ich ja glücklich bin über das Verhältnis der zwei, wollte ich doch mal diese 4 Wochen benützen das Kind wieder (oder vielleicht zum ersten Mal) ganz an mich zu gewöhnen. Ich sage immer ich bin nicht eifersüchtig aber dennoch entdecke ich an mir, daß ich es doch wohl auch bin. Das Merkwürdigste aber ist, daß mir dies alles eben erst klar wird, da ich es schreibe, ich hatte es mir alles nicht überlegt, sondern handelte aus dem Instinkt heraus. Jetzt wird mir klar daß ich diese Gefühle *absolut* gleich bekämpfen und im Keim ersticken muß, was würde sonst für unser Zusammenleben daraus entstehen. Sehen Sie da sagt man zu Anderen: »Sie kennen mich ja« und kennt sich selbst nicht mal, sondern bei jedem neuen Moment im Leben, kommen Seiten zum Vorschein, die man nie in sich vermutete, selten sind dies angenehme Entdeckungen. Sie würden lachen, könnten Sie mich jetzt sehen, denn ich sitze und schaue und schaue an die Decke ohne weiter zu schreiben, so muß ich drüber denken über das eben geschriebene und immer wieder sage ich mir, kann ich denn wirklich so gemein sein, Julie die Freude nicht zu gönnen, die Freude die ihr *alles* bedeutet. Mein Entschluß ist fertig ich werd sie beim Kind schlafen lassen, aber zugeben muß ich es, es wird mir schwer. – Wenn ich denke, wie es mir gleichgültig gewesen wäre, so lange Christoph gelebt hätte und wie ich mich jetzt so an diese zwei Kinderaugen klammere, die ja doch im innersten Gefühl nur das Leben für mich sind. Es war mir dies alles nie so klar, aber in der letzten Zeit hab' ich es so deutlich gefühlt. Gute Nacht für heute.

Diese Zeilen sind genau vor 8 Tagen geschrieben, aber da sie hier liegen und für Sie bestimmt waren, sollen Sie sie haben. Julie schläft lange bei dem Kind und meine eifersüchtige Regung ist lange lange fort geblasen. Gott sei Dank.

Neubeuern Montag 6. 3. 11.

Ja, Sie können ganz innerlich froh sein, jedenfalls froh in Beziehung auf uns zwei, denn ich bin es ja auch, sogar so recht von Herzen froh und gerade dieses innere Hin und Herweben von Gedanken, guten, lieben Gedanken ließ mich schweigen. Ich war egoistisch, denn ich war so glücklich wieder im Besitz meiner selbst zu sein, so glücklich Sie dabei zu haben daß ich dahin lebte, für das Kind sorgte und ganz das Schreiben vergaß. Das heißt ich fühlte Sie in einer herrlichen Welt umgeben von schwebenden Gestalten aller Art, dazwischen kamen dann Ihre Gedanken zu mir, so leicht so reizend und ich ging mit zu Ihnen und wir haben so viel zusammen geredet daß ich vergaß es aufzunotieren.

[...] Ihr vorheriger Brief war ja so lieb und gut und groß. Wie kann ich etwas mißdeuten, was nur aus Fürsorge heraus gesagt wird. Nein ich verstehe Sie doch nie mehr falsch, seit dem letzten Zusammensein ist es doch unmöglich und selbst wenn ein Schatten sich zwischen uns erheben wollte, so sage ich sofort daß es aus meinen Nerven oder dergleichen Strömungen herrührt, denn man muß sich doch verstehen, wenn man sich gegenseitig nur Liebes erweisen möchte. – Die Momente der Ruhe die ich hatte, nahm ich zum Lesen, es waren ja deren wenig, aber reizende kleine Stündlein hab ich da doch gehabt mit dem entzückenden Stifter. Welche Geschichten mir am liebsten sind, ist fast schwer zu sagen. Die Mappe des Urgroßvaters hat solch wundervolle Momente daß sie mir sehr ans Herz gewachsen ist. Dann entzückt mich jedesmal wieder der Abend in der Narrenburg, dieses Zusammenkommen vor dem Wirtshaus von allen Seiten nach und nach der Holzknechte, Jäger und anderer. Es ist so lebend und in so gutem Tempo, daß ich mir einbilde ich sei auf dem Heuberg und sie kommen alle nach und nach vorbei, wie ich es dort oft erlebte am Sonnabend und steigen hinab um nach der langen Woche Waldleben zu Frau und Kind hinunter zu steigen und wenn man sie dann alle

unten in Nußdorf wieder sitzen sieht um erst einen Schluck gemeinsam zu trinken. Dann dieses langsame Nachtwerden das Ausklingen in dem Gespräch der Liebenden, das ist entzückend. So gibt es so unendlich viele Stellen. Dann liebe ich Abdias, diese Zähigkeit, diese Liebe und dies Ende! Das permanente Verneinen des Schicksals gegen ihn im scheinbaren Gewähren. Wie oft ist es so im Leben! Dann las ich Werther, welche Gewalt fließt, nein strömt durch das Ganze, welche Seelenqualen muß man da mit durchmachen, wie kann ich begreifen daß es in der damaligen Zeit ein Buch zum Aufwühlen aller Gefühle war.
Ich muß geschwind schließen denn es tammt gleich und der Brief soll doch mit der nächsten Post mit. Ich schreibe bald mal wieder über Pläne, etc. ich muß in den nächsten Tagen zu meinem Professor nach München, da es mir nicht sehr glänzend geht und dann hängt es ab, ob ich jetzt Hühnersache, Paris etc. unternehmen darf.
Tausend liebe Grüße

Ottonie D.

Neubeuern Montag 6. 3. 11.

Eben habe ich das Kind besorgt gebadet und ins Bettle gebracht, da bleibt mir nur eine kleine Viertelstunde, die ich hier sitzen muß, um zu warten bis sie eingeschlafen ist, (um mich dann auch anzuziehen) die will ich benutzen wieder ein bissel an Sie weiter zu schreiben; vielleicht bleibt's auch wieder liegen! Ich habe eben den vorletzten Brief von Ihnen wieder gelesen und gesehen dabei, daß ich Ihnen ja eigentlich gar nichts darüber gesagt hatte. Sie haben schon Recht wenn Sie darüber klagen, daß mir Ihre Briefe nicht mehr wären nicht mehr Ruhe geben, d. h. nicht nur für den Moment, sondern auf Weiter hinaus, daß ich dann gleich so in mein Nichts zusammenbreche, wie ich es bei meiner Rückkehr bewiesen. Aber es ist doch nicht so, denn schon eh Ihr lieber, langer Brief kam, hatte ich mich doch wiedergefunden und zwar doch durch Sie, denn ich kam wieder zu den Büchern, aber die habe ich ja auch erst und nur durch Sie angenommen, als innige treue Freunde und Tröster angenommen. Das genieße ich jetzt so, daß ich es gelernt habe, den Augenblick zu nützen, die halben Stunden die hier und dort abfallen schnell zu verwerten, geschwind eine Zeile zu lesen die mir oft den ganzen Tag heiligt und zum Festtag macht und daß dies so ist, danke ich Ihnen halt namenlos. Darum vermißte ich auch letzte Woche gar keine Briefe von Ihnen, weil Sie mir eine ganze Welt in mein Zimmer gezaubert haben. Verstehen Sie nicht falsch, daß mir etwa je ein Brief von Ihnen zu viel sein könnte, dies wird nie sein, aber wenn ich fühle, Sie schaffen, träumen und denken, dann weiß ich, diese Gedanken gehören auch ein klein wenig mir, das beglückt mich und gibt mir Ruhe. –

(muß zum Essen) 7. 3. Wieder haben Sie mir so schöne Bücher geschickt. Wie hab ich mich gefreut, als so ein liebes bekanntes Päcklein da lag, mit welcher Freude und Ungeduld öffne ich es, ich kann dann immer gar nicht schnell genug alle Papiere herunter bekommen, um zu sehen, welch' liebe Gesichter mir da entgegen leuchten. Haben Sie tausend Dank! Ihr Werther ist entzückend und ich muß ihn dann bald nochmal wieder lesen, er hatte mich ja grade letzte Woche so gefesselt, durch all die Seelenqualen war ich mit hindurch gegangen, viele viele Momente haben mich so erschüttert und begeistert andere. Dann wünsch ich immer wir könnten es zusammen lesen, uns sagen und zeigen jede weitere schöne Stelle und dann wieder sag ich mir, es ist ja gar nicht notwendig zusammen zu sein, denn nichts empfinde ich was Sie nicht schon lange vorher durchlebt haben im gleichen Sinn. Es war ein Göttertag heute! Die Berge alle in frischem Schnee, blos die vorderen Hügel zeigten ihre grünen Stämme, strahlende Sonne golden über Allem, doch darüber ruhiger blau blauer Himmel. Irmgard Wengersky, Hansi und ich fuhren nach Rosenheim, den gleichen Weg wieder heim als wir Weihnachten, – wie waren da meine Gedanken permanent bei unseren Gesprächen, als alles sich auflöste und gut und schön wurde, – da wünschte ich Sie recht herbei. Dann kam ich hier an zum Tee und hörte von Ihrem Telegramm und fühlte die ganze Enervation, in die ich Sie mal wieder absolut grundlos versetzt hatte und bin recht traurig über mich, wie kann man sich nur immer von Neuem gegenseitig solche Tage schaffen, es ist schon recht bös! Aber es tröstet mich, daß mein Brief doch nun schon bei Ihnen sein muß und Ihnen alles erklärt hat. [...] Also bitte nochmals, ich verspreche ich bleibe ganz ruhig, auch wenn ich drei Wochen nichts höre, lieber ist's mir schon, es dauert nicht so lange.

Ottonie DS.

9ten 3. [1911]

Liebe Gräfin
nun bin ich so reich, habe drei so schöne liebe Briefe, gleich ist die unnötige Quälerei der vorangegangenen Tage entschwunden und kaum mehr zum Entsinnen, ich denke jetzt sind die Möglichkeiten alle erschöpft, sich oder einander noch einmal zu enervieren, denn Sie denken immer, ich arbeite, und ich werde immer denken, vielleicht ist ein Brief schon geschrieben und würde liegen gelassen und später werde ich ihn schon bekommen und werde auch erfahren und verstehen warum er liegen gelassen wurde – wie ich es diesmal so gut verstanden habe und dann doppelt froh war daß er doch abgeschickt wurde, worin etwas unausgesprochen Liebes liegt, das mich sehr gerührt hat. In dem Brief (ich meine den über das Schlafen mit dem Kind) war garnichts, was mich verwundert oder befremdet hätte, alle diese Regungen sind gut zu verstehen, und es wäre auch begreiflich gewesen, wenn sie nicht bekämpft und überwunden worden wären, aber nun da sie überwunden sind, ist es umso besser und schöner. Julie *soll* dies alles haben, diese Zärtlichkeiten, dieses dumpfe mütterliche Verbundensein, auch die Unklugheit und Wunderlichkeit davon und die Unfähigkeit,

das Kind wirklich zu sehen mit freien Augen – alles dies was das Leben ihr so grausam versagt hat, das muß ihr *die* gewähren, in deren Hand es gelegt ist, diese Grausamkeit zu mildern oder sie zu erneuern und zu verdoppeln – an Ihnen ist es nicht, um das Kind zu werben, Sie sollen nicht dem Kind nachgehen sondern das Kind soll später Ihnen nachgehen, und wird es auch, wird Ihnen nachgezogen werden von der größten reinsten Gewalt, und diese Gewalt brauchen Sie in sich nicht eigens auszubilden – es wird keine andere sein als die Gewalt des Lebens – denn indem Sie gewählt haben zwischen Tod und Leben, haben Sie sich dies auferlegt, auch rein und treu die innere Möglichkeit des Lebens in sich wieder aufzubauen – keine zwischen zwei Welten halblebende Larve zu sein sondern eine lebende unendliche Natur, und wie sollte das Kind, wenn es allmählich ein Mensch wird, diesem Zauber widerstehen? einer anderen Magie bedarf es nicht, um die Seele an die Seele zu binden. – Ich schrieb Ihnen einmal (und schrieb es einmal für viele Male): das ist es, was ich mir verlange: Sie mehr und mehr kennen – lieber und lieber haben folgt von selbst daraus. Sie verwunderten sich und widersprachen, denn es liegt in Ihnen, sich als ein begrenztes abgeschlossenes Wesen zu empfinden – nun aber waren Sie aufs Neue verwundet und mußten mitten im Schreiben inne halten und an die Decke schauen, denn Sie fühlten und sahen Frisches ganz Unbekanntes und mußten zugestehen, daß Vieles in Ihnen ist, das Sie selber nicht kannten und das sich erst enthüllte, als Sie es, halb unbewußt, einem Brief anvertraut hatten. Unendlich lieb habe ich diesen Brief. Es ist kein Bezug darin auf mich, aber Sie sind darin, die rührende und entzückende Unendlichkeit einer lebenden Seele. Es ist in einem solchen Augenblick, als sähe man *alles*, auch die Gottheit selber sich herauswickeln aus der grenzenlosen Wesenheit des einzelnen lebenden Menschen. Auch in den Beziehungen der Menschen ist die gleiche Unendlichkeit: wie muß man stumpf und unglückselig sein, sich dies Unendliche zu verdekken mit starren Wünschen, starren Erwartungen, Kleinheiten,

Eifersucht – sich den beglückenden Begriff dieser Unendlichkeit aus der Seele hinwegzuängsten – wie sehr fühle ich es zwischen Ihnen und mir –: ich hatte viel, nichts schien mir zu fehlen, wirklich fehlte mir nichts, da traten Sie in mein Leben hinein, da kam etwas Unnennbares, Unmeßbares hinzu, und wenn mir jetzt Nachricht von Ihnen, das lebendige immer erneuerte Gefühl Ihres Daseins für Tage nur fehlt, wie unbegreiflich *viel* fehlt mir da!
Wie mich das Arbeiten mit Ihnen verknüpft, läßt sich kaum sagen. In diesen Stunden innerer Fülle weiß man kaum, an was man sich verliert, ein Wesen, ein Gebilde vertritt immer das andere, es ist ein fortwährendes gewichtloses Erleben und wie durch reflectierende Spiegel hin durch wird mir auf einmal irgend eine Seite Ihrer Natur ganz unerwartet zugeworfen – aus einer gefühlten Wahrheit, einem geschauten Bildnis heraus grüßt Ihr Wesen und ist schon wieder hinweg, mit hinauf genommen von reinen anderen Wesenheiten wie in einem Tanz.
Wenn Sie sich anklagen, daß Sie keine Kräfte hätten, wenn Sie mit den Kräften des Körpers rechten und streiten, das mag ich so gar nicht. Aber daß Sie auf sich achten, ist meine immerwährende Sorge, und ich bin über schlechtere Tage minder besorgt, wenn ich weiß Sie lassen nicht alles unbekümmert hingehen. Das was die Seele und was der Körper zu geben und zu leisten haben, im besonderen Individuum, wird niemand mit Sicherheit abgrenzen, eines muß das andere gesünder machen, es ist auch hier wie bei Münchhausen der sich auf wunderbare Weise selbst bei seinem Zopf aus dem Sumpf gezogen hat. Ich kann's fühlen, kann wünschen, Sorge haben, das oder jenes herbeiwünschen – aber alles was getan werden soll, muß von Ihnen kommen – daß Sie Neubeuern haben, ist ein Glück, Hinterhör wäre noch besser, aber immer nur Neubeuern, immer nur Hinterhör wäre auch nicht recht – Paris wäre schon sehr sehr gut – ich habe mich geprüft, ob es der Wunsch ist, Sie dort zu sehen – aber so viel, namenlos viel Freude das wäre, es ist das

wirkliche Gefühl daß es richtig wäre. Geht es nicht, so gibt es tausend anderes Schönes, sicher täte Ihnen und dem Kind ein südliches Meerbad sehr wohl, und auch Julie, das fühl ich, und darf es um so mehr sagen, als ich dort bestimmt nicht hinkäme, außer in Gedanken. Sehen wir uns nicht in Paris, so bleibe ich auf dem Weg für 2 Tage in Neubeuern, aber das eine ist nicht das andere. – Stendhal ist ein freier, leichter, heller Geist – er muß in den Kreis Ihrer Freunde treten. Vielleicht lesen Sie einmal den Roman, so wie Sie einen Balzac aufschlagen. De l'amour ist ein Buch zum Blättern, nicht zum Lesen, Anecdoten, Gedanken, Klugheit, und heiße Liebe zur Liebe, manches wird Sie verwundern, ich glaube nichts verletzen und irgendwie muß das thüringische Fräulein auch mit diesem Herrn Freundschaft machen. Adieu.

H.

[Maximilianstraße 25/I.]
Sonntag 12. März [1911]

Es ist doch etwas zu Entzückendes, so liebe Briefe zu bekommen und zu wissen, man gibt sich gegenseitig einen guten schönen Tag, wenn man schreibt. Grade gestern Morgen als ich von Neubeuern fort fuhr kam Ihr Brief, ich bezwang mich, ihn nicht zu öffnen, bis ich im Zug saß, dann fühlte ich mich so begleitet, so zu zwein. Sie schrieben vor einiger Zeit, mal in einem Brief: »Könntest du ihr acht Tage leicht und frei und schön machen? Nein!« das Nein muß absolut »Ja« heißen. Ganz ein anderes Wesen bin ich, wenn ich die Fäden zwischen uns gespannt fühle, viel mehr Mensch, nicht nur Lebewesen. Ich muß schon sagen, es ist entzückend Sie zu haben, noch entzückender daß wir es Beide so gleich empfinden und uns doch dabei so klar sind über die Stärke der Fäden! Man soll dies alles nur genießen, auch bewußt genießen und nicht daran herumfeilen wollen. Ich las neulich in »Vielleicht, vielleicht auch nicht« einen Passus über die Freundschaft, besonders die Ungleichheit der Freunde, daß meist ein Gebender und ein Nehmender Teil es ist, – ich fand uns gleich auch so klar darin; nun kam Ihr letzter Brief der mir sagte, daß ich Ihnen doch auch etwas gebe (Sie sagen viel!!?) das heißt gebe, durch mein Wesen wie es nun mal ist (ohne mein wollendes Dazutun). Seither erscheinen mir die Freundschaften von ganz anderen Gesichtspunkten.

Ich war also gestern mal wieder bei meinem Professor, der entsetzlich viel Schonung verlangt. Viel viel Schlafen, wenig Laufen und Dickerwerden. Probieren wir ob wir's erreichen! Die Hühnersache ist abgelehnt, Paris genehmigt, aber ob's dazukommt bezweifle ich sehr, denn meine erste Sorge muß momentan Julie sein, die notwendig fort sollte, ohne mich nicht mag, mit mir momentan nicht kann, Mamas wegen.

[...]

Nun gute Nacht, ich bin müde, da ich aber wirklich vor habe, diesen Brief (wenn er auch klein ist) morgen abzuschicken, so soll er viele liebe schöne Grüße an Sie mitnehmen.

Ihre Ottonie D.

Freue mich so auf die 2–? Tage die Sie bei uns sein werden, sollten wir nicht nach Paris kommen.

Rodaun Samstag abends.
den 18ten 3. [1911]

Wenn ich einen Brief bekomme, in welchem ein Mensch sich so zeigt wie er wirklich ist (und wie er sich gewöhnlich nicht zeigt) so geht es mir ähnlich wie bei schönen und wahren Stellen in Büchern: ich wünschte mir, sie gleich Ihnen zu zeigen und die Freude über den Gewinn mit Ihnen zu teilen. So schließe ich hier den Brief von Heymel ein, durch den Sie ihn von einer lieben menschlichen Seite kennen lernen und um so freier und

vertrauensvoller auf ihn eingehen können, wenn er Ihnen einmal begegnet. Er ist ein im Kern guter zart und tief fühlender Mensch. Der Brief handelt von dem Tod der Mutter Rudi Schröders. Ich hätte sehr gern, wenn Sie an Schröder ein paar Zeilen schrieben. Ich weiß wie wohl es tut, wenn die *richtigen* Menschen in einem solchen Augenblick an einen schreiben. Und die *richtigen* sind gar nicht immer nur die welche man in der conventionellen Sprache die »nahestehenden« nennt. Also vielleicht werden Sie schreiben, vielleicht auch nicht, nämlich wenn es Ihnen im geringsten widerstrebt. Es ist nur natürlich daß ich mir wünsche, Fäden zwischen Ihnen und den mir wertvollen Menschen zu ziehen. Die Adresse ist: Horn bei Bremen, Schwachhauser-chaussée 365. Den Brief von Heymel *geben* Sie mir gelegentlich einmal zurück, geben, nicht schicken.
Sie sagen, es ist Ihnen wohl, wenn Sie fühlen, daß der Faden zwischen uns gespannt ist, so ist mir auch. Habe ich das Gefühl Ihrer Gegenwart, so bin ich zufrieden und reich, es gibt allem was ich tue, einen bestimmten recht geheimnisvollen *Bezug*, nicht immer ist mir klar in wiefern ein Denken, eine Ahnung eine Hoffnung sich auf Sie bezieht, was denn dieser Bezug für unser irdisches Leben bedeuten kann oder soll – aber das Gefühl dieses Bezuges ist unsäglich wohltuend, es ist eine ganz leise zarte Spannung, ein Hingewiesen-sein – das Gefühl Ihrer geistigen Gegenwart hat unendlich viele Abstufungen, wenn es mir völlig verloren zu gehen scheint, wie damals jene 10 Tage im Herbst, ich Ihr Gesicht nicht sehen, Ihre Stimme nicht hören und dazu das innere Gefühl des Zusammenhanges völlig entbehren muß, das ist sehr hart und öde, so schlimm ist es nie wieder gekommen, – aber die Abstufungen vom schwachen leise wohltuenden Gefühl des Begleitet-seins bis zu einer höheren Vollkommenheit der Gegenwart sind unzählige, – manchmal könnte ich ganz von ferne die Möglichkeit einer völlig beglückenden Gegenwart bei leiblicher Getrenntheit ahnen – das ist, was ich meine, einen Menschen *kennen*, und in diesem Sinn sagte ich einmal oder mehrmals, kennen und liebhaben ist

eins. Alles was Sie mir gaben, das namenlos Viele und Gute, geschieht ohne Ihr *wollendes Dazu-tun*, – nur doch wieder nicht so ganz, wenn ich es recht bedenke, denn daß Sie sich mir nicht verschließen, daß Sie damals im Herbst anfangen konnten, *so* zu mir zu sprechen, das war das entscheidende ich meine dieses grenzenlos rührend absichtslose fast willenlose Erzählen von sich selbst, von Ihrem Glück und Ihren Leiden. Das war gewiß das Entscheidende, mich an Sie zu binden, daß Sie sich mir eben zu erkennen gaben, wie Sie sind. Es ist mir eigentlich nicht verwunderlich oder unbegreiflich, daß Sie das Gefühl davon, wie viel Sie mir sind, nicht recht haben, daß es Ihnen nur hie und da aus einem Brief wie eine Neuigkeit und etwas Überraschendes entgegenblickt. Aber ich glaube wohl, wenn ich nicht ganz ohne Kraft und meine Zuneigung nicht etwas ganz wertloses ist, so muß sie doch schließlich in Ihnen das Gefühl davon erwecken, was Sie für mich sind. Sie müssen auf diese Art das Gefühl von sich selbst wiedergewinnen, als ein ganz festes sicheres Gefühl, das Ihre grausamen Leiden Ihnen entwandt haben. Daß dies aber nur ganz allmählich geschehen kann und auch ohne irgend welches wollendes Dazu-tun von mir, ohne Sehnsucht oder Ungeduld oder solche Dinge, das weiß und fühle ich sehr wohl.
Auch alles was Sie mir aus Ihrer Mädchenzeit erzählt haben, habe ich so überaus lieb. Dieses kleine thüringische Mädel ist ein so unbegreiflich nettes Wesen. Meinen Sie nicht daß ich irgend welche Abgötterei damit treibe, ich sehe dieses Ding genau wie es ist – daß ich Sie so sehe wie Sie sind, darüber sind wir glaub ich einig, ich habe Briefe worin geschrieben steht, daß Sie es *wissen*, ich sehe Sie wie Sie sind. Ottonie Schwartz ist wirklich durchaus kein Engel. Sie ist selbstsicher, hat den Mut der Unerfahrenheit, eine gewisse Gutherzigkeit, absolute Aufrichtigkeit (was eine gelegentliche kleine Lügenkette nicht ausschließt); ferner besitzt sie vielleicht überhaupt Mut, moralischen Mut, hat die ganz bestimmte Gabe sich nichts vorzumachen und sich nichts vormachen zu lassen, und eine große

Portion Neugierde. Diese Neugierde ist vielleicht die hervorstechendste Eigenschaft. Aus Neugierde sitzt sie im dunklen Theater und macht die albernsten Reisen und ähnliche Sachen, compromittiert dabei aber nie im Geringsten ihr Inneres. Finden Sie die Silhouette richtig? Die Person existiert ja nicht mehr aber für mich ist sie etwas ganz Existierendes, ein bestimmter Besitz von mir, sozusagen.
Wenn ich so fortschwätze, wird der Brief endlos, geht nie fort und ich bin schon im Voraus nicht sehr glücklich über die 5, 6, 7 Tage die vergehen bis ich den Ihren wieder bekomme. Freilich es sind ja auch volle 4 vergangen seit ich den letzten bekommen habe – der freilich klein war und aussah als wollte er fast versprechen daß ihm noch einer bald nachkommen würde. – Ich schrieb schon drei vier Antworten und längere als diese da, in Gedanken, aber wie mir jetzt die Tage vergehen ist eigentümlich, ich kann mir selbst kaum Rechenschaft davon geben. Das bloße Denken, wo Gestalten vorkommen und Verkettungen, auch reine Gedankenketten, Erinnerungen, unfaßbare Zwischengedanken – das nimmt eigentlich jetzt jeden Tag ziemlich viele Stunden weg – darunter rieselt auch solch ein gedachter Brief dahin, man hat ihn aber nie mehr dann zur Hand. Auch schreibe ich ja wirklich an etwas, dann auch hie und da einen Brief, der dringend ist – dann kommt dann und wann jemand, gestern abend Poldy Andrian, der Generalconsul in Warschau wird und den ich wieder vielleicht Jahre nicht sehe, heute verlangten sie mich ja plötzlich zu einer Probe in die Oper hinein, – gegen Nachmittag kommen plötzlich die Kinder herauf und wollen *vorgelesen* haben, das muß man doch tun – daß Sie das kleine Haus hier gar nicht kennen, Ottonie! Das weiß ich wenn Sie *nicht* nach Paris kommen, was ich gar nicht denken will, weil ich es mir so heftig wünsche, daß es geschehen möge (ich werde im nächsten Brief die Gründe sagen, warum ich es so sehr wünsche, warum ich von einem solchen Zusammensein so viel Gutes erwarte, die Gründe sind wahr, ich habe mich streng geprüft und sie halten Stich) aber wenn es nicht dazu käme

dann müßten Sie im Juni hierher kommen und mit Gerty und mir eine kleine 8tägige Reise in einer gewissen Gegend von Niederösterreich machen, eine Gegend mit ganz alten kleinen Orten, vielen Klöstern und schönen Kirchen, Weinhügeln und sanften Tälern – nun komme ich aber unwillkürlich auf das andere, das auch gesagt sein will:

Sonntag vormittag.

es bezieht sich vor allem auf den Besuch bei dem Arzt und die Consultation. Ich bin immer sehr froh wenn Sie sich um Ihre physische Gesundheit bekümmern und nicht alles so an der Grenze zwischen Gesund und Krank hingehen lassen, aber ein solches Wort: Schonung u.s.f. flößt mir nicht viel Zutrauen ein. Die meisten gewöhnlichen Ärzte und gar die Specialisten haben viel zu wenig Ehrfurcht und viel zu wenig wirkliches Verständnis für die menschliche Natur, für diesen unsagbar zarten tief geheimnisvollen Zusammenhang zwischen Leib und Seele. Das »*Essen*«, und das »Schlafen«, und die »Nerven«, und die »Gedanken«, und Kräfte und die »Funktionen« und die »Schmerzen« – als ob das lauter getrennte Dinge wären, als ob da nicht eines das andere in der zartesten Weise bedingte und regierte und eines das andere nicht zu verstören vermöchte bis zur Zerstörung. (Ich glaube, d. h. im Moment wo ich dies schreibe, kommt es mir zum Bewußtsein, daß ich wohl über Ihr physisches Befinden schon sehr viel nachgedacht haben muß, d. h. nicht in der Weise wie es ein Arzt tut, und nicht im Einzelnen, sondern im Ganzen und in einer intuitiven Weise wie man es nennt). Zu Ihnen sagen: bringen Sie sich durch Schonung in die Höhe, essen Sie mehr, schlafen Sie mehr u.s.f. kommt mir gerade so vor, wie wenn der durchschnittliche Arzt zu einem vor Nervosität vibrierenden Herzkranken sagt: meiden Sie die Aufregungen! Alles was Sie tun können, ist daß Sie vermeiden sich mehr als *nötig* herzunehmen: also etwas vermeiden wie das Schlafen bei dem Kind Marie Thérèse mit dem zerstörten Morgenschlaf, dann noch etwas vermeiden was ich von hier viel deutlicher sehe und dessen Gefährlichkeit ich viel besser verstehen kann als der Arzt dort in München: das Zuviel das Sie immerfort hergeben mit diesem Sich-widmen im Haus, dieses entsetzlich frauenhafte Vertuen der Kräfte durch Reden, herumtrippeln, – gerade eine Viertelstunde Sprechens zu viel, ein Brief zu *viel* im Moment wo die Nerven Ruhe brauchten – ich sehe schon, ich bringe dies in einem Brief nicht zu Ende, es ist zu viel, man muß hier ins Detail gehen, wir müssen wenn wir uns sehen einfach die Zeit darauf verwenden, uns über diesen Punkt zu verständigen, ich sage Ihnen schon jetzt daß ich es nicht zulassen werde, daß Sie dieses Gespräch ablehnen, denn dieser Punkt macht alle meine Versuche, Ihnen zu *helfen*, illusorisch und damit aus meinem Verhältnis zu Ihnen eine Carricatur. In der ganzen Sache mit den Büchern handelt es sich um den Versuch, Ihnen *Ruhe* zu schaffen, d. h. wirkliche positive Ruhe der Seele (etwas ähnliches wie die Ruhe im Gebet) – wogegen ich von der Ruhe des gezwungen Im-Bett-liegens mit fliegenden oder ängstlich – düster – stockenden Gedanken gar nichts halte.

Nun handelt es sich fürs nächste wieder und »vor allem um Julie«. Auch da widerspreche ich, nehmen Sie es wie Sie wollen und möge Ihnen darüber dieser Brief zuwider werden. Es handelt sich *vor allem* um Sie. (In jedem Sinn, auch in einem sehr hohen und ernsthaften Sinn). Julie ist unendlich lieb und gut, ist auch sehr selbstlos, aber eben weil sie selbstlos ist und sozusagen ihr Selbst aufgegeben hat (was vielleicht für diese Frau der einzige Weg war, ihre Seele zu *retten*) darum ist zwischen Ihnen beiden nur *ein* Verhältnis möglich: das worin Sie die Führende sind. Das darf sich aber nicht nur auf Geistiges und Sittliches beziehen, sondern auch auf die Lebensführung – diese Dinge sind nicht voneinander zu trennen, es gehört eben alles zueinander. In Julie ist eine Tendenz, die mir nicht zum ersten Mal im Leben entgegen tritt: aus sich, in einem finstern demütigen Trotz gegen das Schicksal, das grausam und unbegreiflich war, mit Willen eine Danaide zu machen, die Wasser in ein Sieb schöpft, obwohl sie weiß, es ist ein Sieb. Wenn Sie Ihr bißchen Lebenskraft immer soweit ansammeln um es dann gerade für einen Andern (und wäre es auch die gute Julie) herzugeben und wieder auf 0 (null) reduciert zu sein und dann von vorn anzufangen, und das rhythmisch so fort in infinitum, so steht richtig Sisyphus neben der Danaide und die mythologische Hölle ist fertig. – Darum ist es unmöglich daß Sie sich im *Allgemeinen* Julie accomodieren, deren Magnetnadel immer auf Im-gleichen-lassen, forthaspeln, s'abstenir et se maintenir stehen wird – wogegen ein Mensch wie Sie vorwärts muß, wenn er nicht zu Grund gehen will. Also wenn jetzt im Moment wirklich etwas Präcises für Julie geschehen muß, so soll es natürlich geschehen, dann aber muß außer Ihnen jemand anderer zu der Pflege der alten Frau herbei, sonst reiben Sie sich wieder auf und das wird ein Zirkel, der nicht endet. – Dies alles bezieht sich indirect natürlich auch auf Paris. Ich weiß eben, daß wenn wir nur 10 oder 8 oder 6 Tage in Paris zusammen wären (und Sie erträglich wohl dabei) ich Ihnen wirklich was geben könnte, und dort mehr als irgendwo auf der Welt. Es ist nicht die geringste Sentimentalität meinerseits dabei, ich hoffe daß Sie das fühlen: wüßte ich, da Sie sich emporleben, daß alles geht wie es soll und daß Sie sich selbst zurückgewinnen, so wollte ich Sie zwei und drei Jahre mit keinem Blick sehen und nie einen Laut der Unzufriedenheit von mir geben. – Sind Sie zu wenig wohl für Paris, was auch sehr leicht möglich ist, dann müßte aber anstelle der nichtigen Schonung unbedingt etwas *Wirkliches* geschehen, worunter Möller zu verstehen ist, oder, wovon ich mir so viel versprechen würde für Sie (vielleicht mit Unrecht!) ein Monat am Meer, aber an einem südlichen Meer mit viel Sonne.

Adieu ich glaube ich muß wirklich aufhören.

Ihr Hofmannsthal.

Neubeuern 20. 3. 1911.

Der verwechselte Brief
der noch ruhig
in meiner Mappe schlummerte, ein anderer liegt
auch schon halb reisebereit.

Es ist mal wieder der kleine Moment den ich in der nursery zubringe, um auf Baby's kommenden Schlaf zu warten, ich benütze ihn gern um etwas an Sie hin zu schwätzen. Es ist das letzte Mal heute, daß ich das Kind besorge, morgen kommt Mary wieder. Eines Teils wird es mir *sehr* schwer, alle die netten kleinen Momente wieder missen zu müssen, ich habe diese Wochen doch *sehr sehr* genossen, aber anderen Teils ist es auch wieder gut wenn es aufhört, denn körperlich war es keine gute Zeit für mich. Jetzt werde ich nun wieder anfangen entsetzlich viel an meine Gesundheit zu denken und für meinen Körper d. h. seine Erhaltung zu sorgen. Angenehm ist's gerade nicht, aber nötig und ich bin jetzt wirklich auch so weit dies ganz und gar einzusehen. –
Leider muß ich ja *alle Pläne* aufgeben und ruhig hier bleiben. Kommen Sie also *bitte* bestimmt bei uns vorbei, ich freu mich so drauf. Und dies mal werden wir gar nicht nötig haben das Kaninchenspiel anzufangen, da dies alles schon erledigt ist, doch *zu* schön. Das Wetter ist so wunder wunderschön, Sonne und Blumen, Blumen wohin man schaut, süße kleine Frühlingskinder. Heute war ich allein mit Baby und Dicky in Hinterhör. Was war das eine schöne, gute Stunde dort. Ich saß auf der Hausschwelle, schaute die sonnenüberfluteten Schneeberge an und war in Gedanken im Herbst 1910. All die lieben Momente fielen mir ein, was wir hier, was wir dort geredet hatten und wie über allem ein so entzückender Duft gelegen, ich meinte alles wieder zu spüren. Es ist ein solcher Zauber über dem ganzen lieben Fleckle dort, der mich immer zwingt gut zu sein, ich muß, ob ich will oder nicht, alles abschütteln was in mir ungut ist oder sein will. Dann hat es so etwas beru-

higendes für mich in der *kleinen* Atmosphäre, diese Friedlichkeit im Herumpicken der Hühner oder dem Weiden der Schafe mit all ihren Lämmern und das Zufriedensein des Ehepaar Heiss. – Ich glaube wirklich ich passe gar nicht in große Verhältnisse, denn meine Instinkte ziehen mich alle an jenen stillen Ort hinaus. Ich habe mir auch heute vorgenommen, viel hinzugehen und zu genießen, was ich kann. Zuerst fand ich's schrecklich das zugeschlossene Haus, aber nach und nach findet man doch überall noch das Gute heraus, oft ja allerdings auch spät. –
So, man hat sich allgemein verabschiedet, jeder ist in seine Klause gewandert, nachdem uns die zurückgekehrte Mädy sehr lustige Erzählungen vom Berliner Aufenthalt preisgegeben hat. – Ich kam wenig zum Lesen, nur die kleinen Minuten bei Baby, habe ich in Ihrem Novalis geblättert und so viel Liebes und Zartes gefunden, so viel gleich Durchlebtes in einem gleichen Schmerz. Wie schwer es ist den Weg da herausgefunden zu haben, wird mir wohl jetzt erst so ganz klar und immer wieder kommen Stunden in denen ich mich frage: ist es denn nur möglich, noch am Leben zu sein und wirklich zu leben.
An Stendhal habe ich mich noch nicht gewagt, ich möchte dann mehr Zeit dazu haben, jetzt kann ich mir ja dann doch hoffentlich meinen Tag wieder einrichten wie *ich* mag. –
Ich las kürzlich in »Vielleicht, vielleicht auch nicht« und denken Sie, es war mir so entsetzlich, ich mußte mitten drin aufhören und konnte nicht weiter, obgleich so viel Schönes auch drin war, ob wohl etwas in mir vor dieser Schwüle instinktiv Angst hatte? ich weiß es noch nicht.
Gute Nacht, ich muß schlafen gehen. Ihre Ottonie D.

Neubeuern, 21. 3. 1911.

Heute war der Geburtstag unseres gemeinsamen Patenkindes, den wir so nett gefeiert haben im Jubel des Kindes. –
Gestern als ich an Sie schrieb, freute ich mich schon so auf den

heutigen Morgen, weil ich bestimmt erwartete einen Brief von Ihnen zu bekommen, wie war ich erstaunt als keine Post auf meinem Schreibtisch lag, ich wußte doch, die Poststunde war schon da. Dann als ich zufällig kurz vor Tisch geschwind etwas schreiben wollte, fand ich Ihren so umfangreichen lieben Brief. Haben Sie so herzlichen Dank für die Einlage des guten Briefes von Heymel. Es hat mich Vieles so ergriffen und mich so mit der ganzen Familie Schröder mitfühlen lassen. Was ist den armen Menschen genommen. Ich habe ein paar Zeilen an Schröder geschrieben, wenig zwar, doch von ganzem Herzen kamen sie. In solchen Zeiten sind einem nur sehr sehr wenig Briefe etwas, etwas Wirkliches, es kommen deren so viele, alle sagen das Gleiche und bei fast jedem hat man das Gefühl – der ahnt ja nicht, was mir, grad mir genommen ist – jeder hält doch wohl seinen Schmerz für den besonders harten, herbsten, den noch niemand vor ihm erlebt hat. Es ist ja auch sonderbar, alle müssen wir wohl so ziemlich das Gleiche durchmachen und bei jedem ist es doch wieder anders und die Wirkung eine stets verschiedene. –
Es war mir so viel Heymel so kennen zu lernen, von einer so fühlenden Seite. Aber denken Sie, ich habe solch großes Mitleid mit ihm seither, er ist auch ein Suchender, der wohl immer viel Kraft auf falsche Werte verschwenden wird. Wir sind ja absolut aneinander vorbeigegangen als er hier war, es war sogar so, daß er, Blei und ich eine Ewigkeit am Kamin in Jans Zimmer saßen und uns absolut, aber auch gar nichts zu sagen hatten. Ich war so müde, daß ich nur mühsam ja oder nein herausbringen konnte und meist noch im verkehrten Moment. Als Mann hat er in seiner Häßlichkeit einen gewissen Charme, seine Lebhaftigkeit und das feurig Bubenhafte ist sehr anziehend, somit hat er wohl recht, wenn er meint, einen guten Eindruck auf das weibliche Geschlecht auszuüben. [. . .]
Wissen Sie, wer mir in der Erinnerung einen fabelhaft bleibenden und zwar sehr sympathischen Eindruck hinterlassen hat, Kessler. Ich kann nur mit einem entzückenden Gefühl an das Frühstück mit ihm in Weimar denken. Es gab erst ein so pein-

liches Gespräch über Religion (hervorgerufen durch das Buch von Gide), Frau Förster-Nietzsche hielt natürlich alle Religion für überwundenen Standpunkt, Kessler wußte gar nicht, wie ich im Innern über derlei denke und hatte das unsichere Gefühl, ich sei im Innersten verletzt und daraufhin sprach er so reizend über das Thema, widerlegte Frau Förster-Nietzsche und brachte alles auf ebene Bahn, daß ich diesen Moment von ihm gar nicht vergessen kann. Dann wünsche ich immer dringlichst, daß alle unguten Gefühle, die zwischen Ihnen Beiden geschwebt, doch für immer erledigt sein möchten. – Aber wie ist dies merkwürdig, ich wollte ja von lauter anderen Sachen schreiben, wollte hauptsächlich auf Ihren Brief eingehen, und da fange ich von Blei und Kessler an, wie kamen die mir nur? O ja, Heymel – Kamin – Blei, Männer im Allgemeinen – sympathischer Punkt Kessler. – Mit all dem ist's spät geworden und ich muß mal wieder schlafen. –
Freitag: Wie dumm von mir so schusselig zu sein, Ihnen einen falschen Brief zu schicken. Es kam auch noch gerade dadurch, daß ich durchaus wollte, Sie sollten bald was von mir hören, da war es spät bei Baby geworden und ich rannte schnell in mein Zimmer vor Tisch, um die Post noch zu erreichen, sah gar nicht weiter hin und steckte den Brief in's Couvert. Ich kann mit Ihnen die Enttäuschung fühlen, wenn man grad eine Freude hat auf einen Brief, den die Hand schon hält, man meint ihn doch zu besitzen, man öffnet und die Enttäuschung! Es tut mir arg leid. Nun liegt dieser Brief auch schon wieder zwei Tage und ich wollte doch so gern ihn gestern reisen lassen. Dann grade beim Auseinandergehen abends entspann sich zwischen Julie und mir ein Gespräch, das bis zwölf Uhr dauerte und das Thema war ich! Es war eine gewisse Spannung eingetreten zwischen uns Beiden und zwar über meine Gesundheit und den Weg was dazu zu tun. Julie fand, ich sei zu gleichgültig einerseits und andererseits würde ich mich immer mehr herunterbringen mit meiner Lernerei und Leserei. Ich hatte das bestimmte Gefühl, sie versteht dich absolut nicht und du mußt

permanent auch noch dagegen ankämpfen, dir deine Zeit für dich täglich zu erkämpfen, die du für dich allein so nötig hast. Dieses Gefühl des gänzlichen Mißverständnisses enervierte mich derart, ich verlor meine Fassung, konnte meiner Tränen nicht Herr werden (was mich von Neuem verzweifelte, da sie dadurch von Neuem Recht bekam, wie schlecht meine Nerven seien, daß mich ein einfaches Gespräch schon so erregen könne) kurz und gut es dauerte lange. Aber vielleicht habe ich sie doch überzeugt, andere Notwendigkeiten für's Leben oder besser gesagt für die Gewinnung des Lebens zu brauchen. Sie erklärt mir stets, unser Leben sei zu Ende, Ansprüche hätten wir keine zu machen. Ich erwiderte, dies sei eine Lüge, die wir uns selbst vorsagten. Dann kam auch noch der Moment, der mich stets rasend macht, wenn man in mir etwas sehen will, was bestimmt nicht in mir ist, irgendeine Eigenschaft die gut ist, eine Tugend, oder derlei, die ich genau weiß nicht zu besitzen. Julie behauptete, ich mache mich nur von morgens bis abends selbst schlecht, alle die Selbstsicherheit, von der sie sonst alle gezehrt hätten, sei fort und so weiter und so weiter. – Sehen Sie, dann kommen Momente wo nur Sie allein mir den Mut geben, nicht einfach Ja und Amen zu Allem zu sagen, bloß um des lieben Friedens willen, wieder im alten Gleis mit einer Zentnerkugel am Herzen dahinzuschleifen. Aber dann denke ich an Sie und sage mir: wenn sich jemand soviel Mühe um dich gibt, dir herauszuhelfen aus all deiner Not und Quälerei, soviel Gedanken, Zeit und Liebe an dich verschwendet, so mußt du doch etwas wert sein, als Mensch und Seele.

Sehen Sie, so bin ich nun, gleich muß ich alles alles an Sie hinschwätzen, ich hab halt ein so grenzenloses Vertrauen (es wär auch schlimm, wär es nach allem Hin und Her zwischen uns noch nicht vorhanden) zu Ihnen. Grade durch Ihren letzten Brief haben Sie mir sehr sehr viel geholfen und zwar in der Beleuchtung der Persönlichkeit Julies. Sie haben recht, vielleicht war diese Selbstverleugnung der einzige Weg zur Rettung, ich hatte dies nie bedacht. Bitte lesen Sie aus all dem aber nicht eine ungute Harmonie hier im Hause heraus. Ich habe Julie namenlos gern, sie mich vielleicht noch mehr, denn sie braucht mich mehr; auch kann ich von ihr ja gar nicht verlangen, mich ganz zu verstehen. Wenn ich nun auch im Ganzen leise die Führung dieser gemeinsamen Ehe übernehme, so kann ich es doch nicht in Allem und das kommt aus pekuniären Verhältnissen, dies ist namenlos schwer zu erklären, grade darin gibt es so feine Schwingungen, bei denen man viel Takt entwickeln muß. – Es ist entsetzlich schon wieder ist Poststunde, so will ich diesen Teil des Briefes abgehen lassen und versuchen, heute noch weiter zu schreiben, seien Sie aber nicht enttäuscht, wenn es nicht geschieht, es kommt oft etwas dazwischen.

Mit lieben Gedanken stets bei Ihnen · Ottonie D.

Neubeuern 24. 3. 11.

Von all den vielen Gesprächen mit Ihnen (nicht Briefen) kommt so etwas, daß man oft etwas ganz Wichtiges vergißt, wie zum Beispiel die Ankunft Ihres Briefes zu bestätigen. Ich hatte ja so viel schon mit Ihnen über Ihren Brief gesprochen, in Gedanken und meinte bestimmt, Sie müßten es alles gehört haben. Doch inzwischen haben Sie meinen heutigen Lamentobrief schon und wissen, daß der Ihre nicht verloren ging. –

Julie und ich haben also einen Waffenstillstand geschlossen der ungefähr so lautet: ich lebe jetzt vier Wochen sehr brav in Allem, bin ich dann wohler, gehe ich wahrscheinlich doch noch nach Paris. Ich erwähne weiter nichts mehr davon. Ich sehe gar nicht weiter besonders elend aus, Sie werden mich auch finden wie immer. Heute habe ich mich wiegen lassen und 105 Pfund festgestellt, für meine Größe ja gar nicht so wenig. –

Sie haben ganz Recht, daß man mich nicht mit Füttern und

Schlaf herausbringen kann, sondern von innen her muß die Ruhe kommen, dann wird auch alles andere besser. Mich hat auch die Sorge um meinen Vater wenig losgelassen letzthin. –

Ihre Zeichnung von dem kleinen thüringischen Mädel ist eigentlich recht gut getroffen; sie war schon so, halt ein rechter Strick, den die Leute merkwürdiger Weise noch dazu gern hatten, was mir immer ganz unfaßlich war. Grade heute habe ich noch so an die Zeit denken müssen. Alles war über Luli empört, die momentan im Alter ist in dem sie gern schwindelt. Ich beruhigte die Anderen damit, daß ich gewiß weiß als Kind gelogen zu haben, behauptete geübt oder gearbeitet zu haben, wenn es auch nur teilweise wahr war, weil das Eislaufen oder im Sommer Schwimmen oder dergleichen lockte und schließlich bin ich doch ein leidlich ehrlicher Mensch geworden, oft sogar zu ehrlich. –

Ich habe manchmal wirklich schwere Stunden über meine schonungslose Selbstkritik, aber doch bin ich dann wieder froh dran, denn so herumzulaufen mit eingebildeten Eigenschaften ist zu dumm mit anzusehen. –

Denken Sie, ich glaube ich kenne Ihr Häusel ganz gut und doch käm ich gern einmal, wenn sich's mal macht. Ihre Idee mit der kleinen Reise ist auch so herzig, aber da müßten wir dann schon noch einen Mann finden nicht? für Gerty einen Freund, Rudi Schröder oder so jemand, denn zu dreien ist's halt nie was Rechtes. –

Julie erzählte mir heute von Ihrem Brief. Sie will so gern die kleine Menage mit dem Baby aufnehmen, für mich wäre es auch sehr nett wegen der Conversation, vielleicht wäre es aber besser sie schon im Juni hier zu haben, denn wenn ich in Hinterhör bin, helfen mir die Leutles nicht viel. –

Ich wünschte, ich könnte Sie hier haben, grad heute, jetzt und mit Ihnen schwätzen, alles beschwätzen was ich ja mit niemand sonst kann, nicht mal mit Bockelchen, der auch selbst wenn ich's könnte nicht mal Zeit hätte. – [...]

Sie brauchen mir nicht gleich antworten, wenn viel Arbeit etc. Ihre Zeit beansprucht, ich verspreche mich nicht zu beunruhigen.

Ihre Ottonie D.

Neubeuern a/Inn
Oberbayern
28. 3. 11.

Da ich morgen von hier fortgehe, möchte ich Ihnen dies heute nur mit einigen Zeilen sagen. Morgen bin ich in München und Donnerstag fahre ich nach Eybach d. h. ich fahre morgen Abend nach Ulm übernachte dort und bin dann Donnerstag in Eybach muß aber leider Abends schon wieder nach München zurück, da das Haus in Eybach zu kalt jetzt ist. Ich wäre so namenlos gern dort die Nacht geblieben, ganz allein, aber alles ist dagegen, so muß ich mich fügen.

Was kann in einem Menschen manchmal für Sehnsucht schlummern – nein nicht schlummern – aber schreien, so ist's in mir jetzt grausam oft, nach dem der mir genommen ist. Oft überkommt mich ein verzweifelndes Gefühl, ich möcht an meinen Lebensjahren blättern, rasend schnell blättern wie man es oft in einem Buch tut, um an den Schluß zu kommen. Denn ich finde es doch hart so allein dahinleben zu müssen, allein heißt in dem Fall ohne einen Mann, den man wahnsinnig lieben muß, ich kann ja so schwer lieben und wenn einmal dann – ganz oder gar nicht.

So war es mit Christoph, den ich so furchtbar liebte vom ersten Tag an, der etwas in sich hatte was mich *zwang*. Ich vermisse ihn schon *namenlos* und wenn ich auch immer, immer und stets von Neuem versuche mich herauszuziehen, so finde ich mich doch stets wieder mit einem namenlos blutenden Herzen. Ich *muß* aufhören, ich bin zu traurig heute und möchte Sie nicht noch mit mir leiden machen. –

Ich würde fast gern diesen Brief verbrennen, aber ich weiß Sie traurig dann – so kommt er halt.

Gute Nacht, viel Liebes Ottonie D.

Rodaun 2. IV. [1911]

Liebe Gräfin

vor ein paar Tagen war ein schöner Frühlingstag, der sanfte Wind fast verwirrend, ich ging, dachte an vieles, d. h. die Phantasie zwang mir vieles auf, ich dachte aber an Sie, dazu kehrte der Gedanke immer wieder zurück, sprach mit Ihnen von vielem vielem, schrieb in Gedanken einen recht langen Brief, ging dann ins Haus, um ihn wirklich niederzuschreiben, da kam der Ihre, der vor der Abreise nach Eybach geschriebene, so grenzenlos schmerzvoll, so jenseits des Trostes – da blieb der meine natürlich ungeschrieben, alles was ich hätte sagen können, erschien mir so erbärmlich schwach, so nichtig, schlimmer als nichtig – was könnte ein fremder Mensch Ihnen sagen, wenn eine solche Welle des immer frischen Schmerzes sie *ganz* dahinnimmt – wenn Ihre Natur die sich so qualvoll danach sehnt, in der Liebe *zusammengenommen* zu sein, es lieber im Schmerz sein will, als sich im Leben schmerzvoll versplittern. Was könnte eines da sagen!

Nun schreibe ich doch wieder. Allmählich habe ich die Gedanken, oder sie haben sich in mir zusammengefunden, die mir den Mut dazu gegeben haben. Wenn ich bedenke, wie dieses neue Zusammenbrechen sich allmählich vorbereitet hat: die Übermüdung mit dem Kind, die Sorge immerfort um den Vater, die kleine Quälerei des Mißverstehens mit Julie, der Frühling – wenn ich das alles zusammenhalte, so kann ich ja glauben daß Ihnen das Leben und alles was darin ist, doch nicht *bleibend* zum Ekel sein muß.

Ich bin froh daß es zu dem Entschluß für Paris gekommen ist, um der Freiheit willen. Daß er ausgeführt wird, glaube ich nicht. Deswegen möchte ich so gern für ein paar Tage nach

Neubeuern kommen. Ich hab Sie ja sehr lieb. Aber was nützts Ihnen? – das versteh ich ja.

Ihr Hofmannsthal

N. 4. 4. 11.

Wie kompliziert so ein menschliches Wesen in seinem ganzen Sein ist, ist mir so klar geworden in den letzten Tagen, d. h. klar geworden und doch unverständlich. Sie haben ja meine Stimmungen und Schwingungen mitmachen *müssen* (ob dies wohl gut ist, sich so auf andere zu übertragen?) und wissen in welchem Gefühl der Verzweiflung ich von hier fortging, wie aber war es dann ganz anders. Schon die Nacht so ganz allein in Ulm brachte mich mir selbst wieder näher, dann fuhr ich mit einem früheren Zug von Ulm fort, kam bei strahlendem Sonnenschein in Geislingen an und konnte zu Fuß den entzückenden Weg nach Eybach gehen. Endlich mal allein mit mir. Alles Verzweifelte fiel nur so von mir, ein großer Frieden wehte mir aus diesem ruhigen Tal entgegen, Gott war das schön. Ich durchlebte alles wieder, wie Christoph und ich zum ersten Mal dort gegangen, unsere Pläne, wie viele hatten wir gemacht, im Vollgefühl unseres Glückes – dann das Ende. Ich war auf einmal gar nicht mehr traurig. Lange saß ich an seinem mit Blumen bedeckten Grabe und war glücklich dort, ist das nicht merkwürdig, richtig glücklich. –

Aber warum ich glücklich war, ich konnte es mir gar nicht klar machen – war es, weil ich endlich die Ruhe, innere Ruhe wieder gefunden hatte?! – Denken Sie, dann haben meine Gedanken an Christoph und an Sie sich verschmolzen und Sie beide haben mir so geholfen. Ich schämte mich recht tief meiner Verzweiflung, es kam mir so erbärmlich klein vor, so maßlos weibisch – weil ich körperlich müd war, wollte ich jemand haben, der mich besorgt hätte, aber nicht wie Julie – sondern wie Christoph, ohne daß ich es gemerkt hätte – da vermißte ich ihn maßlos und bildete mir ein, ein Anderer könnte es auch sein. Ich bin wieder beisammen und sage mir und fühle, daß es dann ja alles anders wäre und ich es gar nicht ertrüge das permanente Zusammensein mit einem Mann und daß ich an Ihnen sehr sehr viel habe. Hauptsächlich sind Sie mir so viel, weil ich mir angewöhnt habe, mich Ihnen gegenüber so offen, grenzenlos offen zu zeigen, ich will Ihnen ja dies alles gar nicht schreiben, aber wenn ich dann anfange, dann steht kurz darauf alles so da, wie ich es gar nicht weiß, daß es so in mir aussieht, dann kommt einen Moment ein Gefühl: nein, du kannst den Brief nicht fortschikken, darauf fällt mir stets ein Satz aus einem Ihrer Briefe ein: »mir ist als wenn etwas was schon mir gehörte, mir wieder genommen wird« – dann ist mein Entschluß gefaßt und Sie bekommen alle diese Gefühle die dem Auf und Nieder einer Menschenseele angehören. –

Hier hatte ich aufgehört und inzwischen ist ein Brief von Ihnen gekommen, aus dem ich eigentlich nur herauslese, daß Sie für ein paar Tage herkommen, das freut mich so, Sie glauben gar nicht wie. Sie sind mir schon sehr viel, weil ich von niemand das Gefühl habe so verstanden zu werden wie von Ihnen. –

[...]

Postzeit. Addio Ottonie D.

Neub. 7. 4. 11.

Sie haben mir ungeheuer genußreiche Tage verschafft durch »Le Rouge et le noir«. Ganz fabelhaft gut finde ich das Buch. Diese Knappheit in der Sprache und das sofortige Gegenüberstellen mit jeder neuen Person ist unglaublich. Man hat das Gefühl, das Buch könnte von einem ganz Modernen geschrieben sein. Wie fabelhaft sind die Teile die im Seminar handeln und dann wieder der Schluß des Ineinanderspielens der beiden Frauen. Ich kann gar nicht sagen, wie viel ich an dem Ganzen gehabt habe. –

Wie merkwürdig müssen Ihnen meine beiden letzten Briefe gewesen sein! Oder können Sie sich so tief in ein anderes Wesen hineinleben, daß Sie sogar solche Spannungen und Schwingungen verstehen können, die wie über Abgründe zu springen scheinen? [...]
Ich will schon schließen, ich wollte Ihnen nur ein Lebenszeichen geben. – Sie haben doch nicht das Gefühl, daß ich mich an Sie klammere? es kam mir gestern der Gedanke so plötzlich. – Strauss in Wien – da werden Sie wohl viel in der Stadt sein auch Reinhardt. Es tammt.
Viele liebe Gedanken sendet Ihre Ottonie D.

[Rodaun] Sonntag [10. 4. 1911] abend

Ich weiß nicht, wie es kommt, aber mich haben diese Rosencavalier-Tage hier (gestern abend war die Aufführung, die sehr schön war, mit Ausnahme der Marschallin und der Sophie alles weit besser als Dresden) ganz fabelhaft angestrengt, ich bin ganz tot, wie ich es in Dresden absolut nicht war, – heute war Strauss heraußen, jetzt hab ich den Kindern aus der schönen Melusine vorgelesen und bin dabei vor Müdigkeit fast eingeschlafen, es ist halb sieben Uhr, aber ich glaube ich muß mich ins Bett legen. Vielleicht ist es auch dieser grauenhafte Nachwinter, der einen so angreift, dieser eisgraue Himmel, dieser trostlose Nordwind der seit 10 Tagen über die Blüten an der wieder erstarrten Erde hinstreicht.
Innerlich geht es mir sehr gut, bin nur müde. Trotzdem dies kein Brief ist, wäre ich sehr froh, Sie schrieben mir.
Jetzt ist der Gedanke an das Sie-sehen schon so fest, daß ich um alles nicht davon ablassen möchte. Ich werde mich bei Julie anmelden. Viele gute Gedanken, wie immer.
Ihr Hofmannsthal

[Rodaun] 14 4. [1911]

Liebe Gräfin, ich glaube auch wenn Sie mir jetzt absagen würden, würde ich doch hinkommen. Die Ungeduld, Sie zu sehen, Ihre Stimme zu hören, wenn man sich selbst es einmal zugestanden hat, es als *möglich* für die nächste Zeit anzusehen, ist dann zu groß. Auch fürchte ich mich nicht einmal so sehr vor fremden Leuten, wenn schon in Gottesnamen *immer* fremde Leute dort herumsitzen müssen – denn wenn wir frei sind, und ich oft zu Ihnen kommen darf, und auch manchmal Sie zu mir kommen ins grüne Zimmer wo niemand Sie sieht und findet, so kann es so schön sein – wie schön war dieser einzige Tag, wo man miteinander allein war! Wir wollen nicht denken, wie wenige Tage es sind, da doch *ein* Tag so schön und reich sein kann.
Bei Julie werde ich mich ansagen, nun aber bitte lassen Sie durch Winkler sogleich das folgende im Cursbuch nachsehen, und schreiben mir *sofort* das Resultat. Ich fahre Samstag abends, bin Sonntag früh circa 7^h oder 7^h30 in München brauche 30 bis 40 Minuten Zwischenraum für eventuelle Verspätung und Zollabfertigung und möchte dann natürlich sofort nach Rosenheim–Raubling zurückfahren. Geht das? Hoffentlich! Ich habe unwahrscheinlich viel zu tun und vielerlei, Arbeiten fertig machen, abdictieren, tausend Menschen sagen sich hier plötzlich an. – Im Grund *glaub* ich es noch gar nicht, daß wir in 8 Tagen sollen auf einer Frühlingswiese spazieren gehen.

Ihr H. H.

Neubeuern, 15. 4. 11.

So ein ganz klein wenig hatte ich heute Morgen auf einen Brief von Ihnen gehofft. Ich lese mit so viel Interesse und Liebe Wilhelm Meister und bin gerade bei den Bekenntnissen einer schö-

nen Seele. Wie oft wünsche ich da bei jeder besonders schönen Stelle, Sie möchten da sein und wir möchten uns gemeinsam dran freuen darüber sprechen können. Ich staune so oft über diesen Ausdruck der innersten Gefühle und Regungen der Seele, wie einfach alles gesagt wird, was man oft nicht mal wagt sich selbst einzugestehen. Wie fabelhaft tief Goethe in die Art der Frau eingedrungen ist. Es ist mir ein ungeheuerer Genuß es zu lesen, mitzuerleben. Sie sind dann viel mit mir hier in meiner Stube (und wenn Sie auch wenig heimlich, so genügt uns die gegenseitige Gesellschaft doch sehr). Dann habe ich oft lange Gespräche mit Ihnen mitten in einen schönen Teil hinein, Sie machen mich auf so viel aufmerksam, ich versuche es zu sehen. [...]
Ich hoffe, Sie haben Ihre Müdigkeit auch wieder glücklich überwunden und können mit guten Kräften an Ihrer Arbeit sich beschäftigen. Ich freue mich schon darauf zu hören, was Sie getan haben. Ich höre zu gern, wenn Sie mir von der Zeit des Entstehens eines neuen Werkes erzählen, wie alles kommt und geht in Ihrer Welt, Stunden und Stunden könnte ich Ihnen lauschen.
Erinnern Sie noch den einen Spaziergang, den wir von Hinterhör abends machten, als wir den Fahrweg heraufkamen, schien der Mond durch die Bäume und Sie sprachen mir so schön von dem Großen das kommt und in einem eine ganze Welt entstehen läßt und wieder geht und ein namenloses Gefühl von Erhabenheit zurückläßt? So oft ich da heraufkomme höre ich Sie wieder. Dann gibt es doch Momente, in denen ich mich direkt freue zu leben und denke es ist doch worthwhile. –
Wann gedenken Sie ungefähr nach Paris zu gehen und wie lange?
Gestern kam ich nicht weiter, nun habe ich Ihren Brief.
Wie schön, Sie so bald hier zu haben!
Ich schreibe Ihnen alles genau über den Zug, jetzt will ich mich eilen, damit Sie diesen Brief noch Morgen bekommen.
Wir wollen Baby eben Eier verstecken. –

Ich bin ganz paff, daß Sie schon so bald kommen.
Herrlicher Sonnentag heute, ich liege viel draußen.
Viele liebe Grüße Ottonie D.

Hotel Ste Anne [Paris]
den 1ten Mai [1911] abends.

Liebe Gräfin, Ihr Brief der heute kam, war so gut und lieb und wohltuend wie möglich und ich danke Ihnen vielmals dafür. Ich will Ihnen gleich antworten, aber dies wird ein schlechter Brief werden und gestern und vorgestern hätte ich gar nicht schreiben können, es wäre nicht möglich gewesen, nicht einmal die kleine Erinnerung konnte ich schicken: das Concert Kreisler ist am 2ten Mai – ich war so namenlos traurig und eine fremde Stadt, dieses Gewimmel von Menschen, alle diese Anstalten und Umständlichkeiten, um das Leben *schöner* und *genußreicher* zu machen, und über allen Gesichtern das *eine* Gesicht, und hinter allen Schaufenstern wieder das *eine* Gesicht des Wesens dem man helfen möchte und nicht helfen kann, das kann die Traurigkeit ins Grenzenlose steigern, und einen schließlich ganz erstarren machen.
Ottonie, denken Sie nur nicht, daß ich so vernarrt in Sie wäre, daß ich überall nur Ihr Gesicht sehen kann, so ist es ja nicht, es ist nur ein Rückschlag dieses qualvollen Gefühls absoluter Ohnmacht. Im Schlafwagen habe ich die halbe Nacht oder mehr als die halbe *gesprochen*, aber nicht mit Ihnen, sondern die ganze Zeit mit Julie. Es war ein so ödes Gespräch, immer verwirrtes, verbogenes, böses, wie man es am Tag niemals führen würde, ich fühlte, wie ich alles rettungslos *verdarb*, und konnte nicht los kommen.
Ihr Brief ist so gut, die eine Zeile, daß Sie selbst daran glauben, daß alles anders und daß es *besser* werden wird, gibt mir ein solches Gefühl von Trost. – Daß Sie mich trösten sollen, ist zu absurd, der ganze Gedankengang ist albern, ich bin heute gar

nicht klar, verzeihen Sie, und um alles, übertreiben Sie sich bitte meinen Zustand nicht, treiben wir nur, *bitte*, das nicht ins Unendliche, wie zwei Spiegel die einander gegenüber hängen. – Hier hat man soviel Ressourcen, wenn man traurig ist. Ich bin in diesen Tagen Stunden und Stunden lang in diesen lebensvollen Straßen herumgegangen, von einem Stadtteil in den andern, über Brücken hinüber ans andere Ufer, Boulevards hinauf und hinab, abends dann immer ins Theater und war so müd, daß ich fast eingeschlafen wäre und hab dann 8 Stunden geschlafen, ohne mich nur umzudrehen, bin also nicht zu bemitleiden. Jetzt ziehe ich mich gleich wieder an und gehe in die Variétés. Es scheint wirklich daß man in diesem kleinen Hotel sein kann ohne von irgendwelchen gens de lettres oder gens du monde geahnt zu werden, das ist sehr wohltuend.

Gute Nacht H.

Neubeuern 4t 5. [1911]

Es ist ein wunderbar herrlich schöner Tag, ich sitze auf der Terrasse und schreibe, da kommt Winkler als Postengel mit einem Brief aus Paris. Ich habe es schon gefürchtet, gewußt, daß diese Entdeckung meiner hiesigen Stellung, rasend in Ihnen nachwirken wird, viel gröbere und größere Umrisse erhalten wird, je länger, je weiter Sie von hier und von mir fort sind. Aber dann werden wieder Momente kommen, wo Sie sich sagen, es ist übertrieben und so schlimm ist es ja doch nicht und da bleiben Sie dann bitte stehen, dann sind Sie auf dem rechten Punkt angelangt. Ich habe wirklich seit Sie fort sind nur gute gute Tage gehabt. So herrliche einsame Tage, die mir durch ein Buch, durch einen Blick hinaus über die Mauer der Terrasse und schließlich auch durch Rückerinnerung der letzten schönen guten Tage, unendlich lieb und wert waren. Wir haben keine Gäste, welch ein Glück [...] Jetzt ist es so so schön und Julie ist so

lieb, läßt mich in Ruhe machen was ich will und wenn wir länger so allein sein werden, dann geht es mir wirklich sehr sehr gut, denn dann habe ich ja alles was mir fehlte. [...]
Dienstag fuhr ich zu Heiseler allein zum Tee, was war diese Fahrt schön, wie treu saßen Sie bei mir und erzählten mir so lieb und gut (viel schöner als Ihre nächtlichen Schlafwagengespräche an andere Menschen hin). Ich wünschte ich könnte Ihnen meinen momentan so herrlichen inneren Frieden schicken, aber bis diese Zeilen Sie erreichen, werden Sie ihn lang erreicht haben. Glauben Sie mir bitte, daß ich den festen Willen habe, mir mein Leben zu gestalten jetzt, wie ich es für mich notwendig gefunden habe. Es tammt!
Mir ist ja erst jetzt, da wir alles zusammen besprochen haben, klar geworden, ich habe überhaupt erst wirklich gesehen, was es ist, was mir das hiesige Leben oft so schwer gemacht hat. – Ich weiß nun, daß man eine gewisse Rücksichtslosigkeit notwendig braucht, um das Leben richtig zu balancieren. Wenn Julie erst begriffen haben wird, daß die Lebensbedingungen für uns beide ganz verschieden sein müssen, wird sehr viel gewonnen sein. –
»Le Curé de Village« habe ich mit großem Interesse gelesen, soll ich sagen: Sie haben mal wieder Glück gehabt mit dem Buch, oder lieber: Sie verstehen sehr gut das herauszusuchen, was für mich paßt. Nun bin ich wieder zu Wilhelm Meister zurückgekehrt. – [...]
Ich will mich jetzt etwas hinlegen, später wollen wir mit Mama nach Hinterhör fahren, ihre erste Fahrt seit letztem Herbst. Genießen Sie das Untertauchen in der herrlichen schönen Stadt und wenn Sie an mich denken, dann sehen Sie mich auf der Terrasse liegen im Sonnenschein. [...]
Treu Ottonie D.

[Hotel Ste Anne, Paris]
8 5. [1911]

Liebe Gräfin
ich *kann* in diesen Tagen nicht an Sie schreiben, will es lieber in dieser Form aussprechen, als durch Schweigen eine peinliche unverständliche Situation zu schaffen. Solche Verstimmungen sind ja halb auch physisch, oder vielleicht sind sie seelisch und gehen ins Physische hinab. Da es aber grotesk ist, eine solche humeur noire in Theatern und auf Rennplätzen spazieren zu führen, so fahre ich Mittwoch abend von hier weg und bin Donnerstag abend in Rodaun. Ich treffe in Wien noch Reinhardt, soviel ich glaube (seine Truppe spielt dort den Ödipus.)
Wenn mein Dortsein wirklich den Anstoß gegeben hat, daß Sie gewisse Dinge überdacht und verstanden haben, und nun selbst auch wirklich durchführen *wollen,* was Ihnen kein anderer, auch Eberhard nicht, abnehmen kann: die Abgrenzung Ihres individuellen Daseins und die Fixierung Ihrer bescheidensten Rechte und Freiheiten, so ist ja unberechenbar viel gewonnen. Auf der bisherigen Basis eines absichtlichen Sich-preisgebens, einer chronischen Zerrüttung Ihrer geringen Kräfte zu Gunsten der Albernheiten der Existenz, war nichts zu erwarten, auch nichts mehr zu hoffen.
Es wäre mir sehr lieb, wenn Sie Gelegenheit fänden, mit Ihrer Schwägerin in einer leichten Weise die verwunderlichen Nuancen zu besprechen, welche sie bei meinem letzten Aufenthalt in Bezug auf unser Zusammensein angewandt hat und die mir in der Erinnerung nicht weniger quälend sind als sie mir im Moment waren. Sie werden sagen, es wäre alles nicht *durchdacht* gewesen, aber man hat doch schließlich die Verpflichtung, zu *durchdenken,* wie man sich intimeren Bekannten gegenüber beträgt. Die Art wie mir Julie 2 oder 3mal zu verstehen gab, daß sie es bedauerlich finde, daß Sie Ihr régime dem Zusammensein mit mir aufgeopfert hätten, war – für eine wohlerzogene Frau wie Julie es doch ist, beinahe etwas scharf. Daß Sie kein kleines

Mädchen sind und Julie nicht Ihre Mutter (und auch nicht Ihr Mann ist) macht die Situation noch etwas alberner, aber nicht angenehmer. Desgleichen die *Form* ihres Dazukommens, wenn wir allein waren. (Einmal mit dem naßgewordenen Buch, das andere Mal mit dem Diener.) *So macht man Dinge nicht.* Es wäre mir wirklich furchtbar schwer, jetzt bald wieder nach Neubeuern zu kommen – und es nun in ihrer Abwesenheit zu tun, die doch schließlich die Hausfrau ist – wäre mir wirklich fast unmöglich. Alle diese Sachen sind doch schließlich auf *nuancen gestellt.*

Ich frage mich, was sie sich dabei denkt – ich habe nicht den Eindruck, daß es bloße Gedankenlosigkeit ist: wenn man jemanden, der alle Vierteljahr für eine Woche kommt, in dieser Weise tatsächlich neutralisiert, seine Gegenwart einfach *aufhebt* (im geistigen Sinn) – oder wenigstens alles dazu tut, um dies zu erreichen, so daß die andern in der agaçanten Situation sind, die so gut für Kinder von 17 Jahren, so gar nicht für uns paßt. – Dabei haben Sie mir einmal im Winter erzählt Julie hätte nach meinem ersten Aufenthalt im Herbst so zart und mit einer fast übertriebenen attention diese Dinge in einem Gespräch berührt.

Ich schicke mit gleicher Post meinen Dankbrief an Julie.

Nun hab ich doch geschrieben, und es [ist] vielleicht besser, daß ich dies ausgesprochen habe.

Ihr H.

Rodaun 16 5. [1911]

Liebe Gräfin,

es kam dieser Brief von Eberhard, ich finde ihn so unendlich sympathisch, das ganze Wesen blickt einen an aus diesem Brief, und er hat zwar nicht erlaubt, ihn an Sie weiterzugeben, hats aber auch nicht verboten, so tu ich es. Was haben wir Besseres, Schöneres als dieses immer erneute Gewahrwerden von Freundschaft, Neigung, Anteil von einem zum andern. Da er

meine Briefe nicht zerstören, sondern bewahren will, so ists ein Zeichen, daß darin für ihn etwas Liebes lag, trotz der dunklen Zustände aus denen heraus er geschrieben war. (Daß er für Marie-Therese immer der »Fratz« sagt, offenbar das Wort aus meinem Brief herübernehmend, darf Sie durchaus nicht verstören; das Wort hat österreichisch gar keinen bösen Beiklang, ich sag es sehr oft von und zu meinen Kindern.)
Sie dürfen gar nicht denken, daß es mir nun nahe läge, gegen Julie maßlos hart und ungerecht zu sein. Gar nicht. Ich vermag mir jetzt im Augenblick ihren charme, ihre rührende Frauenmädchenhafte Haltung, ihre Güte genau so lebhaft zu vergegenwärtigen, als die unglückseligen Verhältnisse in ihrem Geist, an dem ihr Schicksal (nicht ganz ohne Mitwirkung ihrer Anlagen) schuld ist. Wichtiger wäre, daß Sie wirklich durchaus so mit die Oberhand behielten, um für mein weiteres Verhältnis zu Julie allmählich eine bessere Basis herzustellen, als daß ich ihr möglichst ausweiche und wir uns nur wo anders sehen, was die Möglichkeiten des Sehens doch recht sehr einschränkt. (Sonderbar: ich *weiß* jetzt auf einmal daß Sie mich brauchen, daß es einen Verlust für Sie bedeuten würde, mich verlieren zu müssen. Im Augenblick wo unsere Begegnungen in Neubeuern auf eine so unerwartete, mir wenigstens völlig unerwartete Weise bedroht erschienen, rückte dies völlig aus der Sphäre der Sentimentalität in die der klaren Erkenntnis.)
Ich habe von Paris aus an Julie geschrieben, sehr freundschaftlich, aber doch nur eine Nuance anders, kühler oder härter als sonst. [...]
Sind Sie sich klar, wann Sie die Varèses dort haben wollen? Das Projekt, schon *baldigst* nach Neubeuern zu gehen, ist *hoffentlich* festgehalten. Es wäre absurd, ein so positives Gutes darum hinauszuschieben, weil ich *vielleicht* hinkommen könnte. Nur noch eins: daß Sie, wenn nicht auf volle 14 Tage, so mindestens für 10 Tage zu uns kommen, ist denk ich, nun abgemacht. Aber es war immer von der 2ten Hälfte des Juli die Rede, und nun sprechen Sie von Anfang Juli. Anfang Juli bin ich nicht in

Aussee, sondern in Rodaun, wohin Sie eine dreimal so weite Reise haben. Wir dachten immer an Aussee. Bitte überlegen Sie, ich kann schließlich alles nach Ihnen einrichten, aber nicht im letzten Moment verändern. Überlegen Sie dies, überlegen wegen Varèses und stellen sich zu Julie auf den Standpunkt, Ihre Einteilung festzuhalten, nicht Ihre Nerven der »Flatteratmosphäre« wie Eberhard es so richtig nennt, auszuliefern.

Die abscheuliche Gemütsverfassung in Paris war wohl das Resultat von mehr als bloß der Neubeurer Tage. Ich war, in Bezug auf Sie, die Wochen vor dieser Begegnung, in eine Art von Verzweiflung geraten, nicht direct durch die Briefe, sondern durch das was ich hinter den Briefen ganz richtig fühlte: den abscheulichsten Cirkel von physischer Unvernunft und seelischem Sich-aufgeben – wobei ich mit Unvernunft ungefähr das meine, was Julie Vernunft nennen würde.

Ich war in Paris auf dem häßlichen Punkt, wo die Minuten, etwa die Minuten in einem Theater oder auf einem Rennplatz, ja die Secunden sich zu Jahren, von der Schwärze und Art der Hölle, auszudehnen schienen. Ihre Briefe vermochten mir nicht die geringste Freude zu machen. (Sollte man nicht immer, immer vermeiden, zu schreiben: »ich schreibe, weil ich *weiß*, daß jeder Brief von mir Sie rasend freut?«) Sie waren mir vollständig gleichgültig, hatten gar keine Überzeugungskraft für mich, obwohl doch drinstand, daß Sie innerlich wohler wären, manches zu verändern die Kraft und den Entschluß fühlten. Hier dann, über den ersten den ich auf meinem Schreibtisch fand, hatte ich so viel Freude: Daß ein solches Nichts, zwei gewöhnliche mittelmäßige Theatervorstellungen, Ihnen schon etwas gibt, wie freut mich das, es freut mich und rührt mich zugleich und scheint mir wieder so ganz natürlich, und dieses künstliche Hungersystem, diese öde Absperrung so widernatürlich. Ich freue mich doch namenlos, Sie 14 Tage ganz in meiner Atmosphäre zu haben. Ich *weiß*, daß es Ihnen gut tun wird.

Die Vögel singen, meine kleinen selbstgepflanzten Fliederbäume blühen, Max Reinhardt war reizend und voll Phantasie wie immer, im September spielen wir »Jedermann« in München, die Frau ohne Schatten spaziert in meiner Phantasie herum, einen reizenden Molière richt ich zur Aufführung ein und Strauss macht Musik dazu, meine Comödie mach ich auch und wir werden in Aussee spazieren gehen und in kleinen Bauernzimmern sitzen.

Adieu Ihr H.

Wie absurd und widerlich, mich mit einer alten »Seelenfreundin« Martins zu vergleichen! Wie albern wird »alles, wenn man es besprechen muß.« Ja, ich habe in Paris 4 oder 5 Briefe bekommen.

Rodaun 26 5. [1911]

Liebe Gräfin

Soll denn das Fädchen ganz schlaff und traurig gegen die Erde hängen? Ihr Brief vom 18ten kam, und seither kam keiner. Der vom 18ten war kurz, kündete die Reise nach Stuttgart an, erwähnte kein Wort, ob Sie einen längeren Brief von mir kurz vorher bekommen hätten, und doch müßte dieser wohl schon in Ihren Händen sein, oder er kam überhaupt nicht in Ihre Hände und das wäre schlimm, gerade in diesem einen Fall recht schlimm, denn er enthielt einen Brief von Eberhard, der mir so schön so wohltuend gewesen war, daß ich ihn beischloß, der aber so ganz und gar nicht für fremde Augen bestimmt war. Wüßte ich nur ob Sie ihn bekommen haben.

Da sitze ich nun in meinem steilen halbverwilderten Garten, ganz oben, Vögel singen, der Jasmin ist dem Aufblühen nahe, meine paar Rhododendron haben auch ihre großen leuchtenden Blüten, Vögel singen, und mir ist, als *müßten* Sie nun bald heraufkommen mit einem Buch in der Hand, das Sie sich unten in meinem Zimmer, wo Sie wohnen, wie einmal Kessler dort wohnte, herausgesucht haben. Und abends fahren wir zusam-

men in die Stadt, hören einen russischen Kirchenchor von vielen Knaben- und Männerstimmen, fahren nachts wieder heraus und freuen uns an dem kühlen feuchten Duft der alle Zimmer durchzieht und morgen erzähle ich Ihnen die ganz kleine Oper »Ariadne«, die anzufangen mich Strauss recht sehr quält, und indem ichs erzähle, wirds viel lebendiger und ich hab viel mehr Lust darauf. Dann fahren wir über Land und ich zeige Ihnen *meine* Landschaft.
Aber wo sind Sie denn? Mir ist, als riefe ich und niemand antwortete. Haben die Menschen Sie mir ganz weg genommen? Ist das Häßliche, Traurige wieder da, daß es Ihnen nicht der Mühe wert ist, sich frei zu machen? Sind Sie so müde? War ich Ihnen in diesen trüben Wochen, die hinter mir liegen, so unbegreiflich? Ist es nicht der Mühe wert, den Faden gespannt zu halten? –
Der Varèse schrieb auf einmal. Er hätte mit der Frau und dem Kind eine Reise nach Frankreich vor, von Ende Juni bis Ende August. Aber er erinnerte sich, wie ich geschienen hätte, auf den Aufenthalt der Frau in Neubeuern Gewicht zu legen, und wie es denn mit den dortigen Entschließungen stünde, und ob sich die beiden Dinge combinieren ließen. Ich verstehe nicht recht, was er meint. Ich denke, er meint, die Frau vor dem Ende Juni, oder aber nach dem 1ten September hinzuschicken. Das Erstere einzurichten, ist wohl die Zeit zu kurz. Ich weiß ja gar nicht wie Sie es vorhaben. Ich weiß ja nichts von Ihnen. Hoffentlich wird Ihnen das bißchen Alleinsein in Juliens Abwesenheit nicht abgestohlen. Sollte man also der kleinen Frau Varèse einen vierzehntägigen Aufenthalt im September proponieren, schon einmal um des Kennenlernens willen? und damit man, wenn das Eis einmal gebrochen ist, sie etwa ein andermal für länger hinnähme? –
Eberhards Brief ging mir so nahe, über alle Worte. Sein Ruhebedürfnis. Das seltsame Spiel, das er mit dem Leben spielt, oder das das Leben mit ihm spielt. (Hoffentlich ist der Brief nicht verloren.)

Neulich war das Begräbnis Mahlers. Ich stand an dem offenen Grab, in einem Gedräng von Menschen, warf Erde hinein, war unendlich traurig um ihn, fühlte ganz das Bittere Schwere des unwiederbringlichen Verlustes, dann im Weggehen verstand ich auf einmal, daß Menschen etwas verlieren würden, wenn ich stürbe und vielleicht irgend jemand auch in dieser Weise um mich traurig wäre, wie ich um Mahler, mit dem ich nur einmal im Leben gesprochen habe. Die Unbegreiflichkeit einer Existenz, wie die meinige, war mir in diesem Augenblick gar nicht drückend.
Leben Sie wohl und bleiben mir doch um alles gut!

Ihr H.

[Rodaun] 4 6. [1911]

Ich glaube, man fühlt immer sehr gut, was hinter einem Schweigen liegt. Dieses mein Schweigen ist kein kaltes, kein Nicht-denken, sondern nur ein solches Mich-zusammenhalten, solches Mich-anspannen – alles um einer *kleinen* Arbeit willen, die ich nun einmal dem Strauss versprochen habe und die ich hinter mich bringen will. Die kleinen Arbeiten sind die schweren Arbeiten: auf engem, beengten Raum Leben hervorrufen, den Anteil des Herzens erregen und dabei fest und gleichsam »fern« bleiben. –
In dem Paket, das Sie in Neubeuern vorfanden (oder nicht?) waren Rousseaus Bekenntnisse. Es ist um des ersten Drittels willen, der Jugend, daß ich sie liebe und sie Ihnen gebe. Dann – nach der Episode mit Madame de Warens – sollen Sie aufhören. Ich war in Paris einmal nachmittags im Odéon, sah Andromaque, meinte Sie wären mit mir, säßen neben mir. Im Zwischenact gingen wir hinaus, traten unter die Galerien längs der Straße, wo Bücher ausgelegt sind, kauften dies Buch.
Ich schrieb heute an Frau Varèse, daß sie im Juni – Juli nicht

erwartet werden könne sondern erst in den letzten Tagen August.
Ein Brief wie in alten Zeiten wäre mir so sehr lieb.
Adieu H.

Rodaun 23 6. [1911]

Liebe Gräfin
eine Zahnfistel ist etwas Lästiges, es macht Schmerzen, und das so nahe beim Kopf, läßt die Phantasie nicht aufkommen, kaum das Denken, so hat man zum Schreiben gar keine Lust. Ich habe es auf der Reise bekommen, seit Mittwoch sind wir zurück und nun ist das Wehtun vorüber und die Sonne so stark. Der Himmel so strahlend, ein spielender Sommerwind entblättert die vollen Rosen, nun ist es schön, in dem kleinen offenen Lusthaus im Garten oben sitzen und die kleine Oper zu Ende machen, nun ist Bacchus auf der Insel gelandet und kommt zu der armen verlassenen Ariadne, sie hält ihn für Hermes, den Todesboten und er läßt sie dabei und führt sie fort.
Die »Reise« das war eine kleine Fahrt nach den uralten Orten zu der Donau in Niederösterreich, wo schöne alte Kirchen und Klöster sind, Bauernhöfe noch aus dem dreizehnten Jahrhundert und dazwischen der große gelblich grüne Strom, die Reise, zu der ich Sie eingeladen hatte. Es war auch ein »Vierter« mit, für Gerty, ein junger Dichter, den ich sehr gern habe, und in dem etwas Wirkliches steckt und so waren wir vier. Wenn ein schöner Kirchturm war, ein tiefer alter Hof, eine Weingartenmauer mit schönem Durchblick auf den Strom, so meinte ich, Sie müßten doch da sein und man könnte es Ihnen zeigen, dann wieder, wenn zu viel von einem schlaffen warmen Wind die Donau herunterging und nachts ein so starker Sturm an dem alten Gasthof rüttelte daß man bis zum Morgen nicht einschlafen konnte, so freute ich mich, daß Sie nicht da waren – ganz wie Eulenspiegel.
Nun aber sollten Sie hier sein, das Haus ist so kühl, der Garten

so voll süßem warmen Duft, ich habe genug ungeschriebene Geschichten im Kopf, um Ihnen jeden Nachmittag eine zu erzählen – aber Sie sind nicht da – kommen auch nicht! Wie angebunden sind Sie dort, als ob Sie Ihr Leben den Leuten verkauft hätten – und was hat man Ihnen dafür gegeben? Heut ist mir noch, als könnte ichs nie wieder übers Herz bringen, dort hin zukommen, dann denke ich an Hinterhör, da kommt mirs möglich vor – nun wir werdens ja sehen.

Am 20ten hole ich Sie in Salzburg, vielleicht werd ich ein Auto haben vielleicht keins, dann fahren wir am nächsten Tag nach Aussee auf diese oder die andere Weise. Genau 8 Tage! ist das schon ausgemessen? vorgemessen? von der Gouvernante, der hohen Obrigkeit?? Acht Tage können viel sein, und sind doch furchbar wenig, 5 davon verregnets, einen haben Sie Kopfweh, einen verdirbt ein Gast der dahergeschneit kommt, wie geizig ist das zugeteilt.

Ob es schön wird, weiß ich nicht, wie kann ich das wissen, aber natürlich wirds schön, wunderschön, denn Sie kommen aus dem dummen lächerlichen Exil *nachhaus*, aus Nirgendheim kommen Sie nach Irgendwo, in ein absurdes kleines Vogelhaus, in eine rechte Unordnung, zu einer Art Menschen, die zu gar keiner Art von Menschen gehören, und dazu gehören Sie auch und wir wollen recht gegen alle Vernunft, allen Anstand und alle Regel leben. – Wenn Sie mir doch bald schrieben, von der kleinen Bank hinterm Haus – das wär recht.

Ihr Freund H.

[Telegramm] [Rodaun, 24. 6. 1911
11 Uhr 40 vormittags]

Vielen Dank für lieben Brief War ein bischen unwohl Schreibe baldigst Hofmannsthal

[Rodaun] Dienstag [4. 7. 1911] abends

Der schöne Tag, der schöne Abend! Alles klar, befriedigt, in sich schwingend. Heute den letzten Vers an der Ariadne geschrieben. Liebt Ariadne den Bacchus? Darauf antwortet sich nicht so leicht. Sie hält ihn für einen andern, für Hermes, den Todesboten, der sie hinabzuholen kommt. Es bleibt bei dem Irrtum: der Irrtum ist so schön. – Wenn Sie wollen werde ich Ihnen an jedem Vormittag und an jedem Nachmittag eine Geschichte erzählen, ein Märchen, eine Begebenheit, ein Schicksal, ein Puppenspiel, ein Geheimnis in Figuren.
Ob die Kaiserin ihren Schatten schon hat – ich weiß nicht, hab keine Zeit an sie zu denken, vielleicht unterirdisch, dort wo sie wohnt, hat sie ihn schon, hier ist ein anderes Spiel, morgen geht Jedermann mit seiner Liebsten zu Tisch, alle essen und lachen, niemand hört dumpfe Glocken, als er allein, dann erlöschen auf einmal die Lichter. Kennen Sie die Geschichte von der Frau mit dem Hündchen? oder von dem Knaben Euseb? oder die von dem fünfzigjährigen Prinzen? oder die von Dominic Heintls Tochter, die doppelt war? oder die von Baptist, dem Diener, der so viel Glück und Unglück hatte? Gar nichts kennen Sie weil Sie eine Schloßmamsell sind, die immer in Neubeuern hockt, und nur sehr entfernt verwandt mit einem sehr, aber schon sehr netten kleinen thüringischen Fräulein, die ich heute in 14 Tagen in Salzburg an der Bahn abholen werde. Wissen Sie schon wann der Zug in Salzburg ankommt? Ich werd gleich nachschauen. – Sie werden *vielleicht* ein Zimmer in Aussee haben, aber sicher einen schönen Liegesessel. Eine kleine Unordnung werden Sie finden, genannt Hauswirtschaft, einen Dichter, genannt Schröder, eine Tänzerin, einen Maler, eine Laterne für die Nacht, einen Lindenblütentee zuweilen, einen Freund immer. Gouvernanten sind 2 da, aber nicht für Sie. Schreiben Sie doch einmal!

Ihr H.

[Telegramm] [Rodaun, 6. 7. 1911
11 Uhr 50 nachmittags]

Jede Veränderung zerstört nunmehr vollständig meine auf den Tag genannten Dispositionen Beunruhigt Erbitte Brief

Hofmannsthal

R 14 7. [1911]

Ich kam vor Arbeiten und Briefschreiben nicht dazu an Sie zu schreiben. Eine solche Kleinigkeit wie daß Sie nach München gefahren sind, diese Operette anzusehen, kann mich so lange und nachhaltig freuen, wie Sie kaum denken können.
Nun dies: ich habe niemals etwas anderes gedacht, als daß wir den 20ten in Salzburg bleiben, das ich unendlich gern habe, Ihnen zu zeigen mich freue, und erst den 21ten nach Aussee weiterfahren. [...]
Es wäre vielleicht am nettesten wenn Sie schon mittags ankämen, jedenfalls in den Österreichischen Hof führen, äßen und sich dann in Ihrem Zimmer ausruhten, also schon frisch wären wenn ich ankomme. Ich kann kaum schon mittags ankommen, sondern erst nachmittags.
Bitte telegraphieren Sie mir *jedenfalls* am 18ten oder spätestens am 19ten vormittags nach Aussee Obertressen 14, daß Sie bestimmt am 20ten kommen und welchen Zug Sie nehmen.
Wir fahren morgen mit einem Auto nach Aussee, Kinder sind schon dort.
Sehr viele sehr gute Gedanken. H.

Hinterhör 14. 7. 11.

Es ist oft beängstigend wie die Tage dahin eilen und nie ist alles getan was man möchte. So wollte ich Ihnen seit einigen Tagen schreiben und doch kam ich nicht dazu. – Mama und ich machten eine so schöne Abendfahrt am Mittwoch, fuhren erst um sechs Uhr fort, es war so herrlich schön, daß wir immer weiter fuhren und kamen nach Österreich hinein, an der Schweigen vorbei, – die erste Fahrt die wir mal zu zweit im Schlitten machten, erinnern Sie sich wohl daran? Ich dachte viel viel an Sie, es kam so manches wieder was wir damals geredet hatten und ich hätt' weiterfahren mögen in die taghelle Mondnacht hinein, bis ich Sie getroffen hätte. Da saß dann die arme alte Frau neben mir und erzählte mir von einer so namenlos traurigen Jugend die sie gehabt, von der Mutter, die sie so geliebt und die eines Tages fortfuhr um nicht wiederzukommen und einer Kette von schwarzen Wolken, die sich von da aus um sie gesammelt hatten. Dann wurde sie still und jeder von uns beiden ging wohl rückwärts in seinem Leben. Wie kam ich mir da reich neben ihr vor, so viel Schönes und Gutes hatte man mir gegeben und wie viel älter fühlte ich mich als dies arme Wesen, die nur im Leben war, um gedrückt zu werden von allen Seiten. –

Da war ich dann zuletzt wieder bei Ihnen gelandet und war so froh Sie zu haben und freute mich recht sehr auf den 20ten, der nun nicht mehr gefährdet scheint, denn allen habe ich jetzt erklärt, ich gehe am 20ten nach Aussee, komme was da wolle und heut in acht Tagen bin ich also schon bei Ihnen, soll ich's nur glauben.

Gestern haben Sie mir so schöne Bücher geschickt, tausend Dank. Ich bin glaube ich in manchen Sachen recht kindlich, so wie Sie mir neue Bücher geben, muß ich immer gleich eins dann mit ins Bett nehmen und Abends drin lesen, so auch gestern. [...]

Mit viel tausend lieben Gedanken stets

Ihre Ottonie D.

Hinterhör 4. 8. 11.

Soll es wirklich erst ein Tag sein seit unserer Trennung, ein einziger Tag! Es kommt mir so weit vor seit wir in Salzburg waren. Heut nach Tisch als ich im Bett lag und allein war, mußt ich mir immer wieder sagen, daß es ja wirklich erst gestern war, daß wir uns trennten. Gott war die Zeit schön und reich – wie gern werde ich daran zurückdenken und wie oft. Fragen Sie sich etwa, ob es mich reut, ob mich eine Minute reut aus den ganzen Tagen? tun Sie es nicht – oder was besser ist, lassen Sie sich von mir ein richtiges lautes »Nein« sagen. Was ich gab ich gab es gern; (zwar bin ich selbst erstaunt über mich) daß es nicht anders alles ist, Sie wissen's ja fast besser wie ich. Aber daß ich Sie sehr sehr gern habe, viel lieber wie vor vierzehn Tagen noch, das glauben Sie mir doch auch; wenn man immer eine so goldige Nurse hätte, man müßte zufrieden sein. [...]
Sind Sie auch das letzte Stück ohne Kopfweh gefahren und was haben Sie getan, vielleicht Reinhardt doch getroffen? Ich bin gar nicht viel über unsere Reise gefragt worden; alles war auf der Bahn; zwei Wägen voll vom Schloß um mich zu holen. Die Kinder voller Glück, Baby gar nicht von mir zu trennen. Eigentlich ist es doch nett, wenn sich alles wirklich freut wenn man wieder kommt. Und doch kommt es mir irgendwo in mir ein klein wenig empty vor, aber das werde ich bald wieder überkommen. An meinem Bett lagen noch die schönen lieben Hölderlins, ich hatte sie ganz vergessen, habe ich Ihnen überhaupt je gesagt, daß ich sie so liebe und so gern drin blättre. Eigentlich ist es doch entzückend wie ich durch Sie mit all diesen guten, großen Geistern so etwas verbunden werde, so daß sie mir helfen zu leben. Da muß man doch froh sein, ein Dichter zu sein, wenn man denkt daß später mal, vielleicht, wenn man schon längst nicht mehr ist, ein kleines Wesen leben wird das all das, was aus einem hervorgequollen ist in sich aufsaugt, sich daran hält. Ich meine wenn's auch

nur ein kleines, ganz unscheinbares Wesen ist, so müßt's einem doch etwas bedeuten weils halt ein Mensch ist.
Mir hat der Brief (van Gogh) einen so starken Eindruck gemacht, ich finde Sie sollten doch, wenn Sie Zeit fänden, den III. Prosaband herauskommen lassen.
Ich gehe jetzt gleich mit dem II. Band schlafen und will noch lesen was über Wassermann drin zu finden ist.
Gute Nacht, Gute Nacht Ottonie

[Garmisch
Park-Hotel Alpenhof]
Samstag [5. 8. 1911] früh

Liebe Gräfin
unsere Vorstellung (Figaros Hochzeit) ist am *10ten*. Ich hoffe Sie haben das Wunderkind sehr lieb und wohl und fröhlich gefunden. Vielleicht wird sie wirklich ein Wunderkind, und später ein Wesen, das, ob frei oder gehemmt, immer lieblich ist, und immer rührend, ob es sich verschenkt oder verweigert, und so gar nicht, nein niemals mi ma mo mau. Soll man ihr dies Schicksal wünschen? Es muß wohl mit großen Schmerzen bezahlt werden.
Es ist noch einiges in München, das Sie sehen sollten. Auch das Atelier eines jungen Bildhauers wo wir vielleicht hingehen werden. – Der arme kleine Heymel hat kein Auto mehr, hats verkauft, ebenso auch die Pferde. Ist aber ganz guter Laune. Max Reinhardt sah ich eine Stunde. Er ist charmant, sein Ernst, sein Zuhören, alles so besonders. (Er ist, auf den ersten Blick eher ein häßlich scheinender Mensch). Jedermann wird *wahrscheinlich* sein, in München, einmal, im September, gegen Ende.
Ich muß zu Strauss. Wenn man wissen könnte, wie jemand heute morgen aussieht, um die Augen, die Stirn, die gewissen schlimmen kleinen Haare.

Ihr Hofmannsthal.

[Hotel Seehof Tutzing]
Dienstag 8ten [8. 1911]

Liebe Gräfin,
Ich war sehr froh über den kleinen Brief heute morgen. In was für einem Trubel von Sprechen, Überlegen, Durchdenken, Nicht-schlafen, und Wieder-reden ich bin läßt sich nicht sagen. Die guten lieben Tage, alles Gute Liebe so weit, ich mir selber so weit. Der Donnerstag bringt mir alles wieder, nichtwahr? Auch mich selber.
Dann muß ich gleich nachhaus, alles zu Ende bringen, denn wir spielen Jedermann schon *Mitte* September! Wie gut daß Sie die Varèses nicht haben, frei sein werden. Das unzerstörbare schöne Wetter! Der schöne Mond! Werden wir Donnerstag nachts im Mond ein bissl herumfahren?
Wenn es Ihnen passen würde mich Donnerstag um 1^h im Marienbad abzuholen? ich werde unten an der Tür sein. Oder Sie schreiben mir wo ich Sie finden kann! Die genaue Adresse der kleinen Wohnung weiß ich auch nicht.
Schlief jede Nacht in einem andern Bett, Salzburg, München, Garmisch, Eibsee, Tutzing und wie schlecht!
Wo ist der kleine Wald, die »Ottonie«, der Frieden, das kleine Haus, die Kerze, die Lampe –
Es ist schließlich alles gut so wie's ist. Wäre Max Reinhardt nicht auf der Welt, müßte sich vieles in meiner Existenz anders einrichten.
Die 24 Stunden mit dem Ehepaar Strauss waren wie ein wüster langer Traum. Bauern, Halbnarren, tötlich fremde Menschen, Traumfiguren – wer sind sie? Wie komme ich zu ihnen? Unbeschreiblich sonderbar. Was für Menschen!
Adieu.

Ihr Hofmannsthal

15 8. [1911] 1h

Liebe Gräfin,

Man sollte spazieren gehen, die tugendhaften Ballettmädchen warten schon, aber ein Gewitter zieht herauf, Gerty schwätzt mit Erwin, so kann ich schnell ein paar Zeilen schreiben, freilich viel schlechter als die vormittag zwischen den Zeilen von »Jedermann« in die Luft geschriebenen, in der Luft geborenen und wieder begrabenen. Man ist jetzt sehr fleißig hier, sehr ernsthaft, sehr correct, der Wald hat ein so ganz ganz anderes Gesicht, der Himmel auch, trübe, schwül, wolkig, ernsthaft, und nun gar die Ballettmädchen – immer muß ich denken: was *spricht* man nur, daß sie nicht choquiert sind! Der Gedanke daß man lieber zu zwei oder zu vier spazieren geht, als in einer ungeraden Zahl, den begreifen sie gar nicht, heute versuchte ich es en passant zu erklären, es entstand ein eisiges Stillschweigen. Am 17ten reisen sie aber schon wieder ab, und Gretl ist glaub ich ganz zufrieden mit dem erreichten. Die Scene des Teufels für Pallenberg ist fertig, ich glaube sie wird lustig sein, das ganze brachte diesen Accent, der Gedanke an Pallenberg ließ mich ihn finden – morgen übermorgen mach ich die Scene der »Werke« für die Eysoldt, dann bin ich ein wenig freier, muß nur die Pantomimen in Wörter fixieren.

Ich sehne mich nach Freiheit, die gegenwärtige Arbeit ist oft ein Zwang, die künftige ist ein köstliches Schweifen, man kommt zu sich selber dann und zu allem was man lieb hat in einer ganz besonderen magischen Weise.

Die 20 Minuten Hauptbahnhof – Ostbahnhof hab ich sehr lieb, weil jemand lächelte und fast zufrieden schien. Mary muß fort? Es ängstigt mich et pour cause, in Erinnerung an den März.

Ihr H.

Hinterhör Sonnabend [18. 8. 1911]

Eben komme ich von einem einsamen Abendspaziergang zurück, (allein geht sich's besser als zu dritt oder fünft) habe dabei einen Brief an Sie geschrieben in Gedanken, – nun will ich ihn aber festhalten, damit er wirklich zu Ihnen nach Aussee kommt. [...]

Ich habe wirklich mit Genuß im Taine die Kapitel von Ben Jonson gelesen, momentan Shakespeare. Es ist unglaublich welche Fülle einem da entgegengeschleudert wird. Fast unfaßlich ist die Größe Shakespeares. Ich habe unendliche Freude gerade am Taine, bin auch jetzt so viel viel besser eingelesen, es hat sich die langsame Arbeit des 1. Bandes schon jetzt fühlbar gemacht.

Heut vor einer Woche sind Sie wieder nach Haus gekommen. Wie nett waren die zwei Tage München, ich gedenke ihrer gern. Mir wollen die fabelhaften Bilder gar nicht wieder verlöschen, immer sehe ich einige besonders stark wieder. Ich glaube wenn man manchmal einen tiefen Eindruck von einem besonders schönen Bild, oder Skulptur gehabt hat, braucht man es garnicht zu besitzen, es gehört einem so zu eigen, daß man es stets vor sich sieht. So geht es mir mit den zwei Grecos, in der Mitte das mit der Schlange und das mit dem knieenden Christus und der kleine Degas mit den beiden Ballettmädeln, wie grade dies dazu kommt weiß ich nicht recht, aber die Bewegung, die Farben alles steht immer wieder vor mir. Ich bin Ihnen schon recht dankbar daß Sie mir dies alles gezeigt haben. –

Nun arbeiten Sie rasend, wie ich Ihnen wünsche bald mit all dem Nötigen fertig zu sein und mich für Sie auf die kommende Arbeit freue, die gewiß nur so fließen wird. Ist's nicht fast zu viel was Sie jetzt alles erledigen müssen? Ich hatte kürzlich einen sehr sehr lieben Nachmittag mit Robinson, Tee bei mir und Spaziergang. Er erzählte mir was für einen tiefen Eindruck »Everyman« auf ihn und allgemein in Amerika gemacht hätte,

nur habe es einige Längen gehabt. Dann sagte er mir daß Ruth St. Denis diesen Winter lange Zeit im Metropolitan Museum in New York die Ägyptischen Kostüme studiert habe und dann mit ihrem Ägyptischen Tanz aufgetreten sei, der wunderbar gewesen wäre. Gewiß kommt sie dann diesen Winter damit doch auch nach dem Continent, ich würde mich so freuen sie mal zu sehen.
Bei uns ist noch immer kein Tropfen Regen gefallen alles lechzt nach Wasser, wir hatten sogar in Hinterhör einen Tag keinen Tropfen, ans »Bad« nur zu denken war schon Verbrechen. Das Wetter ist gleich herrlich, die Abende wunderbar. [...]
Wie gefällt Ihnen Erwins »Gerty«, hat's etwas?
Grüßen Sie alle und ich dächte viel an Aussee, bei mir lebt es so weiter wie es war, als wir dort beisammen waren, also gar nicht wolkig oder trüb oder ernst.
Die Adresse von Eberhard schreibe Ihnen morgen.
Treu treu treu Ottonie.

Aussee 23 8. [1911]

Liebe Gräfin
der Brief war so gut und reich und so viel Schönes verschiedener Art darin und so ganz der richtige, um sehr wohl zu tun nach 8 oder 9 Tagen, an denen man etwas gequält war, und durchaus *keiner* kommen wollte, soviel andere aber täglich dalagen, die sogleich und dringend »Antwort« und »Aufklärung« und »Weisung« und »Entscheidung« und »Intervention« verlangten, *jeden* Vormittag und *jeden* Nachmittag neue, und das Antworten immer ein solcher Zeitverderb, Nerven-verderb, als ließe man aus Bosheit grelles überflüssiges Licht in das Dunkel eines photographischen Apparates, gerade wie der neue Film eingelegt ist, der sich nichts anderes verlangt, als rein still und unverstört etwas Schönes bleibend in sich abzuspiegeln. Ein reines stilles Denken – Gestalten aufsteigen sehen, in ihnen sich selber und die Welt fühlen, und sich selber und der Welt

durch sie genug tun – wie schön ist das – es wäre frevelhaft, es immer haben zu wollen. Auch war die Zeit nicht ohne sehr schöne Stunden. Einmal gegen abend, ging ich allein, sehr schnell, bergauf, fand ein kleines niegesehenes Tal, darin ein Haus, ganz einsam, dahinter ein aufgegebener Einbruch in den Salzberg, halb verschüttet, das Haus leer, ganz leer mit halboffenen Türen, an einem Fenster rote Blumen, hexenhaft glühend, vor dem Haus und zum Haustor aus und ein gravitätische Hühner, pickend, ganz unbekümmert um mich, mit runden sonderbaren Augen seitwärts den Fremden ansehend – in diesem Tal und bergab, über Halden und Wiesen nachhaus war alles sehr schön, sehr leuchtend-tief außen und innen, ich sah Sie leben, umhergehen, fühlte Sie in der Welt und in mir, fühlte klar und schön unsere Lage zueinander in einem zarten schwebenden Gleichgewicht.

Daß Sie zu dem Taine in dieses Verhältnis gelangt sind, ist mir über alle Worte lieb. Dies und die Zeilen Ihres Briefes über die Bilder von Greco leben nach, tauchen immerfort wieder empor. Ich möchte dann, Sie führen das Lesen im Taine langsam weiter, bis zu Milton, nicht viel über diesen hinaus, daß sich Ihnen nicht durch zu-viel, zu-schnell das Bild der herrlichsten Zeit wieder verwischt, die mit Spenser anhebt mit Milton sich endet. Dann möchte ich, sobald ich wieder von Wien aus Bücher schicken kann, daß einiges Ihnen wirklich zu eigen würde, neben dem Shakespeare noch die »faithful shepherdess« etwa und die wundervollen kleinen Gedichte von Milton.

Daß mir durch Sie gerade eine Nachricht über die St. Denis zukommen mußte, ist mir ganz geheimnisvoll rührend. Vielleicht kann dieser kleine Brief von mir sie durch Sie erreichen.

Gestern im Wald spielte Gretl für mich Amor und Psyche und ich war ganz betroffen, tief bezaubert von dieser Fülle des Einfalls, dieser lieblichen, und in den finstern Momenten fast grausigen Erfindung, diesem fließenden Reichtum und der tiefen Klugheit und Kraft, die dies alles aneinander bindet zur

Einheit, vom einen zum andern eine wahre *Linie* erstehen läßt. Unendlich zum Herzen geht ein solches lebendiges Gebilde, das mit dem Moment des Genießens dahin ist – wie das Leben selber, und worin alles wahr ist und doch alles zart, gereinigt. Wie ich mich in diesem Jahr den 3 Künsten der Musik, der Schauspielkunst und dem Tanz, verknüpfen konnte – und gar nicht planmäßig, ganz von selber ist es gekommen. –
Ich möchte sehr, Sie läsen die »Wahlverwandtschaften« und ich schicke Ihnen dann das schöne Buch »Goethe über seine Werke« und Sie lesen nach was er selber und ihm nahestehende, gleichzeitig Lebende über dieses wundervolle Buch gesagt und gedacht haben. Ich weiß nicht, was mir eine geistige Atmosphäre näher brächte, und auf Atmosphäre kommt es an, in der man dann, von Verdunkelungen und Hemmungen abgesehen, doch zu leben vermag.
Ich bin andauernd der Hoffnung, daß die qualvolle Hin- und Herschreiberei das Resultat haben wird, die geplante einmalige *Münchner* Aufführung herbeizuführen, der sich 1001 Schwierigkeit entgegenstellte. Doch ist es Hoffnung, noch keine Gewißheit.

Ihr Hofmannsthal.

Hinterhör Freitag [25. 8. 1911]

Wie unendlich viel bedeutet einem manchmal ein Brief. Wie ein Leuchten geht es davon aus, ganze Strahlen fallen über einen langen Tag und weitere Tage. Wenn man auch ganz befriedigt, fast glücklich, zuvor schon war, so fällt auf einmal das »fast« weg und man ist es wirklich – wirklich im ganzen Innenleben glücklich. – Solch einen Festtag hat mir heut Ihr so so guter Brief gegeben. Ich habe diesen Brief so sehr lieb. Ob er wohl im Wald geschrieben war zwischen dem Arbeiten, mir kommt vor er hat Waldluft mitgebracht!
Ihre Gedanken, die Wahlverwandtschaften jetzt zu lesen, muß

ich gefühlt haben, denn ich ging noch am Mittwoch Abend spät hinunter, um es mir an's Bett zu holen.
Mit dem Taine (ich lieb' ihn sehr) werd ich's so machen und bei Milton dann aufhören, was leider schon morgen der Fall sein wird. – Wissen Sie, daß ich es nie für möglich gehalten hätte, daß das Sich-Vertiefen in all das Schöne, Bücher, Bilder, Schauspielkunst, Musik (so man hat) einem so viel geben könnte – fast ersetzen kann was das Schicksal für gut hielt, zu rauben. Es gibt schon namenlos viel Großes in dieser Welt und wenn man anfängt es zu sehen und zu nehmen wo es kommt, kann man auch *leben*, ohne nur zu vegetieren. –
Wissen Sie was ich so rasend genieße zwischen uns! das Dasein von Ihnen irgend wo und daß es nicht plagt, nicht zusammen zu sein, sondern so wunderbar herrlich schön ist, Sie zu wissen im Zusammenhang zu mir – aber nur leicht, gar nicht quälend, sondern reizend. Ich habe gar keine Sehnsucht nach Ihnen, obgleich es wundervoll wäre Sie hier zu haben, aber es ist wohl beinah ebenso schön – Briefe zu bekommen. – Sie können dies vielleicht nicht ebenso finden, weil der Ausgleich da doch recht schlecht ist für Ihr Teil. –
Robinson's sind fort, aber ich werde den Brief an Ruth St. Denis ihm schicken, mit der Bitte ihn zu befördern. Wenn sie doch mit dem neuen Tanz nach Deutschland auch käme, wie würd' ich mich freun sie zu sehen. –
Es ist zu schade, daß Mr. Robinson fort ist, ich hab ihn sehr sehr gern, er ist schon älter, aber er wäre fast mein »Genre«.
Ich hab mich so gern mit ihm unterhalten.
Ich gehe am zweiten für die Orestie nach München und am vierten Orpheus, das heißt so die Lindemann noch Plätze bekommt. Ich tue ein sehr Übriges und gehe mit meiner Mutter zusammen, um sie dann gleich zu expedieren zur Heimreise. Kommt Ihr etwa schon am 5ten nach München? da Sie an Mädy etwas von Ende dieses, Anfang nächsten Monats Gastein schrieben und Sie doch auf der Reise München nach Ga-

stein berühren wollten? es kommt mir nur so unglaublich bald vor.
Ich schreib mit Blei, weil ich schon im Bett liege, nicht etwa weil ich krank bin.
Nun gute Nacht, es gehört Ihnen sehr viel von einer

Ottonie.

Ich fahre erst 5ten wieder hierher zurück von München so können wir uns eventuell dort treffen.

Aussee, Donnerstag [31. 8. 1911]

Gestern gegen abend war das Gefühl Ihrer Nähe so stark wie ich es nie erlebt habe, dann in der Nacht, während eines Sturmes und Gewitters und herunterschüttenden Regens auf mein Dach dicht über dem Bett wurde es immer stärker und stärker, in einer entzückenden Weise. Nähe–Gegenwart – ich weiß nicht, wie ich es nennen soll. Gar nichts Verwandtes mit körperlicher Gegenwart, aber ein Herankommen, Aufgeschlossensein, ein solches Gefühl Ihres Lebens, das ist es eigentlich, Gefühl Ihres Lebens, das ja mit der körperlichen Gegenwart so gar nicht direct verbunden ist – oft sind Sie da, ganz nahe, und ich sehne mich nach einem Hauch von diesem Gefühl Ihres Lebens und bekomme ihn nicht. Ich lag und wachte, fühlte es mit einer inneren Spannung wachsen, noch stärker deutlicher, gültiger werden – auch gleich bleiben, irgendwie war die Vision einer fernen, im seltsamsten Licht liegenden Landschaft damit verbunden, sehr ferne, aber beglückend daß sie *da* war, ich dachte vieles Aufschlußreiche, behielt aber nichts davon als das Gefühl von Beglückung, Ermutigung, dauernd. Es war sicher Ihr letzter Brief, der sich da in diesen Halbtraum hinüberlebte. Alles an dem Brief ist mir so lieb, die Versicherung eines *möglichen* inneren Zustandes, die er gibt, die liebe ganz einfache Weise, in der Sie anfangen, als möglich zu fühlen, was ich mit

einer manchmal so zitternden Unruhe als den einzigen Weg sehe – das über den Taine gesagte, alles zusammen. –
Ich denke zuweilen an Hemmungen, innere Verbote, Zögerungen, scheinbar dunkle Momente. Alles erscheint mir unsagbar *gut*, so wie es ist, rührend, bezaubernd, – ich kann es nicht anders sagen. (Dabei täusche ich mir ein gewisses Quälendes nicht weg, aber dies ist alles viel geheimnisvoller, viel wundervoller, als man denken könnte.)
(Ich muß rasch weiterschreiben, damit dies abgeht.)
Wenn es so ist, daß Sie den Taine liebgewonnen haben, so ist alles eingetroffen was ich mir wünschen konnte: dann lesen Sie ihn bitte weiter, bis ans Ende. Es wird Ihnen dann niemals schwer sein, die Partien, welche die große Zeit behandeln, wiederzulesen.
Ich sah einmal in die Briefe von Charles Louis Philippe hinein, dachte sogleich sehr lebhaft an Sie (vor Monaten) bezog etwas auf Sie – nun trifft es zu.
Den Band »Goethe über seine Werke« sowie die Vollmöllersche Orestie hoffe ich in Ihren Händen. Morgen abends, bis Montag mittag bin ich in Gastein, Hôtel Austria. Dort trifft mich hoffentlich die Depesche mit der Entscheidung über die Münchner Jedermann-aufführung. Aber *jedenfalls* fahre ich von Gastein noch für eine Woche hierher zurück. Kommt es zu der Jedermann-aufführung *nicht,* was ich für sehr möglich halte trotz Reinhardts gutem Willen, so habe ich doch so eingerichtet daß ich mit Papa und Gerty um die Mitte September jedenfalls nach München komme, so daß mir die Ungewißheit, ob ich Sie überhaupt sehe, erspart bleibt. Ferner richte ich es so ein, daß ich dem Bildhauer Behn im September nicht sitze, ihm dafür eine Zeit im November oder December zur Verfügung stelle, wo ich »nur zu diesem Zweck« nach München käme. Ende September habe ich Papa eine kleine Reise Berlin – Kopenhagen proponiert, würde auf dem Rückweg mit Gerty ein paar Tage in Bremen verbringen.
Ich halte mich daran daß ich Sie jedenfalls in etwa 2 Wochen

sehe und daß man sich nicht verlieren kann, hoffentlich auch nicht wieder für Wochen verlieren.
Wenn ich einen Bleistiftbrief nach Gastein bekäme, das wäre schön.

H.

Sonntag Hinterhör [2.] 9. [1911]

Nach Gastein reicht es für keinen Bleistiftbrief mehr, dafür werden diese Zeilen Sie begrüßen, wenn Sie wieder heim kommen in das liebe kleine Häusel. [...]
Es ist *zu* reizend, an kleinen lieben Zeichen zu spüren, wie sich jemand (den man selbst mag) mit einem beschäftigt. So hab ich mich ganz rühren lassen, als die Orestie kam; daß Sie daran gedacht hatten es mir zu schicken, vorher, war *so* lieb.
Wir waren also gestern in der Stadt. Orestie. Ich bin noch ganz *begeistert*! Reinhardt hat da wirklich wieder Fabelhaftes geleistet. Es ist über alle Begriffe schön und packend. Mein ganzes Innere ist noch Orestie. Momente, Bilder, eins reiht sich beständig ans andere und dazu höre ich dieses unglaublich sympathische Organ von Moissi permanent noch in mir klingen. Dieses fabelhaft *bezaubernde* Organ mit *diesem* Spiel, nein es war nicht Spiel, Leben wars was er gab – nie werde ich diese Eindrücke vergessen. Die Begeisterung aller der Tausende, die da lauschten, es hatte was mit sich reißendes. Wie schad' wenn Ihr es jetzt nicht hören könnt. [...]
Ich habe wie Bettina Brentano eine schöne Mondnacht den Wahlverwandtschaften geopfert. War so froh, es so lange nicht mehr gelesen, und *nie* vorher verstanden zu haben. Ich habe *unendlich* viel darin gefunden und selten einen so tiefen Eindruck durch etwas gehabt. Oft ist es ganz erschreckend, wie tief Goethe in den Seelen liest, wie ganz leise, ganz verborgene Regungen, die man kaum sich selbst eingestehen

mag, einem entgegentreten. Es ist so interessant, zugleich das von Gräf dabei zu lesen.
Sehr schön finde ich die Besprechung von Abeken über die Wahlverwandtschaften. Es ist ein Buch, das man immer wieder und wieder lesen wird und immer auf's neue wird man wieder etwas finden, was frisch packt, hinnimmt. Es ist so dumm dies alles zu schreiben, ich würd so gern mit Ihnen drüber sprechen, Ihnen all die entzückenden Momente sagen die mich ganz genommen haben. Ich habe das Gefühl als müßt ichs gleich gleich wieder lesen um aufzusaugen was für mich drin ist. – Jeder liest doch wohl dasselbe Buch anders, wie es seine Möglichkeiten zulassen. –
Ich bin glücklich wie ein Kind, daß Sie schreiben, »lesen Sie den Taine zu Ende« denken Sie, ich war grade wieder dabei ihn wieder anzufangen, da ich mich nicht so schnell trennen konnte. – –
Was sind das aber für gute Pläne die Sie haben zweimal München bis Weihnachten! Soll ich's glauben, es ist fast zu schön. Und Weihnachten kommt Ihr dann doch hoffentlich zu uns, das habt Ihr gewiß sehr nett besprochen heute. Es ist so nett so liebe kleine Aussichten zu haben, auf wiedersehen und sprechen können. Es ist ja *entzückend*, Briefe zu bekommen (wissen Sie wie gern ich welche bekomme?) aber sich sprechen können, ist doch wohl fast noch glücklicher. [...]
Mr. Robinson schreibt, dies mit dem Brief, sei wirklich mal eine Commission, die nicht ganz so schnell zu erledigen sei, die Ruth St. Denis wieder aufzufinden, die auf einer Tournée in den Staaten sei, aber mit Geduld werde er es schon erreichen. – Nun wird Gretl auch bald auftreten, bitte sagen Sie ihr, wie viel ich ihrer gedächte mit tausend lieben Wünschen.
Haben Sie wohl dran gedacht, Wassermann in die »Schwestern« schreiben zu lassen? bitte vergessen Sie es nicht, es könnte ihn sonst kränken, »wenn die Kräfin sso wönig nach seinen Wörken frögt.«

Gute, gute Nacht, wenn Sie so lieb an mich denken, dann tun Sie's nur oft.

Ganz die Ihre Ottonie

Julie ist so rasend lieb zu mir jetzt, läßt mich dabei so in Ruh [...].

[Bad Aussee] Mittwoch [6. 9. 1911]
10^{h} früh auf der Waldbank

So maßlos unruhig war ich diesmal – so nahe daran, zu telegraphieren, von Stunde zu Stunde bis heute früh endlich endlich der gute liebe schöne Bleistiftbrief ankam – aber auch so spät, wenn er doch Sonntag abend geschrieben war, und kommt heute Mittwoch, und dabei war ich so sicher gewesen, der meinige träfe Sie *vor* München, erwartete in Gastein jeden Tag einen zu finden, dann Montag zurück, keiner, Dienstag früh keiner, Dienstag abend keiner, so quälende Ungeduld hat man ja immer, wenn man im *allgemeinen* unruhig ist, Sie werdens gleich verstehen, wie es jetzt mit mir ist, muß so viel combinieren, überlegen, weiß nun bestimmt, daß ich jetzt *nicht* nach Neubeuern kann, auch nicht für 2 Tage, aber daß ich für 4 Tage in München sein werde, – nun weiß ich, Eberhard lädt Sie nach Gastein, weiß nicht, ob Sies annehmen, aber *wenn* Sies annehmen, so möcht ich um alles, daß Sie es in den letzten Teil seines Gasteiner Aufenthaltes legen, dann mit ihm und Mädi den 14ten zurückkehren, aber nicht gleich nach Neubeuern, sondern 1–2 Tage in München bleiben mit uns, wie ich zu tun auch Eberhard dringend bitten werde. Wir sind 13ten abends bis 17ten abends in München, die Tage sind unverschieblich. Da es nach Reinhardts letzten Depeschen *entschieden*, daß »Jedermann« in München nicht durchzuführen, so bleibt es bei der zu Papas Zerstreuung längst geplanten kleinen Reise, wir sind also 4 Tage in München (in diese Zeit Neubeuern einzuschieben

nicht möglich) fahren dann Berlin, dann Kopenhagen. Die erste Woche October bin ich mit Gerty in Bremen, Schröder zu besuchen, dann möchte ich daß Gerty mit mir über München – Neubeuern nachhausfährt, fänd es richtig jetzt wieder einmal mit Gerty paar Tage in Neubeuern zu sein, auch direct erleichternd, wenn sie mit da ist. – Auf der Rückfahrt Kopenhagen – Berlin sehe ich in Berlin die Pantomimen, bespreche mit Reinhardt alles nötige für »Jedermann« und schaffe mir hoffentlich 2 Monate Ruhe für meine Comödie. – Fahren Sie aber *nicht* nach Gastein, so sind Sie jedenfalls zwischen 14ten und 17ten in München, nicht wahr, auch für den Fall als Eberhard und Mädi sich *nicht* in München aufhalten (was mir nicht wahrscheinlich scheint)?
Gretl ist schon längst fort von hier, seit Tagen schon in Berlin, mitten in der anstrengendsten Probenarbeit, sie hat jetzt viel auf sich, fast zu viel, ich kann ihr nun in nichts mehr helfen, Erwin leider auch nicht viel, der arme Bub war die letzten Tage hier recht krank, hohes Fieber, große Schwäche, alle in Angst und Bestürzung (vor 12 Tagen etwa) dann fieberfrei, aber ein halbseitig gelähmtes Gesicht, eine Wange starr, der Mund verzogen, so mußte er nach Wien, schwach und elend. Die Ärzte beruhigen, es kommt nicht vom Gehirn, ist rheumatisch, in ein paar Wochen wird ers los sein. Er war halt im Winter sehr krank, hat sich nie erholt, immer zu viel von seiner Kraft hergegeben, seine Nerven zu arg hergenommen. Ein Glück daß er 25 ist, so wirds in Monaten ganz überwunden sein. –
Sie vergessen immer gleich, was Sie in Ihrem Brief geschrieben haben, fragen, was daran freut, rührt, glücklich macht. Fragen Sie wirklich? Ein Wesen, das man lieb hat, in seiner Weise leben zu fühlen, aufleben zu fühlen, zu hören, daß Sie fast glücklich sind – stundenweise vielleicht, aber doch wenigstens stundenweise – diese Zeilen über die Mondnacht – Sie zu wissen, zu spüren in dieser Mondnacht, dieser Stille, dieser Unverstörtheit, diesem Fließen der Ruhe um Sie, durch Sie hindurch – das *Leben* in diesem Aufnehmen der »Orestie«, in diesem Nachzit-

tern, das Zeichen von Leben darin, *Ihr* Leben, das Nicht-mehr-starre, dies liebe rührende Hängen an einem Buch, Lieb-gewonnen-haben, Wieder-lesen-wollen – dies Gleiche darin, wie im Blick Ihrer Augen, wenn er *frei* ist, wie ein Sich-regen Ihrer lieben Hände – was ist da zu sagen oder zu wundern, wie soll ich mich da nicht freuen, nicht innerst gerührt sein, nicht hinüberschauen nach einem geträumten Hinterhör – ich fühle es, wenn ich es denke, auch immer in der geographischen richtigen Himmelsgegend – nicht Gott danken, das Wort kommt mir so in die Feder, aber ist ja das richtige Wort. – Das mit Julie, daß sie errät, gut ist, sich darein finden will, ist noch eine Zugabe, ein unverhoffter Gewinn. *Ihre* »Ariadne« gefällt allen Leuten, die es hören oder sehen dürfen, so sehr. Es freut mich so sehr, mir ist dann immer, wenn jemand so darüber spricht, als sähen wir einander an. –
Bald schreiben, bitte!

H.

Bad Gastein, am Freitag [8. 9.] 1911

[...]
Bockelchen's sind noch selig im Gedanken an Euer Hiersein und gerührt über den Freundschaftsbeweis, eine solche lange Reise für sie zu machen. Ich finde ihn *so sehr viel* glücklicher in seiner Stellung, was natürlich sich über alles, was ihn irgendwie betrifft ausbreitet. Hoffentlich wird Gastein ihm so gut tun, daß er einen besseren Winter gesundheitlich haben wird.
Beide sind sie ganz *begeistert* von »Ariadne«, es war als wenn man *mir* ein Geschenk machte, als Eberhard sich *so* entzückt aussprach. Ich fühle mich wirklich ganz zu ihr gehörig, ist das eigentlich anmaßend? na es macht aber weiter nix! –
Über »Jedermanns« Nichterscheinen in München bin ich *sehr* traurig, es wäre aber wohl *zu* viel des Guten in einem Jahr für mich gewesen. Wird er dann im Winter in Berlin sein? Und Ihr

kommt nicht nach Neubeuern, *sehr* schade, aber natürlich nicht zu ändern, wir hatten uns schon alle drauf gefreut. Bokkelchen glaubt nicht nach München kommen zu können, da er doch hauptsächlich mit der Nachkur vorsichtig sein muß und sehr in Ruhe leben soll. Ich denke dann am 13ten auch nach München zu fahren, dann können wir uns am 14ten dort sehen und am 15ten fahre ich wieder nach Hinterhör hinaus. Aber bitte überlegen Sie doch, ob mein Dortsein in Bezug auf Sie nicht eher störend wirkt da Sie doch eben viel mit allen möglichen Leuten zu sprechen haben werden und das Gefühl, mich dort zu wissen und eventuell sich nicht-frei-machen können, würde Sie gewiß enervieren?
Euer gemeinsames Kommen nach Neubeuern wäre sehr nett!
[...]
Der arme Erwin, ich bin ganz schrecklich traurig für ihn und Gretel und habe einen Moment dran gedacht, ob ich nicht Erwin nach Hinterhör einladen sollte, damit er dort bei richtiger Pflege sich erholen könnte. Wir können es dann wohl noch zusammen besprechen. Wie quälend für Gretel mit dieser Sorge im Herzen in Berlin arbeiten zu müssen. [...]
Es gedenkt viel Ihre Ottonie.

[Bad Aussee] Montag [11.9.1911] 5^h

Ich habe 4 Minuten bis Postabgang. Eben kam der 2te Brief. Ich bin ganz unglücklich, daß er bezüglich München den ersten aufhebt. Sie sind nicht am 14ten dort, auch nicht den 15ten, kommen den 16ten gegen abend! und am 17ten abends reise ich schon. Ich bin schon sehr traurig darüber. Dabei hab ich in München *nichts* zu tun, mit *keinem* Menschen ein Wort zu sprechen, sitze 4 Tage dort ohne Zweck, habe das alles nur so eingeteilt, um Sie sehen zu können, sonst führen wir ja viel bequemer über Wien nach Berlin. Ich dachte wir gehen einen der Abende zusammen in den »Orpheus«, das ist ja ganz gleich,

Ihr Platz bleibt halt leer, jeder Tag in Gastein ist gewiß gesund, aber hoffentlich kommen Sie doch am 15ten nicht wahr und ich hole Sie an der Bahn ab!
Ich finde eine Zeile im »Marienbad« nicht wahr wenn ich Mittwoch abend ankomme.

Ihr H.

Hallstadt, Dienstag mittags
zu Rad [12. 9. 1911]

Liebe Gräfin,
fuhr mit Wassermann über die Berge herüber – er schaut ins Wasser und weiß wohl nicht, daß ich an eine Kröfin schreibe. Es sind jetzt so schöne Tage, so namenlos schöne – wie gern hätt ich Sie hier.
Sie ahnen ja noch gar nicht wie diese Gegend ist! Die durchsichtigen Schatten, das Bild der Berge auf dem Wasser, die kleinen spielenden Wellen gegens Ufer hin, jeder Baum, jedes Haus so *für sich* in Glanz und Ruhe – *wie* schön ist die Welt!
Gestern auch, da kam in der Früh Ihr erster Brief, er war ein bißchen fremd, das macht nichts, dachte ich mir, das kommt von der fremden Luft in Gastein, dem ungewohnten Zimmer, wo sie schreibt, ich nahm mein Rad, fuhr durch den Wald an den Grundelsee, in einer Villa schlug jemand ein paar Tacte Beethoven an, wie das klang durch die stille leuchtende Luft, ich fuhr den See entlang, redete mit Ihnen, schrieb an Sie, dachte an den Brief, da waren auch sehr liebe Sätze, einer über Salzburg, einer über »Ariadne« und soviel Gutes Schönes über Eberhard, über Ihre Freude an ihm – ich saß auf einem Baumstrunk, blätterte in einem Heft der revue française, da war der Name Charles Louis Philippe, das führte wieder zu Ihnen, ich saß, las nicht, dachte, freute mich. – Neulich abends, ein Spaziergang allein, der Mond noch nicht heraußen, alles dunkel, düster, das war noch schöner, unsagbar. Ein solches Herantreten der kleinen Häuser, der einzelnen Bäume an den, der da

umherging. Eine solche Gegenwart und Vergangenheit in der ganzen Landschaft für mich. Eine solche Nähe meiner Jugend, ganz ohne Sehnsucht, ohne jede Sentimentalität. Bin da, lebe, werde sterben – und genau so wird das Dunkel drüben gegen den Dachstein hinliegen – und doch bin ich dem allem verbunden – bin notwendig wie dies alles – von drunten aus der Schlucht irgendwo tönte eine Bauernmusik, alles war da einmal und für immer.

Liebe, mein kleiner Brief gestern war übereilt, hastig, egoistisch. Ich möchte ihn lieber nicht geschrieben haben. Bleiben Sie diese schönen durchstrahlten Tage oben in der reinen Luft. Kommen Sie erst den 16ten, auch wenn Sie gar nicht kommen – wir sehen uns ja im October. Nein, gar nicht – ja auch gar nicht, wenn Sie dafür noch mehrere Tage oben bleiben und wenn ich einen sehr guten, vergnügten Brief von Ottonie D. im Marienbad vorfinde. Ottonie *D.*, natürlich nicht ohne das D, in einigen Briefen der letzten Wochen waren Sie so unachtsam, das D zu vergessen. Auch O. D. S. macht sich sehr hübsch, besonders auf Koffern allerdings. Oder vielleicht bloß D. S. ohne Andeutung des Vornamens! Aber am besten: »Meierhofsverwaltung Hinterhör, Post Raubling, achtungsvoll.« Ja, das wäre die beste Unterschrift!

Ach, es ist alles ganz gleich, wenn Sie nur ein bißchen *leben.* Der Harlekin singt es ja besser als ich es schreiben kann. – Kommen Sie nur *nicht!* – Der Eberhard schrieb mir solch einen treuen rührenden Dankbrief, er macht ja viel zu viel aus mir, menschlich, so bin ich ja gar nicht, ach Gott nein.

Werden Sie nun wirklich gar nicht nach München kommen. (Da werden Sie nur meinem wohlüberlegten Rat gefolgt haben.)

Adieu, Liebe. H.

[Hotel Adlon Berlin W]
Dienstag [19. 9. 1911] 7^h

Denken Sie nur, die Pantomimen sind *wunder*schön, in einer Stunde fahren wir hin, sie zum zweiten Mal sehen, Gretl ist bezaubernd, rührend, alles in einem, von einem unglaublichen inneren Reichtum, war zitternd vor Angst, ich würde alles scheußlich finden, dann natürlich doppelt froh, übermütig, ausgelassen – eigentlich ist *alles* gut, das von Erwin gemachte manchmal ganz traumhaft gut und richtig, alles viel besser, giltiger, überzeugender als im Textbuch, Lili Berger reizend hübsch, der »reiche junge Mann« ein sehr eleganter hübscher Mensch, die Leute die drin sind gehen mit und klatschen, also was war hier? gar nichts, eine flaue Première, nach 5 Wochen weiß das niemand mehr und es wird allmählich ein großer Erfolg, geht über Europa, England, Amerika, die Agenten fühlen das voraus und stellen große Anträge (bis zu 20000 Mark für einen Monat) alle sind zufrieden, ganz überflüssig war die Depesche, die Kopfschmerzen und die Zugverspätung von 25 Minuten!
Hatten heute ein sehr nettes Frühstück, Gretl Erwin Lili Berger, Gerhart Hauptmann, der zufällig hier im Hôtel ist, und der Maler König, morgen sehen wir eine Première im Lessingtheater, fahren Donnerstag abend, sind Freitag früh in Kopenhagen, Hôtel d'Angleterre. So schöne, fast vollkommene Momente sind in diesen Pantomimen, besonders die wo Amor die Psyche vom Tode aufweckt, dann die im Schlafzimmer, wo die Gebundene vorüberstreift, so traumhaft und ganz in sich, wie sehr wünschte ich Sie daher und Gerty sagte: Wenn nur die Ottonie das sehen könnte. Wir haben also etwas Schönes, Gutes, Richtiges, *Mögliches* gemacht, da bin ich sehr froh.
In diesen Momenten, sonderbar, da löste sich ganz dieses Dunkel Quälende furchtbar Beschämende, das seit dem einen Moment in München immerfort auf mir gewesen war und seitdem ist es nicht wiedergekommen. Man soll nie meinen: ein Ding

hat mit dem andern nichts zu tun, es gibt schon ganz geheime, ganz tiefe Zusammenhänge.
Der Erwin wird sehr froh sehr gerührt sein wenn man so gut ist, ihn nach Hinterhör einzuladen, der arme, so entstellte hübsche Bub, und auch die Gretl wird sehr froh sein, und vielleicht tut man es für Anfang October (etwa ab 5ten) dann hat auch die Gerty ihn »gern« und alles ist gut. Seine Adresse: Pension Bruhn Nürnbergerstraße 65.
Adieu, adieu, adieu H.

[Hotel d'Angleterre, Kopenhagen]
Sonntag [24. 9. 1911] abends

Tag aus Tag ein kommt kein guter Bleistiftbrief, hier ebenso wenig wie in Berlin, aber da kam eine kleine gute inhaltsreiche Karte an Gerty mit lieben Worten von sich-wohl-fühlen u.s.f. also bin ich ruhig und zufrieden.
Auch kann ich selbst nicht schreiben, mache den Reisemarschall, damit Papa seine kleine Erholungsreise nett und ordentlich serviert bekommt, bin aber dadurch und den Ortswechsel ganz veräußerlicht, habe nichts im Kopf, der Kopf ist nur ein Gehäuse. Wir haben Kopenhagen absolviert, sind morgen Abend in Berlin, bleiben dort bis zum 29ten, sehen bei Reinhardt »Penthesilea« mit Moissi und Eysoldt (indessen liest jemand in Hinterhör Penthesilea blätternd in den Kleistbriefen und bleibt nahe, ja?) fahren dann nach Bremen, das ganze ist nur ein netter krummer Weg auf Hinterhör zu. Gute Nacht dort H.

26–29ten Berlin: Hôtel Adlon.

[Telegramm] [Berlin, 27. 9. 1911
11 Uhr 30 vormittags]

Ratlos durch anhaltendes Schweigen Getraue mich nicht Besuch dort anzumelden Wäre so dankbar für kurze Depesche Hotel Adlon

[Hotel Adlon Berlin W]
Freitag [29. 9. 1911]

Den kleinen nach Kopenhagen gegangenen Brief kann ich nicht bekommen, werde noch einmal reclamieren. Wir fahren also heute abend nach Bremen Hillmanns Hôtel und bleiben dort, denk ich 4 oder 5 Tage. Rudi hat telegrafiert daß er uns Sonntag in einem befreundeten Hause durch gute Musiker sein neues Quartett will vorspielen lassen. Ist das ein vielseitiges Geschöpf! Wie lieb hab ich das, daß allmählich alle Menschen, die mir was bedeuten, für Sie auch existieren, und daß Sie so lieb und lebhaft an sie denken. Und wie lieb hab ich das französisch lernen. (keine Spur von Affenliebe.)
Eben hat der wunderschöne zwölfjährige Bub von Hauptmann an die Tür geklopft, mir sein Stammbuch gebracht und ich hab ihm meinen Lieblingsspruch hineingeschrieben: The whole man must move at once. Und der Erwin sitzt, während ich hier im Lesezimmer schreibe, draußen in der Halle des Adlon, ganz blaß und angestrengt, und verhandelt mit englischen Agenten, ob die Gretl für einen Monat in London 28 000 Mark bekommen soll oder nur 24 000. Und gestern wollten wir aufs Flugfeld mit Vollmöller, seinen netten kleinen neunzehnjährigen Bruder fliegen sehen, aber da kam schlechtes Wetter und wurde nicht geflogen, statt dessen fuhr man nach dem schönen Japanladen von Wagner, da fand sich ein sehr schöner chinesischer Mantel, der wurde Gretl geschenkt und sie hatte eine kindische Freude. Etwas fabelhaft Hübsches tanzt Gretl jetzt noch *außer*

der Pantomimen, einen ungarischen Tanz, bäurisch, mit hängenden Zöpfen, lustig, sinnlich, froh, ganz reizend, so unbeschreiblich anmutig – das Publicum klatscht wie verrückt, und ich dachte zwanzigmal, bei jeder neuen Bewegung: Ottonie da sein, zuschauen!

Und gestern Abend hatten wir eine sehr nette ruhige Nachtstunde mit Max Reinhardt, ganz allein mit ihm in dem kleinen Theaterrestaurant und machten Pläne Pläne Pläne. Übernächsten Sommer spielen wir in dem antiken Theater Vindonissa bei Zürich, in der Abenddämmerung die Bacchantinnen des Euripides, Gretl führt den Chor, hunderte junger Mädchen mit Fackeln – und wer sieht zu? natürlich! auch wenn Julie findet, das wäre *kein* Grund, nach Zürich zu fahren.

Das Schönste erzähl ich aber erst im Wald. Das war die gestrige Penthesilea – und nicht die Eysoldt. Eine neue, junge Schauspielerin, Mary Dietrich, wie geläufig ist mir heut schon der Name, das ist mehr als Hoffnung, fast schon Erfüllung, eine künftige große Schauspielerin. Das Schönste was aufgetaucht ist seit Moissis Auftauchen, eine wundervolle Partnerin für ihn, die junge Fürstin meiner Prosacomödie, die »Werke« in Jedermann (alternierend mit der Eysoldt) – und was nicht noch alles. Die Eysoldt wird krank, man läßt dem jungen Geschöpf 48 Stunden Zeit, die ungeheure Rolle zu bewältigen, sie weint, will nicht, will doch, steht auf der Bühne, ist jung, schlank, schön von der innerlichsten geistigen Schönheit, spielt, reißt das Haus mit, hat Momente, daß es einem kalt übern Rücken läuft, wird viermal jubelnd herausgerufen, es war sehr schön, dabei zu sein. Ich ging dann an die Bühnentür, sagte ihr, wie gut ich sie gefunden hätte, sie kam heraus, ein ernstes junges Mädchen, der Vater stand da, die Mutter, aus Mecklenburg, vom Gut, hereingefahren, zu spät gekommen, aufgeregt und scheinbar ruhig – was für ein merkwürdiger triumphierender Anfang.

Erwin und Gretl sind ganz entzückt von einem so lieben, so reizenden Brief den sie aus Hinterhör bekommen haben, aber

er kann diesmal wirklich nicht hinkommen, kann nicht, man muß es einsehen.
Auch einen solchen Brief nach Bremen bekommen wird recht sehr gewünscht.
Liebhaben ohne Affenliebe H.

[Neubeuern, 12. 10. 1911]

Liebe Gräfin
vielleicht finden Sie einmal Zeit in Ihrem Stifter zu blättern und mir eine bedeutend kürzere Geschichte als die »Mappe« ist, auszusuchen, und die Ihnen lieb ist. Und dann finden Sie bitte, im »Hochwald« die Ruine, die Fischlein in der Pfanne und schreiben Sie mir auf mit der Handschrift die ich trotz allem sehr leserlich finde und sehr lieb habe.
Mit vielen guten Gedanken, in denen Sie mir ganz ganz nahe sind, so als wäre nur ein bißchen leere Luft und das Ticken einer Uhr zwischen uns in einem gemütlichen Zimmer und draußen eine Herbstlandschaft, in der man sehr glücklich ist, –

Ihr H.

[Rodaun] Freitag [20. 10. 1911] abend

Mir ist Sie sind in München und dieser Brief wird liegen bleiben. Vielleicht ist es auch nicht so. – Der Übergang war dieses Mal für mich unendlich leicht. Man fuhr und am nächsten Morgen war hier ganz das gleiche leuchtend zart eingeschleierte Wetter, ganz die gleiche kühle Wärme, langsam zehrt der Herbst den in ihn hineingefallenen Frühling auf, dann wird mit einem Schlag Winter sein, hier wie dort. Die Entfernung zwischen hier und Hinterhör ist ja nichts reales, bestimmtes; diesmal erscheint sie ganz klein. Wäre nicht irgend etwas – das nicht drückt – sozusagen zufällig im Wege, so würde man Hinterhör von hier aus mit dem Rad in 1½ Stunden erreichen; ist

dann die Straße vereist, zu Pferd in 2½ Stunden: man könnte es nicht alle Tage machen, aber leicht 2 Mal die Woche.
Alles war heute leicht. Es wurde mir leicht, an Max Reinhardt zu schreiben und ich konnte schreiben, wie ich wollte. In München sahen wir Behn. Ich verstand aus seinem Ton und seinem Gesicht vieles in ihm (ohne direct mit ihm zu sprechen) vieles Brüchige, Gefährliche, Gefährdete. Ich verstehe auch ganz gut, wodurch ihm Gerty so wohl tut. Verstand auch plötzlich, warum ich niemals eifersüchtig sein könnte – auch wenn sie sich so jemanden ganz gäbe. Es ist darum: weil alles in ihr – ihr selbst unbewußt – darauf ausgeht, wohl zu tun.
Nachher dann – Behn mußte irgendwen sehen, anscheinend eine Frau – machten wir viel Spaß zu dreien. Ich nahm bei Bernheimer eine wunderschöne blaue chinesische Seidendecke mit, Mädi wollte wissen, wozu ich sie brauchte, auf einen Tisch, ein Bett – ich brauche sie aber wirklich nicht, fand sie halt sehr schön, nahm sie mit, sagte zu Mädi: ich brauche sie für Reisen, wenn man mit einer Freundin in einem kleinen häßlichen Hotelzimmer übernachtet in Nordhausen oder Bebra oder Sangerhausen oder Probstzella, da muß man so eine Decke mithaben. Mädi sagte, da müßte ich unter meinen Freundinnen erst eine aussuchen mit der richtigen Haarfarbe für das starke helle Blau dieser Decke, da sagte Gerty das wäre nicht schwer, ich hätte welche von allen Haarfarben, in vielen Städten von Deutschland verteilt. Da sagte Mädi gleich, ja das glaube sie gern und sie glaubte auch, daß ich in alle verliebt sei, das sei sonderbar genug von mir. Da sagte ich: Ja natürlich, in alle zugleich so wie in euch beide zugleich, da seht ihr ja, daß das *zugleich* sehr gut geht. Da lachten sie beide und waren beide sehr reizend.
Mir ist das alles aber so rätselhaft, ich kann gar nicht auf den Grund von dem allen kommen, ist das eigentlich alles beinahe wahr oder gar nicht wahr? wer bin ich denn eigentlich? und wie komme ich zu dem allem? und mach ich mir was draus oder nicht? Was für eine Wirtschaft! Jedenfalls hab ich eine reizende

Frau und eine entzückende Freundin. Die kann ich diesmal sehen, so deutlich, hab sie nicht verloren, seh sie laufen und stehen, müd werden, sich lehnen, aufspringen, wild herumfahren, hab sie lieb, mit Angst und mit Freude, mit Lachen und mit ernsten Blicken, wunschlos und mit ein bißl Wünschen, aber immer *leicht*, was nicht leicht ist tut ihr weh. Hab sie halt schon sehr lieb, die.

Gute Nacht H.

Und die andern, außer diesen zwei, das wird wohl Spielerei sein. Beziehungen zu Männern sind übrigens gerade so rätselhaft.

[Rodaun] Mittwoch. 7^h abends 25. 10. [1911]

Das scheußliche »Schimpfen« kommt also in einem Brief auch wieder, in meinem Gedächtnis kommt es auch wieder, namentlich in schlechten Momenten in ganz starrer quälender Weise, wahrscheinlich wäre es ganz unerträglich (solche Sachen können in meinem Kopf zu einer ganz *ausfüllenden* Qual werden) – wenn nicht etwas Kleines wirklich Komisches damit verknüpft wäre. Nämlich gleich nach dem ersten bösen Satz dachte ich in mir ganz deutlich: »Sonderbar, daß sie gesagt hat, es ist ihr alles ganz gleichgiltig von mir, – *mir* wäre so etwas sehr zuwider, aber sie hat halt gesagt, es geniert sie nicht« so ging es also weiter, dieses etwas heftige Sich-deutlich-machen eines symbolischen Gegensatzes zwischen Beethoven und Gesprächen über Einkommenssteuer-schwindel – als Sie mich dann endlich coupierten, war ich ganz erschrocken, und verwundert, aber gewissermaßen auch befriedigt. Jetzt wird es aber natürlich nie wieder vorkommen. Über die Sache mit den Briefen (die in N. aus der Mappe gefallen waren, eine Unordnung, die hier nie vorkommt) hab ich mündlich, d. h. heute nacht zwischen 2 und 3 übermäßig ausführlich geantwortet (in gedachten Briefzeilen) und möchte es nicht wiederholen, es

strengt so an. (Ich versuche jetzt aus meinen Tagen das möglichste zu machen, es sind sehr ruhige Stunden, besonders abends, ich lese schwerere Bücher, abwechselnd, darunter den Homer in beiden Übersetzungen mit Aufmerksamkeit u.s.f. – Gretl hat auch ein ernstes, strenges Leben jetzt, erzählte Erwin, das tägliche Tanzen vor einer Horde von Spießbürgern ist doch sehr hart, manchmal ist ihr als müßte sie durch einen finsteren Berg hindurch, so wars der St. Denis auch; sie liegt lang im Bett, ist dann recht mürrisch, geht ins Theater, weint beim Schminken, tanzt dann sehr gut und geht ins Bett u.s.f. London wird erträglicher sein als Dresden und im Februar wird sie eine Pause machen.)
Im Leseplan ist als zweites Stück von Shakespeare As you like it einzusetzen, an Stelle von Winter's Tale; das ist so unbeschreiblich zart, leicht und munter.
Hebbels Tagebücher sind mit dem Shakespeare auf dem Wege. Hiemit ist ein Versuchen zu machen. Belastet es, wirkt es als a bulk (ähnlich wie der César Birotteau) so werden Sie sogleich aufhören und es mir schreiben. Doch erwarte ich eher das Gegenteil, ähnlich wie bei Lenaus Briefen. Daß man die Werke von Hebbel kenne, ist nicht vorausgesetzt, die Lectüre dieses mit nichts zu vergleichenden Tagebuches wäre noch merkwürdiger, wenn dieser dunkle Mensch irgend einmal seine Werke, in die er die Geheimnisse seines Lebens versperrt hat, alle verbrannt hätte und nur dieses Tagebuch mit den Brieffragmenten übrig geblieben wäre. Ertragen Sie das Tagebuch, so ist viel gewonnen. Es ist ein Spiegel, aus dem ein einziges Gesicht Sie ansieht, zugleich aber auch die ganze Welt. Können Sie das Gesicht nicht ertragen, so legen Sie den Spiegel weg. – Läse man Hebbels Tagebücher und die Jugendgeschichte des Lucien Rubempré (Illusions perdues) nebeneinander so ergäbe sich ein merkwürdiger Parallelismus und das Aroma der wichtigsten Decennien des XIX. Jahrhunderts: 1830, 1840.
Ich muß heute noch verschiedenes schreiben, muß also aufhö-

ren. Briefe, in denen vom Liebhaben nicht die Rede ist, sind nicht ohne Gefühl geschrieben. – Lieb-haben ist Erkennen, wahres Gewahr-werden des anderen Wesens; in diesen Tagen wieder sehr lebhaft empfunden.

Gute Nacht H

Ist der Band Gräf gefunden worden??

[Rodaun] Mittwoch den 1ten [11. 1911] abends

Die Abende sind lange und still und gut. Wenn unten die Kinder zur Ruhe sind, kann man in einem schweren Buch lesen, versuchen sich höheren und reineren geistigen Erkenntnissen anzunähern. Es ist ein Vorwärtskommen, langsam und unsicher, beglückend zuweilen – dann wieder ein Zurückrutschen wie auf Geröll. Erstaunlich schwach ist mein Kopf im Aufnehmen mancher Dinge; aber ich weiß wo das Rechte liegt und lasse nicht nach. In Jahren ergibt sich auch hier ein Gewinn. Platon und Kant, diese beiden Namen umschließen alles, was ich mir anzueignen strebe. Wie ein erstrebter Besitz dieser Art sich den Intimsten eigener kaum faßlicher Erkenntnisse einordnet – schon im vorhinein verwandt anspricht – das bin ich auszusprechen oder auch nur auszudenken nicht vermögend.

Vorgestern abend wollte ich so gern an Sie schreiben. Fast fühlte ich Sie hier in diesem blauen Zimmer wohnen, hörte Sie die Treppe hinaufkommen. Aber es ist manchmal geboten, das Schwerere und Unliebere zu tun und so schrieb ich an Julie. Hoffentlich war es der richtige Brief. Ein Brief ist eine Kleinigkeit, aber ganz belanglos ist ja kein ausgesprochenes Wort und alles wird, so oder so, zum Glied in einer Kette. Ich schrieb – an Sie denkend, aber auch an die andere und ohne Gezwungenheit. Hier liegt ein Schweres für die nächste Zeit. Nicht wahr, wir fühlen beide im voraus, daß es zu überwinden sein wird?

Sie haben jedesmal den Weg von Hinterhör ins Schloß, um sich zu erinnern, daß ein unglückliches Leben und heftige Zuneigung zu Ihnen die Ursache von allem sind, was jetzt gesagt werden und Ihre Geduld auf die Probe stellen könnte. Sie müssen immer die Gütigere bleiben, weil Sie die Stärkere sind, und fast hätte ich gesagt die Glücklichere, jedenfalls die minder Arme. – Ich bin unglücklich, dies alles nicht gescheidter, wärmer und mehr so, *daß* es hilft, sagen zu können. Vorgestern war mein Kopf besser! – Sonntag war er dumm, ich wollte ihn besser haben, fuhr allein in die Stadt in die Oper, nahm mir einen Ecksitz hinten im Parkett (man spielte den »fliegenden Holländer«) achtete eigentlich auf niemand und nichts und konnte plötzlich die Handlung der »Frau ohne Schatten« wunderschön vor mir abspinnen, und hatte manche Intimität mit den Figuren, die mir früher gefehlt hatten.
Die kleine Mädi! Immer dieses Vibrieren des ganzen kleinen Apparates, immer ein zu starker Ausschlagswinkel. Ob ich ihr gelegentlich nach Bredeney schreibe oder besser nicht? Die Nurse frägt das baby um Rat. Das baby kann deutsch oder englisch antworten. Man kann immer englisch schreiben wenn man will. Es defiguriert gar nicht das Gesicht, das man vor sich sieht, merkwürdigerweise. Auch die Carolin nimmts nicht weiter übel, sie hat jetzt ohnehin so wenig Zeit, daß sie die Briefe nicht genau durchlesen kann.
Gute Nacht. H.

P.S. Kann sein, daß von Wien aus noch etwas ohne Ihren Vornamen abgeschickt wurde. Vielleicht haben Sie daran gedacht, das Postamt Neubeuern zu avertieren, daß solche Sendungen aus Österreich Sie angehen und nicht das Schloß.

[2.] *P.S.* Eben kommt ein Brieferl aus München. Was bedeutet »Ganz die Ihre« – es nimmt sich ein wenig fremd aus, gerade weil es so *viel* sagt, mehr als man sagen wollte oder sollte – ist halt eine Münchener Unterschrift, keine Hinterhörer. Ob der

Reiher schön gespielt hat? Und ein so lieber Brief von Eberhard! wie schön. Guten Morgen heute. H.

Rodaun, Samstag 4ten 11. [1911]

Jetzt hat also abermals ein so lieber guter schöner Brief ganz gleich in viel kleine Stückerln zerrissen und weggethan werden müssen und kann nun kein zweites Mal mehr gelesen werden, und das alles weil er wieder diese drei ganz unglückseligen ganz unbegreiflichen drei Worte »Ganz die Ihre« am Ende hatte. Wie kommen nur diese Worte an dieser Stelle in diese Feder? (In den Bleistift kommen sie nämlich nie.) »Ganz der Ihre« sehr gut paßt das, wenn ich an Gersdorff schreibe, da will ich mirs sogar angewöhnen, es ist genau die richtige Formel für dieses freundliche, auf gegenseitige Achtung gegründete Verhältnis; auch auf den Brief einer Landratsgattin an einen nicht nahe bekannten aber sehr achtenswerten älteren Rittergutsbesitzer muß es sich vortrefflich machen. Am Ende eines Briefes von Ihnen an mich kann ich sie wirklich weder sehen noch verstehen; nein das kann niemand verstehen! Da hört sich alles auf! Da versteht die nurse das baby nicht, nicht der Reisende das thüringische Fräulein, nicht der Dichter die Dame Hinterhör, nicht der Freund die Freundin und überhaupt niemand niemanden! Fragen Sie einmal beim ersten Frühstück – nein vielleicht lieber beim Nachmittagsthee – Mary, ob sie jemanden einen Kuß geben würde – dem sie dann auf Briefe schreibt »Ganz Die IHRE« oder umgekehrt: ob sie jemanden, dem sie ..., dann auch je... einen Kuß geben würde. Ganz theoretisch, beim Nachmittagsthee. Nein, würde sie sagen, die wunderbare fast vollkommene Mary, die so engelhaft schöne Dinge über Hühnerstiegen und deren Urheber zu sagen weiß. Nein! würde Mechtild sagen, Nein! würde Helenchen sagen, Nein! würde Annette sagen, Nein! würde Mädi sagen, Nein! würde Clärchen, nein würde Lina, nein würde Magda! nein würden all meine entzückenden, jede zu einer chinesischen Seidendecke passenden blonden, braunen oder bunthaarigen Freundinnen sagen. Und ganz allein und beschämt würde die Dame Hinterhör dastehen, müßte ihre vielen wirklich braunen Haare aufmachen, um sich darunter zu verstecken, müßte sich in die ganz blau-blaue neueste Decke mit weißen Paradiesvögeln wickeln und sich in die Hühnerstiege verkriechen. Da ist aber sehr die Frage ob das Huhn Goethe und das Huhn Stifter und alle diese wohlgefiederten Hühner einen solchen Eindringling unter sich dulden würden, ob sie nicht bös und unduldsam gackern würden: »Ganz die Ihre, werte Dame! Ganz die Ihre. Ganz die Ihre!« Denn für einen *solchen* Stil lassen sich diese herrlichen Hühner ihre Federn nicht ausrupfen – also Adieu, was ist das überhaupt für ein Brief, wenn man solche Eil hat, an Gersdorff noch schreiben muß, an Strauss und auf die Bahn muß und bei der Yella mit Bruckmanns essen muß!

Ganz der Ihre H.

[Rodaun] 9. 11. [1911] abends

Liebe, so nah in Gedanken, alles so leicht hinzusagen, anzuknüpfen, zu erwidern, und so weit der Weg aus den Gedanken aufs Papier. Dann ists auf dem Papier nie das zuerst gesagte, sondern etwas Wiederholtes. Ich sage nichts – alles *hab* ich schon gesagt. Gestern abend, wir waren zusammen im Theater, Gerty auch mit, ein leichtes Stück gut gespielt von hübschen geschickten Menschen, Sie hatten viel Freude dran und ich Freude an Ihrer Freude, nachts dann zuhause vor dem Gutenacht-sagen sagte ich zu Ihnen: das ist nun schon zum zweiten Mal ausgesprochen, daß es Ihnen lieber wäre, ich zerrisse die Briefe statt sie aufzuheben – also ist es wirklich so und Sie wünschen sichs, und wenn Sie sichs wünschen und wenn es ein wohltuendes Gefühl, wie wäre es dann möglich, daß ich es

nicht täte – also hab ichs beim letzten schon sogleich getan und ebenso mit den paar vorigen, die mir nahe zur Hand waren, und werde es nun mit jedem so tun, und auch demnächst die früheren alle zusammen verbrennen. Es ist mir nicht um Ihre Briefe sondern, daß Sie soweit es an mir liegt, das haben sollen, was Sie sich wünschen. –
Heute den Tag über waren Sie dann auch wieder da. Ein kurzer aber guter Brief von Schröder war da, ein rührender Brief nachts um drei geschrieben, daß ich nur ja nicht auf Nachricht warten sollte, von Gersdorff. Sie nahmen nach dem Frühstück die zwei Briefe mit, legten Sie in Ihr Buch, sie durchzulesen. Zu Tisch war der kleine Mell da, er gefiel Ihnen gut, er ist überarbeitet jetzt, blaß und angestrengt, der Tod des armen jungen Bruders hängt ihm auch sehr nach, Sie gingen dann mit ihm spazieren, er war sehr froh drüber, indessen schrieb ich an Georg Franckenstein, auf den die große Ferne, das Einsamsein recht sehr drückt, Gerty hatte einen Brief von Erwin bekommen, dann fuhr der Mell in die Stadt hinein, wir blieben in meinem Zimmer zusammen sitzen, der frühe Abend fiel ein – ach was Unsinn, Sie sind in Hinterhör und ich bin hier aber ich hab Sie recht lieb.
Vom Jedermann ist die erste Probe (Arrangierprobe) auf diesen Freitag angesetzt – ich hab Sie sehr lieb, Ottonie, natürlich können Sie es nicht fühlen – das schrieb der gute Gersdorff in aller Eile, daraus folgt aber nicht unbedingt, daß es *vor* Weihnachten herauskommt, weil Reinhardt jetzt drei Sachen auf einmal vorbereiten muß – sehr lieb, aber was geht Sie das schließlich an, auch liegt es in Ihrem Wesen, daß Sie sich wünschen müssen, zu lieben, nicht wie die meisten Frauen, geliebt zu werden – möglicherweise zieht es sich auch in den Januar hinaus, dann ist zu fürchten, es verdirbt mir die lieben Tage, ich muß am Ende schnell wieder von Neubeuern fort – ja ich hab Sie sehr lieb – wieso dämmerte es Ihnen auf als die Hühnerstiege dastand, gerne würde ich nun noch mehrere Hühnerstiegen schicken, aber dann verscherze ich mir Marys Huld – auch

von Annette, richtig war heute morgen ein sehr netter Brief da – und so nett, so gut, so lieb waren die drei Worte --- gemeint, nie hätte ich mir das träumen lassen, meinte ganz gedankenlos formelhaft hingeschrieben, wie dies: Gute Nacht, meine Freundin.
Das kann ich nicht leiden, wenn ihr Leute den Inselalmanach schenken der hier schon für sie liegt mit einem O. D. darin und so!

R. 16 11. [1911]

Liebe Gräfin
in diesen Tagen trifft bei Ihnen die Sendung einer Wiener Kunsthandlung ein, enthaltend ein paar farbige Lithographien, die für babys Zimmer geeignet schienen. Die Bestellung geschah vor 4 oder 5 Tagen, also zu einem Zeitpunkt, wo das Ausbleiben eines Briefes von Ihnen noch nicht so interpretiert werden konnte wie es jetzt verstanden werden muß.
Es ist mir natürlich sehr peinlich, daß gerade im gegenwärtigen Moment durch eine an sich belanglose Sendung der Anschein erweckt werden muß, als sollte Ihnen die Erinnerung an mich aufgedrängt werden. Ich bitte Sie jedenfalls, die Sendung gänzlich unbeachtet zu lassen.

Ihr Hofmannsthal

Rodaun Dienstag [21. 11. 1911]
in Eile, weil abreisend

Wir wollen jetzt nicht mehr über das reden, Mißverständnis war es keins, sondern die Annahme, es wäre etwas immerhin *Mögliches* wieder eingetreten, das gleiche völlige Sich-absondern wie damals im September – und eine Art von Verzweiflung darüber, das Gefühl dies nicht ertragen zu können, wenn es öfter käme, dies Hineingreifen eines feindlichen, Ihrem Willen entzogenen, wodurch alles zwischen uns aufgehoben wird.

Die weitere unglückliche Verkettung der Umstände können Sie ja natürlich nicht ahnen, daß ich eine Arbeit zu liefern versprochen hatte, sie also machen mußte, während dieser Tage des qualvollen Wartens keine Zeile davon machen konnte (nicht einmal lesen) – indessen wider Erwarten die Proben für Jedermann anfingen und ich dadurch die 4 oder 5 ersten, die sehr wichtig sind, versäume. Aber nicht wahr, Ottonie, mit Willen werden Sie das nie nie wieder tun, daß Sie einen am 11ten geschriebenen Brief bis zum 17ten liegen lassen!

Das unglücklichste war, daß Sie mitten während dieser Zeit eine kleine trockene Karte an Gerty schrieben, wodurch die *Hoffnung*, Sie könnten vielleicht krank sein, aufgehoben und ein Anfragen meinerseits ganz unmöglich gemacht wurde. – Hören Sie, Ottonie, wenn Sie *doch* nach Berlin kommen könnten, auf einen Sprung, für die letzten Proben und die Première, *wie* schön wäre das! Ich habe Julie eingeladen, wie verständlich müßte es ihr sein, wenn Sie hinführen! Angeblich können Sie ja doch von Eberhard eingeladen sein! Ich hätte ja so so viel Freude. Und ich würde alles so machen, daß es Sie nicht anstrengt. Aber dann *bald*. Gerty kommt erst vor der Generalprobe, etwa am 29ten. Nur in einem Fall möchte ich es nicht: wenn dadurch das hin kommen im Februar und die Reise nach Staßfurth unmöglich würde!!

Adieu. H.

[Hinterhör, Station Raubling, Oberbayern]
23. 11. 11.

Etwas müd bin ich und da fürcht' ich fast, es wäre besser, ich schriebe nicht und doch möcht' ich gern.

Ich bin manchmal so rasend langsam, verzweiflungsvollst sogar. Denken Sie nur, erst seit gestern realisiere ich überhaupt, was Ihre Reise nach Berlin meint. Eine Première, eine wirk-

liche Première und da sollte ich wieder nicht dabei sein, mir scheint dies unmöglich. –
Jetzt haben Sie all die entsetzlichen ersten Proben zu überwinden, da Ihnen alles auf der Bühne so fremd entgegen tönen wird, aber dann wird es täglich besser, reifer und schöner ich wäre so namenlos gern dabei. –
Ich bin *recht sehr* traurig, Ihnen solche grauenhafte, schauderhafte Woche bereitet zu haben, *nie nie* wieder darf dies vorkommen. Ich ahnte nicht, daß ein Stillschweigen von mir solche Effekte haben könnte und ich hab Sie doch viel zu gern, um Ihnen mit irgend etwas weh zu tun. Ich hab Sie wirklich so gern, möcht' so gern Sie entweder (grad jetzt) hier haben oder bei Ihnen sein, dann wäre ich gewiß auch nicht mehr müd.
Heute kamen die reizenden Bilder für Marie-Therese, haben Sie tausend Dank dafür, das Kind ist selig in seinem neuen Besitz. Die Mutter dazu gerührt über das liebe Gedenken eines reizenden Augenblickes an unserem schönen Morgen in Hinterhör. –
Jetzt versuche ich Sie zu sehen im Adlon, aus dem ich schon so liebe Briefles bekommen habe, aber ganz gelingt es nicht. Ob Sie viele Menschen permanent sehen müssen? oder ob die wenigen Minuten die Sie allein sind, Ihnen gehören.
Gute Nacht, in me is such a yearning for you.

Ottonie

[Hinterhör, Station Raubling, Oberbayern]
24. 11. 11.

I am so happy! *We are* really coming! Also am 30ten morgens werden zwei Neubeurer Damen landen. Julie hat sich ganz von selbst, *ohne* ein Wort von mir, entschlossen nach Berlin zu fahren und mich einzuladen. Ist das nicht reizend! Ich bin selig. Sie wollte nur auf einen Tag hin, aber ich habe sie gebe-

ten, wenigstens schon am 30ten dort zu sein. Wollen Sie uns also bitte zwei Zimmer im Adlon bestellen.
[...]
Ich bin in großer Eile, damit der Brief fort kann.
Viel viel Liebes Ihre Ottonie

[Hotel Adlon Berlin W]
Samstag [25. 11. 1911] 7h abends

Von so weit her kommen jetzt immer Ihre Briefe, so ganz weit her, so fremd sind sie einer nach dem andern. Ich bin sehr traurig.
Wir proben den ganzen Tag. Ich weiß nicht, wie es wird. Vielleicht gehts halt auch ganz schief –. Vielleicht ist der Raum zu groß. Jetzt kann man nicht mehr zurück. Morgen probieren wir auch. Dienstag und Mittwoch werden auch die Nächte dazu genommen werden, für den Aufbau, die Beleuchtung, das Technische. – Theater!
Jetzt muß ich an die kleine Schwartz denken, die um einen Kuß an den alten Portier ins Sondershausener Theater lief. Die hab ich recht lieb. Aber wo ist sie denn? Wo sind Sie denn, Ottonie?
Denken Sie, daß Kessler hier ist. Reinhardt sprach gestern abend mit ihm. Seit Monaten hab ich ihm nicht geschrieben, konnte nicht. Nun wird er erfahren daß ich da bin, wird womöglich den Tag vor meiner Première abreisen, das ist auch traurig.
Und nun will man Sie, aus unberechenbarer Laune, für 24 Stunden hierherschleppen. Ob das der Mühe wert ist? Wenn ich die drei Nächte denke, die Sie elend schlafen, Ihr müdes Gesicht – und daß ich daran Schuld bin, so ist mirs gräßlich. Ein Einander-sehen ist das ja nicht, in dieser Form. Aber Ihnen schien es Freude zu machen – so etwas stand in dem Brief. Mir ist als hätt ich den Brief vor Monaten gelesen. Die 2 Zimmer hab ich bestellt. Die Plätze werd ich reservieren lassen. Man

kann ja beides auch noch in letzter Stunde telegraphisch abbestellen.
Ob Sie Mitleid mit mir haben könnten, wenn ich sehr traurig bin. Vielleicht auch nicht, dazu haben Sie vielleicht zu Schweres, zu Wirkliches erlebt. – Ich wollte andere Bilder für das Baby. Bitte diese *nicht* rahmen lassen. Dies gleich verbrennen, ich schicke es ab statt Schweigen.

H.

[Hotel Adlon Berlin W]
Samstag [25. 11. 1911] 7^h

Liebe, ich glaube ich habe vor einer Stunde einen ganz häßlichen Brief an Sie geschrieben. Werfen Sie ihn gleich weg, womöglich ungelesen, wenn Ihnen dieser zuerst in die Hände fällt. Ich habe eben Ihren heutigen Brief wieder gefunden und nochmals gelesen, es sind am Ende ein paar so liebe gute englische Worte, ich konnte Sie auf einmal so *fühlen*.
Ich werde jetzt an Kessler ein paar Zeilen schreiben um das ganz Unmögliche bei einer Begegnung wegzuräumen. Bekomme nun schon mehrere ganz rührende Briefe von Eberhard. Adieu! Auf so bald – wirklich?

H.

[Hotel Adlon Berlin W]

Gute Nacht, Ottonie, der Brief war so rührend gut und lieb, diesmal bin ich der Gerührte.
Gerty sagte, ich hätte so wenig tactvoll heute morgen über die geklagt die mir Billets zum Besorgen anhängen und Sie könnten gemeint haben, es ginge auf Sie. Glauben Sie wirklich daß es mich beschwert hat, für Sie ein Billet zu bestellen, deren Gegenwart mir die aller größte liebste Freude ist? –

Gute Nacht – wie gern würde ich mit diesem Billet noch an Ihre Tür klopfen, trau mich aber nicht wegen Julie, das Zimmer ist genau so dumm gelegen wie Ihres in Neubeuern!
Gute Nacht also, zum dritten Mal. H

[Rodaun bei Wien]
Freitag [15. 12. 1911]

Vielleicht erkennen Sie meine Schriftzüge gerad noch. Ich hab eben einen Zug nach Wien versäumt, dadurch bleibt mir eine halbe Stunde. Heute hab ich geschlafen, die drei letzten Nächte gar nicht, da kam wohl das Übertane von Berlin heraus, auch ist jetzt so unsagbar viel brieflich zu bestimmen, täglich 15–20 Briefe, dazu Schwierigkeiten, die Ariadne bei Reinhardt herauszubringen, aufgeregte Depeschen zwischen Berlin – London hin und her, alles überstürzt, unnötig heftig, ich stehe mitten dazwischen, hoffe wohl alles auszugleichen, möchte aber so gern mein bißchen Ruhe, ruhig hier sitzen, nur 6–8 Wochen Ruhe, an was denken können – es wird ja wieder kommen, gestern war ich so müd, die Gedanken so unaufhaltsam gehetzt und dabei wesenlos, gespenstisch, daß ich mich mitten am Tag ins Bett legte, bis Abend liegen blieb, las auch Ihren Brief im Bett. Erkältet ist man natürlich auch alberner Weise. Dazu ein grauenhaftes finsteres Nebelwetter. Aber jetzt genug geschimpft. Die Gretl ist doch wirklich eine charmante Person, es ist nett, daß man sie jetzt wieder hier hat. Wundervoll ist ihr Schwung. Wenn mir morgen ein bißl besser ist gehen wir mit ihr und Erwin in ein Theater. Da heißt's dann immer: Wenn doch die *Ottonie* da wäre! Auch Kassner macht einem viel Freude. Sie müssen ihn bald sehen. – Wundervoll war die 2te Aufführung von Jedermann, gerade heut vor 8 Tagen. Menschen wie Strauss, das ganze Gesicht von Tränen überströmt, das hätte ich nie gedacht. Auch van de Velde so ergriffen und so bedingungslos zufrieden, das freute mich sehr. Was für ein wohltuender Mensch! – Aber nicht wahr, ich bekomme zu Weihnachten geschenkt daß Sie ihn nicht mehr Henry nennen wenn Sie zu Dritten von ihm sprechen (direct zu ihm dürfen Sie es natürlich sagen) es ist kein Platz für die 37 Gründe, aber *bitte* schenken Sie mirs! Ich weiß, Sie werdens auch tun, gelegentliche Zerstreutheit abgerechnet. Ein so hübscher Name van de Velde! Und so gräßlich schon der Klang dieses *Henry* Sondershausner französisch mitten in deutschen Sätzen! und überhaupt! Wie ein Reformkleid wirkt es, wie eine Tuerei! Könnte auch nicht leiden, wenn Sie *mich Hugo rufen* täten! Sind so exaltierte Sachen!

Ihr H.

[Rodaun bei Wien]
Montag [18. 12. 1911]

Ich fürchte sehr, infolge übermüdeten Kopfes einen dummen kleinen Weihnachtswunsch betreffend des Wortes Henry in ungeschickter, Sie ärgernder Weise vorgebracht zu haben, bin aber zu abgespannt, mich in richtiger Weise dafür zu entschuldigen. Bitte verzeihen Sie es also und betrachten es als non-avenu, bis wir einmal davon zu sprechen die Gelegenheit haben. Für heute bitte nur 2 Sachen abtun zu dürfen, weil mir alles nicht-erledigte nachts in der quälendsten Weise wiederkommt. Behn declariert sich als eher schüchtern und empfindlich und würde, trotz dringenden Wunsches, nach Weihnachten nicht ohne specielle nochmalige Einladung erscheinen (was ich ganz richtig finde); wären Sie so gut dies an Julie W. zu übermitteln oder wünschen Sie, daß ich ihr direct darüber schreibe? (Er wohnt Mandelstraße 8) Ferner: meine Karten, für Keszycki wurden bestimmt vom Hôtel aus leider verbummelt, ich bemerkte es erst im Moment des Abreisens. Es ist mir *unendlich* peinlich, daß der alte Herr mich nun für unartig halten muß! Würden Sie es auf sich nehmen – ihm schreiben

(Kurfürstendamm 47) daß Sie diese Karten von mir übernommen und das Absenden vergessen hätten! Ich wäre Ihnen sehr dankbar.
Ich füge nichts persönliches hinzu, weil ich nicht die Kraft habe, meine Gedanken länger als eine Secunde auf Sie zu concentrieren. Freu mich so auf Neubeuern und ein bißchen *Ruhe*.

Ihr Hofmannsthal.

[Schloß Neubeuern a/Inn]
[31.12.1911]

Sind Sie nicht da, ist das Haus so leer – *wie* leer wars vor einem Jahr, da waren Sie ins finstere gefahren, nach Warthausen, ganz ins Dunkel, – ich war da. Wie *freundlich* leer ists heute, ich fand den Musset im Billardzimmer, trug ihn hinauf zu Ihnen, wie glücklich war ich da in dem leeren Zimmer, ich hätte den Tisch oder die Türpfosten küssen können – ich hab Sie halt sehr lieb. Diesmal kommt das Gefühl Ihrer Gegenwart so stark über mich, dafür bin ich so dankbar – die Gegenwart ohne das Gefühl ist so dumpf, das Gefühl ohne die lebendige Nähe so sehnlich – jetzt bin ich hier und darf Sie so oft sehen, so entzükkend bis ins Herz ist das Näher kommen Ihrer Schritte – man fragt: wer ist das? aber man weiß es schon vorher – daß ich Sie lieb hab, ist nicht eben gar so viel – ich – wer ist das eigentlich? Der Behn macht eine Büste mit einem Gesicht – das soll der Ich sein, und die Ottonie hat in Berlin auf einem Hotelcorridor einen häßlichen Zornigen gesehen, das soll auch der Ich gewesen sein, ich weiß nichts nichts rechtes von diesem Ich – aber *es* hat Sie halt recht sehr lieb, das schreib ich immer wenn ich an diesem Schreibtisch an Sie schreib und das wünsch ich Ihnen halt zum neuen Jahr.
Ihr Bekannter, vielleicht auch Unbekannter.

[Schloß Neubeuern a/Inn]
[31. 12. 1911]

Ich bin so unsäglich froh und glücklich. Ich bin Ihnen so über alle Worte hinaus dankbar. Es ist wie wenn nach namenlos finsteren Stunden der Himmel wieder aufginge. Ich möchte so vieles sagen – noch fürchte ich mich vor den Worten, aber das ist nur weil ich Sie nicht sehe.

Wien, Samstag [13. 1. 1912] morgens
(vor dem Hinausfahren nach Rodaun)

Wie leicht ist's getrennt zu sein, solang man sich noch so nahe fühlt – so beschenkt, so glücklich im Nachgefühl so vieler vieler guter Stunden. – Die Fahrt war leicht und schnell als wärs gar nichts, schwätzte mit Gerty, die ist schon auch eine herzige Freundin, so lieb hab ich wie sie von Ihnen spricht, so unbedingt lieb-habend und verstehend und gegenüber allem ganz ohne Grenzen, ohne Wissen-wollen – aber ohne die leiseste Einschränkung bis in die tiefsten Tiefen hinunter wie lauteres Quellwasser – und das alles ohne jeden effort, wie alles bei ihr nur Instinct ist und niemals nur die Ahnung von »Verdienst« dabei, »Verdienst« hat ja immer ein Geschmäckl – kurz wir sind schon komische Leut alle miteinander, kamen dann so frisch und unermüdet aus der Eisenbahn, viel frischer als von Rosenheim bis München – (*so* leicht und frisch wird »man« einmal mit diesem Zug nach Wien gefahren kommen) – und weil der Erwin und die Gretl doch gar so nah wohnen, gingen wir noch auf eine Stunde hin, fanden Gretl schwimmend im Wiener Erfolg, alles zu ihren Füßen, in ihrer Garderobe stolpert man über begeisterte Erzherzoginnen, sie ist froh und übermütig *wie die* Möglichkeit, und wir engagierten beide *fest* für Mai – Rom und für Aussee anschließend an Salzburg, das heißt auch Sie kommen anschließend an Salzburg am 25ten oder 26ten Juli – jetzt mieten wir das Haus wie lieb hab ich das Alles, jetzt ist halt meine »Jugend« einmal mußte sie doch kommen, nicht. Ich bin schon wirklich recht sehr der *Ihre*

H.

in der Stadt Mittwoch [17. 1. 1912]

So schön und lieb und gut ist solch ein Brief, Christiane kam in die Stadt, brachte mir ihn mit, mit vielen andern, da muß ich gleich danken, find nichts als dieses erbärmliche Kartel. – Möchte so viel sagen! Freu mich so, wenn der Kassner mit Freude von Neubeuern und den Frauen spricht. Jetzt hab ich die Besprechung in Dresden auf den 18ten gesetzt, kann dann entweder »warten« oder für 2 Tage zu Nostitzens fahren – es ist so schön zu denken: man sieht sich im Februar im April im Juli im August, im October u.s.f. in infinitum. Lesezettel nachts bedacht, freue mich mehr als ich sagen kann daß illusions perdues nicht versagen. Mit viel Liebe

H.

Montag [22. 1. 1912] abends

Ist es zu denken, daß vier, fünf Tage so hingehen, zehnmal ist einem ein Brief so nahe, viele Sätze, man trägt sie innerlich, will sie einfach aufschreiben, dann kommt etwas, das muß gleich geschrieben sein, dann wieder was, man geht gar nicht ins Freie, schiebt einen Besuch beim kranken Pfarrer auf, meint: da hat man eine Stunde gewonnen, da geht die Stunde wieder dahin, endlich ist man so müd, schreibmüd – will nicht weiter diese schwarzen Zeichen auf ein weißes Papier setzen, denkt der andere spürt es, wie viel man an ihn denkt, schaut doch jeden Morgen auf den Tisch, ob nicht doch ein schwarzgerändertes Couvert da liegt... Viel Zeit vertut man; man muß es sich ganz trocken eingestehen, es ist um's Geld, und das Geld bedeutet schließlich die eigene Existenz, Freiheit, von *niemandem* abhängig sein, die Kinder aufziehen; Geld ist Freiheit auch der Kinder, bis über ihr 20stes Jahr hinaus; Geld ist das kleine Haus in Aussee, Geld ist das Eisenbahnbillet nach Dresden, also muß man sehr sehr zufrieden sein. Manchmal verwirrts, macht so ungeduldig, dies Occupiert-sein, dieses Tun-müssen ohne schönen lebendigen Inhalt, diese Stubenmädel-arbeit. Dann kommen ja auch ganz freie Monate. Und in einer Arbeit, wie die Eberhards ist so viel Schlacke und so wenig Erz.

Dumme Einleitung – ganz zufällig in die Feder gekommen. An Sie schreib ich, wie wenn ich laut denken würde.

Hab heut den Pfarrer besucht; armer Mann von fünfzig Jahren, sitzt zuhaus, ist krank, niemand kümmert sich um ihn, soll er sich krank sein lassen, soll er nach Davos, allein – wie reich kommt man sich dann vor, fast frevelhaft reich, fast zum Fürchten reich. Kommt nachhaus, hat das hübsche Haus, die Frau drin, immer etwas von Harmonie um sie, immer etwas von ganz schamhafter unausgesprochener Fröhlichkeit – die lieben Kinder – man hört sie unten, man ist oben bei der Lampe, denkt sich was aus, denkt an das »fremde Kind« das sitzt da (in der »Frau ohne Schatten«) und weint; fragt mans, warum es weint, so singt es:

> Wie soll ich denn nicht weinen?
> Die Frau wirft keinen Schatten
> Der Kaiser muß versteinen! –

und plötzlich ist's verschwunden.

Das alles hat man! Dann sind da ganz nahe, Briefe – so lieb daß man von einem Tag zum andern zögert, sie zu verbrennen. Ein klares Wort, ein klarer lieber Satz setzt so vieles schön ins Gleichgewicht. Ich hab schon ein inneres Licht, aber wo nicht eine fast überirdische Ruhe ist, da flackerts – das Ihre brennt und leuchtet still und stetig. – Sich nicht verschließen – offen dastehn können – leben – *wieder* mit-dasein unter den Lebenden. Nach einer Hand greifen wenn die grauenhafte Finsternis (die nichts wesenshaftes ist, die nur ein Versagen der Kräfte ist, eine Anwandlung des Todes) sich über alle Dinge legt. Auf einmal verstehe ich, warum ich es sein kann, der Ihnen hilft – warum *es* mich ausgesucht hat, mich zu Ihnen geschickt hat. Kanns aber besser innerlich verstehen, mit dem Gefühl davon mich durchdringen, als es erklären. Vielleicht so: weil ich Zusammenhänge verstehe; das alles ist verstrickt, nicht wie ein verworrener Knäuel, aber wie kunstvoll Genetztes; und ich weiß, mehr als manche andere Menschen, wie die Fäden laufen. Ich kann Geduld haben, wo ein Anderer ungeduldig wäre. Ich verliere nicht den Mut, wenn alles so seltsam überspringt, wenns vom anderen so unlöslich abhängt. Ich habe vielleicht leise Hände und andere Hände würden weh tun.

Sie wirklich drei Tage für mich haben? von früh bis abend? in einer fremden Stadt – Bilder anschauen, Musik hören, wenn Sie müd sind, Ihnen was lesen – Sie ausruhen fühlen – daß es vielleicht wirklich sein wird! – Haben Sie schon mit Mädi gesprochen? fast ist mir, als hätten Sie schon. Dann lassen wir's daß Sie den 19ten ankommen, ja? und den 20, 21ten mit mir bleiben, ja!

Die Besprechung ist *vielleicht* am 18ten in Dresden, vielleicht nicht, es wird zwischen mir, Strauss, Seebach, Levin endlos hin und hertelegraphiert. Ist sie aber nicht – so ists ja ganz gleich, ich komme am 18ten hin, von Prag wo ich am 16ten lese, und warte! wie gern wart ich auf Sie, Ottonie!

Die Gretl anschauen ist kaum möglich. Sie ist in der österreichischen Provinz. Außer Sie kämen den 28ten, am 1ten oder 2ten März für 24 Stunden nach Berlin, da würd ich so lange warten. Das besprechen wir später. Ich fahre dann am 22ten nach Auerbach, oder ich fahre mit nach Berlin, besuche die Nostitzens später. – Nicht jetzt einen Brief schreiben, in dem steht, es geht nicht!

Bitte schicken Sie jetzt alle Ihre ungebundenen Bücher ohne Bemerkung an Dr. A. Kippenberg, Kurzestraße 7, Leipzig schicken aber zugleich *mir* ein Verzeichnis derselben. Illusions perdues, wenn Sie im Lesen sind, behalten Sie natürlich. (Marys Weihnachtsbuch nicht vergessen.)

Gute Nacht. Ihr H.

(P.S. »Umfangreicher« oder »ausführlicher Brief«.)

Neubeuern 23. 1. 12.

Mein lieber Herr von Hofmannsthal,
es macht mir so Spaß diese wundervolle, längst vergessene Anrede mal wieder aufs Papier zu setzen. Ordentlich weit muß man da zurück denken, an so begonnene Briefe, 's ist schon netter wie es jetzt ist, nicht? Wissen Sie auch daß ich finde, recht lange keinen Brief mehr aus Rodaun bekommen zu haben, es ist zwar nur eine Woche seit dem letzten vergangen, aber doch findet man es lang, wenn man zuvor gewöhnt war, mit gewissen Leuten täglich zu schwätzen und so! Aber dafür kamen gestern so viele liebe Balzacs an, begleitet von herzigen blau-roten Schillers, die mir alle so tausend liebe Grüße brachten, die mit vielem Dank und großer Freude aufgenommen wurden. Immer gewichtiger kommt sich der scheußliche Bücherständer vor und winkt mir den einzigen wirklichen Lebensmoment des Zimmers zu. – Heute abend haben wir wieder in den netten Mozartbriefen vorgelesen, die haben allen so gefallen. –

[...]

Gute Nacht es ist schon gleich 12 Uhr. Ihre Ottonie

24. 1. 12.

Heute morgen hatt' ich schon eine recht große Freud an *so* einem lieben, guten, langen Brief, – ich hab halt so Briefe von so wienerischen Männern sehr gern, schad', daß ich deren so wenig kenn, ob es aber überhaupt noch einen Zweiten gäbe, der *so* zu schreiben verstünd, ist doch sehr die Frage. – Ich hab genau gefühlt, daß Sie arbeiten und die Tage halt dahin driften und Sie nicht zum Briefschreiben kamen. Trotzdem waren meine Gedanken ständig bei Ihnen. Ich gehe dann auch mit, wenn Sie den kranken Pfarrer wieder besuchen und will auch mit versuchen, ihm etwas die lange Zeit zu vertreiben. Mir geht der Tag immer zu schnell jetzt hin, das kommt davon, daß ich zu wenig Zeit momentan für mich hatte, da ich mich Julie noch etwas widmen mußte vor ihrer Abreise und auch viel zu besprechen war. Baby gehts besser, ist wieder ohne Fieber, nur der Hals etwas gerötet, aber der Dr. Glaser meint sie könnten ruhig reisen. Mädy fährt morgen mit Julie nach München, kommt abends wieder und reist dann am Montag für eine Woche nach Meran zu Freunden. Mir ist es ganz lieb, wenn sie etwas heraus kommt in eine andere Umgebung und mal etwas Neues sieht und hört, obgleich ich sie immer in high spirits zu erhalten weiß, nimmt mir dies viel Zeit, die ich so gern zum Lesen verwenden würde. Dabei sehe ich den Anhang zum Leseplan liebevoll ausgedacht und sage »vergelts Gott«. Sie wissen ja, *wie* ich mich drüber freue. Bin glücklich über die kommende ruhige Woche.
Ja und beim 19ten bleibts also immer noch bis jetzt. Sollte die Besprechung nicht am 18ten sein und Sie schon am 17ten nach Dresden kommen, so könnte ich evt. schon am 18ten kommen. [...] Könnte man *evt.* Reinhardt bitten Penthesilea entweder am 23. oder am 3ten zu geben. Wenn ich Gretl am 2ten sehen könnte, könnte ich am 3ten noch ins Theater und dann auf die Bahn gleich. Das muß man doch unternehmungslustig nennen, nicht?

Ich schicke dann morgen meine Bücher an Kippenberg und Ihnen das Verzeichnis, freue mich schon rasend drauf, bis sie wieder kommen werden. Mary ganz gerührt, daß ihr Buch gebunden werden soll.
So nun gute Nacht, es ist wirklich wieder spät geworden.

Ihre Ottonie

[Neubeuern] Freitag 26. 1. 12.

Soeben hat Winkler die Bücher für Leipzig gepackt und hier ist die gewünschte Liste dazu. Ich finde doch, ich werde recht verzogen, erst schenkt man mir die Bücher und dann läßt man sie mir auch noch binden, das ist schon arg lieb, ob's wohl noch mehr Menschen gibt, die so liebe Freunde haben?
Heute ist nun mein kleiner Schnuck nach St. Moritz abgereist, noch immer etwas erkältet, was sich hoffentlich dort bald geben wird. Mary sah herzig aus und wird schon vom ganzen Haus vermißt. –
Wir haben absolutes Frühlingswetter, aller Schnee geht wieder davon.
Bin etwas in Eile, da ich noch einiges schreiben muß, um alles mit auf die Bahn zu nehmen.
Viel Liebes von

Ihrer Ottonie

Rodaun 27 1. [1912] abends

Menschen, die leben und leben wollen, liebe Gräfin, Menschen, die ihren Balzac mit Freude und ihren Walt Whitman mit Liebe, ihren Goethe mit Ehrfurcht und ihren Musset mit Vergnügen lesen, die ihren Rodel an einen Pferdeschlitten hängen, herunterfallen und wieder aufspringen, die andere Menschen in high-spirits erhalten und sich dabei innerlich auf eine ruhige Woche freuen, Menschen die mit dem Fahrplan umzugehen verstehen, aus ihren geographischen Kenntnissen das Beste machen und Daten festzuhalten wissen, die am 2ten März in den Wintergarten und am 3ten ins Theater gehen wollen unter dem Vorwand, es wäre Papas Geburtstag – solche Menschen sind natürlich von innen gesehen ganz terre-à-terre und *höchst* uninteressant, von außen gesehen aber rätselhafter Weise unendlich lieb, liebenswert (genauer: »lieb-gehabt werden müssend« aus irgend einem geheimnisvollen Grund) und *rührend*. (Das Letztere ist ganz unbegreiflich, aber es ist so.) Und nun muß noch gesagt sein: daß es sehr nett war, zu denken und zu sagen: ich könnte eventuell auch schon am 18ten morgens dort sein – daß dies zwar nie erbeten worden wäre, aber sehr dankbar (eventuell) aufgenommen werden wird – und zwar darum, weil außer der Hauptsache (dieser Hauptsache, die hoffentlich zusammengehen wird!!) sonst gar nichts zusammen gehen will, Reinhardt anscheinend noch immer in London ist, Strauss, der schon ein unleidliches Geschöpf sein kann, sich mit Seebach herumstreitet, also am 18ten vielleicht gar keine Zusammenkunft in Dresden stattfindet (außer einer sehr nicht-officiellen) und endlich diese unglückseligen Russen wahrscheinlich 23–29 Februar in *Wien* gastieren, so daß ich vielleicht Berlin auf zwei Tage zusammendränge und am 24ten abends zurückfahren muß, doch wurde mir heute wieder telegraphiert, sie kämen schon am 12ten, dann wäre wieder alles gut – jedenfalls bin ich am 16ten abends in Prag, lese vor (in einem Programm mit Gretl, zugunsten schwachsinniger Kinder), bin am 17ten abends in Dresden und freue mich heut schon mehr als ich sagen kann auf jemanden der ankommt, scheu und fremd ist, aber »eventuell« später *etwas* freundlicher wird.

Ihr H.

P.S. Das schöne Gedicht auf den Vogel, der um seine Frau klagt, wird man schwer allein finden, aber leicht in Dresden.

[Rodaun bei Wien]
Dienstag [30. 1. 1912]

Wie schön und lieb und gut, diese Bleistiftzeile in der Früh auf dem Tisch! So schnell – hätte mich nicht getraut, mit den Augen nach einem guten Brief zu suchen. – 16. Januar – unsere Tage, gestern vorgestern – die zwei Tage in Auerbach, rein erfüllt mit dem Denken an Sie, wenn ich heuer das Haus wiedersehe, wie werd ich an allen Wänden, dies, nur dies finden.
Dann Dresden – Berlin das viel sich schreiben – in Berlin einmal war ich einen ganzen Tag im Hôtel tat eigentlich nichts als schreiben: Liebe Gräfin, liebe Gräfin. Bekam drei Briefe an einem Tag. – So unwahrscheinlich ist das alles. Sie – ich. Da liegt der heutige Brief. An mich? Ich nehms als wär ichs nicht. Doch macht es so froh. Vorgestern gestern das Schreiben-müssen den ganzen Tag an der versprochenen Arbeit, Jedermann, immer Jedermann, niemals Fräulein Jedermann. Dachte so viel an Sie, durfte mir nicht angehen lassen, die Arbeit wegzuschieben und das Briefpapier hinzulegen. Ging herum in den Zimmern von Hinterhör, rückte Möbel, hängte ein Bild hin, das Ihnen gehört (seit einem bestimmten Tag) hatte Angst die bescheidene kleine Harmonie zu verstören, der weiße Rahmen des Bildes sah aufdringlich aus, fand mich selber aufdringlich. Hatte Angst etwas wegzurücken, was irgendwie mit Christoph zusammenhing – Sie waren gar nicht da, ich war allein – dann ging ich hinüber ins Schloß, Sie suchen, fand Sie, liebe liebe liebe – Gräfin. –
Jetzt muß ich aufhören, fahren in die Stadt hinein, fahren zu Yella O. da schwätz ich von der Romreise, trinke Tee bei den Taxis, da schwätz ich von der Romreise, sind abends mit G. und E. da schwätz ich erst recht von der Romreise, ganz beiläufig wird gesagt, die fünfte ist *eine Freundin von uns*, eine junge Frau aus Baiern – das ist gar nicht wahr, es ist ja ein Fräulein aus Thüringen. Nachts denke ich: der Mama D. ihr Husten! und habe Angst für Dresden.
Adieu H.

Rodaun 3. 2. 12

Liebe, der letzte Satz von Ihrem Brief macht mich recht traurig, ich hatte mich so sehr nach einem Brief von Ihnen gesehnt, jetzt schreiben Sie dies von dem Faden, der schlaff hängt – wenn Sie es fühlen, dann ist es ja auch schon wahr – ich glaube einfach Sie sind müd, ein bißl übermüdet gewesen im Augenblick – wissen Sie denn auch, *wie* lange Sie mich ohne Brief gelassen haben – mir kommt es freilich so endlos lang darum vor, weil so vieles und verschiedenartiges diese Woche ausgefüllt hat – ist es nur eine Woche oder nicht viel viel länger daß Sie mir nicht geschrieben haben? – schon vorvergangene Woche war Raimund unwohl gewesen, Montag kamen wir heraus, fanden ihn in einem unbeschreiblich elenden Zustand, wachsgelb, ganz apathisch, er erkannte uns nicht, hatte kein Fieber, aber sehr schlimm anhaltende Untertemperatur – ich dachte blitzschnell an eine schreckliche Krankheit, die wenn sie kommt, nicht *gefährlich* – wie mild ist *gefährlich* – sondern absolut tötlich ist und der Arzt sagte mir gleich er habe an dieselbe Gehirnerkrankung gedacht – Gerty erfaßte es nicht in derselben Weise, gottlob – die andern Symptome blieben aus – heute ist er schon außer Bett – diese Stunden wo man umhergeht und dies bis ans Äußerste durchdenkt – ich dachte auch an Sie, in anderer Weise als sonst vielleicht, und doch in sehr naher Weise – ich las den Brief den Sie schrieben, als das Kind gestorben war – las meine Antwort, bat Sie, jetzt nicht herzukommen, aber vielleicht später – nun, er lebt ja und ist ganz gesund, es waren eben *nicht* die *Symptome* – zwischendurch kamen so viele Briefe und Depeschen, Reinhardt sagte zu für Ariadne, indessen hatte der absurde Strauss alles umgeworfen, mit Stuttgart angeknüpft – Levin, der brave Mensch, sah daß es mit Briefen und Depeschen nicht geht, fuhr direkt nach Sanct Moritz – wann war das, Mittwoch? mir geht alles durcheinander – noch bin ich ohne Nachricht, jede Viertelstunde kommt ein Telegramm, das sind lauter Zustimmungstelegramme von

fremden Leuten, Politikern und andern, weil ich einen politischen Aufsatz geschrieben habe (sehr ausnahmsweise) als Erwiderung auf ein unverschämtes Gedicht von d'Annunzio gegen Österreich – zwischendurch habe ich, um mir mit Gewalt Ruhe zu schaffen, sehr viel im Homer gelesen und sehr viel über Homer, auch darüber gearbeitet – das waren ruhige Stunden, wie schön wenn jetzt ein Brief käme, dachte ich oft – auch eine sehr fröhliche Stunde kam – wann war denn das? ich ahne es nicht mehr, da kam von Eberhard der Brief, daß er das Auto verschaffen kann – da nahm ich die Karte von Italien und wir fuhren so schön herum – zwischendurch hatte ich um meinen Vater eine Sorge, – unser Kinderarzt in der Stadt, das sind fast die einzigen Leute mit denen er befreundet ist – war zum Sterben, seit gestern scheint er gerettet – nun hab ich solche Sehnsucht nach *Luft*, hier liegt kein Schnee, bleibt keiner, wir fahren Montag für 4 Tage auf den Semmering – wenn ich dort ein Bleistiftbrieferl bekomme, ein Gutes – wie sonderbar, Ottonie, daß Sie mich immer so fallen lassen, wenn es mir schlecht geht oder ich nicht ganz obenauf bin, unbewußt – gewiß hat Ihre Natur ganz recht – sie braucht Freude – sie kann nichts anderes brauchen – und Ottonie, wenn ich den Tag in Dresden verwarte das macht ja gar nichts, aber bleiben Sie dann einen Tag weniger mit mir? Wenn es sein muß, dann sprechen wir nicht mehr darüber. Wenn Levin alles arrangiert, dann bin ich schon den 17ten Abends mit Reinhardt in Dresden, hab ich dort nicht den ganzen 18ten zu tun, so könnte ich etwa 18ten–19ten mir in Leipzig zu tun machen, aber hoffentlich kommt es nicht so. In Dresden wohnen wir in dem netten Hotel Bellevue natürlich – bringen Sie doch einen großen Mantel mit zum Wagen oder Schlittenfahren das kann man von dort aus sehr hübsch. 15ten abends bis 17ten mittags in Prag, Hôtel blauer Stern. 5ten–8ten Semmering N. Öst. Südbahnhôtel.
Wenn ich einen Augenblick Ihre Augen sehen oder Ihre Hände fühlen könnte. Von so weit weg kommt Ihr Brief!
Ich hab Sie so lieb. H.

[P.S. auf der Rückseite des Couverts:] Photos waren von G. W. gesandt. IV. Alleegasse 2

Rodaun 3 2. [1912] abends

Hab solche Furcht, daß ich Ihnen heute vormittag einen schlechten Brief geschrieben hab – schrieb so schnell, jetzt aber steht mir Satz für Satz vor den Augen und ängstigt mich, – es ist keiner darunter den ich zurücknehmen bräuchte, wenn ich ihn *sagen* könnte, aber geschrieben, gelesen ist alles so anders. Kann ich Sie nicht über eine Woche hinaus fühlen machen, was ich Sie manchmal für zwei Tage fühlen machen kann? (nicht fühlen für mich – nur fürs Leben, und im Leben auch für mich.)
Dieser Faden, »nicht festgehalten von beiden Seiten« – haben Sie ihn so sehr losgelassen? und nach so vielen Tagen dieser Brief von Ihnen – so müde des Schreibenmüssens an mich – Wenn Sie können schreiben Sie mir bald – schreiben Sie wie Sie können.
Gute Nacht

H.

P.S. Es war nicht etwa *bitter* gesagt, daß ich sagte: Sie *müssen* Freude haben, dürfen jetzt nichts Anderes von außen her empfangen. Es ist ja meine Überzeugung! aber manchmal ist mir, als könnte ich Ihnen noch viel Freude geben – mit wie viel Vorfreude stellte ich in eine Ecke die paar Bücher zusammen, Ihnen daraus zu lesen in Dresden –
Wissen Sie übrigens, daß die Gretl schon ausgestiegen ist aus unserm Auto für Italien – *muß* nach Amerika gerade im Mai, aber Erwin bleibt sicher hier, und Gerty meint, sie wirds schon arrangieren, daß er sicher mitkommt, dann wäre es ja sehr gut, vier ist doch eigentlich viel viel netter als fünf – gehts aber nicht mit Erwin, so geht schon Schröder mit – Luftschlösser! – Daß Sie mir grad an meinem Geburtstag diesen

kalten fremden Brief geschrieben haben. Ich verbrenne ihn jetzt gleich. –
Ottonie! Gute Nacht.

Dienstag 6. 2. 12.

Schon wieder möcht ich Ihnen schreiben, weil halt meine Gedanken immer bei Ihnen sind und ich möcht' daß Sie lieb an mich dächten, und diese kalte ungute Person – Ottonie nennt man sie – vergessen möchten, können Sie das? Ja ich weiß, *Sie* können's und sogar geschwind, viel geschwinder wie ich es fertig bringen würde. Ich hab Sie schon sehr gern, weil ich Sie immer so rührend finde zu mir, mich mag ich dann gar nicht. –
Heut' hab ich einen wunderbaren Spaziergang gemacht von Nußdorf her am ganzen Inndamm herauf. Die kleine Cousine war mit, redete von Vogerln und allem was sie aus dem Wald weiß; ich hörte halb zu und halb gingen meine Gedanken mit jemand anderem und hörte ihn viel, viel sagen. Von der Frau ohne Schatten, dann mal etwas vom Jedermann oder ein paar liebe Worte an einem letzten Morgen als auch Schnee war und man sich sehr gefunden hatte und sich ganz innerlich nah war; oder man hörte »Italien«, horchte auf und immer war es die gleiche Stimme, die das alles dem lieben Inndamm gesagt hatte und ein thüringisches Fräulein hatte das alles gehört und merkwürdiger Weise behalten, sodaß es plötzlich alles wieder da war und immer, immer leise mitging. Ist das nicht nett, wenn man so gute Begleitung hat! Dann fragt man sich ganz erstaunt, warum gehts denn nicht immer so? Warum, warum muß das dumme thüringische Fräulein manchmal so allein gehen? – das weiß es dann nicht, und sagt sich Gottlob, daß es heute anders ist. –
»Illusions perdues« war wirklich wundervoll, ich hab so unglaublich viele wunderbare Momente drin gefunden, das muß ich Ihnen dann sagen. Momentan les' ich noch den letzten

Teil Gaudissart. Wissen Sie auch, daß wir heute in vierzehn Tagen schon zusammen schwätzen und nichts schreiben brauchen!

Gute Nacht, gute Nacht. Ihre Ottonie.

Rodaun, Donnerstag [8. 2. 1912] abends

Drei Briefe kamen schnell nacheinander, der erste vorgestern früh, ich bekam ihn beim Spazierengehen, blieb zurück um ihn allein zu lesen, der Föhn riß mir die Blätter fast aus den Händen, von den Bäumen tropfte es und jetzt sieht der Brief aus als wären Tränen drauf gefallen und dadurch kommt er mir noch rührender vor als ohnedies, der zweite hat keine solchen Tränenspuren, aber kleine englische Sätze, die mir so leid tun, so zum Mitgefühl zwingen, heute beim Herunterfahren wollte ich mich allein in ein Coupé setzen, um die zwei Briefe noch einmal zu lesen, statt dessen gab mir der Portier, als ich in den Wagen steigen wollte, einen dritten, – in den zwei Stunden der Bahnfahrt war das Denken eine endlose Antwort, ein langer langer nie zu schreibender Brief – zwischen Wiener-Neustadt und Baden war eine recht kleinmütige Stelle in dem Brief, eine lange, recht zweifelvolle – an mir selber, an meiner Kraft, Ihnen *wirklich etwas* zu geben, – ich wollte fragen: Ja *wer* ist es denn, der zu *wem* nach Dresden kommt? ist denn das alles *erlaubt*, wenn so wenig, so wenig da ist, was zu wärmen, zu halten, zu beglücken vermag – aber die Frage blieb unausgesprochen, (ich erzähle ja von einem ungeschriebenen Brief) und jetzt sitz ich da an meinem Schreibtisch die Uhr tickt in die große Rodauner Stille hinein (nämlich wenn die drei Kinder schlafen) – da liegen Ihre drei Briefe, sie liegen so wie wenn sie zuhause wären, alle die Selbstvorwürfe darin, die Anklagen sind eingeschlafen, wie müdgeweinte Kinder, da sind auf einmal auch alle meine bohrenden, suchenden Gedanken, meine Angst: darf ich denn geben wollen – wo nicht genommen werden kann? – dies ganze Denken ist auf einmal weg – ich sehe nur Ihr Gesicht, Ihr da-sein so allein in der Welt – ich muß Sie ja lieb haben, *da* ich *Sie* so *sehe*, alles andere sind Spitzfindigkeiten – und wenn Sie bei dem, zu dem Sie nach Dresden kommen, nur um einen Schatten weniger einsam sind, so ist es ja viel, also kommen Sie nur, – in dem Brief war eine Stelle wo jemand glaubt, er müßte Sie bitten, *nicht* zu kommen – *wie* leer wäre mir dann alles, wie sinnlos das Nach-norden-fahren – wie trüb und schwer.

Zu besprechen hab ich in Dresden nichts, die Première von Ariadne, mit Reinhardt, mit Stern, mit Hempel und Destinn, mit Strauss am Dirigentenpult wird niemals in Dresden sein, sondern in einer andern deutschen Stadt, die Sie niemals erraten, – in Prag hab ich nun einmal zugesagt, also lese ich am 16ten in Prag (wohne Hotel blauer Stern) fahre am 17ten abends nach Dresden (Hotel Bellevue) weil *einen* Tag warten ja wunderschön ist – könnten Sie aber am 19ten morgens nicht in Dresden eintreffen, sondern erst am 20ten, da weiß ich freilich nicht, was ich die 2 langen leeren Tage täte, führe vielleicht nach Leipzig, am 21ten fahren wir dann zusammen nach Berlin (schreibs hin, glaubs aber noch nicht) [...]

Gute Nacht

Ihr H.

Rodaun 12. 2. [1912]

Ja ja Sie sollen kommen, Ottonie, und wie sehr Sie kommen sollen, wie bestimmt, wie ganz sicher – und wie lieb hat man Sie dafür daß Sie kommen werden, da sein werden, wirklich sein werden – es wird mir so Angst, so dunkel wenn Sie mir unwirklich werden, sich auflösen wie ein Schatten, wenn alles rätselhaft scheint, alles wie ein unlöslicher Widerspruch: wenn es mir so töricht, so vermessen erscheint, Ihnen helfen zu wol-

len, without a grasp on you, ohne das Einzige, worin Helfen und Hilfe-nehmen laben kann – Neigung von einem zum anderen – wenn ich suche und suche, was denn von Ihnen zu mir sein kann – und alles ist so widerspruchsvoll, manches scheint so viel, ein anderes ist so nichts, so vernichtend, alles aufhebend, die Worte sprechen eine andere Sprache als die unbewußten kleinen Handlungen, die Hände eine andere als die Lippen – und Einheit im Menschen, Zusammenhang, Stetigkeit ist so wundervoll. – Wo man liebt hat man ja so unendlich viel Geduld, mir ist, ich hätte jahrelang auf ein freieres Lächeln von Ihnen warten können, auf einen endlichen leisen Druck der Hand und nun ist alles so anders gekommen, manchmal sehne ich mich *zurück* – da war ich Ihnen nicht viel, ein Fremder (– bin ichs heute weniger?) aber die Briefe liebten Sie – nun haben die Briefe auch ihre Kraft über Sie verloren, immer wieder läßts aus – das erschreckt und verdüstert mich so, Tage und Nächte denke ich dran, nicht die ganze Nacht, aber die halbe, nicht den ganzen Tag, aber den halben – dies Auslassen immer wieder, im November, im December, jetzt – das quält mich grenzenlos – aber warum soll denn ich nicht einmal gequält werden – worins nur *etwas* ist, was bleibt! was für Sie bleibt.
Manchmal ist mir, als wäre nichts nichts nichts da. (von Ihnen zu mir). Wären Sie nur halb! oder wären Sie ganz! – aber Sie sinds halt nicht – ich muß Sie ja nehmen, wie Sie sind, – ich kann ja nicht aufhören, Sie lieb zu haben, werds auch nicht. Aber jetzt muß ich Sie sehen, sprechen – Sie nehmen, wie Sie sind – ich werds ja wieder können, werds immer können – aber verstehen Sie, daß es etwas Unheimliches manchmal hat, etwas aufregend Widersinniges, daß Sie mich, wenn überhaupt, nur um dessen willen gern haben können – weil...
Liebe Ottonie, ich freu mich ja so auf Sie, freu mich auf jeden Augenblick, auf ein Bild das Sie anschauen, auf einen Spaziergang in den alten Straßen abends oder nachts [...]
Nicht wahr, ich finde jedenfalls *Freitag* ein paar Zeilen in Prag

(Blauer Stern) bin ja so unruhig, so ungeduldig – ich glaube wenn Sie nicht kämen, ich weiß nicht was ich täte, führe direct nach Neubeuern.

Ihr H.

[Rodaun bei Wien]
14 2. [1912]

Ich habe solche Angst, daß in meinem letzten, vorgestrigen Brief etwas war, daß Sie schrecken könnte, etwas Heftiges, Unruhiges, Gequältes oder Quälendes – davon ist gar nichts mehr in mir, nur Freude, Vorfreude, und eine leise Ängstlichkeit, ob es denn wirklich möglich ist, daß man die 2 Tage für sich haben wird ohne den gräßlichen Corridor, auf dem immer Schritte gegen die Tür kommen – daß man in einer fremden Stadt herumgehen wird, miteinander in einem Theater oder Koncertsaal sitzen – ich freue mich ja so! Werd ich in Prag ein Brieferl finden, wenn ich hinkomme (Palacehotel heißt es, nicht blauer Stern, wie eine »Gerty« Ihnen telegraphiert hat) – übrigens weiß Gerty daß wir uns in Dresden treffen, ihre Art ist zu nett und offen, als daß es einen Sinn hätte, ihr etwas zu verheimlichen, sie versteht so gut, findets so begreiflich – also morgen d. h. Donnerstag abends bin ich in Prag, Freitag abends les ich, Samstag verstandel ich und bild mir noch nicht ein, daß ich warte, fahre abends nach Dresden, Sonntag geh ich in Dresden herum und kann mir nicht mehr einreden, daß ich *nicht* warte, noch dazu ein Sonntag, nicht einmal Läden offen, ach Gott wenn ichs nur glauben könnte, daß Sie Montag früh dann wirklich ankommen!
Adieu. H.

[Hotel Adlon Berlin W]
[22. 2. 1912]

Bin, glaub ich, wieder ganz wohl, und bleibe brav im Zimmer. Gute Nacht. Man muß Sie halt sehr sehr lieb haben.

H.

[Hotel Adlon Berlin W]
Montag [26. 2. 1912]

Liebe Gräfin
es ist heut ein so schöner freudiger heller Tag und ich hoffe, in Sondershausen ist es auch so und daß Sie es fühlen können. Es war so absurd von mir, mich in Berlin ins Bett zu legen anstatt Sie in »Viel Lärm um Nichts« zu führen, das so reizend sein soll – und Ihnen das Gefühl einer netten kleinen Reise zu geben. Es war halt ein sehr unglückliches Zusammentreffen. Wenn man gesund ist und die Sonne scheint und man denkt über Menschen nach, da weiß man so genau, was die Menschen brauchen und was sie nicht brauchen. Ich glaube, Ottonie, Sie brauchen viel Hinterhör und dazu einen netten Leseplan und in Frieden gelassen zu werden und vielleicht brauchen Sie noch außerdem eine kleine Automobilreise und ein bißchen Gastein oder ein bißchen Aussee. Ich hoffe, daß Ihnen aus den Büchern, oder um es richtiger zu sagen, aus dem Gehalt der Bücher mit der Zeit wirklich ein Besitz wird, nicht eine Märcheninsel außerhalb des Lebens, auf die zu flüchten ungesund wäre, sondern eine Bereicherung des Lebens, eine mit dem, was Sie leben, zusammenklingende Oberwelt, Welt in Obertönen und Nebentönen, von Verbindungen und zwar richtigen Verbindungen, Beleuchtungen, die in der richtigen Weise Höhe und Tiefe geben. Es scheint mir und scheint mir möglich, daß für Sie das Geistige (nach dem etwas in Ihnen immer suchte) in diesem Augenblick Ihres Lebens hereinträte und Sie rettete zu einem Weiterleben welches kein Vegetieren wäre. –

Ich wurde hier gestört, mußte mit Strauss essen, bin müd, kann meine Gedanken nicht zusammenhalten und möchte doch den Brief weder zerreißen noch liegen lassen, damit Sie morgen früh in Sondershausen nicht ohne ein Zeichen sind, daß jemand an Sie so gut wie immer denkt.
Gestern Abend saß ich in meinem Zimmer, dachte eigentlich nichts anderes, als den Abend auch so zu verbringen, da klopft es, wer ist es? Reinhardt, saß 2 Stunden bei mir und war mir so nahe und so fern wie er mir immer ist. Auch da gabs Kränkungen, trotz allem – nun überwundene – ein mir so merkwürdiger anziehender Mensch. Auch zwischen Männern und Männern, wie zwischen Männern und Frauen ist alles so geheimnisvoll, verwirrend und anziehend. – Ich habe verstehen gelernt daß ich Sie viel verwirrt haben muß – vergessend daß Sie mich ja erstaunlich wenig kennen – nicht darauf antworten – Aber schreiben, gut sein und gut bleiben.

Ihr H.

[Hotel Adlon Berlin W]
28 2. [1912]

Ja, Sie hatten ganz recht – es ist schon so ähnlich wie Paris. Nur daß ich doch hier etwas zu tun habe, abends in Reinhardts Theater gehe, heute mit ihm esse – also doch besser. Kessler telegraphiert, er kommt nicht, da bin ich froh, das einzig mögliche ist, *niemand* zu sehen.
Es läuft für mich jetzt alles darauf hinaus, ob Sie am 2ten noch herkommen – es schien, als versprächen Sie's halb, doch *haben Sie's nicht* versprochen, sollen es auch in keinem Fall tun, wenn es neue Schwierigkeit oder Anstrengung bedeutet. Kommen Sie, so ists freilich sehr gut. Wir haben dann den Abend, sehen Gretl oder »viel Lärm um nichts« das wirklich eine bezaubernde Vorstellung ist – können vielleicht am 3ten zusammen auf die Probe zu Reinhardt gehen und reisen abends gleichzeitig ab.

Kommen Sie, so schreiben Sie mir bitte gleich eine kleine Zeile, noch lieber eine Depesche, wenn das geht, und telegraphieren auch gleich an das stets überfüllte Hôtel wegen Zimmers.
Heute ist der Geburtstag, ich denke oft daran. Ich gehe abends in ein schönes Concert, das Strauss dirigiert.

Ihr H.

Die Schwestern Schröders erzählten mir beide übereinstimmend den Abend mit Collier aber ganz ganz anders wie er – er kommt mir in seiner Art mit Frauen jetzt recht gewöhnlich-amerikanisch vor und ich möchte doch *sehr* gern, daß Sie ihm nicht mehr schrieben, wenn es Ihnen gleich ist.

[Sondershausen] 1. 3. 12.

War so *sehr sehr froh* über heutiges Telegramm, es nahm mir eine beklemmende Angst von der Brust. *Wie* gern wäre ich heute mit Ihnen und Eberhard zusammen in Berlin gewesen, wie freu ich mich aber für beide Teile, daß Ihr den Tag zusammen gehabt habt.
Es wäre nicht gut gegangen für mich, denn diese vielen Menschen sind nun doch mal das, was ich am wenigsten vertragen kann. Der Geburtstag war so reizend, Vater so namenlos gerührt über die wirklich überwältigenden Liebeszeichen von allen Seiten. Ich bin so glücklich, ihn *so* viel frischer zu finden als letztes Jahr, wieder mit seinem alten Humor. [. . .]
Es ist doch schön, daß Sie die Russen noch gesehen haben werden, möcht gleich morgen Abend mit sein. – Jetzt fahren Sie, ich denke schon viel an Sie –

Ihre Ottonie.

[Rodaun bei Wien]
Dienstag [5. 3. 1912] abends

Nur diese paar Zeilen, die nimmt Max Mell jetzt gleich mit in die Stadt, das ist die einzige Möglichkeit daß sie Donnerstag in Weimar sind. Ja, Sie haben mein Telegramm ganz richtig gelesen, gerade das sollte es Ihnen bringen, das Gefühl daß ich dankbar und glücklich bin, – daß die ganze kleine Reise ganz ganz etwas anderes war wie Paris, daß es eine schöne Symphonie war, höchstens mit einem etwas verworrenen bizarren Mittelsatz. So schön waren wieder diese letzten Tage, ein solches Aufblühen von Menschen, immer mit einem allein, auch Strauss einen Abend von 11 Uhr bis Mitternacht, da *fühlte* ich auch diesen Menschen einmal, dann am nächsten Tag mit ihm und Reinhardt zu Tisch bei Levin, da spielte und sang er die Ariadne, die Bacchusszene – er ist schon ein Genie, das ist recht, – und Reinhardt solch ein bezaubernder Mensch, – dann auf einmal war die Gretl da den ganzen Abend, ganz ganz anders als in Prag, so klug, fein, frei – ein schöner Abschiedsabend – zwischendurch während sie da war, läutets im Telephon, da ist Eberhard – dann der letzte Tag mittags mit Eberhard und Schwerin, morgens war ein entzückend lieber Brief von Julie an mich gekommen, wirklich ein rührender Brief, nach Tisch mit Eberhard in den Tiergarten, auf einmal sagten wir beide: *Wie reich sind wir!* Er so voll Kraft, Siegesgefühl – dann auf die Bahn, in Wien die Gerty, so bezaubernd frauenhaft, wie ich sie kaum je empfunden habe, ganz trunken von den Russen, verliebt in Nijinsky – und ich die 2 Tage ganz in Wien, abends im Theater, tagsüber im Hôtel bei den Russen, ich werde 1 – 10 – 100 Ballette für sie machen, sie sagen ich bin der einzige Mensch der sie versteht, sie engagieren die Gretl für nächstes Frühjahr, auch die Rubinstein, was werden wir dann alles machen! Und Sie werden zuschauen und sich freuen! Ottonie!
Gute Nacht, gute Nacht. H.

P.S. Über Nijinsky schreiben ist unmöglich, erzählen werden Gerty, ich, Erwin von ihm während der *ganzen* Autofahrt.

[Rodaun bei Wien]
12 3. [1912]

Ich war durch die Russen in einer Art Zauberwelt, sah alles wie durch einen goldenen Nebel, muß jetzt wieder ins Wirkliche hinüber und bediene mich dazu des Homer, über den ich nun meine Aufsätze fertig bringen will. Den 28ten kommt ohnedies Reinhardt nach Wien, mit dem »Jedermann« und dann ist schon Ostern, ist April, und den 28. April wahrscheinlich fahren 3 Menschen zu denen bald ein vierter einsteigt, von München ab, nach – Trient, Verona, Bologna, Pisa, Arezzo, Peruggia, Assisi – ich habe schon die Karte immer auf dem Tisch liegen. –

Ich habe mich jetzt darauf eingestellt, keine Briefe von Ihnen zu erwarten, ohne die geringste Unruhe. Weiß aus Mädis Brief, daß Sie wohlaussehend und frisch zurückgekommen sind.

Hoffe daß Sie Donnerstag (7ten) in Weimar einen Brief fanden, den ich Dienstag Abend dorthin schrieb. Hoffe daß die 2 Schränkchen aus London in Neubeuern eingetroffen sind. (Liberty meldet, sie wären richtig adressiert gewesen.)

Hoffe daß Sie Ihre gebundenen Bücher richtig bekommen haben. Stendhal und Mary's Oxford-Buch sind irrtümlich an mich gelangt.

Hoffe daß Sie nicht ganz ohne Lesen und für-sich-sein leben. Dies, wenn es nicht wäre, würde mich namenlos traurig machen. Es ist doch das der wichtigste Punkt.

Ich bin wieder vollkommen wohl. Schlafe vortrefflich. Habe für die Russen 2 Balletts gemacht, deren eines schon an Strauss geschickt. Das andere soll ein sehr begabter junger Franzose componieren.

Gute Nacht, müd, aber sehr zufrieden. H.

[Hotel de Castiglione, Paris
12, Rue de Castiglione]
Freitag Abend. [März 1912]

Heut kam Ihr Briefle, tausend Dank. Denken Sie, ich habe Julie gleich ganz harmlos gesprochen von unserer Autofahrt, sie hat *keine* einzige Erwiderung getan, und scheint es wirklich sehr richtig zu finden, daß ich mitgehe. Ist nun der 28te schon bestimmt? hat man von dem Tag an das Auto? oder könnte man auch erst am 1. Mai fahren? Gott, glauben kann ich ja absolut noch nicht dran, daß es etwas wird, aber freuen tu ich mich namenlos drauf!

War erst *so, so* unglücklich über die Pariser Reise, aber heute war ein so wundervoller Tag. *Fabelhafter* Moment für mich war die Siegerin von Samothrake im Louvre, überwältigend schön! Dann einige herrliche Bilder – Gott ist das schön! Später waren wir im Musée Cluny, ich war begeistert von den Thermen, und so etwas mitten in Paris. Dann die fabelhaften Gobelins, ach es gibt schon *schöne* Sachen. – Gestern machten wir eine schöne Autofahrt nach Malmaison und durch den Bois zurück. Ich allein war neben dem Chauffeur, um nicht sprechen zu müssen, das war auch schön. Paris hat mich enorm gefangen, ich möchte wirklich mal mit Ihnen hier herumgehen in kleinen Sträßles, dann Bilder anschauen und ab und an hinausfahren. –

Gestern sehr netter Brief von Schröder, der *sehr* an Italien denkt und wenn nicht mit uns, so per Bahn fahren will, bis jetzt aber noch auf's Auto scheint's rechnet. Für Julie fährt *natürlich* er mit. Sollte man ihn nicht ein Stück mitnehmen irgendwo! –

Morgen kommt Henry, freue mich sehr drauf, habe aber Angst für ihn was alles sich entpuppt. Rysselberghe leider verreist. Es ist sehr spät drum gute gute Nacht

Ihre Ottonie

P.S. Bleiben hier bis Dienstag abend.

[Schloß Neubeuern a / Inn Oberbayern]
22. 3. 1912.

Von Paris wieder hier gelandet leider sowohl Julie wie ich mit einer Art Influenza, bin eben von Dr. Glaser ins Bett beordert. Julie liegt schon seit gestern. Möchte Ihnen nur sagen, daß Mädy heute nach Graz gefahren ist mit der kleinen Cousine Hügel deren Vater gestern an Herzschlag gestorben. Mädy wird wahrscheinlich am 27ten oder 28ten wieder zurück fahren und Euch eventuell telegraphieren wann sie in Wien ankommt und gewiß glücklich sein, wenn Sie oder Gerty auf die Bahn kämen. Sie wird dort sehr sehr unangenehme Sachen zu erledigen haben.
Ich habe das Gefühl recht lange nichts von Ihnen gehört zu haben, sollten Sie auch krank sein? dann schreibt mir Gerty eventuell eine Karte, kein Telegramm. Mädys Adresse:
Schloß Reinthal Post St. Peter bei Graz.
Muß schließen bin recht dumm im Kopf.
Liebes Ottonie

[Rodaun bei Wien]
1. 4. [1912] abends

Um zu Ihnen zu kommen, muß ich ganz langsam erst zu mir selbst kommen. Da war so vielerlei, alle diese Tage und bei mir webt sich immer so eins durchs andere hin, ich kann schwer das Einzelne aus dem Ganzen loslösen und mich selber auch nicht. – Daß Sie aber so elende Tage gehabt haben! – ich weiß es erst aus dem Brief von Mary. Früher dachte ich, Sie wären nur so ein bißchen fieberisch und kopfwehig zu Bett und ließ das so hingehen ohne jede Ängstlichkeit. Jetzt wandelt mich ein bißchen Angst für die Autopartie an. Werden Sie sicher denn in 4 Wochen ganz ganz gesund sein? Es kann ja so schön werden, ich will gar nicht daran denken, verbiete mir sogar, an die Landkarte zu denken, mir die Namen der Städte, ihre Lage zueinander, die Wege dazwischen vorzustellen. – Da hab ich an Schröder geschrieben, es ist schon 4 oder 5 Tage her, ihn gebeten mir gleich telegraphisch zuzusagen, daß er den 28ten in München mit uns abfahren wird, jetzt antwortet er mir nicht – aber Sie sagten doch, er hätte Ihnen geschrieben – er wolle gern mit, freue sich darauf. Der Erwin kann nicht mit, wenigstens zum Anfang nicht, hat Waffenübung, vielleicht kann er nach 14 Tagen nachkommen. Er kommt wohl bald aus Berlin zurück, die Gretl muß dieser Tage zu Schiff gehen, weiß schon lange nichts von ihr.

Wie lang ich Ihnen nicht geschrieben haben mag? Vielleicht 10 oder 12 oder mehr Tage muß es sein.

2.ten abends. Nun wollte ich Ihnen ein bißchen erzählen, von Tagen und Abenden hier mit Strauss, mit Reinhardt, vorher mit Mädi die so herzig und rührend war, dann von Moissi wie die Leute ihn hier verwöhnen, alle Fürstinnen ihm nachlaufen, die Leute nach dem »Jedermann« in die Manège laufen, die Blumen aufheben, die von dem Festmahl noch auf dem Boden liegen und sie sich zum Andenken mitnehmen, wollte viel und alles durcheinander erzählen – jetzt gehts nicht, kann nicht. Dieser arme Mann, unser Kinderarzt und der Freund meines Vaters, fast die einzigen Leute mit denen Papa verkehrt, das Um und Auf seiner socialen Existenz, jetzt war der Mann von Meran aufs neue krank zurückgekommen, abermals operiert, 6 Tage zwischen Leben und Sterben, jetzt seit heute hat sichs zum Sterben gewandt. Ein Mensch voll Leben, so ein guter kluger, ermutigender Arzt. Für Papa ists gar nicht auszudenken. Wird mir schwer, ihn im Mai hier allein zu lassen! –

Hab jetzt keinen Kopf zum Schreiben, so gern ich möcht – aber wohl an Sie zu denken, mit so vieler Kraft und Wärme, auch an den guten Eberhard, Mädi, Julie – Menschen sind so viel! was ist das Leben.

Gute Nacht H.

PS. Ich schicke 2 Hefte mit einer Novelle von dem jungen Dichter Max Mell den ich sehr gern habe. Möchte daß auch Eberhard sie liest, finds so gut, von zarter, dabei fester Hand gezeichnet.

Neubeuern 4. 4. 11. [= 1912]

Gott was bin ich froh, endlich endlich ein paar Zeilen von Ihnen zu haben. Drei Wochen hatte ich keinen Brief von Ihnen und diese Briefe sind mir doch halt *so* viel – Sie wissen ja gar nicht *wie* viel. Ich war besonders in den Tagen des absoluten Krankseins, so ins Warten gekommen, fühlte mich recht elend und wartete von Post nur zu Post – aber immer vergebens. Zuerst erklärte ich es mir durch den Aufsatz, dann durch »Jedermann« – sagte mir aber natürlich ganz leise, innerlich, sonst hat er bei alle dem, doch noch immer eine Minute gefunden und doch ein paar Worte geschrieben – also wird es so sein, daß er nicht *kann*. Daher auch wagte ich nicht an Sie zu schreiben, dachte es würde nur schlimmer werden und mir fiel alles ein, was wir über diesen Fall gesprochen hatten. –
Hugo ich habe doch wieder gesehen, *was* Sie mir sind, es ist ja so merkwürdig und so undefinierbar – ich glaubte Sie innerlich verloren zu haben und war *namenlos* traurig, jetzt kann ich es ja ruhig eingestehen, da es wie ein Alb von mir gefallen. Mein Leben ist *so* reich durch Sie geworden, so in gewissem Sinne glücklich. –
Denken Sie am gleichen Abend da Sie mir geschrieben, schrieb ich an Sie – der Brief liegt noch in der Mappe, mir fehlte der Mut ihm den Laufpaß zu geben – ich glaube es war gut so, denn er war zu zu traurig. –
Jetzt beschäftigt es mich so mit dem Papa, mit diesem Tod des guten Arztes! Wäre es da nicht am besten der Papa führe mit im Auto, statt Schröder – ich will so *gern* immer mit ihm schwätzelen und Gerty hätte dann Sie und überhaupt wären

wir gewiß zu viert genau so nett zusammen. Oder würden *Sie* dadurch belastet?
Mir geht es eigentlich seit gestern wieder gut. Ich habe natürlich in den Tagen mein mühsam angefuttertes Kilo verloren, hoffe es aber bald wieder zu erreichen. Ich freue mich auch so auf unsere Fahrt – wenns doch wirklich etwas würde! –
Es ist *entzückend* Eberhard hier zu haben. Wir haben heute morgen einen Spaziergang gemacht bei *herrlichem* Sonnenschein und einer Schneelandschaft mit grünen Bäumen. Da haben wir viel und lieb von Ihnen gesprochen. Er reist am Sonntag mit Mädy nach Berlin, hat dort einen ganzen Tag beim Zahnarzt, dann siedeln sie also alle wieder nach Bredeney, es wird uns ganz merkwürdig vorkommen ohne Mädy. – Es tammt, also Addio. Liebe Gedanken von

Ihrer Ottonie

Schröder schreibt mir am 11. 3. »Was wird nun wohl aus unserem himmlischen Plan mit den diversen Autos nach Italien? Es wird wohl ein Luftschloß bleiben etc. etc. Ich werde aber doch nach Italien rutschen, wenn auch nur schäbig per Bahn.«

Ostermontag [8. 4. 1912]

Es tut mir so furchtbar leid, Ottonie. Gar nichts war es, gar nichts ist es, als ein Auslassen der Kraft – hab gar keine Kraft über meine unmittelbare Umgebung hinaus, in solchen Zeiten. Es drückt sich aus als eine Angst vor dem Schreiben, die Sätze wollen kaum aus der Feder. Es geht bald vorüber: ist Frühling und vielerlei Anspannung. Das war so töricht von mir: weil Mädi, ihr unaufhörliches Sprechen von Ihnen mir so sehr das Gefühl Ihrer Nähe, ja Gegenwart gegeben hatte, dachte ich, wenn jetzt Mädi von hier hinkäme würde das gleiche sich für Sie einstellen. – Kann nicht mehr viel schreiben. Bitte sich gesund machen für die italienische Reise, Sonne-liegen, alles mit

Julie im *leichten* erhalten.. Schröder fast unglaublich verletzend und unfreundschaftlich. Ich schreibe den 25ten III. an ihn, nichts anders als Zusage erwartend – wie sollte ich denn? – bitte eine postwendende Zusage womöglich telegraphisch. Er läßt mich *13 Tage* ohne jede Antwort. Ich telegraphiere endlich, à bout de mes nerfs, an den Vater, wo sich Rudi befinde. Darauf depeschiert mir dieser, (Rudi): könne leider die Reise nicht mitmachen wegen Hochzeit seiner Schwester, Überhäufung und anderem. Finde es schon unglaublich. Schicke ihm nun wortlos den Homer-Aufsatz.
Wer ist nun der Dritte? Ich denke Max Mell ist der einzig mögliche. Sie werden ihn sehr gern haben. Erwins Waffenübung endet 10ten Mai, er kommt eventuell nach. Halten Sies für undenkbar daß wir die ersten 10 Tage zu dritt fahren? Gerty findets gar nicht unmöglich. Muß in die Stadt.
Bitte um ein paar Zeilen. H.

PS. Nie wären drei Wochen vergangen, wenn ich telegraphieren dürfte. Ein Telegramm von 20 Worten gibt so das Gefühl des Contacts!

Neubeuern 9. 4. 12.

Ein paar liebe Worte von Ihnen können einen ganzen Eispanzer von mir nehmen. Ich bin nur traurig, daß Sie so etwas am Ende Ihrer Kräfte sind, es war aber auch zu viel die ganze Zeit, seit Monaten eigentlich kein Moment der wirklichen Ruhe. Hoffentlich wird die Autotour Sie nicht zu sehr angreifen, sondern wirklich ausruhen. Ich finde eigentlich die Idee reizend, daß wir drei einen Teil allein sind, Gerty und ich werden es schon verstehen, uns sehr nett in Sie zu teilen, nicht? Aber natürlich möchte ich kein Hindernisgrund sein, wenn Sie den jungen Mell mitnehmen möchten, mir ist *alles* recht, wie Ihrs angenehm fändet. Die Sache mit Schröder ist dumm, ich würde

mich aber nicht weiter so darüber ärgern. Man weiß ja daß Schröder recht bummelig mit jeder Antwort umgeht und nun hat ihm die Hochzeit, gewiß ganz gegen seinen Willen, einen Strich durch seine Ideen gemacht. Unter Freunden muß man halt sehr viel Geduld haben. Eberhard mußte hier auch tagelang auf eine dringend versprochene Antwort von Henry van de Velde warten und hat sie heute noch nicht, statt dessen schrieb er mir während der Zeit einen Brief ohne ein Wort für Eberhard sagen zu lassen. Wir sagten »so sind halt diese Künstler und man muß sie nehmen wie sie sind«, so müssen Sie's mit dem guten Schröder halt auch machen.
Mir geht es wieder *sehr* gut. [...] Eberhard's Hiersein war reizend, er hat es auch so genossen, mal die paar Tage zwischendurch aus allem heraus zu sein. Er war eigentlich merkwürdig frisch, trotz der Zahnsache, die er doch gerade gehabt hatte. Es ist reizend zu fühlen, wie das Haus gleich einen ganz anderen Atem hat, wenn er da ist. Ich hab ihn sehr gern. [...] Die kleine Geschichte von Mell finde ich schon *sehr* gut geschrieben, Eberhard auch. Wollen Sie's wieder haben?

Yours Ottonie.

So nun good night – do rest well.
Julie – Ottonie geht gut!

Dienstag [1912]

Heute nach nun wieder fast ganz schlafloser Nacht kam Ihr Bleistiftbrief und machte mir so große Freude. Auf einmal konnte ich Sie ganz deutlich denken. Es ist erbärmlich, daß wir beide so herunter sind. Ich rechne aber bestimmt, am 28. wieder ganz wohl und am *Leben* zu sein. Tun Sie doch alles um es auch zu sein, bleiben Sie einmal einen Tag im Bett, das nützt den Nerven sehr. Was mich so herunterbringt, ist die Sache mit »Ariadne«, das Dazwischen-stehen zwischen Strauss und Reinhardt, dieser ganze Begriff »Differenzen« gerade bei einem so zarten, auf Liebe angelegten Ding – das Ausdenken

von Combinationen, Vorausdenken von Briefen mit schon übermüdetem Kopf.
Natürlich dürfte mich das alles nicht so unverhältnismäßig herabbringen, würd es auch nicht, wäre ich nicht in der Reaction auf die fabelhafte innere Anspannung in Berlin und dazu Erkältung, die schon im Schwinden ist – Ich hab Sie sehr lieb (wirklich). Wie viel Schönes Liebes ist durch Sie noch in mein Leben gekommen. – Adieu

H.

11 4. [1912]

Ihr Brief ist so nett und lieb, hat mich ganz belebt. – Was mich zu manchen Zeiten so herunterbringt, völlig starren und stokken läßt, so arm macht – daß ich mit bestem Willen nichts von Kraft und Wärme über den nächsten Umkreis hinausschicken kann – das ist ganz dunkel. Immer in meinem Leben hat es solche Zeiten gegeben, auch schon in meinem fünfzehnten Jahr. Sie sind fast harmloser geworden mit den Jahren. Vielleicht sind es ganz tiefe ganz unterirdische Dinge, die mich da zu Boden drücken – vielleicht ist es etwas scheinbar ganz Äußerliches, das doch für meine Natur so geheimnisvoll viel bedeutet: das Wetter, dieser gehemmte Frühling, dies Starren und Stocken, wo schon Saft und Blüte im Steigen ist – diese Tage und Tage voll Sturm, endloser kalter Sturm, finstere Winterwolken, Schneeflocken, wo alles schon so geöffnet war, so schwimmend, atmend. Einen einzigen Tag war Frühling, am Ostermontag, unsagbar streckten die Äste der Kastanien ihre fast zum Aufbrechen lockeren Blattfinger in die Luft – alles war offen, da hatte ich die Welt, da waren auch Sie in der Welt. Ich will und kann Sie ja nicht für mich haben – in der Welt will ich Sie haben und darin leben haben – noch leben Sie nicht ganz, aber sind doch dem Leben näher als zuvor – meinen Sie ich könnte Sie auslassen wollen? Darum auch halt ich so fest an dieser Autofahrt und will auch daß es vier sein sollen und die richtigen vier und es wird auch zu erreichen sein. Mit Erwin ist es jetzt definitiv so besprochen, daß er von Meran (dort hat er seine Waffenübung) dorthin nachkommt wo wir sind, und die ersten 10 Tage fahren wir etwa allein, etwa mit Mell, den Sie sehr sehr gern mögen werden – nur dies: ich kann heute nicht bestimmen ob wir am 28ten morgens von München wegfahren werden, das mir aus manchen Gründen viel lieber wäre, oder am 1ten. Sie richten sich aber, bitte, so, daß Sie jedenfalls bereit sind, eventuell am 27ten Abends in München einzutreffen.

Von Schröder fand ich's, ganz abgesehen von der Ungezogenheit, die man einem Freund verzeiht, ohne sie verstehen zu können – so absurd, daß er sich aus einer Art Hypochondrie, Selbstquälerei: etwas verbietet, was ihm die größte Freude macht und wozu eine Gelegenheit dieser Art vielleicht in Jahren nicht wiederkommt. Ich bat Gerty, ihm ungefähr dies zu schreiben, darauf kam gestern ein Telegramm von ihm: bitte um einen Tag Geduld, werde Möglichstes versuchen. Ich denk fast, daß er nun doch mitkommt.

Schwebend und ein wenig quälend ist noch immer das mit Papa. Der Arzt und Freund ist ja keineswegs tot, wie Sie annehmen, sondern hängt nach wie vor zwischen Leben und Tod. Seine starke Natur, sein gesundes Herz haben erstaunlich ausgehalten. Er kann aber nun noch jeden Tag bei dem Wechseln des Verbandes einen Blutsturz bekommen, dann ist er augenblicklich tot. Tritt dies nicht ein, so ist er gerettet und nicht nur für den Moment, sondern für immer und ist nach drei Monaten ein gesunder, zu jeder Leistung fähiger Mensch. Diese Situation ist schon ein wenig trying, hoffentlich hat sie doch endlich ein Ende, man spricht von noch 10 kritischen Tagen.

Ihre und Eberhards Toleranz gegenüber einem nicht zu definierenden Betragen, wie Sie es von van de Velde citieren, ist mir bewundernswert, aber unbegreiflich. Jedenfalls möchte ich dringend bitten, in Ihrem Kopf dies nicht mit Künstlertum zusammenzubringen, womit es wahrlich nichts zu tun hat (viel eher mit Dilettantismus, oder einfach mit partieller Dummheit und Unmännlichkeit). Künstler sollten womöglich etwas mehr wie Menschen sein, jedenfalls nicht um etwas weniger! Denn es ist unter dem Menschlichen auf die Nerven seiner Nebenmenschen herumzutrampeln und jedenfalls unter dem Niveau eines Mannes, sich dergleichen um irgend welcher anderer Qualitäten willen tolerieren zu lassen. [...] – An solchen Tagen wie die vorhergegangenen, sind mir Bücher, die von Napoleon handeln, eine unglaubliche Ressource, fast die einzige Lecture die nicht versagt. Las jetzt die Geschichte des Jahres 1814, die campagne de France (zwischen Leipzig und der Abdankung) vielleicht das grandioseste Capitel seiner Geschichte. Wie alles versagt, die Kraft von Frankreich, die Nerven seiner Marschälle, die Pferde, die Kanonen, die Gewehre, alles, außer ihm. Es ist eine unbeschreibliche Notwendigkeit in diesen Vorgängen, eine simple grandiose Symbolik der auch der armseligste Kopf sich nicht entziehen kann. Ich lasse jetzt die Memoiren der Rémusat kommen (1802–1808) die dann bandweise an Sie gehen werden.

Ein wenig betrübt es mich schon immer, wenn im Herbst das Durchführen des Leseplanes, von dem so viel abhängt, so gut einsetzt, und sichs im Frühjahr dann so verliert, daß Sie wochen- und wochenlang Ihr Lesen nicht einmal erwähnen. In dem Bücherpäckchen das vorgestern an Sie abging, liegt ein Zeitungsblatt, das meinen Aufsatz über Schröders Homer enthält. Bitte schicken Sie dies sobald Sies durchgelesen haben, an Eberhard, als in meinem Auftrag. Die Novelle von Mell, daran sehr hohe Qualitäten Ihnen vielleicht bei einem zweiten Durchlesen noch deutlicher werden werden – es ist fast die einzige wirklich gute Geschichte von Bauern die ich kenne – könnte man ja dort lassen, etwa zum gelegentlichen Vorlesen.

Die beiden Schränkchen sind hoffentlich – ich bat Mädi dringend, dies zu veranlassen – aus dem Zimmer in das sie so ganz und gar nicht passen entfernt, verpackt und bleiben es bis zur Übersiedlung nach Hinterhör. Es ist ja zu kindisch von mir aber es hat mich wirklich verstört, daß man sie dort ausgepackt hatte und noch mehr daß Sie nicht das Gefühl dafür gehabt hatten, sie gleich wieder wegzutun, wo doch das einzig nette daran ist, daß sie eben in das Hinterhörer Zimmer nach ihrer Holzart und Dimension wirklich passen. Immer mehr, je älter ich werde, in einer fast unproportionierten Weise, verstört mich, was hors de sa place, hors de propos ist – ich kann aber nicht dagegen an, darum auch die Heftigkeit damals gegen jenes »*Henry*«, – darum kann ich mich an einem Brief, an Ihrer Handlungsweise so freuen, wenn Sie sind, so wie Sie von Natur aus sind – darin liegt so viel Ordentliches, Richtiges, Lebensfähiges, dem Leben gemäßes. – Vielleicht kann Ihnen der Aufsatz über Homer etwas aufschließen. – Hoffentlich bleiben Sie wohl und schreiben Sie bald.

Ihr H.

R. 17 4. [1912]

Ich bin sehr froh daß Sie mir die paar Zeilen geschrieben haben, ich fing an, mir einzubilden, Sie wären wieder krank. Für heute nur dies: wir fahren also, denk ich am 30ten um ¾9 früh vom Hotel Marienbad ab. Ich werde bis zum Schluß sehr viel zu tun haben und kaum vor dem 29ten in München ankommen. Nun wegen Ihres Gepäckes. Auf das Auto können Sie nebst Ihrem necessaire noch einen Handkoffer (kleinen Schiffskoffer) mitnehmen. Den größeren Koffer der mit der Bahn geht müssen Sie nach *Brixen* (Tirol) bahnlagernd aufgeben und zwar längstens am 26ten ihn abschicken. (Expreßgut oder Eilgut.) Aber wie bringen Sie ihn über die österreich. Grenze? Bitte sprechen Sie darüber mit Schenker oder sonst einem Spediteur. Entweder bindet man den Schlüssel bei – oder vielleicht ist es am besten, Sie schicken von Neubeuern eine Dienstperson mit

dem Gepäckstück bis Kufstein welche die Zolloperation durchführt und dann den Koffer nach Brixen aufgibt. Bitte besprechen Sie das jetzt gleich mit Mary damit diese Sie dann erinnert. (Wir fahren mit dem Auto *nicht über* Kufstein nach Innsbruck.)
Ferner bringen Sie bitte nach München eine möglichst große starke Wagendecke mit, die wir nicht besitzen. (Auch für sich eine Automobilbrille.)
Ich bemerke folgendes für den Sommer. Die Salzburger Mozartspiele sind für dies Jahr abgesagt. Gretl Erwin wollen circa 25ten in Aussee eintreffen, wenn Sie etwa 2. od. 3. od. 4ten August nachkommen – das paßt Ihnen hoffentlich. Die Autopartie endet in München 25–26 Mai. Dies für Ihre Einteilung. Mell freut sich kindlich. Nun glaube ich beinahe selbst, daß wir fahren werden.

H

Rodaun 10 6. [1912]

Wir sind erst vorgestern (7ten abends) hier angekommen, mußten Abreise Paris aufschieben, zum Teil auf Diaghilews Bitten, zum Teil weil Gerty nach sehr heftiger Halsentzündung mit hohem Fieber ein paar Tage Erholung brauchte. Sie hat mehr als die Hälfte des Pariser Aufenthaltes im Bett und in dem kleinen Zimmer nach der rue Castiglione verbracht, ist aber jetzt ganz hergestellt. Zu ihrer Aufheiterung schenkte ihr Mariano Fortuny einen wunderschönen Abendmantel aus schwarzem leichten Sammt ganz bedeckt mit goldenen Blumen und Ornamenten. Mit Reinhardt hatte ich mehrere schöne Gespräche, ein besonders schönes Nachts in meinem Hotel während Gerty hoch fieberte. Ich habe ihn ungemein gern. Mit Kessler ist alles gut. Ich sehe ihn auf einmal so, daß er mir furchtbar leid tut. Seinerseits ist jede Gespanntheit geschwunden. Der ganze Mensch, so voll Gaben – und doch ohne das Entscheidende –

wie entsetzlich traurig. Ich mache zunächst das Ballett, das die Russen brauchen, mit ihm. Es ist ein biblisches sujet (Joseph in Ägypten) in Costümen des Paul Veronese. Der Orest und la mort du jeune homme voluptueux, meine beiden fertigen sujets, werden aus bestimmten Gründen für 1914 zurückgelegt. Ich habe Reinhardt nun doch versprochen, eine große Pantomime für ihn zu machen. Der Charme, mit ihm zu arbeiten, ist zu groß. Miteinander zu arbeiten ist für Männer fast die einzig mögliche Form einer wirklichen Communication. – Unter 2000 Briefen hier fanden sich ein paar sehr gute, rührende Zeilen von Mädi. – Gretl ist in Südtirol, mit Erwin und dem Kind, es soll ihr gut gehen. – Ich fühl mich sehr ausgeruht wie schon seit Jahren nicht, habe gar keine Nerven. – Von Borchardt kam ein (anonym) politischer Artikel, den ich wirklich höchst außerordentlich finde. – Daß Ihnen die Erinnerung an die italienische Reise angenehm und inhaltsreich ist, lag ganz in der Absicht, weswegen das ganze unternommen wurde. – Ich rechne Sie etwa 25 VII in Salzburg abzuholen. Rémusat II kommt bald. Für heute schicke ich Browning – »Ring and book« das in einer höchst intensiv italienischen Athmosphäre spielend Ihnen vielleicht jetzt zugänglich sein wird.

H

[Hotel de Castiglione, Paris
12, Rue de Castiglione]
Sondershausen 17. 6. 12.

Bin nicht in Paris wie dieser Bogen annehmen lassen könnte, sondern ganz ruhig und bescheiden im alten Haus als thüringisches Fräulein. – Momentan müssen wir uns genießen lassen, immer kommen Verwandte und alte Bekannte, um auch das »Wunderkind« zu betrachten, dann findet man auch, daß das Märchen vom Wunderkind kein Märchen sondern Wirklichkeit ist – ob's wohl immer so weitergehen wird!? –

Was sagen Sie zu meiner Vergnügungssucht, ich war Freitag mit Veldes und anderen Weimaranern in Lauchstädt um »Gabriel Schillings Flucht« mit zu erleben. Das Ganze war ein reizendes Erlebnis in dem kleinen, eingeschlafenen Örtle, diese Masse teils mehr teils weniger eleganter Menschen, der kleine Park mit Teich und darauf ein paar ganz unbekümmerte Schwäne stolz an uns vorüberziehend – es war so ein Stückle andere Welt. Dann kam man in das Theater und war voller Erwartung. Die ersten drei Akte wurden mit entsetzlicher Ruhe hingenommen, dann auf einmal nach dem vierten Akt brach ein enormer Applaus los, der bis zum Schluß anhielt. – Mir war das Ganze nicht sympathisch. Die Figuren von Luci und Maurer sind für meinen Geschmack *sehr gut* wurden auch ausgezeichnet gespielt, aber in Schilling war alles zu krankhaft und gar kein wirklicher Conflikt, da er doch keine der beiden Frauen wirklich liebt. Am Schluß hebt auch der Doktor alles noch auf durch seine Erklärung, daß alles schon immer in ihm gelegen habe und endlich nun durchgebrochen sei. Als Roman denke ich mir das Ganze besser, mehr Seelenstimmung heraus zu bringen; so ist es eigentlich eine Aneinanderreihung von Gesprächen, teils sehr gut. – Wir fuhren dann alle nach Weimar zurück, saßen noch bis spät im Russischen Hof und waren sehr lustig. Sonnabend fuhr ich dann wieder her. – Rathenau traf ich in Lauchstädt und Studnitz, Nostitz telegraphierten noch zuletzt ab, da ihr oder sein Vater krank (ich weiß nicht mehr welcher) es tat mir leid denn ich hätte sie doch so gern kennen gelernt. –
Vielen Dank für die Brownings, ich habe gestern den ersten Band mit großem Interesse gelesen. Neulich las ich in Goethes italienischer Reise und mit so viel Freude die Stelle über die Arena in Verona, es ist so entzückend einfach die Idee davon klar gemacht. –
Es ist nicht möglich weiter zu schreiben, denn um mich herum ist zu viel Bewegung. Die Eine klöppelt, da fliegen permanent die kleinen Holzpflöckles aneinander und sagen klack, und da-

neben liest die Andere der Baby vor. – Baby hat jetzt so große Freude an den Grimm-Märchen, die ich ihr fast täglich vorlese.

Addio viel Liebes Ihre Ottonie.

Rodaun 26 6. [1912]

Ich denke oft, möchte auch gern schreiben, aber es wird nicht. Es fehlt an Zeit, ganz einfach. Ich *muß* mich concentrieren, allein sein, die Stunden verfliegen dabei, sie ergeben nichts, aber dieses nichts ist doch noch mehr wert als alles sonstige. Manchmal scheint es so paradox, daß man zugleich ein Dichter sein soll und ein Mensch, ein Zeitgenosse, verheiratet, Vater, der Herr von Nr 5 in der Badgasse, durchaus unbegreiflich erscheint es.

Auf der Autoreise hab ich mich mit Gewalt veräußerlicht, es hat mir unendlich wohl getan, (ich fühle es jetzt noch), mit Gewalt auch alles um mich veräußerlicht, ich glaubte, Sie verstünden es, (während der Reise), aber am letzten Tag in Kufstein haben Sie eine Bemerkung gemacht, von der unglücklichen, *resumierenden* Sorte, ich wollte sie sogleich, während Sie sie aussprachen, vergessen, habe sie auch vergessen, könnte um keinen Preis mehr den präcisen Inhalt davon sagen, aber sie hat mir gezeigt, daß Sie die eigentliche Intention in meiner Art zu sein, nicht erfaßt haben. Man muß mich durchaus nie à la lettre nehmen, aber das hat mit Vertrauen und Nicht-vertrauen nichts zu tun.

Ihr Wort über den Browning, Sie hätten den ersten Band durchgelesen und er hätte Sie »interessiert« – dieses ganz fatale Wort, mit dem Welt-leute ihr Nicht-verhältnis zu was immer maskieren – hat mich ein paar Tage lang vexiert. Ich hielt es für möglich, daß Sie Brownings Art schwer verständlich finden und Ihnen die lecture nichts geben würde. Haben Sie aber verstanden, – wie es ja scheint – so ist immerhin ein neuer höchst außerordentlicher Geist in Ihren Gesichtskreis getreten, eine neue ganz frappante und zauberhafte befremdende Belichtung des Lebens, eine Welt für sich – als Sie das bouleversement das ein solches Phänomen in jedem nicht stumpfen Gemüt herbeiführt, mit dem stumpfsten aller Worte bezeichneten – waren Sie vielleicht ermüdet, zerstreut von dem etwas geistlosen Vielerlei, das sich Ihnen dort aufdrängt – aber ich muß doch gestehen, daß mich dieses Urteil etwas deprimiert hat – mir war zu Mut, wie wenn man bemerkt daß man den Weg verloren hat. Es ist sonderbar daß ich jedesmal im Herbst in so bestimmter Weise das Gefühl habe, es läßt sich Ihnen mit geistigen Dingen etwas geben – auch in Italien hatte ich es in allen wichtigen Momenten – aber die verschiedenen Formen des geistigen abaissements sind eben sehr tückisch Ihrem Leben eingeflochten, bald ist es der Apparat von Neubeuern, bald solche corvées wie der Pariser Aufenthalt mit Julie, bald diese Familienaufenthalte – und doch hängt *alles* davon ab, Ottonie, daß Sie nun nicht auf einem andern, etwas minder lugubren Niveau *vegetieren*, sondern daß Sie leben, sich entwickeln, *vorwärts* kommen.

Ihr H

P.S. ich habe noch viele Blocks von diesem netten Papier, aber fast keine Couverts mehr, vielleicht schicken Sie mir noch 50 oder hundert davon!

[Hinterhör, Station Raubling, Oberbayern]
6. 6. [= Juli] 12.

Im goldigen sonnigen Hinterhör wieder eingelebt! Es ist *zu zu* entzückend hier, über jedes Stück in und außer dem Haus begeistern wir uns stets wieder und sind alle so glücklich, wie wir es nur sein können. Das Schloß ist leer, noch eine Erhöhung der hiesigen Reize. Jetzt möcht ich, Sie wären hier, das wäre aber dann eben *zu* schön! –

Das glaube ich gern, daß ich einen recht faden Brief aus Sondershausen geschrieben habe. Erstens schreibe ich überhaupt schlecht Briefe und zweitens dort doppelt dumme. Ich hatte meinen Kopf so voll von allen möglichen Leuten, für die ich auf irgendeine Weise zu sorgen hatte. –
Grade dieser Browning hatte mich so verzaubert, daß ich den ganzen Tag las, immer immer weiter lesen mußte, ohne aufhören zu *können*, was mir gar nicht so oft passiert, und dann sage ich es sei »fabelhaft interessant«, das ist schon mehr wie blöde. Ich bin halt so! Aber heute fühle ich mich so wohl hier, daß mich alles dies nicht traurig stimmen kann, sondern sehr wohlig sitze ich an meinem Schreibtisch, habe zwei entzückende neue Schränkles, in die ich eben viele liebe gute Freunde eingereiht habe und die mich alle grüßen in gemeinsamer Erinnerung an schöne Stunden von letztem Jahr. Vielleicht verstehe ich sie alle falsch, aber ich bin sicher, die nehmen mirs nicht übel, sondern sagen sich: »sie genießt uns halt auf ihre eigene Weise« und sind froh ihr doch sehr viel zu sein und zu geben, überhaupt ihr das Leben wiedergegeben zu haben. –
Dann haben Sie noch so etwas geschrieben von irgendeiner Bemerkung über Sie, die ich in Kufstein gemacht habe. Ich weiß sie aber nicht mehr, sie fällt mir gar nicht ein und auch bleibt mir von der ganzen Reise nur viel Liebes und herrlich gute Momente. Von Ihnen weiß ich persönlich nur noch, daß Sie für alles lieb und gut gesorgt haben und sonst nur, daß Rom Ihnen, so wie wirs machten, ungut vorkam. Das ist alles! Bitte denken Sie nicht weiter darüber nach.
Ach ich muß sagen, *heute* kommt mir das Leben gar nicht so schwer vor, obs wohl so anhalten kann? Es ist so entzückend, wenn nachmittags (grade jetzt) die Sonne durch meine gelben Vorhänge scheint, dann leuchtet alles wie in Gold gebadet, es ist schon schön hier. –
Meine Ferienkinder sind auch schon da und van de Velde's in Nußdorf begeistert.
So nun Addio Ihre Ottonie

[Hinterbrühl, Hauptstraße 19]
Dienstag [9. 7. 1912]

Da bin ich aber sehr froh, daß der Postmeister so gescheidt war, diesen schönen lieben Brief hierher nachzuschicken und nicht erst nach Aussee, der mir ein so gutes Gefühl, wie Sie sind und leben, zurückgibt. Schon für das Telegramm war ich innerlich sehr dankbar, vorher mußte ich öfter zu mir selbst sagen: sie ist doch eine so gute gute Frau, wie ist es da nur möglich daß sie immer in allen Zeiten wo das Leben mir nicht ganz leicht wird, durch ein irgend wie deutbares Stillschweigen so viel als nur möglich dazutut um mir das innere Freiwerden recht viel schwerer oder unmöglich zu machen? – dies ist ja wirklich nichts Kleines: wieder productiv werden – das sagt sich leicht, aber es heißt mit seinem ganzen Ich hinüber in eine andere Welt, die tausend Fäden und Häkchen loskriegen an denen es hängt, Kinder und Vater, Haus und Wirtschaft und Briefzeug und was sich alles nicht zerreißen läßt sondern nur mit behutsamen Fingern ablösen – hoffentlich gelingts, in den letzten Jahren kann ich nur wenige Tage, wenige verstreute Augenblicke zu den eigentlich productiven rechnen, in früheren Jahren war ich nicht reicher, ärmer vielleicht, einsamer sicher, aber es kam öfter zu dem namenlos beglückenden Einklang zwischen außen und innen, Ich und Welt – ohne die möchte ich nicht leben – was ist alles andere dagegen? Der Einsame, Einschichtige kommt leichter zu solchen Augenblicken, ich bereue aber nicht daß ich ein Mensch bin wie andere Menschen, Kinder habe, ein Haus für sie aufrecht halte – so befremdlich es mir manchmal ist.
Alles was Sie von dem Alleinsein im Haus, von den Büchern sagen gibt mehr an Freude und Glück zurück als ich verdient habe – *wenn* ich etwas um Sie verdient habe. Die Briefe aus Sondershausen versteh ich nun, über den Browning ist etwas Schönes und Liebes gesagt wodurch er, als ein Geist, ausge-

schickt um Sie zu erheben, zu seinem ganzen Recht kommt. – Das in Kufstein geredete ist schon vergessen und ists um so mehr, wenn es gar nicht recht klug und ernsthaft und wichtig gemeint sein sollte.
Rodaun hatte ich so gern, die Landschaft da herum ist auch über alle Begriffe schön, ich werde alt werden immer da umhergehen und sie nicht ausgeschöpft haben –
aber Sie müssen sie kennen, es dürfen nicht mehr Jahre hingehen – ich will mit Ihnen in diesen Tälern herumgehen, ist das jetzt versprochen? Die Kinder und die Leute sind schon in Aussee, wir warten die paar Tage bis das Getue mit Kisten und Koffern in dem kleinen Häusel zu Ende ist, dann fahren wir auch hin. Den vierzehnten kommt meine Schwiegermutter hin, bleibt etwa zwei Wochen, also hol ich eine Freundin in den letzten Tagen des Juli in Salzburg ab, ist das recht?
Adieu, Ottonie, ich hab Sie recht lieb, sind Sie mir denn eigentlich gut – oder was sonst?

Ihr Freund H

[Hinterhör, Station Raubling, Oberbayern]
Sonntag. [14. 7. 1912]

Die Zimmer für Placci sind im Hotel Marquard bestellt vom 15ten ab, ich habe sie sofort bei meiner Heimkehr von Italien vormerken lassen, ebenso ein Zimmer für Sie, was man aber jeden Tag wieder loswerden kann, falls Sie wo anders wohnen möchten. – Gestern abend sind wir wieder vom Heuberg herunter gekommen. Es waren drei reizende Tage mit all den Kindern, herrlich schönes Wetter dazu. Herumzuliegen auf der Wiese und das Baby in den Blumen springen zu sehen, war zu zu entzückend und alles Wehmütige da oben wurde durch die weite Natur bekämpft. – Grade im Moment des Fortgehens kam Ihr lieber Brief, er war ganz besonders lieb, es scheint Hin-

terhör macht alles reiner klingen, was davon ausgeht und was wieder kommt, es ist zu beglückend.
Es ist bös, daß ich immer so lange schweige, aber in Sondershausen hatte ich *zu* sehr das Gefühl nicht so schreiben zu können wie ichs wohl möchte und so wurde es mir unmöglich, ich hätte halt früher telegraphieren sollen. –
Ich habe auch oft das Gefühl Sie müßten jetzt wissen, daß ich nicht aus irgendeinem Grund schweige, um Ihnen eine damit verbundene Absicht zu zeigen, sondern weil ich halt grad nicht schreiben kann. – Ich bin jetzt so gar nicht mehr unruhig, wenn Sie mal vierzehn Tage nichts hören lassen, ich weiß dann es fesselt Sie etwas stark. –
Heut ist wieder solch herrlich schöner Tag, die Ruhe wundervoll innen und außen, die Kinder so goldig, *so* möchte ich immer leben, so etwas aus der Welt, ohne weltliche Ehrgeize. [...]
So nun Addio für heute. Denken Sie nicht gequält an mich, schreiben Sie mir auch nicht, nur wenn es ein Bedürfnis ist, ich möchte keine Last mehr für Sie sein, sondern ein kleiner Schmetterling, der ab und an ganz leicht um Ihre Schultern flattert, wenn Sie auf Ihrem Bänkle im Wald sitzen.

Ihre Ottonie

[Hinterhör, Station Raubling, Oberbayern]
27. 7. 12.

Mir ist es so entsetzlich leid, daß ich Ihnen wegen meines so verkürzten Aufenthaltes in Aussee schreiben mußte, aber ich *konnte* es diesmal absolut nicht ändern. Ich weiß *wie* gräßlich unangenehm Ihnen alle Änderungen von langgefaßten Plänen sind, drum hab ich immer noch gewartet, ob es nicht doch möglich für mich wäre, um Eybach herumzukommen, aber es wollte diesmal sich nicht arrangieren lassen. Glauben Sie bitte nicht an schlechten Willen meiner-

seits oder an Schlappheit es nicht durchzusetzen, es geht eben diesmal nicht. –
Ich werde versuchen am 7ten nachmittags aus Eybach fahren zu können, eventuell bis Salzburg und kann dann am 8ten in der Früh aus Salzburg fort bis Gmunden, wenn wir uns dort treffen wollten? Habe grade kein Kursbuch hier um alles nachzuschlagen, fürchte nur daß ich in Attnang länger warten muß, so viel ich mich erinnere klebt man da immer geraume Zeit, könnten wir uns dann nicht schon da treffen? oder ist es zum Radeln dahin zu weit? Machen Sie es natürlich so, wie es für Sie am bequemsten. – Gestern war ich mit meinen Kindern auf dem Wendelstein, zu Fuß herunter und zu mittag bei Heiselers, wo wir Veldes und Lampes trafen. Es war ein reizender Tag. Heute erwarte ich Velde zum Nachtessen, leider muß er Montag für acht Tage fort. Er ist doch ein sehr sympathischer Mensch, mit dem man so gern zusammen ist und immer etwas von einem Zusammensein hat. –
Mein Leben ist momentan den Kindern geweiht, ich genieße ihre Frische und ihre Liebe, die sich in so entzückend naiver Weise ausdrückt. Dies alles gemeinsam mit meiner Ruhe von Hinterhör ist so beglückend, da fühlt man sich oft ganz reich, fast als könnte man wieder etwas abgeben an Andere. Alles ist momentan so harmonisch um mich herum, mein Stüble in dem ich schreibe, *meine* Bücher bis hinüber zur Sisi, die leicht machen möcht in allem. Oft denke ich, wenn mir *viel* genommen ist, so ist mir doch viel geblieben, was ich jetzt erst zu schätzen lerne. –
Leben Sie wohl für heute. Am 3ten fahre ich nach Eybach. Tausend liebe Gedanken von

Ihrer Ottonie

[Briefkarte] [Bad Aussee, 1. 8. 1912]

Nicht einen Augenblick hab ich von Ihnen geglaubt, daß es Ihre Schuld und Nachlässigkeit ist, sondern nur widrige Umstände. Freilich jetzt nach Ihrem letzten Brief begreif ich nicht recht, warum nur drei Tage in Eybach abzutun sind, warum die nicht 27–31 Juli abgetan werden konnten, aber das werden Sie mir schon erklären. Nur das lehnte ich ab, daß Sie den 4ten gerade, den Tag wo voraussichtlich Gretl hier ankommt, sich hätten (unbewußt) zum Wegfahren ausgesucht. Ich sehe den Zug nach und schreib es nach Eybach, glaube nicht daß Sie in Attnang *beträchtliche* Zeit zu warten haben werden.
Wollen Sie in Salzburg (Österr. Hof) übernachten so müssen Sie 2–3 Tage früher wegen eines Zimmers telegraphieren. Ich wäre recht dankbar wenn Sie außer Rémusat noch Shakespeare, den Band mit den Sonetten, mitbrächten, dann den Armen Mann im Tockenburg u. Novalis Hymnen.
Ich hoffe Ihre Zufriedenheit hält an, mir gehts im Kopf sehr gut.

Ihr H.

[Briefkarte] Aussee, Sonntag 4 8. [1912]

Gretl noch immer nicht da, erwarten sie jeden Tag – es gibt richtig von Salzburg vormittags keinen Zug über Gmunden und irgend möglichen Anschluß. Also mit der kleinen Bahn (Salzkammergutlokalbahn) ab Salzburg $8^{h}05$ (wenn Ihnen das nicht zu früh ist?) – und Sie führen etwa bis Strobl wären dort $10^{h}29$ (in Strobl ist ein sehr hübsches Bad) ich wäre schon auf der Station – man könnte dann zum Essen nach Ischl fahren – vielleicht finde ich in Ischl ein Auto – paßt Ihnen das? Ihr Gepäck (größeres) würden Sie direkt in Salzburg bis Ischl aufgeben, oder bis Aussee wenn das geht.
Bitte um Depesche.

Ihr H.

Aussee, Mittwoch 21. [8. 1912]

Jetzt ist es schon eine Woche, daß Sie fort sind! Aber ich fühle in dieser Landschaft so sehr das Verbundensein – es liegen doch nur ein paar Berge, ein paar Täler dazwischen, welche die Phantasie so leicht durchmißt. So ist mir manchmal, als wären Sie nur im Nebenzimmer.

Drei Tage jetzt waren strahlend schön, so sommerlich, wir lagen zu vier auf Decken im Wald und ich habe Homer vorgelesen.

Gretl war in diesen Tagen so unglaublich müd und matt, konnte nicht den kleinsten Weg gehen, gerade nur bis zu einem Wagen – dabei war sie geistig so frisch, ihr ganzes Leben in den Augen, sie sagt, es war ihr merkwürdig zumut, ich glaub es. Seit gestern ist sie kräftiger, es war ein Nachlassen der Nervenkraft, wie es kommt, wenn man endlich entspannt ist.

Seit Montag ist Erwin wieder da. Ilse sieht man manchmal – aber wie wenig Kraft hat eigentlich eine solche Anziehung, die von Augen, einem Mund, einer Gestalt ausgeht. Ich weiß gar nicht, wie sonderbar das alles ist.

Der gute Eberhard scheint rührend voll Freude daß man hinkommen will: ich habe nun den 31ten und 1ten fixiert. Wir fahren mit Erwin und Gretl bis Salzburg, dann gehen die nach Tirol.

Sie lesen von Keats: the pot of basil, ja? dann die Sonette aus der *späteren* Lebenszeit (er starb mit 25.)

Adieu Hugo

P.S. Es war sehr sehr gut daß Sie da waren und alles gut wie es war.

[Hinterhör, Station Raubling, Oberbayern]
22. 8. 12.

Wie die Zeit fliegt! so lang schon wollt ich schreiben, kam nicht dazu, die paar guten Tage mußten benutzt werden, um draußen zu sein und Ausflüge zu machen.
Ja es war doch schön in Aussee, wenn auch kurz, ich habe solch liebe Erinnerung daran, besonders zwei Spaziergänge leuchten mir heraus aus der Zeit, die müssen sehr gut gewesen sein, wir werden innerlich wohl einen großen Contact gehabt haben, solche Momente sind so bleibend, im Gefühl so wohltuend. Ich glaube Sie haben ganz Recht – schöne Augen, Haare, Leib – sind herrlich für den Moment – aber wenn nicht mehr da, fühlt man es leer, wenn es ohne Seele gegeben. –
Wie herrlich, daß Gretl solche fabelhaften Tage hatte, sie hat so unendlich viel Reiz dann wenn alles bei ihr Auge und Hand wird, dann kommt es so tief aus dem Innersten. Sie hat mir so viel gegeben mit den Erzählungen ihres Lebens, ich muß seither ganz anders über Kindererziehung nachdenken. [...]
Addio viele liebe Gedanken für Euch alle

Ihre Ottonie.

[Bad Aussee] Freitag [30. 8. 1912]

Gerty hat Ihren Brief im Bett gelesen. Sie hat wieder eine Angina gehabt und hat jetzt noch eine Entzündung im Mund und Zahnfleisch und immer fort noch etwas Fieber. Sie hat diese ganze Woche Erwin und Gretl nicht mehr gesehen, bis auf eine Viertelstunde heute früh, bevor die beiden fortgefahren sind. Der Anfang war so, daß am Sonntag in einer schönen verschleierten Mondnacht Gerty auf einmal keine Lust mehr hatte im Freien zu sitzen, in der früh dann hatte sie schon starkes Fieber – so ist es mitten in das freundliche Zusammensein recht häßlich hineingekommen. Wir wollten die beiden

nach Salzburg begleiten, dann von dort nach Gastein, nun fahre ich natürlich allein nach Gastein, am Sonntag, wenn sich Gerty's Befinden so weit gebessert hat, daß ich sie ohne Sorge allein lasse.
In dem Zusammensein waren noch viele gute Stunden, es ist kein Scherz, wenn auch im Scherz so oft wiederholt, daß es das Geistige und nur das Geistige ist, was mich an Gretl fesselt, ihr Auffassen, ihr Erzählen von der Kindheit, von Erlebtem, das tat sie recht viel, nach und nach habe ich weit mehr als die Hälfte der Odyssee vorgelesen, von den Phäaken an alles ohne Lücke, manchen Tag zwei Gesänge und mehr, das war an trüben Regentagen und unter dem Druck von Gertys üblem Befinden, die kleinmütig war und leicht weinte, die beste Stunde des Tages.
Ich werde froh sein, wenn es gelingt daß ich das mit Gastein doch einhalte – mich freuts, und ich weiß daß es Eberhard freut, und er soll sehen, daß mans will und daß es gelingt.
Sie waren vielleicht doch zu kurz hier – oft ist mir als hätt ichs noch vor mir, dann fällts mir ein, daß es schon verbraucht ist, das ist wie wenn eine Wolke vor die Sonne ginge. – Im Juli war ich reich, an Erwartungen, Plänen, – der August hat nichts gereift – nichts dazu gebracht – nun kommt viel auf den September an. – Zu Ihnen schickt man wieder die Schwiegermutter das finde ich ein bißchen überflüssig – ein Brief der mir sagte, was Sie lesen (woran ich dann anknüpfen und schicken könnte) wäre mir lieb.

H

Aussee 5ten [9. 1912]

Es macht mir bang daß man Ihnen die alte Frau nun wieder aufgehalst hat in dem kleinen Haus, bei den ewig düsteren sonnenlosen Tagen. Ich denke hin und her, Mädi machte mir in ihrer Weise klar, daß es so habe sein müssen, es müsse jeder sein Teil tragen und Sie seien nun wohl genug, stark genug u.s.f. Mir sind Sie aber nicht wohl genug, ich will ein Hinaufkommen wovon dies nur der schwache Anfang ist – so macht es mir bange, ich sehe Ihre Einteilung schwierig, den ganzen Tag eingeklemmt, keine Mahlzeit allein, keine Stunden für sich, kein Spazierengehen mit einem Buch. Vielleicht sehe ich es schwärzer als nötig ist, die Zimmer sind ja lieb und behaglich, vielleicht sind Sie stundenweise für sich, können lesen – bitte schreiben Sie mir darüber wenn es geht – aber keinen so ganz unconcentrierten Brief, *bitte*, wie manche in diesem Frühjahr, wo ich das leichte fast gedankenlose Hinlaufen der Feder fühlen konnte. Ich will vor allem wissen, ob Sie lesen, was Sie lesen, und ob Sie mit Freude und Vertiefung zu lesen imstande sind. Ich weiß nicht ob Sie in Goethe, Shakespeare genug hineingeführt sind, um von einem zum andern zu kommen, lesen Sie doch Measure for measure, eines der merkwürdigsten Stücke für mich, Absätze darin von himmlischer Schönheit, dann einmal den Othello, aber nur wenn Sie concentriert sind, sonst ist es frevelhaft. Daneben doch wohl die Rémusat. Schreiben Sie mir bitte den Verlag Ihrer Browning-Ausgabe und den Namen der Ausgabe, wenn sie eine besondere Bezeichnung hat. – Eberhard war gut und lieb – das Beste war ein Gespräch, wo ich mich zwang trotz ödem Himmel und Regen ihm spazierengehend die »Frau ohne Schatten« tant bien que mal zu erzählen und sie dann sehr gut erzählte, zum ersten Mal alles vor mir sah und, zugleich mit dem Zuhörer, von der Schönheit der Erfindung und dem menschlichen Gehalt wirklich ergriffen wurde. Die eigene Einsicht in das Ganze, auch Eberhards Bemerkungen gaben mir dann eine Menge Details und Übergänge die ich seitdem vielfach notiere, so daß ich jetzt sagen kann, daß dieses ganze Gedicht innerlich wirklich dasteht, also in gewissem Sinn gerettet ist. – Gerty ist reconvalescent, wäre völlig gesund, wenn zwei Tage die Sonne scheinen wollte. Mein Vater ist hier, wirds wohl nicht lange aus-

halten. Es regnet seit 4 Tagen und Nächten fast ununterbrochen.
Ich mache die Einleitung zu den Erzählern jetzt fertig, auf die gewartet wird – dann flüchte ich wenn Gerty reisen kann (also in 5–6 Tagen) in die Bozner Gegend, nach Venedig, wo immer hin, wo die Sonne scheint. Das Quälende ist das Gefühl der stärksten Productivität das künstlich, von der physischen Natur her, durch Finsternis, Frieren und die Unruhe im Haus, unterdrückt wird.
Adieu H.

PS. ich war doch sehr betroffen über das was Sie mir sagten über das Nichtspüren der andern Hälfte der Welt. So crument wußte ich es ja nicht; es existierte in meiner Phantasie, aber als etwas viel vageres, längst nicht so stabil. An sich muß es, wie jedes verletzte Lebensgefühl, aus dem Centrum des Lebens, aus der Seele heraus, und *nur* von dort zu heilen sein.

[Hinterhör, Station Raubling, Oberbayern]
15.9.12.

So endlich will ich versuchen, an Sie zu schreiben, ob's aber bis zum Schluß heut' kommt, weiß ich nicht. Beunruhigen Sie sich bitte nicht meinetwegen, ich fühle mich körperlich *so* frisch jetzt immer, daß ich vieles leisten kann, was im letzten Jahr noch unmöglich. [...]
Donnerstag Nachmittag fuhr ich mit Vater und den zwei Mädels nach München. Ganz zufällig las ich am Hoftheater »Jedermann« angeschlagen, so ging ich mit meiner Gesellschaft hin. Es war wundervoll! Ich hab viel mehr davon gehabt als bei der Première, wo einem die Aufregung doch viel vom eigentlichen Genuß geraubt hat. Es war natürlich in Nichts mit Berlin zu vergleichen, und doch war man so gepackt von Anfang bis Schluß, nicht ein Moment der Länge kam uns. Ich glaube, man

könnte »Jedermann« auf einer kleinen Schmiere geben, es würde eben doch unendlich wirken. – Mein Vater war *tief tief* ergriffen, so, daß er sich weigerte den nächsten Abend mit uns wieder in ein Theater zu gehen, sondern fuhr allein nach Hinterhör zurück. Er bittet mich, Ihnen zu danken für dieses große Werk und zwar mit meinen besten Worten. Ich freute mich so, ihn mitgenommen zu haben; da er sehr fromm, hatte ich etwas Angst: wird ihm all das von der Bühne aus gesagt, mit dem »Vater Unser« und allem, nirgend weh tun? Dann war ich *so* namenlos froh, daß er es so unglaublich packend empfunden hat.

Am nächsten Morgen führte ich ihn noch in die alte Pinakothek und wir sahen die herrlichen Bilder an, und wieder hatte ich neben meinem Genuß die größte Freude an seiner Begeisterung, er ist ein so dankbares Publikum. Es war eine sehr schöne Sammlung grade dort ausgestellt mit wunderbaren Rembrandts, Franz Hals und anderen herrlichen Stükken. Es war ein Tag den ich so unendlich genossen habe und immer wieder daran zurück denke. – Sie fragen, was ich jetzt lese, man kann es eigentlich kaum lesen nennen. Ich schaue ab und zu in die Tagebücher von Hebbel oder in die Rémusat, was mir dann immer als liebe Ausruhmomente dient. – Diese Zeit wird nun wohl noch etwas im gleichen Tempo so bleiben, bis Mama aufs Schloß zieht, aber ich kann es glänzend leisten. –

Morgen kommt Eberhard, ich freue mich sehr auf ihn, aber wieder ist das Zusammensein ja nur ein kurzes. –

Wie verstehe ich Ihre Flucht nach der Sonne zu, es ist trostlos bei uns, *jeden* Tag Regen, seit meiner Rückkehr von Aussee nur zwei gute Tage. Ich ließ auch so gern alles im Stich und flüchtete nach Italien. –

»The ring and the book« ist bei Smith, Elder & Co. 15 Waterloo Place herausgekommen. – Wie wundergut, daß »die Frau ohne Schatten« wieder mehr zum Leben gekommen ist, ich denke so oft an das, was Sie mir schon darüber erzählt haben

und hab es immer so besonders lieb gehabt, ich freue mich schon ordentlich drauf, wenn Sie wirklich dran arbeiten werden. –
So nun leben Sie wohl, genießen Sie die Sonne recht.

Ihre Ottonie

[Hinterhör, Station Raubling, Oberbayern]
22. 9. 12.

Gestern haben Sie mir eine entzückende Stunde gegeben. Eberhard brachte mir das Vorwort zu den Erzählungen – als sie dann alle wieder im Schloß waren, Mama früh im Bett, da sie etwas krank ist, – saß ich allein in meinem geliebten kleinen blauen Stüble, sehr sehr nah mit Ihnen verbunden. Es ist ein wundervoller Anfang für die Erzählungen. Jeder wird sich über das Buch unendlich freuen.
Vor einigen Tagen kam ein Kistl prachtvollen Obstes aus Bozen, ich kann nur Sie als lieben Geber vermuten, da ich sonst niemand mir Nahes dort weiß, nehmen Sie also den Dank von Mme Hinterhör gnädigst an. –
Nun eine Frage, die wir gestern hier besprochen haben und gern Ihre Antwort hätte. Wenn Sie und Strauss sich damit einverstanden erklären würden, den Abend nach der Ariadne gemeinsam zusammen zu verbringen, mit den dazugehörigen Freunden, dann würden wir etwas arrangieren, sei es bei Fritz Gemmingen (so er damit einverstanden ist), sei es wo anders. Nur müßten wir dann absolut sicher sein, daß Sie sowohl wie Strauss dorthin kämen. Mit wieviel Leuten ungefähr könnte man dann auf Sie rechnen? 10–20 oder 20–30 Personen, ganz egal, nur um etwa ein Bild zu haben. Sie müßten dann Strauss zuvor fragen, ob er damit einverstanden ist und mir dann schreiben. Außerdem würden wir es mit Putlitz und Schillings abmachen und uns dann an die Abmachung halten. Bitte nehmen Sie unsere Gruppe nicht mit. Natürlich müßten Sie dann immer die Frei-

heit haben, mehr oder weniger Leute zum Kommen zu veranlassen, nur in großen Zügen müßte man eine Ahnung haben. – Haben Sie genügend Sonne um arbeiten zu können? Hier ist's kalt und wenig sonnig. Eberhard ist frisch und lieb; wir haben einen sehr guten Gang zusammen gehabt, dabei viel gesprochen. –

So nun Addio, ich muß ins Schloß, wo auch Wolffs heute sein werden.

Mit tausend lieben Gedanken stets bei Ihnen

Ihre Ottonie.

Schloß Gandegg im Eppan
[26. 9. 1912]

Durch zwei liebe gute Briefe sind Sie *da*, auch ohne diese durch ein Gefühl Ihres Lebens, beinah Ihrer Nähe, das gut und selbstverständlich ist, dann noch auf eine recht sonderbare Weise, durch das Parfum Ihrer Waschseife an Erwins und Gretls Händen. Was für ein Einfall in dieser Weise seine Vergangenheit auf andere Leute auszustreuen. Plötzlich macht es mich nach Erfurt fahren oder auf der Bank bei der Wiese sitzen, wo die Schafe weiden.

Die Prosaarbeit geht, scheints – aber kalt und finster ist's hier auch, so fahren wir Sonntag weg, Gerty nach Rodaun, ich nach München, bin dort von Sonntag abend an im »Marienbad« bleibe d. h. will bleiben bis zum 15ten, da kommen Sie einmal auf einen Tag, nicht wahr?

Das muß auch noch gesagt sein, daß es mich unaufhörlich und immer frisch freut, daß Sie in Stuttgart sein werden – lassen Sie sich nie durch meine Affereien dazukriegen, an einem solchen Tag *nicht* da zu sein. Wie sehr Sie zu meinem Leben gehören, wissen Sie kaum.

Eine halb private Veranstaltung am 1ten Abend (Abend des 25ten) ist ganz unmöglich, da sind es nicht 20–30, sondern

150–200 Menschen, um die ich mich irgendwie bekümmern muß, die irgendwie nicht ausgeschlossen werden dürfen (in Dresden warens 400) da gibt es nichts als daß man im größten Raum des Marquardt soupiert und ich Euch Kessler Taxis (Marie und Titi) Margit Zichy, Schröder Gretl u.s.f. an meinem Tisch habe.
Vielleicht find ich bald eine kleine Zeile im Marienbad.

Ihr H.

[Hinterhör, Station Raubling, Oberbayern]
8. 11. 12.

So ist immer geschwind alles anders, als man es im vorherein denkt. Als ich Sonnabend aus München wieder kam, fand ich Baby recht müde und blaß. Sonntag hatte sie bereits hohes Fieber und Diphteritis. Seit gestern abend sind wir nun aus der Gefahr heraus. Gottlob! Was alles in solchen Tagen und Nächten in einem vorgeht, wenn man sich so deutlich vorstellt, wie das Schlimmste eintreffen kann, ist unerhört merkwürdig. Es war mir, als fiele mein Leben in ein Nichts zusammen und mir wurde klar, wie ich im letzten Grunde doch bei jedem immer das Kind im Auge habe. Sie ist so rührend in ihrer Krankheit.
[...]
Ich lese seit gestern »Die Brüder Karamasow« und kann natürlich kaum aufhören, es ist unglaublich wundervoll und gut. –
Wir haben richtiges Winterwetter, 6 Grad Kälte und eine Schneelandschaft mit herrlicher Sonne.
Ich denke so oft an die Ariadne und dann fallen mir all die Schlacken weg, die sie von außen belasten wollten und nur der herrliche Eindruck des Abends bleibt bestehen. Hab ich Ihnen eigentlich je gesagt *wie* lieb ich die Ariadne habe? aber auch ohne dem werden Sie's wissen.
Leben Sie wohl Ihre Ottonie

[Rodaun bei Wien]
Sonntag [10. 11. 1912]

Ihr Brief lag gestern abends da als ich aus der Stadt kam, neben dem Schreibtisch lehnte das Bild von Hodler, das zugleich gekommen war. Der Brief gab mir merkwürdigerweise anstatt Beunruhigung und Aufregung das Gefühl Ihrer Person und die Freude, Sie auf der Welt zu wissen, in einer wunderbar reinen Weise, die mich heute den ganzen Tag mit Dank erfüllt. Ihnen ist nichts ferner als das Bestreben sich in einem Brief abzumalen, dennoch malt dieser Sie unvergleichlich: die Sorge, zugleich aber die Fassung und die Freude über die Ruhe und Abgeschlossenheit, die Erwähnung des schönen kalten Schneewetters und der Übergang zu so schönem Aufnehmen des allerdings erhabenen und beinahe heiligen russischen Buches und die mich fast beschämenden Worte über »Ariadne« dies alles ist ein Ganzes und es sind Sie, und daß ich Sie gefunden habe, ist unnennbar viel. In einem gewissen Sinn hat damit mein zweites Leben angefangen. Dies ist mir klar: daß ich fortdauernd Ihr Freund zu sein beharren darf und muß, zugleich aber daß ich Sie als meine Freundin wie Sie sich mir geschenkt (und meine Verworrenheiten und langen Irrtümer dabei ertragen haben) nur kaum und sehr beiläufig verdiene.

Mein innerer Zustand war hier recht sonderbar niedrig, was aber jetzt abgetan ist. Ich hatte einmal zwei sehr schöne Stunden mit Gretl, einen überaus schönen Brief von Borchardt, einen sehr menschlichen sympathischen von Helene Nostitz, wahre Freude an meinen 2 Bildern (den Hodler und den Picasso) desgleichen an zwei von Erwin in diesem Sommer gemalten Bildern.

Empfinde ich mich, uns, in diesem Augenblick geisterhaft als vor langem gelebt habend und im Gedächtnis eines Nachlebenden auflebend, so fühl ich zugleich daß es etwas Schönes um unser Leben war. – Ich vermeide zu telegraphieren, bin innerlich ruhig, bitte aber um eine Zeile möglichst postwendend.

Ihr Hofmannsthal

Rodaun, Mittwoch 20. [11. 1912]

Ich bin vorsätzlich nicht ängstlich gegenüber den körperlichen Krankheiten, und gar denen der Kinder, wohin käme man sonst – aber als Sonntag abends die Antwort auf eine an Julie gerichtete Depesche nach 36 Stunden nicht da war, wurde ich sehr unruhig oder eigentlich mehr oder weniger als unruhig und stellte Überlegungen an, denen sehr deutlich der eine Gedanke zugrunde lag: daß mir – so wenig ich das Kind beim Anschauen Ihrer Person und Existenz sonst ins Spiel ziehe – doch Ihr Leben ohne das Kind nicht recht vorstellbar wäre.
Was das Hineinlegen in Sie anlangt, so weiß ich niemals recht was Sie damit wollen. Es handelt sich doch zwischen Mensch und Mensch ums Herausholen eines wahrhaft unendlichen Gehaltes – das lehrt dem einen sein Christentum, dem andern kann es Goethe oder ebensogut Walt Whitman oder Rembrandt lehren – und ich wüßte nicht wozu die Kunst überhaupt gut wäre, als weil sie dies mit 1000 Zungen unaufhörlich predigt – auch reifer werden heißt eigentlich *diesem* mit mehr Kraft und Zulänglichkeit beikommen.
Ich glaube fast zu fühlen, daß Ihre einsamen Stunden, wenn sie von Bangigkeit gereinigt sein werden, viel Schönes in sich tragen werden.
Mit dem Dostojewski, den Erzählern, und einem Hinübergreifen auf Goethe, auf Hölderlin müßten Sie eigentlich die Welt um sich haben so wie Noah sie in seiner Arche hatte – hoffentlich. – Gretl sah ich einmal, ein wenig angegriffen, aber in jeder Beziehung und fast sichtlich reifer und besser werdend, – an einem Zusammensein mit Hauptmann hatte ich viel Freude; schön und rein ist alles an diesem Menschen, auch seine Freude

jetzt über das was alle Welt ihm entgegenbringt. – Ich denke wir besuchen ihn einmal zusammen in Italien, hab es beinahe versprochen.

Ihr H.

Rodaun 25. XI. [1912]

Ich schicke Ihnen das statt eines längeren Briefes zu dem ich heute nicht komme. Ich habe in diesen Tagen meine Erinnerung an Raoul Richter (den der starb als wir in Italien waren) aufgeschrieben, das heißt eine bestimmte Erinnerung an ein einziges für mich nicht bedeutungsloses Zusammentreffen mit ihm, 1896, in Aussee. Hoffentlich kann es der Mutter und dem Bruder einige Freude machen.
Der Tag der Dresdner Jedermann Aufführung läßt sich, scheint es, wegen Erkrankung zweier Darsteller nicht bestimmen; doch hoffe ich, daß man an der Zeit 5–10 December festhalten wird. Ich fahre also vermutlich den 1ten nach Dresden, den 2ten und 3ten bin ich in Auerbach bei den Nostitzens, zwischen 4ten und 11ten in Berlin und Dresden, den 12ten und 13ten Darmstadt, den 14ten in Frankfurt dann nachhaus. Das Nähere aber schreibe ich noch.
Ich bin fast des Glaubens, daß Ihr Dasein jetzt etwas Behagliches hat, mit ungestörten Nächten – hoffentlich ist es so.
Gretl sehe ich heute abends, wohl zum letzten Mal; sie geht nach Budapest. – Die politische Situation ist immer gleich ernst, oder noch ernster als je. Meine Kriegsdienstbestimmung ist nicht mehr nach Pola, sondern Anderswohin, kommt aber wohl nur für den Fall eines Krieges mit Italien in Frage, der uns hoffentlich erspart bleibt; ein Krieg mit zwei Fronten ist gerade ernsthaft genug, es brauchen nicht drei sein.
Hoffentlich sind wir zu Ende December alle wirklich beisammen. Wie steht es mit Eberhard im Kriegsfall?
Adieu. Ihr Freund H.

[Auerbach im Vogtland, 2. 12. 1912]

Die kleinen Zimmer da hier, in denen ich wohne, Schlafzimmer und ein ganz kleines Schreibzimmer, mit weißen Möbeln und ein paar Büchern und Zeitschriften da und dort hingelegt, sind mir als ob ich sie gestern verlassen hätte. Und doch sind es schon fast zwei Jahre her: Damals kam ich über Leipzig von Erfurt, und hielt es für möglich ich würde schon hier einen Brief von Ihnen finden, fand aber keinen. Damals waren Sie mir so nahe – so ängstlich suchte mein Denken Sie in der Welt draußen – und das ist so seltsam, Ottonie, wenn ich Sie heute suche, so ist mir, ich müßte Sie in meinem Inneren suchen, da etwas wegräumen – noch tiefer hinab – zu mir selbst und dort sind auch Sie. Jenes damals war Liebe, nichts anderes – dies jetzt weiß ich nicht mit Namen zu nennen, es ist geheimnisvoll, stumm, Zusammengehörigkeit? ja – Sehnsucht, auch – es gibt so seltsam Verflochtenes. Fernweh, Heimweh, Freude, Bangigkeit, Zärtlichkeit haben und noch mehr haben wollen, oder eigentlich gar nicht haben wollen, sondern? nur noch mehr *sehen*, noch stärker Leben fühlen, außer sich sehen, in sich fühlen, wen? wen? Wir alle! Wer wir alle? alles so dunkel – dummer kleiner Brief, aber starkes Fühlen, Denken, eigentlich ohne Sehnen, sondern nur so.

Dunkle Zeit. Wir müssens halt durchstehen. Zuerst wir, dann vielleicht die Kinder. – Ich kann mir nicht die Hände waschen, ohne die unzähligen blutenden verstummelten, zerschmetterten Hände vor mir zu sehen.

Nostitzens sind gute brave Leute. Sie ist eine liebe und eine mutige Frau. –

Ich wüßte gerne in welchen Büchern Sie lesen. Ich bin bis 6ten morgens in Dresden, Bellevue, dann in Berlin, Adlon.

Gute Nacht, guten Morgen oder was es ist. Adieu.

Ihr Freund H.

[Hotel Adlon Berlin W]
Donnerstag [12. 12. 1912]

Es waren sechs wunderschöne Tage und Abende die ich hier gehabt habe, mit den Russen, mit Reinhardt in seinem Theater und allein mit ihm in seinem Haus, auch Kessler lieb und entspannt – ein Abend wie der gestrige, Nijīnsky unvergleichlich, so viel freudig erregte Menschen, Strauss, Liebermann, Reinhardt, alle in eins vor Freude – ich hab jetzt keinen ruhigen Kopf, weil Strauss gerade vorgespielt hat – und die Josephsfigur so *verzeichnet* wie die Zerbinetta, es wird aber noch zu retten sein, weil es noch die Skizze ist – ich fahre jetzt gleich zu Levin, es mit ihm durchsprechen, von dort direkt in den Schlafwagen, bin morgen Darmstadt, Premiere Jedermann mit Moissi, wohne Hotel »Traube«, fahre Sonntag nachts direkt von Frankfurt nachhaus. Ob nun Ihre Quarantaine rechtzeitig vorübergeht? Ich denke wir fahren dann Anfang Januar zusammen nach Wien, d. h. Rodaun für 5–6 Tage, Sie sehen genau um diese Zeit die Russen ein paarmal in Ruhe, ja das machen wir bestimmt, d. h. wenn kein Krieg wird.
Von Gretl kein Wort, sie ist in Budapest, gewiß drückt die Angst wegen Erwin auch sie.
Adieu. H.

Rodaun 13. 1. [1913]

Burghausen kenn ich wohl und hab mir immer gewünscht es Ihnen zu zeigen: im Sommer war ich zweimal in meinem Leben dort, an glühend heißen Tagen, man badete in dem Weiher unter der Burg und übernachtete in dem alten Gasthof.
Die ersten Tage waren innerlich nicht ruhig, wie es ja natürlich ist. Zwei Tage gingen ganz dahin mit dem Schreiben an Eberhard, bis zu ziemlicher Depression und Migräne. Einen Zustand dieser Art trocken, sozusagen geschäftsmäßig darzustel-

len, ein liebenswertes menschliches Geschöpf sich so entzwei reißen zu müssen – mit einem Auge das wesenhafte Bild zu sehen, mit dem andern die krankhafte Verzerrung – die Masse des betrübenden und kleinlichen Stoffes einigermaßen zu ordnen und darzustellen, diese traurige Carricatur einer künstlerischen Arbeit hat mich wirklich mitgenommen.

15/1. Sie werden indessen die Bücher von Dostojewski bekommen und den Raskolnikof zu lesen begonnen haben. Dazwischenhin möchte ich daß Sie jeden Tag etwas lesen, das Sie zu einer ruhigen Betrachtung führt, wo der Dostojewski Sie ganz aus sich heraus geführt haben wird. Nehmen Sie Goethes Sprüche in Reimen zur Hand, abwechselnd auch die »Sprüche in Prosa« (= Maximen und Reflectionen) dann gelegentlich die »Fragmente« des Novalis und versuchen, wie Sie damit weiterkommen, wie viel Sie sich davon zum Besitz machen können, ohne Quälerei. Da Sie eine richtige Frau sind, zur Welt nur durch Männer gelangen können, so muß auf diesem geistigen Weg compensiert werden, was die Umstände sonst erschweren und verwehren, und die Frauenwirtschaft dort setzt Sie in eine fortwährende Gefahr, der fortwährend begegnet werden muß.

Mit Ihrem Whitman werden Sie sich wieder vertraut machen. Vielleicht versuchen Sie, sich die wundervollen »Deutschen Oden« in dem Band von Schröder dadurch aufzuschließen, daß Sie sie laut lesen, je zwei, drei, nicht mehr: dadurch die Vortrefflichkeit dieser Poesie, Reinheit der Gedanken, männliche Zartheit des Gefühls, die unbeschreibliche *Richtigkeit* jedes Details darin, erkennen und genießen lernen. – Ich hoffe um alles, Sie schaffen sich für dies alles bestimmte Stunden und halten Sie ein. 1½–2 Stunden täglich Wasser ins Danaidenfaß geschöpft ist mehr als genug.

Ihr Freund H.

14. 1. 13.

Ich habe so das Gefühl, ich müßte Ihnen schreiben, weiß nicht was nicht warum, aber so ein bisserl eine Sehnsucht sitzt im Innern nach Ihnen, die möcht Sie haben, mit Ihnen gehen, Stunden gehen in dem herrlichen Winterwetter, mit Ihnen schwätzen, mit Ihnen still sein. Da das Alles nicht sein kann, schreib ich diesen dummen Zettel, denke viel an Sie und lese Raskolnikof. – Annette ist hier, sagt nette Sachen und spielt abends lieb Klavier, kommt dann zu mir und schwätzt. Tagsüber sieht man sie nicht, sie arbeitet. – [...]
Ob Sie jetzt wohl Ihre langersehnte Ruhe in Rodaun haben, oder ob die Russen Sie schon gefangen nahmen? Schreiben Sie mir nicht, ich weiß jetzt so gut, was Briefe für Sie sind. Ich denke lieb an Sie und bilde mir ein, die gleichen Gedanken bei Ihnen für mich zu wissen.
Tausend Liebes Ottonie.

Sonntag abends
[Anfang Februar 1913]

Ich mußte in den letzten Tagen viel an Sie denken. Auf einmal wird mir so bange, ein bißl, nach Ihnen. Sind Sie denn schon wieder zuhaus – oder wo sind Sie denn?
Ich denke mir immer, es ist Ihnen gar nicht bewußt, daß Sie mich aus Ihrem Leben hinausgesperrt haben, so ganz und gar hinausgesperrt diese 14 Tage, indem Sie mir keine Adresse angegeben haben, auch auf dem Brief aus St. Moritz stand ja keine, und seitdem sind wieder zehn Tage vergangen.
Von der Annette hatte ich einen sehr netten Brief, aus zwei Briefen bestehend, über die »Ariadne«, der mich recht freute. Es ist sonderbar genug, die lebendige und ungezwungene Anerkennung eines einzigen Wesens entschädigt einen für die Stumpfheit von tausenden. Sie sagt daß die Aufführung in

München sehr schön war, besonders durch die Bosetti. Diese kommt aber erst am 2ten März wieder zurück, also ists besser, Sie sehens dann erst.
Ich lebe recht still und trotzdem scheint die Zeit nicht sehr ergiebig, freilich, man weiß das nie recht und die mühseligen Stunden sind oft nicht die ärmsten. Es steht manchmal recht deutlich vor mir, was, innerhalb meiner Grenzen von mir zu leisten wäre, – nicht ganz so bestimmt ist das Gefühl, es leisten zu können.
Wüßte ich Sie zuhause, in einiger Ruhe und Sammlung, würde ich Sie bitten, das Buch von Chamberlain über Goethe in Ihr Zimmer zu nehmen [...] und es anzufangen.
Gute Nacht Ihr früherer Freund H. H.

Der gleiche den Sie vor 2 Jahren um diese Zeit in der Eisenbahn trafen, als Sie von Stuttgart nach Sondershausen fuhren

[Privat Hotel
Caspar Badrutt's Erben
St. Moritz-Dorf]
Sonntag [Mitte Februar 1913]

Immer noch bin ich hier! Gestern erreichte mich Ihr *lieber* Brief, nachdem er eine Woche mir nachgereist war. Ja *so* lange haben Sie nichts von mir gehört, und denken Sie ich war hier sehr krank, hatte eine merkwürdige Halsentzündung, ganz ohne Fieber mit vielen Herzschwächen. Grade am Tage meiner Abreise, das heißt der gewollten Abreise, bekam ichs. Aber eben so elend wie man hier sein kann, genau so schnell erholt man sich wieder. Ich bin wieder ganz und gar frisch und darf morgen reisen. Ich fahre bis Konstanz [...] und bin dann Mittwoch at home. Ich hoffe dann eine möglichst ruhige Zeit zu haben bis ich Ende März also wirklich nach Paris gehe. –

Aber zu denken, daß ich *Sie* aus meinem Leben aussperren könnte! Ich habe in den ganzen Tagen *so* viel an Sie gedacht, hätte viel drum gegeben um ein paar Zeilen. Ich war so merkwürdig losgelöst, wäre so namenlos gern gestorben, hatte nur den einen Wunsch, es könnte so schnell hinübergehen. –
Aber jetzt lebe ich ja wieder und war sehr vergnügt. *Diese* herrliche Sonne hier ist schon zu prachtvoll, all die leuchtenden Farben in dem Schnee und zu dem schönen blauen Himmel ist schon reizend. [...]
Wie freue ich mich, daß Sie eine ruhige Zeit haben, es ist dann später doch manche Frucht reif, die sich jetzt bildet, man merkt es nicht immer gleich.
Gott, *wie* gern hab ich Sie, ich könnt wirklich nicht mehr leben, ohne Sie irgendwo in Beziehung zu mir zu wissen.
Gute Nacht Ihre stets gleiche Ottonie.

Rodaun Freitag [21. 2. 1913]

Angst ist es ja nicht, aber Bangigkeit – bang ist mir schon um Sie, die ganzen Tage und jetzt auch wieder. Sind Sie denn zurück? und wenn auch, in dem großen Schloß, nicht zuhaus, die alte Frau da drüben, die vielen Dienstleute, die großen leeren Gänge – ja, mir ist bang, ich möchte dort sein, bei Ihnen sein, Sie hindern, daß Sie nicht schnell über Treppen gehen – ist denn das Herz ganz ganz gesund? was war denn das? was kann es denn gewesen sein? ohne Fieber – und *viele Herzschwächen*, wo doch Ihr Herz immer so gesund war, der Puls so regelmäßig wie eine Uhr! War es denn von der hohen Luft? Aber die hat Ihnen nie was getan – oder war es nicht das Herz selbst das krank war, direkt das Herz, eine Entzündung des Herzmuskels? war es das? aber da muß man doch nachher ein halbes Jahr lang unbeschreiblich achtsam sein, keine Treppen steigen, nicht einmal wenige Stufen – viel liegen, fast glaube ich, das *kann* es nicht gewesen sein, sonst hätte man Sie nicht so fortgehen las-

sen – Sie sprechen auch von Paris – aber was *war* es denn dann, und ist es auch fort, ganz fort, keine Anwandlung mehr davon da? oder welche Anwandlung? nach einer Anstrengung? morgens nach dem Aufstehen??
Möchte schon bei Ihnen sein, Sie hätscheln, pflegen, leise zur Tür hereinkommen, leise wieder hinausgehen, ein Buch bringen, Ihnen vorlesen, Sie zudecken, die Schuhe ausziehen, die Kleider ausziehen, zu Bett bringen, wie ein Kind, beim Bett sitzen – wie gern möcht ichs! Es gibt schon Arten, zu zeigen, daß man ein Wesen gern hat – auf einmal versteh ich's, fühl ichs, seh ichs auch wieder, daß ich für Sie nicht unnötig bin, nicht nur von Ihnen aus nicht, sondern auch von überall aus nicht. – Ottonie, soll ich denn kommen? Leben Sie denn wie immer? Und ich, der ich mich so auf Ihre stille Zeit freute! Was werden Sie denn jetzt lesen? Vielleicht daß der »Goethe« (von Chamberlain) zu schwer ist. Aber Whitman, Whitman ist nie zu schwer, er ist immer da, wo immer man aufschlägt ist er da, er ist Gesellschaft, atmendes Wesen, Auge, menschliche Nähe. Er ist unglaublich und beide kennen wir ihn noch gar nicht, obwohl wir ihn lieben. Wir haben noch kaum seinen Rand betreten und er ist wie ein Meer. Ein einzelnes Gedicht von ihm, das mit seinem Namen überschriebene, auf Seite 31, ist wie ein Urwald. Wollen wir zusammen hineingehen?
In den letzten Wochen habe ich in vielen Büchern gelesen, über Pflanzen, über Tiere, über kranke Menschen, aber immer wieder morgens oder abends oder in den dämmrigen Zwischenstunden im Whitman. Unglaubliches Buch! Die Drum taps, alle diese Gedichte aus dem großen blutigen Krieg, den er selber als Krankenpfleger mitgemacht hat, als Freund der Kranken, als freudiger Liebender der Sterbenden – glorreiche Gedichte, lesen Sie sie eins nach dem andern, lesen Sie die Seashore-memories, lesen Sie Song at sunset (Seite 338), Poem of joys, lesen Sie sich von irgendwelchem Gedicht aus, nach vorne, nach rückwärts, hinein in diese wundervolle Wesenswelt – – ich bin froh, daß dieses Buch bei Ihnen ist, es ist mir wie

ein Wächter des Lebens und der Freudigkeit. Und werden Sie mir schreiben, bald schreiben, über die Krankheit, alles, die Wahrheit, ja Ottonie!
Gute Nacht.

[München] Sonnabend [Februar/März 1913]

Sie ahnen garnicht, was Sie mir soeben geschenkt haben, ganz neu wieder geschenkt haben. Es war wundervoll! Ganz allein war ich in der Ariadne und hab es *so so* genossen. Ich find es schon zu entzückend, daß man einen lieben Freund hat, der so was Schönes zaubern kann. Ich liebe halt *meine* Ariadne sehr. –
Dann denken Sie wie nett, ich hatte an Franckenstein ein paar Zeilen geschrieben und ihn gebeten, mir an der Kasse einen Platz reservieren zu lassen, als ich ihn dann abholen wollte, wurde er mir als Geschenk gegeben. Das war mir so überraschend und kam mir gleich wie so ein lieber Gruß von Ihnen. Ach wenn Sie doch nächste Woche hier sein könnten, ich muß von Dienstag bis Sonnabend mit Hansi hier verbringen, er bekommt in der Klinik eine Mandel herausgeschnitten. Denken Sie, *wie* nett wir da jeden Abend zusammen ins Theater gehen könnten und so. Es ist schon schad, daß Wien so weit ist.–
Sagen Sie der Gretl, daß man sie schon sehr vermißt in der Ariadne, auch fand ich die Jeritza viel besser als die Fay, Bosetti war entzückend graziös in Stimme und Spiel. Aber das Ganze ist halt *so* gut. –
So nun gute Nacht lieber Freund Ihre Ottonie
(die Sie stets sehr gern hat!)

Rodaun 15 3. [1913]

So weit von einander? unverbindbar? Liebe Ottonie! Wo Sie herumgehen? am Inn? müde? ein bißchen Märzmüdigkeit ist in der Luft, im Wind, in der Sonne – hier und überall. Nicht jetzt zu viel von sich verlangen, nicht wahr? ganz still und bescheiden sein und denken: später. Auch Menschen die nicht im Engadin sehr krank waren, sind jetzt müde.
Ihnen einen Begriff zu geben, wie ich lebe, eigentlich schon diese Monate lang? Es ist ein anderer Rhythmus, als Sie kennen. Viel stiller und mehr nach innen. Arbeiten – kann man es Arbeiten nennen? Denken, fühlen – innerlich fühlen und sehen, wieder schwach und stumpf, alles auseinander – ein Buch, durch das Buch hindurch die Welt, wieder trübt sich die Scheibe – ganz ruhige Tage dann und wann kommt jemand her, der Mell, der Kassner, selten. Klug und nett ist der Mell, plagt sich so, wirds nichts, so legt ers weg, ein reiner zarter tüchtiger Mensch. Hie und da fahren wir hinein, hören wen singen oder spielen. Neulich abends bei der Taxis, nur wir allein, und ein Ferdinand Lobkowitz, der Erbprinz, ein Musiker, noch zehnmal mehr Musiker als Prinz, spielt uns Beethoven opus 31 (wo war aber da die gute Annette, weit weit drunter!) dann Stücke aus der Hammerclaviersonate, das Adagio – namenlos. Daß man leben kann und so etwas nie hören! einfach durch Zufall. Haben gebeten, uns nochmals so allein mit ihm einzuladen, Montag – ich bitte ihn alles das Gleiche wieder zu spielen.
Sie gehen nach Paris. Hoffentlich. Hoffen. Hoffnung. Meine Hoffnungen. Vielleicht ist Hoffen mehr als Lieben, was ich von Anfang an für Sie empfunden habe. Sie frei werden hoffen – innerlich gelöst alle Gelenke, alles fließend – kein Stocken, keine Furcht, kein starres Grauen nirgends. Und dazu – Sie wie Sie sind. Dieselbe mit den nichtssagenden Briefen u.s.f. Eine wundervolle Vorstellung, für mich wenigstens.
Kommt Ihnen nicht manchmal der Gedanke, es wäre schön, im Flug jetzt gewisse Stellen wiederzusehen: Gubbio, Orvieto – an

der Kirchentür in Lucca zu stehen, das Grabmal der Ilaria anzurühren? Mir kam auch der Gedanke. Zufällig realisiert er sich. Strauss bot mir an, den 29ten in Verona in sein Auto zu steigen, mit ihm bis Rom zu fahren, über Bologna, dann am Meer hin Rimini, Pesaro, von dort (von rückwärts) den Appenin hinauf, bei Gubbio herab, Perugia – Terni – Rom. Dann gehe ich zwei Tage ganz allein nach Tivoli, übernachte draußen. Dann verbringe ich eine Woche bei Borchardt mit Schröder, Strauss holt mich dort ab, vor dem 20ten bin ich wieder in Rodaun – und ich glaube, diese Reise ist eine Art Alleinsein – Strauss ohne Frau natürlich, er ist verträumt, spricht wenig, ich glaub es ist recht, daß ichs tue. Gretl ist dann indessen in Monte-Carlo, vielleicht denkt sie, ich komme hin, kanns aber nicht und wills nicht. Ich habe nicht die Spannkraft gehabt, alle diese lange Zeit, ihr zu schreiben. Sie ist schon seit Ende Jänner fort, erst Hamburg, jetzt Berlin. Zollwegen hat Gerty das Kinderkleiderl nicht nachgeschickt, es kam, als auch Erwin schon abgereist war. Berlin, ein neues Stück von Sternheim, Reinhardt – mir alles so geisterhaft weit.
Adieu, Ottonie. Bitte trotzdem wieder einmal schreiben.

Ihr H.

PS. Ob man einen Weg wüßte, dem Gersdorff zu helfen, der im Juni stellen- und brotlos wird. (Ohne seine Schuld, Edmund R. entläßt ihn, weil fürs nächste keine Unternehmungen im *Ausland* mehr geplant sind.) Ich dachte an die Königin von Neapel, Steinitzer, Gott weiß was. Er spricht und schreibt englisch, französisch, italienisch, ist eine enorme Arbeitskraft, tactvoll, organisatorisch, genau, discret.

PPSS.
Ein unsagbar schönes Gedicht (beim ersten Lesen gar nicht zu fassen) heißt Sleepers, steht Seite 210.

Neubeuern 22. 3. [1913]

So nun will ich Ihnen aber *endlich* mal schreiben, Sie erkennen sonst meine Handschrift gar nimmer. –
Es tat mir so leid zu hören, daß Sie gar nicht gut beieinander sind und nicht recht arbeiten konnten, hoffentlich hat es sich längst gelegt. Aber diese Übergänge von einer Jahreszeit in die andere sind doch immer sehr schwierig für Sie. Ich habe glaube ich auch etwas unter den Wetterunbilden zu leiden gehabt, was sich bei mir ja immer in dummen Migränen ausdrückt, jetzt ist mir wieder besser. –
Was ich *entzückend* finde, ist die Aussicht, Sie in Paris zu sehen, *das* würde mich zu sehr freuen. Gott, dann könnten wir zusammen herumgehen, ungestört Bilder anschauen und in Versailles spazierengehen im Park, es wäre wirklich zu hübsch. [...]
Hier ist mein Vater seit einer Woche, vergnügt und lieb zu haben. Maria van de Velde ist auch noch da bis 6ten April. Henry hatte eine sehr aufregende Zeit durch allerlei Intrigen von Seiten des Malers Mackensen, dem Minister etc. Schröder war wie es scheint auch hineinverwickelt. Momentan ruht wohl die ganze Angelegenheit, ist aber nicht erledigt. Doch dies nur Ihnen. Ich fahre Donnerstag nach München und werde versuchen, mit Stauffenberg gemeinsam etwas zu sehen. [...] Ich habe mich mit zurückliegender Lektüre beschäftigt, da mein Kopf so ganz und gar dumm war. »Ivanhoe« und den »Vicar of Wakefield«. Abends haben wir »Bismarck« von Emil Ludwig gelesen, was schon recht gut war. [...]
Haben Sie vielen Dank für die Bücher. Ich hoffe, die Ihren haben Sie ebenfalls wieder erreicht. –
Liebe Gedanken von Ottonie.

[Grand Hotel Baglioni Bologna]
Sonntag [30. 3. 1913] abends

Das ist mir so sonderbar geisterhaft, ganz denselben Weg zu fahren wie vor einem Jahr, es ist ganz das gleiche Wetter, heute in Verona weg, der Blick den Fluß hinauf, bei Villafranca die Biegung rechts, dann die Türme von Mantua, dann Carpi, die kleine Stadt mit dem großen Palast aus Ziegelsteinen, dann Modena, dann sieht man die Berge, dann Bologna. Hier mit Strauss denselben Spaziergang auf den Hügel vor der Stadt, sahen hinab, er sprach von allem möglichen, seine Stimme und Sprechweise hat etwas unendlich angenehmes, ebenso wie seine Hände, ich antwortete, dachte an Sie. Ich mußte lachen bei diesem Gedanken: drei Menschen gibt es jedenfalls denen die »Ariadne« gefällt und immer wieder gefällt, das sind Sie, Strauss und ich.
Auf einmal fiel mir ein, daß Sie krank sein müssen, daß es gar nicht anders denkbar ist, sonst wären Sie nicht von Neubeuern weggefahren ohne irgend ein Wort für mich, hätten mich nicht wieder(!) ohne die Pariser Adresse gelassen, also ist es sicher, daß Sie krank sind oder es wenigstens waren, in Rodaun hab ich mir das nur so halbklar gemacht, von Tag zu Tag geglaubt es wird ein Brief kommen – Die Ostertage bin ich selber mit Fieber im Bett gelegen, die Tage nachher war ich schon unglaublich dumm und schwächlich, und gleich so traurig und nichtig kann ich sein, ich weiß nicht wars das bißl Fieber oder wars der März, oder hats irgend einen innerlichen Grund das weiß ich bei mir selber nie – oder, sagen Sie, ist es denn möglich daß Sie den Brief nicht bekommen haben, den ich Ihnen ungefähr eine Woche vor Ostern geschrieben habe – einen recht lieben Brief. Ottonie, wo sind Sie denn? Schreiben Sie mir – übermorgen bin ich in Perugia, da erreichts mich nicht mehr, also schreiben Sie mir gleich nach Rom, Hotel de Russie, da bin ich vom 3ten bis 7ten. Ja? Sind Sie denn am Ende sehr krank, Ottonie?
Gute Nacht H.

Neubeuern 7. 4. 1913

Aus lauter Hetz heraus komme ich jetzt zu Ihnen. Meine kleine Reise war recht abwechslungsreich, aber vollgestopft. Leider habe ich Stauffenberg nicht treffen können, da er sehr viel zu tun hatte und noch einen anderen Arzt vertreten mußte. [...]

Baby kam jauchzend wieder, noch nie war sie so glücklich, wieder bei mir und zu Hause zu sein. Sie ist in einem reizenden Stadium jetzt und nimmt mich natürlich noch ganz gefangen. – Ich bin aber sehr sehr traurig, daß Sie so schlechte Zeiten hatten. Ob es Ihnen wohl jetzt endlich besser gehen wird? Könnte nicht Schröder Ihnen eher über diese öde Zeit hinweg helfen? Ich möchte so wünschen, daß Sie längstens wieder in einer guten Periode sind.

Ihre Ottonie.

Lucca-Monsagrati 14 4. [1913]

Liebe, daß Sie so allein dort sind oder mit Deutschen, mit dem Steinitzer gerad, an dem so viel »zuhaus« und langweiliges hängt, das ist mir so leid, und fast unbegreiflich, daß Sie kein Wort von den Rysselberghes schreiben und von Van de Velde, durch welche die Verknüpfung mit Franzosen leicht und natürlich wäre. Ich habe niemand dort, zumindest niemand der sich um eine Frau bekümmern würde. Kessler mit seinen zehntausend Bekannten ist natürlich der gegebene Mensch, aber ich kann ja wirklich nicht an ihn schreiben. Seit Monaten hat er mir, außer einer inhaltslosen Ansichtskarte, kein Lebenszeichen gegeben, was ihn wieder kränkt oder ärgert, mag Gott wissen, ich denke seit langer Zeit fast nie an ihn, ich hab ihn wohl wirklich verloren. Aber schreiben Sie doch direct an ihn, 15 quai de la Tournelle, er hat Sie sehr gern, es wird ihn wahrhaft freuen wenn Sie ihn rufen.

Schön ists hier, unsagbar lieb und beglückend. Ich werde sehr schwer fortgehen und mit der Sehnsucht, wiederzukommen. Das kleine Haus, so einsam, so wohnlich, so außer aller Zeit, das schöne stille Tal, die Ölberge hinab und hinauf, blühendes Heidekraut mannshoch, dazwischen die Feige und die Citrone schon reifend, – die beiden Menschen, Mann und Frau, so rein so geistig leidenschaftlich, so fern von der kümmerlichen öden verworrenen Welt, in der wir doch – oder zu nah an deren Rand wir leben – es tut mir etwas hier unsagbar wohl, ein stilles Glücksgefühl rührt mich an beim Aufwachen – Rudi gehts ebenso. Ein merkwürdiger bedeutender Brief von Eberhard kam hier an, so beladen mit Lebenskampf, es war als wäre ein dunkelglühender Meteor über dem stillen Tal hingegangen. Wir Menschen! Ich hab Sie ja immer lieb Ottonie.

H

Bitte mir bald wieder schreiben nach Rodaun, ganz trocken, bloß was Sie tun was Sie sehen.

PS. PS. Konnten Sie Steinitzer wegen Gersdorff fragen?!

Continental Sonnabend. Paris [Mai 1913]

Nun sind doch schon wieder so viele Tage vergangen, ohne daß ich Ihnen geschrieben habe. –
Mein Leben hat sich nach der ersten Woche meines Hierseins sehr nett eingerichtet. Ich habe einen jungen Mann gefunden, mit dem ich jeden Tag ausgehe, um dabei Französisch zu sprechen, er hat mir viel gezeigt von Paris. Steinitzer war bald abgeschafft, er darf nur Sonntag morgens zum Spaziergang kommen und darf sonst mein Zimmer mit frischen Blumen schmücken, wobei ich ihn nicht sehe. Kessler habe ich einige Male gesehen, er war den ganzen Winter krank seit er in Lon-

don war und ich glaube sogar, daß er es seriös genommen hat (fürchtete Halskrebs, an dem sein Vater gestorben sein soll), es geht ihm jetzt besser, aber er schont sich doch sehr. Heymel traf ich ganz plötzlich auf der Straße und habe ihn dann öfter gesehen, er gab ein reizendes Fest in einem entzückenden kleinen Restaurant.

Ich bummle viel allein herum oder gehe ins Louvre oder in Kirchen und bin unendlich glücklich so frei zu sein. In französische Familien einzudringen ist *zu* schwer, man wird feierlich eingeladen und dann Schluß. Rysselberghes sind leider nicht hier, er malt in Granada. Gestern hatte ich einen wunderbaren Tag in Chartres; ich nahm meinen Jüngling mit, um den ganzen Tag französisch zu sprechen. Jetzt ist es so schön für Autofahrten in die Umgebung, das genieße ich sehr; nächste Woche kommt Mädy für 8 Tage zum Kleiderkauf, momentan ist sie mit Hansi in Zürich.

So ein Hotelmorgen, da niemand einen stören kommt oder ein einsamer Abend hier sind schon prachtvoll, ich bin mir nie so vogelfrei vorgekommen in meinem ganzen Leben. Ich war schon öfter im Théatre des Champs-Elysées, es ist sehr anständig geworden und gefällt doch sehr, leider ist es nie sehr voll, und man sagte schon, Astruc würde umschmeißen, was aber wohl nur ein Gerücht ist. Er macht allerdings elementare Fehler, setzt fortwährend Sachen aufs Programm, die dann nicht gegeben werden. Oder es steht als Anfang 8 Uhr in der Zeitung, und wenn man kommt, ist das Theater geschlossen und fängt erst um 9 Uhr an, dergleichen mehr. Ich freue mich namenlos auf die Russen, die lauter neue Sachen haben sollen, wie Kessler sagt. Sie kommen wohl auf keinen Fall? – Ich bin hier wieder ganz die Ottonie Schwartz, fragt mich jemand: »haben Sie das schon gesehen«, »nein«, »wollen Sie mit« »ja!« so gehe ich überall mit hin und finds entzückend.

Liebe Grüße Ottonie

Continental Sonntag [Mai 1913]

Montag in acht Tagen reisen wir wieder zurück nach Neubeuern, Julie ist seit einigen Tagen hier. Meine schöne Pariser Zeit neigt sich dem Ende zu. Ich habe viel davon gehabt und besonders das ohne Familie sein unendlich genossen. – Da van de Velde nur sehr kurz hier war und dabei nicht wohl, habe ich ihn nicht gebeten mit mir zu gehen wegen des Picassos, sondern war stattdessen mit Rysselberghe zuerst bei Vollard, aber leider schon zweimal vergeblich, er hatte einen Handel im Kopf, es war daher nicht mit ihm zu reden; er hat uns nun aber ein Rendezvous für Donnerstag gegeben, behauptet aber nur sehr wenig noch zu haben. Kahnweiler hatte außer einem kleinen Kopf nichts mehr und der war gar nichts. Er behauptete es sei bereits aus dieser Zeit alles verkauft. Ich kenne nun zufällig einen Bekannten von Picasso selbst, der mir herausfinden wird, ob er noch etwas im Atelier hat, dann gehe ich hin und seh mir's an. Ich hoffe nur ich würde etwas finden, was Ihnen dann auch Freude macht. Ich bin viel bei den Händlern gewesen und habe schöne Sachen von van Gogh, Gauguin, Bonnard etc. gesehen, aber alles namenlos teuer jetzt schon.
Vor einigen Tagen sah ich Boris Godunow mit Schaljapin, hat mir einen tiefen Eindruck gemacht als russisches Bild. –
Leben Sie wohl Ihre Ottonie

[Rodaun bei Wien] 28 5. 13.

Sie antworten mir so gut und lieb, so beherrscht und sanftfreundlich auf einen so gräßlichen Brief – ja, ich wußte ja, daß er gräßlich war, litt so viel darunter – und doch war er nicht gräßlich, las man ihn so wie er gemeint war, aber ich fühlte, wußte, so zu lesen würden Sie nicht vermögen – also fiel er als gräßlich mit seinem ganzen Gewicht auf Sie – ich fürchtete:

keine Antwort – eine klagende Antwort – statt dessen kam dies, es war so wohltuend – Ihr Gesicht leuchtet mir auf, das furchtbare, abseits der Natur gehörige, gesichtlose tritt weg, ich kann Sie so schön sehen, – Ihre Hand nehmen – nicht körperlich – anders – mich zu Ihnen hinziehen, Sie zu mir. Wir können wieder in einer Welt sein.
Ihr Schweigen über Kessler hat seine Ursache, Sie haben mir nichts Gutes zu sagen – so schweigen Sie – im Erzählen aus Ihrem Mund wird alles erträglicher sein. Ich sehe ich muß mich bezwingen, an diesen nicht glücklichen Mann nicht denken – ich glaubte er war mein Freund, der meine und dessen was in mir liegt, was meine Arbeit enthüllt – er glaubte es auch zu sein, wollte es sein, konnte es nicht sein, nicht auf die Dauer sein – etwas trat dazwischen.
Ottonie ich muß Sie sehen, lassen Sie mich denken, daß ich Sie sehen werde – es war das alles nicht gut für uns diese 4 Monate – schreiben Sie mir wann Sie nach Aussee können, ich werde machen, daß es mir recht ist, wann immer Sie können, Sie werden mir nahe sein, lieb und keine Last, so wenig wie eine Feder, eine Blume – ich werde arbeiten, der Arbeit ganz gehören und doch jeden Tag zu Ihnen zurückkommen – seien Sie jetzt nicht starr, schreiben Sie mir wann Sie kommen, ja?
Wenn es möglich ist, es schwebt mir was vor – so komme ich Anfang Juli für 2 Tage nach Neubeuern – aber das hat mit dem andern nichts zu tun. – Das Bemühen um den Picasso ist gut und lieb, auch ists nichts häßliches glaub ich, zu Bilderhändlern zu gehen – vielleicht finden Sie mir noch ein Bild, ists nicht, so ists nicht.
Adieu Ihr unguter Freund H

[Hotel Continental
3, Rue de Castiglione
Paris
Le] Freitag [Juni 1913]

Ich habe einen ganz fabelhaften Abend bei den Russen gehabt, so stark wie mir selten etwas einen Eindruck gemacht hat. Es ist das neue Ballett Musik von Strawinsky, gerichtet von Nijinsky. Ganz etwas Neues hat er gegeben. In derselben Linie für mich, wie Hodler, Gauguin, van Gogh, groß und stark. Dabei keine Copie von all denen, sondern etwas Eigenes. Es war ein umstrittener Abend, Pfeifen und Applaus, aber es wird wieder siegen wie »l'après-midi d'un Faune« vom letzten Jahr. Ich bin sehr glücklich, daß ich das noch habe erleben können. –

Bei Vollard haben wir also noch vier Picassos gefunden: zwei Kinderbilder, davon eins mit einer Taube in der Hand, Ball liegt daneben sehr gut. Ein anderes Kinderbild im Stuhl sitzend, weniger. Eine Frau in gelber Bluse unbedeutend. Sodann, meiner Meinung nach, auch Rysselberghes, das Beste, was noch da ist, eine nackte Frau auf dem Rücken liegend. Ich lege Ihnen die Angaben von Rysselberghe bei, danach können Sie sich eventuell ein Bild davon machen. Ich würde das erste Kinderbild oder den Akt nehmen. Vielleicht schickt Vollard sie Ihnen so hin. Alle weiteren Bemühungen haben sich als erfolglos erwiesen, da momentan alle älteren Picassos in festen Händen sind. Wir hatten wieder eine sehr lustige Begegnung mit Vollard, die ich Ihnen mal erzähle.

Wir reisen am Montag Abend. Ich bleibe dann bis 16ten in Neubeuern, fahre dann für vierzehn Tage nach Sondershausen mit Kind und komme erst am 10ten August dieses Jahr nach Hinterhör, da ich den ganzen Juli in Eybach sein und am 6ten August Mamas 80. Geburtstag mitfeiern muß. So wären also zwei Tage Ihrerseits in Neubeuern im Juli nicht möglich. Ich werde auch keinesfalls vor Anfang September nach Aussee

kommen können, und da werden Sie nicht mehr dort sein, aber eventuell könnte ich Sie ja auch wo anders treffen, sollten Sie wieder in Tyrol oder sonstwo die Herbsttage verbringen?
Über Kessler ist weder Gutes noch Schlechtes zu schreiben, sondern Indifferentes und so etwas sagt sich alles besser.
– Gute Nacht, es ist sehr spät.

Ihre Ottonie

[Südbahn-Hotel Semmering bei Wien
Semmering, am] 16 6. [1913]
Morgen wieder in Rodaun

Ich glaube ich kann Ihnen nicht wieder schreiben, bis nicht ein Brief kommt, in dem Sie mir sagen – o tun Sie es um alles! – daß Sie meine nach Paris gerichteten Briefe, wenn Sie sie noch hatten – verbrannt haben – vor allem diesen einen, ganz unglücklichen, der niemals wahr war, dieses Gespenst eines Briefes! Ist er erst verbrannt, dann ist er auch weg, und für immer – denn er war ja niemals wirklich da.
Hier, einsam meine Tage, so arbeitsam und still, gegen Abend dann ein Gehen, Lesen – so beglückt über den Faust, den zweiten Teil, dieses himmlische Buch, dieses Fest aller Feste – halb müde, dazwischen denkend – Täler hinab, Bergwand, Hügelkamm hinauf, Wälder, kleine Welten, ganz einsam – könnte ich Sie so schön denken, *sehen* Salzburg, das erste Mal, Wege in Neubeuern, in München diese kleinen Abende im Oktober, so lieb, aber zu wenig, zu lange die Pausen, zu bös dann irgendeine Verstrickung in mir – soll ich Sie 9 Monate des Jahres nicht sehen!
Damals im März wäre ich so gerne über München nach Italien gefahren, wie gerne, da kam das Fieber, ich war so müde, gar keine Tage mehr dazwischen, dann waren Sie weit, so weit – beim Rückfahren wieder – da lag das *leere* Tal. Nun im Juli wieder nicht. Werden Sie Anfang September zu uns kommen

Ottonie? Da ists in Aussee so schön, sicher! Glauben Sie daß ich böse bin – mehr böse als gut – weil ich solche Briefe schreiben kann? Aber doch *Ihnen gut* – nicht?
Ich habe viel gearbeitet. Vielleicht wirds Ihnen Freude machen. Ich liebe Ihre Freude so sehr und den Ausdruck Ihrer Freude wie diesen Brief nachdem Sie das neue Ballet gesehen hatten. Da sind Sie so ganz für mich darin und so liebenswert. Ich habe Ihren letzten Brief nicht mehr und die Einteilung nicht mehr im Kopf – geht dies richtig nach Sondershausen. Gretl ist längst in Südtirol. Ich hab das Gefühl sie seit Januar nicht gesehen, ihr nur ein paarmal Adieu gesagt zu haben. Es ging mir durch den Kopf, Gretl und Erwin im August (Anfang September muß sie schon wieder nach Berlin) – für ein paar Tage nach Hinterhör zu locken, und wir ins Schloß – aber da haben Sie wohl Ihre Mutter und wen noch alles?? H.

[Hotel Österreichischer Hof
Salzburg, den] Freitag 4ten [7. 13]

Sie schreiben einen guten und lieben Brief und drehen darin mit dem freundlichsten Gesicht auch dem letzten von drei Sommermonaten den Kragen ab – ist es nicht wirklich abscheulich, daß man drei Monate in Aussee ist, Juli, August, September – und Sie sich's nicht so einrichten, auch nicht eine Woche hinkommen zu können. Es ist halt nicht anders gegangen, ich sags ja auch nicht bös sondern nur ein bißchen traurig. An den Oktober will ich aber, *kann* ich jetzt noch nicht denken, wo dann wieder der Sommer vorüber ist – alles vorüber, was mir doch das Liebste im Leben ist – seit ich ein Kind war und immer so. So geht halt Monat für Monat hin und man wird sich schließlich ein Jahr nicht gesehen haben, oder zwei Jahre, oder drei Jahre, oder vier Jahre.
Und da sitze ich nun mit Gerty in dem gewissen Hotel, gehe herum auf dem gewissen Hügel über der Stadt, eine gewisse

Treppe hinunter, aber nicht nachts, – und alles ist so fernnah, so unfaßbar.

Das was Sie mir zuletzt geschrieben haben von den Russen, Ihre Freude das gesehen zu haben, das hat mir auf einmal Ihren ganzen Aufenthalt in Paris vergoldet – auf einmal hab ich gespürt für was Sie dort waren – aus den früheren Briefen kams nicht deutlich heraus.

Das Wetter lastet recht auf mir, das trüb-feuchte, schwere – so ist auch mein Kopf wie ein angehauchter Spiegel, nur manchmal in der Dämmerung seh ich die Figuren in mir, klein, deutlich, in einem schönen Licht.

Ich glaube es wird nicht bald besser – so sitzen wir denn hier – ich hätte so gern ein paar Ausflüge gemacht – sehne mich so nach einem leuchtenden Seespiegel, hohen Bäumen starr in die blaue Luft – kommt das? – jedenfalls in 4 oder 5 oder 6 Tagen gehen wir dann nach Aussee.

Adieu Ottonie. – Ich war so glücklich über den »Faust« in diesen letzten Wochen – hatte gemeint ich würde Ihnen das ganze Buch in Aussee vorlesen. – Man meints zu kennen, und hat keine Ahnung davon.

Alles in mir recht weit, recht lastend – freilich es wird ja wieder anders.

Adieu H.

Eybach bei Geisslingen a/St. 6. 7. 13.

Sie machen mich ja ganz entsetzlich traurig mit Ihrem Brief, wie können Sie nur von *Jahren* sprechen, die wir uns nicht sehen werden, wie grausam! So etwas kann und wird doch nie nie sein. Allerdings sind ja diese Monate verzweiflungsvollst vollgestopft, aber vielleicht finde ich doch noch irgendwo eine Woche heraus, die ich geschwind zu Ihnen kommen kann. Ich hatte so das Gefühl, ich müßte Eberhard diese acht Tage für Gastein schenken, er schrieb so verzweifelt, dort allein sein zu

müssen, nun paßt es mir ja zwar garnicht, aber es war doch das erste Mal daß er mich direkt um etwas bat, da mochte ich nicht nein sagen. – Aber Sie sollen nicht traurig sein im Gedanken an mich. Denken Sie und doch war ich etwas glücklich, weil ich auf einmal wieder so viel mehr das Gefühl hatte, er gehört mir doch etwas, und ich muß doch noch für ihn rechnen ein wenig, wenn es ihn wirklich betrüben kann, mich lange nicht zu sehen. Und gleich fühlte ich mich so zu Ihnen hingezogen, so ganz unbändig und hätt' Sie gleich in meine Arme nehmen mögen und sagen, sei doch ruhig es ist ja schon alles recht.
Wenn Sie nur nicht immer so lange voraus wissen müßten, *wann* man kommen will, aber sonst passen wohl all Ihre Pläne nicht? (...) Sie scheinen zu denken, ich könnt' so ganz ohne Sie leben, aber da irren Sie sich so schrecklich. Nur wenn ich manchmal so gar lange auf einen Brief warten muß, dann sag ich mir: gewöhn Dich doch dran, das Leben ist so, man kann nicht immer nur nehmen und nichts geben, da versiegen schließlich die Quellen. Oder sei nur kein Ballast, sei nicht beschwerend, Männer wollen und müssen weiterschreiten, an die darf man sich nicht klammern und besonders solche, die zarte Seelen haben und große Aufgaben. –
Wie schön, daß Sie solche Freud am Faust gehabt haben, *wie* glücklich würde es mich machen, bei Ihnen zu sitzen und zuzuhören. Ich habe dummerweise gar nichts rechts zum Lesen mitgenommen, nur Whitman, der *wunderbar* ist und das Buch der Annette das ich schon ausgelesen habe. Ich fand es recht gut. Dabei fällt mir ein reizender Abend in Paris ein, in einem kleinen altmodischen Lokal traf ich Rilke, ich kam mit Henry van de Velde,und wir drei hatten solch sympathische Stunden, jeder ging im Gefühl fort, wie gut es gewesen war. Rilke sprach so lieb vom »Exemplar«, das freute mich so für Annette. So hat es manches gar Liebe in Paris für mich gegeben, ich habe viel von der schönen Zeit gehabt und habe nur einen Wunsch, nächsten Mai wieder für vier bis fünf Wochen hinzukönnen. Ich kam aber eben ganz ab von dem, was ich sagen wollte, *ich*

meinte, ich müßte gleich den Faust auch wieder lesen, um Ihnen nach zu eilen und zu genießen, was Sie in der letzten Zeit genossen haben.
Ich bin ganz allein hier mit dem Kind, sie schläft in Christophs Bett, die Tür steht offen, und ich schaue auf diesen Frieden. Dabei schreits manchmal gewaltig auf nach allem, was verloren ist, aber ich fühle nicht mehr bitter, sondern füge mich williger. Es ist so gut dies Alleinsein ohne die alte Frau, in der auch der Schmerz um das Verlorene hier lauter schreit. Da wird man oft ohne es zu wollen grollend und hadernd. Ist es nicht merkwürdig, wie Jahre des Lebens plötzlich ausgeloschen erscheinen, wenn man an einen Ort zurückkommt, – hier ist mir manchmal, als sei alles eben erst gewesen.
Mama und Julie kommen wahrscheinlich am Donnerstag, Mama ging es nicht sehr gut, ich hoffe, es wird nichts Ernstes. – So nun gute Nacht, Sie kommen mir in Salzburg so viel näher vor. Aber dies schreckliche Wetter, wie werden Sie da leiden müssen – noch solch ein nasser Sommer wie letztes Jahr wäre doch entsetzlich.
Also nun wirklich Addio. Ich freue mich schon *sehr* auf Ihren Brief. Es war *so* lieb, daß Sie mir gleich schrieben hier zu meiner Ankunft.

Ihre Ottonie.

St. Gilgen 11ten [7. 1913]

Sie wissen wohl wo das ist, wo ich sitze (d. h. nicht das kleine Haus meiner Schwägerin, wo wir uns für ein paar Tage, natürlich Regentage, aufhalten, bis Franzis Mumps vorüber ist und das Häuserl in Aussee vielleicht wieder gemütlicher) – aber die Landschaft wissen Sie gut, wo wir damals gekommen sind, und das schöne Bad St Wolfgang im See und dann das Ausruhen in dem sonderbaren unruhigen Zimmer – solche Tage voll Licht und Sonne sind für mich die *Wirklichkeit* in dieser Landschaft

und das Trübe, Lichtlose kommt mir ganz unwirklich vor – ich mir selber dann so trübe und fremd –, so ist es aber nun einmal, aber es ist doch auch kindisch, sich dem viel hingeben, so tue ich es auch nicht, wenn man denkt was die Welt ist und das Leben, und in welcher Weise jetzt zehntausende Menschen sterben und was die Welt ist – und daß es etwas gibt wie Sibirien – was mir jetzt mit aller Kraft auf die Seele gefallen ist weil meine Schwägerin dieses ungeheure Buch da hat, Dostojewskys Memoiren aus dem sibirischen Gefängnis, der Strafarbeitscaserne, in der er 10 Jahre verbracht hat. (Das Buch geht durch den Verlag in München in ein paar Tagen an Sie, habs für Sie bestellt, nachdem ich die ersten fünfzig Seiten gelesen hatte.)
Sonderbare Schwäche meines Wesens, daß ich die Elemente aus denen ich das Eigentliche, oder das Ewige mir aufzubauen vermag, zwar immer wieder fassen kann, daß sie mir aber immer wieder entgleiten, ich immer wieder hilflos und töricht dasitze wie ein verlorenes Kind, bis ein Augenblick mir die Welt und mehr als die Welt wieder aufbaut. –
Irgend einen »Faust« finden Sie wohl dort im Schloß oder man bekommt das Bändchen der Universalbibliothek in Geisslingen – der Inselverlag schickt Ihnen dann etwas was Ihnen mehr hineinhilft als alles was ich sagen könnte; es ist ein kleines Bändchen Briefe wo Aufzeichnungen Goethes selber aus allen seinen Lebenszeiten über die Arbeit – unendlich rührend und ergreifend für mich besonders alles aus den letzten Lebenszeiten, wie er das ganze Werk schließlich unveröffentlicht zu lassen beschließt, in dem Schreibtisch eingeschlossen, für ein späteres Geschlecht als einen Gruß. Unfaßlich groß und besonders und nicht-wieder-kommend das alles, und vom Unfaßbaren nährt sich die Seele. –
Nun sprechen Sie mir von Annettens Buch, von dem ich Ihnen zu sprechen wieder und wieder vergaß, als ich es im Mai endlich gelesen hatte und wirklich tief berührt davon war, und bin es auch geblieben. Eine so große Distinction ist darin – so vieles, was gar niemand anderer hätte machen können – wie un-

glaublich zart und dabei fest ist die Gestalt des »Exemplars« hingestellt und aus lauter fast ungreifbaren Elementen. Dabei ist in dem Ganzen keinerlei Kraft oder Potenz im Litterarischen, es ist ganz »real« eigentlich – aber sonderbar rührend. Ich habe ihr, nachdem ich das Buch seit Monaten besaß und es nun endlich gelesen hatte, einen sehr lebhaften Brief geschrieben und es ist mir sonderbar daß sie diesen ohne Antwort gelassen hätte – könnten Sie sie nicht einmal direct fragen, etwa auch brieflich ob sie ihn bekommen hat? (ich adressierte Sophienstraße 7, so heißts doch?)
Wie hübsch ist für mich jedesmal so ein kleines Begebnis aus Ihrem Pariser Aufenthalt – wie das souper mit Van de Velde und Rilke das Sie erwähnen – was für eine Freude hätte es mir gemacht und wie nahe wären Sie mir geblieben, wenn Sie mir aus Paris ein kleines Tagebuch, in den kürzesten Worten über das Geschehene und mit wem etwa Sie eine Stunde verbrachten – alle 14 Tage – geschickt hätten, an Stelle irgend welches Briefes, die alle so vag und nicht glücklich abgefaßt waren für einen, der immer ängstlich ist, ein Wesen wirklich zu *haben*, und so oft ohnmächtig es dem Geschick und der Ferne abzuringen.
Daß Sie Eberhards Wunsch erfüllen mußten, das ist ja so selbstverständlich wie irgend etwas auf der Welt – und das übrige wird sich schon finden, und ich habe wirklich nicht im Ernst das von 2 und 3 und 4 Jahren hingeschrieben. Ich weiß nicht ob Eberhard mich zu der gleichen Zeit wird dort haben wollen (vielleicht liegt ein Brief von ihm in Aussee) dann wäre wohl auch besser Gerty käme mit, denn 4 ist besser als drei, aber ich kann und will mir jetzt keine Gedanken über das Spätere machen, möchte nur daß das Wetter anders würde und die Kinder gesund, daß man arbeiten könnte und viel mit Freude im Freien sein. Zu uns kommt im August Mell, der mir durch Verstand und Character mehr und mehr eine wahre Recreation ist.
Adieu schreiben Sie bald wieder. Ihr H

Eybach bei Geisslingen Mittwoch [Sommer 1913]

[...] Entzückende Büchles haben Sie mir schicken lassen, die mich so gefreut haben. Die Geschichten des Boccaccio haben mir gleich eine reizende Stunde gegeben und das Goethebüchlein ist herrlich vor dem Faust zu lesen. Ich freue mich schon drauf, ihn wieder anzufangen. [...]
In Salzburg waren Sie, in St. Gilgen. Wie kommt da alles zurück von damals, unsere Überfahrt über den kleinen See nach St. Wolfgang, es waren doch entzückende Tage, wohl mit die liebsten, die wir gehabt und die herrliche Sonne dabei. –
An Annette will ich schreiben wegen Ihres Briefes. Bitte sagen Sie mir doch die Adresse von dem Schloß in der Nähe von Bozen, in dem Sie mal gewohnt haben, es möchten Bekannte von uns auf der Hochzeitsreise dahin gehen.
Tausend liebe Grüße Ihre Ottonie.

Aussee 16 7. [13]

Ich bin ängstlich Ihnen dies Buch »Aus einem Todtenhaus« von Dostojewsky geschickt zu haben, bevor ich es selbst völlig kannte und gewahr wurde, daß es sehr viel des Niederdrückenden und Quälenden enthält – freilich ist dies nicht sein eigentlicher Inhalt, sondern es hebt sich darüber ein Unnennbares, Höheres – aber vielleicht wird Ihnen das Buch doch unerträglich sein, dann legen Sie es schnell aus der Hand. Wenn aber nicht und Sie können es lesen und das fast unfaßlich Große daraus aufnehmen, so lesen Sie bitte *keinesfalls* die Seiten 315 bis 417.
Ich verbringe die ruhigen langen Stunden des Vormittags, da es wieder anhaltend regnet, im drüberen Haus in Ihrem Zimmer. Es ist mir eine liebe Atmosphäre: alte und neue innere Märchen und erträumte Schicksale beleben sich in ihr, die im vergangenen Herbst angefangene Erzählung wagte ich nach

9 Monaten zum ersten Mal wieder aufzuschlagen und fand sie glücklich und lebendig angefangen – und nach Fortsetzung verlangend. Vielleicht gelingt es diesen Faden aufzunehmen – zuerst aber möchte ich mit der anderen Arbeit zu Ende oder zu einem vorläufigen Ende kommen.
Wassermann ist da und wie immer, fleißig ohne Pause und »pehaklich« aber »tüster«. Franckensteins haben mir eben sagen lassen, daß sie mich zum Tee erwarten, also werde ich durch die graufeuchte windbewegte Landschaft hinüberwandern.
Haben Sie die Bücher bekommen? Vielleicht gelingt Ihnen den zweiten Teil Faust zu lesen: jeden Act für sich: die Begebenheiten an Kaisers Hof, die griechische Walpurgisnacht, die Helena – den (schwächeren) vierten und den erhabenen Schlußact – jeden wie ein Märchen, ein Abenteuer, eine köstliche redende Fabel.
Adieu. H.

[Briefkarte] Aussee 23ten [7. 1913]

Nun bin ich näher, sind Sie wieder um das Stück weiter gegen Westen, das mag ich gar nicht, wären Sie doch in Hinterhör, und allein, mit vielen guten Büchern, das wäre mir lieber. Die Sonne scheint niemals, die Kinder haben Mumps, so muß man sich selber eine Zerstreuung machen, ich habe die Erzählung vom vorigen Herbst wieder aufgenommen, die aus dem kleinen Zimmer im Hotel Marienbad, sie könnte, wenn jemand Talent hätte, recht schön werden. Schreibe viel, der Kopf geht immerfort, muß achtgeben wegen der Nächte, darum hab ich das kleine Briefpapier genommen weils schon 10 Uhr abend ist. Ich denke ich schreibe vielleicht im October im gleichen kleinen Zimmer weiter, wäre das eine Art gewisse Leute zu sehen, oder machen Sie da wieder Dienst Gott weiß wo, rasen nach Meran, nehmen Sprachstunden etc etc? – haben Sie eine Ahnung *wann* Eberhard mich wird in Gastein haben wollen? Wüßte es gern voraus ich teil mirs jedenfalls ein, wenn auch nicht leicht, sehne mich ihn wieder zu sehen, hab ihn sehr lieb.

Ihr Hugo

Es heißt: Schloß Gandegg, nächst Sanct Michael-Eppan, ist 1 Stunde außer Bozen mit der Überetschbahn.

Eybach Sonntag [Sommer 1913]

Einige Tage war ich verreist, in Bebenhausen bei Freunden von Christoph mit dem Kind; als ich wiederkam, fand ich Ihre Zeilen. Wie gut, daß Sie sich der Erzählung wieder angenommen haben und wie lieb die Aussicht auf's Marienbad, wenn sie nur auch wirklich ausgeführt wird. Ich hoffe dann bestimmt nach München zu kommen. Haben Sie kein Neubeuern mit Gerty vorgesehen? – [...]

Mama ist voller Erwartung für ihren 80. Geburtstag und dadurch, daß Eberhard auch kommt, gewinnt er für sie an Bedeutung. –

Haben Sie tausend Dank für all die Bücher, die kleinen Inselbücher sind so angenehm für hier, zum Mitnehmen so bequem. Ich hab sie bis auf den »Tod des Iljitsch« alle gelesen und so *große* Freude daran gehabt. Ich habe ganz viel Ämter hier neben dem Haushalt, die beiden Kinder ohne Mary, aber ich fühle wie gesund ich doch jetzt bin, daß mich alles *so* wenig anstrengt. Ihre Kinder haben immer noch Mumps, die Armen, es ist so schmerzhaft. Wir haben seit einigen Tagen schönes Wetter, ob's aber halten wird, ist recht zweifelhaft. Ich habe von Eberhard Ewigkeiten her nichts gehört, werde ihn aber wegen Gastein fragen.

Gute Nacht – ich bin müde, habe den ganzen Tag den »Kleinen Lord« vorgelesen und gestern Nacht wenig geschlafen.

Ihre Ottonie.

Finde es so lieb, daß ich weiß, wo Sie arbeiten und meine Gedanken im kleinen Zimmerle Sie aufsuchen können. Möcht auch gern mal wieder drin sein. Manchmal habe ich die Idee, wir sollten mal wieder zusammen eine kleine Reise machen mit Gerty und wem sonst, damit wir mal wieder wirklich zusammen sein könnten, aber wann!

Aussee 3ten 8. [13]

Ich habe neulich, weil Sie gerne Bücher mit Strichen haben, gleich den Band von Goethes Briefen an Sie geschickt den ich gerade am selben Tag ausgelesen hatte – ich hatte nichts anderes mit Strichen zur Hand. Es war dies die schwierigste Epoche von Goethes Leben, nach der Rückkehr von Italien, von seinem vierzigsten bis zum achtundvierzigsten Lebensjahr. Er kam zurück und fand daheim die alternde Stein, die keine gute Frau gewesen sein muß, den Herzog und die Herzogin einander entfremdet und jedes in seiner Weise unglücklich, Herder verbittert, verbittert auch gegen ihn (eines der dunkelsten Capitel), die kleine kleinliche alberne Stadt, die öden Verhältnisse, das Vaterland von Feinden und feindseligen Ideen im tiefsten bedroht – und damit hatte er zu leben. *Wie* er das durchführte ist groß und tröstlich wie alles an dem Menschen. Sie werden nicht alle Briefe lesen, vielleicht blättern Sie die Striche auf, lesen von denen aus nach rückwärts und vorne. Sehr schön ist das Verhältnis zu jungen Leuten, aus denen er sich Söhne macht: Fritz von Stein und Max Jacobi. Ich meine das Buch als Gegengewicht gegen das von Dostojewsky. Eine schöne Geschichte von der Lagerlöf lege ich bei, die mich gerührt hat und die Sie vielleicht auch den Buben vorlesen können. Ich hab sie mir vor ein paar Wochen an einem besonders finsteren Regentag auf der Eisenbahn gekauft – sie hat mir damals einen guten Nachmittag gemacht. Wie viele finstere Regentage hats seit damals gegeben. Man weiß kaum in was für einer Jahreszeit man lebt. Und ich hänge so kindisch an dem Glück des Sommers! Das hat sich mir halt in meiner Kinderzeit so eingeprägt, daß nur die Sommer für mich zählen – das werd ich nicht mehr los. Von allen meinen Kinderjahren hab ich die Winter – außer Weihnachten – fast völlig vergessen – von den Sommern weiß ich beinahe jeden Tag. Seit vorgestern sind besonders unglückselige Tage, so feucht-schwül und finster. Ich mußte auch die Arbeit an meiner Erzählung weglegen, es stockt alles. Mit Lesen bring ich mich über die Tage weg. Stanleys Expedition zur Befreiung Emin Paschas, sein Marsch neun Monate lang hin und her durch den dichtesten, von bösen Zwergen bewohnten Urwald mit einer Karawane halbverhungerter Menschen, das Stöhnen der Sterbenden als Marschmusik – wundervoll ist es, was ein großer Mensch – denn zu diesen muß man ihn zählen – durchhalten kann. –

Sie haben doch wenigstens den Whitman mit sich? der ist auch ein Urwald, unerschöpflich – aber es sind keine bösen Zwerge mit giftigen Pfeilen, die ihn bewohnen.

Gestern ist der junge Maler Müller-Hofmann mit seiner Frau angekommen, denen wir für dieses Jahr die Zimmer von Erwin und Gretl gegeben haben (Ihr Zimmer ist mein Arbeitszimmer, in dem andern im oberen Stock wird Mell wohnen). Ihn kannte ich aus Wien, fand ihn sympathisch und wußte ihn sehr bedürftig, so bot ich ihm die Wohnung an. Die Frau hatte ich nie gesehen, sie ist eine *Norteutsche*, wie Sie das sprechen (könnte ich Sie heute vor Mitternacht es dreimal komisch aussprechen hören oder sonst etwas nettes dummes was gäbe ich dafür) – kam an in einem schwarzen Seidenkleid, schwarzem wallenden Crèpe-schleier – er in einem Tennisanzug, bei strömendem Regen – ich begrüßte sie, fand die Frau fürchterlich, so hart, die Stimme, die Nase, alles – wir hatten sie für diesen ersten Abend zum souper eingeladen, gleich mußte die gute Gerty hinlaufen sie wieder ausladen, nach einem trüben arbeitslosen Tag konnte ich diese Frau in unserm kleinen Speisezimmer nicht aushalten, also wurden sie ausgeladen, ihnen das schon gebra-

tene Huhn warm hinübergeschickt – Vorwand: Migräne des Hausherrn. (Seither hab ich das Wesen nicht gesehen, sie sind auf selbst-menagieren eingeladen.)
Ich schreibe das, damit Sie ein bißl lachen. Lege ein Brieferl bei, darin ist ein gewisser Satz unterstrichen. Sie werden es gleich verstehen, Ottonie, nicht wahr? Nicht dieses *Directe*, nie bitte – in den fast gleichen Worten wiederkehrend, erkältet es mich so, macht mir Sie so fern. Ähnliche Sätze in den Pariser Briefen haben uns so weit auseinandergebracht. – Alles was Sie über sich schreiben, das Kleinste, interessiert mich, bewegt mich, bringt mir Sie nahe. Sie werden's verstehen, wenn Sie wollen!

Ihr H.

[Bad Aussee] 19 8. [1913]

Ein unerwartetes Zeichen ist eine so große Freude, so heute in einem Brief von Anette Kolb das Wort, daß sie Sie »gestern« in München auf der Straße getroffen hat, so wissen meine Gedanken wieder, wo sie Sie zu suchen haben, an den letzten trüben Tagen gingen sie so ins Ungewisse – nun umschließt uns wieder, ist mir, *ein* Himmelszelt, heute ists ein strahlendes, wir haben an der gleichen Atmosphäre Anteil: von den hohen Bergen sieht man bis zum Chiemsee mit einem guten Glas würde man den Heuberg erkennen, nach Ulm und Eybach hinüber trägt aber nur ein unsicher tastendes Gefühl. Von Eberhard habe ich gute liebe Briefe, das Gefühl seines Daseins ist halt auch auf 100 Kilometer ein anderes als auf tausend! Es ist nun verabredet, daß ich Gastein sein lasse, dafür, mit Gerty, den 10ten September zu ihm nach Madonna komme – daß man Sie dort findet, ist wohl wenig Hoffnung? Nein, Sie haben da den Lehrer. Gerty meint, das ist ein großer Flirt von Ihnen aus Paris, ich meine es gar nicht, wäre es, fast könnte ich den Gedanken lieb haben. (Das müssen Sie aber verstehen wie es zu ver-

stehen ist, es ist *wahr*, aber gar nicht à la portée de tout le monde).
Nun zum October: Sie fragen ob kein Aufenthalt mit Gerty auf dem Schloß geplant ist – ich sage: das könnte doch nur sein, wenn ich am Weiterarbeiten verzweifelt wäre, das bin ich ganz und gar nicht, viel mehr von dem Stoff der Erzählung ganz bezaubert, es ist ein Netz worin man, wenn man es verstünde, Erde Himmel und Hölle umfangen könnte – ich denke nichts anderes als dabei zu verharren, den September in Venedig, den October aber in dem kleinen Zimmer in München, ist Ihnen denn das nicht recht? wüßte ich daß Sies ein wenig freut, so könnte ich mit so viel Vorfreude daran denken, Sie kämen alle Wochen ein, zweimal, ich erzählte, was inzwischen entstanden, wir gehen zusammen ins Theater – es ist wie im Anfang und so solls auch sein, man muß immer wieder anzufangen verstehen, auch die Natur ist ja eine ewige Wiederanfängerin. – Ich denke nach 9 Monaten sind Sie mir auch ein wenig thätiges Bezeigen freundlicher Gesinnung schuldig geworden und können es wohl auch vor XY vertreten.

Ihr H.

[Bad Aussee] 1. 9. [1913]

Vor einer Woche waren wir auf einem Berg, von der Gosau aus, eine Landschaft, die ich Ihnen so gern zeigte – wie wenig wissen Sie eigentlich noch von meiner Landschaft hier – wie über die Maßen schön wirkte sie auf Eberhard, brachte ihm immer wieder die Zeilen aus der Elegie von Schröder, der an mich, auf die Lippen – wir waren also auf einem Berg mit den Kindern, mit dem jungen Maler, von dem noch manches zu erzählen sein wird – alles stand in einem unglaublich scharfen leuchtenden Glanz – ich sah auf den Venediger hinüber, er sah auf das Inntal hinaus – und Sie waren noch und noch nicht da.
Sind Sies nun? freilich, das weiß ich nun erst, daß Julie dort ist,

erst Eberhards Gespräche haben mich das verstehen gemacht – aber Sie geben nicht den ganzen Tag drein, nicht wahr? gehen in die Landschaft hinaus, sitzen unter einem Baum, lesen in einem Buch. Welchen Weg, unter welchem Baum, zu welcher Stunde, welches Buch – das, was ich so gern erführe – werde ich nicht erfahren, das weiß ich.
Aber das ist gut und sehr gut, daß Ihnen lieb ist, wenn ich im October mit meiner Arbeit dort hin komme – und Sie verstehen, daß es eine Art ist, beinahe die einzig mögliche, *zu Ihnen* zu kommen (sonst bliebe ich doch in Italien) – und Sie wissen und wenn Sies nicht wissen so sag ich es Ihnen, daß – wenn Sie mein Dortsein gern haben – ich mehr als alle andern Begegnungen diese gern habe – nach meiner Arbeit – in der Stadt, die mir dann auf einmal für Sie da zu sein scheint, das kleine Restaurant, die Oper, die dies Jahr unter Walter gut sein wird – die Straßen, die Autos. Und Sie werden oft kommen und gehen und Wiederkommen. Ja? In Gottesnamen fahr ich auch einmal für 24 Stunden nach N. hinaus. Bekomme ich noch einen Brief bevor wir (8. IX.) von hier weggehen?

Ihr H.

[Grand Hotel Britannia
Venise] Sonntag [21. 9. 1913]

Ich denke so gern voraus nach München und denke lieber München als hier oder eine andere Stadt oder Landschaft, denn München das ist die Möglichkeit Sie zu sehen und wiederzusehen, und dies doch mit wirklicher Arbeit wirklichem Alleinsein zu verbinden – das ist anderswo wenn Sie zu mir kommen nicht möglich – darum wäre ich froh wenn Sie sagten daß auch Ihnen München recht ist, bitte sagen Sie's noch einmal und *bald* denn ich möchte schon den 28ten von hier wegfahren, vielleicht den 29ten in München sein. Dort ist mir in dem kleinen Zimmer die Atmosphäre der Arbeit sicher, überall anders müßte ich sie

mir neu schaffen, auch sind die Abende dort so nett, ich habe daran so viele liebe Erinnerungen. –
Ich hoffe nur es stört nicht daß die Lindemann-wohnung nicht existiert und dann hoffe ich daß Julie nur manchmal nicht immer mitkommt – können Sie es nicht so einleiten, daß Sie einfach von meinem Aufenthalt dort sprechen und von Ihrer Absicht, in dieser Zeit mehrmals nach München zu fahren? Über die Kinderkrankheiten sind wir doch, Julie gegenüber, hinaus? Eberhard, der Gute, schreibt mir daß er Sie seit Jahren nicht so gut aussehend gefunden hat – so ein Wort macht mir wochenlang Freude

Ihr H

Hinterhör Dienstag. [23. September 1913]

Soll ich wirklich nochmal sagen, *wie* ich mich auf Ihr Kommen freue, na ich tu's ja sehr gern; denn ich find's entzückend. Alles was Sie von München sagen find ich sehr richtig, die Abende kann man dort reizend verbringen. Ich habe schon ganz matter of fact erklärt, daß Sie hinkommen und ich einigemale in die Stadt fahren werde, was auch angenommen wird.
Ich war von Donnerstag bis Sonntag mit Julie dort zum letztenmal bei der Lindemann. Ich hatte eigentlich vor am 28. wieder hinein zu gehen, aber eventuell verschiebe ich es dann auf den 30. damit Sie erst etwas eingelebt sind. Ich muß von München aus nach Eybach um die Mama zu holen und komme dann wieder nach München zurück mit ihr, sie wird jedoch gleich weiter expediert. Wie lange denken Sie denn in München zu bleiben? Mädy und ich hatten eine sehr nette Stunde mit Rilke neulich im Marienbad.
Das Wetter ist allerdings seit 2 Tagen wieder schauerlich, Regen und grau, das wird Ihnen doppelt grausam erscheinen, wenn Sie aus der Sonne und Wärme kommen. Eberhard sah ich leider nur zu kurz, ich hab ihn sehr sehr gern. Mädy ist noch bis

morgen in München. Hier wimmelts von Menschen bis zum 1. Oktober, dann wirds hoffentlich ruhig werden, obgleich ich *so* gesund bin, daß mich die ganze Sache nicht die Spur angestrengt hat.
Also auf's Wiedersehen in München freut sich von Herzen

Ottonie

[Hotel Marienbad, München]
Sonntag [28. 9. 1913] abend.

Heute morgen war der Wind nach Norden gedreht und ich hatte viel Hoffnung für uns beide. Der Wind hat sich wieder gedreht und weht aufs neue aus Süden, aber die Hoffnung ist geblieben.
Ich wünsche mir ja nichts anderes, als Sie lieb zu haben – aber *Sie* die gleiche, die ich kannte – Sie haben mir sie weggenommen, Schleier darüber gedeckt, ich weiß nicht was.
Die Arbeit geht so so. Immerhin hatte ich Augenblicke wo ich etwas sehen, beinahe etwas fühlen konnte – so auch gestern im Rembrandt-Cabinet der Pinakothek, auch Augenblicke wo ich hören konnte, gestern in der Oper. – So werd ich morgen ohne Sie in die Salome gehen, habe versucht mir für einen zweiten Platz Wilhelm Stauffenberg einzuladen wenn er frei ist. Er ist wieder hier, im Spital links der Isar.
Also Dienstag? oder wirds Mittwoch? oder Donnerstag? Hoffentlich nicht!
Gute Nacht H.

Eybach Montag [29. 9. 1913]

Mittwoch reisen wir nun wirklich, das heißt wenn nicht im letzten Augenblick etwas dazwischen kommt, was ich eigentlich nicht annehme. Wir sind um halb vier Uhr in München

und fahren gleich per Auto hinaus nach Neubeuern. Ich kann nicht in der Stadt bleiben, da ich Verschiedenes einrichten muß für Mama. Jedenfalls komme ich aber dann möglichst bald wieder hinein. Während ich schreibe, sitzen Sie in der Oper und genießen die Salome (wär' gern dabei).
Ich machte einen herrlichen Spaziergang heute in den bunten Wald bei schönem Wetter und dachte viel an uns beide. Ob man wohl ein Verhältnis, welcher Art es auch sei, wieder flikken sollte, wenn es schadhaft geworden ist?! Ich bin der verlierende Teil, das wird aber immer mein Los sein, so oder so.
Gute Nacht Ihre Ottonie.

[Hotel Marienbad, München]
Mittwoch [8. 10. 1913] abend 11^{h}

Da war aber Südwind, Ottonie, wie Sie diesen Brief geschrieben haben, und da war gar arg Südwind, wie Sie im Wald gesessen sind und über uns nachgedacht haben. Ich bin überhaupt kein Freund von solchem *Nachdenken* bei Ihnen. Es steht um uns ganz ganz anders als ein trauriger und furchtbar allgemeiner Satz in Ihrem Brief es ausdrücken will. Ich sitze da, es regnet draußen, und ich frage mich ob Sie in Hinterhör sind. Vor einer Stunde saß ich in der Oper, Annette an meiner Seite, und fragte mich: ob Sie gesund sind. – Ich war die ganzen Tage ein bißl krank, aber nur körperlich, es ergriff weder das Gemüt noch die Phantasie, ich konnte leidlich arbeiten und glaube es werden gute Tage kommen.
Wilhelm Stauffenberg hab ich aufgefunden, er sieht aus wie ein »Gespenst«, man fragt sich ob er noch einige Jahre leben wird, er macht den ganzen Tag Spitaldienst, Samstag abend von 8 Uhr an hat er frei und kommt zu mir. Ich glaube nicht daß ich den Übergang finden werde, zu einem Fremden von Ihnen zu reden.

Kommen, bitte kommen Sie, aber lassen es mich vorher wissen!
Gute Nacht. H

[Hotel Marienbad, München]
Sonntag früh [12. 10. 1913]

Hier ausharren, ohne Sie sehen, von Post zu Post ohne Antwort auf meine Briefe (schrieb nach Eybach und Hinterhör) ist allmählich recht schwer. War physisch ganz miserabel verlor in einer Woche 4 Kilo meines Gewichts und fast alle Arbeitstage, was schlimmer ist. Seit gestern abends weiß ich durch Frau Wolff daß Sie in N »*gut*« angekommen seien. Was machen Sie nur gegen mich und gegen sich Ottonie. Bitte kommen Sie morgen, spätestens Dienstag herein, seien Sie Dienstag abends hier.

Ihr H

[Hinterhör b. Neubeuern a. Inn]
Montag [Ende Oktober 1913]

Hab so Sehnsucht nach ein paar lieben Worten von Ihnen, aber es kommen keine. Ich dachte schon ob Sie nicht am End doch krank seien, glaub's jetzt aber nicht mehr, denn Wolffs waren gestern da und Hanna sagte mir sie hätt einen Brief von Ihnen gehabt, so bin ich froh und Sie werden halt eine Abhaltung gehabt haben. Und nun dank ich Ihnen für den Casanova, dann sollt der ein lieber Gruß sein und mir sagen, daß Sie doch an mich denken.
Unsere Tage in München waren doch gut. Ich bin so froh, daß Sie wieder für mich leben und nicht irgendwo so weit weg sind. Aber denken Sie, ich kann jetzt so verstehen, daß Sie doch gern ein paar Zeilen von mir haben, wenn Sie auch im Vorhinein

schon wissen, daß sie fad sein werden und Sie wahrscheinlich ärgern, nur damit man weiß der Andere lebt noch und ist gesund. Ich schicke seit neuster Zeit wieder jeden Nachmittag nach Neubeuern auf die Post was ich schon ganz aufgegeben hatte, bloß in der Hoffnung es könnte doch am End' ein Brieferl von Ihnen dabei sein. [...]
Nach einigen schrecklichen Südwindtagen ist das Wetter wunderbar schön. Wir sind den ganzen Tag draußen. Zum Falstaff konnten wir leider keine guten Plätze bekommen und gestern paßte es nicht, so wollen wir zur kommenden Vorstellung gehen. –
Ich habe mit viel Vergnügen den Casanova gelesen, mit seinen köstlichen Liebesgeschichten ist er eine unermüdliche Quelle der Unterhaltung. Reizend ist die Episode mit der Französin in Soldatenuniform. Sonst lese ich hier und da in meinem Goethe, Römische Elegien und so. Jetzt möchte ich Sie so gern hier haben, wir könnten schöne Gänge zusammen haben und so gemütlich im Haus miteinander sein, ich glaub es würde Ihnen auch gefallen.
Donnerstag wird die Mary wieder erwartet, Baby freut sich rasend, sie ist schon ein herziges Kind, heute hatt ich Migräne, da hat sie so goldig für mich gesorgt, sie hat ein gutes Herz aber wirklich gar keine Einbildungskraft, man muß sich drein finden. –
Mein Ludwig von Hofmann ist *so* schön, grad über meinem Schreibtisch hängt er und immer muß ich hinschauen und solch große Freude dran haben. Denken Sie wohl noch an unseren schönen Leibl bei Caspari, es ist doch herrlich daß es solch ein Bild überhaupt gibt, ich seh es oft vor mir. –
Mir geben gute Bilder noch nachhaltiger etwas wie gute Musik glaube ich doch. –
So nun gute Nacht Ottonie.

[Rodaun] 2 11. [1913] vormittag.

Sie sind wirklich eine mutige Frau daß Sie mir wieder geschrieben haben, und wie lange sollten Sie schon Ihre Antwort haben, und viel netter und länger als diese Zeilen werden, die ich schnell vor der Arbeit hinwerfe – wenn nur das was man sich monologisch ausdenkt und halblaut vor sich hinredet, gleich aufs Papier – oder noch besser gleich nach einem gewissen kleinen Haus zwischen Berg und Hügel hinwollte. Es war nun in diesen Tagen anhaltend das elendste Südwetter das sich denken läßt, zwinkernde falsche Sommerhitze über den leeren Bäumen, der abgefallenen Blätter. Man hatte beständig Kopfweh, gräßliche Träume, tat alle Briefe unablässig in falsche Couverts, und hatte wirklich Mühe durchs Dasein mit einigem Anstand durchzukommen.

Vorgestern Abend war hier Othello und war wieder schön. Wieder ging einem das Mitleid mit dem armen gequälten Geschöpf (mit Othello meine ich, nicht mit Desdemona) durch und durch, wieder war Jagos Stimme so gräßlich als prachtvoll, wieder kam im Vorspiel zum letzten Act der Tod leise und schauerlich herangeschlichen. – Aber es tauchte aus dieser Musik an festlichen und rührenden Stellen etwas wie ein Vogel empor – Ihre Gegenwart, Ihr Gesicht wie Sie es im Spiegel nie finden können – und wie ich es in mir nicht finden kann wenn ich es *suche* – aber ungesucht, wie schön und lieb und wirklich dann, wenn es will!

Daß Sie mit Casanova so persönlich, ohne Mittelsperson, Bekanntschaft gemacht haben, ist recht – seine Lebensbeschreibung war mir in hundert Stunden ein köstliches Buch, *alles* daran, – doch zögerte ich es Ihnen zu geben, so leicht mirs war, es Gretl zu schenken, die ein Jahr lang immer damit reiste. – Nun fangen Sie in dem Band den ich Ihnen schickte, bei Capitel 2 an dem Abenteuer mit der bezaubernden Henriette und dann lesen Sie weiter, Paris Wien – usf.

Adieu H.

Rodaun, Mittwoch abend [Ende November 1913]
(nicht zurückschicken!)

Das ist für Sie, damit es Sie bewegt, den Westöstlichen Diwan auf dem Schreibtisch zu haben und die Bücher einzeln (jedesmal ein Buch) zu lesen und sich daran zu freuen, weil dies Höchste seltenste Geistig-sinnlich-seelische doch noch mehr ist als das Bild von Leibl – das auch vor mir köstlich dasteht. – Ich bin jetzt eher fleißig (der Südwind ist vorbei, dafür elendes Nebelwetter) versuche das Märchen niederzuschreiben – bin dabei ganz frei von der Oper. Ich arbeite vormittag und abends, die Zwischenstunden gehen so hin – vormittags malt Faistauer Gerty und Raimund. Sie hat ein dunkelviolettes Hauskleid, der kleine ein grellrotes. Die Farben werden sicher schön werden. F. ist der Mann der sehr schön Blumen malt. – Gretl ist lieb und erfreulich hat eine schöne große Wohnung und freut sich sehr. – Meine Freundin Christiane Thun (die Schwester der Gräfin Neipperg, doch sagt Ihnen das wenig über sie) hat nach langen traurigen Krankheitsjahren ihren Mann verloren. Mein alter dreiundneunzigjähriger Freund, Herr von G. ist auch krank, er scheint besser, wird ers überstehen können? ich wäre unsäglich traurig ihn zu verlieren – und denken Sie, er fürchtet das Sterben – wie seltsam!
Casanova, was für ein Geschöpf! Ich freu mich, daß Sie ganz munter mit diesem unmöglichen Herrn Bekanntschaft gemacht haben. Werden Sie gelegentlich zu einem weiteren Bande Lust haben oder nicht?
Sie haben mir schon wieder geschrieben – sind halt wirklich eine mutige Frau. Und alles in dem Brief hat mir Freude gemacht. Ich werde ihn noch einmal durchlesen dann verbrennen.
Gute Nacht. H.

[Rodaun] Montag [Dezember 1913]

Wie sehr viele Tage sind nun wieder vergangen, Ottonie, – keine aber, daß ich nicht in Gedanken Ihnen geantwortet hätte. An den Gedanken fehlts nie, am Antrieb auch nicht, dem herzlichen Wunsch, etwas, und Besseres als einen Brief, dorthin zu schicken wo Hügel und Wald sich an einem kleinen Haus begegnen – wo jemand lebt – wer? nun Sie – ein Lebendes, nein, das ist zu fremd – meine – was meine? und doch meine – nun eben Sie. Aber was fehlt, ist die Kraft, das klein bißchen überflüssige Kraft, über die paar Stunden der Arbeit hinaus. Das ist jetzt nicht da. Nicht einmal so viel um ein Concert bis zu Ende zu hören. Ich bin ein bißchen unter meinem Niveau, das ist das Ganze, hatte einen Rückfall in das Übel das doch in München viel zu leichthin und dilettantisch behandelt war, nun hab ich einen strengen Arzt, hungere recht behaglich, recht consequent – in einer Weile wirds ja vorbei sein. Aber seltsam ist mir, mit Ausnahme der Arbeit, alles wie durch einen feinen Schleier zu sehen, alles wie sordinierte Musik zu hören, gerne in einem Fauteuil zu sitzen, während andere Menschen so unbehagliche absurde kleine Zahnarzt-Abenteuer aufführen, sich ein bißchen mit Veronal vergiften, ein bißchen Morphium goutieren.

Ottonie, ich sage das so, mir ist Ihre Art darin manchmal so unheimlich, so gräßlich – dieses Geringschätzen des Selbst – darf man so mit sich umgehen? Und es hängt seltsamerweise das mit dem Guten-Schönen in Ihnen so unlöslich zusammen!

Meinen alten Freund haben wir am vergangenen Sonntag begraben, sein Ende war schön und ohne Qual, in den letzten Nächten sagte er noch Weises, Kluges, zart Ironisches, dann lag er da, unendlich viel Blumen in allen Zimmern – beim Begräbnis war ein seltsam unruhig glänzender Südwindhimmel, der Friedhof steht gegen die schönsten Hügel hin, alle Gräber waren noch von Allerheiligen geschmückt, die Blumen leuchteten

unwahrscheinlich, die uralten Gesänge der Juden waren feierlich streng und voll Fremdheit, man trug den Sarg dahin, wo seine schöne Schwester liegt, die nun fast hundert Jahre alt wäre und deren Freund ich war, als ich zwanzig alt war und sie vierundsiebzig – die letzten Monate vor ihrem Tod.
Liebe Ottonie, schreiben Sie mir auf einem Zettel welche Werke von Balzac Sie besitzen und aus welchem Verlag die Ausgabe ist, neulich ein paar Abende vor dem Einschlafen las ich die Eugénie Grandet – ich will daß Sie jedes Buch haben, das mir für Sie lieb ist, und um keines zu viel. Haben Sie im westöstlichen Divan gelesen? Die Sprüche in Prosa lange nicht in der Hand gehabt? den Novalis? den Hölderlin? Die alle drei Ihre lebendigen Freunde sein müssen!
Gute Nacht Ottonie. Ich sage es in die Nacht hinein, es geht an Ihr Haus hin.
Werfen Sie meine schlechten Briefe weg, bitte tun Sie's, lassen Sie mich glauben daß Sies getan haben.
Gute Nacht Ottonie.

Ihr Freund HH.

P.S. Ist es möglich daß Price Collier tot ist? fast beneidenswert, so.

R. 4. 12. [1913]

Wo sind Sie denn, Ottonie? es geht ein Tag nach dem andern hin, ich warte so sehr auf eine Zeile, auf ein Zeichen – es kommt keins. Ich sehne mich so, Ihr Gesicht mich freundlich anschauen zu sehen. Sind Sie denn ganz weit von mir weg gegangen? ist es Ihnen ganz gleich daß ich da bin? Habe ich wieder etwas versehen, etwas versäumt! Ich möchte in die Nacht hineinrufen: Ottonie!
Auf der Photographie war die Adresse von Ihrer Hand mit Tinte geschrieben – also sind Sie nicht krank. Ist das Kind krank? Daß Sie nicht eine Zeile schicken konnten, nicht den

Zettel mit den Titeln der Bücher von Balzac. Warum sehe ich Sie immer mit abgewandtem Kopf (so hübsch ist Ihr Haar, so sonderbar frisiert) ganz weit von mir in einem endlos langen weißen Gang gehen, in den viele Türen münden, an denen allen Sie vorübergehen.

Wo sind Sie denn? hören Sie mich denn nicht? wie können zwei Menschen so zueinander stehen!

Seit München bin ich – nicht gerade krank aber am Rande davon. Habe so wenig Kraft. In allen diesen Wochen hab ich nicht die Kraft gehabt, diesen einen freundschaftlichen Brief an Reinhardt zu schreiben. Ich bin recht ohne Kraft. Es hat manchmal etwas Schönes, so zart, so leicht, alles wie durch einen Schleier. Vorige Woche war ich auch ein paar Tage mit Fieber zu Bett. Es wird schon besser werden. Jetzt sind – hinter einem Schleier – die Proben zu »Jedermann«. – Ich möchte noch manches erzählen – aber wem denn? wer hört denn zu!

Ottonie!

H.

[Hotel »Baseler Hof« München]
7 12. [191]3.

[...] Ich bin ganz verzweifelt, daß Sie meinen Brief nicht bekommen haben, ich hatte ihn mit dem an Velde zusammen geschickt. So wartete ich dann ebenso wie Sie die ganze Zeit auf ein paar Worte von Ihnen. Aber wo kann mein Brief nur sein? Ich hoffe, ich habe ihn dann wenigstens zerrissen beim Sichten von alten Briefen. Aber Sie Ärmster haben daher wieder so dumme Momente gehabt.

Ich sitze im Theater, erwarte Tristan, aber es will scheints nicht anfangen, man wartet bereits 20 Minuten. – Ich bin wie ein Kind, hab noch nie Tristan gehört und bin aufgeregt. Wenn Sie doch hier neben mir wären, könnt man wenigstens sprechen.

Mein Tristan war nichts! Denken Sie, nachdem man lange vergeblich gewartet, wurde es abgesagt, da sowohl Barry wie Fassbender in der letzten Minute absagen mußten. So mußte man nach Hause gehen – alles war traurig. Mir tat der Ausfall auch für den armen Cle leid, denn das Haus war übervoll, kein Platzel mehr zu haben. Julie ist auch mit in der Stadt, wir machen Commissionen. Ich fahre morgen nach Stuttgart und will mir meine Zahnsache noch vor Weihnachten richten lassen, damit ich nicht in den Weihnachtstagen etwa Schmerzen haben sollte. Denke aber schon am Donnerstag zurück zu kommen, wenn es glatt geht. – Gestern war Heiselers Stück zu dem wir nicht absagen konnten, danach Empfang bei ihren Eltern. Wir saßen sehr nett mit van de Velde zusammen, dem es sehr gut ging, der frisch und vergnügt war. Auch Taube war mit dabei, der Verbrecher vom »Verborgenen Herbst«. Heute Mittag waren wir mit den beiden und Nele bei Wolffs, wo es wieder sehr gemütlich war. –
Wissen Sie, Ihr Kranksein ist aber doch recht beunruhigend, können Sie sich denn noch immer nicht erholen, was soll denn noch werden! Ich finde es doch *recht* ängstlich, kann man denn gar nichts Wirkliches dabei tun? Aber ich weiß ja, Sie werden einen guten Arzt haben und alles genau danach tun und Gerty ist so eine gute Pflegerin. Vielleicht schreiben Sie mir bald mal nur mit ein paar Worten, ob Sie kein Fieber mehr haben.
Ich komme am Donnerstag wieder und bleibe dann einige Tage hier. Am 18ten gibt der junge Josten (Bruder von Frau Wolff) ein Conzert hier zu dem er ein sehr schönes Programm gewählt hat, hoffentlich singt er dementsprechend.
[...]
Ich las Till Eulenspiegel vor einigen Tagen zu Ende. Ich finde es *wundervoll, so herrlich* geschrieben, für mich ein ganz großes Buch. –
Ach ich möcht so so gern geschwind bei Ihnen sein und mit Ihnen schwätzen können, vielleicht dürften wir mal die Rollen

tauschen – ich könnte an Ihrem Bett sitzen, oder sind Sie auf und ruhen nur müde und ermüdet aus? Es wär entsetzlich, wenn Sie Weihnachten nicht kämen, könnte das passieren?
Gute Nacht, ich muß den Brief noch schnell hinunter tun, damit Sie ihn doch bald haben.
Liebe liebe Grüßles Ottonie.

Nein mein Kopf ist nicht fortgewandt und meine Augen schauen so fest in die Ihren. Vor einigen Tagen, als ich erwachte, fühlte ich noch wie unsere Hände sich lösten und mir kams traurig vor, sie nicht wirklich zu fühlen.

[Postkarte] [München, 8. 12. 1913]

Dies meine Balzacs:

La cousine Bette
La maison Nucingen
Le Père Goriot
La vieille Fille
César Birotteau
Les Employés
Le Colonel Chabert
Le Curé de Village
Histoire des Treize

Société d'Éditions Littéraires et Artistiques
Paul Ollendorf
50, Chaussée d'Antin

R. 12 12. [1913]

Nur diese paar Zeilen, um zu sagen, daß es mir völlig gut geht. Ich bin meistens in der Stadt, wegen der Proben zu »Jedermann«, nur heute vormittags heraußen, muß aber 9 Briefe schreiben und sehr viel telephonieren.
Ihr Brief damals (der vorletzte) ist also richtig verloren gegangen! Ich hoffe nur, daß wir bestimmt nach Weihnachten reisen können, wir wollen also den 28ten festhalten, bleiben bis zum 3ten oder 4ten.
Soll ich, d. h. darf ich Müller-Hofmann im Namen der Hausfrau für 2–3 Tage einladen. (30–1ten?) ja? oder geschieht es von dort? Bitte gleich um Antwort?
Und Schröder? Ich habe keine Zeit ihm zu schreiben, vielleicht tun Sies?
Gretl sagt oft, wie »entzückend« es wäre wenn Ottonie im Februar nach Wien käme –
Erwin hat mit ein paar jungen Malern eine sehr hübsche Schwarz-weiß Ausstellung veranstaltet, in der ich heute nachmittag um ½5 vorlese. Kommen Sie doch auch! Sie finden Gretl, Kassner, Wassermann, Jella u.s.f.
Ich muß schließen. Also M. H. und Schröder. –
Das ist kein Brief bitte gleich wegwerfen.

Ihr H.

[Briefkarte] Sonntag [14. 12. 1913] abends

Ich vermutete Sie längst zurück, mein Brief, ein ganz kurzer, liegt in Hinterhör, er enthält eine Frage auf die ich gern bald Antwort hätte (wegen Müller Hofmann) ich möchte Ihnen nicht gern viele solcher trockener Zettel schreiben, Sie könnten denken, daß diese Trockenheit irgendwas bedeutet, nichts ist es nur weil ich jetzt hier Neujahrsbriefe geschrieben habe, gleich wieder hinein muß.

Ich gehe von Neub. den 4ten 5ten 6ten nach München, Sie mit uns, das ist hoffentlich abgemacht, ich habe um Ariadne gebeten. Vielleicht gehe ich dann mit Reinhardt, Spiegl (u. Gerty) für eine Woche ins Gebirg, nach Tirol, da möchte ich Sie so gerne mithaben, wär es auch nur für 3 Tage! Wir nehmens uns vor, ja? und tun dann als ob wirs improvisierten! Das Haus Mörikestraße 24 war mir auf einmal lieb aus Ihrem Brief.

Gute Nacht. H.

[Briefkarte] Rodaun 21 12. [1913]

So ist es wirklich nah gekommen und ist so wahrscheinlich und so unwahrscheinlich, so geisterhaft wie immer, daß man in 8 Tagen einander gegenübersitzen wird.

Ich sag Ihnen was, Ottonie – ich will mich diesmal nicht nur auf Sie, sondern auch auf Neubeuern freuen – es ist dort so viel Schönes doch schon gewesen – mit lieben Menschen einen Tag zu leben ist so viel, Morgenstunde, Dämmerung, Abendstunden – so viel! M-H habe ich für den 30ten eingeladen, es ist ein Mensch, der mir recht lieb ist.

Wir wollen diesmal nachts fahren, sind vor 8^h morgens (am 29ten) in München, fahren mit dem darauffolgenden nächsten Zug nach Raubling. Wenn sich nichts daran ändert telegraphiere ich nicht mehr!

H.

[Hotel Adlon Berlin W]
[10. 1. 1914]

Das ist Berlin und das Hôtel Adlon und trotzdem sitze ich ganz ruhig allein in meinem Zimmer und hab Zeit, ganz gemütlich, einen Brief zu schreiben. Nämlich es ist ½8, gerade ist Gerty mit Spiegl ins Theater gefahren, ich muß mich später anziehen und zu Reinhardt, der mich um ½9 in seinem schönen stillen kleinen Haus erwartet. Gefrühstückt haben wir mit Eberhard der voll Freude über die Begegnung mit Borchardt war – dann Tee getrunken bei Strauss, der ein sehr guter und dankbarer Zuhörer des ersten Aktes war – Berlin ist schon recht was Belebendes und Lebendiges. –

Nun mit unserem Schnee. Es ist ganz klar daß Reinhardt nicht vor dem 25ten oder letzten von hier wegkommt – dann will er allerdings wirklich weg, wohin ich ihm sage, Salzberg oder Lofer oder höher, Arlberg, aber jedenfalls nicht allzuweit von Neubeuern würde es werden. Für mich ist die Frage: fahre ich 16ten nach Wien zurück und gehe 14 Tage später dann über Salzburg ins Gebirg – das täte ich nur wenn ich wüßte daß Sie dann ebensogut kommen können wie jetzt? wie ist das? bitte schreiben Sie mir das gleich! Dann käm die Sache mit Reinhardt sicher zusammen, mit ihm und Spiegl ohne Reinhardts Frau, die Spiegl absolut nicht dabei dulden will, *weil sie es nicht verdient dabei zu sein* (Auch hat sie auf dem Theater zu viel zu tun, um abzukommen).

Reinhardt hat doch merkwürdig viel flair. Obwohl ich nie ein Wort über Sie mit ihm gesprochen habe, war die erste Frage, die er mir stellte, wie es Ihnen ginge und wo man Sie einmal wiedersehen könnte!

Sie sind halt schon meine richtig gehende Freundin! – Für Reinhardt – mein ich. Ach Gott, und für mein Herz, oder wie man so sagen soll, halt auch. Da sitze ich in dem alten Adlon, da hab ich einmal einen ganzen Tag an Sie geschrieben, und dazwischen Briefe von Ihnen bekommen, da haben Sie mir dreimal des Tags auf 32 Seiten mitgeteilt, daß Sie mich *nicht lieben*, dabei ists geblieben, kurz es ist alles in der Ordnung, dazwischen haben Sie mir weglaufen wollen, aber das ist nicht gelungen – Sie werden mich überhaupt nie los.

Schön waren die Tage in München – Ihre Nähe gibt solchen

Tagen für mich etwas so Reiches, es ist wie der Hintergrund auf einem sehr guten Bild, unglaublich viel Farbe, man weiß nicht wo sie steckt, aber man fühlt sie.
Mir erscheinen die paar Tage in München als eine so festliche Zeit. Heute sagte mir Eberhard, er fände das Märchen so überaus schön, ich fragte wieder warum, er konnte es nicht beantworten.
Ottonie, wenn ich nur wüßte *wie*, in welcher Art Sie freundlich an mich denken, wenn ich es mir vorstellen könnte würde ich vielleicht plötzlich so heftig verliebt in Sie sein, oder auch gar nicht, oder auch gar nicht.
Vergessen Sie nicht den Stauffenberg, Sie haben es mir versprochen, ihn spazieren zu führen – also tun Sie es auch bestimmt.
Adieu. Ich werde nächstens 40 Jahre alt, das ist doppelt soviel wie zwanzig, aber nur halb soviel wie achtzig. Ja ich hab schon Geist, wie ich so etwas sage! adieu, adieu.

Ihr »anhänglicher« Freund H.

Rodaun 21 I 14.

So sicher zähl ich auf das baldige Wiedersehen, daß ich leichtfertig mit Schreiben bin, mehr als ich mir sonst angehen lasse.
24 Stunden später, Donnerstag abends.
Nun ist dies wieder einen ganzen Tag liegen geblieben! Ich hab mich hier gleich in die Arbeit gestürzt – will keine öde Übergangszeit haben – aus Berlin komme ich immer ermutigt zurück, Reinhardts Athmosphäre tut mir wohl, alles Schöne so greifbar nah, Hamlet, Lear (mit Moissi als Narr unvergeßlich, das heißt, ich habe nur eine Probe gesehen aber der Eindruck war so stark daß ichs nicht wieder sehen möchte) Tasso, im Kammerspiel, in der ersten Reihe 3 Schritte von den Menschen, die dies erleben, dies aussprechen, Eberhard sagte mit strahlendem Gesicht: da ist man ja im Himmel! – er hatte ganz recht.

Sie sagen mir abermals etwas Liebes über mein (angefangenes) Märchen, Eberhard sagte mir vor einer wunderbaren kleinen Antike im Museum: siehst Du, so ist Dein Märchen – das ist zu viel – aber es ist ermutigend, und gut.
Die Tage waren sehr schön, schließlich wurden sie zu unordentlich, man ging immer zwischen 3 und 4 morgens schlafen, ich wurde ein bißchen krank, fieberte einen Tag, das macht nichts, es ist schon längst wieder gut.
Also es ist mit Reinhardt abgeredet, daß er mit Spiegl am 31ten in München eintrifft, das rendezvous ist nicht weit von Salzburg oder nicht weit von Innsbruck, ich rechne daß Sie uns nicht später als den 2ten, 3ten einholen, denn das Ganze wird nicht lang! – Schreiben Sie bitte ein Wort, welches Wetter dort ist und welcher Band Hebbel Ihnen fehlt – Ach Gott, ich hätte gern viel länger geschrieben!

Ihr H.

Rodaun 2 2. [1914]

Papa hat heute eine bessere Nacht gehabt. Immerhin ist er doch schwer krank und es waren recht beklommene Tage. Eben telegraphiert mir Spiegl, daß auch für Reinhardt an kein Wegkommen vor Mittwoch oder Donnerstag zu denken. Ich habe seit heute Hoffnung daß wir etwa Freitag wegkämen. Allerdings wurde soeben Raimund mit ziemlichem Fieber ins Bett gelegt. – Ich hoffe Sie sind nicht ungeduldig. Ich möchte sehr gern daß wenn nicht Ischl dann Berchtesgaden herauskäme. Also hoffen wir!
Adieu Ihr H.

Neubeuern 3t 2. 14.

Ihr Kärtle bekam ich heute, es tut mir *furchtbar* leid, daß Sie *so* schwere Tage mit Ihrem Papa zu durchleben hatten, hoffentlich ist er jetzt wieder viel besser und wird er sich bald ganz erholen. Wie aufregend für Sie die Zeit gewesen ist, kann ich mir denken. [...]
Wir haben heute Baby und Mary bis Kufstein begleitet, die dann allein weiterfahren bis Davos. Dann sind wir zu Fuß nach Oberaudorf gegangen, es war herrlich, wir haben überhaupt permanent das prachtvollste Wetter. [...]
An Eberhard habe ich nicht mehr geschrieben, da er gerade an dem Tage Mädy einen ausführlichen Plan schickte über ihre Reise und sie nach Berlin einlud für seine letzten 4–5 Tage dort. So sollen sie es halt so machen.
Uns gehts allen sehr gut, nur die Trennung vom Kind wurde jedem schwer, ihr selbst auch sehr, man muß sich nun erst wieder umgewöhnen.
Bitte haben Sie jetzt nicht das Gefühl mir schreiben zu müssen – ich weiß Sie sind viel in der Stadt und haben außerdem eine Arbeit die Sie gern erledigen wollen.
Also hoffentlich kommt es doch noch zu einer winterlichen Begegnung.

Ihre Ottonie.

Ich denke ich komme dann 2 Tage nach Reinhardt an, damit Sie ihn erst etwas allein genießen. Recht so?

[Briefkarte] Rodaun Mittwoch [4. 2. 1914]

Annette, die neben mir Clavier spielt, sagte mir wieder so viel Gutes vom Gd. Hotel in Berchtesgaden, daß ich gerade an Reinhardt wieder darüber depeschiert habe. Reinhardt und Spiegl reisen schon heute oder morgen nachts, wir hoffen bestimmt, Samstag nachzufahren, bitte richten Sie sich ein, uns Montag einzuholen, da wir schon Papas wegen nicht lang fortbleiben werden. Annette will Samstag nach Neubeuern kommen, sie will durchaus nur dort sein, wenn sie sicher ist, daß *Sie* dort sind. Versteh ich nicht! Werden wir wirklich im Schnee zusammenkommen?

H.

[Das Grand Hotel Kurhaus Berchtesgaden]
Sonntag [8. 2. 1914]

Nun machen Sie das aber, bitte, nicht wieder, daß Sie wegen dieses lächerlichen so völlig sinnlosen Getues auf dem +++ Schloß ohne einen rechten Grund uns hier sitzen lassen! Ich warte mit dem Erzählen von etwas sehr Schönem Neuen – bis Sie da sind – aber wir bleiben schon Papas wegen nur 4–5 Tage. Haben Sie denn vergessen, daß Sie uns ganz präcis zugesagt haben, in dieser Zeit zu kommen, daß ich nur deswegen von Reinhardt erbat, nach B. zu kommen, und daß dies doch auch dem +++ Schloß gegenüber eine ganz normale sociale Verpflichtung vorstellt, die man doch einhält wie etwas anderes, wenn kein ernster Grund vorliegt.
Bös. HH.

Neubeuern 20. 2. 14.

Wann Ihr wohl wieder nach Rodaun zurückgekommen seid? Es war doch *zu* nett in Berchtesgaden und ich bedauere nur, daß es so kurz war. Hier war eine ganz bewegliche Woche, allerlei Menschen kamen und gingen. Morgen erwarten wir Ludwig v. Hofmanns, Lampe, Heiselers die alle hier wohnen wollen, Steinitzer, Stetten und eventuell Müller-Hofmann. Es hat sich dies alles so auf einmal angesagt und ist auch besser als immer einer einzeln. [...]

Wie mags Ihrem Papa gehen, hoffentlich hat er sich recht erholt und sind Sie nicht mehr in Sorge. –
Meinen Band Esmond habe ich gelesen, sehr gern gelesen, – hoffentlich kann ich den zweiten Band bald bekommen. Jeanne d'Arc lese ich momentan, es ist sehr angenehm geschrieben, ich bin noch nicht sehr weit. –
Bitte geben Sie mir doch Gretls Adresse wegen der Musik, die man ihr schicken sollte.
Mit lieben Grüßen denkt an die reizenden Tage in Berchtesgaden und Sie

Ihre Ottonie

Montag abends [Ende Februar 1914]

Bin ganz allein zuhaus, arbeitend, Gerty in der Stadt, die Kinder schlafend. So allein, ist alles lebendig; mehr Einfälle, Verknüpfungen, als daß das Hirn ihnen folgen kann; aber auch ein paar Seiten von dem Märchen (Frau ohne Sch.) wirklich geschrieben.
Sie schreiben, die Tage waren Ihnen lieb, mir waren sie's, *für uns*, nicht ganz. Es ist immer zu wenig – es bedarf dreier Tage oder mehr bis man zueinander kommt. Waren wirs bei diesem Aufenthalt, wirklich? ich glaube nicht. Es war so wie wenn es um Weihnachten mit Neubeuern ausgewesen wäre – das wäre auch fast nichts gewesen – so kam dann München. Für mich sind diese Tage in München das letzte wirkliche Zusammensein.
Es ist mir lieb, daß Sie Reinhardt in dieser Form gesehen haben – das ist was mir lieb ist – es ist ein Faden mehr im Gewebe – welchem Gewebe – nun, des *Lebens* darf man vielleicht sagen.
Mir ist bang um Eberhard und Mädi, ich kanns nicht anders sagen. Haben Sie vielleicht Nachricht – ich schrieb an ihn, blieb (natürlich) – ohne Antwort. Es fällt mir zehnmal im Tag ein. –
Der Band Esmond ist an Sie gegangen. Es ist ein Buch, das einem englisches Wesen, das man doch im Herzen recht lieb hat, so sehr

wieder zu Gefühl bringt – mit allen drawbacks. Die Charakteristik von Malborough ist etwas unglaublich brillantes. Auch vieles andere. (Das Duell worin Castlewood fällt und was diesem vorhergeht. Man kann kaum besser erzählen.) Darf ich Vandal Avènement de Napoléon zurückbitten? Ich kenn es erst teilweise. Ferner: ich sehe hier Rémusat, Memoires, Band II. (nur diesen.) Band I und Band III. scheinen Sie zu haben. Bitte um Auskunft wegen Ordnung. (Bücher in Unordnung sind etwas übles.)
Von Hebbels Tagebüchern einzelne Bände leider nicht erhältlich. (Auskunft des Verlages.)
Ferner: könnten Sie so gut sein durch Jans holländische Verwandte anfragen ob für geringen Preis eines der Saiteninstrumente (wohl eine Art Guitarre?) erhältlich wäre womit die Javanesen die Aufführungen auf ihren Dorftheatern begleiten. Gute Nacht, bin sehr müde. Ein Hund bellt, Sterne über kleinen weißen Wolken, die Erde riecht schon nach Frühling. – Keine Ruhe war in dieser Begegnung, kein Moment der eigenes Leben, relief, hatte, nicht? Ich redete zu viel überflüssiges über Julie, meine jedesmaligen *Anfangs*krankheiten – ich hätte vielleicht doch dies nicht combinieren wollen sollen, tant pis, so *muß* ich Sie halt bald wiedersehen.
Gute Nacht. H.

Manchmal ein Gedanke, als ob unsere Beziehung ohne Mißverständnisse und Schmerzen ihr niveau verlieren könnte. Vielleicht nur Gedanke eines etwas müden Kopfes. Nicht sagen (oder denken) daß Sie terre à terre sind. Etwas ist in jedem Menschen das Gegenteil von terre à terre, es handelt sich, dies nicht loszulassen.
Das Märchen macht mich unglaublich viele Sachen denken, sehen.
Gute Nacht zum dritten Mal. – Warum schrieben Sie so unnüanciert *zufrieden* über diese Begegnung? Wieso? warum? bitte antworten Sie darauf.

Neubeuern Freitag [März 1914]

Eigentlich war es recht dumm, mein eigenes Nicht ganz befriedigt sein, mir selber wegleugnen zu wollen, in dem ich an Sie indifferent schrieb. Ich dachte ich hätt' es allein nur so empfunden und Sie seien durch Ihre Arbeit reichlich befriedigt von Berchtesgaden heimgekommen. Da kam ich mir so weibisch vor, so sich nicht genügen können, das hat mich beschämt und ich wollte wenigstens nicht, daß Sie es merken sollten, da hab ich aber nun grade das Falsche getan. Ich dachte wenn ich es Ihnen eingestehe, haben Sie schon im Vornherein für unsere nächste Begegnung Angst und könnten nicht ruhig an eine Arbeit denken, wenn ich da wäre. Also darf ich Ihnen jetzt ganz offen sagen, daß ich den Aufenthalt als solchen reizend fand, aber für uns Beide im besonderen natürlich etwas mit dem Gefühl von mager nach Hause ging. – Aber denken Sie, jetzt im Gefühl, daß es Ihnen ebenso ergeht, fühle ich mich schon wieder zufriedener und glücklicher. Es war mir so die ganze Zeit etwas öde zu Mute, es fehlte mir etwas, das war einfach unser Nicht gemeinsam fühlen. [...]
Wann kommt Schröder? Müller-Hofmann war am Sonntag hier und erzählte viel von Bremen, daß er viel gearbeitet habe dort und eine reizende Zeit gehabt habe. Hofmanns waren hier, sie sind beide *zu* reizend liebe Menschen. Sie fragten sehr, ob Sie nicht mal wieder nach Florenz kämen, dann möchten Sie sie doch ja besuchen.
Die Bücher schicke ich demnächst.
Dank für Esmond.

Ihre Ottonie.

Rodaun Montag. [Mitte März 1914]

Ich habe keine gute Zeit, das ist der ganze Grund meines Nichtschreibens. Die productive Kraft hat sich recht tief ins Innere

zurückgezogen – auch dem Leben, dem Augenblick gegenüber verarme ich dann sehr; das leise unablässig begleitende Gefühl des Gewahr-werdens, Aneignens ist verschwunden – der Grund ist niemals ganz am Tage für ein solches Schwach-werden, es ist der Übergang vom Winter zum Frühjahr, feuchte trübe schlaffe Tage – etwas muß sich erneuern – man muß still sein und Geduld haben.
Ich gebe mich mit meinen Arbeiten ab, so gut es geht, dazwischen blitzt auch wieder etwas auf. Neulich einmal konnte ich G. W. die in Berchtesgaden ausgedachten Bilder erzählen – sie nahm es sehr rein und stark auf – ich sah daraus daß es im Ganzen gut ist und nicht gewöhnlich. Es liegt in dieser stummen Dichtungsform doch etwas sehr Schönes verborgen, ich spüre wie ich immer wieder danach greife, irgend eine Falltüre zu heben suche, ob ich die richtige finde und zu heben die Kraft habe, bleibt fraglich. –
Gelänge mir in den ruhigen Zeiten mehr – so hätte ich dann mehr Freude am Fortgehen, fremden Städten u.s.f. Einstweilen denke ich an Paris für die Zeit 12–22 Mai. Vielleicht finden wir uns da. Ich war doch froh daß Sie das Nicht-gekommene an den Berchtesgadener Tagen gefühlt haben – daß Ihnen nachher öde war – von solchen Hemmungen, Enttäuschungen, Hinfühlen, Wieder-erwarten *lebt* das was zwischen uns ist, – andernfalls wäre es tot. –
Wissen Sie etwas von Eberhard? u. Mädi. –
Ihr Lesen – ich finde nicht recht, was. Kennen Sie die merkwürdigen Bücher von Knut Hamsun: *Mysterien, Pan?* Bücher, die ich lese, alle auf den Osten bezüglich, Buddha, Upanishads – scheinen mir etwas schwer. Sie müßten jedenfalls eine Kette von solchen Büchern lesen, das Einzelne gibt nichts. Habe ich Ihnen welche von den Büchern von Lafcadio Hearn über Japan gegeben? welche? –

Ihr H.

[Auf dem Couvert:] von Schröder keine Nachricht

[Südbahn-Hotel Semmering bei Wien
Semmering, den] 27 3. [1914]

Ich habe mich bis auf weiteres hierher transportiert, um einer schleppenden mühseligen Periode ein Ende zu machen. – Schröder, der seit 20ten Februar von Woche zu Woche erwartet wurde, fragt nun heute an, ob er kommen kann, ich mußte ihn bitten, es nun erst recht zu verschieben – Sie sind auf einer kleinen Reise, vielleicht kommt eine Zeile, die mir sagt, daß Sie Stauffenberg gesehen haben, es wäre mir das freilich lieb.
Noch eines füge ich hinzu: im Mai (12–22) werde ich vermutlich ohne Gerty in Paris sein, sie wünscht sich das Hingehen nicht sehr, hat an Rodaun, ihrem Tennis u.s.f. mehr Freude – wenn Sie dort wären, so wäre es so wie man sich früher oft vorgestellt hat und vielleicht gewänne ich Paris wieder lieb.
Ich bin kurz, weil ich mich zusammenhalten will und soll, im Denken, im Schreiben, in allem.
Adieu. Ihr H.

[Briefkarte] [Wien] 18 4. [1914]

Es geht mir nicht mehr schlimm wie im März, immerhin ist in der Erzählung noch nichts Definitives erreicht, hoffentlich muß ich sie nicht weglegen – jetzt sind bezaubernde Tage in der Natur und dazu ein angenehm zerstreutes Leben durch Reinhardt; wir sehen ihn oft, sollen morgen mit Gretl Erwin und ihm für 24 Stunden nach Dürnstein fahren (die kleine alte Stadt an der Donau) Montag kommt Schröder an, Dienstag frühstückt Moissi bei uns – so leben wir so leben wir alle Tage – für den 8ten Mai werde ich mir in Paris im Crillon mein Zimmer bestellen, will 12 Tage dort bleiben, hoffentlich mit Ihnen? Nein, im Ernst, wann kommen Sie hin, sind Sie dort wenn ich ankomme, das ist alles was ich wissen will.

Ihr H.

Rodaun 25 4. [1914]

Reinhardts Gegenwart war eine große Freude – die von Rudi tut mir noch in ganz anderer Weise wohl. Es scheint, nachdem ich ihm vorgelesen, daß die Teile des Märchens mit denen ich mich so abgequält habe, im Ganzen nicht mißglückt sind und daß ich nur weiter muß. – Gretl war schon auf dem kleinen Ausflug nicht ganz wohl, abends immer etwas fieberisch, nun liegt sie seit vier Tagen mit 39 Fieber, von früh bis abends, und die Ärzte wissen gar nicht was es sein soll. – Ich habe mir für den 9ten morgens mein Zimmer im Crillon bestellt. Ich bin sehr froh daß Sie vor mir dort sind – ich hoffe Sie haben allerlei was Ihnen Spaß macht und nehmen mich gelegentlich in dieses Ihr Leben mit. Das meinige wird nicht so ganz leicht sein, deswegen geht auch Gerty nicht mit, sie meint, sie macht mirs dadurch leichter, und hat vielleicht auch recht. Über Kessler möchte ich nichts sagen: wollte man hart sein, müßte man sagen, er ist ein Narr und ein armer Narr, zuweilen ein unleidlicher Narr. Er hat sich mit alberner Wichtigmacherei so heruntergebracht, daß er jetzt in einem jammervollen Zustand zu sein scheint. Ich halte gegen ihn meine Linie und werde sie hoffentlich bis zum Ende halten können. Es war ganz und gar dumm von mir, was ich getan hab (ihn da hineinziehen, aus unpsychologischer Gutmütigkeit) aber jetzt ist es ein tour de force, daß ich anständig und generös durchhalten will. –

Meine Schrift wirkt etwas zerstreut, weil Rudi drei Schritte von mir Clavier spielt. – Nicht wahr wenn es möglich ist, so besorgen Sie sich durch Freunde ein Billet für die Première am 14ten Mai – bekomme ich dann 2, wie mir eigentlich gebührt (aber ich möchte nichts reclamieren) so gibt man Ihres weg. Hat das kleine Hôtel nahe der Madeleine einen Namen? Hoffentlich kommt mir nichts mehr dazwischen.

Ihr H.

[Hinterhör b. Neubeuern a. Inn]
Freitag [Mai 1914]

Das kleine Hotel ist *so* klein, daß es nicht einmal einen Namen hat, aber dafür eine Bezeichnung. 14 rue de l'Arcade. Wenn es mir nicht gefällt, dann gehe ich in eines der vielen Hotels und lasse meine Adresse für Sie im Crillon hinterlegen. Ich fahre am Dienstag für ein paar Stunden nach Eybach und Abends weiter nach Paris.
Die arme Gretl, was mag ihr denn fehlen, hoffentlich ist das Fieber bis jetzt vorbei. –
Morgen kommt Mädy mit Hansi für einige Tage. Nach einem Brief von Eberhard zu urteilen, scheint er recht herunter zu sein – es klingt alles so traurig was er sagt, obgleich keine besonderen Ereignisse da sind. Vielleicht haben Sie mal Zeit, ihm nur ein paar Worte zu schreiben – er ist immer so beglückt über Ihre Briefe.
Gute Nacht auf bald Ihre Ottonie.

[Briefkarte] R 6 5. [1914]

Ich treffe, wenn mir nicht im letzten Moment etwas dazwischen kommt, Samstag früh im Crillon ein, möchte Sie dann wenn Sie das nicht stört, Samstag 5½–6 irgendwo einen Augenblick finden, damit man etwas besprechen kann. Ist Sonntag Montag etwas im Theater, das Sie Lust hätten, mit mir zusammen zu sehen, so nehmen Sie bitte Billetts.*
Ich hoffe, ich finde ein Wort im Crillon. H.

* auch für jeden anderen Abend zwischen 10ten und 19ten

R. den 16ten [6. 1914]

Liebe, nicht sich wundern über mein Schweigen und noch weniger denken, daß Sie mir nicht lieb sind – ich kann nur nicht schreiben, es waren allerlei Ursachen fort und fort, kann sie nicht auseinanderlegen, Niedergeschlagenheit (am wenigsten in Nauheim selbst, dann aber wieder stark) – allmählich kommt man wieder zu sich selber, findet sich wohl wieder zusammen. Ihr Bild in mir ist immer rein und schön, in Paris haben Sie mir so wohl getan – seltsam wie sehr Sie zu meinem Leben gehören, stürbe man bald, so wäre es ein seltsamer vielleicht quälender Gedanke, warum so viel und nicht mehr mir in Ihnen gegeben wurde. Mit *nicht mehr* meine ich aber anders, als der oberflächliche Gedanke trifft. Könnte ich Sie zur Natur zum vollen Gefühl des Lebens zurückkehren sehen, nur es wissen, ohne es zu sehen, an wessen Hand immer und sei es, zu neuen Schmerzen, Verkettungen, Irrtümern, so wollte ich dafür ganz aus Ihrem Leben, ja Gedächtnis gestrichen sein und mich glücklich schätzen. Denn mein Gefühl für Sie ist nun völlig gereinigt, aber dabei stark und in dem einen Punkt kann es nicht die Hände in den Schoß legen und verzichten.
Gerty weiß dann und wann etwas von Ihnen, so glaube ich Sie sind jetzt in N. und ohne Julie. Ich gehe wohl in 10 Tagen nach Aussee, der Hausstand schon ein paar Tage früher – denke ich daß Sie später irgendwann kommen, so wird alles dadurch auch reicher

Ihr H.

Neubeuern Montag [ca. 1. 7. 1914]

Es ist seit Wochen kein Tag vergangen an dem ich nicht an Sie gedacht, besonders Abends im Bett, wenn alles still um mich herum, kommen meine Gedanken immer zu Ihnen. Immer

wollte ich dann am nächsten Tag an Sie schreiben, nahm es mir bestimmt vor, fand mich dann gräßlich es nicht getan zu haben und ließ es doch. Warum ich's ließ, weiß ich nicht mal, irgend etwas in mir stand immer so gewiß abwehrend dagegen. Heute endlich läßt mich ein prachtvoller heißer Sonnentag die Ruhe der Neubeurer Terrasse dazu kommen. – Wir haben recht lange nur schweigend miteinander gelebt, aber ein so lieber Brief war Ihr letzter, läßt mich gern viele vermissen die nur geschrieben sind um zu schreiben. – Ich denke bestimmt nach Aussee kommen zu können, finde nur noch nicht so recht den Moment wenns am leichtesten wäre. Es ist immer wieder Eybach was in den Sommer so zerstückelnd eingreift und dann kommt Ende August meine Mutter bis etwa 20ten September. Jedenfalls habe ich so den dringenden Wunsch und dann wird sichs wohl auch machen. Hier ist herrliches Sommerwetter schon seit geraumer Zeit, man genießt es so. Wir haben eine ganze Hochflut der Saison gehabt, so daß alle Zimmer des Hauses besetzt waren. Mir geht es so gut daß ich große Tagestouren mitgemacht habe, so über den Heuberg aufs Hochries und nach Aschau hinunter und derlei mehr. Heute Nacht wollen wir bei Mondschein auf den Heuberg und morgen früh den Sonnenaufgang erleben. [...]
Der Tod des Thronfolgerpaares ist doch zu zu entsetzlich, armes Österreich hat jetzt so viel zu tragen, wird der Junge geeignet sein für den verantwortlichen Posten! –
Leben Sie wohl, wir gehören halt doch viel zusammen.

Ottonie.

[Postkarte] 28. 7. 14

durchfahrend Wien den 28ten

Glauben Sie mir und sagen es allen unsern Freunden, daß wir alle hier, bis zum letzten Holzknecht, in diese Sache und in *alles was daraus werden möge*, mit einer Entschlossenheit, ja einer

Freude hineingehen, wie ich sie nie erlebt habe, ja nie für möglich gehalten hätte. Ich rücke heute nacht zu meinem Landsturmcommando ein. Vielleicht schreiben Sie mir ein paar Zeilen nach Pisino (Küstenland) post. rest.

Ihr H.

[Hinterhör b. Neubeuern a. Inn]
Sonntag [Mitte August 1914]

Meine geliebte Gerty,
ob diese Zeilen Dich erreichen weiß ich nicht, aber ich muß versuchen Dir zu schreiben. Wir alle bangen mit Dir um Hugo, weißt Du wo er steht? Schreib mir dies wie man ihm eine Zeile senden könnte. Bist Du mit den Kindern in Aussee geblieben und ist Papa Hofmannsthal bei Dir und wie geht es ihm? Alles alles was Euch betrifft liegt mir ja *so* am Herzen, vielleicht kannst Du mir mal schreiben. –
Dieser Krieg! grausam zu denken an alle die Menschenleben die dahingerafft werden, aber erhaben und groß *diese* Einigkeit. Ganz Deutschland fühlt sich wie *eine* Familie und Österreich gehört engstens dazu. Ich habe zwei Brüder und zweiundvierzig Vettern im Kampf, viele junge Kriegsfreiwillige dabei, da zittert oft das Herz vor Sorge um sie alle, aber man *muß* tapfer sein. Wir Frauen wollen den Männern nicht nachstehen an Mut und Opferfreude und wollen alles hingeben, so es uns nützen könnte, den Feind zu besiegen. –
Neubeuern haben wir als Lazarett eingerichtet. Ich übernehme den Teil der Mannschaftsversorgung. Im hinteren Schloß haben wir vorerst mal für zweiundzwanzig bis fünfundzwanzig Soldaten gerichtet. Alle Fremdenzimmer sind für Offiziere mit zwei oder drei Betten belegt worden, da werden wir viel Arbeit bekommen. Momentan nähen wir Hemden und stricken Strümpfe für die Verwundeten. Wir sind noch in Hinterhör, aber sobald die Verwundeten kommen ziehen wir ins Schloß. –

Mama bleibt vorläufig in Eybach mit meinem Schwager Fredy und seinen Leuten. Eberhard war bei der Aushebungscommission für Pferde und schreibt es hätte alles herrlich functioniert. –
Unsere Leute ziehen alle mit solchem Schneid und Begeisterung hinaus, daß man nur stolz sein kann.
Leb wohl meine liebe gute Gerty, sag mir bald was über den Hugo, Du weißt *wie* nah er in meinem Herzen steht.
In Treue und Liebe

Deine Ottonie

[Postkarte] Wien I, Elisabethstraße 6
22 8. [1914]

Briefe aus Pisino Küstenland, wohin ich zunächst eingerückt war, erreichen mich nicht, ich wäre dankbar für eine kurze Nachricht hierher. Bin seit Anfang August vom Regiment abcommandiert hierher ins Kriegsministerium, Kriegsfürsorgeamt. Wäre dankbar für Nachricht, wo Eberhard. Schröder ist eingerückt nach Wangeroog (Marine-Abt.) Erwin Lang nach Galizien, Müller-Hofmann steht vermutlich in Lothringen, Sie vermute ich bei Ihren Eltern.
Gerty ist in Aussee mit den Kindern.
Gott sei mit uns allen.

HH.

Bitte *offene* Karte

[Hinterhör b. Neubeuern a. Inn]
Sonntag 30 8. 14

Soeben bekomme ich einen Brief zurück, den ich am 27. Juli an Sie geschrieben hatte, er war nach Aussee adressiert und von Gerty nach Pisino weitergeschickt. Ich fürchte nun werden Sie meine weiteren Briefe auch nicht erhalten haben und sich denken was für eine herzlose Freundin Sie haben. Und doch müssen Sie wissen, daß grade jetzt in dieser ganzen schweren Zeit mein Denken täglich stündlich bei Ihnen verweilt. Gottlob hat mich Gertys Brief vor einer Woche beruhigt und ich weiß nun, daß Sie nicht mitkämpfen, was Sie selbst wahrscheinlich schmerzlich bedauern, für uns anderen aber, die wir Sie lieben, ist es ein befreiendes Gottseidank. Was ist es für eine fabelhafte Zeit! Sieg auf Sieg eilt zu uns in die friedliche Stille. Und doch kann man nur schwer diesen Frieden ertragen, man möchte wohin wo ein Centrum ist und man mehr helfen und wirken könnte. Nur die Möglichkeit hier auch viel tun zu können bringt uns über alles hinfort.

Von meinem ältesten Bruder bekam ich vor einigen Tagen Nachricht, er kämpft in Belgien mit, ebenfalls muß dort der Jüngere auch stehen, nur leider wissen wir von ihm persönlich nichts mehr.

Mein guter Dr. v. Boot aus Cassel ist einer der Ersten von meinen Bekannten, der gefallen ist. Schrecklich, wieviel Not und Tränen dieser Krieg für alle bringt.

Gottlob ist die Begeisterung bei jedem der hinauszieht groß und jeder der hier zurückbleiben muß, ist tief traurig und kann die Zeit kaum abwarten bis er auch daran kommt.

Unser Lazarett ist fertig, ist sehr hübsch geworden und wird hoffentlich bald belegt werden.

Leben Sie wohl und wissen Sie, daß in einem friedlichen Winkel in Oberbayern, ein stilles Frauenherz, neben allen Vaterlandssorgen, beständig für *Ihr* Wohl und Wehe zittert.

Ottonie.

Wien I Elisabethstraße 6
[Anfang September 1914]

Liebe, ich kann Ihnen keinen wirklichen Brief schreiben. Die Beklommenheit seit 3 Wochen unsere Armee im Kampf mit einem um 600.000 Mann überlegenen Gegner zu wissen ist zu ungeheuer. Die braven braven Menschen! Das gräßliche marternde Gefühl, jetzt, erst jetzt so recht, nicht mit dabei zu sein. Man ist, wo man hinbefohlen wurde, ganz gut – aber vielleicht könnte man doch erreichen – dann wieder – vielleicht würde es zu nichts führen – körperliche Minderwertigkeit – alles das bei Tag und Nacht. Man sieht alles wie durch einen verkleinernden verdunkelnden Schleier, auch die eigene Frau, die Kinder alles. Dazu das gräßliche Mitleid mit dem Einzelnen! Die arme Gretl, kein Wort, keine Zeile von Erwin, seit er fort ist. Nicht wissen, ob er tot ist, schwerverwundet wo liegt, von den Russen gefangen ...

Jetzt eine Frage, beantworten Sie diese sobald als irgend möglich, bitte nach Rücksprache mit Julie. Bitte schicken Sie den Brief *offen*, und schreiben darauf *offen*. – Es könnte sich in 4–6 Wochen die zwingende Notwendigkeit ergeben, daß ich Gerty, die Kinder und meinen Vater von Wien wegschaffe, nach Westen. In Neubeuern dürfte natürlich kein Platz sein, oder doch eventuell für die Kinder? Selbst ein größeres Dienerzimmer für alle drei würde genügen, wer denkt unter solchen Umständen an Bequemlichkeit. Papa würde seine Bedienerin, die gut kocht, mithaben. Ich dachte für ihn und uns an das Mieten eines gut heizbaren kleinen Hauses in *Brannenburg*. 4–5 Räume. Bitte überlegen Sie es. Es kann ja sein, daß es nicht nötig wird. Aber es ist besser die Dinge mit Ruhe durchzudenken, als in Panik und zu spät. Ist der Arzt Dr. Glaser anwesend? Wegen Papa. Oder ließe sich in Markt Neubeuern wohnen? Wohl schlechter als in Brannenburg?

Ich hoffe Sie können mir bald antworten.

Ihr H.

P. S Seltsam prophetisch meine grauenvolle Niedergeschlagenheit in Paris, dies Weinen-müssen jeden Morgen beim Aufwachen.

Eybach Geisslingen Montag [September 1914]

Unser Telegramm werden Sie erhalten haben. Das war ja ein trauriger Brief von Ihnen, möchten Ihre Befürchtungen nicht eintreffen. Jedenfalls müssen Sie sogleich wissen, daß bei uns immer Platz für die ganze Familie ist. Hinterhör steht ja ganz zur Verfügung und sollte Gerty es zu groß für den Betrieb finden, dann können wir immer etwas im Dorf mieten. Es sind verschiedene sehr nette, eingerichtete Wohnungen dort. Dr. Glaser bleibt in Brannenburg, hat sein Auto und kann jederzeit schnellstens kommen. Im Haus bei uns wird wenig Platz sein, da es als Lazarett angemeldet und angenommen ist und wahrscheinlich den Winter über besetzt bleiben wird. Aber Gerty wirtschaftet ja so leicht, daß es auch vielleicht für den Papa angenehmer ist, er ist nicht zu Gast, sondern kann bestellen was er will. So *sehr* wir uns freuen würden sie alle zu haben, muß ich doch sagen, daß ich unter diesen Umständen hoffe, es trifft nicht ein. Die Kämpfe in Galizien müssen ja furchtbar sein. Unsere Verluste sind auch entsetzlich, täglich höre ich von weiteren Bekannten die gefallen sind. Hier ist es ebenfalls so, man hört Wochen nichts von seinen Angehörigen. Ich bin froh, daß mein Bruder mal für eine Zeit in Sicherheit im Lazarett liegt, aber er empfindet es *sehr* hart.
[...]
Jeder möchte sich vervielfältigen in diesem Moment und alle Kräfte einsetzen. Wir wollen und müssen aber den Kopf hoch behalten, um uns und unserer Umgebung moralischer Halt zu sein. Auch Julie denkt treu an Euch und bietet ihre Hilfe an, wenn es Not sein sollte.

Stets Ihre Ottonie.

Wien den 27 9. [1914]

Liebe, ich habe mehrere, wohl alle Ihrer guten lieben Briefe bekommen. Ihnen auch mehrmals geantwortet, zuletzt schrieb ich einen offenen Brief an Sie eventuell Julie, erhielt darauf eine telegraphische Antwort von Euch beiden unterzeichnet – dann bekam ich die Karte auf der Sie mir sagen, daß Ihr jüngster Bruder fürs Vaterland gefallen, der älteste schwer verwundet ist. Meine Ahnung war in diesen Wochen mit Ihnen; ich sah Sie im Elternhaus umhergehen; den Vater trösten. Nun sind Sie, um anderer Pflichten willen, nicht bei ihm – Gott wird ihn trösten, wird ihn getröstet haben. Wie gerne versuchte ich an ihn zu schreiben, aber von einem Fremden ist es ja nichts.
In einer freien Stunde schrieb ich neulich an Julie (ich adressierte Eybach, offen, vielleicht haben Sie den Brief herausgenommen und durchgelesen, das wäre mir sehr lieb) ich dankte ihr für die Bereitwilligkeit, die meinigen in einem bestimmten Fall dort aufzunehmen, und versuchte, damit sie mich nicht für kopflos hält, ihr die ungeheuerliche Gespanntheit unserer Lage auseinanderzulegen, die ja auch in Deutschland nicht gekannt wird, und deren gleichen seit den Türkenkriegen nicht da war – die napoleonischen Kriege, 1805 und 1809, sind im Vergleich damit, ein Kinderspiel. Im tiefsten Herzen habe ich das feste Vertrauen daß wir es durchstehen werden – weniger groß ist mein Vertrauen auf die Männer welchen die unendlich schwierige Aufgabe der Vertretung unserer Lebensinteressen beim Friedensschluß zufallen wird – wie überhaupt der Mangel an klugen und charaktervollen Männern außerhalb der Armee (ein uralter österreichischer Defect) das ist, was die Situation hier im Innern so außerordentlich schwer macht.
Gretl ist brav und tapfer, obwohl sie nun seit dem 4ten ohne jede Nachricht von Erwin ist. Ihr Schwager, der Mann von Lilith, Herr von Forster ist in serbischer Kriegsgefangenschaft.
Ich bin in Gedanken bei Ihnen Ihr H

Eybach b / Geisslingen a / St.
24. 10. 14.

In all der vielen Beschäftigung die ein jedes hat, kommt man nicht mehr dazu auch nur ein paar Worte zu schreiben. – Haben Sie vielen Dank für Ihre lieben Zeilen. Wie merkwürdig Sie dies mit vorausgefühlt haben. Für meine Eltern war der Tod entsetzlich! Für uns alle schwer. Es ist so traurig, wenn ein blühender Familienkreis immer und immer kleiner wird. Aber denken Sie der Tod auf dem Schlachtfeld hat selbst für meine Mutter eine solche Weihe und Heiligkeit um ihren Sohn gewoben, daß auch sie nicht wagt zu klagen. Mein Vater ist wunderbar, sein altes Herz muß immer wieder Stand halten und sein kindlicher Glaube, gepaart mit hellstem Patriotismus, fügt sich still in dies neue Schwere. Er hat unendlich viel zu tun als Landesdelegierter des Roten Kreuzes, ebenso meine Mutter und Schwestern, ein wahrer Segen in dieser Zeit.
Für uns Geschwister ist es so traurig, unsere Jugenderinnerungen immer einsamer zu bedenken.
Auch hier ist's schwer. Mama geht es zwar seit einer Woche wieder besser, sodaß wir hoffen in den ersten Tagen November wieder nach Neubeuern zu siedeln und Mama mitzunehmen. Eine schwierige Reise, ich wünschte sie wäre überstanden. Ob wir die Mama nochmals so ganz herausreißen können ist recht fraglich, aber wir hoffens. –
Der Krieg ist furchtbar, aber groß. Die Erfolge sowohl jetzt bei Euch wie bei uns wundervoll. So viele große Taten. Was für ein Prachtmensch muß der Kommandant der Emden sein, herrlich all dies miterleben zu dürfen und so hört man so viel täglich. Ihr und Schröders Gedicht ist *so so* schön, Eberhard läßt es für unsere Liebesgabensendungen drucken und viele hundert Dragoner werden es von mir nächste Woche bekommen und Eure schönen Grüße lesen. Was möchte man den Soldaten nicht alles zu liebe tun; wir arbeiten von Morgens bis Abends und doch hat man das Gefühl ein jeder sollte sich verdoppeln.

Albrecht geht es Gottlob besser, er darf anfangen aufzustehen, ist natürlich sehr schwach. Er bekam das Eiserne Kreuz zu unser aller Freude. [...]
Leben Sie wohl, *hoffentlich* geht es Ihnen gut.
Liebe liebe Grüße von Ihrer

Ottonie
die nicht ganz vergessen werden möchte.

Wien 28 10. [1914]

Wie oft ich an Sie denke, Ottonie, Sie wissens wohl nicht, Ihre Gestalt mir vorübergeht, oder Sie sitzen in dem kleinen Zimmer in Paris, gehen den Weg zwischen dem Schloß und Hinterhör. Es ist nicht zu sagen, wie lebendig mir die Menschen sind, an denen mein Herz hängt, wie oft ich mit Ihnen rede, mit Eberhard, mit Rudi Schröder, rede und wieder rede, in diesem ungeheuren Kreislauf von Sorgen und Tun. Ich bin den ganzen Tag im Dienst, so ungeheuer viel läuft da zusammen – zuweilen hat mich die Ungeduld, die Beschämung verzehrt, nicht mit in der Front zu sein, mich für Wochen halb närrisch gemacht, dabei muß ich mir jetzt sagen, ich wäre dort körperlich minderwertig kann hier viel mehr und, als Einzelner, relativ Wirksameres tun.
Alles so traumhaft und doch wirklicher als jede Wirklichkeit. – von Erwin wieder seit einem Monat keine Nachricht, sie verschleppen unsere Officiere ins Innere von Sibirien, bis gegen die Mongolei – Gottes Hand ist über allem, die Gretl hält sich famos. Willy Müller-Hofmann hat Ihre Gaben bekommen, und hat auch das eiserne Kreuz, Heymel auch.
Nur das Denken an Eybach ist mir trübe – ich wollte Sie wären schon wieder in Neubeuern. Oft denke ich, wenn nur Gott die alte Frau zu sich genommen hätte.
Schriebe noch gern weiter, muß in Dienst. Hugo.

Neubeuern 18 11. 14

Fast 14 Tage seit wir wieder hier sind. Ich bin unendlich dankbar, daß diese schwierige Reise überstanden ist, und ich Mama glücklich hier habe. Der Abschied von Eybach war entsetzlich, das jammervolle Weinen der alten Frau, die ich mit Gewalt dort herausreißen mußte, schrecklich.
In den letzten Tagen unseres Dortseins stürzte sich noch eine Cousine Degenfeld von einem Felsen, um so ihrem Leben ein Ende zu setzen. Sie war eine äußerlich durchaus nüchterne Person der man nie etwas außer dem Rahmen des täglichen Lebens zugetraut hätte. Sie hatte religiöse Wahnideen und bildete sich schließlich ein, sie müsse sich für der Welt Sünden opfern, da man Christi Opfer so gering achte, sei es an einer Frau, nun für alle in den Tod zu gehen. –
Es waren furchtbar aufregende Zeiten, der Krieg außen, und im kleinen persönlichen Leben auch kein Ruhepunkt. Wie oft muß ich an Ihre vorausahnende Trauer in Paris denken! Möchten wir doch dann auch einen wirklichen Sieg erringen und nicht schließlich einen Frieden aus Erschöpfung schließen müssen. Hindenburgs neuer Sieg ist wieder fabelhaft. Was für eine moralische Kraft liegt für ganze Nationen in nur *einem* neuen Sieg stets.
All unsere Bekannten an der Front schreiben ja immer ungeheuer zuversichtlich und wir wollen uns ja auch alle mit Geduld wappnen, aber hart ist's einem halt, wenn man an all die Entbehrungen der armen Kerls da draußen denken muß. – Ich kann mir denken, wie entsetzlich es Ihnen war, nicht mit hinaus an die Front zu kommen, aber sollten Sie nicht dort an Ihrem jetzigen Platz *viel mehr* nützen können!
Sie werden vom armen Heymel gehört haben, es soll ihm *sehr sehr* schlecht gehen, – Eberhard fand ihn in 14 Tagen, die er ihn nicht sah, schon erschreckend viel weniger geworden. Ob Sie ihm nochmals geschrieben haben, es würde ihm gewiß eine unendliche Freude sein. –

Unser Lazarett ist nur wenig besetzt – die Wenigen aber haben es *sehr gut*.
Montag. Nun liegt dieser Brief wieder so lange. Dazwischen war ich im Conzentrationslager in Traunstein, um Campenhausen zu besuchen, schön ist eine solche Anstalt nicht. Gottlob soeben hat er telephoniert, daß er frei ist, d. h. sich in Traunstein aufhalten darf.
Müller-Hoffmann schreibt ja immer ganz zuversichtlich, wir schicken ihm öfter etwas. Sollte Gerty wünschen, daß ich ihm eine Weihnachtssendung in ihrem Namen schicken lasse, möchte sie mir sogleich eine Karte schreiben. –
Leben Sie wohl, es denkt oft und viel an Sie

Ihre Ottonie

[Rodaun] den 3ten 12. 1914

An einem dritten December war es, daß ich Sie zum ersten Mal gesehen habe – damals in Hinterhör, mit Kessler, wo Marie Thérèse noch nicht geboren war, an einem neblig feuchten Wintertag – die zwei baltischen Barone erzählten von der estnischen Revolution – wie weit scheint das heute, als wenn es aus der Biographie ganz anderer Menschen wäre. –
Mir war schon recht bange, so lange nichts von Ihnen zu wissen, deutlich fühlte ich, daß Banges und Schweres um Sie war – dann kam noch vorher die Depesche von Klärchen, daß der arme Alfred gestorben war (er hatte meinen Brief noch bekommen, ich bin Mädi so dankbar, daß sie mir sagte: es ist höchste Zeit – die Reue, der Selbstvorwurf, der Schmerz um das Nicht-gut-zu-machende bleibt ja, aber er hat den Brief noch bekommen, sich noch gefreut. –) Dann kam erst Ihr Brief, am 28ten. Er war vom 18ten datiert, seltsam, aus Bayern brauchen die Briefe am längsten, aus Essen bekomm ich sie doppelt so schnell.
Für heute nur dies Lebenszeichen, es ist sehr spät, bin zu müde,

muß abbrechen. Doch dürfen Sie mich nicht elend denken, oder verdüstert – im Gegenteil, ich bin immer ganz hell und leicht und klar, – seit Krieg ist hatte ich niemals auch nur einen solchen Tag, wie ich in Paris hatte – mir ist leid, daß wir jetzt nicht zusammen sind, auch darum, weil ich Sie sicher nicht beschweren und quälen sondern aufheitern würde. Neulich las ich für einfache Leute, Handlungsgehilfen und so, ich las Märchen von Grimm, der »Machandelboom« dann die »geselligen Lieder« von Goethe, es war recht schön, möchte es öfters tun. Ich schwätze von mir, ich denke, es zerstreut Sie ein bißchen, man kann ja, ohne verrückt zu werden, nicht immer vom Krieg reden. Ich schicke Ihnen nächstens verschiedenes Gedruckte. Lesen Sie im Goethe?
Gute Nacht. Ich bin oft bei Ihnen.

Ihr Freund H.

Neubeuern a/Inn Oberbayern 5. 12. 14.

Wie begeistert waren wir alle über den Fall von Belgrad! besonders da es bei uns im Westen so lange dauert und noch dauern wird, ist jeder neue Erfolg von besonderer Bedeutung.
Van de Velde war gestern hier, er erzählte viel von Heymel, den er die letzten vierzehn Nächte gepflegt hat. Der arme Heymel muß entsetzlich gelitten haben. Vom Magen herauf bis um den Mund herum alles wund und offen, er konnte nur etwas genießen, wenn man alles bis tief in den Schlund unempfindlich machte mit Cocain oder dergleichen.
Ihren Brief hat man ihm noch vorgelesen, er hat ihn wohl nicht mehr ganz verstanden, aber doch gesagt: lieber Brief. – Henry meinte, daß Heymel bis zum letzten Moment nichts von seinem Tode gemerkt hätte. Sein Humor wär immer wieder aufgeleuchtet und stundenlang hätte er erzählt, teils vom Krieg, teils aus seinem Leben. Er hat vielleicht in dieser letzten Zeit noch die schönsten Stunden seines Lebens gehabt. Frau Heye

wäre *rührend* gewesen und Heymel überglücklich sie zu haben. –
Van de Velde hat viele Unannehmlichkeiten jetzt in Weimar und wird wahrscheinlich nach Berlin gehen. [...]
Gestern Nacht waren Sie mir so nah, hielten meine Hand, so wie nur Sie es tun und wir sprachen so viel zusammen. Sie wissen überhaupt nicht, wie oft meine Gedanken bei Ihnen sind und wie Sie gerade jetzt in der oft schweren Zeit mir helfen. Da stehen dann all die lieben Bücher um mich herum und ich greife eines heraus und lese und lese mit Freude und bin dann so dankbar und glücklich, daß ich lesen kann. –
Mama geht es in den letzten Tagen etwas besser, nicht viel natürlich, nur um Atome und wie glücklich ist man dann. Ich bin ja äußerlich ganz die Gleiche, denn sowie ich die Flügel hängen lasse, liegt die Stimmung des ganzen Hauses am Boden. Mein Bruder ist jetzt hier, seine eine Wunde ist noch offen, aber er geht wieder tüchtig herum, war schon mit auf Jagd und denkt Anfang Januar wieder Garnisonsdienst tun zu können. Der Gedanke, daß er dann auch bald wieder hinaus muß und vor allem *will*, braucht allen Mut um es zu ertragen, ihn auch zu verlieren, wäre zu viel. Nun bin ich schon wieder bei diesem schwarzen Gedanken angelangt und gebe mir doch die ganze Zeit Mühe ihm die Türe zu weisen.
Von unseren diversen Bekannten aus dem Feld noch immer gute Nachrichten. Müller-Hoffmann's letzte Karte kam gestern, danach scheint es mir fast als ob er das Paket was ich für Gerty geschickt habe, doch bekommen hat.
Nun leben Sie wohl, es denkt so gern an Sie

Ihre Ottonie

Rodaun 2. I 15.

Als Gretl aus München zurückkam, Sie gesehen, gesprochen hatte, die Wärme davon ganz unausgekühlt mitbrachte, war

ich überzeugt, daß Sie noch auf der Welt sind, in einer ganz anderen Weise als dies durch Briefe möglich ist. Jetzt wirds wieder schattenhafter.
Eberhards Briefe schienen mir anzudeuten, daß es nur von mir abhinge, ob er diesmal, wo ich nicht hinkann, für 2 Tage zu mir käme oder nicht – als ich zugriff, kam die Depesche »leider unmöglich« – da wurde ich erst recht gewahr wie sehr ich mich gefreut hatte und wie notwendig ich seine Teilnahme und seinen Rat in vielem habe. Ich war recht enttäuscht und bins noch.
Nun hab ich mir etwas ausgedacht, hören Sie zu: daß es eigentlich das Natürlichste von der Welt wäre, wenn dafür Sie im Februar für 4–5 Tage hier herkämen. Wie ich es mit meinem Dienst einteile u. s. f. das ist meine Sache. Sie wohnen entweder hier im Haus wie Schröder schon öfter oder im Haus nebenan, beim Stelzer.
Ich glaube Sie tuns, nämlich ich glaube, Sie können es schwer nicht tun, ohne in mir den Glauben zu erwecken, daß meine Beziehungen zu allen deutschen Freunden nur darauf beruhen, daß ich ihnen allen nachreise, was auf die Dauer ein unannehmbares Verhältnis wäre. Ich erwarte Antwort.
Ich glaube, man muß sich auf einen langen Krieg einrichten. Aber ich spüre momentan (man kann nicht immer vor Grausen erstarren) nur die unermeßlichen Gewinne im Geistigen und Sittlichen.
Ich freue mich, wenn ich etwas Zeit habe, im Hyperion zu lesen. Auch Freytags Bilder aus d. d. Vergangenheit, dreißigjähriger Krieg, Friedrich II, 1813 sind ein rechtes Buch für diese Zeit.
Ich wäre recht zufrieden, wenn Sie hier bei der Hoftür hereinkämen.
Ihr Freund H.

Neubeuern 5. 1. [1915]

Die paar spärlichen Briefe, die wir uns jetzt überhaupt schreiben, verstehen es auch immer noch sich zu kreuzen. Aber Ihr Brief war mir ein lieber Gruß, als ich von München zurückkam. Ich war so bedrückt auch über meinen Vater, dem die viele Arbeit als Landesvorsitzender vom Roten Kreuz wohl zuviel zu werden scheint; dazu die Trauer um seinen Sohn und zuletzt eine unendliche Sehnsucht nach mir. Ich in dem Gefühl die Mama nicht verlassen zu dürfen, die sich jetzt moralisch ganz an mich geklammert hat. Alles war wie ein Stein auf meinem Herzen, da war Ihr Brief mit einem freudigeren Grundton als sonst ein guter Balsam. Ich habe jetzt Vater gebeten hierher zu kommen, hoffe er macht sich frei und tut es. –
Mit meinem Kommen zu Ihnen, *wie* gern tät ich's, nur zu gern, aber ob es gehen wird? [...]
Leben Sie wohl, Sie sind mir heute so nahe.

Ihre Ottonie.

Rodaun. Sonntag den 10ten [Januar 1915]

Gestern abends lag Ihr trauriger Brief vom 5ten da. Hoffentlich sind Sie schon wieder ein bissl munterer. Ich war sehr bange von Ihnen so lange nichts zu wissen und schrieb Ihnen vor einiger Zeit, es ist mir sonderbar, daß Sie den Brief nicht erwähnen, aber vielleicht ist er in N. angekommen, indessen Sie in München waren. Ich schrieb Ihnen, daß Sie unbedingt im Februar für ein paar Tage hier herkommen müssen, bei uns wohnen und mit uns sein, und ich wiederhole dies. Es ist ganz undenkbar, daß Sie dort, wenn das Lazarett einmal im Gange ist, nicht sollten für ein paar Tage entbehrlich sein – was wäre denn wenn Sie krank wären.
Ich kann, bei der Unabsehbarkeit der ganzen Sache, nicht daran denken daß ich irgendwann von hier fort kann. Eber-

hard schrieb mir einen recht trüben Brief, er sei der Arbeit je länger je weniger gewachsen, müsse so viel weinen u. s. f. Ich will ihm noch heute antworten, versuchen, ihn aufzumuntern. Gerade, wenn das Schicksal mit hunderttausenden so umspringt, als wären sie ein Bündel Stroh, muß für den Einzelnen der unendliche Wert des Einzelnen noch deutlicher sein, als sonsthin.
Ich las unlängst mit der reinsten Freude einige von Kellers Züricher Novellen. Tun Sie es doch auch. Und schlagen einmal wieder den Hyperion auf. Ich hoffe um alles, Sie haben die *Verpflichtung*, manchmal stundenweis für sich allein zu sein, nicht aus den Augen verloren. – Ein sehr lieber Brief von Julie ist seltsam in einem Punkt: eigentlich ganz das gleiche freundliche-wohlgesinnte äußerliche Treiben geht jetzt mit Verwundeten [Hier bricht der Brief ab.]

Neubeuern 26. 1. 15

Denken Sie soeben bekomme ich wieder einen Brief zurück den ich in den ersten Kriegstagen an Sie geschrieben hatte. Es war merkwürdig, jetzt wieder zu lesen bei Schnee und Kälte, was man damals mit Begeisterung und Sonnenhitze geschrieben hatte. –
Ich fahre also am Freitag nach Berlin um einige Tage mit Eberhard zusammen zu sein. [...]
Ich freue mich sehr mal mit Eberhard reden zu können.
Ist Gretl nicht noch in Berlin und wo wohnt sie, damit ich sie mal treffen könnte.
Mama gehts momentan recht ordentlich wenns nur so bleiben möchte. –
Viele liebe Grüße von Ihrer Ottonie

Rodaun 6 II [1915]

Sie haben zu mir gesagt, daß Sie vielleicht zu mir kommen werden, und haben es zu Gretl wiederholt, dennoch will ich nicht viel daran denken, damit die Enttäuschung mich nicht zu sehr trifft.

Andererseits kann es vielleicht keine Lebenslage geben, in der ich die Wohltat gerade Ihres Herkommens so stark empfinden würde. –

Sie werden wissen daß die Paßvorschriften sehr verschärft sind; um nach Österreich herein, ebenso aber um dann wieder nach Deutschland zurück zu dürfen, müssen Sie einen Reisepaß mit Photographie haben, die Photographie muß (bezüglich der Identität) behördlich bestätigt und abgestempelt sein u. s. f. Es wird Ihrem Vater nicht schwer sein, Ihnen in Sondershausen dieses Document, falls Sie es nicht schon besitzen, zu verschaffen, aber es ist *unerläßlich*. Sie kommen, nehme ich an, morgens in Wien an (mit der Nordwestbahn). Sie fahren dann mit einem Taxi auf den Südbahnhof und haben dort ziemlich viele Züge (alle 20–30 Minuten) nach Rodaun, *über Liesing* oder, mindestens bis Liesing, von wo man mit Wagen (immer an der Bahn) in 10 Minuten nach Rodaun gelangt. Unser Haus ist Badgasse 5, neben Stelzer. Ihren Koffer geben Sie am Südbahnhof bis Station Rodaun auf, jedenfalls, auch wenn Sie selbst nur bis Liesing führen. (Nämlich nicht jeder Zug hat in Liesing Anschluß nach Rodaun (Seitenstrecke) aber der Koffer kommt dann mit dem nächsten Zug nach.)

Werden Sie wirklich in diesem Zimmer sitzen, über den verschneiten Hof gehen, die Bücher in meinen Bücherschränken anschauen ...? Wer kann es wissen.

Gute Nacht. Telegraphieren Sie so gegen den 15ten 16ten bitte, die Briefe gehen manchmal elend lang.

Ihr H.

Sondershausen. 10ᵗ 2. [1915] Mittwoch

[...] Meine zwei Tage mit Eberhard waren wunderbar sympathisch, leider viel zu kurz. Eberhard ist tief tief traurig innerlich, wozu wohl sehr das Übernervöse von Mädy beiträgt. Ich habe ihn unendlich gern und wünschte ihm von Herzen etwas mehr Ruhe und Glück im Haus.
Gretls Tanz als Bauernmädel hat mich *sehr* entzückt, sie war ganz wundervoll darin, weniger glücklich war der Brauttanz, nicht überzeugend. Leider konnte ich nicht mit ihr zusammenkommen.
Ich bin reichlich viel herumgefahren jetzt und froh hier einen Ruhepunkt bekommen zu haben. Mein Vater ist so glücklich in meinem Hiersein und durch die Freude wohler, aber recht alt ist er doch geworden im letzten Jahr. Wie gern möchte ich ihm so unendlich viel Liebe noch geben, dem guten Alten. –
[...]
In Liebe Ottonie.

R. 7 3. [1915]
abends

Man wartet von Tag zu Tag auf eine innerlich freiere Stunde, umsonst – es bleibt alles gleich schwer u. unabsehbar, oder wird noch schwerer und unabsehbarer. Im Augenblick ist hier der Druck und die Unruhe (bezüglich Italiens) so groß, daß ich eben schließlich nur schreibe, weil es mich quält, Sie gar lange ohne Nachricht zu lassen, selber ohne Nachricht zu bleiben, aber es wird nur eine Nachricht, kein Brief.
Ich sage mir zuweilen: wenn diese Zeit einmal vorüber ist, und man einander wiedersieht, wird es uns sein als stiegen wir aus Gräbern hervor. –
Seit wie vielen Wochen will ich an Eberhard schreiben, aber ich brings nicht auf. Von Schröder hab ich seit Monaten keine

Nachricht. Kessler war hier, aus den Karpathen mit einer Mission nach Berlin. Er sah unglaublich wohl aus und war nie so männlich schön wie jetzt, er ist mit der Uniform und dieser ganzen Lebenslage völlig zusammengewachsen, erzählte viel und gut. Nur freilich daß seine Gruppe ebenso wenig über den Karpathenrand nach Norden vorwärts kommt als die andern, (außer der einen in der Bukowina) und der schöne kühne Plan der Offensive vom Südosten doch so gut als fehlgeschlagen ist – trotz der ungeheuersten Leistungen und Opfer.
Es war dann schließlich gut, daß Sie nicht gekommen sind. Ich war sehr erkältet, lag gerade die bestimmten Tage (um den 20ten) zu Bett – und genau in den gleichen Tagen hatte mein Vater nach schon vorhergegangenen nicht guten Wochen einen Anfall ähnlicher Art wie Ihre Schwiegermutter schon öfter erlitten hat – die Füße trugen ihn nicht, die eine Hand versagte – es hat sich indessen alles so ziemlich hergestellt, der Arzt hofft und verspricht eine völlige Wiederherstellung in den früheren ohnedies bescheidenen Stand – man muß halt dies tragen wie alles andere. Wie sollen auch alte Menschen eine solche Zeit unversehrt durchstehen?
Wenn Sie mir schreiben, ists mir immer eine reine Freude.
Alles Gute von Gerty.
Der Ihre H.

Sie schreiben mir von Euren Verwundeten. Was für Menschen sinds? Ist gar kein besonderer Mensch darunter?

[Hinterhör a/Inn
Station Raubling
Oberbayern]
3 5. 15.

So endlos lange haben wir nichts voneinander gehört, mir kommt es fast unmöglich vor. Ich hoffe Gretl am Freitag in der

Stadt zu sehen und von ihr zu hören, wie es Ihnen geht, was Sie tun etc. Die militärische Lage ist ja Gott sei Dank in den letzten Tagen so viel besser für uns, daß man ein Gefühl von freierem Atmen hat, das muß Ihnen auch gut tun. Eberhard schrieb gestern auch so beruhigend, auch über Italien.
Wir haben ein unglaublich märchenhaftes Frühlingswetter, seit Tagen strahlt die Sonne von früh bis spät und alles blüht so üppig. Man kann sich bei diesem Frieden, der uns umgibt gar nicht vorstellen, daß da draußen Tod und Verderben wüten, zu jeder Minute.
Mein Bruder ist seit Ostern wieder draußen im Feld und man zittert natürlich beständig um sein Leben. Vater ist jetzt hier bei uns, um sich etwas zu erholen von all dem Kummer den ihm das letzte Jahr gebracht hat. Ich traf ihn in Nürnberg, sah mit ihm die herrliche alte Stadt an, doch war er noch recht elend, sodaß er es nicht so genießen konnte. Jetzt geht es ihm schon besser und seine alte Begeisterungsfähigkeit flammt wieder auf. –
Wie mag's Ihrem Papa gehen, denke ich so oft.
Was würden Sie zu einem kurzen Besuch von mir nach Pfingsten sagen? Paßten wohl die letzten Tage Mai? Ich käme *sehr* gern, wenn ich wüßte, ob es Ihnen ein klein wenig Freude machen würde. Vielleicht geben Sie mir bald mal Antwort.
Leben Sie wohl viel Liebes Ihre O.

Aussee, Obertressen 14.
den 21. [=1.] August [1915]

Zum Briefschreiben muß man sich zurückfinden – aber ich war die ganze Zeit nicht so weit von Ihnen, als Sie mich dachten. Ich habe einmal bei Goethe gelesen, daß er die Freundinnen einteilt in solche, die die Action per distance haben, und die sie nicht haben – Sie haben sie wohl für mich, es ist nur daß man durch Sorge, Gram, Hoffnung, Gemeinschaftsgefühl immer nach au-

ßen gekehrt war und noch, solange das Ende nicht nahe scheint – sich dem Gefühl seiner Selbst und dessen was die eigentliche eigene Existenz ausmacht, nicht hingeben kann, – ich bin wenigstens wie versperrt gegen mein eigenes Innere, wie versperrt auch gegen die Landschaft, bin hier und doch nicht hier. Ich habe viel zu tun, aber eine tiefere Schicht, das was mit meinen eigenen Arbeiten zusammenhängt, wage ich kaum mit Gedanken zu berühren – obwohl die äußere Möglichkeit ja gegeben wäre. Um dies Äußere kurz nachzuholen: ich kam Ende Juni aus den besetzten Gebieten zurück, fand meinen Vater recht schwach und elend, schlecht atmend, selbst im Rollstuhl, schlecht schlafend – es war für eine Weile zweifelhaft, ob man ihn nach Ischl würde führen können, er wünschte sich sehnlich aus dem Sanatorium weg, endlich wurde die Reise fixiert und gelang, seit fast drei Wochen ist er in Ischl und lebt leidlich. Ich bin durch Eingreifen einer höchsten Amtsstelle für eine unbestimmte Zeit von Diensten enthoben, es wäre im Sinn dieser Verfügung, wenn ich etwa Ende September für eine Zeit dem k. u. k. Commissariat beim kais. Gouvernement in Brüssel zugewiesen würde – bis dahin kann ich beinahe hoffen, hier bleiben zu dürfen. Im Zusammenhange damit habe ich vor 14–20 Tagen an Eberhard geschrieben, fragend, wo ich ihn jetzt oder später sehen könnte, bin aber ohne Antwort. Ist er krank? – Eine gedruckte Rede von Borchardt »Der Krieg und die deutsche Selbsteinkehr« ist mir hier zugekommen, und hat mir den größten Eindruck gemacht von allem was in deutscher Sprache seit diesem Kriege geschrieben wurde, und mich wahrhaft glücklich gemacht daß dieser Mann und Schröder zu meinen nächsten gehört und ich zu ihren nächsten.
Ist Ihnen diese Broschüre (die Rede) vor Augen gekommen, etwa durch Eberhard? Oder nicht? – Bitte schreiben Sie mir dies gleich.
In den früheren Monaten war mir manchmal das Buch von W. Whitman mehr als man denken könnte daß einem ein Buch sein kann.

Ganz unerwartet hat sich Gretl für morgen angesagt, sie will 5 Tage bleiben. Nun ist es ein Jahr, daß sie Erwin adieu gesagt hat – es sind übrigens immer leidlich gute Nachrichten von ihm da. – Ich bin seit ein paar Tagen, ohne bestimmten Grund, hoffnungsvoll für einen Frieden in absehbarer Zeit.
Vielleicht ists Unsinn.

Ihr H.

P. S. Von der ersten Zeile an wollt ich dies schreiben: ist es nicht denkbar daß Sie Anfang September für eine Woche kommen?

Degenershausen 9. 8. [1915]

[...] Nun kommt soeben Ihr Brief dem ich sofort eine Antwort geben möchte.
Der Zustand Ihres Vaters bedrückt mich auch sehr, denn ich weiß *wie* Sie darunter leiden müssen, da ich ja Ihr ganzes Verhältnis zu ihm so lange und gut kenne. Hoffentlich tut die gute Luft in Ischl ihm die besten Dienste. –
Nun von hier. Degenershausen ist entzückend, das herzigste Waldidyll, ein selten ausruhender Punkt, nur Wiesen und Wälder, Grün und wieder Grün wohin man schaut. Das Haus ist nebst Hof durch Courtens Kunst sehr verschönt worden, Eberhard hat sehr viel hier getan in kurzer Zeit. Sie müßten mal herkommen. Vielleicht Ende August, da kommt Eberhard für vierzehn Tage her vom 28ten bis etwa 10ten September.
Eberhard zeigte mir Ihren Brief und wird ihn nun wohl schon beantwortet haben, er hatte wieder viel hin und her und sagte mir auch, daß er leider nicht Sie irgendwo treffen könnte. [...]
Ich käme ja rasend gern zu Ihnen und hatte diese Frage schon lange auf dem Herzen schweben. Ob es aber gerade in der ersten Woche September zu ermöglichen ist, kann ich heute und von hier aus nicht sagen. [...] Paßte denn bei Ihnen 15te-22te

Sept. für mein Kommen oder gedenken Sie dann schon fort zu sein?
Eberhard hat mir die Borchardtsche Rede nach Neubeuern schicken lassen, ich werde sie dort finden und freue mich sehr darauf. Ihm ging es damit wie Ihnen, er war tief beglückt dadurch und meinte es sei mit das Beste, Schönste was er über den Krieg gelesen habe. Wir sprachen anschließend daran, so viel kürzlich über Borchardt und kamen alle zu dem Resultat, daß es ein Glück ist, solch einen Menschen zu kennen, und überhaupt lebend zu wissen.
Sie haben mir so etwas Liebes über Ihr Verhältnis zu mir geschrieben, es tat mir so wohl. Man kommt sich so verlassen jetzt vor, alles scheint immer zu sterben und man hat kaum je in der Welt so das Gefühl von »allein« gehabt, wie in diesem Kriegsgetobe. Ich kann so verstehen, daß Sie kaum hineinreichen mögen oder wagen, in Ihr innerstes Innere, was Ihr eigentliches Sein bedeutet. Nur was jetzt äußeres Arbeiten bedeutet, kann man wohl wagen, denn jeder Begriff hat sich so verschoben.
Nun muß ich schließen. Wie lieb daß Gretl einige Tage mit Euch ist.
Also ich komme *rasend* gern und hoffe wir können eine Zeit finden, die gemeinsam paßt.
Stets Ihre Ottonie.

[Bredeney bei Essen-Ruhr]
den 14. 10. 1915

Liebe, so hat mich denn gerade der Krieg hierher getrieben, wo hin mich Friede und Freundschaft oft gerufen hatten, ich sitze still und in mir gesammelt, wie schon lange nicht, in dem freundlichen Fremdenzimmer des zweiten Stockwerks, das auch Sie einmal bewohnt haben, ich atme mit glücklichem Gefühl die Luft des großen um die Weltherrschaft ringenden

Deutschland, darf mir sagen, daß ich dieser Luft und diesem Land zugehöre, und fühle mich allem nah, das mir lieb ist – so auch Ihnen, der ich freilich in meinem Gefühl niemals fern war, ja in bängsten Stunden oft sehr nahe – ahnten Sie es?

Der Friede wird eine unsagbare Erlösung sein, wenn all dieses Eiserne von der Seele fallen wird, – was wir durchzumachen hatten, hatte *so* kein Geschlecht durchzumachen, auch nicht in den napoleonischen Kriegen – heute ist mirs schon eine kleine Erlösung, ein Vorgeschmack des Friedens, daß ich Ihnen diesen Brief schreiben kann, der an Sie geht, ohne daß 422 österreichische und bairische Beamte ihn lesen. – Kennen Sie den eigentlich noch, Ottonie, der dies an Sie schreibt. Ich bin ja seit 15 Monaten ein anderer Mensch, völlig wie ein umgestülpter Handschuh, jetzt bis über die Ohren in politischen Geschäften – würden Sie den Freund wieder erkennen? O wie schnell! Wir gingen nur von Hinterhör ein paar Schritte gegen die Bibiana hin, wir hätten einen Band von Hölderlin's Gedichten mit, wir sprächen so gut, wären einander schnell so nah – wir kämen mit den ersten Tritten an der Bank vorbei, wo wir damals saßen – Sie zu mir sagten: das hätte ich nicht geglaubt, daß ich mir das von einem Mann je wieder würde sagen lassen – ich hatte Ihnen gesagt, daß ich froh wäre, daß Sie auf der Welt sind – wo ist dies alles, und doch: *es ist,* Ottonie, es geht nichts verloren so lange wir leben (wer weiß ob dann?) –

Dann hatte ich ein Beispiel im September in Salzburg. Ich war dort für drei Tage, Sie hinzurufen verhinderte vor allem die Post (es waren drei Wochen absoluter Sperre, so daß Strauss, den ich zu einer Besprechung hier haben wollte, weder Briefe noch Depeschen bekam) – dann auch, ich wollt Sie kaum hier haben, ich hatte Menschen zusammenbestellt, zu politischen Gesprächen, es wäre kein Zusammensein gewesen. Da, gegen Abend, gehe ich mit Gerty und Christiane auf dem Mönchsberg spazieren, von der Festung herüber, wir irren uns im Weg, geraten in die Nähe des großen Restaurants, zu dem der Aufzug hinaufführt, wenden uns, einen Weg hinab nach der Stadt zu suchen – da steht

die Bank auf der wir damals in der Nacht gesessen sind, an dem ersten Abend, als ich Sie abholte, Sie nach Aussee kamen. Wie diese Bank da stand – wie das redete, von Ihnen, von mir, von uns beiden in einem – wie schön und wie wehmütig das war, und doch wieder nur schön, jenseits von Wehmut.
Liebe, ich möchte Sie bald sehen, aber das ist mir schon klar, ich kann den Rückweg ebenso wenig als den Hinweg anders machen, wie über Berlin, ja ich werde, wenn meine sehr »halb«-amtliche Betätigung in die Gleise zu bringen ist, die ich Sie führen will (und die, summarisch dargestellt, Eberhards Billigung haben) mich in Berlin dann noch ab Mitte November mindestens 2 Wochen aufzuhalten und öfter dahin zurückzukehren haben. Fürs Nächste gibt es also nichts, worauf ich mich freuen kann, als daß Sie mir bald einmal, wenn Sie eine ausgeruhte Stunde haben, recht lieb schreiben und zwar: mit den Briefen des österr. ungarischen Commissars Baron Franckenstein, Brüssel 51, rue de Spa, – allerdings wieder offen.
Ließe sich nicht ein wenig an dem Gedanken spinnen, Sie kämen im Jänner oder Februar einmal im Leben ein bißchen nach Rodaun? Dies setzt allerdings voraus, daß nicht inzwischen militärisch ganz unerwartet über mich verfügt wird, doch hoffe ich, dies unterbleibt. – Eberhard sehe ich zum ersten Mal als den *Essener* Eberhard. Er ist lieb wie immer, mir der Freund aller Freunde, aber doch so müd, so unlustig des Redens, so ruhebedürftig, daß ich glaube, wir müssen für die Zukunft nichts für ihn wünschen als Ruhe, Ruhe.

Ihr Freund Hofmannsthal.

[Fritz Töpfers Hotel
Prinz Friedrich Carl
Berlin N. W., den] 2 1. 1916

liebe, Ihr Brief vom 29ten der heute ankam 2. 1. hat mir eine recht große Freude gemacht. Es ist als hörte ich nach langer

langer Zeit zum ersten Mal wieder Ihre Stimme. Der frühere machte mich nur fühlen, wie weit man von einander ist, dieser läßt mich spüren, daß wir noch leben, für einander noch da sind, das ist so schön. Vieles, vieles hält jetzt jeden nieder, man ist nicht Herr seiner selbst, man geht durch eine harte Schule – aber doch, wir wollen uns nicht noch selber auseinanderhalten: wenn man zueinander will, kommt man auch zueinander, und mit Briefen, die so viel sein können zu Zeiten, ist jetzt nichts zu machen. Aber, Liebe, ich mag doch nicht hören, daß Sie nicht zu mir kommen können, weil Sie Marie Thérèse zu »besorgen« haben – denn was ist denn an einem siebenjährigen Kind, das still u. vernünftig ist, wie Marie Thérèse noch zu besorgen! Und in einem Haus voll Menschen! Man läßt ihr einige Bände Goethe heraußen, achtet, daß kein Band Casanova herumliegt, und reist ab – nicht? –
Liebe, um vernünftig zu sprechen: ich bin hier in einem amtlichen Auftrag, der mir viel Freiheit, aber ebenso viel Verantwortung läßt. Ich kann nicht ganz absehen, wie lange er mich hier hält: ich werde wohl nach 2–3 Wochen nachhausfahren, später wieder hierherkommen, das scheint mir am wahrscheinlichsten; später wird vielleicht anders über mich verfügt werden. Zu Ostern, also Ende April kann ich wohl hoffen, zuhause zu sein – aber nicht mit Bestimmtheit.

8. 1.

Nun ist der Brief 6 Tage liegen geblieben und ich habe indessen so viel mit gräßlichen klugen Politikern über schwierige Dinge gesprochen – dazwischen auch Schönes gehört u. gesehen, liebe Gesichter von Männern (Frauen gibt es ja nicht mehr) – vorgestern abend eine wundervolle »Eroica« – tiefstes Geheimnis in höchster Klarheit – Strauss sagte mir nachher, er habe nur für mich dirigiert, nie zuvor selber das Werk so erlebt. Ein paar Tage früher war eine Rosencavalieraufführung, ich war zufällig frei, ging hinein, hatte viel Freude, es war so lebendig, so stark darin das Elegante, das Sie einmal hervorgehoben hatten, ich merkte mir das Wort, es ist richtig und freute mich. Ich dachte, Sie säßen neben mir, so saß Ihr Schatten neben mir damals in Dresden bei den Proben – wissen Sie noch die Zeit, Sie waren in Sondershausen – gerade aber hatte jemand entdeckt, daß Sie solch ein Thüringisches Fräulein waren. –

Ich schwätze u. schwätze, als ob nicht Krieg und als ob wir beide noch am Leben wären. – Ich dachte ich könnte *vielleicht* über München heimfahren, Sie kämen dann etwa, dachte ich für 2 Tage nach München – was nützts aber nun, da immer alles anders kommt, Sie nun in München mit Julie oder irgendwo mit Julie sind, kurz, Julie, Julie, Julie, die Melodie, die ich in Bezug auf Sie so gar nicht leiden kann.

Also helfen Sie uns – zunächst durch einen netten Brief! Ende April ists in Rodaun vielleicht *sehr* schön – aber Sie kommen mit Julie, oder wie? die geht dann weg, und Sie bleiben? oder wie? – Lesen Sie in Eckermann zuweilen? oder Goethes Sprüche in Prosa? oder Whitman? oder oder oder? Nun denke ich Sie in den zwei kleinen gelben Zimmern. Das ist mir lieb. Ich wollte, ich hätte den Brief nicht 6 Tage liegen lassen!

Ihr Freund H.

P. S. Sie schrieben im vorletzten Brief (nicht in diesem): »Liebster« Freund. Wie abscheulich das Adjectiv sein schönes Hauptwort hinuntersteigert, zu nichts macht. Das dürfen Sie nie wieder schreiben. Bin ich denn nicht Ihr *wirklicher* überflüssiger Freund?

Doch!

[Fritz Töpfers Hotel
Prinz Friedrich Carl
Berlin N. W., den] 19 I. 1916

Liebe, es gingen Monate hin, ohne daß ich von Ihnen wußte, das konnte nicht anders sein, so mußte man es hinnehmen.

Nun aber – ich schrieb Ihnen am 5ten, wir sind einander nah, weil niemand, der in den Brief hineinsieht, dazwischen ist – nun ist es mir so unerwartet, daß Sie mir nicht wieder schreiben, und beunruhigend.
Liebe Ottonie! Was ist mit Ihnen? Schreiben Sie doch.

Ihr Freund H.

[Fritz Töpfers Hotel
Prinz Friedrich Carl
Berlin N. W., den] 7 2. [1916]

liebe, dies kann kein Brief werden sondern nur eine Benachrichtigung für den einen Punkt damit Sie nicht in der Schwebe sind.
Ich bin nicht, wie Sie dachten, fort – um wieder zu kommen – sondern ich bin noch hier und dachte (höhere Verfügung ausgenommen) daß ich bis zum 20ten hier würde zu tun haben. Doch hoffe ich daß ich dies, wenn Sie, Eberhard zu besuchen, hier herkommen, noch um eine Woche ausdehnen kann: also daß Sie mich hier finden, wenn Sie *Ende* des Monats hierherkommen – und dann kann ich es auch machen, daß wir dann und wann vielleicht sogar ein Bild anschauen, eine Stunde zu einer Probe bei Reinhardt miteinander gehen können. u. s. f. wozu allem bei meiner jetzigen Lebensführung keine Zeit frei ist. (Ich sage dies nur, weil Ihr Brief etwas ausmalt, was an Frieden u. Herr seiner selbst sein erinnert.)
Nur hoffe ich sehr, daß dann Mädi nicht da ist – deren Gegenwart auf E. furchtbar verbrauchend wirkt, so daß ich ihn lieber in diesen Zeiten fast nicht sehe. Ich nütze ihm nichts u. muß selber meine Kräfte schonen, um einigermaßen nützlich bleiben zu können.
Ich fühle, dieser Brief muß Ihnen kalt vorkommen. Ich kanns nicht helfen, laß ich ihn noch weitere Tage ungeschrieben, so

wirds nicht besser. Der Übergang zur Realität ist bei mir immer schwer – dazu kommt unsere eigentümliche Situation. Das muß von uns beiden getragen werden, nicht wahr?

Ihr H

[Fritz Töpfers Hotel
Prinz Friedrich Carl
Berlin N. W., den] 10 2. [1916]

Mir schwebt vor, Sie haben aus Berlin einen unleidlichen Brief bekommen. Daß es nur solche Menschen gibt! und daß man mit ihnen correspondiert – wozu? Man muß viel Geduld gegen solche Menschen aufbringen und Humor. Bitte haben Sie beides und kommen nur erst her, das Andere findet sich dann schon. Nein, was für ein Brief!
Wie kann man ihn nur wegschicken!

Ihr Freund.

[Fritz Töpfers Hotel
Prinz Friedrich Carl
Berlin N. W., den] 16 2. [1916]

Liebe, ich hoffe bestimmt den 4ten und darüber hinaus noch hier zu sein, Ihnen etwas Schönes gerade um diese Zeit zeigen zu können (letzte Probe zu Macbeth u. Malade imaginaire) – aber wenn Sie noch einmal um 14 Tage verschieben, dann ist alles verdorben.

Ihr H.

[Fritz Töpfers Hotel
Prinz Friedrich Carl
Berlin N. W., den]
Sonntag [27. 2. 1916] 6^h

Liebe, ist es zu glauben, daß ich seit drei Tagen von früh bis spät Ihnen die folgenden zwei Zeilen schreiben will und die Minute dafür nicht finde! Also: ich fahre Dienstag nachmittags nach Leipzig, wohne dort bei Nostitz, Wiesenstraße 5, und fahre 2ten III, also den gleichen Tag wie Sie nachmittags, zurück (so daß ich abends hier bin).
Ich fragte mich ob Sie eventuell diesen Tag Dresden–Leipzig–Berlin fahren, also in L. in meinem Zug sein würden. Aber es ist wohl eine unnötige fast doppelt so lange Fahrt für Sie – und dann, es ist zu fürchten, daß diese Züge überfüllt sind und man gar nichts von einander hat. Sonst ist eigentlich nichts zu fürchten, besonders von mir nichts besonders unangenehmes, da ich seit Krieg ist, nie Kopfweh habe, nie müde bin, obwohl ich keinen Tag vor ½ 3 einschlafe, und mit allen Menschen, sogar mit Frauen, sehr freundlich bin, aus parti pris, weil es ohnehin schon so viel Böses in der Welt gibt. – Heut nacht war ein ganz reizendes kleines Fest bei Reinhardt, mit Kerzen, Mozartquartetten und einer bezaubernden kleinen Tänzerin. Reinhardt war so nett, ganz plötzlich zu mir zu sagen: Wie schade, daß die Gräfin D. nicht hier ist. Kommen Sie nur endlich her.

Ihr H

NB. Wie gut daß Sie Eberhards Gast oder niemandes Gast sind, da kann ich Sie nicht mehr *aus*laden!

[Fritz Töpfers Hotel
Prinz Friedrich Carl
Berlin N. W., den]
2 3. [1916] 11 Uhr nachts

Liebe, ich schickte Ihnen durch einen Gärtner ein paar Blumen mit einem Brief: Donnerstag nachmittag abzugeben. Die haben Sie offenbar nicht bekommen. Ich telephonierte ½9, erhielt die Antwort: eine Gräfin D. sei weder angekommen noch gemeldet. Ich kam um ¾10, hörte vom Liftboy, Sie wären da, wollte an Ihrer Tür klopfen, anstatt Julie verhinderte mich diesmal Eberhard, mit dem Sie ja en famille wohnen, so daß ich Sie kaum je improvisiert und ohne eine sehr *schwere* Behandlung des »wann« und »wo« wie sie Eberhard eignet, werde sehen können. Schon den morgigen Tag so behandelt zu hören, lehnte ich ab. Für Abends habe ich Plätze für uns beide zu Macbeth bestellt. Bitte rufen Sie mich, so bat ich schon in dem andern Brief, zwischen ½11 und 11. Die Art wie Sie Dinge die doch nur Sie und mich angehen, mit Eberhard behandeln (wie Ihr fahren oder nichtfahren über Leipzig) ist mir vollkommen unverständlich.
Ich hoffe, daß Sie sich nicht so sehr verändert haben, daß man sich nicht wieder finden kann. Ihr H.

[Neubeuern a/Inn
Station Raubling
Oberbayern] 1. 4. 16.

In mein verzaubertes Sonnenland hinein kommen wie aus Tausend und eine Nacht die herrlichsten Gaben. Da erscheint ein märchenhafter Teppich, der ganz *unglaublich* schön ist und auf dem ich ganz bewundernd wieder und wieder stehn bleibe, er verbreitet Festtagsstimmung. Dann kommt Ali Baba und entzückt mich in meinen einsamen Abenden und dabei wandern meine Gedanken zu dem Geber und sind beglückt ihn irgendwo in der Welt noch zu wissen. –

Es ist heute wieder so traumhaft schön, ganz unsagbar schön. Die Bergspitzen tauchen langsam aus dem Nebelmeer empor und die Sonne bestrahlt alles. Ich komme soeben von einer kleinen Morgenwanderung durch den Park zurück, der gelb ist von Schlüsselblumen.
Leider wird dieses köstliche Alleinsein bald aufhören, da ich wohl am Donnerstag nach Dresden muß um das Kind abzuholen. Es tut direkt weh jetzt hier fort zu müssen.
Mädy ist jetzt in Berlin, hoffentlich bleibt alles ohne zu große Stürme dort.
Es grüßt Ihre Ottonie D.

R. 30 5. [1916]

Was ist das nun aber wirklich mit uns? Ist ein Mißverstehen zwischen uns? Diesmal kann ich mirs gar nicht zurecht legen. Sie sagen mir in Berlin, daß Sie im späteren Frühjahr mit Julie nach Österreich kommen 8 Tage bei uns sein werden. Ich warte den April hindurch auf ein Zeichen, dann im Mai von Woche zu Woche. Tue alles ums mir einzurichten, daß ich noch bleiben kann – so sicher schwebt mir dies Ihr Kommen vor – und freu mich so, daß das Frühjahr so schön ist, sah Sie im Voraus in den Zimmern im Garten herumgehen – Indessen correspondieren Sie mit Gerty über Gouvernanten, bei jedem Brief frage ich, ob er Ihr Kommen ankündigt, er tuts nicht, aber auch nicht das Gegenteil, so rechne ich weiter fest, es bleibt dabei. Sie melden, daß Sie Ihren Vater dort haben, ich freu mich darüber mit Ihnen, kann mirs aber auch nicht zurechtlegen, wie das dann mit Ihrer Reise werden soll.
Nun geht der Mai zu Ende, und Sie bleiben einfach aus, wortlos. Ich hab heute in meinem Garten sitzend sehr lange darüber nachgedacht, ich komm nicht zurecht damit. Bitte sagen Sie ein Wort. – Noch eines: ich kann es vielleicht einrichten, auf dem

Rückweg von Warschau über Berlin, gegen den 10ten Juli 3 Tage in München zu sein. Hieße das, Sie dort sehen können?

Ihr Freund H

P. S. Ist eigentlich der Van Gogh bei Ihnen, wie er sein sollte. Freut er Sie?

[Neubeuern a/Inn
Station Raubling
Oberbayern] 11. 6. 16

Als ich ankam und »mein Teppich« mich so lieb und gewohnt begrüßte, kam mir gleich die Idee ich wollte Ihnen doch die Maße schicken, war aber Freitag und Samstag zu sehr noch von Migräne umgeben und nun kam gestern Abend Gertys Telegramm. 3½ meter lang und 73 ctm. breit. Wenn Sie halb so viel Freude und Entzücken an seinem köstlichen blau und gelb und lachsfarbenton haben, wie ich, dann werden Sie sehr glücklich in seinem Besitz sein. Ich betrete nie mein Schlafzimmer ohne einen besonders liebevollen Blick ihm zu schenken und bin kindisch genug, Freude dran zu haben, ohne Strümpfe drauf herumzugehen und von dem weichen seidigen Gefühl wohlig berührt zu sein. – [...]
Hoffentlich haben die »Lästigen« Sie wieder erreicht, (ich gab es dem Portier zum Aufgeben). Sie haben mir eine entzückende Stunde bereitet und ich war nur traurig sie nicht mitnehmen zu können um sie nochmal und öfters zu genießen. Es ist einfach entzückend, graziös und reizend. [...] Wir reisten am Donnerstag per Balkanzug, die denkbar unangenehmste Reisemöglichkeit, vor der ich Sie dringend warnen möchte. Man wird permanent von neuem belästigt, sei es von Militär oder Zollpersonen, die alles durchsuchen. Kein Schreiben der Welt, sei es von noch so hohen Gesandtschaften, rettet einen vor dieser Plagerei, die Stunden, die man kürzer fährt wiegt es nicht auf. –

Hier fand ich bis auf Christa, die leichte Masern hat, alles wohl an. Egon Beroldingen ist von Verdun aus hier für vierzehn Tage.
Auf Wiedersehen es grüßt von Herzen Ihre O.

[Bad Aussee] 1. 8. [1916]

Mir ist ein Buch in die Hand gekommen, das mich wenn ich Zeit habe darin zu lesen, unsäglich ergreift u. beglückt – es sind die Briefe von van Gogh an seinen Bruder, zwei dicke Bände, ich lese sie Brief für Brief – man lebt mit diesem Menschen, lebt in dieser Welt und doch im Geiste, vergißt das furchtbare, ohne Flucht – durch ein Höherkommen, – ich habe in dem Buch immer gelesen als ob Sie neben mir säßen, es mit mir läsen – vor drei Tagen hab ich dem Berliner Buchhändler geschrieben, es Ihnen zu schikken, hoffentlich haben Sie es zugleich mit diesem Brief.
Ich fuhr von Warschau über Berlin nach Garmisch, etwa den 15ten, dann wieder über München zurück, in München am 19ten abends finde ich einen Brief der mir sagt, ich hätte Sie sehen können! Wie fest aber war das in meinem Kopf, daß Sie mir in Rodaun gesagt hatten, der Monat Juli sei nun vertan, da sei nichts zu machen. So waren Sie für mich fest in Eybach.
In Warschau hatte ich einmal am Tisch des Generalgouverneurs einen Schwaben zum Nachbar, Graf Brandenstein, Schwiegersohn von Zeppelin, er wußte von Eybach, hatte Christoph Martin ein wenig gekannt – es freute mich, diese Namen auszusprechen, und ich dachte Sie dort, sah Sie herumgehen.
Daß Sie in Rodaun, in Wien waren! Dies sieht jetzt so freundlich her – und so weit. Gleich nachher kam wieder so viel dunkles – ich hätte damals wochenlang keinen Brief schreiben können, dann diese bunten flirrenden Warschauer Eindrücke – die merkwürdigsten, die ich im Kriege hatte – die bizarre Situation »der berühmte Mann im Ausland« eine Athmosphäre von Paris im Sommer, und das Ganze durchfiebert,

aber hoffnungsvoll, etwas zukunftsvoller – etwas nicht völlig finsteres.
Und nun diese Sommertage, dieses Leuchten, der strahlende Himmel, die kleinen Häuser hier – als hätte man Lotos gegessen, wäre in einer Traumwelt – und in der wirklichen Welt geschieht – was? es läßt sich nicht recht benennen.
Sie wissen dies: die Ariadne ist am 4/x. Ich bin vorher, d. h. bis 28/ix hoffentlich hier (wenn auch mit Unterbrechungen). Sie wissen, was ich mir wünsche u. wie sehr. Der den Behörden genügende Anlaß zur Reise wird ja wohl in den Familienangelegenheiten vorliegen?

Der Ihre H

[Briefkarte] [Rodaun] 8 9. [1916]

Da aus Ihren Briefen kein Anhaltspunkt für Ihre Adresse zu sehen war, habe ich nach Degenershausen (Sie schienen dorthin auf dem Weg zu sein) telegraphiert mit der Bitte Ihnen zu übermitteln, daß wir Sie zum 2. x. erwarten. Bitte nun kommen Sie aber wirklich, kommen Sie um keinen Tag später (am 4. x ist die Première) und nicht auf zu kurze Zeit. Ein durch Briefe mit einander leben ist nun nicht mehr aufrechtzuerhalten, bis wieder andere Zeiten kommen, so muß man trachten einander zu sehen und muß den Willen haben, das Andere Störende dagegen zurücktreten zu lassen, das innerlich Hemmende aber, von dem ein gewisser Brief mir zu meinem größten Staunen Nachricht gegeben hat, ist so absurd, daß ich daran nie als an ein Mögliches mehr denken möchte.

Ihr H H.

[Hotel Adlon Berlin W]
[Anmerkung von O. D. S.:]
Julies Hochzeit 1916 9. Dez.

1° Sie werden, bitte, Dienstag und nicht Montag abends abreisen, denn wenn ich schon eine Freundschaft mit einem Schloßdienstmädchen habe, so doch mit einer, die manchmal Ausgang hat.
2° Sie gehen bitte morgen abend mit mir in Kabale und Liebe bei Reinhardt, ich habe Plätze bestellt.
3° Ich möchte morgen Ihrem Vater einen kleinen Besuch machen wenn es ihm paßt.
4° ich bin bereit morgen mit Bockelchen zu frühstücken (oder auch nicht?)
5° Montag vormittag gehen wir etwas anschauen Potsdam
6° ich bin zuhause, bitte kommen Sie um ½ 10 oder um 10^h ein bißerl zu mir, ich warte (siehe auch 1°)

Ihr H

[Briefkarte] Rodaun 12 2. [1917]

Machen Sie sich keine Gedanken darüber daß nun wieder Etwas, oder viel mehr nicht Etwas sondern eben »Jenes« dazwischengetreten ist (ich hatte mir den Verlauf nie anders erwartet, als daß »er« genau in diesem Moment, und in dieser Form functionieren würde) – aber es hat keinen Sinn, in einer so schweren Zeit sich irgend noch mit dem Einzelnen zu beschweren – im Augenblick habe ich Influenza, mußte meine Abreise verschieben u. würde Sie so wie so in Berlin versäumen – auch mein Durchkommen durch München schiebt sich etwas hinaus, ich halte dafür die Tage 13–17 III fest u. zweifle nicht, daß Sie dann in Eybach benötigt sein werden. Gott gebe uns allen bald eine andere Welt für den Rest unseres Lebens.

Ihr Hugo.

Rodaun 24 5. 1917.

Sie können folgerichtig nichts anderes annehmen, als daß ich an niemand und an nichts denke, und dies sich in Schweigen ausspricht. Dabei ist wirklich das Gegenteil der Fall, ich habe, seit ich ungefähr wieder annehme, daß Sie dorthin zurückgekehrt sind, eigentlich täglich den Gedanken zu schreiben, aber die innere u. äußere Complication ist so, daß solche Gedanken immer wieder unter- und auftauchen, wie ein Stück Treibholz bei starkem Wellengang. Die monströse Weltsituation mit ihrem endlosen Beharren, dazu hier fortwährend Zerstreuendes, das mich aus mir herausruft, und schließlich, gerade weil sie immerfort zurückgedämmt wird, mit eigensinniger Gewalt hervorwollende Productivität, der Tisch voller unbeantworteter Briefe, angefangener politischer Schreibereien, neuer Entwürfe, Comödiennotizen, Strauss der à tout prix seinen »Bürger als Edelmann« haben, Fischer, der à tout prix meine politischen Aufsätze und womöglich zugleich den dritten Band der Prosaschriften herausbringen will, ein Handkoffer gepackt für eine Reise nach Prag, so müssen Sie sich, aus der Hand in den Mund, aber nicht ohne Resultate, meine Tage und Wochen vorstellen. Wegen dieser Reise nach Prag kann ich auch nicht, wie ich so gerne wollte, Sie fragen, ob Sie im Juni nach Rodaun kommen könnten. Denn ich weiß nicht, wie lange ich in Prag zu bleiben habe. Das hängt von unbestimmbaren Umständen ab. Ich werde mir das »Märchen« (die Erzählung von der Frau ohne Schatten) und die neue, d. h. noch ungeschriebene Gesellschaftscomödie mitnehmen und hoffe trotz politischer Conversationen auf Vormittage u. Abende für die Arbeit.

Ich habe mir so viel überlegt. Wie man sich sehen könnte. Nach Aussee jemand zu laden, wird nicht möglich sein. Die behördlichen Vorschriften sind recht streng. Ich habe mir Anfang October Rodaun ausgedacht. Die Begegnungen, die unter dem Zeichen der Eisenbahn stehen, sind mir allmählich wirklich verhaßt geworden. Wie Sie dann aus München fort waren, ich nichts mehr auf der Polizei zu tun hatte, waren gute ruhige Tage. Ich ärgerte mich recht über den Contrast.

Ihr Hofmannsthal

[Neubeuern a/Inn
Station Raubling
Oberbayern] 8. 6. 17.

Wie gut mal wieder etwas zu hören von dem Ort, wo beständig die Gedanken hineilen. Nun weiß ich doch wieder womit Sie sich beschäftigen und hoffe daß trotz Politik, Prag Ihnen Zeit für das Märchen gelassen hat, auch für die Comödie. –
Hier sind märchenhafte Tage, strahlende Sonnentage mit einer unglaublich üppigen Blütenpracht und endlich kam auch der allmählich ersehnte Regen. – [...]
Ich bekam vor einigen Tagen eine Offerte von einer Zeitschrift »Marsyas« und sah bekannte Namen darin, schade daß sie so namenlos teuer ist. –
Denken Sie mein Vater ist ganz begeistert von Ihrem van Gogh, kommt täglich um ihn sich nochmal anzusehen. Es ist ein schönes Leben, zwischen diesen Blumen und dem japanischen Goldhimmel und mit den Wahlverwandtschaften, so lebe ich es momentan.
Nun addio. Ihre Ottonie.

Aussee (Steiermark)
Obertressen 14
11 8. [1917]

Es geschieht Ihnen unbewußt, daß Sie fast immer im Augenblick des Weg-gehens von dort an mich schreiben, so daß ich für die unmittelbare Antwort, welche mir immer nahe liegt, keine Möglichkeit habe – u. so sehr das Gefühl bekomme, daß

Sie in einer beständigen sinnlosen Hetzjagd leben, wie es die letzten Begegnungen alle verdunkelt hat, so daß ich mich dann sehr zusammennehmen muß, mir zu sagen, daß es auch Zeiten gibt, wo Sie gesammelt und in Ruhe existieren. Und doch ist Sammlung, innere Ruhe, Eins-sein mit sich selber alles, dies ist die Wurzel aus der Frömmigkeit Bildung Liebe u. Glück entsprießen.

Eins-werden mit mir selber mehr u. mehr, Verkettung älterer und neuerer Lebenskreise, wachsende Klarheit, Aufmerksamkeit, Anspannung, das ist auch das Läuternde in meinen jetzigen Tagen. Dies eine und gleiche Aussee sehen mich als einen so verschieden Beschäftigten von so wechselndem Ernst, und doch ist es immer derselbe. Wer etwas ist, der bleibt sich selber gleich u. entfaltet sich aus sich selber; so empfinde ich es aus jedem Brief von Mell, der in seiner reinen Weise sein Schicksal, Soldat zu sein, trägt und genießt.

Mir ist ein merkwürdiges Erlebnis zuteil geworden, durch die Hersendung eines Briefes von einem bisher Unbekannten, einem Mann von 36 Jahren, der mir viel bedeuten wird, das kann ich vorausfühlen. Fast ist dies Alles zu viel – es muß ein Gleichgewicht sein, zwischen dem was man empfängt u. gibt, manchmal schwankt die Waage heftig.

Ich schrieb einen sehr langen Brief an Eberhard, es war etwas anderes als ein gewöhnlicher Brief, war mehr ein Monolog u. mit Absicht richtete ich ihn dorthin in den Tagen, wo ich Sie dort wußte u. suchte in mehreren Punkten die Anknüpfung an Ihre dortige Gegenwart. Ich war fast sicher, daß Sie darauf antworten würden, ich meinte Sie errieten die Form, man kann ja in Zeiten, die alle Erfahrung umwerfen, nicht anders als von den normalen Formen abweichen, um doch etwas zu erreichen, was Zeichen oder Gruß ist und man hofft sich verstanden.

Ihr Hofmannsthal

[Neubeuern a/Inn
Station Raubling
Oberbayern] 13. 8. 17.

Es war schon so empfunden oder verstanden dieser Brief nach Degenershausen und ganz als Gemeingut betrachtet. Aber meine Antwort blieb immer noch aus, da mir eine Gelegenheit winkte mal einen geschlossenen Brief zu schicken und wenn er wohl auch nicht anders ausfällt, so hatte es doch etwas so verlockendes, mal nur für einen Menschen zu schreiben und nicht an eine Welt von Unbekannten, daß ich lieber wartete. – Ich war ja auch so glücklich, Sie so reich in sich zu wissen, ausgefüllt mit einer Arbeitsepoche, das trug Wellen der Ruhe bis zu mir. Sie ahnen gewiß nicht, wie sehr ich ahnend mit Ihnen lebe, oft so sehr, daß ich tief innerst spüre, ob Sie in Harmonie leben oder in qualvollen Zeiten schwingen – es bedeutet mir alles. –
Ich habe keine Hetzzeit hinter mir, sondern nach der kleinen Reise, die entzückende Tage in Degenershausen mit Eberhard gab, zwei wundervolle Tage am Starnbergersee mir schenkte und hier eine selten innerlich ruhige Zeit. Ich lebte in Bildern, fand Meier-Graefes Entwicklungsgeschichte der neuen Kunst in der Bibliothek und kam dadurch in ein inniges Aufgehen in dieser schönen Welt, die mir von Delacroix und Manet eine Brücke zu Leibl und Liebermann schlug. Ich sehe jetzt erst, wie viel es mir hilft mich mehr damit zu beschäftigen und nicht nur immer zu warten bis mal in München eine Stunde Zeit wo herausschlupft, die einem Bild geschenkt werden kann. – Ich war auch in München bei Caspary und sah mich nach etwas für Sie um. Er hatte einen kleinen Géricault Kürassier, aber nicht so, daß man ihn haben müßte, aber er sagte mir, er könne diesen großen Kürassier, den er momentan in Holland habe, kommen lassen, kostet 40.000 Mark – nur meinte ich, wenn wir nicht wirklich wüßten, ob meine »Bekannten« darauf Wert legten, wollten wir die unnötige Reiserei lassen. Es scheint ja ein gro-

ßes Bild zu sein, das man gut zu den vorhandenen haben möchte. Außerdem hatte er einen kleinen Renoir Apfelstillleben, reizend, aber sehr teuer – 20.000 Mark. Einen recht reizvollen Picasso aber nicht für Sie in Frage kommend. Dort habe ich zum ersten mal einen Slevogt gesehen, den man wohl haben möchte. Es ist eine leuchtende Landschaft in Sonne getaucht, Caspary meinte, sie würde sicher noch mal bis 25.000 steigen. Es wäre ja nur zu kaufen an zweitem Platz, wenn man noch Geld anlegen wollte und Sie doch immerhin ein gewisses Interesse für Slevogt über haben.
Dann war ich bei dem so ekelhaften Tannhauser der einem leider durch seine Unausstehlichkeit seine ganzen Bilder verleidet. Ich gehe aber nächstens mal wieder hin, denn er hat vieles Gute und mit mehr Muße, falls ich das Glück habe ihn nicht zu treffen, finde ich gewiß dort noch etwas. Er hatte verschiedene Renoirs wie mir schien auch billiger als Caspary. Letzterer meinte auch eventuell gern einen Hodler einzutauschen. Es macht mir viel Freude mich etwas umzusehen, nur komme ich momentan wenig in die Stadt. [...]
Dann fragen Sie so lieb nach »meinem« van Gogh, ob Sie ihn wohl haben könnten, aber natürlich muß ich mich trennen, denn länger darf ich Ihnen doch die Wellen seiner Stimmung nicht vorenthalten, mir hat er viel gegeben. Ich hatte ja noch nie das Glück mit einem (beinah hätte ich gesagt Wesen) solchen Bild so intim auf die Dauer zusammen zu sein. Ich bin Ihnen so dankbar dafür, Sie haben mir dadurch grade in diesem Winter, der ja viel Schweres für mich brachte, grade durch dieses Bild viel inneren Frieden und Aufschwung geschenkt. Ich hoffe nur, daß Sie es auf die Dauer auch so lieben werden wie ich. Und den Schirm den lieben, soll der dann auch mit die Reise antreten? Es war eine wonnige Welt, die Sie mir geschaffen hatten, äußerlich und innerlich, wo ich hinblicke kommt mir ja immer ein Gruß von Ihnen; bald komme ich herauf und habe nur wenige Minuten, dann liegt grade ein Delacroixalbum vor mir und ich blättere drin oder in den »Talenten« und freue

mich an der entzückenden Zeichnung von Meid oder dergleichen. Abends liegen am Bett die Gedichte von Hebbel, die ich erst jetzt für mich gefunden habe, obgleich Sie sie mir längst gaben. Manchesmal liest man wohl öfter und spät findet man den inneren Weg dazu. Sonst lese ich so viel im Goethe dies Jahr und bin so reich dadurch. Ich habe selten eine Zeit gehabt, die mir ja eigentlich so viel Arbeit gibt und doch so viel Ruhe. Es kommt wohl auch zum großen Teil daher, daß mich Julie innerlich nicht mehr belastet, ich habe mich von ihr frei gemacht, habe nicht mehr dies ewige Verantwortlichkeitsgefühl für sie und jetzt erst sehe ich, wie sehr mich das gehalten und belastet hat. Ich lebe doch äußerlich genau so hin – aber frei – alles ist Geschenk von mir zu ihr, was ich auch gebe und keine Pflicht, keine Kette umklammert mich mehr. Ich sehe sie in gewisser Beziehung leiden, um mich – aber es umkrampft mich nicht wie ehedem, denn ich sage mir immer – Du hast es selbst gewollt. Es ist doch gut so, daß es kam, denn ich kann meine verkrüppelten Flügeles wieder rühren.
Wissen Sie Hugo, ich fühle mich doch schon so glücklich in meiner kleinen Welt, im Gefühl, daß es ein paar Menschen irgendwo gibt, zu denen ich innigen Contakt habe. Und die Bilder, die es gibt, die so reich machen, auch wenn man sie nicht besitzt, aber daß sie da sind und noch so manches für das es wert ist zu leben.
Manchmal ist ja der Krieg so stark in einem, daß man gar keine Distanz zum Leben bekommen und finden kann, aber doch kommen auch in all das hinein so herrliche Epochen des Glücks. – Es tut mir leid, daß ich kein rechtes Glück habe in meinen Briefen zu Ihnen, immer ergreife ich da etwas den falschen Moment und scheine Ihnen dadurch so das Gefühl von verhascht und verunruhigt zu geben. Ich bin halt leider so ganz und gar kein Wesen für Briefe, was für mich ja selbst besonders schmerzlich ist in dieser Zeit, da so oft dadurch der Faden zwischen dem Anderen zerrissen zu sein scheint, – der es ja natürlich gar nicht ist. Ich beneide diejenigen, die mit ein paar Zeilen

alles sagen und sich so ganz übermitteln können, eine Gabe, die mir doch leider ganz versagt ist. [. . .]
Ich besprach mit Eberhard die Angelegenheit Borchardt und brachte ihn dazu es etwas von der anderen Seite zu betrachten, wir schrieben ihm dann gemeinsam eine Karte, die eine Brücke zu ihm werden sollte, ich hoffe er hats auch so verstanden. – Herrlich, daß Sie einen so für Sie wertvollen Menschen gefunden haben, was für eine Bereicherung verspreche ich mir daraus für Sie. Und Mell lebt noch, ist immer noch Soldat, wie liegt es weit zurück – unsere gemeinsame Zeit mit ihm. Ich sehe ihn noch immer in Florenz, als wir alle so müde waren, bei glühender Hitze aus der Stadt kommen mit Ansichtskarten, die er an die Eltern schreiben mußte. Er war doch so nett. –
Nun muß ich aber wohl doch Lebwohl sagen. Wie könnte man es eventuell mit dem Bild machen, ist irgendwelche Aussicht, daß Sie nach Deutschland kommen und wann? Sollte man dann den Géricault aus Holland kommen lassen? Dabei fällt mir noch ein, daß Caspari eine Schneelandschaft von Courbet hat, mir war sie nur nicht freudig genug, Sie kennen das Motiv gewiß, eine Grotte mit wenig Vordergrund, viel braun und weiß.

Gute Nacht Ottonie.

[Bad Aussee] 21 8. 17.

Freilich ist Ihrer Natur nach ein Brief von Ihnen niemals so viel wie ein Wort, eine Gebärde, selbst ein Zuhören, aber trotzdem war dieser sehr schön für mich und ich danke Ihnen sehr dafür. Zuweilen erscheint es mir ganz absurd, daß Sie beständig zum Schein frei und in Wahrheit unfrei sind, nicht da sind, wo ich bin, nicht diesen Aufenthalt mit mir teilen, samt dem Kind, in irgend einem kleinen Hause da sind, nachmittags zum Tee da sind, abends wenn ich irgend etwas lese. Nun es ist, wie es ist. Fühle ich, daß Sie die Dinge wieder fassen, die das Leben der

Mühe wert machen, so bin ich für eine Weile ganz zufrieden. [...]

Das macht mich äußerst froh, daß Sie verstehen gelernt haben, daß man, um zu dem zu kommen was das *einzige Wirkliche* ist, nicht immer auf die Realität zu warten braucht eines Davorstehens vor den Bildern – sondern daß es andere Hilfsmittel gibt, sich das herbeizuziehen. Ich lebe mit dem Poussin beständig schon den zweiten Sommer, d. h. mit einem Band Text über ihn und einem Band Photographien klein und dunkel u. doch den Himmel in sich bergend. –

Ich hab an den Inselverlag geschrieben Ihnen gleich den Band von Meier-Graefe zu schicken der Corot und Courbet behandelt. Der wundervolle Courbet! Etwas von ihm zu haben, etwas! Aber nicht Schnee, Schnee möchte ich um alles nicht. Gehen Sie bitte einmal zu dem Heinemann, erinnern Sie sich, vor Jahren waren wir dort. Es kann sich nur um etwas handeln in das Sie sich auf den ersten Blick verlieben, nur nicht Vernunft, nur Unvernunft! Slevogt niemals, das ist für mich erledigt, auch als Zeichner ist er vulgär. Fahren Sie nur fort, für mich zu suchen, hier sehe ich jahraus jahrein kein Bild. Der C. ist glaub ich der schlimmste Dieb, aber tut nichts. – Man *rechnet* auf Sie für Mitte Oktober!

Ihr Hofmannsthal

Aussee 21 VIII 17.

liebe Marie Therese

ich dank Dir schön für Deine Zeilen. Bitte schreib mir nur immer aufrichtig was Du Dir denkst, so will ich es auch tun, und da werden wir einmal gute Freunde werden. Das Bild möchte ich *so* gerne eine Weile in meiner Wohnung haben, weißt Du, ich habe eigens dort ein kleines Zimmer ganz ohne Bilder gelassen, um dieses aufzuhängen, und ich weiß, Deine Mutter leiht es mir gerne, den Wandschirm aber lassen wir noch dort bei ihr

u. vielleicht findet sie oder ich ein Bild das ihr sehr gefällt, das schicken wir dann hin statt diesem u. später tauschen wir einmal. Ist Dir das recht?
Viele Grüße an Dich von Gerty u. auch von den Kindern.
Dein Freund Hofmannsthal

Aussee 15 IX. [1917]

Von den Vorfällen dort bin ich durch einen Brief Mädis unterrichtet, ich denke unendlich oft an Sie, kann aber nichts über diese Dinge schreiben. Die Arbeit ist äußerst anspannend, das Ergebnis immer noch ganz unsicher, doch hoffe ich, daß schließlich irgendein Ergebnis sein wird.
Es ist nun die letzte Spanne Zeit, daß der Van Gogh noch in guter Form an mich gehen kann. Ich bitte ihn also innerhalb der nächsten 14 Tage nach Berlin zu schicken. Form: Fracht oder Eilfracht, Versicherung 25 000 Mark. Eventuell bitte darüber Caspari telephonisch zu Rate ziehen oder einen Rosenheimer Spediteur.
Der Adressat ist: Geheimer Kanzleidiener Grünägl
Berlin Wilhelmstraße 75.
Auf der Kiste und besonders auf dem Begleitschein muß stehen: Für Graf Bernsdorff, Kais. deutsche Botschaft, *Wien*. Besonders deutlich und unterstrichen *Wien* weil sein Onkel in Konstantinopel, geht die Sendung irrtümlich dahin, so ist das Bild möglicherweise verloren.

Ihr Hofmannsthal

PS. Bitte um Nachricht durch Postkarte sobald die Sendung abgeht.
PS. Ich zähle bestimmt auf Ihr Kommen Mitte October!

[Neubeuern a/Inn
Station Raubling
Oberbayern] 14. 11. 17.

Nun sinds schon fast 8 Tage, daß ich von Rodaun fortfuhr – in Gedanken bin ich ja noch ganz dort. Überlege, ob Cari schon der Helene seinen merkwürdigen Abschied gegeben hat und so mancherlei. Ob Sie mit Geiger schöne Bilder gesehen haben, schade, daß ich nicht dabei war, denn ich hätte es so gut gekonnt, mein Zug fuhr schließlich erst nach 3 Uhr aus Wien fort. Nun war Andrian bei Ihnen und wird viel von Berlin berichtet haben, hoffentlich nicht zu viel in dem Warschauer Tonfall! Ich sprach Mädy von Andrian, da sagte Karin: »der, der den Garten der Erkenntnis geschrieben.« Ich war so erstaunt, daß jemand das kannte, ihr hatte es so gut gefallen und sie habe immer gedacht, der müsse Ihnen sehr bekannt sein.

Ich las eben in Borchardts Gedichten – die sind schon fabelhaft und machen einen ganz das Grau des heutigen Nebeltages vergessen. »Sestine der Sehnsucht« ist mir so lieb und »Der traurige Besuch« und viele Andere.

Wissen Sie, daß ich diese Tage in Rodaun so besonders genossen habe und daß ich eine so glückliche Erinnerung daran habe und all das was ich innerlich mitgenommen habe, durchleuchtet meine hiesigen Tage. Claudel mit seinem zauberhaften Orient und die herrlichen Gedichte von George, die mich doch tief beeindruckt haben. Nun denke ich gleich weiter an Pannwitz und was wohl in dem neuen inhaltsreichen Brief enthalten war – welch unerschöpfliche Tiefen er da wieder mit seinem allumfassenden Geist durchdrungen hat. – Ich freue mich schon jetzt auf die paar Tage im Januar auf Ischl und hoffe, sie werden Wahrheit werden. –

Nun denken Sie gewiß schon ernstlich an Abreise und haben Angst vor Berlin, nehmen Sie nur ja vielerlei mit. Eberhard wird teilweise dort sein, nicht die ganze Zeit. Ab 1. Januar ist er

in Essen frei und hat bis 1. April »Ferien«, wie wir sagen. – Mädy ist momentan hier, kam für 2 Tage, erkältete sich und blieb hängen.
Leben Sie wohl, bitte schreiben Sie mir wie Reinhardt die Gesellschaft von Stani, Cari, Helene und Antoinette gefällt – ja? –
Viele liebe Grüße von Ottonie.

[Rodaun]
Montag 19ten [November 1917]

Aus inliegendem charmanten Brief von Pannwitz sehen Sie, mit welcher Freude er die Einladung nach Neubeuern annimmt, wie viel es ihm giebt, daß er damit rechnen kann, diese Winterwochen in dem Behagen u. der Anregung zu verbringen, die für ihn damit verbunden sind, daß er mit einem anderen Aufenthalt rechnen kann als dem kleinen dürftigen Zimmer in dem Fürberger Gasthaus. Bitte schreiben Sie ihm doch gleich direct u. sagen ihm, mit welchem Termin er rechnen kann, das wird ihm wichtig sein für seinen Arbeitsplan.
Als Ihr Brief heute früh da lag, war ich ganz verwundert, so sehr kommt es mir vor, daß Sie eigentlich noch nicht fort sind u. man noch über alles sprechen kann.
Die letzten acht Tage waren unruhig u. gehörten mehr der Außenwelt, als mir lieb war, aber der zweite Akt wenigstens war vorher – in den Tagen nach Ihrer Abreise – abgeschlossen.
Andrian kam damals nicht heraus, aber ich hab ihn seitdem gesehen, auch Ferdinand Colloredo, den ich sehr gerne habe, auch Mensdorff, Redlich u. einige Andere mehr politische Freunde. Man ist mit Berlin ziemlich d'accord, insbesondere mit Kühlmann. Mit diesem werde ich auch persönlich gute Fühlung haben, weil er neuerdings sich als private secretary jemand genommen hat, einen ziemlich merkwürdigen Outsider, den ich seit langem kenne u. mit dem ich mich gut verstehe.

Ich bin Mittwoch früh im *Adlon* u. verbringe diesen ersten Tag mit Eberhard. Bitte schreiben Sie mir dahin sogleich, ob die Fracht oder besser gesagt Eilgutverkehr freigegeben oder wenn dies nicht ob Sie mir nicht den Van Gogh durch einen Berlin fahrenden Officier oder wie immer dahin befördern lassen könnten, dann könnte ich ihn endlich bekommen. Ich telegraphiere Ihnen dann, an welche Adresse; sind Sie durch Umstände gezwungen, die Absendung zu improvisieren so adressieren Sie: für Hofmannsthal an Kunsthandlung Glenk, Unter den Linden 30.

Ihr Hugo H.

Die armen Nostitz haben ein großes Unglück gehabt, gerad an dem Tag Ihrer Abreise ein Kind verloren, den blühenden dritten Buben, innerhalb 2 Stunden todt, durch eine verwechselte Medicin.

[Degenershausen
bei Ermsleben am Harz]
27. 12. 1917.

Endlich kann ich mal wieder schreiben. Seit ich aus Rodaun fortfuhr, liegt eine bewegte Zeit hinter mir. Da war ich in Norddeutschland, mit den Eltern einige Zeit und kam nur zurück nach Neubeuern, um gleich ganz ungewollt wieder abzureisen. Karin hatte sich eine Unterkunft als Schwester ausgesucht, nicht unter angenehmen Begleiterscheinungen für uns, was ich aber alles in diesen offenen Briefen nicht schreiben kann, mir eine plötzliche Reise nach Berlin und uns allen viele Aufregungen verursachte. [...]
Hier haben wir ein gemütliches Zusammensein mit Schneespaziergängen zu den Buchen, die gefällt werden und die mit unendlicher Kraft, aber Gestöhn und Weh zu Boden stürzen. Nun muß ich aber erst mal danken für die Prosaschriften – »die

Begegnungen« hat mich ungeheuer begeistert, es ist entzükkend und »die Furcht« nicht minder. Wie schön und so ganz Sie sind auch die griechischen Sachen, besonders die beiden ersten Teile prachtvoll. Ich danke Ihnen tausendmal, es ist ein *herrlich lieber* Weihnachtsgruß. –
Nun wegen Pannwitz, ich konnte ihm noch nicht schreiben, da unser Winter noch unsicher war. [...]
Eberhard ist ja ganz ergriffen, von seinem ersten Buch besonders, und wir sprechen natürlich viel von ihm und Ihnen. Bei meinem kurzen »stay« in Berlin habe ich einen sehr schönen Abend im Don Carlos gehabt und einen Besuch im Museum bei der neuen Göttin und war mal wieder ganz begeistert von den prachtvollen Antiken unten im ersten Saal. Das Relief von den Tänzerinnen ist mir in berauschender Erinnerung geblieben, ich habe selten ein solches begeisterndes Glücksgefühl gehabt wie an diesem Tag zwischen diesen herrlichen Resten aus einer erhabenen Kunstepoche.
Eberhard hat nun seinen Abschied in Essen hinter sich, er war voll entsprechend vieler Erlebnisse, die er dort gehabt hat und nun ist er ein freier Mann, doch ein aufatmender Moment. Jetzt wird eifrig an der Berliner Wohnung gearbeitet mit einem netten feinen Architekten, der gutes Gefühl für Einrichten zu haben scheint. –
Ob wohl mein geliebtes Bild schon bei Ihnen ist, oder doch wohl auf dem Weg? Es wird Sie gewiß beglücken in der lieben kleinen Stadtwohnung oder ob es doch noch mal in Rodaun landet?
Bitte sagen Sie Gerty, daß ich ihr bald einmal schreiben werde und auch Christiane. Ich muß hier endlich mal eine kleine Zahl meiner unzähligen Briefschulden tilgen.
Wie steht es mit dem Ischler Plan, soll er ausgeführt werden und wann? Wie geht es mit der Arbeit weiter, ist der dritte Akt der Komödie angefangen? Einen Gruß an meinen Freund Cari und die nette Hélène.
So nun leben Sie wohl, möchte uns 1918 viele schöne reiche

gemeinsame Tage bringen, dies wünsche ich mir und Ihnen eine gesegnete Arbeitsperiode.

In Treue Ihre Ottonie.

[Rodaun]
9 I. morgens 10$^{h.}$ [1918]

Nur ein paar Zeilen diesen Morgen vor den Arbeiten, denn nachher geht wieder eins in Anderes u. so bleiben die paar Zeilen von Tag zu Tag gedacht aber ungeschrieben.

Damals, im December war oft der Gedanke nah, Ihnen zu schreiben von dem Zusammensein mit Eberhard mit Borchardt u. Reinhardt zu erzählen – aber immer wieder eine Hemmung dagegen, kaum erklärlich, und doch wars schließlich ganz klar: Sie waren eben immer woanders gewesen u. das spürte ich ohne es zu wissen.

Vor Weihnachten war Pannwitz hier, nur drei Tage, aber wie immer war es eine ganze Epoche. Unglaublich, wie er mir Productives in Bewegung bringt, ich mich selber zusammenfinde, alte Stoffe aufnehmen kann, das Fragmentarische sich wieder als ein mögliches Ganzes ankündigt und ich dann bin wie ich immer sein sollte.

Doch bin ich ohne jeden Zweifel überhaupt in der stärksten productiven Epoche seit 15 oder 20 Jahren. – Ich müßte nun zunächst den dritten Akt des »Schwierigen« sein lassen, eine sehr merkwürdige andere dramatische Arbeit (heroisch-mythische Tragödie) in mir organisieren, diese hat einen anderen alten Complex mit sich ans Licht hervorgerissen – so daß ich mit Mühe die eigentlichen Arbeitsstunden für das »Märchen« rette, doch rette ich sie und komme vorwärts.

(Wenn es nur vormittags in meinem Zimmer mehr als 11–12° hätte – wieviele Plaids und Boas würden Sie da consumieren!)

Inzwischen aufgestanden, herumgelaufen mich zu erwärmen:

dadurch an diese Gedankenkette: ja der Van Gogh ist da, danke vielmals für Güte und Mühe. Er ist wunderschön. Dann noch: ich besitze seit 2 Wochen ein unglaublich schönes Bild, ein Mohr, in einem roten Rock mit einem märchenhaft gemalten Turban, Reiherfeder, die kaum jemand anders als Rembrandt gemalt haben kann, das ganze Bild aber vielleicht einer seiner Nächsten Aert de Gelder oder wer immer.
Nun aber zurück zu Pannwitz: er wird im Januar gemustert, doch bekümmert sich Nostitz, der einen ungeheuren Eindruck von dem Mann hatte, um dies sorglich. Nachher, also Anfang Februar wäre sein größter Wunsch, für einige Wochen zu Ihnen nach N. zu kommen. Er hat ein gutes Vorgefühl von Ihnen und dem Ort, das ihn gewiß nicht trügt.
An Ischl kann ich nicht denken. Es würde mich wieder ganz zersplittern. Weit eher müßte ich *allein* wohin. Aber das läßt sich jetzt nicht machen. – Ich bin dann 17–21 Februar in Berlin, dann eine Woche in den Rheinstädten, wieder den ganzen März in Berlin, hoffentlich kommen Sie dann!

Ihr H. H.

[Neubeuern a/Inn
Station Raubling
Oberbayern] 16 1. 18

Noch am letzten Tag, den ich in Degenershausen war, kam der so viel herumgereiste Brief von Ihnen, er war *so* schön, so ein *wirklicher* Brief, wie nur Sie ihn schreiben können. Eberhard war unendlich beglückt, aus so tiefer Bescheidenheit heraus sprach er so entzückend über Ihre beiderseitige Freundschaft. Er las gerade Pannwitz in den Tagen und war natürlich unendlich bewegt davon und begeistert. Wir hatten überhaupt entzückende Tage der herrlichsten Harmonie. Eberhard so leicht und frei in dem Gefühl, nicht mehr nach Essen zurück zu müssen, genoß alles dadurch doppelt.

Leider haben sie schon wieder neue Sorgen, Karin scheint sehr krank zu sein, bekam Ende Dezember Masern, in dem Spital, in dem sie als Schwester eingetreten ist. [...]
Rudi soll ja in Bremen an Lungenentzündung erkrankt sein, hoffentlich gehts ihm bald besser und alles andere stellt sich auch als übertrieben heraus, hoffe ich.
Wir haben hier momentan eine ganz kleine Gesellschaft beieinander, sehr ausruhend für alle Teile, ich genieße es sehr.
Ich muß Ihnen nochmals sagen, wie wir die Prosaschriften genossen haben, täglich fast hat Eberhard abends daraus gelesen. Sie sind wunderbar schön und gut, kommen mir so unvergänglich vor.
Nun gute Nacht. Viele liebe Gedanken sendet unaufhörlich

Ihre Ottonie.

[Neubeuern a/Inn
Station Raubling
Oberbayern] 24. 1. 18.

Unsere Briefe haben sich gekreuzt und der Ihre bringt Sie so ganz nah und ich fühle dieses Arbeiten, dabei habe ich jedoch seit den merkwürdig warmen, unnatürlichen Frühlingstagen das Gefühl, es müßte Sie wohl sehr gehemmt haben. Auch Pannwitz schrieb mir beglückt von den Tagen bei Ihnen, sie haben ihm viel bedeutet. Ich freue mich auf ihn und hoffe, er findet die Stimmung hier, die er zu seiner Arbeit braucht. Er schreibt wirklich entzückend und dankt wieder für noch Nichtgenossenes, wie nur er es kann.
So alte neue Welten hat er aus Ihrem Innern ans Tageslicht geschworen, ich freue mich, daß wenigstens das Märchen nicht ganz verdrängt ist, ich liebe es so, es wird doch etwas Wunderbares werden. – Und einen Mohr besitzen Sie mit Reiherfedern, Sie Glücklicher! ich gratuliere und freue mich namenlos mit und auch seine Bekanntschaft zu machen im nächsten Jahr.

Wir machen momentan *sehr schwer* mit Karin durch, ich muß am Sonntag wieder nach Berlin für eine Woche, kann aber auch etwas länger werden. So bat ich Pannwitz nicht vor dem 10ten zu kommen, was ihm wohl gleich sein wird. Bin dort im Adlon.

Gute Nacht, las soeben mit Genuß wieder Ihre Maria Theresia.

Ottonie.

Viel Liebes Gerty und den Kindern.

[Neubeuern a/Inn
Station Raubling
Oberbayern] 15. 2. 18.

Wir haben einen so *wunderbaren* Abend mit Pannwitz gehabt, daß ich das Gefühl habe, ich *muß* es Ihnen sagen u. zwar gleich sagen. Er ist einfach fabelhaft, so reich, so rein, so großmütig gegen sich u. andre u. seine Luft ist herrlich zum leben. – Gestern Abend als er kam, stieß vielleicht zuerst sein Äußeres in der Bewegung, in der Sprache etwas ab und man kam sich so grausam banal neben seinen Geisteswellen vor, sodaß ich Angst hatte, wie soll das werden und wie wird der arme Mann es hier bei uns aushalten, aber heute ist mir's nimmer bang zumute, ich denke er wird seine Zeit hier gern haben und wir werden unendlich bereichert.

Nun sind Sie in Berlin, wie entzückend wäre es Sie könnten auch hier sein. Doch freue ich mich unendlich für Eberhard, daß er Sie haben wird, er hat so nötig sich mal wieder mit Ihnen auszusprechen.

Wie fänden Sie die Idee, wenn Schröder zur Erholung erst hierher käme, eh er nach Degenershausen ginge, ich dächte es mir für ihn gut, grade jetzt gut mit jemand wie Pannwitz zusammen zu sein, sprechen Sie doch mal mit Eberhard darüber eventuell auch mit Clärchen Heye, falls sie noch dort ist.

Pannwitz hat sein Leben gar nicht so einsam hier haben wollen, als ich dachte, er nimmt alle Mahlzeiten mit uns, schien von meinem Anerbieten im Zimmer zu frühstücken gar nicht so begeistert, sodaß ich nicht darauf bestand. Die Zwischenzeit ist er natürlich für sich allein. Er sprach begeistert von Redlich, mit dem er sich sehr gut verstanden hat und auch menschlich von ihm so beglückt ist.
Ich muß Ihnen also nochmal sagen, daß ich glaube auf beiden Seiten wird Freude am Zusammensein bestehen bleiben.
Herzlichst Ihre Ottonie.

15. 2. Sehr merkwürdig, nach einem Gespräch mit Pannwitz über Grillparzer kam grade Ihre Sendung, tausend Dank. Es ist schon zu herrlich mit P. zu sprechen. Ich bin unendlich beglückt durch seine Gegenwart, habe so schöne Gedanken von ihm über Ariadne, Rosenkavalier etc. heute gehört.

[Neubeuern a/Inn
Station Raubling
Oberbayern] 18. 2. 18.

Nun hatte ich Ihnen gleich nach Berlin geschrieben, in dem Gefühl, Sie müßten doch sofort wissen, wie Pannwitz hier angekommen und wie wir uns verstehen, aber Sie werden dies wissen ohne mein Sagen – es ist wundervoll mit ihm. Man hört nicht auf zu reden und wenn ich nicht meine Lazarettfunktionen hätte die mich vom Frühstückstisch riefen, ich glaube der Mittag fände uns noch beisammen und so weiter bis in die Nacht. [...]
Er wird langsam entspannter und ich habe stark das Gefühl, er ist glücklich hier, wir verstehen uns prachtvoll, außer mit Ihnen, in gewissem Sinn noch Eberhard, habe ich noch nie jemand gefunden, mit dem man so klingt, wie mit ihm (mit Christoph war es etwas auf einer anderen Basis). Mir kommt vor

seit Pannwitz's Hiersein, als wäre eine neue Welt um uns, als wandelten wir eine Handbreit über der Erde. – Gestern Abend las er uns »Die Befreiung des Oidipus« u. *wie* er es las! Es ist eine wunderbare, so ganz griechische Welt und wie es sich schließt als Ring, herrlich. Heute folgte »Der Tod des Empedokles« – ebenso herrlich. Wir haben so viel vor, was wir alles wollen, daß ich ihm sagte, es würden Jahre nicht reichen dazu.
Er will nicht so bestimmt hier arbeiten, sondern ausspannen von allem und tun wie's und was grade kommt. –
Nun höre ich heute durch Eberhard, daß Sie krank waren, nicht an den Rhein gehen und erst später nach Berlin kommen. Hoffentlich geht es Ihnen aber wieder gut und Sie können arbeiten, ich habe gehört von dem neuen Plan, schön.
So nun gute Nacht Ihre O.

Rodaun 27 II. [1918]

Ich hatte gewußt daß das sehr gut werden würde, aus den Briefen aber nun, Ihren beiden u. einem von Pannwitz, sehe ich, daß es so sehr gut geworden ist, so bin ich sehr froh. Unter seinen großen Gaben ist eine, die mir unter Menschenkräften zu den seltensten u. kostbarsten zu gehören scheint, dem anderen ein erhöhtes Gefühl ihm selbst zu geben, mehr Bewußtsein u. mehr Hoffnung, wie die schöne kleinasiatische Atmosphäre, welche kein Ding näher oder ferner, aber alle in ihrer ganzen Reinheit u. Herrlichkeit, u. alle erreichbar u. verbunden erscheinen läßt. Es ist der glücklichste Gedanke, daß Schröder, gerade jetzt, herkommen und an dieser Atmosphäre teil haben soll. Setzen Sie nur Ihren Willen daran, dann geht ja gewöhnlich alles, man versäumt nur meist, zu wollen. Schreiben Sie an Schröder selbst, ich weiß seine Adresse nur nicht, doch erreicht es ihn ja sogleich durch Clara Heye, Bentheimstraße 7, Bremen.

Je länger Sie Pannwitz dort behalten können, umso besser. Zwar bin ich sicher, daß ich Gandegg für ihn erreichen kann, nicht aber, ob er es schon jetzt, oder vielleicht erst im Herbst beziehen kann. – Dann aber eines, ich dachte mir immer ein bischen: Sie würden die letzte Woche März in Berlin erscheinen, die Generalprobe vom Bürger als Edelmann sehen, u. so fort. Das ließe sich ja unter freundlichen Sternen alles vereinen. Sie behielten ihn etwa bis 20 III. oder ließen ihn, zur Begegnung mit Schröder, im April wieder kommen. (Mit Herwarth darf er meinem Gefühl nach freilich nie zusammen treffen.) Lassen Sie mich bitte über alles im Adlon Ende nächster Woche einen Brief finden.

Ihr Hofmannsthal

PS. Ich erbat von Frau P. ein Verzeichnis dessen, was ihnen an Wäsche etc. am peinlichsten abgeht. Es ist kläglich, noch über jedes Erwarten! »Da Rudolf nurmehr ein Nachthemd besitzt, habe ich ihm ›meines‹ (Singular) nach N. mitgegeben.« Vielleicht haben Sie noch Sachen von Christoph! Ich werde von Wien aus das Mögliche tun für die 3 Frauen, 3 Kinder und Herrn Mauracher. Auch ob er unter Ihrer Anleitung nicht doch Dinge aus dem Münchner Speicher mitnehmen könnte. Das muß doch nur Ungeschicklichkeit sein, daß dort alles liegt u. nicht erreichbar ist. Verzeihung!!
PS. Christiane liegt im Bett mit bißl Fieber, Kirschen-Compott u. dem Hamlet sowie einem Photo von Gretl nächst dem Bett. Sie fragt: Wird die Ottonie den P. heiraten? und weiß sie, daß er schon drei Frauen hat? oder macht ihr das nichts? Raimund: Was soll ihr das machen? Die sind ja woanders!

[Neubeuern a/Inn
Station Raubling
Oberbayern] 1. 3. 18.

Denken Sie Eberhard war zwei Tage hier um Pannwitz kennen zu lernen und die Beiden haben den Weg zueinander gefunden, herrlichste Gespräche gehabt mit sehr positiven Resultaten in allerlei politischen Schriften. Pannwitz wird einiges ganz neu schreiben, was Eberhard dann an die geeigneten Stellen bringen wird, besonders an die, für die er mal ausersehen war. Auch Pannwitz war sehr beglückt von Eberhard und hat durch ihn manche Dinge anders gesehen als vorher.

Eberhard freut sich so auf Ihr Kommen und auch besonders, daß Sie die Mädy noch ein oder zwei Tage erleben, der ein liebes Gespräch mit Ihnen viel bedeuten wird nach all dem grenzenlos Schweren, was sie in diesen letzten Monaten durchkämpfen mußte. Sie finden da so immer das rechte Wort, was für die Dauer lindert. –

Ich glaube nicht nach Berlin kommen zu können, ich brauche noch etwas Ruhe und dann sind auch so unangenehme Begleiterscheinungen in der Anwesenheit gewisser Verwandtschaften von mir dort. Ob Sie nicht, wenn Schröder und ich Ostern in Degenershausen sind, ein paar Tage hinkämen – ich möchte Sie so brennend gern wiedersehen und in Berlin ist es doch schwierig bei dem constanten Hunger, den man dort hat.

Wir werden furchtbar gebildet in Hyperboräern, der blauen Blume – Zarathustra und dem ganzen Weltbild – versuchen etwas vom dionysischen Periodos zu verstehen und dergleichen mehr, manchmal ist's ja etwas anstrengend. Aber die Welten in denen dieser Mensch sich bewegt sind so reine, schöne – doch oft auch kalte Gletscherluft, dann kommt mir die Sehnsucht nach *Ihrer* Menschlichkeit, die so warm, so beglückend und so heiter ist. Jedenfalls kommt durch Pannwitz in unser aller Leben eine tiefe Bereicherung. –

Er hat einen so entzückenden Aufsatz über Goethe als Politiker

[geschrieben], den Eberhard gleich zum Druck mitgenommen hat.
So nun Addio, gute Reise und wenn Sie Zeit haben ein paar Worte.

Ihre O.

Pannwitz will sein politisches Buch vor dem Druck erst Eberhard zum lesen geben, was wohl sehr gut sein wird.

[Hotel Adlon Berlin W]
17 III. [1918]

Liebe, seit Tagen will ich Ihnen schreiben, und es wird nicht, immer sehr gehetzt, ein so namenloses Vielerlei. (innerlich Sehnsucht, so große, nach Allein-sein, Herumgehen in der Landschaft, Träumen in dem »Märchen«) – dann aber auch eine innere Hemmung, also nur das Nötigste sehr kurz.
Meine ersten Tage hier waren eigentlich furchtbar, und das durch Eberhard. Er verfinsterte mich so völlig, seine unsagbare Schwere drückte mich nieder, ihn mit Mädi zusammengesehen zu haben, dann seine Depression nachher, es war mir alles fürchterlich, und zugleich tiefsinnig – die Freundschaft hat ihre dunklen Momente wie die Ehe. Es ist nun vorbei, aber ich möchte in gar keinem Fall nach D., es graut mich davor, auch ist es ganz untunlich, denn das sind die letzten Probetage, am 3ten ist die Premiere, und gerade das ist ja diese seltsame meinige Zauberwelt, ich kann das doch nicht hergeben wieder für die beständige fürchterliche Wirklichkeit. – Mir hätte es dann natürlich geschienen, daß Sie zu einer Vorstellung hergekommen wären etwa zu der am 6ten, aber ich mußte fühlen u. hören, welche Centnerlast wieder liegt auf diesen kleinen Dingen, wie das »kaum möglich« ist, wegen der Grimasse, die die gräuliche Person Julie machen würde – also ich glaube, ich muß das nun verstehen: ich habe Sie verloren an diese Menschen, das alles

wird in ein finsteres Faß ohne Boden hineingeschöpft und damit Schluß.
Die Andeutungen über etwas mit P. dort, das vorgefallen ist, sind mir auch so gräulich! Was denn?! Ich tue alles, damit die Menschen was Nettes u. Schönes haben, und sie verquälen sich das Leben. Gräulich ist das. Wie sinnlos kommt einem das vor: man macht etwas aus Licht u. Witz u. Musik und Tänzen, und Sie dürfen es nicht sehen, damit die Julie kein Gesicht schneidet, die Unglückshexe.
Also ja, ja – schon gut, laßt doch alles sein. – Wenn der P. schon abgereist ist bitte den Brief *geöffnet* ihm nachschicken. – Ist denn der P. wirklich bis in die Nuance der gleiche Mensch wie ich? wie Sie in dem ersten Brief schreiben? Das war mir das Unbegreiflichste was mir je ein Mensch geschrieben hatte. Also Adieu. Adieu. Adieu.

Ihr H

[Hotel Adlon Berlin W]
Karfreitag [29. 3. 1918]

Sie sind schon eine sehr sehr nette gute u. liebe kleine Frau, wenig fehlt, ach, ganz wenig und Sie wären die reizendste Freundin, die man sich wünschen kann. Da hab ich Ihnen einen so gräulichen Brief geschrieben und Sie haben herausgefühlt, daß er ganz ganz im Tiefsten doch nicht so gräulich war, und haben mir so nett als man sich nur denken kann, geantwortet.
Und da sind wir nun – und verbringen die Ostertage zusammen, wie sichs gehört. O *wie* froh ich bin, daß ich nicht in D. bin! Wie lieb hab ich mein kleines Zimmer hier, Nr. 375, und mein Allein-sein, und mein Stückchen Brot mit Speck als souper, und die Suppe bei Borchardt und die verwirrten ewig nicht klappenden Proben – und alles, und *wie* entlastet bin ich, seit Eberhard fort ist. Nun denken Sie, Liebe, ich konnte ihn dies-

mal so schlecht aushalten. Richtig wie in einer Ehe war das. (Wie gut für Sie, im tiefsten Ernst, daß Christoph früh gestorben ist, eine Ehe ist zu etwas Schweres.) Nein aber wirklich: eine Libelle kann *manchmal* ein schwermütiges Kalb auf dem Rücken herumtragen, aber nicht beständig!
Wenn etwas durch ein trübes schweres Element zu mir kommt, so beschwert es mich so namenlos: so diese unglückliche Fügung, daß die Nachricht von einer Episode, die es mit P. gegeben hatte, mir durch [...] Mädi zukommen mußte – und dazu Eberhards Schwere. Wie dankbar bin ich Ihnen, daß Sie die Kraft und den Willen haben solche Dinge aufzulösen, wie wirklich dankbar, Ottonie. Sie werden mir alles erzählen, (denn Sie kommen ja doch her, nicht?)
Aus so einem kleinen Zimmer im Adlon schrieb ich Ihnen einmal, fort und fort drei Briefe im Tag scheint mir. – Und nun sind wir noch beide auf der Welt und kennen uns vielleicht weniger als damals.
Sie schreiben, daß Sie mit Pannwitz oft von mir sprechen. Wie kann man denn das? was ist da zu sprechen? Da ist doch gar nichts bestimmtes! ich bin doch so und so. Wissen Sie denn überhaupt, ob ich gut oder böse bin? und inwiefern gut und inwiefern böse? –
Ich hab Sie zeitweise sehr lieb gehabt, das war: ich hab Sie *gesehen,* Ihr Wesen halb geahnt, das Geheime durch Sie hindurch geliebt. – Aber ich glaube, ich kann es auf die Dauer garnicht ertragen, Ihre Existenz so beständig vermengt mit diesen andern Existenzen zu spüren, es ist mir grauenhaft. Alle Vermengung ist so gegen meine Natur – ich liebe so unsagbar das Reine, das Einzelne und den zarten Zusammenklang der Wesen – aber mir graut vor diesen beständigen Verstrickungen. Wie schön sind die Toten, so rein so für sich allein. –
Ich habe plötzlich einmal, so wie in einem Blitz, begriffen, warum Eberhard Sie künftig dort haben will, dort haben muß – nicht dann und wann, sondern beständig: [...] Es fehlt die-

sem guten u. starken Menschen an irgend etwas ganz Entscheidendem, aber ich kann es nicht benennen.
Liebe, die Premiere ist am 9ten. So lange können Sie denk ich nicht bleiben, (wenn Sie schon am 5ten kommen) – es ist ja auch das Leben kaum möglich, bringt nur Vorräte mit, Eier u. so, daß man nicht die Quälerei mit diesen entsetzlichen Restaurants hat, und nicht an diese Sache, wie man satt wird, denken muß. (Jetzt, seit ich allein bin, überwinde ich's völlig, finde mich durch ohne daran zu denken.) Aber die Premiere ist ja auch das mindest hübsche. Viel netter die letzten Proben von unbestimmter Dauer, zu denen ich Sie natürlich nehmen kann.
Eines bitte, mir abnehmen! Das Beschaffen von Plätzen für die Premiere für *irgendwen*, auch E. – am wenigsten für E., der so qualvoll empfindlich für alle Nebendinge.
Adieu, Und sehen wir uns wirklich?

H

[Hotel Adlon Berlin W]
Freitag [5. 4. 1918] $5^h 30$

Leider, gerade heute muß ich um 6 aus dem Haus gehen, es ist nicht mehr zu ändern. Zwischen 7 h und 7 h. 45 bin ich zurück, um $9^h 15$ erwartet uns Borchardt (natürlich auch Eberhard): er will etwas vorlesen. Morgen gehen Sie bitte um 11 Uhr mit mir auf die Probe. Es wird dauern bis ½3. Abends (8 h) muß ich leider in Gesellschaft gehen. Sonntag vormittag gehen wir zusammen, eine sehr schöne Privatsammlung ansehen, Sonntag abends ins Theater. Montag ist die Generalprobe. Zur Premiere zu bleiben würde ich nicht raten, ich glaube das würde den Eindruck der Proben nicht verstärken, sondern aufheben

Ihr H H

[Hotel Adlon Berlin W]
[6.4.18]

Wir sehen uns also morgen 10.45. Ich habe mich zum Essen bei Levin angesagt, Sie essen wohl mit Eberhard, aber bitte nicht vor 1h30. 4.30 hole ich Sie im Hotel ab zum Tee bei Borchardts, von dort gehen wir direkt ins Theater von dort zu Reinhardt. Ich bin ohne Migräne durchgekommen, obwohl die Probe bis ½7 dauerte.

Gute Nacht

H

[Hotel Adlon Berlin W]
[10.4.18]

Es geht mir merkwürdig gut, und ich werde gewiß schlafen. Diese zwei Stiche zu den »Lästigen« nehmen Sie sich bitte nach Neubeuern mit. Gute Nacht

HH

Rodaun 16 5.18.

Ich denke unablässig an Sie und kann von Tag zu Tag diesen Brief nicht schreiben, kann es auch jetzt nicht.

Wir haben beide so unermeßlich viel verloren, was soll man da sagen? Auch denken hilft nicht. Da sind Tränen besser als Gedanken.

Wir beide sind recht sehr seine Hinterbliebenen. Wir beide [...] waren in den letzten Jahren diejenigen, die ihm am meisten Freude gemacht haben. – Er ist in der Fülle seines Lebens gestorben, und wo noch die Kraft zur Freude dem Andern, Dunklen das Gleichgewicht hielt. Das ist schön. Sein letzter Brief an mich, zwei Tage vor seinem Tode, war voll von Freudigem.

Ich kann kaum an Sie denken ohne namenlose Angst um Sie. Ich hoffe, daß der Gedanke an das Kind Sie halten kann. Das Kind ist gut und lieb. Ich hab ein unsäglich gutes Vorgefühl zu dem Kind, nicht nur in diesem Augenblick sondern immer. Ich glaube, daß ich dem Kind allmählich etwas werde sein können: nicht das was Eberhard ihm gewesen wäre, aber etwas anderes, und was es auch brauchen kann. Ich fühle, daß wir über alle Worte verbunden sind, Ottonie, ganz tief verbunden, in einer besonderen Weise, aber ich weiß nicht, wie viel es Ihnen nützen kann.

Ich habe im März zwei Briefe geschrieben – die ich schon einmal Sie gebeten habe zu vernichten. Ich bitte noch einmal darum, wenn es nicht schon geschehen ist. Jetzt verstehe ich mich selber, aus einem Element meiner Natur, worin etwas Vorahnendes ist. Mir kam damals das Vorgefühl von Eberhards nahem Tod, ganz jäh, an einem Vormittag, wo er in meinem Zimmer saß und verfinsterte mich tagelang mit fast haßvoller Angst.

Die Controlle der enthobenen Officiere, welche es unmöglich machte, die abgelaufenen Auslandspapiere zu erneuern, ist am 15ten abgelaufen und ich könnte ja hinfahren und sollte wohl. Aber ich kann nicht. Mühsam, so langsam war ich wieder aufgeschlossen für die Arbeit, nun war wieder dieses Etwas *da*, nun war ich wieder dafür da. Ich kann und darf dies nicht immer und immer wieder zerstören, bis ich mich selbst zerstöre. Wie furchtbar waren die Jahre 1914 bis 16 – nein, ich kann nicht und soll nicht, Eberhard würde es nicht gewollt haben. Ich muß dies Einzige in mir erhalten, durch das ich in einem höheren Sinn lebe und es ist so beständig bedroht, so namenlos bedroht von dem Muß des schweren bitteren Lebens, immer und immer.

Wenn Sie können, schicken Sie mir ein paar Zeilen oder irgend ein Telegramm

Hugo.

[Degenershausen
bei Ermsleben am Harz]
Pfingstmontag [20. 5. 1918]

Hugo – hier sitzen wir nun – Rudi spielt neben mir *so* schön so schön, draußen strahlt und blüht alles und er, der sich an all dem so namenlos gefreut hätte, ist nicht mehr! Wie hätt' er es genossen uns in dieser Zeit da sein Degenershausen am schönsten ist, bei sich zu haben und nun soll dies immer und immer ohne ihn sein, nie wieder – es ist so grausam. Ihm ist ja wohl, er freute sich ja fort von hier, aber für uns ists doch zu zu schwer. Die arme Mädy ist ja so tapfer und versucht sich aufrecht zu erhalten und mit all unserer tragenden Liebe um sie geht es ja auch. Mein Herz schreit gräßlich nach ihm und dies ewige ewige Sterben um mich herum, ich meine oft ich kanns nimmer aushalten. Nun muß man halt wieder einmal anfangen sich abzufinden – zu ertragen. Eberhard war mir doch zu viel, ich wußte es ja immer, aber jetzt sehe ich doch erst ganz, was er mir *bedeutete* – ein Ruhepunkt. Ich dachte ich sei nötig zu *seinem* Leben und jetzt sehe ich wie notwendig er dem meinen ist.
Denken Sie diesen Winter nach der Affaire Pannwitz schrieb er mir einen so *wundervollen* Brief in dem er mir sein ganzes Verhältnis zu mir, zum ersten Mal so wirklich sagte – was bin ich glücklich jetzt ihn zu haben und die ganze Angelegenheit mit diesem Mann nehme ich jetzt *gern* als geschehen hin, um dieses Briefes willen. – Was es ist Rudi hier zu haben, was er uns allen war und ist, wir könnens nicht ausdrücken mit einer so nimmer versiegenden Liebe hat er *alles* gerichtet aufs Schönste und ein Fest aus Eberhards Begräbnis gemacht. Wir hoffen ihn noch etwa 10–14 Tage zu behalten, dann wird eine zweite große Leere für uns entstehen. Er ist so zart und verstehend und dann wieder so lustig, bringt uns dann alle mit seinem dummen Zeugs zum Lachen auf Minuten. Auch Borchardt war wundervoll und seine Worte am Grabe ganz groß

und schön. *Ein* Gefühl trägt uns ja wohl alle jetzt, diese gemeinsame Liebe zu Eberhard und dies Gefühl daß ein jeder der ihn kannte, ob besser oder nur gestreift an ihm vorübergegangen war, ihn nicht vergißt. Sie haben ja ebenso viel wie wir verloren, er nannte Sie immer seinen »besten« Freund, ach Hugo, wie hat er Sie geliebt und was sind Sie ihm immer gewesen. Borchardt sagte so schön: »nun müssen wir immer reifer und ruhiger zu werden uns bemühen, damit wir dem Hugo den Eberhard etwas ersetzen können.« Und Rudi sagt wohl täglich einmal: Ottonie wir wollen uns drum alle nur enger zusammenschließen – um uns gegenseitig den Verlust zu ersetzen. Dies sind ja die Tröstungen, daß die die er um sich versammelt hat, die Unseren mitgeworden sind und sie uns nun da er nicht mehr ist, nicht dahinten lassen wollen.
Ich war 2 Tage in Berlin, um seine Schreibtische zu öffnen, da saß ich noch wieder in dem Raum im Adlon der so der Seine war, alles alles war noch genau so und ich meinte oft nun *muß* er doch bald mal hereintreten, muß erzählend auf und ab gehen und alles Traurige war sicher nur ein Traum – doch bleibt dieser Traum Wirklichkeit. – Er war so fertig hier, hat alles bis aufs letzte gerichtet für Mädy und die Kinder. Sein Testamentsvollstrecker der auch alles weiter fortführen wird, ist sein früherer Sekretär – der mir sagte, daß er auch die Conten weiter fortführen würde d. h. auch das Ihre, bis Sie es mal anders wollen. Herbst (heißt er) ist eine Perle und ein prachtvolles Vermächtnis bei dem alles in guten Händen ruht. –
Meine Aufgabe ist ja nun die, erst mal bei Mädy zu bleiben den Sommer über und zu sehen wie sich dann alles entwickelt.
Leben Sie wohl, wir trauern gemeinsam um den gemeinsamen Freund, wenn ich nun nur noch Sie behalten darf.

O.

Eine weitere Sorge betrübt mich tief. Mein Vater ist vor 3 Tagen an Sarkom *am Hals operiert* wenn ers nur noch durchlebt oder sonst wenigstens nicht qualvoll zu Grunde gehen muß.

Rodaun 27. 5. [1918]

Wir müssen doch auf irgendwelche Art sonderbar verbunden sein, daß ich den nahen Tod des Vaters so stark vorausfühlte, es auch zu Gerty aussprach.
So ist auch dies geschehen, Ottonie, und doch müssen Sie da bleiben. Es ist immer wieder das alte kleine Lied des Harlekin. Sie sind eine Lebende und das Leben ist Ihnen gut und hell und erwärmend und die Welt will es nicht entbehren, und ich will es nicht entbehren. Wie schön ist Ihr Wesen in Rudis Brief, wie schön das Seine in dem Ihren. – Oft quäl ich mich stundenlang über mich selber, wer ich denn bin und was ich denn bin. Das Fremd-werden gegen Menschen, so völlig – dann muß ich wieder denken: Eberhard und Sie – und Borchardt und Rudi – wer hat Euch denn zusammen geführt, und wer hätte Euch zusammengehalten, wenn nicht ich?
Sie müssen mich nehmen wie ich bin, Ottonie. »Willst Du in meinem Himmel mit mir leben – so oft Du kommst, er soll Dir offen sein!« Das ist alles, was ich geben kann.
Kommen Sie nur oft zu mir, oft und immer wieder, das ist alles was ich sagen kann. – Mädi, die Kinder dort – dem allen kann ich nicht um einen Fingerbreit weiterhelfen. Wie wenig kann ich meinen eigenen Kindern helfen, wie wenig!
Der Wust des Lebens, das drängt immer wieder herein – und ich will das Schöne aus mir hervorbringen! In diesen gräßlichen Wochen habe ich vielleicht das schönste Capitel von dem Märchen geschrieben: wie der Kaiser zu den ungeborenen Kindern kommt. Ich habe keinen Tag ausgesetzt. Eberhard sagte mir vor ein paar Monaten, wie wenig wie nichts diese erträumten Harmonien doch mit dem Leben zu tun hätten, und wie über alles beglückend es doch wäre, daß sie da wären und immer wieder welche entstünden. Ich denke hundertmal an ihn beim Arbeiten.
Mädi schrieb mir einen schönen guten Brief; ja schön und gut – und doch er kommt mir sentimental und krampfhaft vor. An

Ihnen ist im Entscheidenden nie ein sentimentales u. krampfhaftes Wort.
Die Kunst des Lebens – je älter ich werde, desto unfähiger – desto verbitterter und ungeschickter. Das Geld. Ihr Brief bringt mich darauf. Überall hängt sich dies an, es verfolgt einen bis in die Träume hinein: so verstehe ich, daß es beinahe ungeheuerlich ist, als Künstler so etwas auf sich zu nehmen – Haushalt, Kinder, Steuerzahlerei, zu hören was das Kilo Butter kostet u.s.f.
Gerty ist ja so gut und brav und geschickt, wie es kaum zu sagen ist. Das Ganze hätte kaum (ich mein der Druck der Epoche) für mich in einem kritischeren Moment kommen können als jetzt. Es geht in diesen Jahren bei mir ums *Ganze*, für meine künstlerische Existenz. Ebenso bei Borchardt.
Also Geldsachen! Zunächst meine Sache. Ich will gern haben daß Herr Herbst sich um mein Conto dort weiterbekümmert. Es ist übrigens wenig zu bekümmern. Zunächst muß man feststellen, wo das fehlende Drittel sich befindet, d. h. man muß die Aufzeichnungen darüber finden. Hierüber die Beilage die ich weiter zu geben bitte.
Das Zweite ist nur mit der äußersten Zartheit und nur bedingungsweise zu behandeln. Ich lege es ganz in Ihre Hand. Es betrifft die Ihnen bekannte Schenkung von 20000 Mark für Pannwitz. Dieselbe ist nämlich nicht *durchgeführt*. Auf meine Bitte wurde die Durchführung aufgeschoben und von Dörner vorgemerkt daß zu Ende 1918 und zu Ende 1919 je 10000 an mich überwiesen werden sollten. 1918 subventionierte ich die Leute und habe ich die rückständigen Schulden gezahlt. Fällt Eberhards Schenkung weg, so muß ich natürlich dafür eintreten, für 1919–21. Sie kennen ja die Situation dort, die ich nicht kenne, natürlich ist es ein anderes, ob Eberhards enormes Einkommen da ist oder nur sein gewiß nicht enormes Vermögen. Könnte etwa die Hälfte der Schenkung aufrechterhalten werden, so wäre ich noch für 1½ Jahre die Last los, das wäre schon sehr viel.

Das Ganze drückt mich umsomehr, als der unglückselige Mensch durch sein absurdes Betragen in mir den eigentlichen Nerv der Freude und Teilnahme völlig durchgeschnitten hat, besonders durch die Dauer des Verharrens in dem Absurden u. Grotesken. Ich möchte auf lange hinaus nicht gezwungen sein, ihn zu sehen, aber ich kann ihn nicht verhungern lassen. – Überlegen Sie es und behandeln es ganz frei und *richtig*, ohne sentimentale Rücksicht auf mich, – hätten Sie nur diese auch im März nicht gehabt!

HH

[Degenershausen
bei Ermsleben am Harz]
1.6.18.

Für Ihre beiden Briefe vielen Dank – es ist mir ja so viel, daß Sie da sind, ich werde ja immer wieder zu Ihnen kommen, Sie wissens ja, denn ich meine ohne Sie nicht leben zu können (bitte fassen Sie dies nicht von mir sentimental auf, sondern so wie ich es meine). Ich will und darf Sie nicht belasten, tun Sie es bitte nicht in Gedanken an mich aufkommen lassen. Es geht mir körperlich ganz gut, ich bin halt etwas müd und aus dieser Müdigkeit heraus, die besonders die ersten Tage nach meiner Rückkehr hierher groß war, habe ich Gerty einen etwas grauen Brief geschrieben, es ist schon mehr überwunden, – einige Tage Bett und damit mehr Alleinsein, jetzt der »Divan« und die Anmerkungen dazu haben mir viel geholfen. Ich hoffe und wünsche den Punkt wieder zu erreichen, von wo aus man *gern* lebt – alles Andere ist doch nicht das Rechte. –
Er hätt' mir nicht grade jetzt genommen werden sollen, der Vater, ich hatte mich auf ihn gefreut, wenn er herkommen sollte. –
Wissen Sie Hugo mir ist Ihre Sorge um das Geld so schrecklich, ich möchte so gern mal mit Ihnen genau darüber sprechen, ver-

suchen Sie dann frei zu machen, aber ob es möglich ist? schriftlich ists so schwer. Wegen des Pannwitz Geldes kann ich noch nichts sagen, da man hier über die Geldangelegenheit noch nicht klar ist, denn das Testament ist noch nicht eröffnet. Eberhards Gehalt existiert natürlich nur bis 1. Juli (Geschäftsjahrschluß), aber ich denke, daß Mädy wenigstens die Hälfte wird tragen können. So wie ich hierüber etwas weiß, schreibe ich. Ich habe von Pannwitz seit Berlin nichts mehr gehört d. h. seine Briefe nie mehr geöffnet, sodaß ich über dort auch nicht mehr orientiert bin, natürlich kann man ihn nicht verhungern lassen.
Borchardt schreibt heute, daß er die 2. Hälfte Juni hier sein wird, wunderbar für uns, da wir schon alle Angst vor Rudis Fortsein haben. Er hat ein wundervolles Gedicht gemacht. Ein zu lieber Mensch! Ach Hugo wenns nicht so weit von Ihnen wäre und wir könnten schnell mal zusammen sein und sprechen. Ich weiß bei Ihnen gehts ums Ganze jetzt und Sie müssen diese Jahre haben ganz und gar.

Ihre Ottonie.

Degenershausen 9. 6. 18.

Ein Sonntagmorgen mit strahlender Sonne, auf der Wiese arbeitet alles fieberhaft um das Heu hereinzubringen, aber bei uns sieht es weder nach Arbeit, noch nach Sonntag aus. Man hat so ein Gefühl von leer und trotz Sonne grau, es ist wohl besonders stark heute, da Rudi uns verlassen hat und wir so ganz auf uns selbst angewiesen sind. Ich kann Ihnen gar nicht sagen Hugo, *was* er uns war, besonders für Mädy, die er immer richtig zu nehmen wußte, sei es mit einem Eingehen auf ihre Trauerstimmung, sei es mit einer seiner dummen lustigen Redensarten. Nun bleibt es auf mir allein, werde ich es denn immer fertig bringen, da mir's ja selbst so schwer ist? Am Mittwoch wäre Eberhard 50 Jahre geworden, wie jung kam er mir noch vor in Berlin. Wenn Sie können, schreiben Sie Mädy mal

wieder ein paar liebe Worte, Sie helfen ihr damit soviel und mir somit auch. Ach Hugo, wie schön muß es sein eine Arbeit zu haben wie Sie, durch die immer wieder der Ausgleich zum Leben geschaffen wird. Sie haben am Märchen geschrieben, – *wie* schön, es ist für mich mit das Schönste von Ihnen.
Rudi hat ein wundervolles Gedicht gemacht für die Frau v. Kühlmann und hier ein *soo* schönes ins Fremdenbuch, ich werde es Ihnen abschreiben.
Leben Sie wohl, quälen Sie sich nicht mit einem Brief an mich, ich weiß daß wir gleich fühlen.

Stets Ihre O.

Ich habe nur einen Wunsch jetzt einmal Ruhe zu finden und nun geht mein Bruder wieder hinaus und mir ist, der müßte nun auch noch fallen, weil ich ihn so gern habe.

So muß ich denn den Berg für lange meiden,
Den Hügel meiden, den wir fromm geschichtet,
Da wir umglöckelt vom Geläut der Weiden
So gern den Blick ins offene Feld gerichtet.
Ins offene Feld! Und Er, der nun bescheiden
In schmaler Kammer schläft, der nun beschwichtet
Mit Geistern wandelt, – ach nach Geistersitte
Bleibt er für immer, Geist, in unsrer Mitte!

Nehmt meine Hand. Und sei's zum Bundeszeichen
In seinem Namen, der uns eh verbindet,
Soll unser Keiner aus dem Dienste weichen,
Des Feuers wartend, das er angezündet.
Ob wir verstreut nach aller Erde Reichen,
Hier bleibt der Grund, da unsre Wurzel gründet.
Nur wer da dient, erwirbt sein richtig Leben,
Nur der ist *reich*, der es vermag zu *geben*.

7. Juni 18 R. A. Schröder

Degenershausen
Ermsleben Harz
26. 6. 18

Ich muß Ihnen doch schon wieder mal schreiben, oder sollte ich es lieber nicht, werden Sie Angst vor meinen Briefen haben, dann antworten Sie mir nicht, denn dann weiß ich Sie brauchen jetzt Ihre Ruhe, besonders vor mir. Aber eines möchte ich Ihnen doch schreiben, daß ich mich freue, daß Sie Pannwitz wiedergefunden haben, gerade jetzt, wo Sie doch auch viel verloren hatten. Es war mir ja immer so Angst in Berlin, daß diese dumme Geschichte mit mir Ihnen den Mann verleiden sollte, der grade Ihnen im Leben so viel noch sein kann und umgekehrt. Es ist ein Jammer, daß ich es nicht fertig gebracht habe, alles ins Gute zu leiten.

Borchardt da zu haben, ist wunderschön. Ich hätte nie gedacht, daß er so angenehm im Haus sein könnte, so unglaublich menschlich. Ja so ganz anders natürlich wie Rudi, der weich und mittragend und spaßig zugleich war. Bei Borchardt ist alles härter, männlicher, aber wunderbar verstehend. Ich hatte ein Gespräch mit ihm eines Abends und es hat mich erschüttert, wie er sein Leben und seine Liebe trägt, alles Schwere dann auf sich nimmt mit einer Delicatesse, die nur *tief tief* erschüttert. Vielleicht mich gerade jetzt so getroffen hat, da mir das andere noch so in den Gliedern liegt, das Gewaltsame. –

Er bleibt zum Glück drei Wochen, liest uns so schöne Sachen – seinen »Armen Heinrich« – der unglaubhaft schön und von einer großen Reinheit ist. Dann einen anderen Abend seinen letzten wunderbaren Vortrag in Mannheim gehalten: »Der Dichter und die Geschichte.« – Ach Hugo, was haben Sie uns für herrliche Menschen geschenkt, dies ist so eigentlich Ihr Werk. Wir denken und sprechen ja fast täglich von Ihnen und Borchardts Liebe zu Ihnen ist ein so grenzenlos schönes, großes, allverstehendes Gefühl. – Und Eberhard ist immer zwi-

schen uns, bei allem dabei, oft meint man er lacht dazu oder über eines von uns.
Mädy ist tapfer, aber ich würde mich nicht getrauen sie allein zu lassen jetzt, sie braucht doch einen Arm auf den sie sich stützen kann. Ende Oktober denke ich gehen wir wieder nach Neubeuern, da Mädy mit dem Jungen den Winter über in einen Höhenort muß. – Rudi hat Gottlob herrliche Bedingungen, unter denen er in den Haag geht und ist in B. von allen *sehr* schön empfangen worden. Freut mich so für ihn!

Liebe Grüße O.

30. 6. 18 Rodaun.

Von dem Brief sah ich zunächst nur dies eine Wort »October«. So muß ich Sie denn mindestens so lange entbehren! Liebe, das ist das Schwere für mich, daß die Last, die sich beständig häuft und häuft: die welche zu mir gehören, immer und immer entbehren, die, denen ich geben kann, nie und nie da haben – aus denselben fonds der träumenden Phantasie nicht nur die hunderte von Gestalten nähren, sondern auch das, was in eine andere Sphäre gehört – immer nur mit solchen schwarzen Zeichen, auf weißes Papier gemalt, die Menschen an mich, mich an die Menschen binden – wirklich u. nahe und umgebend immer nur die beständige Sorge, das Dunkle, Verworrene, das Chaos, das Gräßliche, der sinnlose Wust bis an den Hals, bis an die Lippen – ich bin nicht kleinmütig, ich komm ja immer wieder darüber hinaus – aber Ihr könnt keine Vorstellung haben, was es für Geist und Herz und Gemüth bedeutet hat, diese vier Jahre in Österreich zu durchleben, als Österreicher, was diese Monate bedeuten, Borchardt verstehts, wie er alles versteht, er wird Sie's verstehen lehren. – So kommen Sie im October zu mir, wenn sichs bis dahin noch existieren, noch reisen läßt – davon kann man nichts wissen – aber auch darüber muß das Reinste, das Einzige das in uns ist,

heil hinweggebracht werden, laßt mich nur nicht zu lang, zu ewig hier allein!
Denke ich, daß Borchardt auf Wochen bei Ihnen ist, so ist mir wieder alles um Sie hell, dadurch fällt die Helle auch auf mich zurück. Laßt mich doch, Ottonie, eine Abschrift haben von dem »armen Heinrich«, ist denn nicht ein Mädchen, ein Kind dort, das mit der Hand mirs abschriebe, so auch von der Mannheimer Rede, mir kommt so etwas nachträglich, das man mir verspricht, auch Borchardts Rede am Grabe, die Bucher mir schicken sollte, ist nicht gekommen, laßt mich doch das Einzige wovon ich mein Innerstes Leben nähren kann, nicht beständig entbehren, da ich schon das Gespräch entbehren muß, das für mich das einzige Gespräch wäre. Und es gehen Jahre dahin, diese mittelsten des Lebens, die entscheidenden. – Es rührt mich, daß Sie mirs danken, daß Borchardt bei Ihnen ist, Sie danken das Gute davon nur sich selber, wundervoll schreibt er über Sie, die schönsten Worte und die wahrsten, die jemand über Sie aussprechen kann, ich wollte sie Ihnen abschreiben und dann hemmte mich doch etwas, eine Scham, ich kanns nicht tun, vielleicht einmal sie Ihnen zeigen, vielleicht aber würden Sie sich schämen, sie zu lesen, und doch ist es die reinste zarteste Wahrheit.
Es ist mir ein unsägliches Glück, wenn ich die Menschen, die mir das höchste sind auf der Welt, zusammenbringen kann, wieviel Ungeduld ist da zu besiegen, wie viel Verdunkelung, Härte und jähes schnelles Urteil immer wieder, so krampfte es mir einmal das Herz zusammen, Worte der bitteren Verkennung über Borchardt in einem Brief Eberhards zu lesen, es war nur ein Augenblick, Gott sei Dank.
So wie jetzt Borchardt bei Ihnen ist, so dachte ich P. bei Ihnen, genau so war es gemeint, ich dachte mehr an Sie, an Ihre Freude wie an seine, als ich ihn hinschickte. Nun ist alles anders gekommen. Es war bei mir, in mir Alles so nachbebend von diesen Tagen in Berlin, es war mir unsagbar schwer, ihn zu sehen. Ich schrieb ihm, daß ich von allem wüßte, schrieb es hart und

scharf hin, ich konnte nicht anders. Er antwortete mir sehr schön, ich fühlte, daß ich ihn wieder sehen könnte, es war als löste sich eine eiserne Klammer über der Brust. Er kam, blieb 1½ Tage, es ergab sich ohne ein Wort, ohne einen fragenden Blick, daß wir nichts von den Dingen redeten. Er las mir neuere Arbeiten, Nachdichtungen uraltester orientalischer Mythen, ich hatte aufs Neue einen ungeheuren Eindruck von der Person, der Kraft, der Einzigkeit, der tragischen paradoxen Situation im Dasein. Indessen lag schon ein Brief von ihm da, den las ich einstweilen nicht, mich freute, daß ich die Nähe des Menschen ertrug, ja daß sie mir gesänftigt erschien, irgendwie gemildert, wie ein Schleier darüber. Dann kam noch ein Brief von ungeheurem Umfang, beide zusammen gaben eine Art Darstellung des Ganzen, überhaupt seines Daseins unter den Menschen, die Verkettung mit den Geschöpfen dort in Fürberg, das ganze wunderbar deutlich und doch distant, garnicht dem Anderen aufgedrungen. Von Ihnen in einer zarten Weise, nicht nennend; kaum zu erraten, wie oft von Ihnen die Rede ist, oder von Anderem, Allgemeinem. Die ungeheure Erschütterung durch die Begegnung mit Ihnen wird sichtbar, das unglückselig Unverschuldete, Schicksalhafte auch von seiner Seite, leise Klagen über das Unbegreifliche, Widerspruchsvolle – so ist immer das Wesen unbegreiflich, das man liebt und das die Liebe nicht erwidert. – Ich vergesse das Andere nicht, das Furchtbare, das Gewaltsame, ich trage es ja furchtbar in mir – aber in ihm ist eine Verblendung, die ihm diese Seite seines Handelns verhüllt, er fühlt sich nur als der vom Schicksal Gezwungene, so zu handeln, so viel zu begehren, so ganz in's Leben der Menschen einzugreifen. Umschaffen den Anderen, Umgebären die Seelen, ist sein Traum, das Gräßliche daran ist ihm verhüllt, das ist sein Segen. Es geht mir sonderbar: ich sehe ihn doppelt, mit Ihren Augen, so wie auch Borchardts Brief jetzt von ihm spricht, unerbittlich streng und völlig gerecht – und dann wieder so wie er selber sich sieht und sich liebt und mit dieser gläubigen Liebe zu sich selbst als ein Schöpferischer sich behauptet in der gräulichsten Not, und Menschen an sich schmiedet, daß sie fast zu einem Leib mit ihm werden, und sich doch einsam fühlt und über Einsamkeit klagt. Dabei umweht mich etwas von seinem Wesen her, ich kann es nicht nennen, es ist nicht die Liebe die ich zu Borchardt habe, nicht das stille namenlose Vertrauen, das Eberhard mir einflößte, nicht das frohe Bewußtsein, das der Gedanke an Schröder mir gibt, ganz ganz anders als dies alles, aber doch macht es mich mutiger und stärker, daß [ich] ihn auf der Welt weiß. [...]

Lebet wohl, denkt an mich, Euch verbunden zu wissen ist mir schön. Eberhard ist hier bei mir wie dort bei Euch, er ist mit uns und doch unbeschwert, wo wir beschwert sind, das hat er sich erworben.

Denket was es mir gibt, wenn Ihr mir von Borchardts Sachen was immer schickt!

Die Adresse ist Aussee Steiermark Obertressen 14, vom 10. an.

Hugo

P.S. Herbst schrieb mir im gleichen Sinn wie Sie, das Materielle über P. betreffend in einer denkbar tactvollen und sympathischen Weise.

Es gibt natürlich nur eine Lösung, daß die ganze Last auf mich zurück fällt, ich herumbettle, bis ich den Betrag für die Jahre 1919–20 beisammen habe. Das Harte darin ist zweifach: einmal, das mit diesem mühsamen Herbeigeschafften für die 8 Menschen unter den gegenwärtigen Verhältnissen (die sich hier seit Ende 1917 schreckensvoll verändert haben) nur gerade erreicht ist, daß sie unter beständigem Hungern nicht gerade verhungern, und daß sie, während man sich anheischig macht, sie zu sichern, trotzdem rastlos nach allen Seiten auch ihrerseits herumbetteln; das Andere dies, daß ein solches Herantreten an viele Menschen, halbfremde, wie ich jetzt gezwungen bin zu tun (ein mäßig wohlhabender Mensch wie Redlich kann mir 1/20 des Nötigen geben, nicht mehr, die Jella O. muß ich

überhaupt in Ruhe lassen, sie erliegt unter den Lasten eines Kinderasyls u.s.f.) die vielen Briefe, égards gegen solche Menschen, mir im gegenwärtigen Augenblick so furchtbar gegen den Strich gehen, wo geradezu meine Selbsterhaltung darauf drängt, daß ich mich gegen die Welt abschließe, nicht mich mit ihr vermenge, bei so furchtbarem Druck von außen und solcher innerer Productivität.
Darum ist mir jeder Hinweis, wer mir helfen könnte, einen Bruchteil dieser Last abzunehmen, eine Wohltat, und da dies dort nach der Lage der Dinge völlig ausgeschlossen, so bitte ich – das beständige Darlegen der Sachlage in Briefen, deren ich diese Woche drei schrieb, ist so äußerst kraftnehmend – daß Sie, nach Beratung mit Borchardt, über diesen neuen Tatbestand an Rudi schreiben, ihm meine Lage darlegen: nicht damit er selber helfe, ich weiß daß so seine Situation nicht ist u. wünsche es auch nicht, aber damit er mir vielleicht ein paar Menschen oder auch *nur einen* gewinne, zunächst für das Verständnis des P. gewinne, damit man an diesen dann im Laufe 1919 mit der Bitte um relativ bescheidene Mithilfe herantreten kann. Wenn Sie zusammen mit B. mir dies tun, so wird mein vorhabender Brief an Rudi frei von diesem Druck, und wird mir wohl dann erst zustande kommen.
An Meier-Graefe schrieb ich schon im gleichen Sinne.

P. S. Es ist dies nicht die Einzige solcher Sachen, die ich auf mir habe, darum fühle ich den Druck zehnfach, den Eberhard ungebeten mit einer einzigen Zeile mir abnehmen wollte, der Gute!

[Degenershausen] 11. 7. 18.

Soeben hat Borchardt den Durant gelesen – zum zweiten Male es hören, war wunderbar, so knapp steht alles da, so gewaltig und doch zart – erhaben. –
Hugo, Ihr Brief war uns *unendlich* viel, war so ganz Sie in all

Ihren schönsten Seiten. Borchardt war für zwei Tage in Berlin, als der Brief ankam und ich konnte es doch gar nicht abwarten bis er kam, um mit mir die Freude darüber zu teilen. Wir haben dann fünf Tage ohne Mädy gehabt, die waren wunderbar, ich fühlte mich so leicht und befreit wie lange nicht mehr; man kann mit ihm so wundervoll alles durchsprechen. Nein Hugo, wir lassen Sie nicht allein, oder Sie uns nicht, denn wir waren ja permanent verbunden miteinander. Die Rede an Eberhards Grab ist momentan zum Druck gegeben, Borchardt konnte sich natürlich gar nicht entschließen sie aufzuschreiben, endlich bekamen wir sie. Sie wird Ihnen sofort nach Erscheinen zugehen. Sie kommt auch in dem Wieland als Gegenstück zu einer wenig schönen von Meier-Graefe.
Die Rede »Dichter und die Geschichte« kann Borchardt auch nicht geben, da sie nicht vollständig ist, vom »Armen Heinrich« hat er nur ein Exemplar, kurz Sie kennen ja seine grauenhaften Hemmungen auf diesem Gebiet, er versprach mir zuerst alles mögliche für Sie, will man's aber haben, dann ist nichts da. Warum dies so ist kann man nicht sagen, er kann selbst nicht anders handeln und möchte doch so gern. – Er hat mir so viel von der schönen Freundin erzählt und sich mal wirklich aussprechen können; es ist fabelhaft wie er dies alles handhabt. Er hofft bestimmt im Laufe des Sommers mal nach Wien zu kommen, dann werden Sie sich ja sicher sehen.
In der Angelegenheit Pannwitz hat er mir sehr geholfen. Ich fühle mich viel befreiter, bis auf einen kleinen Bruchteil Schuld, den ich auf mir behalte, denn der Mensch ist ja ein zu compliziertes Wesen.
An Rudi schreibe ich wegen einiger Leute, die Ihnen mithelfen könnten. –
Nächste Woche kommt Kessler für ein bis zwei Tage, gewiß wie immer in Eile. –
Hugo, Eberhard's Grab ist so schön, so einfach momentan und oft sitze ich draußen, versuche mir klar zu machen, daß dort

das von ihm liegt, was wir als seinen Körper kannten und es kommt mir so unmöglich vor, daß er nicht neben mir sitzt, denn ich spreche ja im Geiste doch mit ihm. Aber da bleibts leer! [...]
Ach Hugo, wenn wir könnten wir wir wollten, wären Borchardt und ich sofort zu Ihnen geeilt, so aber müssen wir uns nur immer wieder mit Plänemachen begnügen. Aber im Herbst komme ich sicher und *wie* freue ich mich darauf und wie viel haben wir uns zu sagen. Daß Borchardt so rührend über mich geschrieben, ist beschämend, er sieht mich mit zu guter Brille an. –
Leben Sie wohl, ich suche Sie in Gedanken im lieben Aussee, wie gern würd ich wenn auch nur für wenige Tage, die Villa Rosa beziehen und Abends (sowie eben) sehe ich im Geist die schöne Tanne auf der Wiese von dem Fenster aus und dahinter die Berge (die mir doch hier sehr fehlen).

Ihre getreue O.

Bredeney Essen 14. 8. 18

Wir haben hier eine traurige Arbeit zu tun, alles aufzulösen, in dem Eberhard die schwersten Jahre seines Lebens zugebracht hat. Wie viel hat er hier kämpfen müssen nach allen Richtungen hin. Wie schön hatte er sich doch seine Ruhstätte bereitet, es weht so ganz seine Atmosphäre durch alle Räume, Harmonie ist überall. Es tut so weh dies alles zu zerstören, all die farbenfrohen Bilder, die er so liebte zu verpacken eventuell für Jahre, zu traurig und doch ist es nicht anders zu machen. Degenershausen ist voll, Meineweh ebenfalls und so stellen wir alles in dem dritten Gut Tierbach unter, bis Mädy sich entschlossen hat, in welcher Stadt sie den Winter über wohnen wird, bis jetzt sind wir uns noch nicht klar geworden.
Von Mädys ganzer Tatkraft bin ich immer wieder überrascht,

auch hier wo ihr immer wieder das Herz zu brechen scheint und sie so klar realisiert, was es heißt ohne Eberhard zu sein, findet sie sich im letzten Moment immer wieder zusammen. Es ist schon grausam, dieses im letzten Grunde so namenlos unselbständige Wesen auf eigenen Füßen stehen zu lassen. Ob sie es je lernen wird, erscheint mir doch höchst fraglich!

Von Borchardt hatte ich einen langen schönen Brief vor einigen Tagen, der Ärmste hatte sich mit irgend einer schlechten Mahlzeit den Magen vergiftet und hat schlechte Wochen gehabt, nun sei es besser. Er schreibt so schön über seine Gefühle zu seiner Liebe, eigentlich wollt ich ihn Ihnen schicken, aber er sagt so manches über mich, so sehr übertrieben ins Rosenrote, daß ich mich schämen muß. Ich hatte auch gehofft die Petra mitzubekommen, aber er behauptet das Schreibfräulein habe ihn im Stich gelassen, sonst hätt ich es gleich an Sie weitergegeben, doch fürchte ich, es ist hoffnungslos, wenn man es ihm nicht aus der Hand reißt, wird er es nie hergeben.

Wie freue ich mich daß Andrian an die Burg gekommen ist, doch für Sie gewiß auch in Manchem angenehm, ich bin nur so erstaunt, daß er aus seiner politischen Laufbahn so ganz herausgegangen ist. – Kessler erwarteten wir vergeblich einige Tage, wie immer, kam er nicht, obgleich er sich wochenlang nicht von Berlin trennen konnte, die Menschen bleiben sich doch immer gleich. –

Ein unsagbar erschütterndes Tagebuch von Eberhard haben wir hier gefunden, auch hier immer dieselben Grundzüge seines Charakters, Fleiß, Güte, Demut, Idealismus! –

Samstag reisen wir wieder nach Degenershausen. Ob Ihnen der Sommer gut ist, Sie arbeiten können? eine Zeile darüber würde mich glücklich machen. Ich hoffe Sie bekamen meinen letzten Brief. Ich vergaß das Express.

Stets Ihre O.

Degenershausen Ermsleben Harz 26. 10. 18.

Ich habe das Gefühl als sollte aus meiner Reise nach Rodaun dies Jahr nichts werden. Es umwölkt sich so von allen Seiten, daß man nicht außer Landes möchte und ich denke lieber vorläufig hier zu bleiben. Es wird mir *rasend* schwer auf unser Zusammensein zu verzichten, besonders in diesem Jahr, nach all den Erlebnissen. *Wie* notwendig sollte ich da mal mit Ihnen sprechen können, mit Gerty und Christiane zusammen sein können, würde mir auch so wohl getan haben. Mir will es scheinen, als wäre es ein Glück, daß Eberhard dies alles jetzt nicht mit zu erleben hat und er im geeigneten Moment hat gehen dürfen. –
Mädy ist auch in keiner angenehmen Lage, denn sie soll am 13ten die Grenze in die Schweiz passieren, was läßt sie alles dahinten!
Momentan ist mein Bruder hier, muß aber leider bald wieder hinaus ins Feld. Von Borchardt und Rudi hören wir natürlich wieder nichts mehr, sie sind stets bald verschollen, verliert man sie aus den Augen.
Sollte es sich je aufhellen, dann komme ich gleich.
Viel Liebes Ottonie.

[Postkarte] Rodaun 10 11. 18.

Man wüßte gar zu gern, wo Sie sind. Der Brief vom 26ten/x traf hier am 4/xi ein, gerade in einem etwas bewegten Moment. Jetzt ist es ganz ruhig hier, aber eine sehr schwere Situation bezüglich Kohle und Ernährung. – Ich sandte vor ein paar Tagen einen Brief an Sie nach Degenershausen, darin steht etwas das ich Sie an Herbst zu übermitteln bitte, dessen Aufenthalt mir gleichfalls unbekannt.
Eigentlich dauernd unruhig, bin ich über Borchardt; ich sah B. B. Sie ist reizend hübsch und sehr sympathisch; was sie mir

aber von Borchardt erzählte war wenig und beunruhigend. Er ist offenbar in einem gefährlichen Zustand. Vielleicht wissen Sie was von ihm! Von Müller-Hofmann wüßte ich auch gern wo er steckt um ihm für den Moment materiell ein bißl zu helfen.

Ihr Hofmannsthal

[Zwei Postkarten] [Degenershausen] 25. 11. 18

Ihre Karte habe ich erhalten – werde nachher mit Herbst sprechen, der angekündigte Brief kam auch soeben, wie bin ich froh, daß es Euch allen gut geht, ebenso uns. Wir sitzen auf einer Insel bis zu der die neuen Wellen *nur* in der Zeitung reichen. Am 7. November, also an den kritischsten Tagen, war Borchardt grade bei uns, was uns eine *große* Hilfe war. Er blieb acht Tage, wir lagen *alle* mit Grippe, er las mir wunderbare Stellen aus dem Durant, die ich nicht kannte und wir hatten schöne Gespräche. Nach Billy hat er brennende Sehnsucht. Er hat viel mit mir über alles gesprochen. In Berlin ist er viel mit der Schröder Nichte zusammen 2) und einem kleinen Bremer Kreis. Aber in gewisser Beziehung sind Ihre Ängste wohl berechtigt, uns kam es auch so gewiß unsicher um ihn herum vor. Er wartet sehnlichst auf Frieden um sofort nach Italien zu reisen, als erster der hinüber geht. Ich schreibe Karten, hoffe sie kommen bis zu Ihnen. – Wir sind weiterhin festgehalten, Baby war schon in Neubeuern, mußte zurück, da alles unsicher dort aussah wegen evtl. italienischer Besatzung; auch Ernährung zu sehr erschwert. So hoffe ich denn endgültig im Frühjahr in den eigenen kleinen Hafen einzulaufen, wird es möglich sein?! Mädy konnte nicht in die Schweiz, ist noch hier, erlebt jetzt besonders schwere Tage. Wann werden wir uns je mal wiedersehen! Bin so froh über alles was Sie von sich schreiben. Grüße allen, besonders Christiane.

Ottonie.

durch Courier Wien 26 11. 1918.

Liebe, es ist ein bißchen quälend in solchen Zeiten gar nicht zu wissen wo Sie sind, sich gar nicht Ihre Umgebung vorstellen zu können. Wie gerne wüßte ich Sie in Hinterhör. Aber seit Jahren enthält jeder Ihrer Briefe die Mitteilung daß Sie (ungefähr zu dem Zeitpunkt wo man antworten könnte) anderswo sein würden, d. h. »wahrscheinlich« anderswo, so daß der Gedanke beständig in der Irre schweift. Nun, die ganze Welt stürzt zusammen, vielleicht vereinfacht sich damit auch das Private, vielleicht annulieren die Umstände all dies krankhafte Zu-viel an Möglichkeiten – dann werden die Menschen auch wieder mehr zu sich selber kommen, und ich werde Sie endlich auf dem kleinen Meierhof sitzend und nicht beständig als gehetzte Sclavin einer nur materiell, nie geistig bewegten Welt denken müssen.

Sie schrieben an mich am 26ten x. heut vor einem Monat. Als der Brief an kam, starben in Wien wöchentlich 2800 Personen an der Grippe, wir hatten 4 Menschen von 7 im Bett, dazu beständig Plünderungsalarm und Schießereien in der Gegend, einmal in Brunn, einmal in Liesing, tausende flottanter hungernder Kriegsgefangener rundum, entsprungene Verbrecher zu hunderten in den kleinen Dörfern (in denen man, wie ich immer erwähne, früher so gut gegessen hat) – alles das, hungernd, frierend, drohend, und dabei au fond von einer erstaunlichen Gutmütigkeit, sonst wäre ja weit mehr passiert. Das Übrige, Allgemeinere wissen Sie aus der Zeitung, die Zukunft ist höchst unsicher, überlebt man es, bekommt man wieder zu essen, tappt nicht in finsteren eiskalten Häusern herum, so wird man sich trotz allem wie im Paradies vorkommen, und auch irgendwie weiser geworden sein. Goethe ist mir in allen diesen Tagen eine unglaubliche ressource, mit Eberhard unterhalte ich mich beständig über alle diese Dinge, er freut sich, daß ich auch in den absurdesten Tagen nie den Kopf verloren und nie die Linie des Denkens (auch des politischen) verloren habe, ich

mache ihm Vorwürfe über die starrsinnige Unbelehrbarkeit aller Norddeutschen in allen diesen Dingen (in Österreich hat sich alles so entwickelt wie ich seit 1917 jedem sagte, und keiner hören wollte) – wäre er nur wirklich da, aber gesund müßte er sein, krank wie er war denke ich wie Sie, es ist gut, daß es ihm erspart geblieben ist. In dem Ganzen ist für mich doch etwas Erlösendes, ich habe das, was jetzt stürzt in diesen Tagen wahrhaft hassen und verachten gelernt, aber Liebknecht ist nur die Fortsetzung Ludendorffs, so muß sich das Gewicht umlagern vom Nordosten nach dem alten Südwesten u. Deutschland wieder Deutschland werden nach dem furchtbaren preußischen Starrkrampf, den beständige Injectionen künstlich steigerten und steigerten – bis ans furchtbare Ende. – [...]
Bitte schreiben Sie mir eine offene Karte, wie es mit Ihnen u. der Kleinen steht und seien guten Mutes. Ich freue mich auf unsere nächste Begegnung.

Ihr
Hugo

P.S. Noch an Herrn Herbst: mein Barguthaben könnte sehr gut an meinen langjährigen Freund und Verleger S. Fischer Berlin Bülowstraße 91 überwiesen und mir bei seinem Verlage unverzinslich gutgeschrieben werden. Nur wäre Herr Fischer dortseits zu verständigen daß ich diesen Freundschaftsdienst von ihm erbitte.

Degenershausen Ermsleben 16. 1. 19.

[...] Ihren Brief vom 26. 11. erhielt ich einige Tage vor Weihnachten, danach stehen Sie innerlich frei all diesem Großen was uns bestürzt gegenüber, ich hatte es nicht anders erwartet, denn ich kannte ja Ihre Ansichten über das Alte was überwunden werden mußte von unseren Spaziergängen in den letzten

Herbsttagen in Rodaun. Mir fällt noch genau der Moment ein, als ich angstvoll frug: soll denn Deutschland keine Monarchie mehr sein, etwas was bei diesem Volk undenkbar ist? Nun ist es mit einem Ruck dahingekommen. Man fragt sich wohl vergeblich, wohin alles noch führen soll und wie wir aus all diesem heraus einen gesunden Boden finden können? Wenn wir alle als anständige Menschen auferstehen werden und unseren Kindern dann mal Wahrheit statt Schwindel geben, wäre wohl viel gewonnen. Jedenfalls will ich nicht mitklagen, es kommt mir zu würdelos vor. Unverdient ist dieses Riesenschicksal wohl nicht über Europa hereingebrochen, übersehen können wir's nicht, wir stehen ja auch noch ganz am Anfang, denk ich mir.

Uns persönlich hat die neue Welle ja nur erst in der Zeitung berührt. Die Waldeinsamkeit umgibt uns wie ein warmes, grünes, schützendes Kleid. Mädy hat wohl berichtet wie und warum wir alle hier geblieben sind. Wir bleiben erst mal bis April, *hoffen* dann *endlich* in Hinterhör zu landen, – wird es möglich sein! Ich habe große Sehnsucht nach dem einsamen Häusel und wenn wir erst mal da anfangen, dann hoffentlich auf die Dauer.

Borchardt hatte mir ein wunderbares Buch empfohlen »Die polnischen Bauern« von Reymont was ich mit großer großer Freude gelesen habe, es riecht die Erde ordentlich daraus hervor, es ist wirklich herrlich! Jetzt hat mich das – »Vie de Napoléon« – Stendhal besonders interessiert, ebenso die Revolution von Carlyle. Ich versuche so ein Bild von der damaligen Revolution zu bekommen und so manches, was ich gar nicht ahnte, wurde mir klar. Ich habe mir selbst zu Weihnachten Treitschkes Geschichte des 19. Jahrhunderts geschenkt, und es soeben mit Interesse angefangen zu lesen.

Ich hörte daß Borchardt seine Vorlesung von Petra gehalten hat; Kritik, wie nicht anders zu erwarten, soll schlecht gewesen sein, doch höre ich, daß viele Menschen sehr begeistert waren und von allen Seiten kommt der Wunsch er möge sprechen. Er

schweigt, das Einzige was er tun kann, jetzt wird so viel geredet, so schlecht noch dazu und zu was soll es dienen!
Leben Sie wohl, denken Sie ab und zu an mich.

Ihre Ottonie.

Von Müller-Hofmann hörte ich nichts, weiß auch nicht recht an wen mich zu wenden um etwas zu erfahren.

Rodaun 6 2. 19.

Ihr Brief vom 16. 1. kam nach 9 oder 10 Tagen. Also kann man immerhin miteinander verkehren, für einander existieren. Ungefähr den 15. 1. schrieb ich einen längeren Brief an Hans Wilke. Es wäre mir lieb zu wissen, daß auch dieser nicht verloren wäre, denn einen Brief dieser Art, aus Momenten heraus wie wir sie durchleben, schreibt man nicht wieder.
Ich suche die Freunde zusammenzuhalten, in jedem das Gefühl des Zusammenhangs anzufachen. Die Nachrichten über Rudi (in einem Brief Borchardts) sind nicht gut. Sie sahen sich, er war erschüttert an Seele und Gesundheit, im Tiefsten getroffen. Und dies noch vor den neueren Bremer Vorfällen (die übrigens vielleicht, wie vieles dergleichen, aus der Nähe minder afficierend als im Zeitungsbericht). Borchardt selber aber macht mir vielleicht die schwereren Sorgen. Es ist eine Unrast in seinen Briefen, ein abspringender u. verschlossener Ton, den ich als Symptom bedenklicher Zeiten bei ihm zu gut kenne. Ich fürchte es mischen sich niedrig-reale Widerwärtigkeiten mit den furchtbaren Wirbelstürmen seines undurchschaubaren Innern. Sie haben ihn ja jetzt liebgewonnen, können meine Sorge teilen. Neuerlich wohnt er beständig anderswo, zuerst bei Wolde, dann jetzt in Potsdam Pension Starke-Rettberg. Ich ängstige mich um ihn, und nicht ohne Grund. Könnten Sie ihm schreiben? ihn vielleicht für eine Zeit nach D rufen? Ich habe das Gefühl, daß man von außen

eingreifen müßte. Alles um ihn nimmt die gewisse seltsame Physiognomie an. So auch das Verhältnis zu S. B. Sie schrieben mir wie er das Mädchen liebt. Er schreibt ihr, wie sie mir erzählt, und begehrt sie zur Frau. Nicht zum ersten Mal. Worauf sie ihm zart und hinhaltend erwidert. In der Meinung ihm Freude zu machen, erwähne ich ihm, daß ich das Mädchen zweimal gesehen habe. Darauf schreibt er mir: das interessiere ihn nun nicht mehr, das Mädchen sei ganz aus seinem Leben entschwunden, er werde diesen Schlag zu tragen wissen u.s.f. Alles in Spasmen, dunkel und für mich eigentlich furchtbar. Ich wäre glücklich zu wissen daß Sie ihn wiedergesehen haben.
Noch eines: des Müller-Hofmann bin ich endlich habhaft geworden. Er sitzt in München in der jammervollsten Lage von der Welt. Armer Kerl. Er bemalt Teller, die ein Freund dann brennt und die sie zu verkaufen suchen. Ich schickte ihm spontan eine Summe, so viel ich konnte – ich tu was ich kann, es sind *lauter* solche Existenzen um mich. Pannwitz hab ich jetzt endlich abgeschüttelt, vielmehr Hebra löst mich ab und macht die Sache weiter. Vielleicht wissen Sie einen Menschen mit dem Sie so stehen daß Sie an ihn schreiben können und er Ihnen zuliebe noch ein paar hundert Mark an M. H. schickt. Ich wäre glücklich. Dies ist die Adresse: Willy Müller-Hofmann p. A. Gräfin Holnstein Isabellastraße 25 IV München.
»Die Bauern« von Reymont will ich schon lange lesen. Freue mich daß es Ihnen so viel gibt. Das neue Buch von Wassermann ist weit merkwürdiger als ein Mensch ihm zugetraut hätte. – Strauss war die letzte Woche hier. Wir brachten die Salzburger Festspielhaussache hier energisch weiter, ganz in Reinhardts Sinn. Hoffe daß wir 1921 dort einen sehr schönen Faust I u. II spielen werden. – Haben Sie schon Nadler Band III? Sie werden viel Freude davon haben!

Ihr Hugo

Degenershausen 27. 3. 19.

Zwischen Koffern und Kasten, ungemütlich wie's denn so ist, nur noch schnell diesen Gruß, um Ihnen zu sagen, daß wir »heim« fahren. Wenn nicht der neue Streik uns nochmal hier zurückhält, fahren wir am Samstag. Mädy ist seit einigen Tagen in Weimar. Luli soll am 6. April dort confirmiert werden, schwer für Mädy diesen Tag ohne Eberhard und ohne einen von uns, aber man darf nur mit dringendem Grund nach Weimar hinein.
Es ist gut, daß wir abreisen während sie fort ist, sonst wäre es zu hart und das Beste ist, daß Rudi vor einigen Tagen wirklich zwei Briefe schickte und sein Kommen in etwa vier Wochen in Aussicht stellte, es wird aber wohl länger dauern. Dann will er einige Wochen hier bleiben, danach zu mir kommen, was wär es schön, wenn Sie dann auch kommen könnten oder Rudi und ich nach Aussee. Er schreibt er habe eine furchtbare innere Zeit hinter sich und hätte Ruhe und Fernsein von Deutschland gebraucht, um sich wieder zusammen zu bekommen. Jetzt könnte er viel arbeiten. Wir freuen uns alle furchtbar auf ihn. Von Borchardt trotz allen Briefen und *dringenden* Einladungen keine Antwort, – man kann nicht an ihn heran, zu schade, er hätte ja so gut bei uns sein können. Müller-Hofmann konnte nicht kommen, da er an einem großen Bild intensiv arbeitet. Ich hoffe für ihn etwas Geld zu bekommen, obgleich es jetzt schwer ist, da *jeder* der hat, übernommen wird. –
Leben Sie wohl, wenn Sie an mich denken, suchen Sie mich im lieben alten Häusel.
Treuste Grüße an alle von

Ihrer Ottonie

Rodaun 14 4. 19.

Ich dank Ihnen so sehr für Ihren Brief vom 27/III. Er hat mir so viel Freude gemacht. Wenigstens ein bißchen was zu erfahren von den paar Menschen, die eigentlich die meinigen sind. Das ewige Getrennt-sein. – Ich hätte schneller geantwortet, denn der Brief ist schon seit 10 Tagen da, aber ich bin die ganze Zeit krank, Grippe und so, immer wieder bißchen Fieber, und recht müd. Wenn nur einmal ein paar Tage lang die Sonne scheinen wollte! –

Indessen ist auch von Borchardt wieder ein Brief gekommen, sehr angeregt, fast wieder gar zu fieberhaft und auch die schöne Handschrift diesmal ganz fieberisch. Er hat Pläne aller Art, wieder einmal einen neuen Verleger, will 13 Bände herausbringen – wenns nur einer wäre! – Sagen Sie, Ottonie, hat er Ihnen denn von dem Durant in Degenershausen immer mehr vorgelesen als uns allen damals in Berlin? – Nun ist gerade ein Jahr, daß wir einander Adieu gesagt haben. An das letzte Adieu mit Eberhard kann ich mich nicht erinnern. Ob er vor mir abgereist ist, ich vor ihm? Dann kamen noch zwei so schöne Briefe.

Ja, das Leben und das Sterben. Erinnern Sie sich der reizenden finnischen Schwedin die ich kennen gelernt und so lieb gewonnen hatte, die so fabelhaft gebildet war, die ich zuerst in Kristiania sah und dann war sie in Stockholm auch wieder da (bestimmt hab ich Ihnen damals von ihr erzählt: sie hieß Frau Odhner, war eine geborene Griepenberg) – sie schrieb mir dann manchmal und dann nahm Christiane die Correspondenz auf und hatte eine »Freundin« an ihr und freute sich so, im nächsten Jahr zu ihr hinzureisen – auf einmal, zwei Tage vor Weihnachten liegt ein Telegramm da von dem Mann: meine gute Frau gestern an Grippe gestorben. – Christiane freut sich so namenlos darüber daß Sie sie nach Hinterhör haben wollen. Und ich bin auch sehr froh wenn Sie's tun. Ich glaube bestimmt, sie wird Ihnen nicht beschwerlich sein, sie ist ein verständiges unschwieriges Geschöpf, das ist das Beste an ihr. Und ihr täts unendlich gut, in tausend Punkten. Sie könnten recht viel an ihr erziehen, denn sie hat doch recht viele kleine Unarten und Nachlässigkeiten an sich und jetzt wäre noch der rechte Moment; aber Gerty ist ja so gar nicht erziehlich, und wirklich ists für die Mütter schwerer, für eine Andere viel leichter. Wann würden Sie sie denn haben wollen? Im Juli? Und dürfen Sie denn nach den Vorschriften jemand dort zu Gast haben? Hier ist ja so fürchterliche Not, so sperrt sich ein Land gegens andere ab – ich glaub nicht recht daß wir selber werden nach Aussee dürfen, schon gar nicht aber Gäste hinnehmen, o das sicher nicht, wir haben ja nichts zu essen, nun ist das Pferdefleisch von dem wir die letzten 1½ Jahre existiert haben, auch nicht mehr zu bezahlen u. nicht mehr zu bekommen. Aber diese Quälerei wird ja vorübergehen – und es wird wieder irgend eine Form der Existenz kommen – sei es welche immer, nur daß nicht das Materielle beständig so auf einen drückt. – Sie schrieben an Gerty, ich solle mich nicht beschweren lassen von Vermögensabgabe und dergleichen. Ich glaube, Sie kennen mich ja äußerst wenig, haben sehr oft meine Reden mißverstanden. Mir ist ja das Geld ein Gräuel, Ottonie, diese ganze Geldwelt ein Gräuel, das Geld verdienen, es haben, es controllieren eben so gräulich wie es versteuern es hergeben – jedes Herumtun damit graut mich. Bis zu meiner Verheiratung hab ich überhaupt nicht gewußt daß Geld in der Welt ist – wie gerne würd ichs wieder vergessen – in einer geldlosen Welt leben, mit dem notdürftigen Unterhalt für die Kinder. Was geht das gräßliche Zeug mich an! Wie gräulich waren auch die »guten Jahre«, und diese ganze Welt und die Burgen die wie Bierhäuser aussahen und die Bierhäuser wie Burgen. – Und all dies: ob man solche oder solche Zimmer hat, oder Möbel – oder Bilder – im Grund ists mir so egal – mein ganzes Leben hängt ja von ganz ganz andern Dingen ab, vom Klima vor allem, vom Allein-sein-können – diesen ganzen Winter mit Gerty und den Kindern in zwei Zimmern zusammengedrängt hocken, weil wir nichts zum heizen und nichts zum Beleuchten hatten, dies nimmt die Nerven her – o mein Gott, in Südtirol oder in Italien in einem alten Turm oder einem halbverfallenem Gemäuer hocken, wie schön wäre das – und das Essen, das mich wirklich freut, kostet 1½ Lire per Tag, und immer den gleichen Anzug zu tragen, u. die gleichen alten Schuh, bis sie herunterfallen, ist mir das Liebste – also das ist's nicht, was mich drückt, weiß Gott. – Schreiben Sie mir doch *bald* wieder: ob Sie wirklich dort sind, und wie das wird mit Rudi.

Ihr Hofmannsthal

PS. Das freut mich so gar nicht daß Sie gerade Treitschke sich zu lesen genommen haben. Das ist doch dieser verfluchte enge, selbststolze Geist der alles ins verdiente Unglück hineingeritten hat.
Haben Sie denn den dritten Band vom Nadler zu Gesicht bekommen, der die Anfänge des XIXten umfaßt? Er ist sehr schön. Kennt denn Rudi den Nadler? machen Sie ihn doch das kennen!
Ich frage mich ob unter Ihren Büchern Hebbels Tagebücher u. Briefe sind? Bitte antworten Sie mir. Wenn nicht lasse ich sie von Berlin an Sie schicken.
Vor ein paar Wochen, als ich noch nicht durch das dumme Kranksein absorbiert war, bin ich ein paar Tage mit dem Whitman hier in der Au spazierengegangen, hab sehr viel davon gehabt.
Mell sah ich öfter. Er schreibt an einem reizenden Buch, aus lauter kleinen Erzählungen zusammengesetzt, eine Art Jugendgeschichte. So hübsch und klar wie Kiesel u. Forellen am Grund eines reinen Bachwassers. –
Haben Sie Wassermanns neues Buch etwa in der Hand gehabt? Die Leute haben allerlei Meinungen darüber, ich eigentlich gar keine. Je älter ich werde desto schwerer scheint es mir über etwas eine Meinung zu haben, außer über das sehr *Gute*.

[Neubeuern a/Inn
Station Raubling
Oberbayern] 27. 4. 19.

Denken Sie doch ich bin wirklich wirklich hier, endlich hier in meinem geliebten Häusel und es ist entzückend oder vielmehr es wird es noch werden. Am 6ten April kamen wir das heißt Baby, Christa, Puppy und ich nach Neubeuern, von dort aus fing ich an hier einzurichten, denn nach fünfjährigem Geschlossensein können Sie sich denken, daß es arg hier aussah. Plötzlich mußten wir uns eines Nachts entschließen hier herüber zu ziehen, alles campierte auf Matratzen auf der Erde, einige Tage hausten wir in diesem Durcheinander, dann zog alles bis auf Puppy und mich wieder zurück und wir richten nun mit Macht ein. Gut daß wir gerade in diesem Moment so viel zu tun haben. Von Norddeutschland sind wir total abgeschnitten und bekommen seit fast drei Wochen *nichts* mehr von dort, keine Zeile. Könnten Sie so gut sein, Mädy zu benachrichtigen daß es uns gut geht, daß man sich nicht um uns sorgen braucht. Es gibt allerlei Situationen, aber nichts Gefährliches. Mädy möchte auch nach Sondershausen und Oldenburg schreiben, was sie von Ihnen hört.
In diese gänzliche Posteinsamkeit kam Ihr Brief, ich war so glücklich von Ihnen zu hören und daß es Ihnen wenigstens gut geht. Schrecklich muß ja so ein Winter sein ohne Holz und Licht und eng beieinander wenn man arbeiten will. Da hatten wir es gut im Harz, da gab es noch alles und Einsamkeit! Aber sagen kann ich Ihnen heute gar nichts, wie sich die nächste Zeit gestalten wird, ob Rudi jetzt noch zu mir kommen kann, ob Christiane, es ist jetzt alles so vage, bleibt uns was oder nichts, wer kann es sagen. Ich werde mich ja in allem zurecht finden und muß ich verdienen, so nehme ich junge Mädeln zu mir, die was lernen wollen im Haus und so.
Nein Hugo, ich weiß ja gut, daß Sie das Geld entbehren können, daß Sie leben können, vielleicht oder vielmehr, viel lieber

leben würden ohne Geld, in einem Loch in südlicher Sonne, aber was ich Ihnen immer nehmen möchte, ist das Quälende was das Geld für Sie hat, dieses Drandenkenmüssen.
Ja Borchardt hat uns den Durant schon weitergelesen wie damals in Berlin, herrlich fortgesetzt, hoffentlich wird er ihn beenden. Mit all seinen Plänen und neuen Verlegern wird fürchte ich auch nicht viel mehr herauskommen wie bisher.
Denken Sie, daß ich in meinem Treitschke nicht weit über den Anfang hinaus kam, nicht weil er mir nicht gefiel, sondern weil ich wirklich zu viel Arbeit hatte in Degenershausen und nun ists, scheints gut so daß ichs ließ.
Ja die Tagebücher von Hebbel besitze ich, nur leider habe ich den II. Band einstmals auf der Reise von Wien hierher verloren. Nadler III hat Julie soeben bekommen, ich werde ihn mir leihen und wenn ich nun fertig bin mit Einrichten ihn lesen.
Wassermanns letztes Buch habe ich gelesen, es ist schon viel Merkwürdiges darin, ich finde man fühlt so oft daß er Sie kennt dabei. Es ist wohl sicher das Interessanteste seiner Bücher, mir hat es nicht den Eindruck hinterlassen, daß ich es sehr gern nochmal lesen möchte, was ich bei den »Polnischen Bauern« stark habe, überhaupt ist das für mich ein *wundervolles* Buch. Sie solltens wirklich lesen, mich begleitets so viel in Gedanken, riecht mal die Erde stark nach Frühling, gleich stehen ganze Bilder daraus vor mir, oder ein Regentag, ach und so fort.
Wissen Sie was mich jetzt tief beglückt, das ist der Wandschirm! ich fürchte Hugo den kann ich Ihnen sobald nicht wiedergeben, er ist mir Bild und alles so an äußerem Schönen. Ich wünschte ja so, Sie kämen mal herein, ach nur grade so geschwind einmal. Sie würdens jetzt auch gemütlich bei mir finden und warm. Ich habe mir Kirschzweige am Ofen getrieben und nun steht das ganze Haus voll blühender Zweige und wie die mich freuen und wie ichs genieße wieder mal bei *mir selber* zu sein.
Nun gute Nacht, hoffentlich bekommen Sie diese Zeilen, könnten Sie mir nur per Karte dies mitteilen?
Liebe Grüße Ihre Ottonie.

Ich bin trotz allem so vertrauensvoll in die Zukunft schauend – wenn ich nur mein Häusel behalten darf und meine Harmonie bei mir selbst.

Rodaun 11. 6. [1919]

Ihr Brief vom 27 April kam den 10ten Mai. Das ist nun schon wieder ein Monat. Der Zeitlauf, auch im Einzelnen, ist seit 1914 besonders unfaßlich geworden.
Inzwischen hat Ihnen Christiane geschrieben. Ich hoffe sehr, daß sie bald die Antwort bekommt daß Sie sie für eine Zeitlang hinnehmen. Am meisten käme der Juli in Frage, denn von der Mitte August an würde ich die Kleine als meine Maschineschreiberin, die sie ist, schwerer entbehren können. Aber mir liegt unendlich viel daran, daß sie eine zeitlang ganz in Ihrer Atmosphäre ist, und sie freut sich darauf mehr als sich sagen läßt. Das Kind hat ein Gefühl, mit welchen Menschen ich unbedingt zusammenhänge, so haftet sie an Ihnen und in phantastischer Weise auch an Borchardt, den sie nie gesehen hat, freilich vermitteln die Gedichte, wenn man sie zu lesen versteht, eine ungeheuere Gegenwart. Ein Brief von Mädi war mir wohltuend weil er von Borchardt viel sprach; es sind Hindeutungen darin auf einen besonders glücklichen gehobenen Zustand in dem er sich befindet und mit dem er sich dem allgemeinen Unglück entgegenstellt – ferner die Hindeutung auf eine Person die ihm viel bedeute u. von der ich wissen sollte – aber nichts weiß – wofern nicht Sie damit gemeint sind – aber es scheint mir wieder daß jemand anderer gemeint ist; es kommt ein Name »Marle« vor, den ich nie gehört habe; endlich sogar die Hindeutung daß er demnächst zu mir kommen wolle – aber dies alles ist indirect – und ich stehe vor dem Fortgehen (d. h. etwa 6–10 VII.) vorausgesetzt daß uns Aussee aufnimmt. Für mich persönlich habe ich noch an die Tiroler Behörde um eine Aufenthaltsbewilligung geschrieben, ich bin ein bißchen müde u. schwach von dem Kranksein, brauchte es, mich für ein paar

Wochen in hoher Luft zu isolieren. Doch ist mehr als fraglich, ob mirs bewilligt wird. – Daß wir nach Aussee, auch wenn man uns einreisen läßt, einen Gast bringen dürfen, ist ganz ausgeschlossen, Jella ebensowenig. Man ist unendlich streng geworden in unserm Hungerland. (Dürfen Sie denn Christiane einladen? Bedarf sie anderer Papiere als eines Passes? Welche Nahrungsmittel muß sie sich mitbringen?) Nun hab ich dies ausgedacht: für den ersten October ist die Wiener erste Aufführung der »Frau ohne Schatten« angesetzt. Bitte lassen Sie mich darauf zählen, daß Sie dazu hier sein werden (d. h. nicht zur ersten Aufführung die hundert unangenehme Nebenumstände hat, sondern zur zweiten) – daß Sie dann mit uns in Rodaun bleiben, oder nach Dürnstein gehen oder nach Aussee, kurz mindestens 14 Tage uns schenken (1–15 X) ich kann es nicht aushalten, beständig von allen Menschen, die zu mir gehören, getrennt zu sein. – Schreiben Sie mir bald, von sich vor allem, dann was Sie von B. oder Schröder wissen, ich lebe von einem bißchen Nachricht.

Ihr Hugo

PS. ich schreibe am vorletzten Capitel des Märchens, es wird schön aber es kostet mich große Mühe. Denn die Kraft ist geschwächt.

PS. Besitzen Sie Kleists Werke in der Meier'schen Classikerausgabe die in einem Band die *Briefe* enthält. Diese las ich während meiner Krankheit wieder mit sehr großem Eindruck. Wo nicht, möchte ich sie Ihnen gleich schicken lassen.

Vielleicht ist in der Bibliothek von N. Michelet's Histoire de France. Es ist ein Buch, wie die Deutschen es leider so gar nicht haben, wirklicher Spiegel der nationalen Geschichte. Lesen Sie einmal ein paar Bände – das XII oder XIIIte oder XIV Jahrhundert. Geschichte liest sich ja ganz anders seit wir sie in fürchterlicher Wucht erlebt haben. Die Nation wird das Ereignis natürlich spielend überstehen u. vielleicht eine höhere Stufe der Entwicklung davon datieren. Für uns Individuen ist es schwerer, als Generation nicht verloren zu gehen. Borchardt, Schröder, dies ist mein Vaterland und dies ist meine Epoche. Alles kommt darauf an, was wir aus uns machen!

Ferleiten per Bruck-
Fusch in Salzburg.
19 7. 19.

Liebe, wissen Sie daß ich gar, aber gar nicht weit von Ihnen bin, und daß es mir immer bewußt ist, und mir rechte Freude macht? So abhängig ist der Mensch doch von der Wirklichkeit, über die er sich immer zu erhaben meint, und so müde bin ichs, immer in die ungreifbare Ferne zu denken, in die Ferne zu reden. Wenn ich hier hinterm Haus einen steilen Waldweg aufwärts steige, so sehe ich ins nördlich vorliegende Tal hinaus, in das dieses mündet, und sehe von dem nördlichen Tal gegen Norden und Westen zu ins Offene, dann in mäßiger Ferne zwei Ketten steinerner Berge; von denen die hintere, stärkere ist das Kaisergebirge und dahinter, wie nah, fließt der Inn aus der Kufsteiner Ecke zu Ihnen, und mir ist als könnte ich das kleine Haus greifen, und Ihre Stimme hören. – Liebe, es ist ein sonderbares Verhältnis zwischen uns – und das Schicksal spielt ein besonderes Spiel, daß es uns aufeinander gewiesen hat und uns immer wieder so auseinanderhält und doch nicht ganz auseinanderlöst. Denk ich alle diese Begegnungen und Trennungen, all dies Dazwischengreifen von andern Menschen, das Einzelne, so gespenstisch – wie die Tage im Frühling 11, dann wieder andres so völlig reizend und gut – so ist es eine ganze Odyssee, aber Ihr Bild in mir so rein, und wie soll ich sagen, so frisch, wie ein ungetrunkenes Quellwasser – das Gleichnis kommt mir in die Feder weil hier überall ein Strahl so hellen kalten Wassers zwischen den Baumwurzeln und den Steinen hervorspringt, daß man sich immer wieder bücken möchte, um dieses unfaßliche kristallklare Leben mit den Lippen in sich aufzunehmen – so ist mir auch das Gefühl Ihrer Gegenwart, rein und stark und so einfach wie Wasser – aber ich muß Sie zuviel entbehren, immer wieder will ich meinen Lebenskreis so legen, daß er Sie fest umschließt – denn Sie sind eine Frau und Sie wollen umschlossen sein von einer magischen geistigen Linie – und immer wieder bewegt sich der Boden unter den Füßen, zerreißt den hingezeichneten Kreis, drängt mich selber hinaus aus dem Bereich meines wahren Lebens, riegelt mich ab von den nächsten Menschen. So gehen Jahre hin, was für ein sonderbares Leben ist das, ich weiß nicht mehr bin ich jung oder alt, recht reich am Wichtigsten oder recht arm, ist alles recht verfehlt oder auf was Gutes in geheimer langsamer Vorbereitung angelegt, ist es was oder ist es nichts, da sitz ich in einer Einsamkeit, einem grünen engen von Gletschern verriegelten Tal, mit läutenden Kühen und fallendem Wasser, umgeben von tausend fließenden Erinnerungen meiner frühen Jugend – ist das nah? ist das weit? ich weiß gar nichts.

Lebendig sind mir manchmal die Menschen, die ich entbehre, so, daß ich sie anrühren könnte – an Schröder schrieb ich vor ein paar Wochen, er antwortet mir wohl kaum; könnt ich ihn bei Ihnen denken, so nah, mir ausdenken, ich käme dann für ein paar Tage über Kufstein hinüber – in fünf, sechs Stunden wäre ich dort – aber all die Riegel, all die Ketten! Man muß es halt tragen. Wissen Sie etwas von ihm, wissen Sie etwas von Borchardt, so schreiben Sie mirs. Das ist der ewige Refrain.

Christiane hat sich alle Papiere verschafft, daß sie hinkann, wenn Sie sie etwa doch für 14 Tage oder so rufen. Sie braucht den Paß nur an die Botschaft schicken, die verschaffen ihr dann das Visum. Der Wunsch ist so lebhaft in dem Kind, nach Ihnen, nach dem Leben dort, das Fremde und doch Vertrauliche lockt sie, es wäre so schön wenn sichs erfüllen ließe, denn man ist eben nur einmal siebzehn Jahre alt, aber erzwingen Sies nicht wenns nicht sein will, das Erzwungene wird nicht gut.

Sie haben den Albrecht Schaeffer dort, ich bin sehr begierig was

Sie sich aus ihm machen können, Ihre Art einen Menschen zu sehen, ist mir faßlich, ich seh ihn dann auch. Ich hab verschiedenes von ihm gekannt, das mir schön erschien, einiges sehr schön, anderes wieder war mir öde oder gleichgültig, eine dichterische Begabung ist in ihm, ohne jeden Zweifel, aber was ist die – sie gibt nichts als eine problematische Situation im Dasein – Ist etwas Höheres dahinter, das zarte Juwel, worauf alles ankommt? Sie werden es eher wissen, wenn Sie den Menschen leben sehen, sich mit seiner Lebensatmosphäre berühren. Je nachdem werde ich ihn auch unter die Menschen rechnen, auf die ich acht habe, oder nicht. Aufdrängen lasse ich mir niemanden, weder durch den augenblicklichen Ruhm, noch durch geschäftige Menschen. Aber wo ich das Seltene zu finden hoffe, und das Reine vor allem, dort nähere ich mich von selber, und warte nicht bis man mich ruft.

An wen ich oft denke, das raten Sie vielleicht nicht: es ist Ihre Tochter. Ich glaube ich werde ihr später ein guter Freund sein. Neulich kam mir hier ein Buch in die Hand das ich sonderbarer Weise nicht kannte: Oliver Twist von Dickens, es ist die berühmte Geschichte von dem Buben, der unter die Diebe und Mörder fällt, gleich fiel mir ein ob das nicht ein Buch wäre für Marie Thérèse, die guten Menschen darin sind so reizend und liebenswert, freilich die Bösen mit einer furchtbaren Kraft und Anschaulichkeit gezeichnet – wenn Sie ihrs geben, so überlesen Sies doch vorher, ob das Gräßliche darin nicht gar zu stark und wirklich ist – Hebbels Gedichte hab ich neulich wieder ein paar Tage mit mir herumgetragen von früh bis spät, es ist ein wunderbares Buch, der ganze Gehalt eines tiefen dunklen Lebens, nehmen Sie's wieder in die Hand und lesen dem Kind das eine oder andere daraus – freilich nicht die aus dem tiefsten Dunkel, aber es sind viele Bilder darin von wunderbarer Reinheit, die eine ganz junge Seele wohl aufnehmen kann, und die *Ahnung* des Dunkels darf man ihr nicht fern halten wollen, wenn man ihr nur zugleich die Ahnung an Kräfte und Heiligtümer mitgibt, die das Dunkel bezwingen.

Den Paravent hab ich Ihnen doch längst schon in Gedanken geschenkt, hab ich denn das immer zu sagen vergessen? Ich liebe das kleine Haus und liebe den Contrast, den ein solcher seltsamer und köstlicher Gegenstand zwischen den einfachen vier Wänden macht, vielleicht wird die Welt wieder freundlicher u. man kann das *eine* schöne Bild finden!
Adieu. Schreiben Sie mir bald – so ist es doppelt willkommen, aber lassen Sie mich nicht hören, bitte nicht, daß Sie auf der Eisenbahn sitzen oder im Begriff sind. Sie halten die erste Octoberhälfte fest, nicht wahr? Das Datum läßt sich ja nicht fixieren, seien Sie ein bißchen frei um die Zeit!
Adieu Hugo

[Hinterhör
Station Raubling
Oberbayern]
25.7.19

Gestern habe ich etwas so Wunderbares erlebt, so wunderbar tief innen habe ich's gefühlt wie lange nichts mehr, den Isenheimer Altar. Hugo, was ist er fabelhaft, so etwas von unsagbarer Ferne und nächster Nähe steht drin, – man meint es käme von heute und fühlt doch, daß es Ewigkeit ist. Die Gestalt der Maria, die in dem großen weißen Tuch erstarrt in den Armen des Johannes liegt, schwebt immer vor mir, die konnte nur ein Genius so dahinzaubern.
Dann warf ich noch einen Blick auf die Cartons von Rubens, schaute zwei schöne Rembrandts an, den alten Türken und den Engel der aus dem Dunkel heraustritt und ging innerlich vibrierend vor Glück davon. Es geht immer mit mir dieses Helle, obgleich ich in eine trübe Regenlandschaft hinaus schaue aber was macht das, wenn es doch so herrliche Sachen auf dieser Welt gibt. –
Ich war auch in der Oper aber die war herzlich schlecht gewe-

sen, eine neue komische Oper Dandolo ich hatte das Gefühl in einer Vorstadtschmiere zu sitzen schlechte Kräfte und ein minderes Libretto, aber es ist mir alles aufgehoben durch die Herrlichkeit von Isenheim. Dann kam ich heim und fand Ihren lieben Brief der mir ein so lieber Gruß in meinem kleinen Häusle war. So nah sind Sie, so arg nah und doch werden wir uns nicht sprechen, denn Rudi wird so dreckeln bis er kommt, er ist ja noch nicht mal bei Mädy eingetroffen und wollte von dort aus zu mir. Aber ich komme bestimmt im Oktober – halte mir *alles* frei, bin ja überhaupt jetzt so frei, unbelastet – kann es machen wie ich will und genieße dies auch sehr. Mädy war vierzehn Tage hier, erzählte von Borchardt den sie in Berlin getroffen hatte, der begeisternd jung gewesen wäre, beglückt durch die zauberhafte Nachtigall. [...]

Müller-Hofmann hat sich in Degenershausen angesagt, der wird Ihnen gewiß auch bald von dort Nachricht geben.

Wir waren auch bei Kassner neulich, Mädy und ich, aßen bei ihm in dem reizenden nordischen Haus, die Frau war nicht da, er so frisch, unverbraucht und mir so wunderbar lauter vorkommend in diesem allgemeinen Schwindel der Menschen. Er gab mir »Le Feu« von Barbusse mit, das ich mit Mühe gelesen habe, mit Mühe da es so grauenhaft ist, aber jetzt habe ich den Krieg gesehen, furchtbar ist er. Dann sprachen wir über Wassermanns »Christian Wahnschaffe«, ihm war es auch ein unsympathisches Buch mit sehr genialen Strichen drin, aber sonst nichts.

In Hebbels Gedichten lese ich so oft, hab sie so besonders lieb und auch merkwürdigerweise schon dem Kind daraus gelesen. Sie liebt Gedichte, dabei glaube ich, versteht sie nichts davon, aber der Rhythmus ist ihr schön, sie ist ein kleines Menschenkind mit einem ausgeprägten Rhythmusgefühl. Oliver Twist lasen wir ein bißel den Kindern vor, so gegen Weihnachten und Baby hat es so ergriffen, daß sie nächtelang nicht schlafen konnte. Sie ist eigentlich ein ganz einfacher Mensch mit lauter Interessen fürs praktische Leben, begeistert von ihren Tieren,

kleinen Hühnern, Katzen etc., sie sind ihr Lebensgenuß, aber so empfindlich, gegen alles Traurige sich wehrend. Ich finds so lieb, daß Sie an das Kind denken. Im Herbst wenn ich zu Ihnen fahre, geht sie zu van de Veldes nach Uttwyl an den Bodensee, ihre erste Reise ohne jemand von uns, sie freut sich rasend darauf.
Wissen Sie Hugo, unser Leben hier ist reizend, jeder hat seine Arbeit und die Kinder leben ein entzückendes Kinderleben. Durch meinen Bruder ist viel Musik ins Haus gekommen, er spielt abends immer Cello mit Klavierbegleitung der Erzieherin, jetzt suchen wir auch noch nach einer Violine, damit sie Kammermusik treiben können. [...] Van de Velde war hier und Puppy's Bräutigam und sie lernten sich hier kennen, Vater und Schwiegersohn und nahmen sich reizend an gegenseitig. Es wäre für mich *zu nett* wenn Christiane käme, ich denke immer ob sie nicht vielleicht den ganzen September hier sein könnte und mit mir dann zusammen nach Wien käme? Bis dahin hoffe ich wird auch unser Bezirk geöffnet werden, wir sind die Einzigen, die noch keine Gäste einlassen, weil wir kürzlich ein so vernichtendes Hagelwetter gehabt haben, daß durchaus alles vernichtet ist. Mein Gemüse im Garten stand so fabelhaft, wir lebten davon, nun ist nichts mehr da und ich muß aus München wieder Conserven kommen lassen. Im Schloß sind alle Fenster zerschlagen, das Glashaus ist ein Trümmerhaufen, schon trostlos alles. Aber mich hält über allem Unglück, was ja reichlich durch die Zeit von allen Seiten einen jeden bestürmt, das unglaubliche Gefühl hier zu sein bei mir, endlich mir selber zu gehören und in diesem kleinen gelben Häusel zu sitzen. [...]
Ja und sollte ich wirklich diesen wunderbaren Schirm immer immer behalten dürfen? dann sehe ich ihn ja noch beglückter und freier an, da die Angst wegfällt, wann muß ich Dich verpacken. Hugo er ist mir eine Welt geworden, ist mir Bild geworden, ich sitze oft und richte eine andere Fläche dem Lichte zu und schaue und lebe dadrin. Ist das eigentlich alles komisch dieses so an Sachen hängen? ich könnts ja auch alles hergeben,

ich denke sicher, aber dann müßte ich etwas anderes dafür haben – vielleicht eine große Liebe. Aber denken Sie nicht, daß ich merkwürdig werde und in ein Alter komme, in dem die Frau auf törichte Gedanken kommt – aber natürlich fühle ich's, daß ich lange ein merkwürdiges Leben lebe und vieles entbehre, aber ich bin mir klar darüber und werde daher keine Dummheiten machen, mich nicht verlieren, oder eben an ein schönes Bild nur oder so. –

Ja Hugo was Sie schreiben von uns beiden ist schon so, dieses immer wieder zueinander finden und sich loslassen ganz weit, es muß wohl so sein. Ohne Sie oder Ihr Dasein in meinem Leben hätte ich mein Leben gar nicht so dahingebracht und dieses seltene Sehen, dieses nichtmitleben können an Ihrer Arbeit wie es der Krieg so gebracht hat, war für mich eine große Entbehrung. Da kam dann Eberhard der mich oft brauchte, oder vielmehr meinen Frohsinn brauchte oder schöne Wochen mit Rudi und Borchardt, auch solche mit Pannwitz im Anfang, aber alle sind sie mir nicht, was Sie mir sind, ich weiß nicht ein innerlich so viel tieferes Verflochtensein, ein Etwas in Ihnen was mich gleich trägt, ganz ungewollt von Ihnen. Sie beschäftigen halt meine Gedanken viel mehr, wie es einer der anderen tun kann. Jetzt nun sehe ich Sie dort in dem Tal einsam herumgehen, stehen bleiben in das Wasser schauen und über sich über die Menschen und Ihr Stehen zu diesen nachgrübeln und sich fragen bin ich's bin ich's nicht! Hugo ich glaube Sie sind noch jung, sehr jung, aber reif an so vielem, da weiß man nicht, ist man heute alt oder das Gegenteil. Und wohl sehr reich an dem Wichtigsten, was man selber wohl nicht mit Gewißheit wissen darf, aber die anderen die spürens.

Sie fragen nach Schaeffer, ja da ist eigentlich nicht so viel zu sagen, ich habe ihn noch wenig gesehen, (was aber meine Schuld ist) nein etwas wirklich Bedeutendes ist dieser Mensch nicht. Dieses wirkliche geheimnisvolle Etwas um die Kunst hat er meinem Empfinden nach nicht. Er gab mir ein Buch von sich, »Gudula«, es hat mich wenig interessiert und enthält nur wenige wirkliche Sätze meinem Gefühl nach. Er hat schon die Liebe zu allem Schönen, Wahren. Natürlich ist es für mich angenehm mal mit einem Menschen über etwas sprechen zu können was mit einem Buch zu tun hat. Im Ganzen ist er wohl mehr ein Männermann als für Frauen, seine Frau hat mir einen sympathischen Charakter, begabt. Sie werden vielleicht mal einen schönen Spaziergang mit ihm machen können, aber er wird wohl nie einen größeren Platz in Ihrem Leben einnehmen können.

Nun habe ich aber mal wieder so an Sie hingeschwätzt, so wie lange nicht und will nun aufhören. Ich las zum ersten Mal etwas von Kassner, hatte immer Angst davor. Der Tod und die Maske und fand so schönes drin. Hatte gestern Abend große Freude an Rilkes Rodin.

Sagen Sie gibt es ein schönes Buch über Beethoven? Kassner empfiehlt sehr ein neues Buch von Keyserling, ich habe leider den Titel vergessen, nicht die Indienreise.

Leben Sie wohl Hugo, denken Sie an mich in Harmonie lebend ohne Gehetztsein.

Ihre Ottonie.

Aussee, den 11ten 9. 19

Ihr Brief vom 25ten Juli war lange vor mir, als ob ich ihn gestern bekommen hätte, alle Sätze so lange frisch, wie gute kräftige Blumen, die man in der früh zu einem Strauß abgeschnitten hat und die lange halten. – Daß man ein Ding mit Augen sehen darf, wie den Isenheimer Altar, ist zu wunderbar, aber gleich wunderbar u. selten in Ihnen die Gabe, dies ganz aufzunehmen, die Kraft, sich so davon erfüllen zu lassen. Überhaupt sind Sie, wie Sie sind, durchaus unvergleichlich u. müssen sich so nehmen. Nein, daß Sie in irgendwelche Jahre kommen und irgendwelche törichte Gedanken über Sie kommen sollten, oder sonst etwas Schematisches, Aller-welt-mäßiges, das

kommt mir nicht in den Sinn. Sie und Ihr besonderes Schicksal sind einmal eins, und ich danke Gott daß ich Sie habe, und möchte Sie immer mehr haben. – Daß ich noch recht jung bin in gewisser Weise, damit mögen Sie recht haben, so kommt es mir auch vor, wenn mich Gedanken und Gestalten überströmen, die festzuhalten Decenien nicht ausreichen würden, oder wenn ich so einsam durch ein Bergtal mein Rad hinschiebe, wie vorvorgestern übers Gebirg hin nach Salzburg, um Reinhardt ein letztes Mal zu treffen, vieles zusammen auszusinnen, in der wundervollen Stadt mir selber so nahe, Ihnen nahe zum Greifen, die Mondnacht so schön, daß ich nicht einschlafen wollte, das Canapé auf das ich mich gelegt hatte, zum offenen Balcon hinzog, mit offenen Augen einschlief, wieder aufwachte, in einer andern Helligkeit die Türme und der schöne Fluß, bald geisterhafte Mitternacht, bald geisterhafter Morgen – wer erlebt das? ein junger Mensch!
Ich bin sehr froh, daß Sie Christiane nun doch hinnehmen können u. wollen, es liegt mir mehr daran als ich sagen kann und sie freut sich auch unsäglich darauf, sie spürt genau, wer ihr gut tun kann, wen sie nötig hat, überhaupt ist das leichte und freie Annehmen u. Aufnehmen eine ihrer besten Seiten. Schlechtes hat sie überhaupt nicht im Character, viel gute natürliche Anlagen, ein natürliches Gleichgewicht, Tact, bon sens, auch Discretion u. Bescheidenheit – aber noch zu wenig Erziehung – weiß nicht – au pied de la lettre – wie man geht und steht und sitzt, redet bald zu frei, zu viel, ist gar zu unbekümmert, auch im Leiblichen schaut sich nicht in den Spiegel. – [...]
Sie wird am 17ten um 4^h früh hier wegfahren, ist abends $8^h 30$ in Rosenheim, da werden Sie sie schwerlich können abholen lassen? Also telegrafieren Sie bitte gleich den Namen des Gasthofs, mit dem Sie etwa ein bißl Bekanntschaft haben, wo sie allein übernachten kann, u. bestellen ihr das Zimmer dort so daß die Wirtsleute sehen, daß sie zu wem gehört.
Bitte richten Sie gleich an die Polizeidirection in Wien I Schottenring ein mit den richtigen Familienangelegenheiten be-

gründetes Gesuch um die Erlaubnis zur Einreise nach Wien und Umgebung in der Zeit zwischen 2ten und 7ten October für einen zweiwöchentlichen Aufenthalt und legen dem Gesuch die *10 Kronennote* bei, die in diesem Brief steckt.
Also bitte das Telegramm mit dem Namen des Gasthauses in R. gleich schicken.

Ihr Hofmannsthal.

[Hinterhör
Station Raubling
Oberbayern.]
9.11.19.

Ob Sie wohl noch dort sind in Aussee und arbeiten können? ich denke doch und hoffentlich ist der dritte Akt seinem Ende nahe? Ich wollte Ihnen so gern schon etwas Positives über die Zeitschrift mitteilen, aber leider ist bei uns seit einiger Zeit Bahnsperre, sodaß Frau Heiseler nicht herkommen konnte, nach dem 21ten soll man wieder reisen dürfen. [...]
Es war entzückend bei Ihnen Hugo und ich hatte ordentlich Mühe mich wieder in das Leben [...] einzufinden. Aber das Häusel ist nach wie vor lieb und atmet doch eine entzückend klare Luft und Harmonie aus. Ich freue mich schon rasend auf den Januar und Sie und Rudi, wenn er nur auch kommt. Ich werde nachher an Clärchen schreiben, sie soll es herausfinden. [...]
Eine Büchersendung kam mit dem neuen Kassner und Tessenow, den ich *ausgezeichnet* finde, der wäre sicher jemand für die Zeitschrift. Ich las auch kürzlich in der »Krisis« und muß trotz Borchardt sagen, es ist alles gewaltig.
Ich habe wirklich durch Sie so viel mitgebracht, kann so viele meiner Bücher wieder neu sehen. Schaeffer hat mir gleich das Märchen entwunden, so daß ich es Baby noch nicht vorlesen konnte.

Wie gerne wäre ich noch in Aussee, könnte mit Ihnen gehen und hörte schöne Sachen abends, aber es war gut, daß ich zurückkam, denn es mangelte an Vielem bereits. Leben Sie wohl, ich bin Ihnen für so Vieles dankbar.

Ihre Ottonie.

Aussee 13 11. 19.

Liebe, da sitz ich im Halbdunkel, zu finster zum Lesen, zu hell um die Lampe anzuzünden, und denke gerade an Sie, und daß ich Ihnen jetzt schreiben will und Ihnen Adieu sagen für Aussee (weil ich vielleicht übermorgen nachhause fahre, Schereschewski hat telephoniert, er ist zufällig mit dem Auto in St Gilgen u. will mich mitnehmen) – da klopfts und man bringt mir Ihren Brief.

Ja, der dritte Act ist so gut wie fertig, auch die entscheidende Scene zwischen Cari u. Helene, heute oder morgen bring ich die zu Ende, und auch am zweiten Act hab ich die sehr entscheidenden Veränderungen angebracht, da hat mir Andrians scharfe aber gerechte Kritik sehr genützt: in den Scenen der »Freundinnen« einiges verändert und ziemlich viel weggelassen – es war zu viel Quälerei für die arme Toinette, das war beinahe lugubre; dann die Scene Helene–Neuhoff länger u. stärker, man sieht Neuhoff mehr u. dadurch auch Helene mehr – dann aber die Schluß-Scene viel leichter, lustspielhafter und am eigentlichen Schluß mehr in der Schwebe und im Zweifel. –

Sie haben so viel auf sich genommen, Ottonie – wegen der Kühe u. des Mannes wird Jella ja die Correspondenz führen – wegen meines séjours in der Schweiz aber plagen Sie sich bitte nicht, behandeln Sie das bitte ganz leicht, als rechte Nebensache, denn ich habe hier verstanden, daß ich – ohne mich herunterzuquälen – mir nicht zu viele Landaufenthalte im Winter zumuten darf aber den in Hinterhör wollen wir *sehr* fest halten und aber keine embarras de richesse arrangieren, sondern vielleicht zuerst ein bisserl ich allein, dann Rudi und so! es ist gegen meine Natur, meine ganze Seele hängt an der lebendigen belaubten Baumlandschaft, die schwarze entlaubte ist mir ganz gespenstisch, und den Schnee hab ich ja auch gar nicht lieb. Nach Ihrem Fortgehen u. nach dem von Irene hab ich hier fünf oder sechs ganz elende Tage gehabt, bin ganz in mir zusammengefallen, unter einem öden immer bleigrauen Himmel konnte ich kaum von einer Secunde zur andern kommen, ein Vormittag wird mir da wie ein Monat – eine von meinen komischen kleinen Krisen, ein bißl Fieber hatte ich auch – was mich recreierte und mein Selbst eigentlich wieder zum Leben brachte, waren wundervolle Briefe von Pannwitz über das Märchen, einer nach dem andern, jeden Tag kam einer, so warm und zart u. unendlich ermutigend. Dann war mir auf einmal wieder gut, und ich konnte arbeiten, nicht nur an *diesem* Lustspiel, sondern auch an einem Anderen, *meinen* bourgeois gentilhomme, wienerisch, das Sie sehr amusieren wird. Für dieses hatte ich eine Unmenge entscheidender Einfälle in den letzten Tagen, die mich manchmal selbst zum Lachen brachten.

d 14ten
So rührend war mir Ihr kleiner Zettel, den Sie mir in der Nacht vor dem Fortgehen schrieben. Ich wollte ja aufstehen Ihnen Adieu sagen, wachte um ¼3 auf, dachte ich würde die halbe Stunde leicht halbwach im Bett bleiben u. an was denken können, da schlief ich aber fest ein, u. als ich dann aufwachte, da waren Sie weit weg. Das was Sie schrieben vom »Beschenken«, das ist ja ganz gegenseitig, nicht einseitig, – was ich durch Ihre Gegenwart empfange, könnte ich mir selbst gar nicht definieren, wozu soll man auch definieren? Ihre Gegenwart ist etwas ganz Starkes, es ist wirkliche Gegenwart, darum läßt sich auch das fluidum davon nicht ahnen, nicht hervorrufen, nicht erinnern – es ist eben da, wenn Sie da sind und leider fort wenn Sie fort sind. Es ist wie ein sehr reines klares Wasser, das den Durst zwar stillt, von dem man aber doch immer wieder trinken

möchte. Mit Gerty ist es ähnlich – aber freilich ist sie ja wieder ein ganz ganz anderes Wesen. Das sind die reizenden wirklichen Frauen die Gottlob ganz und gar keine Spuren in der Literaturgeschichte zurücklassen werden, nicht einen Brief mit dem sich »was anfangen läßt«, eine unklare, conturlose Biographie, gar keine Vergleichsmöglichkeit mit der Frau von Stein und der George Sand! So waren einige von Goethes reizendsten Freundinnen, unter andern Minna Herzlieb mit dem »runden Gesichtchen«, von der man fast gar nichts weiß, und die doch das Vorbild der Ottilie war, also sicher ein wunderbares aber ganz »uninteressantes« Wesen.

Nein, Ottonie, Sie sind schon eine sehr charmante Frau, und ganz wunderbar ist so etwas an Ihnen, wie daß Sie jetzt nach all dem durchgemachten frei und schön über den P. denken und das Große an ihm fühlen können – so etwas rührt mich unendlich, das sind eigentlich die einzigen Sachen die mich wirklich rühren. [...]

Aber darin haben Sie ja wenigstens ganz recht, daß man sich immer wieder kennen-lernen muß u. daß man ganz im Anfang des Kennenlernens gerade wieder war.

Ich schicke übrigens diesen Brief offen, da wird ihn gewiß niemand lesen, der Ihre aber kam geöffnet von der Censur.

Sie werden sehr viel Vergnügen von Keyserlings Buch haben, es ist ein seltsames Buch, nur jemand aus der Gesellschaft der zugleich ein enormes geistiges Training hat, also vielleicht nur ein baltischer Edelmann konnte es schreiben – die »deutsche Lehre« dagegen, in die ich täglich mehr und mehr eindringe, ist ein stupendes Wunder von einem Buch, mehr kann man nicht sagen. Wir wollen alles tun um zu helfen daß dieses Buch unter den armen verworrenen, ihres Selbstgefühles verlustigen Deutschen Epoche mache, sie zu sich selber führe mit seiner wunderbaren Gerechtigkeit und seiner unendlichen balance.

Und Herr Schaeffer, ein mittelmäßiger Dichter, soll sich selbst mein Märchen kaufen u. *das* Märchen sofort an Baby, ein wunderbares empfängliches Kind, überlassen, damit sie etwas

Sympathie gewinne für einen gar nicht vorhandenen Freund ihrer reizend vorhandenen Mutter

Ihr H

Rodaun
[vermutlich 19. oder 20. 11. 1919]

Liebe, ich schreibe nur ein paar Zeilen um zu sagen daß ich durch Christiane weiß, Sie waren wieder einmal zu einer dieser Hetzreisen genötigt, die ich so ungern habe.
Nun quält es mich dauernd, daß ich Sie in Aussee mit so viel Angelegenheiten beschwert habe, andererseits hänge ich nun, mangels irgendeines Bescheides – was ich mir wohl als negativen Bescheid zu interpretieren habe – völlig in der Luft mit der Zeitschrift-sache, muß Verschiedenes demgemäß schwebend behandeln u. wohl lieber nicht verhindern wenn Mell indessen anderwärts sich bindet.
Um das wirklich Wichtige aber herauszuheben so wäre dies: daß ich bis zum 15ten XII spätestens wissen müßte ob das Kommen nach Hinterhör circa 10 I. möglich – unmöglich würde es durch das Verbleiben von Herwarth auf dem Schloß, dem ich nie mehr zu begegnen wünsche – ferner ob Sie so gut sein könnten, mir für einen früheren oder späteren Berliner Aufenthalt bei der Stifts-oberin Unterkunft zu erwirken.
Ich würde dann sehr gerne zunächst mit Gerty im Jänner kommen, dann länger bleiben – ich ginge von da vielleicht nach Berlin. In die Schweiz möchte ich, wenn der Verkauf des Hodler endlich durchgeführt, – Burckhardt ist wie alle sehr eleganten Menschen furchtbar inefficace – etwa Anfang April gehen und dann ein bißchen nach Italien.
Ich hoffe um alles, daß man uns den Jänner nicht verdirbt. Von Rudi auch für das Märchen keine Zeile des Dankes, wie man es fast erwartet. Auch aus Degenershausen auf das Märchen u. zwei Briefe, an Mutter u. Sohn, keine Empfangsbestä-

tigung. Man frägt sich ob die Exemplare überhaupt ankommen.
Hoffentlich kommt bald ein bißchen Nachricht von Ihnen. Ein sehr tiefgehender Aufsatz von Pannwitz kommt im Decemberheft des Neuen Mercur

Ihr Hugo

[Hinterhör
Station Raubling
Oberbayern]
7. XII. 19.

Als ich vor einigen Tagen von Konstanz – Eybach – München zurückkam, fand ich einen ganzen Stoß von Briefen auf meinem Schreibtisch, so mitten drinnen, beinahe versteckt Ihr lieber Brief aus Aussee, er machte mir mein ohnedies so liebes Häusel gleich so mollig und warm, haben Sie tausend Dank. Nun sind Sie ja auch fast schon drei Wochen wieder in Wien, haben hoffentlich das Zusammenklappen gleich wieder überwunden unter Gertys tapferen Sorgehänden. [...]
Gestern habe ich endlich die Begegnung mit Frau Heiseler haben können, sie wird am Mittwoch mit diesem Verleger sprechen und falls er das Geld zur Verfügung stellen kann, fahre ich am Donnerstag in die Stadt, um mit ihm selbst zu sprechen, damit wenigstens die etwaigen Vorbedingungen erledigt sind, eh Sie und Rudi herkommen. Ich hoffe ja wirklich, daß es möglich ist, denn mir kommt es immer notwendiger vor, daß in dieser gehetzten Zeit sich mal ein literarischer Ruhepunkt unter den Zeitschriften auftut. Gestern kam »Keyserling« bei mir an, vielen Dank, – aber so viele neue Bücher, ich bin ganz selig und stolz, werde aber wohl in den nächsten Tagen noch nicht daran kommen, da ich tief in Weihnachtsvorbereitungen stecke.
Wie schön, daß Sie die Comödie so gut weitergebracht haben

und an Ihrem eigensten Wienerischen selbst so viel Freude hatten. Und dann kamen Pannwitzsche gute Briefe, wie schön von ihm, aber da liegt ja sein Gutes und wenn man wie Sie es verstehen, sich ihm immer wieder rechtzeitig zu entziehen, da gibt er auch dann nur von den Schätzen die er zu vergeben hat und sein tiefes Verstehen und seine Liebe zu Ihrer Kunst ist ja wirklich sehr groß bei ihm da und ist ja für mich außer seinem Genialen immer wieder das Bindeglied mit ihm gewesen ganz ohne Sentimentalität. Ich würde sie schon gern mal lesen, diese Briefe. Könnte er denn nicht irgendwo das Märchen besprechen?

Was wird aus dem Weihnachtsspiel in Salzburg? es ist für Sie gewiß zu schwierig hinzukommen und wie wird's mit Aussee, sind Sie dort an Weihnachten? Aber Hinterhör bleibt fest, nicht? so Anfang Januar, Rudi kommt dann auch, ich freue mich unglaublich darauf und hoffe nur, daß Sie wirklich sich hier wohl fühlen können. [...]

Nun Addio liebe Grüße Ottonie.

Hinterhör 9. 12. 19.

Durch unglückliches Nachsenden kommt dieser Brief von Rudi erst jetzt in meine Hände. Da ich weiß *wie* tief auch Sie von dem Inhalt getroffen werden, habe ich nicht den Mut Ihnen irgend etwas vor zu enthalten, denn ich finde nur das Verschweigen verschlimmert solche Sachen, da dann die Fantasie so freie Bahn erfindet und ungehemmt ins Weite schweift. –

Armer Rudi – armer Borchardt, man weiß nicht wessen Not einen dabei tiefer ergreift. Ich habe Rudi gleich geantwortet und ihm versichert, so viel ich von Ihnen wüßte, würden Sie Borchardt sicher nicht fallen lassen, gerade jetzt da er das Halten so notwendig braucht. Habe ihm auch gesagt, wie Sie selbst damals Eberhard ins Gewissen geredet hätten. Borchardt muß eben mit anderem Maß gemessen werden und wenn man ihn jetzt fallen läßt, wird wohl all sein ungeheures Ungeborene auf ewig dahin sein. Rudis Brief an Borchardt ist über alle Maßen wunderbar, so unsagbar viel Wärme, die aus jedem Wort ihm hat entgegenleuchten *müssen.* Hugo, was ist denn nur dieses kleine bißchen Erdendasein für eine unsagbar schwierige Wanderschaft, besonders für alle die, die nur ein wenig über dem Rahmen des Durchschnitts hinausragen!

Eines tröstet mich bei diesem allen, daß Sie bald hier sein werden, heute oder morgen in vier Wochen, daß dann Rudi kommt und wir alles besprechen können und Sie mehr noch davon hören und dadurch freier werden. [...] Daß Gerty mitkommt, finde ich *reizend,* hatte es schon gar nicht mehr zu hoffen gewagt. – Wegen Mell habe sofort telegraphiert, denn es ist doch noch zu ungewiß mit der Zeitschrift, besonders wenn Borchardt *so* unsicher geworden ist. Ich werde jedoch trotzdem dieser Tage in die Stadt fahren, um die schon erwähnte Vorbesprechung zu haben. –

Wegen Ihres Hodlers werde ich sogleich noch mal an Puppy schreiben (obgleich Sie ja eigentlich van de Velde nicht bei dem Verkauf haben wollten), sie ist ja ziemlich praktisch, kommt nach Weihnachten nach Zürich und kann sich dort mal nach den momentanen Preisen erkundigen, wieviel erwarten Sie sich als Geringstes? Sie könnten ja auch alte Schmuckgegenstände dort verkaufen, was doch immerhin jetzt viel ausmacht bei der Valuta.

Traurigen Herzens schicke ich diesen Brief und bitte Sie, wenn Sie nicht antworten können, mir wenigstens durch Christiane einige Zeilen zukommen zu lassen.

In Treue

Ottonie.

[Hinterhör] 11. 12. 19.

Ob Sie meinen Brief wohl schon haben, was gäbe ich darum, könnten Sie gleich hier sein, diesen zauberhaften Sonnenwintertag mit frischer Schneelandschaft hier erleben, wir könnten draußen gehen und über alles reden. Es war merkwürdig, daß Sie mir grade den Brief Pannwitz über Borchardt schickten, als mein Brief über Borchardt zu Ihnen reisen sollte. Pannwitz hat da schon in vielem *so* Recht, überhaupt finde ich doch alles sehr (unglaublich) gut gefühlt von ihm. Überhaupt sieht er ja fast immer aus seiner Einsamkeit heraus so richtig, so frei, aber wohl auch leicht zu maßlos. Denken Sie Hugo, eine ganz kleine Angst kommt mich diese Tage an, daß ein Verlieren von Borchardt Sie unwillkürlich mehr zu Pannwitz hintreibt, was ja einesteils ganz selbstverständlich und gegeben wäre und Ihnen all das an Anregung brächte, was Sie brauchen und suchen, – wenn nicht dieses ewige Zuviel in diesem unglücklichen Menschen Ihre Zeit dann auffressen würde und dadurch Ihre Arbeit gefährdet. Aber nicht wahr diese Angst ist wohl unnötig?
Ich warte immer noch auf Bescheid aus München, ob ich heute oder morgen hinein soll.
Tausend Dank für das Inselschiff, was haben Sie da für schöne Gedanken gesagt!
Mädy hat sicher das Märchen bekommen, ist aber tief in Meineweh mit Einrichten beschäftigt, [...] wird also vor Weihnachten keine Zeit zum schreiben haben. Der Junge schrieb mir, daß er einen Brief von Ihnen hätte, geniert sich immer etwas zu antworten.
Viele liebe Grüße allen

Ottonie.

Wien 13 I. 20.

Liebe Ottonie,
ich muß das Unangenehme, vor allem für mich sehr unangenehme schnell sagen: ich bin ein bißchen krank, ohne daß es die geringste ernstere Bedeutung hätte, weder für den Moment noch für die Zukunft, aber mein Arzt läßt mich absolut nicht reisen vor dem 5ten Februar etwa. Der Hauptpunkt nun: wird man dann reisen können? Hoffentlich. Vielleicht ist sogar die momentan sehr böse Situation wieder entspannt. Zweitens: können Sie mich dann noch brauchen für etwa 10–14 Tage? Hoffentlich ja. Das dritte: läßt sich Schröder dann noch festhalten? (dessen Kommen sich vielleicht gerne bis dahin hinauszögert?!) Mir liegt so *unendlich* viel daran, ihn in dieser Spanne unserer Existenz wiederzusehen, es hat eine fundamentale Bedeutung für unser ganzes weiteres Freundschaftsleben daß wir uns jetzt bald ausgiebig sehen. Bitte übermitteln Sie ihm das, ich weiß nicht wo er ist, er hat mir auch für das Märchen nicht gedankt – aber das ist ja gleich – er soll nur jetzt an mir festhalten u. es auch zeigen dadurch daß er kommt! Ferner: werden die Leute in der Zeitschriftssache noch so viel Geduld aufbringen? Vielleicht ja, in Würdigung der technischen Schwierigkeiten. Wenn nicht so müßte man dies fallen lassen.

Von Borchardt ein schöner lebensfreudiger Brief, voll stolzer Nachrichten über alles was im Druck ist: ferner die beiläufige Erwähnung, er habe im letzten Jahr 30.000 Mark verdient; ferner kein Wort der Erwähnung seiner ganzen Unglücksdinge (Mir wäre lieber, er wäre nicht so schnell damit fertig.) Von Marie Louise ein ganz reizender unendlich sympathischer Brief mit dem Ausdruck des absoluten Festhaltens an ihm. Muß eine vortreffliche Person sein. – Bitte verlieren Sie nicht die Geduld über diese unglückliche zufällige Sache u. schreiben mir bald u. helfen ein paar Menschen zusammenhalten!

Hugo

Wien 27 1. 20.

Liebe,
das Folgende im Telegraphenstil, weil ich höre, es fährt jemand verläßlicher nach Deutschland u. Post ist ja so gut wie unbrauchbar geworden (das Schwerste ist dies von allem was mir in den 5 Jahren zustößt, mir schwerer als die Teuerung.) Wenige Tage nachdem ich Ihnen hatte absagen müssen, erkrankte hier Gerty unter sehr heftigen Schmerzen an Gallenblasenentzündung. Das erste war ein neunstündiger Anfall wirklich jammervoller Schmerzen u. ich hier mit ihr ganz allein in der Dachwohnung. Dann bekam sie Morphium, der eigentliche Anfall ging rasch zurück, aber Nachkrankheit und Beschwerde ist noch da, auch etwas Fieber u.s.f.

Mein eignes Befinden ist indessen besser geworden. Nun habe ich gar keine Möglichkeit mich mit Rudi zu verständigen. Schreibt oder telegraphiert man ins Leere, so ist das Warten auf Antwort eine so große Belastung der Nerven. – Ich glaube es wäre weitaus die beste Combination wenn er und ich etwa 15/II. oder so für 10 Tage zu Ihnen kommen könnten. Reinhardt nämlich ließ mir depeschieren, er rechne mich Anfang März in Salzburg zu sehen – so würde ich die Reise nach Berlin sparen.

Vielleicht können Sie Rudis durch Depeschen habhaft werden, eventuell durch Beuthenerstraße 7, für mich ist das geradezu eine Lebensnotwendigkeit ihn bald zu sehen. – Von Borchardt ein Brief strahlend, fast unheimlich durch gute Laune. Das was passiert ist, berührt er nur sehr cavalièrement. Der Brief ist mir mehr unheimlich als erfreulich. Von Pannwitz furchtbare Briefe (mit Schonung meiner Person) eine völlige Wahnsinnskrise. Er lebt mit einer vierten Frau, einer Jugendgespielin. Wenn er jetzt nicht verrückt wird, wird sichs wieder bessern.

Ich habe mir keine leichte Welt aufgebaut. Aber man muß den Kopf oben behalten. – Hier Müller-Hofmann und Carl Burckhardt eine große ressource. – Christiane läßt grüßen. [...]
Bitte um Nachricht, bald. Ihr Hugo

Wien. Stallburggasse 2.
6. 2. 20.

Liebe Ottonie, mein guter Rudi
Vorgestern abends empfing ich Ottonies Zeilen vom 30/1. enthaltend den Brief Rudis vom 22, der so schön für mich übers Märchen, so tief ernst u. betrübt über unseren Freund. Die Nacht darauf und den gestrigen Tag erfüllte mich ganz dies Traurige, schwer zu Tragende. So stehen wir nun da: Eberhard tot, Borchardts Bild für uns so verzerrt, so verfinstert, ach vielleicht auf immer – obwohl in beiden Nächten seither immer wieder das Schöne, Große, ja im *tiefsten Gute*, das ich in den letzten Jahren an ihm erlebt habe, sich gewaltsam mir nach oben drängt! – und Rudi u. ich so unselig auseinandergehalten durch die unselige Verkettung physischer und mechanischer Umstände! Daß Rudi dies eine mal so pünktlich sein mußte! wäre er diesmal um zwei Wochen zu spät gekommen, so könnte alles noch gut werden! – So aber bin ich so ratlos u. verzagt u. betrübt wie kaum je im Leben, dazu so gar nicht Herr meiner Kräfte. Ihr werdets verstehen: Gerty liegt seit drei Wochen hier in der Dachwohnung, dem Taubenschlag, ohne Küche, ohne Telephon (die Gallenentzündung war nur der Anfang, dann kamen andere Krämpfe, Blutungen, Fieber) – und ich, ihr einziger Pfleger, bin selber krank, heimgesucht von einem alten Übel – hätte genau in diesen drei Wochen viel liegen sollen, liegen u. Wärme haben, statt dessen war ich viele Nächte schon um 3 Uhr früh auf, lief herum ängstigte mich – nun ist es so, daß wenn ich mich verkälte in der letzten Phase des Übels, ich mehr als leicht Gelenksentzündung bekommen kann, und nun sind die Schnellzüge eingestellt, nur ungeheizte Züge bis Salzburg, die Abfahrt von Wien weit weit schlimmer als wir sie im November kennen gelernt haben – so *kann* ich ja nicht fahren, ich bin ja so herunter, daß ich kaum die Nerven hätte, einzupacken – in 8–10 Tagen, wenn ich hätte in Rodaun ein paar Tage im Bett bleiben können, wäre alles besser, alles möglich –

und nun sehe ich aus Brief u. Telegramm, daß Rudi unmöglich bleiben *kann*, was soll denn nun werden! O Gott! Nun hätte ich hier die Fäden in der Hand, eine schöne kleine Zweimonatsschrift zu gründen, ganz für uns paar Menschen, das alles existiert ja nur, wenn ich es mit Rudi durchsprechen kann – u. ich kanns ja nicht tragen, weiter so ganz allein in all diesem zu existieren – aber wenn ich die paar Menschen wenigstens im Geistigen im Productiven zusammenhalten könnte so würde ich selber den Druck des Mechanischen weiter ertragen können und auch den andern helfen können ihn tragen – aber was fang ich nur an, wenn ich Rudi nicht sehen kann?!

In meiner Ratlosigkeit gestern bat ich ihn herzukommen als meinen Gast – er wirds ja nicht tun können – so ist man wieder auseinandergerissen. Gott weiß wie lange! – Ottonie, ob er könnte, ganz als mein Gast von Bremen ab für die Reise u. alles, in paar Wochen wieder zu Ihnen kommen, oder in 14 Tagen – in Deutschland ist doch glaub ich das Reisen keine solche Hölle – ich würde dann alles mit ihm aufbauen können – könnte ihm auch, das fühl ich, Trost und Freude geben! wie *sollen* wirs denn nur machen, daß wir zusammenkommen! Seit gestern ist das Fieber bei Gerty sehr niedrig, die ewigen Schmerzen gemildert, ich glaube in 10 Tagen könnte ich reisen, aber das nützt ja nichts!

Ihn später in Leipzig treffen? Aber was für eine schlechte Situation ist das im Vergleich!

Gebt mir irgend eine Antwort, findet mir irgend einen Ausweg!

Euer Hugo.

Hinterhör 9. 2. 20.

Es ist ja wirklich zum Verzweifeln, daß Ihr nun nicht zusammenkommen sollt, da Ihr es gerade beide so nötig hättet. Schröder hatte es sich nun, da Sie erst am 10ten kommen wollten, so eingerichtet, daß er inzwischen alles was er in München zu tun hatte, in diesen Tagen abmachte, um dann später gleich nach Norddeutschland gehen zu können, wenn Sie hier abreisten. Dummerweise hat Rudi keinerlei Ausweis von Bremen mit und auch keine Erlaubnis sich in Bayern aufzuhalten, sodaß er jetzt hier um keinen Paß nach Österreich nachsuchen kann und bei den momentanen Postverhältnissen könnte ers nicht abwarten, bis von dort alles käme. Ich telefonierte mit ihm, doch hoffend er würde etwas tun können um noch nach Wien zu kommen, aber er sagte es sei ganz unmöglich. – Ich kann Ihnen garnicht sagen, *wie* jammervoll es uns allen ist. Rudi und ich hatten uns ja so rasend auf Sie gefreut und es wäre zu schön gewesen. Das kleine warme Häusle, mit momentan guter Verpflegung, abends Musik von Bärbi und Albrecht, Rudi hat einige schöne Sachen für Cello und Klavier komponiert, – da waren wir so sicher, daß Sie sich in wenigen Tagen erholt hätten, dazu märchenhaftes Wetter. Ach Hugo manchmal nimmt etwas einen so guten Anlauf und dann brichts mitten zusammen. Rudi kam wirklich kaputt an, die ganze Borchardt-Sache, die natürlich grauenhaft grotesk im Einzelnen gewesen ist, hatte ihn furchtbar mitgenommen, er hatte gehofft sich hier mit Ihnen ein klares Bild machen zu können, so habe nun ich mit ihm alles durchgesprochen, ob ich helfen konnte weiß ich nicht, doch ist er nach einigen Tagen befreiter geworden und hat dann wunderbar gedichtet.

Rudi meinte nun im Telefon, ob Sie nicht Ostern nach Degenershausen kommen könnten, da er dann dort Eberhard's Grabstein machen muß, wenn ja, dann würde ich eventuell auch kommen. Rudi hat so viele Aufträge die er machen *muß*, da er doch jetzt ein eigenes Haus hat und genügend für sich und Dora verdienen muß. Falls Sie aber doch noch nach Salzburg gehen um Reinhardt zu treffen, kämen Sie eventuell anschließend zu mir (dies abgesehen von Degenershausen) und Gerty mit, um sich hier etwas zu erholen? Arme Gerty, was muß sie

ausgestanden haben und ist gewiß immer noch nicht beieinander? Bei Ihnen ist's wohl Unterernährung oder wart Ihr noch besser daran?
Heute Abend erwarten wir Rudi wieder für einen Tag, da kann ich nochmals alles mit ihm besprechen und bald wieder schreiben. Einstweilen grüße ich Euch alle recht trauernd und wünsche baldige Genesung. [...]

Ihre Ottonie.

Hinterhör 11. 2. 20.

Lieber Hugo, Ihr heute eingetroffener Brief hat Rudi und mich ganz aufs Neue mit bewegt, daß die arme Gerty so schwere Zeit durchzumachen hatte, ist wirklich arg, wenn es nur jetzt endgültig mit den Schmerzen vorbei wäre und Sie beide sich etwas erholen möchten. Der Zustand muß ja denkbar trostlos sein, in der Stadt drinnen ohne Küche, ohne jede kleine besondere Hilfe. Daß sich alles so dumm treffen mußte, da Rudi wohl fast das erste Mal in seinem Leben pünktlich kam, trotz eigener Krankheit, etwas sonst so Ungewohntes bei ihm. Ja Hugo momentan ist also leider wirklich keine Vereinigung möglich, aber bis Ostern wären ja nur mehr 6 Wochen, bis dahin sind Sie gewiß wieder ganz frisch. Natürlich wäre ich glücklicher Ihr kämet dann alle wieder hierher zu mir, aber das scheitert an Rudi. Vielleicht finden Sie auch bis dahin jemand, der Sie per Auto mit bis an die Grenze nimmt, denn bei uns ist das Reisen ja nicht ganz so schlimm als bei Euch. Evt. könnte Geiger in Berlin zu tun haben dann oder es sich so einrichten. Wenn Gerty mitkäme, das wäre ja zu nett. – Rudis ausführlicher Brief heute sagt Ihnen ja eigentlich alles, sodaß ich nun nur nochmals wünsche, daß Ihr besseren Zeiten entgegenseht und Sie nicht mehr daran verzweifeln, da das Zusammentreffen sich doch in Bälde realisieren wird.

Ihre Ottonie.

Hinterhör 17. 2. 20.

Rudis Brief konnte erst heute abgehen, da ich ihn nochmals abschreiben mußte für Rudi selbst. [...]
Rudi und ich haben dann noch besprochen, daß es fast besser wäre, das Zusammentreffen nicht gerade auf Ostern, sondern etwa vierzehn Tage nach dem Fest zu legen, sagen wir ca. 21ten oder 23ten April und über Eberhard's Todestag dort zu bleiben. Das gäbe Rudi etwas mehr Zeit jetzt daheim zum Arbeiten und dort wäre es schon etwas wärmer, was ja auch besser wäre. [...]
Ich hoffe so *sehr*, daß etwas daraus wird, denn auch Rudi bedarf Ihrer. Borchardt hat ihm zu weh in allem getan, auch besonders auf dem Punkt Produktion, daß es dringend von nöten ist, daß ihn jemand wieder aufrichtet. Ich habe getan was ich konnte, aber ich weiß ja, daß das nichts hilft und zu sagen hat. Schreiben Sie ihm bitte *bald* etwas über die Ode (die Borchardt allerdings noch gut gefunden haben soll). Rudi hat auch so sehr ein Zeichen der Liebe nötig, sonst zieht er sich noch ganz in sich selbst zurück.
Er ist ein so herrlicher Mensch, so treu, so schön in all seinen Äußerungen, daß es ein Genuß war, mit ihm zusammen zu sein. Natürlich haben wir auch köstlich gelacht bei seinen wahnsinnigen Witzen, die Bärbi mit ebenfalls prachtvollem Humor bereicherte, oft konnten sie beide gar nicht abwarten bis er wieder eine Geschichte beendet hatte, um mit einer noch besseren loszulegen. Beide haben uns am selben Tag verlassen und Hinterhör ist recht still geworden. [...]
Wie mag es denn nun bloß der armen Gerty gehen, ob sie wieder auf sein kann? Habt Ihr denn etwas zu essen? sonst soll sie doch ja zu mir kommen. –
Falls Müller-Hofmann nach München reist, soll er nicht vergessen in Hinterhör hineinzuschauen, sagen Sie's ihm doch. [...] Leben Sie wohl, Hugo. Bessere Zeiten für Sie und Gerty

stets Ihre Ottonie.

Rodaun, am 24. 2. 1920

Liebe Ottonie

Ich dictiere Christiane, weil ich abermals zu Bett liegen muß. Im Ganzen liege ich nun hier schon seit 16 Tagen und Gerty drinnen in der Stadtwohnung bald sechs Wochen. Sie schreiben, sie solle zu Ihnen kommen; aber sie darf ja noch nicht einmal aus dem Bett und im Zimmer herumgehen so ist an keine Reise auch nur entfernt zu denken und gar unter den jetzigen Umständen.

Ich empfing Ihren Brief vom 17/II, früher den vom 11. II., und auch noch vorher einen, ebenso Rudis langen Brief vom 6–13./II. Aber bitte schreibt immer offen, jeder Eurer Briefe wird von Euren Behörden aufgemacht und dadurch verzögert. Ich bin im Begriff einen langen Brief an R. zu schreiben, darin auch über die Ausseer Ode. Diese kam mir seinerzeit in einem Couvert mit den mich tief verstörenden Nachrichten über die Vorfälle mit B. in die Hände. Wie hätte ich da auf das Gedicht eingehen können? Überdies sind mir solche Gedichte Rudis, die aus der unmittelbaren Erregung des Lebens hervorgehen, eher erschreckend und fremd als anziehend. Es ist den wenigsten Menschen gegeben, aus der Erregung heraus das wirklich Dichterische zu schaffen. Borchardt gelingt es manchmal. Es ist sonderbar, daß Rudi das nachher nicht erkennt.

Nun zu Euren Vorschlägen. Es ist auch mein Wunsch, sehr, einmal nach Degenershausen zu gehen, und es ist mir lieber, wenn sichs über den März hinaus schiebt. Denn Februar und März sind in den letzten Jahren seit 1917, böse Monate für mich. Ich möchte also nach Erledigung von einigem Dringendem in Berlin und Leipzig, in Aussicht nehmen, etwa den zwanzigsten oder einundzwanzigsten April in Degenershausen einzutreffen. Voraussetzung ist aber eines: daß von vornherein mein Bleiben über die letzten Apriltage hinaus nicht in Aussicht komme, und daß meine Abreise in keinem Fall als peinlich empfunden werde. Ich habe nämlich eine gewisse Aussicht, wenn die Umstände sich nicht unglücklich wenden, für ein paar Tage zu Anfang Mai nach Mailand gehen und den Rückweg eventuell unter freundlichen Existenzbedingungen über die Schweiz nehmen zu können. Nach der sechsjährigen Kerkerhaft bedeutet mir diese Aussicht unendlich viel und ich würde auch Gerty mitnehmen und sie könnte sich in einem kleinen Hotel in der Schweiz vierzehn Tage erholen. Dies bedeutet mir so viel, daß ich, so unsicher ja alles ist, um alles in der Welt nicht im Vorhinein mir verbauen möchte. Das mechanische Wiederkommen eines Todes- ebenso wie Geburtstages bedeutet mir ja ohnedies nichts. Aber Eberhards Grab im Frühling, im freundlichen Wetter zu sehen, wünsche ich mir sehr, und kann ich dort auch Rudi treffen, so ist ja nach so viel Traurigem auch etwas Freundliches in Aussicht. Vielleicht sind dann im Juni so weit erträgliche Reise- und Lebensumstände, daß Sie zu uns kommen können und wir zusammen Dürnstein und die Wachau sehen können, wie wir es ausgedacht haben.

Ihr Hugo

P. S. Ich wußte eben genau, daß ich krank werden würde u. hätte sich Gerty wohler befunden u. ich die Reise forciert, so läge ich jetzt mit Gelenksentzündung vermutlich in Salzburg. So ist nur ein relativ harmloser aber jäher Rheumatismus mit kleinem Fieber gekommen.

Salzburg 8ten 6. 20.

Ich freu mich so sehr auf ein ruhiges längeres Dort-sein – dann hätten auch Sie wieder einmal ein bißchen Freude von mir, das weiß ich –
nun also folgendes Praktische: hiesige deutsche Paßstelle würde alles freundlichst für mich tun kann mir aber *keine* Einreise nach Baiern (überall sonst hin, nur nicht nach Baiern) geben und die Wiener Botschaft kann dies ebenso wenig ohne

Zureisebewilligung durch das Bezirksamt (wohl Rosenheim). Ist dies zu erreichen? Am besten für drei Wochen! Dann käme ich die letzten Julitage bliebe bis 18 VIII; am 22ten VIII spielt Reinhardt hier Jedermann in der offenen Winterreitschule und erbittet meine Gegenwart ab 19 VIII. Können Sie die Zureise nur für 14 Tage durchsetzen, was ich recht wenig fände – so käme ich erst circa 5 VIII.
Bitte depeschieren Sie mir baldmöglichst nach Rodaun zunächst, ob Sie das erreichen (vielleicht durch Kanzler) oder ob ich versuchen soll Wiener deutsche Botschaft in Rosenheim für mich intervenieren zu lassen – und wenn ja so schicken Sie mir dann das Einreise-document nach Rodaun.
An Mädi schreib ich baldigst anknüpfend an den sehr unangenehmen Eindruck den mir das pêle-mêle Gedenkblatt für Frau von Kühlmann gemacht hat.
Von Herzen Hugo.

[Hinterhör
Station Raubling
Oberbayern]
15. 6. 20.

Diesmal ist wirklich mal etwas schnell und leicht gegangen. Ich war gleich selbst in Rosenheim und habe sogleich die Einreiseerlaubnis bekommen. Ende Juli ist ja ein dehnbarer Begriff, ich wollte Sie nicht gern an ein Datum binden lassen, und falls Reinhardt den Jedermann hinausschiebt, können Sie doch noch hierbleiben bis 22., und falls das Klima gut ist.
Euer Hiersein war zu nett, jetzt wissen Sie doch besser wie ich lebe und können manchmal herdenken. Hier ist ein ganz plötzlicher Umschwung eingetreten durch Albrechts plötzliche Abreise, er bekam ein Telegramm, das ihn gleich anforderte. Nun ist der Garten verwaist, traurig.
Ich freue mich rasend auf Ihr Kommen Hugo und hoffe so, daß

Sie hier arbeiten können. Gestern kam das Amerikapaket, zwei große Kisten, die das ganze Haus begeisterten, schon wirklich herrliche Sachen, da werden Sie dann auch nicht hungern müssen.
Mädy ist in München und ich habe ruhige Tage für mich die gut sind.
Mit treuesten Gedanken für Euch alle Ottonie.

Rodaun 3 7. 20

Liebe, es freut mich wirklich jeden Tag ein paar mal wenn ich daran denke, daß ich in der Lade diesen Schein liegen habe, der mir zusichert, zu Ihnen kommen und dort ein paar Wochen verbringen zu dürfen. Dann werden Sie, hoffe ich, auch wieder einmal etwas von mir haben: erst wenn ich Ruhe u. Frieden um mich habe, nicht etwas oder jemand an mir herumzerrt, mich da oder dorthin aus mir selber fortziehen will, erst dann bin ich selber u. wenn überhaupt irgend welches Vergnügen von meiner Person ausgehen kann, so kann es dann sein.
Indessen lebe ich hier seit drei Wochen wie ein Hund, unter dem ständigen Druck eines ganz furchtbaren Klimas, das sich eingestellt hat, mit einem regungslosen beharrenden Barometer auf dem niedrigsten Stand, und einer dumpfen feuchten Wärme, die mir die Nerven und fast ganz den Tag zur Hölle macht. Ich bringe nichts vor mich, kaum einen Gedanken, kaum einen Brief, das Mechanische nimmt abscheuliche Dimensionen an für mich, wie ein Hund der im Novembernebel gespenstisch auf einen zukommt und groß aussieht wie ein Pferd – und dabei weiß ich, käme ein einziger Luftzug aus Osten, ein heiterer Sommertag, heißer trockener Himmel, so könnte ich diese ganze Qual in einer Secunde hinter mich werfen. – Ich stehe vor einer neuen recht schweren Arbeit, das ist ja immer ein bänglicher Moment, wie ihn andere Menschen sich

nicht ersinnen können (was wissen wir einer vom andern) aber das ist es nicht, das mich so niederdrückt, mich mir selber unähnlich macht – sondern nur diese dämonische Abhängigkeit von der Physis, der Athmosphäre. Die gleiche feuchte dumpfe Luft, die macht, daß die Feder auf dem durchfeuchteten Papier kaum weiter kommt, macht meine Gedanken zu Würmern, meine Nächte ängstlich, die Morgen verzagt, die Tage armselig. Wie sonderbar sind wir organisiert. –

Sie fragten manches, über die Nation, die eigene, über die zu grübeln man nicht fertig wird – das mir jetzt manchmal wiederkommt. Aber ich glaube, viele Fragen darf man einfach nicht stellen – so wie bei Menschen wo man sich auch hütet, ihr Ganzes in Frage zu stellen – sondern eben mit ihnen lebt, wies geht. Das Lesen im Nadler wird Ihnen wohl tun, indem es ins Innere Leben der Nation hineinführt, statt sie von außen zu betrachten, so beruhigt es, und läßt einen aufs Fragen vergessen.

Große lange Romane wenn sie gut sind lieben Sie sehr mit recht. Man lebt mit den Figuren, bewegt sich in den Schauplätzen – halb wird der reale Sinn von allem berührt, halb schmeichelt es einen von der Wirklichkeit weg. Sie sollen immer wieder einen um den andern lesen, Romane und Gedichte sind verschiedenerlei Gesellschaft, aber beides Freunde. Nehmen Sie doch aus dem Schloß einiges von Thackeray und von Dickens herüber, von jenem habe ich Pendennis auf der Reise mit so großem Vergnügen gelesen, von diesem während meiner Krankheit Great Expectations. Der eine ist ein prächtiger Weltverstand, der andere eine große Phantasie, beide sind unentbehrlich. Ist der Simplicius Simplicissimus vielleicht drüben, so nehmen Sie auch den. – Lassen Sie doch für mich (und sich) von Ihrem Münchener Buchhändler aus R. Piper Verlag von den Buddho-übertragungen des K. E. Neumann 1. die Sammlung der *Bruchstücke* u. 2. G. Buddhos letzte Tage kommen u. bezahlen mit dem kleinen Barvorrath der dort ist.

Über Berlin ist's zu umständlich, R. Piper ist selbst in München. Wenn ich nur hier was vor mich bringe, daß einmal was auf dem Papier steht, dann freu ich mich so sehr auf den August. Ich denke den 28ten oder 29ten Juli zu kommen

Hugo

[Postkarte] Rodaun 18 7. 20.

ich hoffe Sie haben meinen Brief bekommen. Seitdem hat sich der Character des Wetters verändert, ich habe meine Arbeit weitergebracht. – Ich rechne, den 27ten in Salzburg und etwa den 30ten, spätestens 31. bei Ihnen zu sein.
Je näher dies kommt, desto stärker ist zugleich mit dem Vorgefühl, der Vorfreude auch die Apprehension, es könne sich wieder etwas dazwischendrängen. – Telegraphieren Sie mir doch ein Wort, daß dem nicht so ist u. Sie mich erwarten

Ihr H H

[Hinterhör
Station Raubling
Oberbayern]
30. 9. 20.

[...] Jetzt kommt es mir ganz wunderlich vor, daß Sie nicht mehr drüben aus dem Haus herauskommen, da doch die Geranien noch genau so nett blühen und herrliches Wetter ist und das Laub nur um weniges gefärbter. Gestern Abend kam Ihr Telegramm mit der Anfrage. Ja, jetzt muß ich erst mal einige Wochen bleiben, muß meine Wintervorräte besorgen, einen Kellerbau überwachen und hoffe Anfang November nach Rodaun zu kommen, falls es bei Euch wirklich paßt und Gerty

dadurch nicht eine Last aufgebürdet bekommt? Von Rudi keine Nachricht. Mädy schrieb, er ließe sagen, daß er nicht nach Österreich mehr könnte dieses Jahr und ob Sie ihn nicht im Oktober in Degenershausen treffen könnten, ich schrieb zurück ich glaubte nein. –
Unsere Zeit in der Schweiz war wirklich wundervoll, ich habe es sehr genossen. Van de Veldes siedeln nach und nach alle nach Holland über, wollen dann das reizende Haus am Bodensee verkaufen, schade. [...]
Ob Deventer, der mit Frau Kröller in Aussee war, Sie besucht hat? Henry hatte ihm geschrieben, Sie seien dort, aber wir fürchteten der Brief sei zu spät angekommen.
Für Christianes Brief herzlichen Dank, ich mache dann alles so wie sie mirs angegeben hat. [...]
Also wenn alles gut geht, bin ich etwa in 4 Wochen dort. Ich käme ja gern noch nach Aussee, 's ist aber unmöglich.
Allen liebe Grüße Ihre Ottonie.

Aussee 19 10. [1920]

Tausend Dank nur in Eile – ich arbeite fieberhaft fast den ganzen Tag, bin mit Gerty allein hier. [...]
Rudi hat uns abgesagt, leider. Auf Ihr Kommen freue ich mich *so!* Nicht absagen! drahtet rechtzeitig Rodaun falls Wiener Erlaubnis sich verspätet doch geben sie gewiß auch Visum ohne diese. Fraget Wolde München, wie er es gemacht hat, er war eben in Wien! Fraget ihn auch wegen Dame Kobold. Borchardt ist mit Marel in Horn bei Radolfzell Baden. Verheiratet sind sie noch nicht, es fehlt ein Document, aber sehr glücklich. »Durant« und »Verkündigung« eines so herrlich als das Andere – Sie habens doch auch Beides? Er wollte vor drei Tagen hierher mich um einen Rat fragen – aus Bregenz telegraphierte er mir ab, schobs auf. Wie wenn Sie ihm schrieben – vorschlügen mit Ihnen zu reisen? Überhaupt beiden freundlich schrieben? Man

muß die paar Menschen zusammenhalten. Also auf Wiedersehen in zwei Wochen!

Von Herzen der Ihre Hugo

[Postkarte] Rodaun 27. 10. [1920]

Habe in Aussee bis zur letzten Stunde gearbeitet, hoffe hier fortzufahren. Habe erst später erkannt, von wie großem Wert für die Arbeit die paar ruhigen Wochen in Hinterhör waren. Hoffe daß Sie etwa 12ten (14.) oder so hier eintreffen. Zu dieser Zeit laß ich von dieser schweren Hauptarbeit ab und wende mich der Vorbereitung für die Beethovenrede zu, die ich 10/XII. in Zürich halte. An Maria Van de Velde schrieb ich sehr freundschaftlich; sie antwortete keine Zeile. Warum sind, je schwieriger die Zeiten, die einzelnen Menschen desto unverläßlicher u. unfreundlicher, anstatt umgekehrt?

Ihr Hugo

Basel Rittergasse 20
15 12. 20.

Liebe – ob Sie nur wieder wohl sind! Es war über Ihre Zeilen etwas wie ein Schleier, das mich die ganze Zeit betrübt. Vielleicht – hoffentlich – bild ich mirs nur ein, und es kommt davon, daß ich die ganze Zeit etwas gehetzt bin, zu wenig schlafe, u. immer Schnee in der finsteren Luft hängt. Im Übrigen ist für mich in der Schweiz sehr viel Freundliches u. Angenehmes auch, und – heute bekomme ich ein Telegramm von Kippenberg, daß seine Frau an einer schweren Grippe erkrankt ist, und er mich erst zu Neujahr erwartet. Ich telegraphierte daher ans »Marienbad« Reservieret Zimmer achtzehnten Abend, abbestellet Fahrbillet Leipzig.

Ich will nämlich für einen Tag länger bleiben, erst am 18ten fahren u. dann zwei Tage (19ten u. 20ten) in München bleiben. Hoffentlich kann ich darauf rechnen daß Borchardt dem Wiegand den Inhalt der Rodauner Gespräche wiedergegeben hat, da er ja, wenn ich Ihrem Telegramm trauen darf (warum haben *Sie* aber an Gerty Unrichtiges depeschiert und warum um alles haben Sie die arme zappelnde Marel nicht gleich nach Ihrer Ankunft durch eine Mitteilung beruhigt?) – jetzt in München ist.

[...]

Ich bitte Sie noch um alles, da ich nicht weiß, wie man München Degenershausen in einem Tag fährt, so telegraphieren Sie mirs nach München u. lassen den Portier des Marienbad beauftragen, mir statt der Fahrkarte nach Leipzig (die ich, wie Sie zu wissen angeben, telegraphisch abbestellt habe) die *Richtige*, für den 21ten besorgt. – Wenn nur nicht Rudi mich sitzen läßt! – Verzeihen Sie alles, ich wünsche mir nichts so sehr, als bald nicht mehr in diesem Stil mit Ihnen zu correspondieren.

Ihr H.

Degenershausen 26 12. 20

Liebe, Sie in München zu sehen hatte ich nicht gehofft, so war es auch keine Enttäuschung, Sie nicht zu finden – und das Gefühl Ihrer physischen Nähe hatte doch für mich etwas reizend Wohltätiges. Liebe, daß ich so gräßliche, absurde Momente haben kann, wie in den ersten Tagen in Rodaun! Können Sie mir solche Grimasse vergeben nicht nur, sondern auch schnell vergessen?

Hier habe ich rechte Freude – daß ich Rudi wieder habe und ihn ein bißl aufmuntern kann (obwohl ich heut z. B. halbtot bin durch den Föhn) und dann der Bub gefällt mir so gut, find ihn so über Erwarten lieb und klug, auch so hübsch aussehend, und

in vielem wie sehr an Eberhard erinnernd! im Lachen, im Begrüßen! wie freut mich das. Mit der armen guten Mädi komm ich gut aus, bin froh daß ich hergegangen bin.
Von hier will ich für ein paar Tage (30te–2te) nach Berlin, dann 3–5t. bei Meier-Graefe Kaitzerstraße 4 Dresden, 6te 7te bei Kippenberg Kurzestraße 7 Leipzig, den 8t abends möchte ich in München wieder eintreffen.
Bitte wenn es Ihnen keine Schwierigkeit macht lassen Sie mich im Marienbad eine zehntägige Aufenthaltserlaubnis für Hinterhör finden, dies wäre mir sehr lieb gegenüber der Münchener Behörde. Ich habe in München drei Tage zu tun, vielleicht können Sie zufällig während dieser in die Stadt kommen, ich kann auch dann noch zwei Tage zu Ihnen hinauskommen.
Noch eines: wenn bei Ihnen keine Karte von Fräulein Auguste Adler aus Leopoldskron liegt mit Nachricht über Reinhardt so schreiben oder besser bitte telegraphieren Sie hin: Fräulein Adler oder Fräulein Bernhardt, Schloß Leopoldskron Salzburg: für Hofmannsthal erbitte Bescheid ob Professor R. Anfang Januar eintrifft – u. telegraphieren mir die Antwort zu Meier-Graefe.

Ihr Hugo

[...]
[Auf dem Couvert] Bitte das Telegramm an Adler wegen Max Reinhardt unterlassen, ich habe schon Antwort.

Hinterhör 31. 12. 20

So möchte ich Ihnen doch schnell noch sagen, daß ich Ihnen die Aufenthaltsbewilligung ins Marienbad schicken werde. Es freut mich so, daß das Degenershauser Zusammensein doch besser gewesen zu sein scheint, als erwartet und besonders freut es mich, daß Ihnen der Junge gefallen hat, er ist auch wirklich ein lieber Bursch. –

Ja Hugo und die Grimasse, wenn Sie schon daran erinnern, vielleicht sage ich doch schnell einmal alles und dann ists vergessen. Wissen Sie, ich ahnte es doch schon eh ich kam und fragte daher nochmal an, warum schrieben Sie mir nicht ganz einfach ab. Es wäre mir ja so viel lieber gewesen, so hatte ich die ganze Zeit mit dem Gefühl zu kämpfen im falschen Moment gekommen zu sein und das verschreckt natürlich sehr.
Aber ich verstehe es *durchaus*, wenn Sie nicht nochmal eine so kleine Station machen wollen und lieber durchfahren wollen. Also viele liebe Grüße und gute Tage überall.

Ihre O.

[Dresden, Kaitzerstr. 4] den 3 1. 21.

liebe, ich werde den ganzen 10ten in München sein und wenn ich es irgend machen kann, auch noch den 11ten u. hoffe von ganzem Herzen daß ich Ihr Gesicht sehe – aber hinaus zu Ihnen kann ich nicht mehr. Diese Reise war in jedem Sinn ganz ungemein hernehmend, ganz abgesehen von der schweren physischen Plage durch dieses Sommerwetter mitten im Winter, u. ich kann jetzt nicht, ohne mich frevelhaft abzumüden, noch einmal, als elftes Mal!, wo ankommen, auspacken, einpacken, Anschlüsse erreichen u. s. f. *kann* es nicht. Das Hernehmendste rein moralisch: die Begegnung mit Rudi in D. – diese beiden Menschen, Borchardt und Schröder, setzen jeder seine ganzen, wahrlich nicht geringen Kräfte daran, in mir das Bild des Andern zu demolieren, u. so stark sind diese Kräfte, so dämonisch wissen sie beide ihre Argumente aus dem Tiefsten zu holen, daß – ich muß es sagen – es beiden bis zu einer gewissen Grenze gelungen ist. Man muß auch diesen ganz furchtbaren Aspect des Lebens zu tragen wissen, so wie man das Herrliche u. Bezaubernde des Lebens zu nehmen wissen muß.
In Berlin fand ich das ehemals Reinhardt'sche Theater in einem Zustand von Desorganisation, fast gespenstisch; sie spielen,

ohne daß sie überhaupt daran gedacht hätten, mirs mitzuteilen, übermorgen den »Abenteurer« und die Florindoscenen (erste Entwürfe zur Cristina) und Moissi wird in beiden Rollen charmant sein, also nehme ich das Ganze amüsiert u. innerlich fast unbeteiligt hin. – Reinhardt hat es wieder zustande gebracht mich ihn verfehlen zu machen; ich verfehle ihn in Salzburg, verfehle ihn wohl auch in Wien, u. er wird in Berlin eintreffen 24 Stunden nachdem ich Berlin verlassen haben werde. Ich kann ihm und mir nicht helfen – ich muß meine Kräfte u. meine Production zusammenhalten – das Übrige findet sich dann schon.
Also *hoffentlich* sehe ich Sie. Ihr Hugo.

Dienstag [1921]

Liebe, ich kanns ganz gut verstehen aber dennoch ist es mir traurig, ganz traurig daß ich hier zweimal durchfahre und Ihr Gesicht nicht sehe – keine Zeile finde (die Karte kam erst heute) – so als ob auch Sie schon gestorben wären.
Die Reise war schwer für mich und die Wochen vorher auch, als ich mich aus der Arbeit herausreißen mußte an der ich mit allen Fasern hing. Darum sind mir die Novemberwochen auch so geisterhaft mir ist als wären Sie gar nicht bei uns gewesen – waren Sie denn da? wie lange? was haben wir denn gemacht? – Aber der Sommer steht ganz rein u. fest vor mir – vielleicht kann ich wiederkommen. – Gestern nachts sprach ich hier Reinhardt – er kam aus Wien – dort ist wieder alles unsicher, hängt alles in der Luft. Vielleicht kommt alles Schöne noch zustande, vielleicht ists wieder vertan.
Die Zeitschriftsache war zwischen mir und Wiegand, einem ernsten ehrlichen sehr angenehmen Menschen, schnell u. leicht geordnet: nur die materielle Sicherung steht noch aus. Mell bleibt dann in Wien als mein Sekretär.

Ihr H. H.

Rodaun 22 2. [1921]

Liebe, ich schrieb »verzeihen Sie meine Grimasse« und Sie hätten die Grimasse verzeihen können, und damit wäre es gut gewesen. Nun nehmen Sie es aber wieder auf und ich fand den Brief hier – er war von Leipzig nach Rodaun gegangen, von hier nach Berlin u. kam dann wieder zurück – und es war ein bischen unglücklich, *wie* Sie es wieder aufnahmen – es brachte es auf so eine schwierige Ebene, ich dachte ein paar Wochen nach, wie ich es beantworten könnte, ohne daß die Antwort uns ganz auseinanderbrächte – indessen ließ ich Ihnen aus Leipzig Bücher schicken, ich meinte das ein bischen *statt* einer Antwort, – sind denn aber die nicht zu Ihnen gekommen, denn ich höre, Sie haben an Christiane geschrieben, von Büchern nichts erwähnt. Sind sie denn wirklich nicht zu Ihnen gekommen?
Liebe, Sie stellen in Ihrem Brief eine unmögliche Bedingung. Stellen Sie sie im Ernst, so können wir uns im Leben nicht wieder sehen, weder da noch dort. Im Sommer bei Ihnen wars so gut, ich dächte, es gäbe Ihnen eine Idee von meiner Natur, und unter wie schweren seltsamen Bedingungen auch ich stehe, obwohl ich kein in zwei Teile zerrissener Mensch bin wie Borchardt und kein von einem finsteren Verhängnis halbversteinerter Mensch wie George oder Schröder. Aber nun stellen Sie diese Bedingung, ich müßte künftig für jede Begegnung es im vorhinein zusichern können, daß ich mich auf Sie einstellen, für Sie *da* sein kann. Liebe, das ist so frauenhaft im gewöhnlichen Sinn, so gar nicht Ihr Wesen! Was hat Sie diesen unglücklichen Brief schreiben machen? Wie kann ich denn eine solche Bedingung eingehen? Nein, da will ich Sie lieber *nie* mehr sehen. – In diesem Herbst, am 22. October, riß ich mich aus einem trance, um dieser unglücklichen Züricher Rede willen, ich ging herum wie ein blutig aus dem Mutterleib geschnittenes Kind – *alles* war mir Last – ich mir selber am meisten. Aber wie wollen Sie denn daß ich da wieder mich in die

andere Welt hinüberreiße, mir ausdenke, ob dieser elende Zustand 14 Tage oder 4 Wochen oder ein halbes Jahr dauern wird – und danach »Einteilungen« machen oder abändern, nein! nein! nein! nein!
Ich dachte mein Leben lang, Sie kommen im Herbst da her, weil Sie die Stadt gern haben, weil das Ihr kleiner Stadtaufenthalt ist – und freute mich daß Sie da Menschen sehen, den Burckhardt, Theater – und so viel von mir als ich geben kann – wenn Sie aber dem für alle Zukunft das Harmlose nehmen, das Walten des Sternes oder Unsternes, der über jeder Productivität waltet – und jede Neigung ist Productivität – dann legen Sie eine ganz fremde schwere Last gerade aufs äußerste Ende des längeren Hebelarmes, dann gehts nicht. – Und ich hatte geglaubt, Sie wären mein Freund! Sind Sies denn wirklich so wenig? so frauenhaft selbstsüchtig empfindlich? War denn nicht ganz schlimmer Südwind, wie Sie diesen Brief geschrieben haben?
Gute Nacht. Hugo

Hinterhör 2. 3. 21.

Gestern kam ich aus München zurück und fand Ihren Brief vor. Ja, um Gottes Willen was habe ich denn blos geschrieben, um eine solche Mauer zwischen uns zu errichten? Genau das Gegenteil wollte ich erreichen, grade Sie *nicht* belasten, nicht einer von den vielen Menschen sein, der hinzu trägt an Mühe. Eben dies Gefühl, daß Sie um mir eine Freude zu machen, mir den Stadtaufenthalt zu ermöglichen, Sie in der mühsamen Arbeitsperiode mich im Haus ertragen mußten, grade so etwas wollte ich für später verhindern. Weil ich doch *so* gut weiß, *was* Ihre Arbeit ist, grade darum will ich Sie schonen, doch um Alles nicht noch Qual bringen. Da scheine ich wirklich in einem sehr schlechten Moment geschrieben zu haben, wenn es wie ein Verlangen geklungen hat. Ich glaube wirklich ich *bin* Ihr

Freund, ich möchte doch nur alles tun, um Sie Ihrer Arbeit und dem, was Sie zu geben haben und müssen, nach allen Möglichkeiten zu erhalten und alle Schwierigkeiten aus dem Wege zu räumen, die in meiner Macht liegen. Allerdings habe ich kein Talent Briefe zu schreiben und drücke mich da immer so gräßlich dumm aus, daß stets alles dadurch in eine dumme Unordnung gerät. Also bitte verstehen Sie mich recht, in kurzen Worten wollte ich sagen, schreiben Sie mir bitte immer ab, wenn Ihre Arbeit mich nicht erlaubt und lassen Sie sich nicht von der Idee: die Ottonie braucht ein bißel Stadt, davon abhalten, – dies wollte ich sagen. Natürlich genieße ich die Stadt, die netten Menschen, die Bilder, aber ich genieße es ja *viel* tausend mal mehr, wenn Sie schreiben, Sie seien in einer guten Arbeitsperiode und das was aus dieser Periode herauskommt genieße ich dann am allermeisten. So sollte es lauten und nicht anders! –
Ja und die Bücher sind gekommen, aber erst nachdem ich an Christiane geschrieben hatte. Ich habe mich so *sehr* daran gefreut, an allem, wollte immer, wohl täglich schreiben und danken aber es war wie ein Verhängnis, denn die ganze Welt schien mich zu brauchen. Keinen Tag war ich allein, seit sechs Wochen meine Mutter, nebenbei immer noch andere Leute, und jede Post Briefe, in denen man etwas von mir wollte, als wenn all meine Bekannten sich diese Zeit für ihre Scheidungen ausgesucht hätten und immer sollte ich raten, helfen. Ja mein Gott, ich kann ja gar nicht helfen. [...] Ein Lichtblick in all dem war die Nachricht, daß Hans-Wilke sein Abitur mit Dispens bestanden hat, wie hätte dies den Eberhard gefreut! –
Auch eine weitere kleine Freude ist mir, daß ich von dem netten Amerikafreund (der aber selber arm sein soll) 2000 Mark für Pannwitz bekommen habe, ich hatte ihn angesichts des Briefes vom November gebeten. [...]
Nun nehmen Sie aber diesen Brief nicht wieder als Last auf sich, sondern nur als Erklärung zu allem.
Gestern kamen die Reden und Gleichnisse des Tschuang Tse,

tausend Dank, die kommen eigentlich grade zu mir im allerrichtigsten Augenblick, da kommt einem so viel Ruhe entgegen.
Gute Nacht Hugo, denken Sie nicht in Groll sondern in Verstehen an diesen Freund, der nie Schwierigkeiten machen sondern nur lösen will.

Ottonie.

Rodaun 15 3.[1921]

liebe, hier sind ein paar Zeilen an Hans Wilke, der bei Ihnen ist oder bald kommt. Von dem andern kein Wort mehr. Ich habe halt damals Ihren Brief oder ein paar Sätze darin mit ganz törichten Augen gelesen.
Ich kann nicht viel schreiben. Es sind Occupationen aller Art, die durcheinander gehen. Es müssen ja immer auch solche Zeiten sein, aber sie sind quälend. Die Reinhardtsache – sein Kommen nach Wien, damit die Aufführung des Schwierigen – all dies ist nach zahllosen Peripetieen gescheitert. – Ich muß mich hier mühen, irgend etwas fast Unmögliches möglich zu machen, muß im Materiellen fast über die Grenze des Möglichen hinausgehen um mir das Rodauner Haus zu erhalten, das zu verlieren, nicht heute, aber morgen, große Gefahr. –
Die Zeitschrift ist aber- und abermals zweifelhaft geworden. – Eine schwierige Epoche ergreift eben jedes Individuum an vielen Punkten, so ist das fatum.
Liebe, das Exemplar der »Frau ohne Schatten« damals im Hotel Marienbad habe vorgefunden, die andern bitte alle an die Herbst'sche Buchhandlung wenn sie nicht schon dahin gesandt wurden.
Das für Pannwitz bestimmte bitte dort bei sich behalten, bis mir jemand einen modus sagt, wies ohne Scherereien und Schreibereien meinerseits wortlos an ihn gelangen kann.
Alles Liebe Hugo

[Tintenklecks] Verzeihen Sie, ich habe dies erst beim Umdrehen bemerkt! Wie unartig –! Meine liebe

H.

PS. Vor einer Stunde telephoniert man mir wieder daß Reinhardt doch kommt, aber ohne Schauspieler. Qui vivra, verra.

Hinterhör 27. 3. 21.

Hans Wilke und ich, wir haben uns Beide so über Ihre Briefe gefreut und schicken miteinander liebe Ostergrüße. Diese zauberhaften Sonnentage genießen alle aus vollen Zügen auf der Hinterhörer Wiese. Hans-Wilke ist wirklich ein netter Bursch geworden, der mir viel Freude macht; er ist so begeistert, nun die Schule für immer hinter sich zu haben, daß er am liebsten nach allen Seiten ausschlagen möchte, wie ein junges Füllen. Dabei ist er für alles Gute offen, hat Freude an der Natur und an jedem schönen Wort. Wir machen herrliche Touren, was auch für die Mädels nett ist, auch mein Bruder und Franzl sind da und Mädy wird durch alle mitgerissen. Am 5ten gehe ich für drei Wochen mit den Kindern in die Stadt, um endlich die Zähne richten zu lassen, hierbei scheine ich mal wieder ein großes Glück entwickelt zu haben, in dem ich eine wunderbare Wohnung, von einer mir ganz unbekannten Frau König, bekommen habe. Sie vermietet mir alles eingerichtet, läßt mir auch ihr Faktotum da und versorgt mich noch dazu mit Lebensmitteln von ihrem Gut nah bei München. Aber was das Allerherrlichste dabei ist, daß sie drei *wunderbare* Picassos besitzt, die ich während dieser Zeit genießen darf, ach Hugo und die sind wirklich sehr schön. Falls Sie in München zu tun hätten, müßten Sie in dieser Zeit kommen, da könnten wirs schön haben.
Wolde telefonierte mir kürzlich, daß zu der Zeitschrift noch etwas Geld fehle, er kommt morgen heraus, da wollen wir be-

sprechen, wen wir noch angehen können, ich denke wir werden's bekommen. Morgen kommt auch ein Sänger und ein sehr musikalischer junger Balte, da werden wir einen schönen durchklungenen Tag haben.
Daß Sie so große Schwierigkeiten mit dem Rodaun Haus haben ist zu arg, wenn es nur möglich sein wird es zu halten. Und all die lästigen Sachen mit Reinhardt und dem »Schwierigen«. Immer sind Sie durch all den Ballast verschüttet, da Sie doch gerade in diesen Jahren Zeit und Muße für all die gärenden Stoffe haben sollten. Ich wünschte wirklich, daß jemand da wäre der all dies, was mit dem äußeren Leben zusammenhängt, Ihnen a tempo abnehmen würde, damit Sie ungehindert arbeiten könnten. Haben Sie schon eine Idee, ob einige Wochen Hinterhör dies Jahr wieder herauskommen könnten und wann wohl?
Ich lese mit den Buben viel im Keyserling und wir haben daran anknüpfend gute Gespräche auf unseren Gängen.
Herbst war auch da und die Exemplare der »Frau ohne Schatten« hat er in Ordnung. Wann reist Christiane in die große Seinestadt?
Leben Sie wohl Hugo, alles Liebe aus strahlender Sonne schickt ganz

Hinterhör

Rodaun
[1. Hälfte April 1921]

Das ist gut u. recht daß Sie eine schöne Wohnung geliehen bekommen haben u. drei Picassos drin. Sie sollen Glück haben in *diesen* Dingen wenigstens, es gehört zu Ihnen.
Von der Zeitschrift denke ich so: sie wird entstehen, oder sie hat nicht entstehen sollen. Wiegand möchte ich möglichst schonen, mit Anfragen u. dergl. denn er ist ein Mensch der sich selbst nicht schont. Ich hoffe Sie lernen ihn kennen. Er ist ein

vortrefflicher Mensch. Aber ich möchte daß Sie wissen – und ihm doch gelegentlich das sagen –: ich kann mit der Verwertung meiner Sachen nicht ins Endlose warten – ich muß aus allem (Abdrucke, Einzelpublicationen u.s.f.) Geld zu machen suchen, damit ich in der einen Hauptsache (das *was* und *wie* der Production) frei bleibe. Erscheint also die Zeitschrift, der erste Vierteljahresband nicht später als zum October, so kann ich große Teile meiner neuen dramatischen Arbeit dafür geben (der im vergangenen August bei Ihnen begonnenen) ferner Prosa, Aphorismen u.s.f. Erscheint der Band nicht bis dahin, so muß ich alles dies (weil ich mit einer Aufführung des Stückes etwa im November rechnen muß) anderswo publicieren, ich denke beim Inselverlag in der Form eines Privatdrukkes »Buch der Freunde«. – Ich gehe jetzt (Ende dieser Woche) nach Lucca u. Pisa, vielleicht für 10 Tage nach Rom. Der Sinn ist, mich zu isolieren, ganz zu mir selbst zu kommen, ohne Briefe, Advokaten, Steuern, Confusionen und Tracasserien. Ich hoffe daß ich das Drama in der Hauptsache fertig bringe. (Es fehlen nur die zwei letzten Teile von sieben Teilen,) Mitte Mai bin ich dann wieder hier; bis dahin muß ich aber festen Boden unter den Füßen fühlen in dieser Sache (der Publication.)
Ende Juni will ich für drei Wochen ins höhere Gebirg, vielleicht nach Südtirol. Den 25ten Juli möchte ich bei Ihnen eintreffen, wenn Sie mich wieder aufnehmen wollen, und mindestens 4 Wochen bleiben wenns so lange erlaubt wird

Ihr Hugo

Pisa den 22ten 4.[1921]

Selten hab ich Sie in einem Augenblick lang so ganz erinnern und empfinden können, wie gestern früh im Dom von Lucca vor dem Grab der Ilaria dell Caretto. Sie sind auch vielleicht nie so ganz Sie selbst, als wenn Sie sich an einem Schönen freuen:

das ist ja die geheimste Gewalt des Schönen, daß es unser zerstreutes immer auseinander laufendes Selbst für einen Moment ganz zusammenfaßt.
Auch ich bin von meinem Haus weggegangen, um mit mir allein zu sein und mich ganz zusammenzufassen. Möge es gelingen. Es war in diesen Monaten manches Bemühende und Verwirrende, auch manches Dunkle; und zu diesen muß ich, Ottonie, die Begegnung mit Schröder rechnen und kann kaum sagen wie und warum. Nicht als ob sich in Bezug seiner Person auf die meine das Geringste scheinbar geändert hätte; noch auch in unserem Ton untereinander, der war ganz wie immer im Ernst und im Scherz. Und doch hat sich in mir etwas eingemischt wie Grauen beinah und ich kann es nicht verwischen. Es bezieht sich, wenn ich es analysiere, auf sein Verhältnis zur eigenen Nation. Hier ist etwas das mich ängstigt und beinahe erstarren macht. Der Chauvinisme von Spießbürgern oder von unreifen Menschen ist mir gleichgiltig oder höchstens ärgerlich. Die chauvinistische Grimasse aber bei einem Wesen seines Ranges – und das Festhalten der Grimasse, mit Willen, bis zum Krampf, die bewußte Selbstverhärtung bis hart ans Alberne – dies ist so gräßlich, Ottonie – und hier liegt ein Schlimmes und furchtbar wie mit der Blendlaterne, hat mich B. auf dies Schlimme hingewiesen. Ich wies ihn ab, wollte es nicht sehen, wollte es nicht Wort haben, daß ich es sehen könne – und doch sehe ich es. Es ist ein Gewolltes – ein halbbewußtes Gewolltes: der krampfhafte Versuch, einer furchtbaren Selbstbezweiflung sich zu entreißen, und den Gehalt den die eigene Natur sich nicht zuerkennt auf die Nation hinüberzuwälzen. So arm! so unglücklich! was sind wir für arme einsame Wesen. – Daß ich es erkennen mußte – und es aussprechen muß! Aber nur Ihnen, Ottonie. Denn wir sind doch verbunden – irgendwie gehören wir ja doch zusammen.
Werden Sie mich haben wollen so gegen den 25ten Juli? Vorher sollte ich, ja vielleicht sollte ich 2 Wochen in eine hohe Luft.

Wieder nach Italien ins Südtirol ist so umständlich, so weit. Ich dachte an den Salzberg ob Berchtesgaden. Dort ist man über 1000 Meter glaub ich. Aber ob man dort unterkäme. Und ob man so viele Wochen, im ganzen 6–7 in Bayern dies Jahr den Aufenthalt bewilligt bekäme.
Ich komme auf dem Rückweg Ihnen nahe vorbei: aber die langweilige Grenze ist dazwischen! Lassen Sie mich doch beim Greif in Bozen eine Zeile finden, so gegen den 8ten Mai.
Adieu Hugo

[Postkarte] Rodaun 18 5. [1921]

Durch Kassner in der Eisenbahn zufällig die willkommene Nachricht, daß Sie wohl sind, und noch in München. Die Münchener Adresse haben Sie mir *nie* gegeben; absichtlich? Die erbetene Antwort auf meinen Brief aus Lucca nicht gekommen. Ich schrieb auch Praktisches. (fragte ob ich schon circa 10ten Juli kommen dürfte, ob ich Aufenthaltserlaubnis für 5 Wochen bekommen würde?) Von Wiegand-Wolde kein Wort. Soll ich demnach annehmen, daß ich den Gedanken an die Zeitschrift aufzugeben habe? – Von Borchardts indirecte Nachricht durch Kassner. Wie gehts der Frau? dem Kind? ist der Durant fertig? –
Alles Liebe HH

Hinterhör 23. 5. 21.

Das tut mir aber zu leid, daß Sie meinen Brief in Bozen nicht bekommen haben, denn er war so rechtzeitig abgeschickt daß er Sie sicher schon dort erwarten mußte. *Natürlich* sind Sie mir herzlich willkommen, mir paßt es immer, ich habe die Ferien der Kinder auf Ende August gelegt sodaß ich bis dahin ganz für Sie da bin. In den nächsten Tagen fahre ich nach Rosenheim

und werde Ihre Aufenthaltsbewilligung für sechs Wochen in Bayern erwirken, damit hoffe ich können Sie auch die vierzehn Tage in Berchtesgaden zubringen. Ich freue mich *zu* sehr auf Ihr Kommen, *hoffentlich* können Sie wieder so arbeiten wie letztes Jahr. Ob Sie die erwartete Ruhe in Italien gefunden haben? Ja Borchardt und Marel sollen so viel ich höre, mit dem Sohn nach Lucca abreisen, – ob es dazu kommt, ahne ich nicht. Kassner zu sehen war sehr nett, er ist stets so belebend und reizend, ich mag ihn doch sehr.
Und wegen der Zeitschrift hat es ungeahnte Schwierigkeiten in der Beschaffung des Geldes gegeben, da ja momentan die finanzielle Welt gar nicht weiß, was wird, was man soll, was nicht, *so* schwierig war es wohl noch nie. Ich habe Wolde vor meiner Abreise noch gebeten, Ihnen *gleich* Antwort zu geben, ob, ob nicht. Er wollte noch eine Sitzung abwarten, die sie in der letzten Woche haben sollten, ich kann mir aber nur denken, daß es negativ ausgehen kann. –
Christiane wird gewiß herrliche Wochen in Paris gehabt haben und noch haben, ob sie wohl bei mir vorbei kommt? Sagen Sie auch Burckhardt, er solle seinen Frühjahrsbesuch bei mir nicht vergessen, ich würde mich über ihn freuen. [...]
Mein Münchner Aufenthalt hatte viel Pech da ich 8 Tage in der Wohnung 14 Tage im Spital mit Bronchitis verbrachte, es war zu kalt für mich in der Centralheizung, die nicht funktionierte, dazu sind wir zu verwöhnt vom Lande.
Sie schrieben in Ihrem Brief, daß Sie ab 25ten Juli zu mir kommen wollen und vorher vierzehn Tage auf den Salzberg bleibt es dabei, oder wollen Sie schon früher kommen? Bitte nur dies mir zu schreiben, da ich danach dann spätere Reisepläne lege, aber jedenfalls ist es mir *ganz egal* wann, ich kann alles einrichten. [...]
Leben Sie wohl, liebe Grüße an Gerty und die Buben.
Gute Arbeitszeit wünscht Ihre O. D.

[Postkarte] Rodaun 29. 5. [1921]

Verzeihung für diese Form, ich bin in einen wahren Hexenkessel geschäftlicher Dinge geraten, so aufregend compliciert u. anspannend, daß ich *entlastet* bin, wenn die Zeitschrift derzeit nicht zu Stande kommt. (die Form, daß man mich ohne Nachricht läßt, bleibt aber ungeschickt.) Bitte lassen Sie es mir frei, vielleicht schon am 10 VII zu kommen, ich muß vielleicht schon 15 VIII nach Salzburg und werde vor Hinterhör vielleicht nirgends hingehen, es ist alles zu compliciert. – Daß Sie wieder krank waren! u. so ernstlich! Sind Sie denn wieder ganz gesund? Husten nicht mehr? bitte geben Sie mir *gleich* eine kleine Nachricht. Christiane kommt *nicht* vorbei.

Ihr Hugo

»Halbgerettete Seele« ist herrlich, rätselhaft, daß ich das beim Hören in Rodaun verkennen konnte

Hinterhör 1. 6. 21.

Soeben erhalte ich Ihre Karte, die ich gleich beantworten möchte. Natürlich sind Sie mir auch ab 10. Juli sehr willkommen, es ist gut, daß ich es schon weiß, um unsere etwaigen Ferienpläne danach zu richten; wenn Sie schon am 15. VIII. in Salzburg sein müssen, ist es auch sonst wieder zu kurz für hier, denn letztes Jahr hatten wir doch entschieden das Empfinden, daß drei Wochen viel zu knapp waren, auch muß man doch die Arbeitsperioden nicht zu sehr zusammendrängen.
Am 25. feierten wir hier mal wieder einen Geburtstag, diesmal den meinen, da hatte ich eine so große Freude, nämlich den »Schwierigen« im Druck zu sehen. Ich las ihn Franzl und einem jungen Arzt vor, die ganz begeistert und entzückt waren, es war zu nett. Ich bin sehr begierig, was Sie alles erzählen werden, – von allen Aufführungen, wann und wo und ob über-

haupt. Ich denke mir, daß Christiane Ihnen sehr fehlt und dadurch das Durcheinander in der Schreiberei mit allem was liegen geblieben ist. Hoffentlich finden Sie sich doch bald wieder durch, damit der Erfolg der italienischen Reise nicht gleich wieder dahin ist.
Mir geht es wieder gut, ich muß mich noch etwas ausruhen, was ich aber jetzt sehr gut hier kann. [...]
Ich freue mich wirklich sehr auf Ihr Kommen und wünsche dringendst, es möge so erholend wie letztes Jahr sein.
Mir ists auch schleierhaft, daß Wiegand noch keine definitive Nachricht wegen der Zeitschrift gegeben hat, – daß doch alles immer wieder von einem anderen abhängt!
Leben Sie wohl, tun Sie nicht zu viel in zu verschiedenen Richtungen.

Ihre O. D.

Rodaun 14 6. 21.

Liebe Sie können sich kaum denken, wie sehr ich mich hinfreue, u. wie ich nun, wo's nahe kommt, fühle was es mir bedeutet, dieses réfuge offen zu wissen, wo *alles* mir lieb ist. Wäre die Luft noch etwas anders, so wäre es ja das Paradies, u. das soll man ja auf Erden nicht betreten. Aber sei's wie es sei – wenn's nur annähernd so wird wie im vergangenen Jahr, so ist der Gewinn, dies zu haben, ungeheuer. Auch sogenanntes schlechtes Wetter, will sagen: kühles Regenwetter, tut mir gar nichts! Sind Sie nur wohl? Seien Sie's nur, bis ich hinkomme – ich will Sie gewiß nicht ermüden.
Lassen Sie mich, bitte, schon den 10ten hinkommen, es kann sein daß ich wegen der Proben zu »Bürger als Edelmann« schon am 12 VIII nach Salzburg muß.
Lassen Sie mich recht bald den Einreiseschein in Händen halten, es wird mich beruhigen in einer Welt wo alles unsicher und schwankend ist! (Wenn H. W. auf dem Schloß, so ist's ja auch

gleich, es läßt sich, hab ich gesehen, dort alles so gut machen u. meiden.)
Die hiesigen Sachen noch immer schwebend, aber nicht ohne Hoffnung. Première des »Schwierigen« Berlin – München Dresden gleichzeitig Mitte November. Wo ist Borchardt? ist das Kind lebend? Kann man sich mitfreuen, ihm seine Freude sagen? Ja?

Ihr Hugo

PS Die halbgerettete Seele ist eines der herrlichsten Gedichte dieses großen Dichters, wie konnte ich so töricht sein, das beim Vorlesen nicht erkennen. Ich lese es immer wieder mit Entzükken.

Hugo

[Postkarte] Rodaun 24 6. 21.

Ich halte mit der größten Freude die Erlaubnis zur Einreise fest in der Hand. – Sie schreiben nichts dazu! Hoffentlich sind Sie nicht krank – aber die Adresse ist mit Tinte geschrieben das beruhigt mich. – Ich freue mich auf die Zuflucht dort, mehr als ich sagen kann. Ich komme den 10ten, spätestens den 11ten nachmittags, bin vorher 2–3 Tage in Salzburg Österr. Hof. Bis 5ten jedenfalls hier – Alle Angelegenheiten beständig schwebend, ziemlich hernehmender Zustand seit abermals 5 Wochen. Auf Wiedersehen!

HH.

Eybach Samstag [25. 6. 1921]

Auf der Durchreise in Rosenheim konnte ich nur schnell Ihre Einreiseerlaubnis erledigen und daher wortlos schicken. Ich wollte in München einiges für die Kinder besorgen, fand aber

bei meiner Ankunft Julie in schweren Gallenkrämpfen dort liegen, die sie auf der Reise hierher überrascht hatten. Wir mußten sie sogleich ins Spital schaffen, wo sie noch immer mit hohem Fieber und argen Schmerzen liegt. Hoffentlich wird es in den nächsten Tagen besser, denn sonst wird man doch zu einer Operation schreiten müssen. [...]
Hoffentlich ist die ganze Aufregung mit Julie vorbei bis Sie kommen. Ich reise am Montag nach München. Leider müssen Sie einen Ferienjungen mit in Kauf nehmen, den ich bis Ende Juli haben muß, daher hätte mir Ihr kommen am 20ten besser gepaßt, aber er wird uns wahrscheinlich wenig stören.
Mit Borchardt und Marel, dem strahlenden Elternpaar, aß ich gestern zusammen in München. Der Bub ist zwei Monate zu früh geboren, aber er sei glänzend bei einander, soll Kaspar heißen und so viel ich höre, will man Sie als Paten bitten. Die Taufe wird bald sein und dann scheint der Reise nach Italien nichts mehr im Wege zu stehn. Leben Sie wohl, grüßen Sie Gerty und die Kinder.
Ich freue mich sehr auf Ihr Kommen.

Ihre Ottonie.

Rodaun 4 7. 21.

Liebe ich war gleich recht bestürzt, als der Schein ohne ein Wort ankam, und dachte an was Böses. Möge es mit der armen Julie nun sich doch schon gewendet haben u. die schwere Operation erspart geblieben sein!
Daß ich Sie nur in Ruhe, auch des Gemütes, dort wiederfinde.
Der Ferienjunge beschwert mich nicht sehr, es läßt sich ja in Hinterhör alles gut einteilen.
Ich habe eine unendliche Sehnsucht nach der Ruhe dort, Sie können sich kaum vorstellen wie ich hier fort u. fort nach außen gerissen werde.
Hätte ich Ruhe, so wollte ich bei meiner gegenwärtigen inne-

ren Verfassung, nicht ein Stück sondern zwei neue Stücke im Jahr schreiben.
Ich fahre den 6ten mit Gerty von hier weg, bin 8ten bis 10ten in Salzburg Österr Hof und hoffe um alles, den 11ten nachmittags bei Ihnen zu sein.
Bitte lassen Sie mich hinkommen, selbst wenn Sie, was ich nicht hoffen will, selbst an diesem Tag nicht dort sein können. Ich hoffe in Salzburg eine Zeile zu finden.

Ihr Hugo

Bad Aussee den 7ten 9. 21.

Das ist schön, Ottonie, daß Sie es dort schön und gut haben, aus Ihrem Brief faltet sichs auseinander wie schöne Bilder, – und im October kommen Sie vielleicht für ein paar Tage hierher, nicht?
Aber es ist doch unendlich schade, daß Sie nicht nach Salzburg kommen konnten, man hat alle Abende, bis auf den letzten (zu dem gerade der verschlafene Wolde kam) im Freien auf dem Domplatz gespielt und alle Menschen hatten wieder einen großen Eindruck und Sie, die so empfänglich sind, hätten ihn erst recht gehabt, und wer weiß denn, ob Sie's nun wieder haben werden, ob neben dem »Welttheater« es möglich sein wird den Jedermann zu wiederholen. Auch eine gar sehr schöne Soirée in Leopoldskron hätten Sie mitgemacht, Sie standen schon auf der Liste – in dem herrlich großen Saal spielte ein Quartett und auf dem Weiher sang eine Sängerin, auf einem von Fackeln erleuchteten Floß und die Buffets standen, erleuchtet im Garten, auf der schönen Terrasse, aber ich hätte Sie nicht begleiten können, ich lag, von Gerty behütet im Bett – ja Ottonie, ich muß es doch sagen, Hinterhör im Juli geht doch für mich nicht, ich fiel nachher ganz zusammen, wurde eines abends so blaß wie damals auf dem Rückweg von Vosslers, dann kam ein Schwindelanfall und ich konnte gerade

noch die Treppen hinauf in mein Bett, und *ganz* überwunden hab ichs noch nicht, bin schwerhörig auf dem einen Ohr, schwindle noch immer leicht – ich muß den nächsten Juli in eine hohe, sehr gute Luft, vielleicht Gastein, aber nach Hinterhör will ich doch jedes Jahr kommen, also vielleicht im Mai, wir werdens schon einrichten, und Sie müssen fest eine Woche für Salzburg sich richten, ein nettes Zimmer wartete auch diesmal auf Sie, zu jedem Zug gingen viele Kinder an die Bahn, auch Isepp mit, *aber* es war vergeblich.

Alles was Sie in der Verlagssache für mich getan haben ist mir recht, ich hoffe nur, Herbst hat die bei ihm verwahrten Manuscripte sogleich an T. oder Z. ausgeliefert, andernfalls wäre ein für die schnelle erste Publication sehr günstiger Zeitpunkt versäumt gewesen. Eines müssen Sie mir noch sagen: ob darauf eingegangen werden konnte, daß meine Sachen zunächst anonym erscheinen oder nicht, und ob für das ganze Unternehmen zunächst ein Probetermin von etwa einem Vierteljahr festgelegt werden konnte, wie es uns vorschwebte. Dann will ich der Sache, die ja in einen für dergleichen Publicationen nicht ungünstigen Moment fällt, mit Zuversicht entgegenschauen.

Ich trachte nur vormittags zu arbeiten, zunächst am 4ten Act, dann am Welttheater, nachmittags findet man hier ja auf Schritt u. Tritt ein harmloses die Gedanken leicht hintreibendes Gespräch, Isepp haben wir im Haus, er schnitzt kleine Heiligenfiguren und ist dabei so behaglich wie eine handarbeitende Frau, u. das Wetter ist herrlich, Frühherbst im zartesten Licht und wieder aufnehmender Mond, ein verzauberter Sommer.

Lassen Sie mich doch bald wieder hören wo Sie sind.

Ihr Hugo.

Aussee 2 11. 1921.

Liebe
bis vor acht Tagen war ich immer schwankend, hin oder her, ob ich Sie recht dringend herrufen sollte, oder nicht, es war so schön u. friedlich – dann schlug das Wetter um wir stürzten aus Sommer in Winter – nun ist daraus ein trüber nasser Nebelherbst geworden – dann sagte Isepp ab, sagte Burckhardt u. Schwester ab, so ließ ichs sein, und es war vielleicht besser: denn ich arbeite jetzt fast den ganzen Tag und kann aus diesem Gespinst gar nicht heraus. Ich wills erzwingen das Welttheater hier binnen heute und 15 XI. fertig zu kriegen (die Arbeit an dem großen Stück hab ich zwischen 4ten u. 5ten Act abgebrochen, das tut ihr nur gut, man muß bei solcher schweren Mühle den Bach immer aufs neue aufstauen) – indessen gehen die Premieren in Berlin u. München hin, ich fahre dann etwa 15 XI nach Berlin, wohin inzwischen Reinhardt aus Stockholm zurückkehrt und bin wohl etwa 25 XI für vier bis fünf Tage in München, die Zeitschriftsache, zugleich Mells Zukunft, endlich ins Feste zu bringen. Da es sich da um den Kreis von Menschen u. Dingen handelt, die auch für Sie am meisten in Frage kommen, und in einer Welt des Auseinanderlaufens und der Confusion es auf jedes Fünkchen Wärme u. Teilnahme ankommt, so wäre mir recht lieb, Sie wären auch dann in der Nähe, wenn sichs machen läßt.
Schreiben Sie mir doch ein Wort wie es Julie geht und – im gröbsten Umriß – wie die Dinge auf dem Schloß stehen.
Noch eins: Christiane geht am 7ten nach München, trifft 7ten abends ein, bleibt 3–6 Tage, sie will den Schwierigen sehen, auch einiges für mich besorgen. Sie wäre froh beim ersten Portier des »Marienbad« – obwohl sie anderswo wohnen wird – Nachricht von Ihnen zu finden. Ich denke oft an's Zimmer! Ist der Ofen gesetzt? Hängt die Ampel? Tauscht man Möbel ein? Es soll alles wirklich *werden*, nicht blos geredet sein. Ich habe die netteste Erinnerung an alle unsere Stunden im Haus; das Andere war blos physisch

Ihr Hugo

Hinterhör 19. 4. 22.

Mein Gewissen schlägt sehr stark, daß ich Sie so endlos ohne Nachricht gelassen habe! Ich habe rasend geschafft mit Weihnachten, war permanent in München und habe in Pasing ein Haus gekauft um ein Internat zu gründen, in dem siebzehn Mädeln wohnen können. Ich mußte all das Geld dazu auftreiben, was nicht einfach war und die ganze Angelegenheit mit Umbau so betreiben, daß die Kinder am 1ten Mai dort einziehen können. Aber Hugo, es ist mir alles so märchenhaft gelungen, mit so wunderbarer Hilfe von allen Seiten, daß mir fast Angst ist, so etwa wie »mir grauet vor der Götter Neide!« Am 1ten Mai bringe ich nun die Kinder hin und der erste Abschluß mit meinem hiesigen Leben wird damit gelegt.

Ich wollte nun eigentlich Hinterhör an einen Amerikaner vermieten, war auch schon in Unterhandlung, da geschah mir eine neue unglaubliche Sache, ein Mann in Amerika, dem Christoph geholfen hat in seine kaufmännische Lebenslaufbahn zu kommen, schreibt mir, daß er jetzt ein gemachter Mann sei und daß ein wenig Geld, was Christoph einst bei ihm angelegt habe, so gut stehe, daß er mir die Zinsen schikken werde und ich dafür nicht vermieten brauche, ist es nicht herrlich! [...] Wie steht es mit dem Arbeiten? Ja und wann und wo sehen wir uns denn diesen Sommer? Ich bin von Mitte Juli bis Ende August für der Kinder Ferien besetzt, sonst könnte ich aber immer irgendwohin kommen, wenn es Ihnen Freude machen würde. –

Kürzlich traf ich den Isepp in München auf der Straße, der nach einem Frühstückslokal suchte. Er kam so frisch begeistert von Paris, erzählte so nett, daß es mir wie ein Luftzug aus alten Zeiten vorkam. – [...]

Nebenbei lese ich jetzt den Mädeln abends Stifters Studien vor, für die sie schon viel Verstehen haben und es sehr genießen. Könnten Sie mir wohl einige gute passende Bücher sagen, um

Hans Wilke zu seinem 21ten Geburtstag etwas geben zu können, ich wäre sehr dankbar.
Wie steht es mit Christianes Deutschland Plänen? oder können Sie sie nicht entbehren? Bitte schreiben Sie mir doch einmal einige Zeilen, damit ich mal wieder etwas im Bilde bin. [...]
Leben Sie wohl, lieber Hugo, ich wüßte so gern, wie es Ihnen geht und *was* Sie arbeiten.

Stets Ihre getreue Ottonie.

Rodaun 27 5. 22.

Liebe, es war mir lustig, zu hören, daß Sie nun gar eine Pension für 17 Mädchen gegründet haben, es ist eine freundliche sympathische Sache, sich vorzustellen wie Sie das gemacht haben, – denn Sie sind ja erst ganz Sie selber, wenn Sie mit recht vielen Leuten zu tun haben und jeder Ihnen zu etwas nützen muß – wie gerne wäre ich im Juli bei Ihnen und ließe mir abends erzählen – daß uns das Wesenloseste, Ungreifbarste auseinander halten muß, die Atmosphäre. Aber es geht nicht, ich habe diesen Winter zu viel gelitten unter'm ab und auf des Barometers, ein Erdbeben am 30. Jänner, das 8000 Kilometer entfernt war – warf mich ganz hin in einer elenden tagelangen Migräne – jetzt bin ich schon wieder durch diese sciroccalen Tage gar nicht mehr ich selber, so muß ich also einmal das aufsuchen, was mir sicher gut tut, einen Ort mit recht hoher Luft. Ich gehe Mitte Juni mit Gerty ins Südtirol, zuerst nach Cortina dann vielleicht nach Karersee, wie viel lieber noch säße ich bei Ihnen in dem netten lieben Fremdenhäusel und schriebe den ersten und zweiten Act von dem Lustspiel. (Dieses wo der mordsgescheite starke sonderbare Diener die beiden Geliebten seines Herrn aus dem Haus delogiert ohne daß der Herr es merkt –. mir ist ich muß es Ihnen einmal in der Früh nach dem Tee beim Rundherum-gehen um den kleinen Tannenhügel erzählt haben.)
Daß mich diese bizarre Überempfindlichkeit meines Körpers

um so viele Tage bringt! Wie gerne wäre ich gesellig und einsam, beides miteinander abwechselnd, beides macht mir Freude – aber wenn der Wind nach Süden umspringt und die Luft dumpf und blinzelnd hereindrückt – so bin ich weder einsam noch gesellig und gehe mir selber verloren.
Dazwischen dann hab ich Menschen recht gern, und meine erfundenen Figuren auch, und es bleibt kaum Platz für beides.
An Hans Wilke denke ich gern. In ihm habe ich ein Stück von Eberhard, ich weiß es, und weiß es mit Freude. Wir haben ihn eingeladen, aber er konnte nicht kommen.
Ein schönes Buch für ihn zum Geburtstag wäre die Kleist-Ausgabe des Inselverlages mit dem herrlichen Briefband, der die Geschichte von Kleists Seele.
Die Kinder, alle drei – d. h. wenn Franz Urlaub von der Bank bekommt, sonst nur die beiden andern – wollen den 8ten Juli über Regensburg nach Nürnberg, dann Würzburg u. fränkische Städtchen, dann Rothenburg; sie kämen etwa 20ten durch München, möchten dann Neubeuern anschauen und über Burghausen–Salzburg nach Aussee.
Wer weiß aber, ob Sie dann zuhause sind!
Das Welttheater wird also in Salzburg in der Collegienkirche gespielt (d. h. wenn nicht in der letzten Stunde was kirchliches, oder was politisches oder was technisches oder was finanzielles dazwischen kommt) – und das vom 13ten bis 25ten August. Für Sie hab ich immer einen Platz oder zwei (besser nicht zum ersten u. zweiten Abend, da ists sehr schwer!) für Andere müßte man die Plätze vielleicht bald sichern: bei der Zweigstelle des Österr. Verkehrsbüro in München. Wohnungen besorgt das Wohnungscomité der Festspielhausgemeinde in Salzburg.
Das ist ein rechter Salat von einem Brief – ich wollte ich wüßte schon wann ich wieder mit Ihnen in dem kleinen Häusel sitze.
Die Zeit 1920 war sehr gut, die vorige erinnere ich halb wie eine Krankheit, durch die aber vieles Freundliche durchglänzt.

Ihr Hugo

PS. Burckhardt ist mir für den Moment abhanden, aber man findet ja alle Menschen wieder; er geht in Italien herum, und ich glaube es hängen ein Trupp Menschen an ihm, teils leichtfertige, teils unglückliche, wie am Wilhelm Meister.

Cortina d'Ampezzo Italien den 5ten 7. [1922]

Liebe, das ist recht und gut daß Sie einmal aus der Athmosphäre der Heimat für eine Zeitlang hinauskommen – es liegt doch darin etwas so pausenlos Spannendes und Lastendes und wenn wir die Last auch weitertragen müssen, so erquickt es doch, sie für eine Weile abzuwerfen. – So atme auch ich hier freier, und habe in den zehn oder vierzehn Tagen, die ich von Haus fort bin, schon den ersten Act eines neuen Lustspiels fast beendet (das von dem Herrn u. dem Diener der die Freundinnen des Herrn aus dem Haus treibt) und wenn ich Glück habe, so bringe ich noch den zweiten und dritten Act unter Dach, bevor ich nach Salzburg komme. Da könnte ich dann die letzten 2 Acte im August in Aussee herunterschreiben (es ist alles szenenweise sehr genau schematisiert) und den eigentlichen Herbst, meine beste Zeit, vielleicht an die Beendigung des Trauerspiels wenden. – Nun von Ihnen u. Salzburg. Ich lege einen Prospect bei, wegen der Opernvorstellungen – für welche Plätze zu beschaffen ich keine Möglichkeit habe. Sie sehen aus dem Prospect daß in München eine Verkaufsstelle, und auch eine in Amsterdam, vielleicht ergäbe sichs also daß ihre dortigen Gastfreunde Ihnen Plätze besorgen – es dürfte einer 40–50,000 öst. Kronen kosten, also unendlich wenig in holländischen Gulden. – Für das Welttheater lasse ich Sie u. baby von Christiane zunächst für meine zwei Plätze für den 18ten vormerken – ich will (abgesehen von der Möglichkeit daß wir einander dort treffen) vor allem daß Sie es *sehen,* und auch daß das Kind es sieht, da Sie schon leider den Jedermann versäumt haben. Ich glaube, wenn es überhaupt zustande kommt, so wird es ein Eindruck sein, den man kaum je wird überbieten können, so wunderbar scheinen mir – wenn meine Vorstellung mich nicht trügt – der Raum u. die Dichtung zusammenzugehören. – Ich hätte Sie freilich beide weit lieber zu einer der beiden Generalproben dort (am 11ten und 12ten) für die ich über Plätze verfüge – denn ob ich mit allen meinen am 18ten noch dort bin, ist mehr als zweifelhaft, erstens weil ich bald wieder nach Aussee zu meiner Arbeit zurückmuß – und dann weil ich einen längeren Aufenthalt in Salzburg über Proben u. Première hinaus, kaum bezahlen kann. – Beharren Sie auf dem 18ten – so ist es *möglich* daß Christiane Ihnen die Privat-Unterkunft sichern kann, die wir für die Premièrentage haben. Am besten, man correspondiert über dies gleich nach Ihrer Rückkehr, letzte Tage Juli. Wir sind dann in Aussee. – Rufen Sie mich Henry v. d. V. ins Gedächtnis. Ich entbehre sehr, ihn nie mehr zu sehen. – Hat es einige Aussicht, wenn man ins Auge faßt, Sie gegen Ende October nach Aussee einzuladen?

Herzlich der Ihre Hugo.

Rodaun 10 1. [1923]

Nein, nicht eine tiefe Depression, liebe Ottonie – das Wort ist zu gewichtig – auch tritt ja immer wieder für Tage u. Stunden das Productive hervor – nur große, unvorhersehbare Existenzschwierigkeiten, und dadurch tracasserie, Verwirrung, ein ewiges Hinspannen aufs Ausland, ewiges Warten, Enttäuschungen u.s.f. aber das ist alles so langweilig, ich will nicht davon sprechen, sondern einen Vorschlag machen. (Ich schreibe aber dies vorsichtshalber nicht auf den Salzberg, sondern nach Neubeuern.) Burckhardt hatte mich zu einem Aufenthalt in der Schweiz eingeladen, es geht aber nicht recht zusammen, ich bin nicht sehr wohl, scheue die weite Reise – und dann werde ich wahrscheinlich genötigt sein dem Pallenberg in Garmisch irgendwann im Februar das neue Lustspiel vorzulesen (man darf Schauspielern nicht überlassen, ein Stück allein zu lesen, sie capierens nicht) – kurz und gut: wenn Sie, wie Sie sagen, ab 20ten ungefähr wieder in N. zurück sind – und »immer für mich frei sein wollen« – darf ich dann eventuell bald nach dem 20ten für 10–14 Tage hinkommen, und darf ich eventuell für einen Teil der Zeit Burckhardt mitbringen? Geht denn das? Geht es materiell und mechanisch auch? Eventuell kann man dann vielleicht auch Schröder (nicht genau während B's Dortsein, sondern etwa am Ende davon) hinbitten. Wir wollen trachten, es zusammen zu kriegen! Ich wäre so gern wieder bei Ihnen! Man weiß je älter man wird, was man an seinen Freunden hat. – Daß doch Eberhard manchmal für zwei Stunden da wäre! Je länger ich ihn verliere, je mehr wird er mir, der gute liebe Mensch!

Ihr Hugo

Salzberg Marineheim
Berchtesgaden
19. 1. 23.

Die Idee ist also wirklich reizend und es freut mich, wenn es sich verwirklicht, unendlich, nur müßten wir Ihr Kommen, wenn es Ihnen möglich ist, um eine Woche hinausschieben. Ich bekomme nämlich soeben die Nachricht aus Sondershausen, daß man mich bei meiner Mutter bis 24. benötigt, wenn Sie also am 26ten in Hinterhör einträfen, wäre es mir *sehr passend* und dann könnten Sie bitte bleiben, so lange es Ihnen paßt. Natürlich kann Burckhardt auch kommen, ebenfalls Rudi, denn ich bin ja ganz allein und habe daher Platz genug. Meine kleine Maschine läuft bis jetzt, dank meiner Amerika-Hilfe und Guldenkauf noch ungefähr im gleichen Stil, wie Sie es kennen, weiter; nur muß man vielleicht, wenn man ein Schweizer ist, seine Ansprüche reichlich herunterschrauben, das müßten

Sie ihm vielleicht gleich schreiben. Was mir noch etwas Kopfzerbrechen macht, ist Ihr Wohnen, da mein Bruder seine Möbel jetzt geholt hat und die Zimmer momentan nur sehr notdürftig eingerichtet sind, aber doch denke ich mir, ist es Ihnen lieber als in einem Raum wohnen, der Ihnen nicht irgendwie sympathisch ist. – Wir fahren am 25ten nach Hinterhör, am 29ten München Marienbad, am 3ten Febr. nach Sondershausen, so können Sie mich immer Ihre Pläne wissen lassen.

Hier sitzen wir im tiefsten Schnee und können herrlich viel Ski laufen, nur leider ohne Sonne. Morgen sollen große Skispringen veranstaltet werden, wozu alle Größen des Ski erwartet werden.

Leben Sie wohl Hugo und bitte bringen wir diesen kleinen Aufenthalt zusammen.

Liebe Grüße auch an Gerty Ihre Ottonie.

Rodaun 22 I. [1923]

Liebe Ottonie, nach endlosem Warten erhalte ich den inliegenden wirklich unbegreiflichen Brief von Ihnen, der alle meine Hoffnung auf den so erwünschten Aufenthalt bei Ihnen völlig niederschlägt. Liebe, Sie sind so eine liebe gute Freundin, aber ist es denn möglich daß Eberhard recht hatte wenn er klagte daß Sie so confus seien? – Auf der ersten Seite dieses Briefes erlauben Sie mir vom 26ten an, das ist nächsten Donnerstag, zu Ihnen zu kommen – auf der zweiten Seite schreiben Sie mir daß Sie am 29ten von dort abreisen! Ja soll ich denn allein in Hinterhör sitzen! Ich schrieb doch klar und deutlich daß meine Möglichkeit eines Aufenthaltes bei Ihnen zwischen den letzten Januartagen und dem 20ten Februar liegt und bat Sie daher den Besuch in Sondershausen, den Sie im *früheren* Brief als beweglich bezeichnet hatten, bis gegen Ende Februar hinauszuschieben. Und Sie hatten im früheren Brief klar und deutlich ge-

schrieben – »nach Rückkehr von Berchtesgaden kann ich immer für Sie da sein.« Das Unverrückbare ist dies: circa 5ten muß ich für paar Tage nach Garmisch – ich wollte vorher kurz bei Ihnen sein, dann wieder für 10 Tage zu Ihnen zurückkehren – und wollte vorschlagen da Burckhardt nicht mehr frei, daß Sie Schröder für diesen zweiten Aufenthalt (10 II–20 II) einladen. Was soll jetzt werden? Ich bin ganz ratlos. Morgen bekomme ich durch Wiegands Freundlichkeit die Einreise-erlaubnis für Baiern – wollte spätestens 27ten abreisen – was soll ich jetzt machen??
Bitte telegraphieren Sie, falls noch etwas zu retten ist. Ich kann Ende Februar unmöglich, da fangen in Wien die Proben zu dem neuen Lustspiel an. Vielleicht können Sie wenigstens so weit die Abreise verschieben, daß ich die paar Tage vor dem 5ten oder 6ten II. bei Ihnen sein könnte.

Ihr Hugo

München Hotel Marienbad
Donnerstag abend [8. 2. 1923]

d. h. ich wohne im Reichsadler hoffe aber morgen ins Marienbad zu übersiedeln u. finde dort meine Post.
Liebe Ottonie, ich freue mich unendlich bald wieder bei Ihnen zu sein, Ihr gutes Gesicht zu sehen, Ihre Stimme zu hören, Ihre Vernunft zu fühlen, die eine so sympathische und so besonders gut zu Ihnen passende Vernunft ist.
Schröder schreibt einen Brief – vor Empfang des meinen – wonach er Ende Februar–Anfang März mich bei Ihnen treffen möchte. Ich telegraphierte ihm heute ausführlich, daß Sie Ende Februar fort müssen und daß er unbedingt möglich machen muß, so um den 18ten bei Ihnen, bei uns zu sein. Auch auf den Buben freu ich mich, hoffe ihn einmal draußen zu sehen – Hans Wilke meine ich. Manchmal ist mir als hätte mich mit Eberhard in mancher Beziehung mein Schutzgeist verlassen. Hypo-

chondrie? Ja, aber mein Leben ist über jede Erwartung schwierig geworden. Daß ich Sie so bald sehen werde – d. h. ich Sie kaum sehen, Sie mich nur halb hören – aber es wird so gemütlich sein! Ich mache meine Sachen hier u. in Garmisch so schnell als möglich ab, in 4 – 5 Tagen.

Ihr Hugo

Rodaun 19 4. [1923]

Liebe, ist das zu denken daß in diesen vielen Wochen seit unserem lieben Zusammensein, ich Ihnen nicht geschrieben hätte – Ist es möglich? Das sonderbare ist: ich weiß es selbst nicht. Ich bin in einer solchen beständigen Hetze, schreibe in jeder Pause ein paar Briefe vor mich hin, habe seit Wochen beständig Kopfschmerzen oder Zahnschmerzen oder Neuralgieen – dazu ein solches Vielerlei von Dingen, die sich andrängen – Projecten die von außen kommen, einen occupieren – wieder zerrinnen – gehe ich einmal eine Stunde allein in der Landschaft herum, so tue ich alles, um diese Welt zu vergessen u. meinen Träumen nachzuhängen – so weiß ich heute wirklich nicht – ob meine oft in Secunden an Sie hingedachten Briefe ein einziges Mal einer davon aufs Papier gekommen sind –

Sind die farbigen Bildchen von Gavarni (für Ihr Treppenhaus) hinausgekommen? Wiegand sollte sie rahmen lassen u. hinausschicken. Ich hätte auch Blätter von Daumier bekommen können, aber sie waren nicht von seinen besten, und im sujet nicht so harmlos wie diese. Ich hoffe daß sie an der weißen Wand munter aussehen werden, und französisch, ohne Prätension. – Wegen des Vorhanges konnte Christiane nichts erreichen – vielleicht kaufen wir ihn einmal zusammen in München. – Ich habe oft gedacht ob ich im April hinkönnte – aber es ging halt doch nicht – und ich muß etwas tun, das mir für die Gesundheit gut tut. So hab ich Burckhardt gefragt ob er

für meine Gesundheit mit mir eine zehntägige Autotour machen würde oder zwei fünftägige und er hat es zugesagt. Also gehe ich Anfang Mai zu ihm nach Basel. (Ich vergesse nicht wegen Marie-Therese.) Schreiben Sie uns doch Anfang Mai ein paar Zeilen nach Basel Rittergasse 20. Vorher (letzte Tage April) wenn ich die Spannkraft aufbringe, gehe ich nach Berlin – und fahre über Frankfurt oder wie immer nach Basel.
Die letzte Maiwoche bin ich fast sicher in Salzburg (inzwischen muß Reinhardt aus Amerika zurück sein) um mit ihm diese ins Welttheater einzulegende Pantomime zu machen. Zur gleichen Zeit will Schröder in Fischhorn sein, und dann für eine Woche nach Wien. – Wäre etwa das Häslein so gütig u. erlaubte Ihnen zu dieser Zeit nach Wien zu kommen? Das wäre nett – das Haus schon warm – Christianes Zimmer zur Verfügung – ebenso das Zimmer bei der Schwiegermutter! Also machen wir ein kleines Luftschloß!

Ihr Hugo

[Hinterhör bei Neubeuern am Inn
(Oberbayern).] Montag [Mai 1923]

Wie gut endlich mal wieder ein Wort von Ihnen zu hören und zu wissen, daß Sie nicht krank sind, wenn auch reichlich hergenommen durch die tausend Dinge die jeder Tag mit den unendlich vielen Anforderungen stellt. Ich hatte ja immer noch gehofft, daß Ihre Ansage kommen würde für die Zeit jetzt und hatte mich besuchsfrei gehalten, aber doch ist es ja *viel* besser für Sie, mit Burckhardt diese Autofahrt zu machen, ich freue mich *so* für Sie. Erholen Sie sich nur ja recht dabei. Ich hoffe sehr für Sie, daß Sie über Berlin fahren werden, es wird Ihnen doch wieder manches Neue an Eindrücken mitgeben und ein Zusammensein mit ein paar Menschen wie Meier-Graefe ist doch in der Rückerinnerung so wohltuend.

Ich glaube schon, daß Häsle mir eine Reise nach Wien erlauben würde. Ich käme schon furchtbar gern, wenn es Ihnen dann noch paßt; es wäre also wohl die erste Woche Juni nach Ihrem Brief. Wenn dann Rudi auch aus Spanien zurück wäre, das könnte schon sehr nett werden. Jedenfalls stelle ich mich mal in Gedanken auf diese Zeit ein das ist so ein nettes Luftschloß.
Momentan bin ich so ziemlich am Abschluß mit einer Genferin, die mir ihre achtzehnjährige Tochter in Pension geben will (200 Frs. monatlich) falls Burckhardts noch eine dazu wüßten, das wäre herrlich, aber nur wenn es Ihnen mal einfällt, sich nicht damit belasten (zwei sind viel leichter, da nicht zu sehr von mir abhängend).
Gestern las ich im Maupassant in dem Band Yvette, ich fand es schon sehr gut und so einige kleine Erzählungen wie »Retour« ausgezeichnet. Ich habe momentan ein entzückendes Leben, mit Gartenarbeit, lauter jungem Viehzeug und Lesen. Ich genieße es wirklich sehr. Die Bilder sind noch nicht da. Ich will aber Wiegand für nächsten Samstag-Sonntag heraus bitten, vielleicht bringt er sie mit, schon im Voraus tausend Dank.
[...]
Heiseler war kürzlich mal zum Tee bei mir und hat mir doch sehr viel interessante Dinge aus Rußland erzählt.
Nun Addio tausend liebe Grüße und vor allem wünsche ich Ihnen eine gute Zeit.

Ihre Ottonie.

Sagen Sie, fährt Gerty mit in die Schweiz? wenn nicht würde sie so lange Sie fort sind, nicht zu mir kommen und eventuell, wenn Christiane etwas frei wäre, sich hier mit ihr treffen?

Schönenberg Pratteln, Basel-Land
den 14 5. [1923]

Liebe Ottonie,
manchmal kann doch auch ein Brief einem einen Menschen ganz nahe bringen daß er im Augenblick in einem ganz zur Gestalt wird und das lange, das Gemüt erwärmend, nachwirkt. So ist es mir neulich gegangen mit Ihrem Brief, den ich noch in Rodaun empfing. Ich habe auf einmal ganz fühlen können, was ich an Ihnen habe, und durch viele Tage in Berlin hat das Gefühl der Freude und Dankbarkeit nachgehalten. – Und hier geht es mir so mit diesem jüngeren Freund, daß ich mich seiner Gegenwart recht erfreuen kann – wie kann man, muß man sich selber fragen, bei solchen Geschenken des Lebens so oft in Finsternis und Verzagtheit verfallen? Aber es ist so. – Ich will nie wieder eine lange Zeit vergehen lassen, ohne daß ich Sie sehe! Vielleicht können Sie es mit Gerty bereden, daß Sie sicher im Herbst nach Aussee kommen – und im Winter komme ich wieder zu Ihnen. Denn jetzt im Juni fürcht ich, kann ich Sie nicht mehr bitten, zu uns zu kommen – wären wir weiter von Wien, dann ginge es, aber wie Rodaun einmal ist, kommt da ein Gast, so bedingts den Wechsel zwischen draußen und der Stadt, da komm ich zu keiner Sammlung, nicht zu mir selber, alle Verworrenheit u. Ängstigung überkommt mich wieder, – so gehts nicht. Vertrüge ich nur allerlei Luft besser oder träte das Geld nicht zwischen alles, daß man im Juni in höherer Luft sich treffen könnte, ich würde arbeiten und abends sähe man sich, das ginge gut – aber ich weiß keinen Ort.–

Ihr Hugo.

PS Ich sprach mit Mama Burckhardt von Ihrem Wunsch wegen des Schweizermädchens, vielleicht sagen Sie mir den Namen der kleinen Genferin, das wäre nützlich.

Rodaun 23 6.23.

Ach, Ottonie, früh und spät erscheint es mir doch als der Gipfel der Absurdität, daß ich nicht in 8 oder 10 Tagen meinen Koffer packen und zu Ihnen fahren kann – wo dort jede Stunde des Tages in ihrem Ablauf mir lieb wäre, jede mir inhaltsvoll und angenehm. – Aber es ist verwehrt. – Ottonie, ich hab mich dann nachher so gefreut daß ich Sie plötzlich unbestellt, unvermutet mit Augen gesehen hatte. Daß Sie da sind, ist wunderbar, und wunderbar genug, daß ich Sie in diesen elf Jahren nicht habe verlieren müssen. –
Ich denke mir etwas aus. – Ich muß nach irgend einem solchen Nest von 1200 m. Ich wähle mir eines aus, das nicht sehr weit von Salzburg, in der Gasteiner Nähe. Dort kämen Sie über Kufstein Wörgl sehr schnell hin. Vielleicht, wenn mir wohl ist, wenn ich den Vten Act beendet habe, kommen Sie dann Ende Juli für eine Woche mich besuchen? Läßt es sich denken?
Borchardt u. Schröder waren in München. Haben Sie beide oder einen von beiden gesehen? Auch das ist mir wie ein Feengeschenk, daß Ihre Verbindung mit diesen Menschen solche fast geisterhafte Zusammenhänge mit dem irdischen Leben verknüpft. – Schreiben Sie mir doch ein paar Zeilen. – Überlesen Sie diesen Brief an Mädi und schicken ihn dann, geschlossen, weiter. Gerty ist begeistert von Marie Therese. Ich hatte auch bei der Begegnung einen reizenden Eindruck. Plötzlich tritt das Väterliche so schön hervor.
Adieu. Ihr Hugo.

P.S. Sie schreiben mir nie, aber grundsätzlich nie ein Wort darüber, was Sie lesen! Wenn Sie jemand wissen von dem Sie sich einen der Romane von Proust ausleihen können (sei es A l'hombre des jeunes filles – oder Du côté de chez Swann) so tun Sie es. Es ist fürs erste eine beinahe mühsame Lectüre, aber doch sehr merkwürdig. Es hat nie jemand – oder mindestens seit dem XVIIten Jahrhundert nicht – dies Phänomen »die Gesellschaft« so gesehen und so etwas daraus gemacht.

Hinterhör Donnerstag. [Juli 1923]

Ja Hugo, beide habe ich gesehen, Rudi und Borchardt. Wir alle sind in die Stadt gefahren, um Borchardts Vortrag über »den Dichter und das Dichterische« zu hören, es war wohl zehnmal wert hinzufahren und alle Unannehmlichkeiten der jetzigen Reise und Hotelabenteuer mitzunehmen, um diesen Abend zu erleben. Borchardt ist wirklich ein ganz großes Genie. Hugo denken Sie, zwei Tage zuvor fiel es, wenn ich nicht irre, Wiegand ein, man solle einen Vortragsabend arrangieren. Borchardt dachte ein bissel intensiv nach und gab unglaublich viel. Nicht nur der Inhalt, auch die Form und nicht zuletzt die Art des Vortrags, ich kann es nur mit einer fabelhaften musikalischen Composition vergleichen. Mit einem unerhörten Elan trug er uns alle hinein, gab dann einen gemäßigten, aber ungeheuer belebten Mittelsatz – um zu einem phantastischen Finale zu gelangen. Es war ein merkwürdiges Publikum, lauter Universitätsprofessoren und Studenten. Alle waren gefesselt von Anfang bis zum Schluß, keiner hatte wohl nur für einen Satz ausgelassen. Ich war *so* begeistert, daß ich ihn bestürmte noch einen zweiten Abend zu geben, Wiegand unterstützte sogleich und es ist alles fertig für heute Abend. Im großen Saal in der Universität wird es sein, aber ich kann nicht dabei sein. Ich war anschließend an München nach Eybach gefahren, um nach Fredy zu sehen, kam wie verabredet gestern Abend nach München, um zu erfahren, daß Baby an Masern erkrankt, gestern hierher transportiert sei. Julie in Stuttgart mit Hans Wilke so daß ich sofort heute Morgen herausfahren mußte. Das Kind liegt ganz verschwollen und entstellt im Bett, hat heute Morgen 39,5 sodaß wir wohl Abends 40° erreichen werden, aber es ist

ja keine gefährliche Krankheit und wir müssen sie durchleben.
Borchardt kommt nun morgen hierher zu uns, wie sonst Sie, im anderen Haus zu arbeiten. Marel fährt nach Italien und leitet den Umzug in das kleine Häuslein bei Altieris ein und hofft in etwa zehn Tagen wieder hier zu sein. [...]
Hier liegt nun Ihr lieber Brief, wir waren wohl alle sehr verbunden in Gedanken, Sie standen überall in Borchardt's Worten, sowohl im Vortrag (natürlich ohne Namen) wie in der Unterhaltung. Er ist so frisch wie stets, Marel reizend, Rudi krank wie immer.
Ja Hugo, es ist wirklich ein zu blödes Pech, daß Sie nicht hier bei mir sein können, mit Borchardt spazieren gehen, zusammen sprechen, lesen ect. [...]
Der Ofen steht – letzte Woche ist er gesetzt, leider ein bissel groß ausgefallen, aber doch hübsch und schön in der Farbe.
Bilder sind auch von Mädy gekommen, die ich morgen aufhängen werde, schade, daß Sie nicht da sind, um alles mit auszusuchen.
Gerty's Brief wurde mir nachgesandt, ich habe gleich an die Behörde geschrieben wegen der Einreiseerlaubnis der Buben. Voraussichtlich, wenn alles bei Baby normal verläuft, wollen wir abwesend sein vom 26ten Juli bis 17ten August, zu jeder anderen Zeit sind mir die Buben willkommen, nur muß Gerty selbst entscheiden ob Raimund her darf wegen Ansteckung.
Vielen Dank für die netten Bildles und das Rezept, laß ich Gerty sagen. Es freut mich so daß Euch das Kind ein bissel gefallen hat.
Viele liebe Grüße von Ihrer Ottonie.

Rodaun 7 7. [1923]

Liebe, die Masern ängstigen mich freilich nicht, und nach meiner Hoffnung müßte mit den ersten paar Fiebertagen – deren

ich mich aus meinem sechzehnten Lebensjahr genau erinnere – die Beschwerde für das Kind vorüber gewesen sein – aber schreiben Sie doch ein kleines Wort auf einer offenen Karte damit man doch weiß wie es ist.
Man denkt ja so oft dorthin – und glauben Sie das? es ist kindisch genug, zu denken, daß der Ofen ein bißl zu groß, auf den lieben Raum drückt, beschwert einen! Hätten Sie mich doch mitgenommen, ihn aussuchen, mein Aug ist in solchen Dingen, wie Maaße und Farben, ganz sicher. Und *was für* Bilder Mädi endlich einmal für Hinterhör hergegeben hat das wüßte man doch auch gern!
Daß einen eine Ferne auseinanderhalten muß! – und ich betrete in Gedanken so leicht das kleine Haus – so oft – so ohne eine Anstrengung der Phantasie!
Ich weiß noch nicht genau, was mit mir wird. Indessen ist wieder eins von den Dingen aufgetaucht, die sich ums Geld drehen, einem Zeit kosten, einen womöglich narren – jetzt dies: einen Film aus dem »Rosencavalier« zu machen. Dazu muß man fast einen Roman schreiben (mit den bekannten Figuren) denn die Oper selber gibt fast nichts Brauchbares her. Dem geb ich aber jedenfalls nur mehr 2 Wochen, dann gehe ich irgendwohin und mache das Ernstere.
Adieu! Ihr Hugo

Ramsauerhof
Ramsau bei Schladming im Ennstal,
den 2ten 8. [1923]

Ich habe so oft diesen schlechten Spaß wiederholt daß mir Ihre Briefe nicht so viel Vergnügen geben, als Ihr Gespräch – daß ich nun immer wieder sagen muß, wie sehr mich ein Brief wie dieser letzte freut. Sie schrieben so schön von dem Tode und von dem Leben Ihrer Schwester und der Übergang von diesem rührenden und ernsten Gegenstand zu den bescheidenen und doch so tiefen Freuden die Ihr Haus Ihnen gibt, zu den Blumen und den Bildern mit denen Sie leben, wird Ihnen leicht – ja es ist auch ein leichter Übergang von einem zum andern – und es ist alles aus einer Materie, dem Geheimnis. – Für mich aber ist der Brief schön und inhaltsvoll und es macht mir eine wunderbare Freude, daß wenn wir schon um diese Zeit nicht zusammen sein sollen, Sie doch da sind, und so nahe, nur ein paar Täler ein paar Bergketten dazwischen, wir teilen das Wetter – und ich habe ja die Stunden Ihres dortigen Sommertages so inne, daß mir ist, als ginge ich jetzt mit einem Buch in der Hand hinüber – zur Nachmittagsstunde sitzen wir in der kellerkühlen Halle – in der Früh (was für wunderbare Morgen hat dieser Sommer!) gehen wir einmal zweimal den Waldweg um den runden Hügel herum. Daß Sie so da sind – daß Sie überhaupt da geblieben sind! Was für eine chance für mich, Ottonie, daß Sie nicht wieder geheiratet haben! Ist das häßlich, daß ich das sage – egoistisch? Aber es sind doch eigentlich so wenige Menschen, die mir wirklich nahe sind – die ich nicht entbehren will – und einen, den treuesten reifsten besten Freund hab ich ja schon verloren. – Da sind Sie – und Jella O. Vielleicht ist Ihnen die Zuneigung sonderbar, mit der ich an dieser alten Frau hänge: aber wenn Sie sie kennen würden – wozu allerdings Zeit gehört, und ich kenne sie seit 25 Jahren! – Sie würden es verstehen. Dann hat mir das Schicksal, im gleichen Jahr wo ich Eberhard verlor, in Carl Burckhardt einen neuen Freund gegeben und von Jahr zu Jahr kann ich mehr verstehen, welch großes Geschenk dies war. Dann ist noch Rudi da – und wenn man ihn hat, wie selten freilich, wie gestört meistens, so hat man viel. Auch Mells Namen möchte ich hierhersetzen; sein Wesen, und alles was er hervorbringt, gibt mir reine Freude; weit mehr hänge ich an ihm, als er an mir. Sollte ich nun Borchardts Namen noch nennen. Ich kanns nicht, und Sie verstehen ja in welchem Sinne ich es nicht kann! Er ist mir wunderbar und bezaubernd, ich habe Ehrerbietung für ihn und manchmal das ver-

mischteste, gerührteste Gefühl von der Welt gegen ihn; aber ich kann ihn nicht mit dem Namen »Freund« nennen; mit welchem Namen kann man ihn überhaupt anrufen?
Liebe, Gerty sagt, wenn Ihr drei zusammen seid, sie Christiane und Sie, und von mir sprecht, so sprecht ihr genau wie von einem Verrückten und erzählt immer neue Details von Verrücktheit, und kommt aus dem Lachen gar nicht heraus. Sie sagte es mir einmal in ihrer reizenden natürlichen Art, halb komisch und doch halb ernst, und mit einem Schatten von wehmütigem Mitleid. Ist es wirklich so, Ottonie? und muß ich da nicht sehr achtgeben, daß ich Ihnen nicht zu einer Carricatur werde, und Sie darüber verliere? Das wäre ja schrecklich. Bin ich wirklich so verrückt – oder kann man erkennen, daß es nur eine Grimasse ist – und darunter das Andere, und daß das Andere das Wirkliche ist so wie es, von innen gesehen, ja der Fall ist? Ich fange an, mich zu ängstigen. Daß Sie mich nur einmal sehen könnten, wo ich wirklich ich selber bin – wie hier! oder bin ich am Ende nur ich selber, wenn ich wie hier, fünfzehn Stunden des Tages allein bin, und über 1000 m? So wie Hamlet umgekehrt nur bei Süd-südwest verrückt war! – Ach, sagen Sie, jetzt ist er schon wieder verrückt, jetzt redet er immerfort von »hier« und ich habe keine Ahnung, wo er ist, und er muß doch wissen, daß ich keine Ahnung habe! – Hier, das ist hier. Hier ist meine Dachkammer in der ich sitze. Sie enthält ein Bett, einen kleinen Tisch und einen hölzernen Sessel; ein paar Nägel an die man seine Sachen hängen kann, ein Fenster gegen Westen – das führt fast direct zu Ihnen hin – und eines gegen Osten; Fenster sind es nur sozusagen, halt Dachluken. Auf dem Tisch liegt einiges weiße und einiges beschriebene Papier. Das beschriebene enthält den fünften Act vom »Turm«; aber um Gotteswillen nicht wirklich den Text, sondern wieder so eine »Schicht« (siehe Beschreibung von Delacroix' Malweise bei Meier-Graefe) – aber hoffentlich doch schon so ziemlich die vorletzte, die man schon beinahe den »Text« nennen könnte.

(Das Ganze ist doch, kommt mir vor, etwas eher Merkwürdiges.) Aber, zum Teufel, rufen Sie aus, jetzt lobt er wieder sein eigenes Stück, anstatt mir endlich zu sagen wo denn, geographisch gesprochen, dieses Nest ist!! – Aber das ist doch höchst einfach. Schauen Sie mit einem Aug gegen Salzburg und mit einem gegen Kufstein, aber nicht so ganz sondern nur so beiläufig gegen Kufstein, und dann schauen Sie in der Diagonale beider Richtungen, so da herüber, nicht so weit wie Aussee, etwas näher zu Ihnen, an den Dachstein hin, aber an die Ihnen, d. h. Tirol zugewandte Seite, kurz und gut hierher, da sitze ich! – Liebe, jetzt aber etwas Ernstes. Steht dem etwas im Wege, daß Sie so etwa in der zweiten Hälfte September nach Aussee kommen? und daß man trachtet, Rudi dann auch für eine zeitlang hinzukriegen? Wollen wir es hoffen? und daran glauben? – Das soll nicht *statt* Wien sein, aber Aussee ist so nah, so bequem! und im Winter komm ja zunächst ich zu Ihnen, wenn ich darf?

Ihr Hugo

Bad Aussee 11. 10. [1923]

Liebe

Wenn am elendesten von vielen elenden Föhntagen ein so lieber Brief von Ihnen mit einer österreichischen Marke ankommt – wenn Sie dort sind von wo ich so oft zu Ihnen hinübergedacht habe – wenn Sie *eigenhändig* den Porcia-palast (ungefähr das bekannteste Renaissancebauwerk nördlich der Alpen) »entdecken« – wenn Sie in Lienz sich zur höchsten Philosophie der Politik aufschwingen und beim Anblick von so schönen Ochsen u. Kälbern es plötzlich begreifen, daß ein Österreicher am liebsten unter Österreichern sein muß – kurz wenn Sie schon wieder das »kleine Glück« haben, im richtigen Moment die richtigen Leute zu finden und mit ihnen am richtigen Ort zu sein – dann fühlt man so lebhaft, daß man auch das »kleine Glück« hat, ein bischen zu Ihnen zu gehören – und setzt

sich hin und antwortet sofort – hoffend, daß der Brief Sie noch dort erwischt. (Denn der Ihre, Montag geschrieben (?) ist erst heute, Samstag, hier eingetroffen.) – Wenn Sie nicht alles von selbst verstünden, so müßten Sie sich wundern dürfen, – daß Sie seit Anfang August, genau seit zwei Monaten ohne einen Brief von mir sind. Es hängt aber das sehr unerbittlich zusammen. Damals in der Ramsau, völlig isoliert und völlig mich der einen Sache hingebend hoffte ich, ich hätte den fünften Act bezwungen. Es war aber nicht so. Es stand allerdings Etwas so gut wie fertig da, aber es weckte in meiner Brust keinen Glauben. Es hatte ausgesehen wie die letzte Fassung und war gewiß wieder nur die vorletzte. – Es hatte die Arbeit also auf einen möglichst günstigen Zeitpunkt aufgeschoben zu werden. Der August war mir, wie fast immer, physisch unzuträglich. Auch war er unterbrochen. Ich hatte ein paar Tage in Salzburg zuzubringen und einiges halb-Journalistische zu erledigen. Ich hoffte alles vom Herbst. Aber es setzte mit Anfang September eine wahre Hölle von Wetter ein – die mich, (denn die anderen Leute fühlen es nicht so) – noch nicht losgelassen hat. Es ist ununterbrochen Föhnlage: wochenlang feuchtschwüles Nebelwetter, dunkelschwere Tage wie die Abende – dann tropenwarme Regentage, jetzt glasige gewittrige Hitze. So sind 45 Tage hingegangen – ohne daß ich *eine gute Stunde* gehabt hätte. Um mich nicht zur Verzweiflung zu bringen, legte ich die schwere Arbeit ganz bei Seite und da ich Strauss die »ägyptische Helena« für den Herbst versprochen hatte, so arbeitete ich davon den ersten Act. Dieser ist ganz gut geworden und so hat er zunächst was zum Componieren. Es ist ein langer Act; die Oper wird nur ihrer zwei haben u. ein recht merkwürdiges Ding werden.
Nun aber muß ich (denn einmal kommt ja natürlich doch hoher Barometerstand) den letzten Act bewältigen. Es sind keine unüberwindlichen Schwierigkeiten, wenn gleich große: sie sind mehr allgemein geistiger als eigentlich künstlerischer Art. Habe ich alle meine Kraft beisammen, nur für 2 Wochen, so werde ich

ihrer Herr werden. (Und wie sollte ich es ertragen, diese Arbeit unvollendet liegen zu lassen?) Burckhardt, dessen Teilnahme gerade an dieser Arbeit für mich unschätzbar ist, kommt am 20ten für eine Woche hierher. (Ich dachte immer noch, Sie zur gleichen Zeit herzubitten – nun gehts ja aber nicht.) Hoffentlich ist dann eine Luft, die nicht länger die freie Bewegung meiner Gedanken lähmt (leichtes und feines Associieren ist alles – und die unrechte Luft macht einen Tölpel aus mir) – so kann ich hoffentlich mit ihm, wo nicht früher, das Gedankenbild des Actes in mir wieder neu lebendig machen. (Ein solches Gedankenbild ist zarteste, dichteste Einheit, wie ein Gedicht, wo ja auch die erste und die letzte Zeile (wofern es ein wirkliches Gedicht ist) *zugleich da sein müssen.*) Habe ich diesen Luftleib des Actes vor mir, vermag ich ihn zu *glauben* – dann möchte ich nicht nach Rodaun zurück, bevor die letzte Zeile auch wirklich geschrieben – aber Gerty so lange hier halten – die Buben allein oder in fremder Leute Häusern – alles das ist über die Begriffe schwierig – da klammert sich meine Hoffnung an Sie: dürfte ich in den allerersten Tagen des November zu Ihnen kommen? Es braucht nichts, als daß Sie da sind – und ein Zimmer, sei auch keinerlei Möbel darin als ein Tisch u. ein Sessel. Schon daß ich dort immer an *diesem* Stück gearbeitet ist gut u. steigert meinen Mut, es dort auch zu vollenden. Bitte geben Sie die allerkürzeste Antwort gleich sobald dies in Ihre Hände kommt. – Herrn und Frau Heiseler bitte ich aufs herzlichste zu grüßen.

In Freundschaft Ihr Hugo

Bad Aussee 23 10. [1923] abends
bei Föhnsturm

Liebe, Ihr Telegramm hat mich unendlich gefreut. Wie schön, ein kleines Haus auf der Welt zu wissen das einem so sehr ein Heim ist, wie das eigene. – Mein Gedanke ist jetzt dieser: hier

auch den zweiten (und letzten Act) der »Helena« zu Ende zu bringen. Zugleich Burckhardts – zutrotz eines anhaltenden furchtbaren Drucks der Atmosphäre – erfrischende und tausendfach anregende Gegenwart zu nützen um dem »Turm« mit neuem Mut mich anzunähern – und den fünften Act hervorzurufen. Dann die Ausführung von einigen Wochen ruhiger Arbeit bei Ihnen zu erhoffen. Schreiben Sie mir bitte ein Wort, aufrichtig, ob ein Termin Sie etwa im Lauf des November zur Abreise von Hinterhör zwingt. In diesem Fall käme ich nicht. Auch *hier* will ich mir keinen Termin stellen – aber es ergibt sich aus den Umständen, daß ich meinen Haushalt hier und Gertys Gegenwart nicht über den 7ten oder 8ten November erhalten kann. – Falls sich also meinem Dortsein im November (wie ich innig hoffe) nichts entgegenstellt, so muß ich Sie freilich noch einmal quälen mir eine dortige Aufenthalts- und Zureisebewilligung möglichst bald hierher zu schicken weil ich mir in Salzburg ein neues Visum geben lassen muß, das von dieser bairischen Bewilligung abhängt.
Schröder der demnächst in Fischhorn ist aber hier nicht herkann (er war übrigens, der Gute, im Sommer, scheint es, sehr krank!) fragt mich ob ich nicht wieder einmal in Hinterhör sein werde. Sogleich wenn ich Ihren Bescheid habe (es quält mich eine Furcht Sie müßten zu Ihrer Mutter) schreibe ich ihm. – Von Borchardts Verleger empfing ich ein Ding »die geliebte Kleinigkeit« das mir beinahe zuwider war – so wie der Vortrag. – Dafür machte mir das Buch eines ganz jungen Menschen über Hölderlin tiefe Freude, die Burckhardt jetzt teilt. Das allabendliche Vorlesen eines Reisetages seiner phantastischen Expedition durch Kleinasien ist etwas so Schönes daß ich Sie innigst jeden Tag für diese Stunde herbeiwünsche. – Daß mir der Himmel nach Eberhards Tode gleich wieder einen *Menschen* geschenkt hat. – Mell hat den Kopf voll neuer bezaubernder Arbeiten – wäre nur auch Schröder uns näher –

Ihr Hugo

Bad Aussee 2 11. [1923]

Liebe, es ist ja rührend gut wie Sie für mich sorgen. Der Einreiseschein ist gekommen. Tausend Dank. Die Luft hat ja schon zum Guten umgeschlagen, ich arbeite täglich vormittags u. abends und hoffe die Oper schon fertig mitzubringen. Sie wird Ihnen Spaß machen. Sie ist eine hübsche Schwester von Ariadne, hat aber mehr erlebt als diese. Burckhardts Anwesenheit ist schon eine große Freude. Jeden Tag schreibt er ein Stück Erinnerung an die Reise auf, und liest es uns abends vor. Er sieht mit wunderbaren Augen, und er sieht *alles*, das ist das seltene und schöne. Was kommt da nicht alles vor: Städte und Einöden, Caféhäuser und Trümmerstätten, Derwische, Zigeunerinnen, Mönche, Mörder, Gefangene, élégants, Kurden, Juden, Armenier – Kinder u. Tiere, Bären u. Gazellen – und alles gleich gut u. mit gleichem Ernst und gleicher Liebe gesehen. Das ist ein Mensch an dem Eberhard Freude gehabt hätte! –
Wegen meines Lebens dort. So lieb u. gemütlich der Salon ist, eine so schwere Arbeit wie den fünften Act könnte ich nicht in einem Raum ohne Tür machen. Da wird doch das andere Haus besser sein. Läßt sich mein gewöhnliches Zimmer nicht heizen? Auch wegen des Schlafens in einer Periode schwerer Arbeit ist vielleicht das drübere Haus besser als Ihres wo ich den ersten Schritt der Mädchen in der Früh höre. Über das Essen zu reden wo in Berlin die anständigsten Leute buchstäblich verhungern – ist wirklich indezent. Das Stückl Fleisch zweimal des Tags das der Kopf braucht um zu functionieren, wird man doch gewiß im Dorf auftreiben. Alles Andere ist ja im Haus immer sehr gut u. angenehm vorhanden. Vielleicht sollte ich Zucker mitbringen, wovon ich auch Phosphors wegen viel verbrauche. – Ich rechne so den 10ten zu kommen, freue mich.

Ihr Hugo

Rodaun Donnerstag [8. 12. 1923]

Liebe, daß nun wieder viele Tage dahin sind – ich Ihnen nicht geschrieben habe, nicht einmal die Ankunft gemeldet. Es wirft sich so viel auf einen im ersten Moment; auch war ich gleich krank – wie immer wenn man vom Land in die große Stadt zurückkommt. Und denken Sie, Ottonie, am vorigen Sonntag nachmittags haben wir auf dem kleinen Rodauner Friedhof die Reserl begraben. Dieses starke kerngesunde junge lebensvolle Geschöpf! 23 Jahre! – Der Zusammenhang ist ganz dunkel, in diesen Katastrophen des einzelnen Lebens so dunkel wie in den großen der Völker u. Länder. – Mit Grausen sehe ich aus den Memoiren von Paléologue, zusammengehalten mit denen von Tirpitz, jetzt mit denen von Conrad, daß die ganze Schuld am eigentlichen Ausbruch *bei uns* liegt, Berlin u. Wien – und alles grausige Zerfahrenheit, Dummheit, Nicht-durchdenken – ein Handeln wie nur mit halbem Bewußtsein – man muß sich in diesen Gedanken retten: daß – je größer die Katastrophe, umso weniger sich das Schicksal mit ihrer Motivierung abgibt. (So ist auch Shakespeare gerade bei den größten seiner Tragödien verfahren: das Ungeheure will zur Welt kommen, gleichgiltig wie.) – Die Lecture der Aufzeichnungen von Paléologue der, für einen Westeuropäer, sehr viel Erfassung des russischen Geheimnisses hat (Mensdorff sagt mir, er sei trotz des byzantinischen Kaisernamens, der Sohn eines galizischen Juden) stieß mich unmittelbar wieder auf Dostojewski; ich griff ohne mich zu besinnen nach den Dämonen, u. kann sagen, daß ich den ungeheuren (auch politischen) Gehalt dieses Buches nie zuvor so erfaßt habe – womit auch Gewähr gegeben ist, daß ich noch nicht dümmer sondern gescheiter werde. Kennen Sie dieses Buch, so lesen Sie es sofort wieder; Sie glauben es nur zu kennen – kennen Sie es aber überhaupt nicht, besitzen es etwa nicht, so muß W. es sofort besorgen.
Ich hoffe Sie halten das Programm der historischen Lecture fest; lesen eines nach dem andern – ohne in die Torpeur zu

verfallen, die über einen kommt wenn man keine Distanz gewinnt zum täglichen Geschehen. Allenfalls kommen Sie vielleicht doch im Jänner hieher. Zimmer werden angeboten. Mir handelt es sich nur darum: Sie müßten doch ein wirkliches *Zuhause* haben, wie es in der Elisabethstraße nicht möglich. Burckhardt wohnt sehr glücklich, still und sogar viel arbeitend (er sagt mir nicht, woran) in einem schönen reinen stillen Zimmer des Hotel Imperial. Aber das ist unerschwinglich (auch für ihn *sehr* teuer.) – Das Paket an Heiselers ist vor Wochen abgegangen. Bitte fragen Sie nochmals an. Ich kann an Groth-Oettingen erst nach den Feiertagen schicken. Es gehen hunderttausende Sendungen von hier ab, die eine Bahnlinie (im Frieden waren es drei) ist überlastet, alles dauert Wochen. – Christiane kommt über Weihnachten her. – Den zweiten Act »Helena« habe Strauss vorgelesen; er findet ihn herrlich; er ist wohl im Ganzen ganz gut – aber trotzdem befriedigt mich das Einzelne, Glied für Glied nicht ganz. Ich werde es Arthur Schnitzler einmal vorlesen, seine Kritik im Einzelnen erbitten. Es muß völlig gut werden. –

Ihr Hugo.

Hotel Post Seefeld / Tirol
12. 1. 24.

Wieder mal aus Tirol bekommen Sie diese Zeilen von mir. Und wieder ist es zauberhaft, landschaftlich unerhört schön. Baby war zu blaß, um so wieder in die Schule zu gehen, da habe ich mich schnell entschlossen, mit ihr hier herauf zu gehen. Es liegt Seefeld fast 1200 Meter hoch und auf Höhe kommt es ja bei ihr an. Wir hatten eine sonnige Fahrt durchs Inntal bis Innsbruck, sahen uns die Stadt, die so schön gelegen ist, die Residenz und Hofkirche, silberne Kapelle von innen an. In dem einen Saal ist Maria Theresia mit ihren sechzehn Kindern in Gemälden vertreten, dabei fiel mir Ihre schöne Prosa über sie ein, die mir

diese Frau mit ihren wunderbaren Qualitäten für immer so nah gebracht hatte. Baby genoß alles mit großer Freude, was es für mich schön machte ihr alles zu zeigen. Die Fahrt hier herauf auch wunderbar! Hier strahlendes sonniges Winterwetter, so daß wir fast den ganzen Tag Ski laufen können. Gerty sollte mit hier sein. Dabei ist es für uns auch noch so billig hier.
Seit Ihrer Abreise war viel Weihnachtstrubel, mit allerlei Menschen, durch einen Nordlandreisenden Christian Leden, der drei Jahre ganz mit den Eskimos gelebt hat, kam sehr viel Interessantes herein. Er erzählte viel und gern und die merkwürdigsten Dinge. Einmal blieb er etwa drei Wochen bei einem Stamm, der Älteste, der zwei Frauen hatte, sagte zu Leden: er könnte doch nicht so ohne Frau dort leben, er wolle ihm während seines Dortseins eine seiner Frauen geben. Leden wollte sie aus irgendwelchen Gründen nicht, erklärte dies sehr vorsichtig, was der Eskimo durchaus nicht begriff, sondern beleidigt war und meinte: »sie ist Dir wohl nicht gut genug und war es doch für den weißen Bischof, der letztes Jahr da war«. Doch zu nett! – Leden hat zwei Vorträge mit Lichtbildern in Rosenheim und Neubeuern gehalten und ganz viel für die Notstandsküche eingenommen, es war die Idee von ihm, keine Gastfreundschaft anzunehmen, ohne auch etwas zur Linderung der Not zu tun.
Haben Sie vielen Dank für Ihren Brief. Ja die arme Resi, dies Schicksal hat mich wirklich tief erschüttert, für Euch ist es fast als wenn ein Kind gestorben wäre.
Vor Weihnachten war ich einige Tage in München und hatte einen sehr angenehmen Abend in der Presse mit Borchardt und Wiegand, wo auch die »Ofenfigur« zugegen war und eigentlich viel netter, als ich erwartet, aber vielleicht hatte sie einen besonders guten Tag. Borchardt war sprühend, las allerlei von seinen alten Gedichten vor, die er im Krieg gemacht hatte. –
Sie schreiben, ob ich nicht doch im Januar nach Wien kommen will, nein Hugo, ich weiß ja, daß es für Sie *nur* eine Belastung wäre und finde daher, daß unsere Begegnungen in Hinterhör

sich ruhig weiter abspielen sollen, man muß nicht von allem haben. Schön daß Burckhardt so richtig arbeitend in der Stadt ist, so ist für Sie doch ein *Mensch* da. Haben Sie die »Helena« noch jemand vorgelesen und ist Strauss schon beim Componieren? Können Sie überhaupt jetzt etwas arbeiten oder sind Sie in einem halben Stadtleben angekommen?
Die Pakete für Heiselers sind angekommen, sie haben sich wirklich *sehr* gefreut. Auch an Gerty vielen Dank, daß sie an die beiden Adressen noch etwas geschickt hat, ich gebe ihr dann Nachricht ob es angekommen ist. – [. . .]
Leben Sie wohl, Hugo, Ihnen und Gerty viele Grüße, Dank für Brief und Karte. Auch Baby bittet Grüße auszurichten.

Ihre Ottonie D.

[Rodaun b. Wien]
20 1. [1924]

Daß Sie nun wieder irgendwo sind, ganz plötzlich, und etwas Neues sich um Sie auftut ist mir so lieb. Gerade war ich in einer gewissen Weise ängstlich um Sie geworden – da kommt Ihr guter Brief. – Das ist früher nie gewesen, daß ich ängstlich zu Ihnen hindenke – diesmal aber hat es sich eingestellt. Christiane erzählte uns zu Weihnachten, wie dort alles zu einer jähen Teuerung sich gewandt hat – nun wurde mir das Äußere Ihrer Lage sorgenvoll – wer weiß ob Sie den Entschluß zu einem Brief an Haas gefaßt hätten – wer weiß wie das Schloß aufrechtzuerhalten wäre – mein Unvermögen, Ihnen zu helfen, das Alles ging mir nicht aus dem Kopf. –
Montag früh. Eine ganz verrückte Geschichte, welche die Existenz eines meiner ältesten Freunde bedroht nötigt mich augenblicklich nach Wien zu fahren u. eventuell mit Hilfe des Polizeipräsidenten eine des Films würdige Macchination zu zerreißen. –
Auf bald. Hugo

P. S. Montag 1 h. Ich kann vorläufig den Menschen, dem ich entgegentreten soll, nicht finden – Indessen ist heute Nacht die gute alte Gicky an einer Lungenentzündung gestorben.
Ich möchte so gern dem Gedanken widersprechen daß wir uns nur auf dem Land nie mehr in Wien sehen sollen. Gerade im Gegenteil, es waren in Wien so viele gute Theatersachen, Moissi, Pallenberg, die Massary wieder völlig bezaubernd – und wie immer habe ich so lebhaft an Sie denken müssen. Nur ist es so schwer eine gehörige anständige Form zu finden, als welche ich weder die Elisabethstraße empfinde noch ein Fremdenzimmer bei der Ihnen doch schließlich absolut fernstehenden Familie Hellmann. Bitte schreiben Sie mir gleich wieder, wenn es Sie nicht langweilt, auch über Baby ausführlich.

Ihr Hugo

[Hinterhör bei Neubeuern am Inn
(Oberbayern).] 28. 1. 24.

Wenn es auch zwischen uns Beiden gar nicht Usus ist, sich zum Geburtstag zu gratulieren, so muß ich Ihnen diesmal doch zum 1. Februar, als einem besonderen Tag schreiben und sagen, daß meine Gedanken doch mehr wie sonst bei Ihnen sind und ich so dankbar bin, daß Sie auf der Welt sind. So habe ich denn nur den einen Wunsch, daß Sie recht recht lange noch leben möchten und gute Jahre für Sie jetzt noch kommen sollten. –
Wir sind aus unserem Sonnenland heruntergestiegen, finden das Häusele wieder recht gemütlich und warm, aber die Sonne hat uns verlassen und es schneit aufs Neue unendlich still weiter. Baby fährt nun morgen wirklich erfrischt in ihre Schule. [...]
Leider hat die Berechnung meiner Finanzen ergeben, daß ich mir die Reise nach Italien jetzt nicht leisten kann, schade! Eigentlich fühle ich bei der Entdeckung wie ich mich schon darauf gefreut hatte. Ich bin wohl doch ein richtiger Genüssler, der immer alles ergreifen will.

Gelesen habe ich wenig in letzter Zeit, dort oben hatten wir leider zu wenig mit. Eine Schrift von O. A. H. Schmitz »Das Land ohne Musik« war ganz interessant und ein paar englische Romane, die aber eigentlich nichts Wirkliches waren. Jetzt wird aber wieder eine Zeit für Bücher kommen und ich will mir Einiges, was Sie mir aufgeschrieben haben, im Schloß heute besorgen. [...]
Gerty *vielen* Dank daß noch ein zweites Paket an die alte Tante Metzger eingetroffen ist, sie ist überglücklich, ist 76 Jahre und kanns gebrauchen.
Leben Sie wohl, lieber Hugo, in den kommenden Jahren möge unsere Freundschaft bestehen bleiben wie bisher, dies mein egoistischer Wunsch.

Ihre getreue O.

[Postkarte] [Rodaun b. Wien] 12 2. 24.

Ich denke immer mit Sorge dorthin, durch die unsägliche Schreiberei die der Geburtstag im Gefolge hat, kann ich Ihnen nicht so schreiben, wie ich möchte. – Ich sinne immer, da Sie Italien aufgeben mußten, wie es möglich wäre, daß Sie in der zweiten Märzhälfte wenn Reinhardts Unternehmen hier im Gang ist, für 14 Tage herkommen, ohne unser quälendes Hin u. Her zwischen der Stadt u. Rodaun mitzumachen. Vielleicht finde ich eine Form! – Schreiben Sie doch ob der Hauptplan sich realisiert. (Vermietung). – Borchardt hat mir durch Herausgabe einer Festschrift eine Verstimmung bereitet, welche seit 12 Tagen (u. halben Nächten) nicht nachgelassen hat. Dies furchtbare Phänomen des Mangels an Tact, Mangels an Gefühl für das Richtige immer u. überall sich entgegentreten zu sehen, macht einen schließlich todmüde.

Ihr Hugo

P. S. Bitte schreiben Sie mir bald wieder, wenn auch kurz.

[Hinterhör bei Neubeuern am Inn
(Oberbayern).] 21. 2. 24.

Ihre Karte hat mich ganz traurig gemacht, was hat denn dieser Unglücksmensch wieder fertig gebracht! Ich habe leider die Sache nicht gesehen, nur einmal erlebt, wie begeistert Borchardt sowohl wie Wiegand waren und sich vorstellten, daß es ein wundervolles Ganze werden würde und Sie sicher freuen. Ist es denn *so* taktlos, daß Sie sich gar nicht davon befreien können? Wie konnte Wiegand so etwas nicht fühlen, – ist mir ja unfaßlich! –
Und nun meinetwegen, Hugo, bitte machen Sie sich da keine Sorgen, meine Situation ist ja immer eine so merkwürdige, daß ich auch mit fast keinem Geld doch ein so behagliches Leben führen kann, durch das Schloß. [...]
Wegen meines Kommens nach Wien wenn ich nicht das Gefühl hätte, Sie irgendwie zu belästigen, käme ich ja *sehr* gern. Könnte Gerty nicht für mich ein Zimmer in einer anständigen Pension finden oder Hotel, wo ich für 10 Mark täglich leben könnte, dann wäre es mir nämlich durchaus möglich es zu tun oder gibt es so was garnicht? [...]
Ich lese viel im Goethe, genieße mein gelbes Zimmerl, habe ab und an Gäste und bin recht glücklich. Dazu kann man rodeln und skilaufen.
Leben Sie wohl, Hugo, ich hoffe, Sie sind wieder in einer besseren Stimmung. Ihre getreue Ottonie.

[Rodaun b. Wien]
17 3. 24.

Liebe, mir ist in diesem Jahr recht bange nach Ihnen. Ich möchte durchaus daß Sie herkommen, je balder je besser. – Die arme Marie! Und Jeanette nun auch krank! ist es denn bedenklich? läuft es auf eine Operation hinaus?

Nein bitte kommen Sie her, womöglich so am 25ten oder 26ten für 10 Tage. Am 28ten eröffnet Reinhardt sein Theater, am 27ten wird die Generalprobe sein, denke ich, dann sind kurz darauf »Kabale und Liebe« und der »Schwierige«. Wir finden schon ein Zimmer in der Stadt. Im Augenblick wo ich das denke: daß die Stadt selber Sie freut, die Läden, die Gemäldesammlungen – daß Sie Ihre Freiheit u. eine kleine Behaglichkeit haben, in dem Augenblick fällt für mich jede Belastung weg u. es bleibt nur Vergnügen übrig. Das Materielle macht keine Schwierigkeiten. Die Rodauner Gemeinde gibt sympathischen (weiblichen) Freunden einen kleinen Zuschuß; sie kann das ganz gut, es geht ihr selbst schon wieder besser, sie ist auf dem Weg saniert zu werden, sie kann sogar nächstens an 7 deutsche Schriftsteller je 1000 Schweizer Franken verschenken.
Also schreiben oder telegraphieren Sie den Tag Ihrer Ankunft. Es geht ein guter Zug, ich glaube dort morgens um 9 h 20 weg.

Ihr Hugo

[Rodaun b. Wien]
1. 4. 24.

Liebe, unsere Briefe haben sich gekreuzt trotzdem macht es mich ein wenig ängstlich daß Sie seitdem nicht wieder geschrieben. Es ist für mich alles unendlich schwer einzuteilen, Theater, von dem ich zeitweise so abhänge, ist eine höllische Sache für die Nerven – nun hab ich wieder mit dem »Schwierigen« alle denkbaren Sorgen – die Schauspieler, der Termin, alles unsicher, alles schwierig u. eine ewige Nervenprüfung für mich, auch für Reinhardt. Die Eröffnung ist heute Abend, das Theater wohl das hübscheste in Europa, ich freue mich, es Ihnen zu zeigen – vielleicht im Juni; ich glaube R. wird bis Juli spielen.

Nun eine Bitte, an deren Erfüllung mir unendlich viel läge – können Sie sie nicht erfüllen – so können Sie eben nicht, dann genügt ja das Wort »unmöglich« ich muß dann etwas Anderes versuchen. Die Bitte ist diese: könnten Sie Raimund etwa vom 16ten bis 27ten April zu sich nehmen? Eventuell auch ins Schloß? – in einem Bauernhaus – wo und wie immer. Für Sie hat es, wenn es überhaupt geht, gewiß keine Unannehmlichkeit – er ist ein charmanter, sehr unterhaltender Hausgenosse u. er wird Ihre Atmosphäre adorieren; er hat so jung er ist, so viel erlebt, daß ihm das Anständige über alles geht. Nämlich: ich erhielt von auswärtigen Freunden ein Geschenk u. kann davon nach Sizilien. Ich würde mit Christiane Gerty am 18ten abreisen – es wäre mir die größte Wohltat wenn R. einen Teil der Zeit (Osterferien) bei Ihnen untergebracht wäre. Den Rest gebe ich ihn dann nach Wien.
Bitte gleich um Antwort. Ihr Hugo.

P. S. Falls es unmöglich, so *telegraphien* Sie, bitte.

[Hinterhör bei Neubeuern am Inn
(Oberbayern).] 4 4.24.

Mein Telegramm werden Sie erhalten haben. Es tut mir zu leid, daß ich Raimund nicht jetzt aufnehmen kann, aber wir haben am 21ten Babys Confirmation und Sie wissen vielleicht was für eine Rolle so etwas in einer aus Boll stammenden Familie bedeutet. Es kommen alle Freunde von Christoph dazu aus Württemberg, die im Schloß wohnen und in Hinterhör ist Fräulein von Groth, noch eine Lehrerin und Freundinnen von Baby, sodaß Raimund gar nicht hineinpassen würde. Gleich danach muß ich mit dem Kind nach München um ihr die Wucherungen herausnehmen zu lassen, um in den ersten Tagen nach Tirol auf die Alm zu können. Ich hätte ja Raimund so gern endlich mal bei uns gehabt und glaube auch, daß wir gut mit-

einander auskommen würden, aber der Moment ist nicht passend. –
Wie schön, daß Sie nach Italien gehen können, leider ist es wohl nur zu voll dort, wie ich höre und die Züge über den Brenner sind einfach zum Brechen angefüllt. [...]
Ich kann mir denken, wie das Theater Sie in Anspruch nimmt, hoffe aber daß Sie schöne Vorstellungen haben.
Liebe Grüße Ihre Ottonie

[Rodaun b. Wien]
26 5. 24.

Liebe, das ist mir ganz verhaßt wenn ich gar nicht weiß wo Sie sind u. was mit Ihnen ist. Freilich ist es diesmal ganz u. gar meine Schuld – aber es war ein Teil meines Reiseprogrammes keine Briefe zu empfangen u. zu schreiben. Bis zum 27 April wußte ich so ungefähr Bescheid, was mit Ihnen wäre – ich glaube ich hätte zu diesem Tag ein Telegramm schicken sollen aber wir können uns unter dieser Confirmierung so gar nichts vorstellen und so hab ich vergessen. Ich hoffe die Baby weiß ohnedies daß ich sie sehr gern haben werde, wenn sie eine große Person ist. Vor einer Woche fuhren wir zurück und übernachteten in Villach – das ist ganz nahe (in der Luftlinie) von Lienz und ich wünschte mir einzubilden daß Sie da oberhalb von Windisch-Mattrei wären und man mit einem kleinen Abbiegen vom Wege Sie sehen könnte. Denn Sie gehören doch zu den ganz wenigen Menschen, die ich mir *wünsche* wiederzusehen, und das nimmt mit den Jahren nicht ab, sondern eher zu. Aber man konnte eben durchaus nicht wissen – *ob* Sie noch dort waren. Gestern nun lese ich plötzlich im Wiener Journal, das allen Gesellschaftstratsch enthält, das Datum von Franzl Pfettens Hochzeit irgendwo in Oberbaiern auf dem Lande. Da glaub ich für den Augenblick zu wissen, wo Sie sind u. freue mich.

Ottonie könnten Sie nicht im Juni für ein paar Tage herkommen – ich kann Sie sehr leicht auf ein Hôtel einladen, es hat sich für mich alles wieder ziemlich arrangiert – (bis auf das Vermögen das natürlich verloren bleibt), Sie könnten ein paar von Reinhardts Vorstellungen sehen, vielleicht auch gelegentlich noch den »Schwierigen« – und ich möchte Ihnen viel erzählen u. Sie sehen. Ottonie, der wirkliche Süden ist so schön – ich möchte Ihnen das so gern zeigen. Aber erst 15 Schnellzugsstunden südlich von Neapel fängt das ganz Schöne an! Ich denke oft an die gute Jeannette, hoffe so *sehr*, daß sie nicht schwer krank ist.

Ihr Hugo

Bad Aussee 27 8. [1924]

Liebe,
nur in Eile ein Wort wegen dieses Gedankens, einen improvisierten Besuch in Basel zu machen. Er scheint mir – in Abwesenheit Carl B's – nicht gut. Ich weiß natürlich in einer wie directen und graciösen Weise Sie so etwas machen würden – ich habe auch den Zweck, den Sie damit verbinden, niemals aus dem Auge verloren, aber ich würde nicht sehr dazu raten [...] Wir hatten so schön ausgedacht, um den 10. November auf drei, vier Wochen als »Pensionäre« jeder mit einer Arbeit zu Ihnen zu kommen. Wie traurig! Es hätte eine so hübsche reiche Existenzform werden können. Natürlich ist garnichts zu reden – das was Sie getan haben, ist ja selbstverständlich. Hoffentlich ist es nicht für mehr als ein Jahr. – Sie ein paar Wochen im Jahr zu sehen, erscheint mir nicht als genug, sondern als zu wenig – jedenfalls als das Wenigste. – So bitte ich Sie eines, kommen Sie um den 15ten oder 20ten Oktober für 14 Tage hierher. Wir menagieren dann zu viert, Gerty Sie, B u. ich; das kleine Haus ist gut heizbar. Wir haben eine gute Köchin! Bitte sagen Sie nicht nein! Für die Eisenbahn etc, kann ich Sie natürlich einladen (meine materielle Situation ist

wieder viel besser als in den absurden Zwischenjahren). Bitte sagen Sie uns bald zu.

Ihr Hugo

[Bad Aussee] Samstag abends den 27ten [9. 1924]

Ja machen Sie es doch so, daß Sie den 20ten abends hier ankommen – das ist ein reizendes Datum. Wir werden noch auf der Bahn nachfragen, wie dann die Züge gehen. Ich bitte um Verzeihung wenn ich noch einmal sage (nur in dem Gedanken, es vielleicht gedacht aber noch nicht ausgesprochen zu haben), daß Sie doch natürlich »auf die Reise« *eingeladen* sind.

Ich bin aber sehr zufrieden, daß Sie diese Hahnloser'sche Sammlung gesehen haben. Denn eben von dieser hatte ich kürzlich viel gehört u. in Gedanken sehr bedauert, die Leute nicht persönlich zu kennen und Ihnen den Weg in diese Villa Flora nicht bahnen zu können. [...] Ach ja, es ist auch hier seit 10 Tagen ein Föhnwetter, daß einem die Gedanken im Kopf ganz festgeklebt sind, statt schön durcheinanderzuschwirren u. ich leide in diesem Augenblick des Jahres, der so entscheidungsvoll für meine Arbeit ist, wirklich schwer darunter – aber Ähnliches kommt ja alle Jahre, alle Jahre kommt man so ein bißchen an den Rand der Verzweiflung – und schließlich existiert man eben doch. Ich war übrigens inzwischen vier Tage in Wien zur Aufführung der »Ruinen von Athen« – das ist eine wundervolle Musik von Beethoven auf ein altes und recht plattes Festspiel von Kotzebue – woran Strauss u. ich ein wenig herumverändert haben, so daß man es wieder auf die Bühne bringen konnte u. es sich wohl halten wird – am meisten durch das Talent des Ballettmeisters Kroeller – von dem am gleichen Abend noch etwas anderes in Scene gesetzt war: ein Ballett Don Juan von Gluck – und dieses besonders war in Farben, Licht und Rhythmus ganz wunderbar gelungen u.

wird wohl eigentlich das Glück des Abends machen. Ich habe seit den Russen nichts so Schönes gesehen, und da es sich wohl auf dem Wiener Repertoire halten wird, so hoffe ich Sie werden es im Jänner sehen. Zu Anfang Oktober wird im Josefstädter Theater Mell's Apostelspiel gespielt, er führt selber die Regie; ich hoffe es fällt gut aus u. kommt danach vielleicht her. Burckhardt erwarten wir auch zu Anfang October. An Rudi haben wir eine Depesche geschickt, aber er hat uns keiner Antwort gewürdigt.
Adieu Liebe, schreiben Sie doch inzwischen noch, es ist kein Grund, nichts von einander zu wissen, weil man sich bald sehen wird.

Ihr Hugo.

[Rodaun bei Wien] 24 1. 25.

Liebe, ein so guter Brief von Ihnen, worin Sie so ganz sich ausdrücken. Ich will lieber gleich, wenn auch nur mit ein paar Zeilen antworten! So lange aber kam gar nichts von Ihnen! Kein Wort aus Basel, kein Wort aus dem unbekannten Ort, wo Sie sich dann aufhielten. Völlig unbekannt, und ungenannt – so daß mir auch nicht der Gedanke kommen konnte, an Sie zu schreiben. Das Ungenannte noch unterstrichen dadurch: es kam von Marie Therese eine Karte an Raimund, sie enthielt weder das Datum, noch den Ort, noch das Hôtel – nichts. Kann das scheußliche Kind seine Mutter nur *darin* nachahmen?
Ich war im December in Leipzig. Der Hauptzweck neben einem Vertrag u. etlichen Geschäftsdingen war, daß ich Rudi hinbat u. ihn einlud, mit mir zwei Tage in Dresden zu verbringen. Aus den zwei wurden vier – und es waren unendlich wohltuende Tage. Ich fuhr weg mit dem glücklichen Gefühl, daß die Starrnis um ihn und in ihm sich wirklich löst – daß wir ihn wieder haben werden. Daß er die Last dieses elenden Handwerker-

betriebes von sich werfen kann. – [zwei Tintenklekse auf dem Brief] (die Gerty hat mein Tintenfaß nachgefüllt, jetzt fange ich an, zu begreifen) – gibt ihm eine neue, unendlich liebenswürdige Jugend. Der gute, seltene, unvergleichliche Mensch!

Mit der gleichen Post, wie der Ihre, kam ein recht merkwürdiger schöner Brief von Burckhardt aus Paris. Er nimmt und faßt die Stadt auf seine Weise, die immer etwas menschliches und großes, sehr unbürgerliches und unzeitgemäßes hat. Ich hoffe wenn ich um die Mitte Februar für wenige Tage dort erscheine, ihn vorzufinden. Ich schiffe mich dann in Bordeaux ein u. gehe über Lissabon nach Casablanca, dem westafrikanisch-französischen Hafen, von wo man Marocco erreicht. Dann quer durch Marocco und Algerien nach Tunis und zurück nach Marseille. Es ist eine Einladung der Compagnie transatlantique. (Wie gerne würde ich Sie mitnehmen.) Mein Begleiter ist voraussichtlich Dr. Zifferer von der österreichischen Gesandtschaft in Paris. Ende März bin ich wieder in Paris. Das ist kein Adieu, sondern ich muß es doch erzählen.

Ihr Hugo

Rabat, Marokko,
Hafenstadt am atlantischen Ozean
den 17. 3. 1925.

Unendlich oft denke ich an diese Gabe die Ihnen gegeben ist, vielleicht die schönste von allen – nicht für die Andern aber für Sie selber – diese Gabe des Schauens und des tiefen eindringlichen Genießens durch den Sinn des Auges, der in unserem geistig-gerichteten, sinnlich armen Volk so wenigen gegeben ist. Oft habe ich an Sie denken müssen, wenn ich zur Stunde vor dem Sonnenuntergang, diesen erwartend, auf meiner Turmzinne saß, zwanzig Meter hoch über dem großen Marktplatz von Marrakesch, und unter mir diese riesige aus

Lehm gebaute Stadt mit den roten zinnengekrönten Mauern – das Paris der Sahara, uralte Berberstadt, nur obenhin arabisiert, und durchflutet von den Karawanen der dunklen und halbdunklen Neger, die kommen um zu handeln, zu tauschen, zu kaufen und zu schauen. Dicht unter mir das Gewimmel des großen Platzes – Platz der Toten heißt er, seltsamerweise, nach irgendwelchem großen Morden vor irgend wie viel hundert Jahren – und so voll Leben, fünftausend Menschen oder zehntausend, sich durcheinander schiebend, und so viel Esel, so viel Kamele – und eigentlich geräuschlos, kein Laut als der von Trommeln und archaischen Musikinstrumenten, der eintönige, betäubende und aufregende Rhythmus – von da – von dort. Da die geschminkten kleinen Tänzer hergerichtet wie Mädchen, und in den Hüften sich wiegend wie Mädchen, dort der Schlangenbändiger mit seinen Gehilfen, die Flöte spielen und Tambourin schlagen; er ein Riese aus einem Hochtal des Atlas, mit einer starr wegstehenden schwarzen Mähne – und von einer Grazie bei aller Wildheit und einer Art Humor – und wieder unheimlich und großartig wenn er einen aus der Menge der im Kreis herumsitzenden und stehenden sich aussucht und ihn heranwinkt, ihn anhaucht, ihm die Zukunft voraussagt; dann von einer wilden clownerie, wenn er – indess die böse sandgraue Viper noch erst halbschläfrig auf dem Tambourin liegt und hie und da aufzuckt, seinen Gehilfen, den Kahlköpfigen, hin und her zerrt als wollte er ihn auf die Schlange stoßen – und der wunderbare, genau gezogene Kreis um ihn von Sitzenden und Stehenden, alte Männer und Jünglinge, Araber und Sudanesen, vornehme Weißbärtige und Bettler in Fetzen – und alle mit der gleichen Aufmerksamkeit des völlig gespannten Zusehens, und ein ebensolcher genau gezogener Kreis um den alten Erzähler von Heldentaten und Schwänken, ein kleinerer um den der zu einer Flöte eine Liebesgeschichte halb recitiert, halb singt – vielleicht acht solche Kreise die den einen langgezogenen Teil des Marktes ausfüllen. Hie und da hält einer, der vorbeikommt, sein Reittier an und sieht oder hört über die Schultern der Stehenden zu, andere treten aus dem Kreis und gehen wieder ihrem Handel nach; an der drüberen Seite wo der Markt sich verbreitert stehen in einem durchsonnten Staub an hundert Esel mit Bündeln grüner Gerste beladen, dort gehen die Käufer beständig ab und zu. Hebe ich mein Auge etwas von dem Markt weg so blicke ich in einen Fonduk, solch einen riesigen offenen Hof, vielleicht zweihundert Schritt im Geviert; dort laden sie die Warenballen ab, hie und da kniet ein Kamel, und die grauen geduldigen Esel warten im Halbschatten auf neue Last oder ein bißchen Ruhe. Um diesen großen Hof, schon dunkelnd, mit einem Licht hie und da – das Gewirre der engen schilfgedeckten Kaufmannsgassen: der Suk. Da schließen jetzt die Buden. Am Tag ist da ein Leben ohne Gleichen auf dem engsten Raum. Eine Gasse voller Schneider; eine voller Färber; oder Juweliere, oder Schmiede, oder Pantoffelhändler oder Gewürzhändler. Kein Laden größer als ein Wandschrank. Sie sitzen droben auf den Gewürzen, auf den Datteln. Und in solch einem Raum arbeitet der Silberschmied, ein Kind bläst ihm das Feuer an u. dahinter schläft ein Alter und die Funken fliegen ihm um den Bart. Drehe ich mich aber hinter mich, vom Markt weg, so liegt die Stadt ganz still, tausend flache Dächer aus Lehm, hie und da ein Palast, mit hohen Mauern, finsteren Zinnen, dahinter ein Garten. Rings um die Stadt ein doppelt Ring von gezinnten Mauern, und um diese ein Gürtel von Palmen, ringsumlaufend. Und draußen noch Nomadendörfer für die wandernden Stämme, die vor den Toren lagern. Und weiter die großen Ölhaine des Sultans mit den spiegelnden in Stein gefaßten Weihern. Und um all dies herum der weiteste Horizont den mein Auge je gesehen hat. Südlich in geradem Strich die herrliche Schneekette des hohen Atlas, an zwanzig ewig beschneite Gipfel – keiner viel geringer als der Montblanc. Im Westen, nicht sichtbar, aber ahnbar, das Meer, darein jetzt mit einem jähen Ruck die Sonne versinkt – so daß ein violet-

ter Schatten die Stadt überläuft und der eine Teil des Palmengürtels in flüssiges Gold sich auflöst. Im Norden, gegen Nordost streichend, ein geringeres Gebirg, amethystfarb und den hellgrünen Himmel. Aber wer wollte das beschreiben! Und drunten der Markt immer lauter, die Handtrommeln und Pfeifen immer heftiger. –
Ich habe diesen Brief nicht in einem geschrieben. Ich wurde gestern, während ich schrieb von jungen Offizieren des Gouvernements zu einem Tee abgeholt – und indessen habe ich den Ort verändert und schreibe dies in Meknesch, 200 km landeinwärts, eine alte Sultansstadt im mittleren Gebirg. Adieu. Hoffentlich geht es Ihnen und der Kleinen gut. Burckhardt sah ich in Paris.

Ihr Hugo.

[Rodaun, August 1925]

Natürlich, Liebe, müssen Sie ganz bestimmt das Kind mitbringen! Für wen vor allem machen wir denn ein solches Fest, als für junge Leute! Und wer soll sich denn jetzt daran freuen – später einmal sich zurückerinnern, als diese!
Also auf Wiedersehen! Wir fahren morgen mit dem Auto nach Salzburg, Gerty, Christiane, Raimund u. ich. Franzi kommt nach. – Unendlich oft in diesen Tagen habe ich an den Juli von 1920, 21 gedacht, die schönen Wochen bei Ihnen, die arbeitsamen Tage, die Entstehung des »Turm« in der Hauptsache, und so vieler meiner wichtigsten Pläne u. Entwürfe. Hoffentlich ist dort alles in Ordnung!

Ihr Hugo

Bad Aussee 5 12. 1925
ab 7ten: Rodaun.

Aber nein, Liebe, Gute! nein!

Ein paar Tage vor dem Kommen Ihres Briefes sagte ich zu Gerty: jetzt sollte der liebe Gott mir drei Wochen schenken – es sollte statt dem letzten November der 4te oder 5te sein, und ich noch zur Ottonie gehen können und den zweiten Act von dem Lustspiel machen. (Das Lustspiel in griechischem Costüm, d. i. in der Gegenwart, aber leicht verschleiert – wo die Cocotte und der Volksredner gegeneinander stehen, sie für die Aristokratie, er für die Demokratie.)

Es ist so schön, im Spätherbst oder Winteranfang mit Ihnen ganz im Stillen dort zu sein. (Aber ich weiß nicht einmal, ob Sie allein sind,) und es ist inzwischen Anfang December geworden, und ich muß nach Wien. (Und ohnedies ist gräulich schnell und früh Winter geworden, wir stecken tief im Schnee, und es hat nachts zehn und vierzehn Grad Kälte.) – Aber mit dem Herbst war das so: ob Burckhardt diesmal käme, und nicht nur für ganz kurz, das war mehr als unsicher, denn er sollte endlich eine Habilitationsschrift machen, u. das brauchte eine Schweizer Bibliothek und es sollte zu Weihnachten fertig sein. Und Schröders versprochenes Kommen, irgendwann im Herbst – das war ja ein völliges Phantasma! Und Christiane wollte »sehr lange« mit uns hier bleiben – also war ich voraussichtlich mit zwei Frauen da, und gar noch mit dreien, das war ein zu erschreckender Gedanke. Dann kam Burckhardt um den 20ten September, und blieb ungefähr drei Wochen. Aber es war kein guter Aufenthalt. Seine düstere Hypochondrie bekam Gewalt über ihn, dieser ganze finstere Untergrund seines Daseins – und verdarb ihm und uns die Zeit. – Und dann erschien doch Rudi, am 15ten October, und war reizend, so wie nur er sein kann (und auf welch düsterem Hintergrund auch wieder diese Heiterkeit, so rührend) und gab einen Tag nach dem andern zu und blieb bis Allerheiligen. Wenn man das

vorher, ja wenn man es nur im Anfang seines Aufenthaltes hätte wissen können! wie schön wäre es da gewesen Sie zu rufen.
Zu Allerseelen ging dann Rudi, es ging Christiane, Raimund war schon früher weg, so blieb ich diesen düsteren nebelvollen Monat (er war so ganz verschieden von den vorigen, dem unseren) mit Gerty allein. Für mich aber, und für die Arbeit, war dieser Monat der beste. – Es sind auch die weiteren Acte von dem Lustspiel so vorgearbeitet, daß sie eigentlich nur mehr eine leichte darübergemalte Schicht brauchen, um fertig zu sein – und dann habe ich mich in vielen vielen Stunden einer alten Arbeit wieder zugewandt – einer romanartigen Erzählung. 1912 schrieb ich viel davon nieder, das erste Buch und den Plan des Ganzen, jetzt habe ich viel mehr Souveränität über einen solchen Plan gewonnen: ich hoffe ich kann im nächsten halben Jahr mir das Schema aller vier (oder fünf?) Bücher genau machen, u. auch der einzelnen Capitel. – Betrachtet man mein Leben als Ganzes so bin ich zugleich ein früh gereifter und ein spät reifender Mensch.
Liebe, schreiben Sie mir nach Rodaun ein Wort, ob Sie denn den »Turm« (in Buchform) durch Wiegand haben? sonst schicke ich's gleich. – Ich bekam recht schöne Briefe in der letzten Zeit von fremden Menschen jüngeren Alters, da und dort in dem großen undurchsichtigen Deutschland zerstreut. – Ich möchte wieder einmal Hans Wilke einen Brief schreiben. Aber sagen Sie mir doch zuvor in drei Worten, damit ich die Situation verstehe – was bedeutet doch, daß er eine Anstellung in Amerika annimmt, da er doch die Güter hat, u. damit auch einen Beruf?

Ihr Hugo

Wien 15 1. 26.

Liebe, Gespräch mit Franckenstein ergibt keine Aussicht für Luli. Er hat keine Vacanz (kein »Fach« ist derzeit unbesetzt) von der Beschäftigung als Volontärin mit der Aussicht, gelegentlich eine winzige Rolle zu spielen, rät er ab. Dagegen bietet er folgende Hilfe an: Luli soll ihm (unter Vermerk »persönlich«) nach dem 22ten d. M. einen Brief schreiben der enthält: wo u. wie sie gelernt hat; welche Rollen schon gespielt; welche Rollen studiert. Er wird sie dann mehreren Agenten dringend empfehlen. (Photo beilegen.) Er sagt, das ist der einzige gangbare Weg. – Wenn es sich einteilen ließe, daß ich Sie zu einem Aufenthalt in Sorrent oder Amalfi 3ten bis 13ten März einladen könnte – könnten Sie selbständig circa 3ten März in Neapel eintreffen? Bitte schreiben Sie mir das für alle Fälle. Ich sage 3ten März, mir ist 1ten ebensolieb, nur der Endpunkt (13ten) ist limitiert.
Mädi u. Christa sind hier u. haben Wohnung gefunden. Sie wollen daß hier alles *nichts* kosten soll, was nicht zu beschaffen ist. Stellt denn H. W. die Mädi wirklich so schlecht, daß sie nicht über 500–600 M im Monat verfügt?

Ihr Hugo

Rodaun 18 3. abends [1926]

Liebe Gute, ich will mich auch dadurch daß es plötzlich wieder schneit wie verrückt, und ich nur über ein Drittel meiner fünf Sinne verfüge, nicht davon abbringen lassen Ihnen zu schreiben. – Ich lege dies ein, was ich auf Wunsch jenes Züricher Lesezirkels hinschrieb, über Schröders dichterische Erscheinung, und das ihn, wie es scheint recht freute. Sie brachten ihm das Heft gleich, als er ankam. Es ist freilich recht hastig hingeschrieben, sie ließen mir mit Ihrer Bestellung kaum die Zeit die notdürftigsten Überlegungen anzustellen. So ist es eben ge-

worden wie es ist; aber ohne solchen Zwang wird eben so etwas gar nicht.
Sie schrieben mir zu Ende Jänner ein paar liebe Zeilen von irgendwo nahe den Pyrenäen. Nicht konnte ich verstehen, wie Sie dort hingekommen waren, mit wem? zu wem? aber das minderte nicht das Vergnügen, Sie vergnügt und in der Sonne zu wissen. (Aber es ist zu *schwer* Ihre Briefe zu lesen. Keine einzige andere Handschrift wird mir so schwer. Sie machen einen Buchstaben wie den anderen, ein Wort kann heißen »liebt« oder »Hund« oder »Dampf« oder »klebt« – man muß es nur erraten. Wenn Sie etwas weniger hastig schrieben, manchmal den einen oder anderen Buchstaben etwas mehr malen täten!)
Ja über mich über so einen Winter ist schwer Auskunft zu geben. Eigentlich ist es eine unproductive Zeit und manchmal scheint es mir eine ganz elende Zeit – (es war auch ein zu furchtbarer feuchtwarmer finsterer endloser Winter) – andererseits ist die innere Spannung so groß, daß ein viel jüngerer Mensch sie gar nicht aushielte – durch die Fülle der schwebenden inneren Möglichkeiten. Dagegen scheint mir mein Ich von vor zwanzig Jahren ganz arm und leer. – Das Theater ist ein furchtbar launisches Instrument. Alle diese Dinge sind so unsicher, so in sich bedroht, all das hat eine Form angenommen die einem noch vor zwanzig Jahren wie die Ausgeburt eines wirren Halbtraumes vorgekommen wäre. Damals schien alles ganz selbstverständlich, und alles auf eine langweilige gesicherte Ewigkeit angelegt – heute ist alles in Frage, und man lebt in einer grandiosen Unsicherheit, wie auf einem sinkenden Schiff. Und nun muß ich die sonderbare Wahrheit sagen, die sonderbare Erfahrung dieser letzten sechs Jahre, so ungefähr seit 1920: daß es dies ist was meine Kräfte hat wachsen machen – und daß mir manchmal vorkommt daß ich erst richtig am Leben bin, seit die Welt dieses Gesicht angenommen hat. Gerne würde ich mit Eberhard über das sprechen. Daß man sich nicht mit Toten über

solche Sachen unterhalten kann. – Ich will jetzt nächstens diesen alten Plan »Herbstmondnacht« ausführen, wo ein Mann von fünfzig Jahren die Gelegenheit hat sich mit seiner um vieles jüngeren aber toten Frau eine Viertelstunde lang zu unterhalten.
Ich wollte nach dem Süden, d. h. nach Sicilien, aber die Umstände schoben sich dazwischen. Nun nur eine Idee – eine plötzlich aufblitzende: es kommt vielleicht um den 20ten April hier zu einer Aufführung der »Cristina« – die wenn sie zustande kommt, hübsch wird. Wenn man Sie um diese Zeit für 5–6 Tage einlüde? Ginge das, so grundsätzlich? oder haben Sie Verabredungen für Mecklenburg, Irland, Schwaben oder Norwegen für diese Zeit?
Haben Sie jetzt den »Turm«? Gute Nacht!

Ihr Hugo

P. S. Ich lass Ihnen eine kleine höchst merkwürdige Broschüre schicken von einem Arzt Kohnstamm, der 1917 verstorben ist. Habe ich diesen Namen nicht von Eberhard nennen hören? in welchem Zusammenhang?

R. 9 4. 26.

Liebe Ottonie, das war ein herrlich geschriebener Brief, jedes Wort konnte man lesen, und dadurch war er auch so inhaltsreich, u. enthielt viel Schönes (und leider auch etwas Trauriges.) Das mit dem 20ten als Tag der Première von »Cristina« war nicht so buchstäblich zu nehmen, es kann auch der 23te oder 26te werden, also kann man dies nicht in Aussicht nehmen, aber vielleicht das Andere im Mai. Zwei Hamburgerinnen, das ist allerdings viel, ich stelle mir das ganze wie ein Stadtwappen vor, zwei wandelnde Türme u. in der Mitte die kleine Ottonie. Aber könnten Sie das ganze nicht um *ein paar Tage früher* anfangen? Nämlich am 17ten früh fahre ich mit Gerty u. Christiane im Auto nach dem mittleren Deutschland: über Regensburg Bamberg nach Weimar, über Kassel die

Lahn herab nach Koblenz, dann Heidelberg. Der Abreisetag ist aber unveränderlich weil wir zu Roffredo Gaetanis Oper den 21ten in Weimar sein müssen.
Also bitte überlegen Sie es, u. schreiben darüber.

Ihr Hugo

Rodaun 30 7. 26.

Liebe Ottonie, das ist so ein Datum: 30. Juli das mich an manches erinnert. Da war ich öfter bei Ihnen. Einmal war es so sehr heiß. Es waren aber gute Zeiten. Ich möchte gerne wieder einmal still bei Ihnen sein – ich habe Ihr stilles ernstes wirkliches Wesen so gern – in dem Lärm, der Sie selbst laut macht, erkenn ich Sie gar nicht wieder – mir scheint dann alles verändert, auch Ihre Gebärden, ich weiß gar nicht ob Sie dieselbe sind, mit der ich so viele viele Stunden verlebt habe. – Dieser Sommer ist fürchterlich, ganz ohne Beispiel. Es ist der schlimmste Sommer den ich je erlebt habe; ich lebe dahin wie ein Kranker, bin nicht eine einzige Stunde im Besitz meiner geistigen Kräfte. Das ist eine unscheinbare, aber strenge, mir auferlegte Prüfung. – Ich werde im Herbst den Turm neu schreiben. Besonders die beiden letzten Acte werden sehr verändert. Ich tue es mit Freude. Wenn nur die Atmosphäre mir nicht wieder alle Kraft nimmt.
Um die Frau von Planta werde ich mich bekümmern, aber das glaube ich nicht, daß R. vor dem 15ten etwas gibt; am 13ten ist doch erst die Premiere von Turandot u. bis dahin sicher jeden Abend u. bis in die Nacht hinein Proben.
Einmal mit Raimund dachten wir aus, den Tag bevor Sie alle nach Salzburg kommen, also den 16ten oder 17ten mit dem kleinen Wagen nach Neubeuern entgegenzukommen. Wäre es denkbar daß man da übernachten könnte? Aber was nützt alles Ausdenken, es wird ein Wetter sein, daß einem elend ist. [...]

Ihr Hugo

Bad Aussee 8 9. 26.

Ottonie, was soll man jetzt wieder mit diesem Rudi tun! Ich hab ja keinen Wunsch, als Ihnen lieber heute als morgen einen Vorschlag für Ihr Kommen nach Aussee zu machen – aber ich wollte doch Euch beide zusammen haben, und nun antwortet er mir wieder nicht. Wahrscheinlich sitzt er dick und böse in einer Ecke, haßt die Welt, trinkt cocktails, beschaut seine Dahlien und hofft von Stunde zu Stunde, daß ein Telegramm kommt, wir seien alle an der Pest gestorben und er brauche nicht herzukommen, denn zum Begräbnis sei es ohnehin zu spät.
Was soll man machen? Vielleicht könnten Sie helfen! Könnten Sie ihn nicht anrufen? Aber das ist zu compliciert. Aber vielleicht könnten Sie Wiegand sagen oder schreiben, *er* solle ihn anrufen und fragen! Ich bin recht froh, daß ich die 24 Stunden in Hinterhör war. Alles bewegte mich sehr – und Sie sind ja ganz die Gleiche, und die Kleine ist ein liebes, ernstes, gutes Kind. Ich will bestimmt im Winter zu Ihnen kommen.
Noch etwas, Ottonie, Sie sagten, Sie könnten mir vielleicht die Überfahrt für einen der Buben oder gar für beide etwas erleichtern. Es fällt jetzt viel an Ausgaben auf einmal auf mich. Der Kleine soll ja auch hinüber, und gar nach dem Westen. Es käme also für beide in Frage so um die erste Hälfte October, oder um Mitte. Können Sie eventuell was machen?

Ihr Hugo.

PS. Carl hat leider die so herrlich vorgeschrittene Arbeit an dem Roman wegen gewisser Lebensdinge leichtsinnig abgebrochen. Er weiß noch nicht, welchen Gefahren man sich da aussetzt.

Bad Aussee 9 9. 26.

Liebe, Rudi meldet sich für den 22ten x an (d. h. ungefähr für diesen Tag, da ich ihm sagte, daß ich 18–21ten x in Wien sei.) Nun ist das wohl spät, aber meist eine so schöne friedevolle Spätherbstzeit. Wäre Ihnen das recht? Vielleicht läßt sich's machen, daß Sie da mit ihm von München fahren, u. etwa kann ich Sie beide in Salzburg abholen.
Noch eines: bitte schicken Sie mir möglichst schnell Ihr Exemplar dieser Kohnstamm'schen Untersuchung als eingeschriebene Drucksache hierher.

Ihr Hugo

Aussee 9 10. 26.

Liebe, vielleicht soll ich es doch einmal aussprechen, nicht nur zu mir selber, daß ich mich über alle Worte darauf freue, Sie zugleich mit Rudi zu Ende dieses Monats hier zu haben, und daß dieser Gedanke schon die ganzen hinter mir liegenden Wochen, die etwas streng waren, durchleuchtet hat.
Wenn nur Rudi mir diesmal nichts Enttäuschendes antut! Ich schrieb ihm immer wieder, jetzt da Wiegand in Bremen ist, bat ich diesen wieder, es mit Rudi zu bereden, daß er sich nur bestimmt einrichtet, am 22ten morgens von München über Salzburg hierherzufahren, und das hoffentlich *mit Ihnen*! Schreiben Sie ihm doch auch noch ein paar Worte im gleichen Sinn, man tut immer im Leben leichter zu wenig als zu viel, um das Gute herbeizuführen.
Strenge Wochen waren die des September darum, weil meine häuslichen Pflichten mit denen doch noch viel strengeren des Künstlers stritten, ja diese auch noch unter sich: denn indem ich meine ganze Kraft u. Aufmerksamkeit dem »Turm« zum letzten Male nochmals schuldig war, drängte sich ein neuer Stoff mit einer fast krank machenden Gewalt dazwischen und während-

dem vollzog sich, in Telegrammen, die gar nicht einfache Vorbereitung der Abreise dieser beiden Buben die nun gleichzeitig, aber nicht zusammen, ihrer recht problematischen Zukunft entgegengefahren sind, der eine, Franz, am 29ten IX von Hamburg, der kleine am 1. X. von Cherbourg. – Die Person die so qualvoll unter fast beständigen Migränen leidet, ist Isepps Frau. Werden Sie Dr. Glaser sehen, und dann etwas schreiben?
Die Tage machen mich sonderbar stark gewisser lang verschwundener Oktober auf dem Schloß denken. Wie alte Freunde ist man doch schon!

Ihr Hugo.

PS. Ich bin, eines internationalen Kongresses wegen, dem ich, abwechselnd mit Seipel vorsitzen soll, 18, 19, 20ten in Wien, Stallburggasse 2, 21ten wieder in Aussee.

Bad Aussee 20 11. [1926]
ab 26 XI Rodaun

Liebe, bitte lesen Sie zuerst den eingeschlossenen Aufsatz, dann den Brief von einem mir Unbekannten, der mich sehr bewegt hat. Da fahndet man nach Lehrern, und die besten jungen Leute der Nation schleppen sich zwischen Verhungern u. Hauslehrerexistenz hin!
Es macht mir unendliche Freude, mich unserer Gespräche zu erinnern, und zu fühlen wie Sie Ihrem Leben durch die Schule einen neuen schönen Inhalt gegeben haben.

Ihr Hugo

PS. Ein Buch das vom Verlag Fischer an Sie gehen wird, ist für Sie, aber keineswegs für die Schulbuben.
Darf ich Sie bitten daß Sie für mich dem Dichter für ein paar freundliche Zeilen danken?

Girgenti, den 19ten 2. 27.

Liebe gute Ottonie, ich bin recht unglücklich und auch etwas beschämt, die Einladung nun doch zurückziehen zu müssen – ich sehe, daß es mit den Zeiträumen doch anders ist als man sich im vorhinein vorstellt, 4–5 Tage an einem solchen Ort, mit nichts als Erholen beschäftigt, sind schon sehr viel, das Vorausdisponieren ist auch schwer weil alles so überfüllt ist u. man oft auf anfragende Telegramme gar keine Antwort bekommt, und so glaube ich bestimmt daß wir um den 4ten März schon so etwa in Mailand u. sehr stark auf dem Heimweg sein werden! Seien Sie mir nicht bös – ich setze dafür meine ganze Hoffnung darauf daß Sie Ende April oder im Mai zu uns kommen werden, ich hoffe dann ein Auto u. einen ordentlichen Chauffeur zu haben – so daß Rodaun u. die Stadt nicht mehr auseinander liegen, sondern beide zugleich bewohnt werden können. [...]
Gute, liebe Ottonie, es war so gemütlich in München, hoffentlich ist das Kind wieder ganz gesund – und hoffentlich sehe ich Sie bald. [...]
Ich kann keine bessere Adresse angeben als Rodaun, von dort erreicht uns alles am sichersten.
In Freundschaft Ihr Hugo

Neubeuern-Inn
Oberbayern
8. 3. 27.

So endlich sind wir wieder in Ruhe hier und die ewigen Bälle haben ein Ende. Baby hat sich natürlich herrlich unterhalten, ist auch, Gottlob, um die von allen erwartete Verlobung herum gekommen. Ich bin richtig müde, muß ich sagen, denn eine Mutter strengt so etwas viel mehr an, kommt mir vor.
Daß nun aus meinem Kommen nach Italien nichts wurde, war

ja schade, aber nicht zu ändern, da Sie so früh zurück sein mußten. Hoffentlich war es so schön als Sie erhofft und Sie haben sich wirklich erholt, schade nur daß Sie schon wieder zurück müssen, und noch den ganzen April hier vor sich haben.
Mädy ist nun endlich entschlossen nach München zu ziehen und hat auch eine ganz hübsche Wohnung in der Widenmaierstraße gefunden, in der Nähe von Wolffs. Möge sie dort etwas glücklicher werden! [...]
Luli wird vom Schauspielhaus in München ein Contrakt auf drei Jahre angeboten, ihr Agent ist heute hingekommen um ihr darin zu helfen, man scheint sie in München für ein Talent zu halten, der nur noch die Routine fehlt. Sie ist ein ganz kluges Geschöpf geworden, mit vielen Einfällen und viel Reiz, wir haben eigentlich viel Spaß mit ihr gehabt.
So, nun Addio Hugo, auch Gerty vielen Dank für lieben Brief. Baby ist schon seit 14 Tagen wieder ganz gesund, es war eine dumme Grippe mit Halsentzündung.

Stets Ihre Ottonie.

[Hinterhör bei Neubeuern am Inn
(Oberbayern).] 5. 5. 27.

Lieber Hugo, heute sind Carl und Elisabeth wieder weitergefahren, nachdem wir einige so reizende Tage mit ihnen hatten. Ich finde die kleine Frau unendlich nett, in ihrer stillen, ausgeglichenen Art ist sie meines Erachtens nach, eine sehr gute Zugabe zu Carls Leben. Sie ist in Manchem wie ein herziges Mädele und dann wieder erstaunlich reif, weiß so bestimmt was sie will. Zuerst findet man sie gar nicht so hübsch und dann gefällt sie einem immer mehr. Carl erzählte mir, daß Sie im Auto zu ihnen kommen wollen, so Ende Mai, könnten Sie da nicht über Hinterhör kommen, ich bin ganz allein, Baby reist am 17ten über Hamburg nach England. [...] Carl hat einen Abend sehr nett mit den großen Schülern geredet, ich hatte ihnen früher

mal seine Reise vorgelesen, was sie sehr interessiert hatte, natürlich war es ein Ereignis für sie den Autor zu sprechen. Die Schule wächst, jetzt sind schon zweiundachtzig Buben da und man wird wohl kaum noch mehr aufnehmen können, da alle Winkel des Hauses jetzt ausgenützt sind.
Ich war kürzlich in Zürich und sah Dori, die aus Basel kam, um mich zu begrüßen; sie war sehr entzückt von ihrem Wiener Aufenthalt und erzählte so hübsch von allem was sie gesehen und gehört hatte. Christa ist noch einige Tage in Basel bei Dori gewesen und von dort aus mit Bekannten nach England gefahren. –
Leben Sie wohl Hugo, es wäre so nett, würden Sie ein bissel herkommen.
Mit vielen Grüßen auch an Gerty Ihre Ottonie.

Rodaun 25 5.27

Liebe Gute, vielleicht habe ich alles folgende schon vor 10 oder 12 Tagen aufgeschrieben, nicht nur im Kopf, sondern auch auf Papier und es Ihnen geschickt, das kann gut sein, ich bin jetzt sehr verwirrt durch ein rechtes Vielerlei von Occupationen und Sorgen (am meisten um beide Buben: wie oft muß ich an Eberhards Vatersorgen denken, das verbindet mich aufs neue mit ihm) – dann entschuldigen Sie meine Confusion – aber für alle Fälle schreibe ich es endlich heute. – Wenn ich überhaupt zu Carl kann so ist es nur auf eine kurze Zeit (denn ich muß zurück sein bevor Reinhardt von hier fortgeht: es ist noch nichts über den Turm wirklich fixiert, trotz R's mehr als gutem Willen, ja Liebe zu dem Stück) – und dann fahr ich natürlich mit der Bahn, nie dachte ich per Auto hinzufahren, das sind so Träumereien von Carl.
Aber des bin ich sehr froh, daß er doch zu Ihnen gekommen ist [...] und war offenbar sehr zufrieden dort und Sie ebenso mit ihm u. Elisabeth (die man umso lieber hat, je besser man sie

kennt) und die Schule hat ihm großen Eindruck gemacht. Darüber bin ich froh u. kann nun mit ihm weiter darüber reden. – Mein Leben ist im Augenblick schwer, und meine unbeständige Freundin u. Trösterin, die Phantasie hat ihrer häßlichen Halbschwester , der Sorge, Platz gemacht.
Ich schreibe bald wieder. Ihr Hugo.

Rodaun 8 1.28.

Liebe, ich denke den 23ten in München einzutreffen, wohne im Marienbad, und hoffe sehr, Sie zu sehen. Ich will versuchen, in München die vereinzelten bedeutenderen Menschen, die es dort gibt, zu sehen, und hie u. da welche zueinander zu bringen. Ich bliebe bis zum 5ten, angenommen daß es beim 4ten als Datum der Première bleibt. Vielleicht kann ich nachher für 2–3 Tage mit Ihnen nach Hinterhör kommen u. die Buben ein bischen sehen. Aber hoffentlich kommen Sie vor allem in der Zeit nach München!
Haben Sie das Buch von T. E. Lawrence unter den Buben verbreitet? Es zeigt ihnen einen außerordentlichen Menschen, der aus dem Buch mit einer seltenen Gewalt hervortritt. Sie versprachen Anfang November mir das Heft der »Kreatur« *bald* zurückzuschicken. Bitte tun Sie es jetzt *gleich*.
Alles Liebe Hugo

PS. Ich werde von München über Frankfurt nach Berlin gehen u. möchte auf dem Wege ein paar Tage in Degenershausen verbringen u. Eberhards Grab besuchen. Glauben Sie daß Hans Wilke mein Besuch um den 8ten–10ten Februar willkommen sein wird?

Schönenberg 19 2. 1929.

Liebe Ottonie, wir sind hier zu dreien, aber wir sprechen oft so viel und so lebhaft von Ihnen, Sie sind wirklich, mindestens jeden zweiten Tag als vierte bei uns. Elisabeth, die Sie doch von uns allen bei weitem am kürzesten kennt, hat ein unendliches attachement an Sie; überhaupt was hat diese kleine Person für ein sicheres Qualitätsgefühl, für ein ruhiges und so fest ins Centrum treffendes Urteil über Menschen und Verhältnisse. Sie hat noch zehn Jahre mindestens vor sich, in denen sie beständig gescheiter und netter werden kann, und man kann nicht ahnen, wie weit sie noch kommen wird.

Unser Leben ist unendlich ruhig, Aussee war dagegen ein Montmartre. Ein wenig sind wir doch die Gefangenen dieses strengen Winters, der Körper braucht alle seine Kräfte zu einer beständigen stillen Defensive und für die Phantasie bleibt nicht viel übrig. So kann es sein, daß man einen Brief wie diesen, in Gedanken vor 6 oder 8 Tagen schon geschrieben hat, und dann ist er wieder eingefroren, mit dem Erdboden, mit den Wäldern, in denen die alten Buchenstämme vor Kälte springen und die verendeten Rehe in den Büschen liegen, und die toten Singvögel auf sie herunter fallen. – Die letzten Tage vollends war ich sehr traurig über den Tod des armen Zifferer. Da hat dieser arme gescheite und treue Mensch wegmüssen nach fünf so qualvollen Monaten einer seltenen Krankheit, deren Namen die Ärzte ihm verhehlten, und er war so wenig reif und bereit zum Sterben, der arme Kerl.

Ich denke unendlich oft an Eberhard; sein Grab ist kalt, er aber ist anderswo – dort wo er schon bei Lebzeiten manchmal für Augenblicke war. [...]

Auf Wiedersehen, Ottonie, ich glaube ich werde in der zweiten Hälfte des März dort vorbeikommen – werden Sie dort sein?

Ihr Hugo

Schönenberg, Donnerstag 28 2. [1929]

Ja, liebe Ottonie, das ist schade, daß Mädi dort ist, denn ich habe gehofft, Sie so gegen den 20. III. mit Gerty, auf dem Heimweg von Heidelberg, zu besuchen. Aber so können Sie vielleicht als unser Gast für 2 Tage nach München hereinkommen (wo ich mich verschiedener Gespräche willen aufhalten muß) – auch ein Zusammensein von ein paar Stunden zwischen alten tausendfach verbundenen Freunden kann unendlich inhaltsreich sein – das erkannte ich gestern wieder, als Rudi hier durchfuhr und ich, in Basel unten, fünf Stunden mit ihm verbringen konnte. – Wie es natürlich ist kam unser Gespräch auf eine Bestrebung, in der wir einig sind: das Andenken Eberhards nicht bloß in unseren Herzen, sondern auch in der Welt lebendig zu erhalten, und hier berührte sich die Erkenntnis, welche Rudi durch eifriges Durcharbeiten der Korrespondenz gewonnen hat, mit dem was mir längst klar gewesen war: es war Eberhard nicht gegeben, sein Wesen durch die Sprache – die geschriebene Sprache – auszudrücken. Geben schon die von ihm verfaßten kunsthistorischen Bücher die reiche und tiefe Person des Verfassers nicht zu erkennen, so gilt das Gleiche für die Briefe; kostbar waren und sind sie für den Empfänger, der hinter diesen nüchternen und oft gewöhnlichen Zeilen einen der gütigsten Freunde zu sich reden fühlte oder von einem unvergleichlichen Vorgesetzten Weisungen empfing; für den Fernstehenden sind es gewöhnliche Briefe. Bleibt also die Aufgabe durch irgendeine Form der Darstellung die Gestalt des unvergeßlichen Menschen darzustellen. Rudi hat sich dieser Aufgabe unterzogen und sie schön gelöst: es ist die würdigste Würdigung, die er Eberhard hat zuteil werden lassen – wunderbar hält er die Grenzen ein zwischen dem was man zu Vertrauten sagen könnte, und dem wie man Fremden die fremde, doch so tief symbolische Gestalt erscheinen mache. Ich hoffte, setzte mir vor, mehr zu geben. Ich notierte viel, aus der Intuition die das liebevolle Nachdenken gibt. Ob ich im Stande bin, diese Notizen zu einer wirklichen Darstellung zu verbinden – heute frage ich mich das. Es fehlt (auch darin liegt etwas Symbolisches) an allem was Farbe, an allem was Contur gibt. Da ist keine Anekdote, kein prägnanter Zug, keine Sonderbarkeit; kein Gelingen nach außen, kein Höhepunkt, keine Entscheidungen. Alles rund, ohne Contur; alles ausweichend dem Erfolg, dem Erreichen – und darin so ergreifend; und vorbildlich. Aber wie das wiedergeben? Aber ich verzweifle nicht. Ich will dieses schwebende, ungreifbare »Material« mit Rudi durchsprechen. – Auf Wiedersehen

Ihr Hugo

[Postkarte] [Rodaun] 15 7. [1929]

Liebe gute Freundin
bitte schreiben Sie dem Rudi was uns geschehen ist, und wenn es Ihnen möglich ist, auch Borchardt.
Dessen Adresse ist Candiglia *Pistoia*.

Ihr H.

HUGO VON HOFMANNSTHAL

DER WANDERER

BEILAGE ZU DEM BRIEF VOM
25. 11. 1912

DER WANDERER

Der Schlaf der Mönche ist kurz. Bald nach Mitternacht läuteten sie die Glocken, beteten, sangen; vor Sonnenaufgang wiederum. Wir hatten kaum zwei Stunden halben Schlummers hinter uns. Wir waren umso wacher. Wir gingen auf dem schmalen Pfad hintereinander sehr rasch, so rasch als die Maultiere, mit den Wegweisern im Sattel, hinter uns schritten. Der Weg führte in der Morgenkühle zurück am Hang oberhalb des lieblichen Tales, wieder über die gleiche Ebene zwischen zwei kahlen Bergen, dann bog er, im ausgetrockneten Bett eines Gießbaches, seitwärts hinab. Da spaltete sich's gegen Davlia einerseits, andrerseits gegen Chaeronea in Böotien; bis dorthin sollten es sieben Stunden sein, und halben Weges eine Ader guten Wassers, die niemals versiegte, weit und breit bekannt den Hirten. Unser Gespräch währte bis zu jener Begegnung mit dem einsamen Wanderer; es währte also zwei und eine halbe oder drei Stunden, ununterbrochen, ohne den leisesten Zwang oder bewußten Willen, es fortzuführen, und war eines der seltsamsten und schönsten Gespräche, dessen ich mich entsinnen kann.
Wir waren zu zweit, und indem wir sprachen, war es, als hinge jeder nur seinen Erinnerungen nach, von denen viele uns gemeinsam waren. Zuweilen rief sich der eine die Gestalt eines Freundes herauf, den der andere nie gesehen, von dem er nur viel gehört hatte. Aber die tiefe und gleichsam zeitlose Einsamkeit, die uns umgab, das körperlos Erhabene der Umgebung – daß wir vom Fuß des Parnaß nach Chaeronea, vom delphischen Gefild gegen Theben hinunterschritten, den Weg des Ödipus – die strahlende Reinheit der Morgenstunde nach einer Nacht ohne tiefen, dumpfen Schlaf, dies alles machte unsere Einbildungskraft so stark, daß jedes Wort, von einem ausgesprochen, den Geist des andern mit sich fortriß und er mit Händen zu greifen wähnte, was dem andern vorschwebte.

Unsere Freunde erschienen uns, und indem sie sich selber brachten, brachten sie das Reinste unseres Daseins herangetragen. Ihre Mienen waren ernst und von einer fast beängstigenden Klarheit. Indem sie vor uns lebten und uns anblickten, waren die kleinsten Umstände und Dinge gegenwärtig, in denen unser Vereintsein mit ihnen sich erfüllt hatte. Ein Zucken, ein Weichwerden des Blicks, ein Sich-feuchten der inneren Hand in einer erregten Stunde, ein betroffenes Stocken, ein Fortgleiten, Fremdwerden, wieder ein Nahe-sein – alle diese ganz kleinen Dinge waren in uns da, und mit der seltsamsten Deutlichkeit, doch wußten wir kaum, ob, was wir erinnerten, die Regungen des eigenen Innern waren oder die jener andern, deren Gesichter uns anblickten; nur daß es gelebtes Leben war, und Leben, das irgendwo immer fortlebte, denn es schien alles Gegenwart, und die Berge waren in diesem lautlosen bläulichen Leben der Luft nicht wirklicher als die Erscheinungen, die uns begleiteten.
Mit einem Namen, den einer von uns hinwarf, konnten wir neue hervorrufen. Gestalt auf Gestalt kommt heran, sättigt uns mit ihrem Anblick, begleitet uns, verfließt wieder; andere, anklingend, haben schon gewartet, nehmen die leere Stelle ein, beglänzen einen Umkreis gelebten Lebens, bleiben dann gleichsam am Wege zurück, indessen wir gehen und gehen, als hinge von diesem Gehen die Fortdauer des Zaubers ab, und das Häuflein der Männer auf den Maultieren viele hunderte von Schritten hinter uns zurückbleibt. Die noch leben und in diesem Licht atmen, kommen zu uns wie die, welche nicht mehr da sind. In diesen Minuten sehen wir alles rein: die geheimnisvolle Kraft *Leben* lodert in uns nur als Enthüllerin des Unenthüllbaren. Wir sehen ihre Gesichter, wir glauben den Ton ihrer Stimmen zu hören, scheinbar unbedeutende kleine Sätze: aber es ist, als enthielten sie den ganzen Menschen; und ihre Gesichter sind mehr als Gesichter: das Gleiche wie im Ton jener abgebrochenen Sätze steigt in ihnen auf, kommt näher und näher gegen uns heran, scheint in ihren Zügen, im Unsagbaren

ihres Ausdrucks aufgefangen und darinnen befestigt, aber nicht beruhigt. Es ist ein endloses Wollen, Möglichkeiten, Bereitsein, Gelittenes, zu Leidendes. Jedes dieser Gesichter ist ein Geschick, etwas Einziges, des Einzelnste was es gibt, und dabei ein Unendliches, ein auf der Reise-sein nach einem unsagbar fernen Ziel. Es scheint nur zu leben, indem es uns anblickt: als wäre es unser Gegenblick, um dessen willen es lebe. Wir sehen die Gesichter, aber die Gesichter sind nicht alles: in den Gesichtern sehen wir die Geschicke, aber auch die Geschicke sind nicht alles. In jedem, der uns grüßt, ist ein Ferneres noch, ein Jenseits vom Leben, das uns anrührt. Wir sind wie zwei Gesichter, die sich zärtlich erinnern, an den Mahlzeiten der sterblichen Menschen teilgenommen zu haben.

Viele Bilder von Jünglingen und Männern waren gekommen und gegangen, da erschien *noch einer*. Wir sahen ihn auftauchen, der am unsäglichsten gelitten hat, bevor er uns für immer entschwand. Ich sage: »unsere Freunde«, doch waren die Begegnungen spärlich; er kreuzte unsere Lebensbahn, einmal ein leidenschaftliches Gespräch, ein Sich-aufreißen ohne Maß, Himmel und Hölle Aufreißen, ein Auseinandergehen wie Brüder, dann wieder fremd, eisig fremd. Aber seine Briefe, ein Wort einmal kalt und groß, andere Worte wie blutend, sein Tagebuch, die wenigen, mit nichts zu vergleichenden Gedichte, alle aus einem einzigen Jahr seines Lebens, dem neunzehnten, und die er haßt, verachtet, in Stücke reißt, wo er sie findet, bespeit, die Fetzen mit Füßen tritt; die Geschichte seiner grausamen letzten Wochen und seines Sterbens, aufgezeichnet von seiner Schwester – so ist sein Bild unseren Seelen eingegraben. Er ist arm und leidet, aber wer dürfte wagen ihm helfen zu wollen, maßlos einsam – wer sich ihm nur zu nähern, der mit übermenschlicher Kraft sein Selbst zusammenkrümmt wie einen Bogen, den unbarmherzigsten Pfeil von der Sehne zu schicken; der jede Hand von sich stößt, sich im Unterirdischen der großen Städte verkriecht, jede Annäherung mit Hohn erwidert, vor jeder Erwähnung seiner Gaben, seines Genius zu-

rückweicht, wie der Sträfling vor dem glühenden Eisen, unstät auftaucht, jetzt da, jetzt dort, aus Macedonien, aus dem Kaukasus, aus Abyssinien einen Brief den Seinen zuwirft, dessen Hoffnungen den Klang haben von Drohungen, dessen trockene Angaben starren wie maßlose Auflehnung und selbstverhängtes Todesurteil. Der um Geld zu ringen meint, um Geld, um Geld, und gegen den eignen Dämon um ein Ungeheures ringt, ein Nicht zu nennendes. Und nun sehen wir ihn abyssinisches Gebirg herabgetragen kommen, einsamen Felspfad herunter, schweigende Luft: eine ewige Gegenwart, wie hier: es ist als trügen sie ihn auf uns zu. Er liegt auf der Bahre, das Gesicht mit schwarzem Tuch verdeckt, das eine kranke Knie groß wie ein Kürbis, daß die Decke sich emporwölbt; die schöne abgezehrte Hand, die Hand, von den Schwestern geliebt, reißt manchmal das Tuch halb vom Gesicht, den Dunklen, Farbigen, die ihn tragen, den Weg zu befehlen; sie wollten langsam schräg den Hang entlang; er will steil hinab, ohne Weg, schnell. Unsagbare Auflehnung, Trotz dem Tod bis ins Weiße des Augs, den Mund vor Qual verzogen und zu klagen verachtend.
Keines dieser Taggesichte war gewaltiger gewesen als dieses letzte. Was konnte noch kommen? Wir gingen langsamer und keiner sprach. Fast drohend blickte die Morgensonne auf die fremde ernste Gegend. Weggezehrt war das selbstverständliche Gefühl der Gegenwart, worin Mensch und Tier sich behagen. Fremde Schicksale, sonst unsichtbare Ströme, schlugen in uns auf Festes und offenbarten sich. Der Anblick einer Herde hätte uns erfreut. Ein Vogel in der Luft wäre uns willkommen gewesen. Da kam von ferne ein Mensch auf uns zu. Der Mann ging schnell. Er war allein und hier geht selten einer allein. Der Hirt geht mit seiner Herde; wer kein Hirt ist, reitet; dieser ging. Er schien uns barhaupt. Hier geht um der Kraft der Sonne willen niemand ohne einen Schutz des Hauptes: also mußte es eine Augentäuschung sein. Er kam näher: er war barhaupt. Sein Haar war schwarz, ums ganze Gesicht ging ein schwarzer struppiger Bart; sein Gang war wankend. Er hatte einen Knüp-

pel in der Hand, auf den er sich im Gehen stützte. Die Sonne blitzte auf dem harten Gestein und uns war, er hätte nackte Füße. Das war unmöglich; die Wege bergauf und bergab sind Steingeröll, schneidend wie Messer; nicht der ärmste Bettler, der nicht mindest mit hölzernem Schuhwerk seine Füße schützte. Der Mann kam näher und hatte nackte Füße. Die Fetzen von Beinkleidern, solcher, wie sie die Leute in den Städten tragen, hingen um die abgezehrten Beine. Hier geht niemand, der andern Wanderern in der Einöde des Gebirges begegnet, wortlos an ihm vorüber. Er wollte zehn Schritte seitwärts unseres Weges mit schief gesenktem Kopf an uns vorbei, ohne Gruß. Wir riefen ihm die griechischen Worte entgegen, die den gewöhnlichen Gruß bedeuten. Er antwortete, ohne stehen zu bleiben, und seine Worte waren deutsche. Da hatte ihm mein Freund schon den Weg vertreten mit einer kurzen Rede und Frage, wie er da herkomme, wo er da hin gehe. Indessen stand ich auf drei Schritte, sah auf seinen Füßen geronnenes Blut, an der starken Hand einen tiefen blutigen Riß. Breite Schultern, mächtig der Nacken; das Gesicht zwischen dreißig und vierzig, näher vielleicht den vierzig, elend, von der Schwärze des Bartes noch gelblich bleicher. Die Augen unstät, flackernd, verwildert zum Blick eines scheuen gequälten Tieres. Er sagte den Namen: Franz Hofer aus Lauffen an der Salzach, Buchbindergeselle. Das Alter: einundzwanzig Jahre; das Ziel des Weges: Patras. Patras war fünf Tagesreisen von hier für einen rüstigen ortskundigen Mann, Berge dazwischen, öde Flächen, eine Meeresbucht. Wenn er sich nicht auf den Stock stemmte, schütterte sein Leib und seine Lippen flogen. Das Fieber habe er schon seit drei Monaten. Darum habe er heim wollen. Von Alexandrien in Ägypten bis zur Hafenstadt Piräus habe ihn ein Schiffsheizer unten im Kohlenraum liegen lassen, der sei aber weitergefahren nach Konstantinopel, darum müsse er jetzt zu Fuß gehen gegen Triest. Wie er den Weg finden meinte? Den habe er dahier. Er zog aus dem Leibriemen einen Fetzen Papier hervor, da waren mit Bleistift, fast schon verwischt, die Namen von Ortschaften aufgeschrieben. Er wies auf einen: dorthin müsse er heute. Der Ort lag gegen Delphi hin, acht Stunden Gehens von hier, wo wir standen, wenn man den Weg kannte und die geringen Zeichen richtig wußte in der öden Landschaft. Ob er die Sprache des Landes spräche? Kein Wort: die Leute verstünden einen nicht, wenn man deutsch oder italienisch redete, das sei verflucht. Wann er die letzte Mahlzeit gehalten hätte? Gestern Mittag ein Stück Brot und heute einen Trunk Wasser an einem Quell dort hinten. Das war der Quell, auf den wir zugingen, halbwegs Chäronea in Böotien.

Indessen waren unsere Leute mit den Maultieren herangekommen, standen herum und waren erstaunt über den Wanderer. Wir reichten ihm Wein in einem kleinen Becher, seine Hand zitterte wild und verschüttete mehr als die Hälfte; dann gaben wir ihm Brot und Käse und sein Mund schütterte so kläglich, daß er die Bissen kaum hineinbrachte. Wir hießen ihn niedersitzen; er sagte, er habe keine Zeit, er müsse heute noch sehr weit gehen. Hier stieß etwas Irres in seinem Blick hervor. Wir sagten, wir würden ihm jetzt Geld geben; ob dann einer von uns für ihn an seine Heimatsgemeinde schreiben sollte, damit die zu ihm gehörten wüßten, daß er krank sei und wie es um ihn stünde. Das sollten wir um alles nicht unternehmen, das verbitte er sich, das wäre ihm verflucht, das ginge niemanden daheim etwas an, wie es um ihn stünde. Und sogleich wandte er sich und fing schon an zu gehen, auf den Knüttel gestützt. Wir ihm nach und sagten, er solle aufsitzen auf eines der Maultiere und mit uns zurück; wir würden ihn bis Athen und zur Hafenstadt Piräus bringen und ihm dort das Geld auf die Hand geben zur Fahrt bis Triest und darüber. Unsere Wegweiser, die verstanden was wir wollten, hatten schon ein satteltragendes Maultier herangeschoben und griffen ihn an, ihn in den Sattel zu heben. Er aber trat hinter sich mit aufgehobenem Knüttel; das wäre ihm verflucht, den Weg zurück noch einmal zu machen, den er schon seit so vielen Tagen nach vorwärts gemacht habe – das solle sich niemand unterstehen, ihn zwingen zu wollen. Nun konnte man, wie er so drohend dastand und den Stock gegen uns hob, aber mit merklich schütterndem Arm, sehen, was für ein großer, starker Mensch er war und welche Unbändigkeit in ihm steckte und wie er der Gewalttätige eines ganzen Dorfes sein konnte und der Gefürchtete und wie dies alles herabgewüstet war zu einem tierhaft verängstigten Wesen, das sich noch diesen Tag und den nächsten hinschleppen mochte und vor Nacht hinfallen und eines elenden und einsamen Todes sterben würde. Ließen wir jetzt von ihm ab, dann kam er nicht lebendig aus diesem Gebirge. Wir hießen die Wegweiser zurücktreten und gingen, wir beide allein, zu ihm hin. Wir sagten ihm, wir wollten ihn nicht im Stich lassen, er solle selber sagen, was er von uns wolle; was immer es wäre, wir würden es tun. »Dorthin will ich«, sagte er und zeigte die Richtung; es war die, aus welcher wir kamen. So solle er sich auf das Maultier setzen und festbinden lassen im Sattel; wir wollten ihm zwei von den Wegweisern mit ihren Tieren mitgeben, die brächten ihn noch heute bis nach einem Dorf am Abhang des Parnaß, von wo er die Meeresbucht sehen konnte, an deren anderem Ende Patras lag; und sie würden für ihn die Herberge ausfindig machen und das gewöhnliche Fußkleid der Landesbewohner für ihn kaufen. Dort solle er sich pflegen und die Wunden an seinen Füßen heilen lassen und sich stille halten sechs oder auch zehn Tage lang. Dann würden wir wieder hinkommen und ihn mit uns nehmen bis Patras.

Er faßte das vordere und hintere Ende, wo der Sattel erhöht ist, und zog sich mit Anstrengung hinauf und die Wegweiser halfen ihm, den sie den »fremden Herrn Bettler« nannten und banden ihn mit Anstand und Ehrerbietung quersitzend wie bei uns die Frauen, am Sattel fest. Dann ging das Maultier den Weg an und der gebundene schwankte dahin, bergauf, wir aber waren gleichfalls aufgesessen und ließen uns bergab gegen Chäronea tragen und ritten schweigend.

Von jenen Gestalten des vergangenen Lebens trat keine mehr

heran. Es war, als wäre ein Etwas zwischen uns und ihnen nun wieder dicht geworden und die Erinnerung an die Magie, die vor einer Stunde uns umspann, schien befremdlich. Aber auch die Gestalt des Mannes, dem wir begegnet waren war sonderbar und fast unwirklich geworden. Sonderbar war es gewesen, hier im phokäischen Gebirg dem fieberkranken Mann aus Lauffen an der Salzach zu begegnen. Sonderbar unwirklich dies, wie er so mit Schweigen auf seinen Tod zuging, und daß er um alles, auch um den Preis der Rettung, den Weg, den er gegangen war, nicht noch einmal machen wollte. Fast war es gewesen, als ob wir ihn belästigten, da wir zwischen ihn und seinen stummen Feind traten. Überaus sonderbar wurde die Erinnerung an sein Schweigen. Wenn man diesem Schweigen nachdachte, seinem bösen Sich-abwenden von uns, den Blick wie von jenseits eines Abgrundes, mit dem er uns hatte von sich wegscheuchen wollen, so kam ein fremdes Licht über die ganze leere Landschaft, durch die wir ritten und über das Tun von uns Menschen und Tieren, die wir das Lebendige waren in dieser Landschaft. Befremdlich war das eifrige Fußheben der Maultiere nach vorwärts und in einer befremdlichen Luft vollzog sichs, daß wir an jene Wasserader kamen, die rein und schnell zwischen dem Gestein dahinfloß, daß man die Maultiere abschirrte, daß die Männer an der Erde lagen und neben den Maultieren tranken, und daß wir, oberhalb zwischen niedrigen Sträuchern uns hinließen, zu trinken wie sie. Hier war vor wenigen Stunden auch er gelegen, der Schiffbrüchige, das wandelnde nackte Leben und auf ihm lag die ganze Welt wie ein einziger Feind. Mir war, da ich nun hier trank, als flösse das Wasser von seinem Herzen zu meinem. Sein Gesicht blickte mich an, wie früher jene Gesichter mich angeblickt hatten, ich verlor mich fast an sein Gesicht und wie um mich zu retten vor einer Umklammerung, sagte ich mir: »Wer ist dieser? Ein fremder Mensch!« Da waren neben diesem Gesicht die anderen, die mich ansahen und ihre Macht an mir übten und viele mehr. Nichts in mir wußte in diesem Augenblick zu sagen, ob es Fremde unter den Fremden waren, deren Gesichter auf mich gewandt waren oder ob ich irgendwann irgendwo zu jedem von ihnen gesagt hätte: »Mein Freund!« und vernommen hätte: »Mein Freund«. Ohne Übergang wurde etwas in mir gegenwärtig, etwas Fernes, lieblich-angstvoll Versunkenes: ein Knabe, an dem Gesichter von Soldaten vorüberziehen, Compagnie auf Compagnie, unzählig viele, ermüdete, verstaubte Gesichter, immer zu vieren, jeder doch ein Einzelner, und keiner dessen Gesicht der Knabe nicht in sich hineingerissen hätte, immer stumm von einem zum andern tastend, jeden berührend, innerlich zählend: »Dieser! Dieser! Dieser!« indes die Tränen ihm in den Hals stiegen.

Ein Etwas blieb irgendwo über diesem kreisend, nichts als ein Staunen, ein Nirgend-hingehören, ein durchdringendes Alleinsein, ein durchdringendes fragendes: »Wer bin ich?« Da, im Augenblick des bangen Staunen, kam ich mir wieder, der Knabe sank in mich hinein, das Wasser floß unter meinem Gesicht hinweg und bespülte die eine Wange, die aufgestützten Arme hielten den Leib, ich hob mich, und es war nichts weiter, als das Aufstehen eines, der an fließendem Wasser mit angelegten Lippen einen langen Zug getan hatte.

Aber diese Stunde, und die nächste dann, bis Chäronea und die folgenden, da wir in die Eisenbahn stiegen und durch Böotien und Attika getragen wurden, bis der Zug in der Bahnhofshalle von Athen einlief, sah ich eine Landschaft, die keinen Namen hat. Die Berge riefen einander an; das Geklüfte war lebendiger als ein Gesicht; jedes Fältchen an der fernen Flanke eines Hügels lebte: dies alles war mir nahe wie die Wurzel meiner Hand. Es war, was ich nie mehr sehen werde. Es war das Gastgeschenk aller der einsamen Wanderer, die uns begegnet waren.

Einmal gibt sich jedes Lebende, einmal jede Landschaft, und völlig: aber nur einem geheimnisvoll erschütterten Herzen.

HUGO VON HOFMANNSTHAL
JULIE FREIFRAU VON WENDELSTADT

BRIEFWECHSEL

Hinterhör im tiefen Schnee und Eiseskälte
den 22/1. 1907.

Lieber Herr v. Hofmannsthal,
– eigentlich kann man sich nur mit »gestorben sein« entschuldigen in meiner Situation – also nicht verstorben aber *furchtbar* dankbar und sehr glücklich über Ihr Buch welches mich in seiner entzückenden Hülle am 20ten Dez. !!! erreichte. Ich danke ihm in trüber Zeit einige *so genußvolle Stunden*, in denen ich Ihnen das *gerne* rasch gesagt hätte – aber ich hatte meist das Gefühl in einem Karussel zu sitzen in der letzten Zeit – Sie wissen so eins was von einem Jahrmarkt z. andern von einem armen verhungerten Pferd gezogen wird, und wenns sich in Bewegung setzen soll dreht in der Mitte ein einarmiger Krüppel eine heisere Orgel dazu. Weihnachten hatte durch unser Zusammensein mit allen Geschwistern Freudiges neben aller Wehmut, die jeder für sich behielt, um den Andern nicht weich zu machen. Bockel machte auf mich einen ganz tüchtigen, kampfesmutigen Eindruck. So – nun fängt der unglückselige Orgeldreher schon wieder an! Es ist zauberhaft hier – tiefer Frieden in der klaren Winterlandschaft. Tendiert Sie das nicht?
Nochmals Dank und herzlichen Gruß
von Ihrer ergebenen

Julie Frfr. v. Wendelstadt

[Ramgut Aussee Steyermark]
1. September [1908]
(und die nächsten Wochen)

Verehrte Baronin
ein Brief, und gar innerhalb der Grenzen des Tones wie ich an jemanden schreiben kann, den ich einmal im Leben gesehen habe (obwohl es mir wirklich unglaublich und unfaßlich vorkommt daß ich zwei mir so lebendige Wesen wie Sie und die Gräfin Degenfeld nur einmal an einem einzigen Tag des Lebens soll gesehen haben) – ein solcher Brief wird Ihnen niemals auch nur halbwegs sagen können, wie lebhaft, wie vielfach ich in diesen ganzen Monaten Ihrer beide gedacht habe. Es war mir tieftraurig, Sie beide von Unglück, eigenem und fremdem Unglück, umgeben und verfinstert zu wissen – und doch hat wieder die Erinnerung an Sie beide etwas so Freundliches, so von innen heraus glänzendes für mich, daß mir ist, als müßten Sie aus dem bloßen Zusammensein immerfort namenlos viel Trost schöpfen können.
Unsäglich rührend ist es mir (wie ich es von dritten Leuten hier erfahre) nun auch die gute tapfere Mädi bei Ihnen zu denken, zu denken daß sie ein Kind erwartet und dann wieder an das andere Kind zu denken, das da ist und dessen Mutter so mädchenhaft zart und wie beflügelt, über das Schwere und Dumpfe unserer Atmosphäre emporzusteigen, vor meinen Augen steht.
So sehe ich dieses Schloß, mit seiner starken bestimmten Contour, diesen wundervollen Fleck Erde, dies liebliche Hinterhör und denke Sie drei Frauen, mit einem Gefühl, das mir zu lieb ist als daß ich es irgend mir auflösen und resümieren möchte. – Ich bin sehr glücklich, daß Bruckmanns mir sagen, van de Velde habe Ihnen gesagt, er habe Eberhard seit Jahren nicht so wohl und »auf der Höhe gefunden«. – Bitte empfehlen Sie mich Ihrem Gemahl aufs angelegentlichste und herzlichste
Ihr Hofmannsthal.

Aussee Obertressen 14.
2 August. [1909]

verehrte Baronin

Unsere Trauer um Baron Wendelstadt ist sehr groß, sehr herzlich. Bei mir kommt ein ganz besonders schmerzliches Gefühl hinzu: er war so gewinnend, so gütig in diesen Tagen im Jänner, wie sehr hätte man gewünscht, ihm Zuneigung und Freundschaft zu bezeigen, wie bitter empfindet man es, ihm so wenig Freundliches gegeben zu haben. Wie leid ist mir heute, daß im Juni der Besuch in Tölz unterblieb – und doch geschah es wirklich nur um seinetwillen, weil wir dachten, daß er in seiner großen Selbstbeherrschung und Liebenswürdigkeit uns würde sehen wollen und daß es ihn anstrengen würde, besonders 4 Menschen auf einmal.

Ich habe ihn wirklich sehr lieb gewonnen damals und werde ihn nicht vergessen.

Es war mir die erste und natürlichste Regung, hinzufahren. Dann fiel mir ein, wie wenig ein Fremder doch in einem solchen Moment nützt, wie er herumsteht, belastet – und daß es doch besser sei, diesen Besuch, die kleine Möglichkeit Ihnen durch meine Gegenwart (und dasselbe gilt natürlich von meiner Frau) ein wenig Vergnügen und Zerstreuung zu schaffen, für einen anderen Moment aufzusparen.

In Gedanken wahrhaftig sind wir vielmals jeden Tag bei Ihnen, bei der Gräfin Ottonie, an die ich morgen schreiben will, bei der guten Mädi – und sonderbarerweise, obwohl ich Sie doch alle drei in Schmerz und Trauer vor mir sehe, und nun zum dritten Male so innerhalb weniger Jahre – so ist das Sympathische, das Erfreuliche so groß was von zwei drei Gestalten für mich ausgeht – daß ich daran denke wie an etwas, worin Freude verborgen ist – ganz widersinniger Weise in diesem Augenblick.

Ich bin mit allen guten Gedanken von uns beiden,

Ihr Hofmannsthal

Nizza, Hotel de France
[Mitte März 1910]

Lieber Herr von Hofmannsthal
Ich weiß nicht warum ich Ihnen schreiben soll – absolut nicht! Drei mal schreibe ich nun »lieber Herr von Hofmannsthal« und dann erlebt der Briefbogen irgend etwas Vernichtendes! Einmal muß ichs Ihnen doch sagen, daß ich Ihnen so herzlich dankbar war für die genußreichen Stunden, die Sie mir durch Cristinas Heimreise bereitet haben. Da es mir sonst so schwer ist zu lesen habe ich mich mit doppelter Freude mit all den Ihren im Buche unterhalten. Wir hatten ja von der Aufführung in B. noch etwas miterlebt durch Eberhard, der wie ein Neugeborner von dem Zusammensein mit Ihnen und dem Allen zu uns kam. *Wie* braucht der Mann all das u. alle Sie, die er ausgerechnet nicht haben kann, oder doch nur homöopatisch! Für mich war Kesslers Vortrag dann in München und sein, leider zu kurzer Besuch in Neubeuern der Moment an den ich gerne zurückdenke in all den Monaten – sonst – – – Es will halt oft nicht gehen. Das bohrende Heimweh wird zu einem physischen Schmerz, und alles Interesse Heucheln für den Alltag verbraucht. Es sind so wenig Menschen, und so wenig Erlebnisse mehr geblieben die einem lichtgebend sein können. An Ihr Vorlesen um meine Lampe denke ich noch mit viel Dankbarkeit.
Werden Sie uns in Ihre Sommerpläne aufnehmen? Dieses Mal können *Sie* ja dann das Zimmer bestimmen und es bleibt Ihnen dieses erste entsetzliche Ankommen erspart!
Mädi und ich leben hier ohne jeden Menschen – erwarten von der Sonne u. Möllers Hand viel! Ob meine Schwägerin dann herkommt, ob Mädi Köchin suchend demnächst schnurgerade nach Berlin saust, oder sich hier mit Bockel eine Woche wo treffen wird, hängt alles von einer gefundenen oder nicht gefundenen Köchin ab. Ist das eine Sklaverei? –
Gestern hatten wir einen wahren Genuß im Palais de Glace. Es tanzten einige Paare auf Schlittschuhen so wundervoll es war

eine solche Schönheit in den so durch u. durch sich auflösenden Bewegungen in dem Rhythmus und Temperament zugleich.
Wie geht es dem Rosenkavalier?
Ich möchte so viel wissen auch von Frau Gerty und der Kinder Ergehen.
Sie Beide begrüße ich aufs aller Herzlichste
Ihre ergebene B[nin] Wendelstadt

Charfreitag, 25 III 1910.

Gnädigste Baronin
vielleicht sollte ich diese Zeilen, die Ihnen unsere Ostergrüße bringen sollen und worin ich Ihnen für den so gütigen Brief sehr danken will, noch nach Nizza richten – doch höre ich daß Mädi in diesen Tagen schon in dem bösen verwünschten nördlichen Exil angelangt ist, und so denke ich, daß auch Sie vielleicht schon nordwärts gefahren sind. – Ihr Brief und das Traurige, das Sie darin aussprechen, ist mir unendlich nahe gegangen, und daß Sie eines so geringen Umstandes wie meines Vorlesens bei der Lampe im blauen Zimmer darin als eines Lichtpunktes erwähnen, hat mich gerührt.
Wie sonderbar ist es, daß Menschen innerlich so traurig und verlassen sich fühlen können und doch zugleich von ihnen so viel erwärmendes, freundliches, gutes ausstrahlen kann, wie es für mich immer von Ihrer Gegenwart ausstrahlt und mir Neubeuern zu einem so lieben Ort macht. Müßte man nur nicht so viel denken! Sie können so erfreulich für Menschen sein, für Menschen jeder Art, für Große wie für Kinder – ich wünschte, es wären immer so viele um Sie, die Sie in Anspruch nähmen, daß Ihnen kaum eine Zeit bliebe, an sich zu denken. Mit Mädi ist es ja anders. Die hat ja alles, und doch fehlt ihr was. Aber was ihr fehlt, das verstehe ich ganz gut und es ist auch ganz begreiflich: es sind ganz irdische Dinge. Wenn das Schicksal den merkwürdigen Lebenslauf Eberhards nur bloß nach Berlin

verschlüge, so wäre ihr schon sehr geholfen. Ich wünsche das sehr für die beiden. – Wie viel möchte man noch so weiter schwätzen, unter der blauen Lampe, bis die Stunde schlüge und der Lindenblüthentee käme.

Ich küsse Ihnen die Hände. Ihr Hofmannsthal

[Amtshauptmannschaft Auerbach i/Vogtland]
Sonntag [23. Oktober 1910]

Liebe gnädige Baronin
wenn man von einem freundlichen Haus oder Schloß abgereist ist, dann läßt man zuerst ein paar Tage vergehen und dann setzt man sich hin und schreibt einen netten ordentlichen Brief und dankt für schöne Tage, genußreiche Ausfahrten und freundliche Augenblicke. Aber ich bin ja gar nicht *fort* von Neubeuern, ich bin ja in meinem ganzen Gefühl immer noch dort, gehe die Treppen hinauf und hinab, klopfe am blauen Zimmer, ob die Hausfrau nicht doch ein bißl an die Luft gehen will (sie will nicht, sie hat auch durchaus keine Zeit, sie hat den Eglo warten, sie telephoniert mit Stuttgart, sie probiert Krankensuppen, aber schließlich kommt sie doch mit, für eine halbe Stunde) dann gehe ich wieder auf mein Zimmer, dann gehe ich zur Mama D. hinein und lese ihr aus dem Tolstoi vor und sie hört so nett und rührend zu wie ein Kind, und dann sind wieder andere nette liebe Stunden, da schwätzt man an einem Feuer – nein, ich bin wirklich nicht *fort* und weiß auch gar nicht ob, und wann ich fürs nächste von dort fortreisen werde. – Die Nostitzens sind doch furchtbar neugierig was denn das wäre mit diesem Schloß in Baiern, wo alle Menschen so oft und so gern hinführen und es müßte doch wohl eine sehr charmante Hausfrau sein, wegen der so viele und difficile Menschen gern dort hin kämen, oder ob es nicht die Hausfrau wäre, sondern was anderes. Ich habe sie gleich aufgeklärt, es wären tausend *andere* Dinge, vor allem die wunderschöne Lage, der soignierte

Stall, die unvergleichliche Sattelkammer, die vorzüglichen Kühlapparate in der Küche und deswegen fühle man sich eben dort wie zu hause, was die Hausfrau betrifft so läßt sich über die eben nicht viel sagen, sie besorgt den Küchenzettel und das Telephon, ordnet die Wagen an u.s.f. und wenn es einem oder andern der Gäste einfallen sollte, sich sehr ihr zu attachieren und das am Ende gar zu sagen, so verstößt das durchaus gegen die Schloßordnung wird durchaus nicht goutiert und der Betreffende wird vom Winkler einfach nicht mehr eingeladen. Und der nächste dem das passiert, heißt:

H. H.

[Schloß Grätz bei Troppau]
29 x. 1910.

gnädige Baronin
auch hier sind Hügel und Thäler und herbstliche Bäume, auch hier ist ein großes schönes Schloß, auch hier sind sympathische Menschen, deren Gesichter man von Mahlzeit zu Mahlzeit, von Spaziergang zu Spaziergang gern wiedersieht – aber es ist nicht Neubeuern, unten fließt kein Inn, die raschelnden Waldwege führen nicht nach Hinterhör und nicht auf den Heuberg – und ich habe oft große Sehnsucht nach dort, nach den schönen schönen Tagen dieses October.

Man weiß nachher nie, ob man es genug gezeigt hat, daß man froh und zufrieden und dankbar war, – wahrscheinlich nicht, wahrscheinlich ist man es schuldig geblieben, wie man so vieles im Leben schuldig bleibt. Jedenfalls habe ich das Liebe und Schöne von allem sehr stark gefühlt, und die Harmonie davon, und in der Mitte aller dieser Dinge die zarte Kraft einer gütigen und leichten Hand, die so unendlich viele Fäden zusammenhält. Der arme gute Pepino – wie oft denke ich an ihn! Der stille Hildenbrandt! die Kinder! die Terrassen mit den Blumen! die Wälder mit den (nicht immer anwesenden) Fasanen! Die Bauernhäuser mit lebenden sorgenden Menschen darin! und überall laufen Fäden hin – und laufen zusammen in der einen Hand – die ich in Gedanken küsse, und in großer Verehrung und Anhänglichkeit. Ihr Hofmannsthal

München, den 2/2. [1911]
9 Uhr morgens.

Lieber Hausgenosse,
Es ist schon sehr nett wenn man auf einen kleinen Abstecher fort gegangen u. man schreibt einem dann so nett und lieb wie Sie es getan haben. Sie haben aber während der kleinen Abwesenheit auch etwas erlebt! Sie den Rosenkavalier erlebt, wirklich u. wahrhaftig und herrlich und freudig! Und so ist er gestern bei uns gewesen – oder wir vielmehr bei ihm! und haben eine Freude an ihm gehabt, ich kann Ihnen gar nicht beschreiben *wie*. Wären Sie nur dabei gewesen. – in meiner dunklen Ecke war noch sehr ein schöner Platz für Incognito-Dichter! Und vor mir hatte ich das Ehepaar Strauss. Die unbehandschuhte vielberingte Hand der »Componistengattin« im Dunklen gestikulieren zu sehen war mir eine Sonderfreude – Ich glaube an dem Abend liebte sie ihren Richard wirklich für was er kann; ihrem Habitus nach muß sie es nicht »Schmarrn« gefunden haben. Und dann kamen sie also alle heraus in den *schön* gestimmten Rahmen die, bis auf den Kuchelchef beinah, wie ein bissel Verwandte mir vorkamen weil es ja Ihre so wohlgebildeten Kinder waren. Ach, ich habe so große Freude an ihnen gehabt und möchte Ihnen dafür heute danken.
Es liegt ein großes Stück Leben zwischen meinem letzten Theaterbesuch hier u. gestern! – aber ich bin so froh da gewesen zu sein. Außer der vielleicht nicht vorteilhaft (äußerlich) herausgebrachten Marschallin war alles erster Klasse; Bender ganz großartig, Quinquin famos, stimmlich *reizend* unvergeßliche Momente die ich Ihnen jetzt nicht aufzählen will, die man aber nicht wieder vergißt. Stellen wo Strauss *Sie* fabelhaft verstanden hat und so prachtvoll illustrierte, was hat er

für Feinheiten hineingebracht. Ich finde für ihn ist mit dem Rosenkavalier eine neue Stufe seiner eigenen Entwicklung dokumentiert.
Ich glaube ich sage Ihnen das weil es noch so früh am Morgen ist. Mädi schläft noch nebenan, und da wende ich mich gleich an die richtigste Adresse um mir Luft zu machen. Ich danke Ihnen für das und für viele gute Stunden an die ich so gerne zurückdenke.
Bei Mama ists eine Kleinigkeit besser – aber es ist doch alles *sehr* traurig. Mädi habe ich überredet hier ein paar Sachen mitzumachen ich glaube es ist Recht? Leben Sie wohl und kommen Sie bald wenigstens als Brief. Julie

Rodaun 22 III [1911]

liebe gnädige Baronin
diesmal bekommen Sie einen Bettelbrief von mir, sogar einen mehrfachen, aber vielleicht doch einen von der weniger unangenehmen Sorte (oder sind Bettelbriefe alle von der gleichen Sorte?)
Der Dichter Rainer Maria Rilke, dem wir alle für mehrere oder viele schöne Gedichte dankbar sind, ist in eine große Gêne und Bedrängnis geraten, durch Zufälle, ich glaube durch eine Reise nach Algier, auf der er krank wurde und anderes. Für gewöhnlich lebt er ganz rangiert von einem kleinen Fixum das sein Verleger ihm gibt. Nun hat er an Kassner einen Brief geschrieben, daß er nicht weiß wie er über den Frühling und Sommer hinwegkommen soll. Dabei ist er ein äußerst zarter und sensibler Mensch, sehr zurückhaltend und stolz, und selbst sehr generös gegen andere. Kassner hat sich nun an mich gewandt, und wir wollen die Sache natürlich durchaus nicht an die große Glocke hängen sondern jeder nur an ein *paar* Menschen schreiben. Ich meinerseits bin es seit ein paar Jahren überhaupt gar nicht mehr im Stande, in solchen Sachen an ferner stehende Menschen oder an solche, die ich nicht gern hab, zu schreiben,

wenn ich mir allein nicht durchhelfen kann – und gern hat man ja nicht viele Menschen auf der Welt. Also *bitte* schicken Sie mir halt auch etwas, aber natürlich keine große Summe, es handelt sich ja im *Ganzen* nur um etwa 3000 francs für alle zusammen. An die Frau Directorin hätte ich auch wegen der gleichen Sache geschrieben, weil der Herr Director ja ein Gönner und Protector von uns Dichtern ist, aber ich weiß ja noch gar nicht ob die Directorischen schon furchtbar wohlhabend oder vorläufig noch furchtbar arm sind, also hab ich es lieber sein lassen.
Nun kommt gleich noch eine Sache. In Berlin hab ich einen gewissen Musiker besucht (Varèse); sie haben ein ganz kleines zartes aber gesundes Baby, und die Frau hat mir wieder so besonders gut gefallen. Ein so zartes kleines graziöses Geschöpf, voll unglaublichem dévouement bei so geringen Kräften und spricht ihr schönes Französisch so reizend und liest Gedichte so hübsch vor (haben mir viele Menschen gesagt.) Ich dachte daran 1.) wie gut Sie sind und daß Sie mir halb und halb erlaubt haben die Frau mit dem Kind nach Neubeuern einzuladen und 2.) *wie* gut es für Gräfin Ottonie wäre eine so nette tactvolle kleine Person zum Französisch reden und lesen zu haben, und so hab ich sie sehr encouragiert im *Sommer* nach Neubeuern zu kommen, und mein Gedanke wäre, daß sie allein käme (d. h. nur mit dem Kind) und er etwa nur käme, sie abholen oder so. Hab ich das dürfen?
Die dritte Bitte ist ganz persönlich und heißt: liebe Baronin, bitte kommen Sie doch ganz bestimmt im Mai nach Paris, damit wir zusammen nette Ausflüge machen und vieles andere, und sagen und denken Sie nicht »Paris«, als ob das nur ein frivoler Vergnügungsort wäre, wo man nicht hingehört wenn man schwarze Kleider an hat, sondern Paris ist die netteste und charmanteste Landschaft. Paris ist der einzige nicht offensive Curort, Paris ist die einzige wirkliche Einsamkeit, ich z. B. gehe schon am 20ten April hin, um einsam zu arbeiten, deshalb müssen Sie bitte auch bald hinkommen. Das ist die dritte und wichtigste Bitte.
In herzlicher Verehrung Ihr Hofmannsthal

[Neubeuern a/Inn
Station Raubling
Oberbayern]
den 4/4. 1911.

Liebe guten Freunde,
Seid mir um Alles nicht böse daß ich nie schrieb. Ich wollte eben nett u. ordentlich und lang schreiben – u. dazu wollte es nie reichen. Es ist schon *zu* arg. Eure herrliche Bonboniere war ja Grund genug zu einem recht lieben Dank – für alle liebe Wünsche, Briefe, Rosenkavaliere erst recht. Nun ists ganz Mathei am Letzten denn gleich muß ich weg fahren – silberne Hochzeit meiner Majestäten in Stuttgart mitmachen, aber Ihr sollt erst dies haben. Zur Beantwortung des letzten Bfs.
– einliegend ein Schärflein.
Punkt 2 ist recht: müssen uns nur noch über den Zeitpunkt einigen Mama u bebé Varèse zu haben, da in die »haute saison« weniger passen.
Punkt 3. wäre mir nichts lieber als mit Ihnen in Paris sein – könnte mir kaum Netteres denken – und möchte so gerne was anderes hören und sehen – aber ich sehe mich noch nicht dort. Ottonie ist so wenig bei Kräften daß sie unbedingt eine Ruhe Kur machen muß, kam *ganz* elend von ihrer Reise im Januar heim, und nun *muß* sie wieder Körperkräfte sammeln, u. ich darf ihr hier nichts aufbürden sondern ihr helfen, daß sie hoch kommt.
Mama geht es so gut wie wir nur erwarten dürfen, aber nun ist Mädi weg, Kinder reisen Freitag nach, da ist es zu still bei uns, so, daß wir mehr um sie sein müssen.
Bitte schreiben Sie einmal wieder, das ist ein Stück Freundschaft. Und nun leben Sie wohl, mit Frau Gerty grüßt Sie herzlichst
In rasender Eile Ihre Julie Wendelstadt

[Hotel Ste Anne,
10, Rue Ste Anne Paris.]
den 8 Mai [1911]

gnädigste Baronin
ich war auch diesmal sehr gern in Neubeuern und danke Ihnen viele Male für die schönen freundlichen Tage.
Wenn ich an diese Frühlingstage trotzdem um eine Nuance weniger gern zurückdenken werde, als an frühere Herbst- und Winterzeiten, so ist daran ganz gewiß das so herabgesetzte seelische und physische Befinden Ihrer Schwägerin sehr viel Schuld, das ja wirklich einen deprimierenden Contrast zum Herbste bot: damals durfte man hoffen, einer sehr fortgeschrittenen Reconvalescenz gegenüberzustehen, jetzt muß man in trüben Momenten an ein chronisches Kranksein denken, von jener dunklen Natur, an der das Seelische und das Physische gleich Anteil hat und gegen welches die groben Augen und ungeschickten Hände unserer Ärzte und Specialisten so besonders machtlos sind.
Dann war es auch ein wenig traurig, *so* oft an die Tür zum blauen Zimmer zu klopfen und nie ein *Herein* zu hören, durch das man in früheren Zeiten verwöhnt worden war, und schließlich war Frau von A. vielleicht von allen Menschen, die mir je begegnet sind, derjenige dem wiederzubegegnen ich den *geringsten* Wunsch hätte, obwohl ich sie so ganz anders fand als die Andeutungen der Familie B. mich hätten erwarten lassen, so durchaus kein Wesen von Kraft und Energie, aber mir schon namenlos gegen den Strich gehend.
Ich würde mir viel, oder ein bischen was davon versprechen wenn der einzige Arzt, an den ich, so jung er ist, als Menschen und Arzt sehr stark glaube, an dessen Blick für das Leiden des Gemüts und des Körpers *zugleich* ich glaube, nämlich Wilhelm Stauffenberg, Ihre Schwägerin einmal sehen könnte, freilich wäre ein flüchtiges Sehen ohne Wert, vielleicht ergibt sich, wenn Sie es später einmal gestatten oder patronisieren wollen, eine Möglichkeit.

Von Mädi hatte ich einen charmanten, ebenso klugen als netten Brief, aus dem ich sehe, daß sie wirklich beinah ernsthaft gegen mich verstimmt war (nicht mehr *ist*). Sie fand sich verkannt, froissiert, und ich ahne nicht durch was; sie verzeiht mir, und ich zerbreche mir den Kopf, was es sein mag; sie kommt darüber hinweg, und ich komme nicht darauf, was ich angestellt habe. Aber sie ist eine sehr herzige Frau. (Das ist schon wieder eine zu leichtfertige Bezeichnung, ich fürchte.)
Ich küsse Ihnen die Hände und hoffe alles Gute für Sie und die um Sie sind.

Ihr Hofmannsthal.

Aussee, den 26 Juli [1911]
Obertressen

Liebe gnädige Baronin
als ich ankam, lag Ihr gütiger lieber Brief hier und er hat mich so überaus erfreut wie ich es kaum sagen kann, und indem ich Ihnen jetzt schreibe, ist es mir, als ob ich gerade aus dem blauen Zimmer käme und nun mit Ihnen weiterredete: denn durch die Anwesenheit Ihrer Schwägerin, die mit Ihnen so verwoben ist, auch ja von Ihnen und Mädi so manches angenommen hat, ist es ja ein wenig, als wären Sie alle drei hier, kämen und gingen zwischen dem kleinen Haus und dem Wald und lägen nach dem souper auf Sesseln und Liegestühlen unter dem Sternhimmel auf einer ganz freien, der kühlen Nacht entgegengewölbten Wiese, die gar nicht einmal zu uns gehört, sondern irgend einem Nachbarbauern, der irgend einmal schimpfend über sein zertrampeltes Grünfutter auftauchen wird. Die Hitze hüllt alles in eine unglaubliche sommerliche Gedämpftheit, man ist träg und zufrieden ohne was zu wollen, die Menschen, die es hie und da in anderen kleinen Häusern gibt, sind zu faul, um zu kommen oder einen zu verlangen und der Tag reiht sich an den Tag lautloser als man es gewöhnt ist. Ich glaube daß Ottonie sehr wohl ist, das Wort in aller Bescheidenheit und Relativität

gebraucht. Gerty und ich sind beide gleich geübt, eine gewisse Dunkelheit um ihre Augen, ein gewisses Zusammenfallen des Gesichtes in unbeachteten Momenten zu beachten, und wir glauben beide, daß wir sie seit langem nicht so frei, ziemlich dauernd frei von beiden gesehen haben. Wir haben alle diese Dinge, diese Frau betreffend, im Gespräch öfter berührt, und es ist leichter, sie im Gespräch zu berühren als in einem Brief. Ich möchte nur dies sagen, daß ich glaube daß die vielen kleinen Elemente dieses kleinen Lebens hier, des geistigen, das geringfügig, des geselligen, das Null ist, und des physischen, das aus Sich-gehen-lassen besteht, so sind, daß Sie damit wirklich zufrieden für sie wären, und mehr möchte ich nicht sagen.
Ist das nicht zu seltsam? nun habe ich mich hergesetzt, um mit Ihnen zu sprechen, hätte so gern von Ihnen gesprochen – und getraue michs nicht. Wie Sie sich entziehen, wie Sie sich verstecken, wie man das fühlt und immer wieder Sie sucht, ans blaue Zimmer anklopft, hineinkommt, liebe, höchst besondere, manchmal unruhige, manchmal gequälte, manchmal spöttische Augen findet und sofort, aber sofort – von einem andren Menschen spricht, heute ists von Ottonie, morgen wäre es von Mädi, oder von einem der Kinder, *Ihrer* Kinder. Wie sehr etwas in Ihnen, die dunkelste geheimste Natur sich dieser Kleinen bemächtigt hat und wie bewußt, wie klar und einfach Ottonie sie Ihnen *giebt*, ohne sie selbst dabei zu verlieren, wie dieses geheimnisvolle Verhältnis aus Ihnen etwas anderes, beinahe mehr als Schwestern gemacht hat, das hat für mich immer etwas sehr Rührendes, tief Bewegendes.
Wenn jemals Zeilen oder Seiten, die ich geschrieben, einem Wesen wie Sie es sind, etwas *geben* können: Freude, Sammlung, Belebung – so will ich Ihnen sagen, daß mich das im Tiefsten freut, soweit ich es mir, ohne Beschämung, überhaupt zuzueignen vermag.
In großer Verehrung Ihr Hofmannsthal

Rodaun 31. x 1911.

verehrte Baronin

indem man daran geht, mit Worten für etwas so Ungreifbares, Undefinierbares zu danken, wie es der Aufenthalt in eines guten Menschen Haus ist, so empfindet man nicht nur die Unzulänglichkeit der Worte sehr lebhaft – sondern das eigentlich Unfaßliche, überaus Geheimnisvolle auch der schlichtesten alltäglichsten menschlichen Dinge tritt einem vor die Seele. Man kommt aus der Ferne, ist zusammen, atmet durch Wochen *eine* Luft, geht wieder. Die Menschen haben einem etwas gegeben, das kaum zu sagen ist, wie zart und kostbar es ist, die Atmosphären haben sich gekreuzt, das eigentliche Leben des Lebens sich vermischt – und wie wenig hat man selbst zu geben vermocht, wie schwerfällig wollte das Beste, was man vielleicht zu geben gehabt hätte, nicht aus einem heraus, wie sprunghaft, schrullenhaft, wechselnd und plump mußte man sich geben, um nur irgend etwas zu *geben*. Mit Rührung und Beschämung denkt man an Wesen wie Annette, die immer geben, durch die Güte ihrer Natur, auch in Momenten wo man über sie lacht – mit welcher Rührung und Beschämung denkt man an Wesen, wie Sie es sind, Wesen die sich niemals aussprechen, viel entbehren, um der anderen willen da zu sein entschlossen sind, und denen die Vielfalt des Lebens so viel und so verworrenes zu tragen aufbürdet. Ihre Worte, als ich mit dem bischen Vorlesen ein so geringes Etwas zu dem Guten dieser Tage beigetragen hatte, bleiben mir weit über den Moment und die Veranlassung hinaus im Gedächtnis – Ihre Sorge sogleich für den jungen Musiker, dieses schnelle Ergreifen fremder Mühsale, dies schnelle Aufsich-nehmen von Lasten, und vieles mehr weil es zu zart und zu unausgesprochen ist, um in Worte gefaßt zu werden.

Von manchem würde ich noch gerne sprechen. Mädis schweren Abschied von dort hab ich abwesend miterlebt, wie vieles möchte man da sagen, aber Worte müßten Hände sein, um abzuhalten, zu führen – und sie dürften vielleicht auch wieder nicht Hände sein ...

Wenn ich Sie denke, denke ich die Mutter neben Ihnen, das Kind Marie Therese dazu, den armen Pepino auch – ein Ausgehen von Güte und Liebe nach vielen Seiten, ein steter Strahl nach Hinterhör hin, einen nach Bredeney – anders kann ich Sie nicht sehen als so.
Gerty ist keine Briefschreiberin. Sie nimmt an, man müsse wissen, daß es kaum einen Ort auf der Welt gibt, wo sie sich so aufschließt, so anschließt – und damit sei alles gesagt.
Ich küsse Ihnen die Hände in herzlicher Verehrung. Wenn es bald zu dem Lebendig-werden vom Jedermann kommt – ein Ding, das ich mir vielleicht doch sehnlicher wünsche als ich mir eingestehe – so werd ich oft und so herzlich als deutlich an das blaue Zimmer hinüberdenken.

Hofmannsthal.

Vielleicht sagen Sie Ihrer verehrten Mutter, daß wir ihrer oft und sehr gedenken.

Rodaun 20 XI. [1911]

gnädigste Baronin
»Winter« ist ein schönes doppelsinniges Wort. Sieht man es auf einer Karte, auf der das liebe Schloß im Schnee dasteht mit erleuchteten Fenstern, so denkt man an gute Tage, die man erlebt hat, und die vielleicht wieder kommen werden! Zugleich aber denkt man natürlich an den kleinen Mann mit der Violine, und man darf sich sagen, daß man seiner nicht vergessen hat, daß man dergleichen Angelegenheiten überhaupt fast nie vergißt – aber *so* geht es halt nicht! ohne jeden Anhaltspunkt einen jungen Menschen als Capellmeister einer großen Oper auch nur in Vorschlag bringen, ist eine Absurdität durch die man sich unnötig und ohne nützen, compromittiert.
Seine Verbindung mit Hans Richter, die Möglichkeit, mich auf Richter zu berufen, darauf ruhte meine einzige Chance. Ich bat ihn sehr herzlich und dringend an jenem Musikabend im großen

Salon, er möge alles tun, diese Verbindung wiederherzustellen und mir davon bestimmt Nachricht zu geben. Natürlich kam keine Zeile. Stolz ist ja ganz gut aber unter Künstlern nicht am Platz. Vielleicht kann man durch Annette. – Ich fahre morgen nach Berlin, am 1ten spielen wir Jedermann. *Wie* lieb und schön wenn Sie hinkämen! Das wäre ein netter Gegenbesuch.

In großer Verehrung Ihr Hofmannsthal

[Rodaun b. Wien]
14 2. [1912]

Gnädigste Baronin
wie vor 10 oder 14 Tagen der »Jedermann« seine Reise ins blaue Zimmer angetreten hat, da wäre man sehr sehr gern mitgefahren. Man wäre nur für einen Moment eingetreten, um irgend etwas ganz schnell zu »besprechen«, und über dieses irgend etwas wäre man sehr schnell einig geworden, aber darum wäre man doch erst recht nicht aus dem blauen Zimmer herausgegangen, sondern aus dem ersten Thema hätte sich ein zweites ergeben, dann ein Nebenthema und ein Gegenthema, man wäre zuerst beim Schreibtisch gestanden, dann auf der Fenstereinfassung gesessen, hätte schließlich noch ein Standerl bei der Uhr gemacht – und hätte die ganze Zeit ein Gefühl von Gerührtheit und Freude und Zutrauen und allerlei Undefinierbarem gehabt, wie ganz wenige Menschen in ganz wenigen (nur blauen) Zimmern es ausströmen und fühlen machen.
Und dabei lebt man halt so hin und ist recht recht weit auseinander und erlebt allerlei, auch Erschreckendes und Ängstliches gelegentlich, und da kommt dann auf einmal ein fragendes Telegramm eingeflogen und trifft einen wie ein guter lieber ängstlich teilnehmender Blick – und dann kommt wieder ein andrer Brief ins Haus, von ganz andern Leuten und teilt einem etwas mit, das ist vorläufig ein Geheimnis, aber man weiß daß es der Herrin des blauen Zimmers eine kleine Freude machen wird, wenn sie es erfährt – da hat man diese noch verheimlichte

kleine Freude, diesen Bezug einer ganz unpersönlichen Sache auf ein bestimmtes Wesen und freut sich damit jedesmal wenn man daran denkt – es ist aber ein wirkliches Geheimnis, bezieht sich aber nicht auf die Dame Gottesgabe, und nicht auf die Dame O. D. S., auch nicht auf Bockelchen, auch nicht auf die Kinder, sondern auf ganz andere Leute und Sachen und hängt doch direkt mit einem Gespräch im blauen Zimmer und einem dort ausgesprochenen Wunsch zusammen, ganz geisterhaft.
Es küßt Ihnen in Verehrung die Hände

Ihr Hofmannsthal

[Hotel Caspar Badrutt, St. Moritz]
den 27 2. [1912]

Lieber friend,
Ich wollte Ihr Geschreibe erst nach Rodaun beantworten; da höre ich durch Ottonie, daß Sie sich in Berlin marode befinden – u. das *ohne* Gerty, das geht ja gar nicht. Da muß ich mich schon ein bissel auf die Heizung setzen ...
Auf zartestem süßlila Papier erzählten Sie mir die süßesten zartrosa Dinge, und nur durch endlose Schleier wage ich Gerty zu finden u. ihr einen so herzlichen Kuß zu geben. Und kaum habe ich diese halbgeträumte Freude realisiert, kommt mir in der derben Form einer Zeitung wieder eine kleinere Freude daß Stuttgart die Wiege der Ariadne sein soll! *Die* Taufe mache ich mit u. wenn ich nur kriechen kann, – mein armes eingeschlafenes Stuttgart!
Alles was mit Euch zusammenhängt soll mir heute scheints Freude sein! Und da nicht am letzten wie unser Blumhardt Ihren Jedermann aufgenommen, u. wie er Sie empfindet! Er wollte Sie am liebsten gleich kennen lernen. Ihnen kann das ja nicht bedeuten was *uns*, aber ein wenig gehen Sie doch auch da in unsrem Fühlen mit. – Freut Sie's? Dann noch was, was mich freute durch Sie.
Da begegnete ich hier einem Mann, schlicht, erst Geschäfts-

mann gewesen jetzt in Lüneburg Museumsdirektor der hatte Sie wie sich herausstellte in der Pension in Heidelberg begegnet, u. frug was macht wohl der Wiener Dichter mit dem etwas schwermütigen Blick, der mir damals so unendlich wohl getan hat? Er ahnte es nicht aber ich litt damals nervös u. seelisch sehr und von dem Mann strahlte etwas aus was mir im Innersten wohl tat. Ich sagte ich würde Ihnen das erzählen, was ihn freute weil er Ihnen heute noch dankbar ist! Das ist nun das für Sie Wertvollste – und für mich auch mit. Denn solche Erfolge sind die, die aus dem tiefen eigensten Innern kommen und was Reichtum ist. So können wir uns also nun so recht von Herzen zusammen freuen nach allen Seiten!
Ich habe viel Großes empfunden hier, die Natur, die Ruhe, und – das Kind! Wenn es langsam wieder ans Abrüsten geht will ich mir viel mitnehmen was mir den Alltag leicht machen soll! Es geht ja wieder in ein Kämpfen hinein, und das stille Sehnen muß wieder schweigen. –
Daß ein Herr Jedermann im blauen Zimmer auf mich wartet ist mir nicht mitgeteilt, so danke ich heute erst.
Die Karte zeigt das Feld unsrer Tätigkeit am Vormittag.
Bank ist für hier sehr gut aber ich goutiere sie hier *gar* nicht.
Luli liebt sie und wird herrlich gepflegt.
So nun gute Nacht. Ich möchte nun von m. Heizung wieder herunter. Schlafen Sie gut. Rathenaus Buch macht mich ganz wirr vor lauter Drähten, überall rennt man sich den Kopf an.
Ich begrüße Sie sehr freundschaftlich Julie

Eybach, den 8/7. 1912.
Station Geißlingen
Württemberg

Lieber Herr v. Hofmannsthal,
Hier sitze ich in meinem lieben alten Eybach – wie in einer grünen Wiege. Wenn mir dabei nur auch noch ein bischen kindlich zu Mute wäre – mehr ist mir aber wie einer vielfältigen

Großmutter der endlose Sorgen im Kopf herumschwirren. Es kommt mir doch immer mehr zum Bewußtsein daß das eben meine Bestimmung in dieser Inkarnation zu sein scheint die Bündel aller zu schleppen! und wenn diese gar etwas schwer dann fängt in mir etwas an zu »bocken« u. widerhaarig zu werden. Dies brauche ich Ihnen zwar nicht zu sagen – aber ein Brf. ist eben der Spiegel des momentanen Empfindens – wenn er überhaupt etwas wert ist!
Eigentlich treibt mir ja heute eine Frage die Feder in die Hand – dabei zittert diese etwas – aber ich rechne auf Ihr freundschaftlichstes *nein* wenn es ja nicht sein kann. Am 20ten Juli Abend 6 Uhr habe ich angesetzt daß Brunnen u. Wasser geweiht und damit übergeben werden. Ich will kein Fest, aber eine *kleine* kurze *ländliche* Feier nach Jans Sinn nur im Kreis der Neubeurer. Nun hat sich der Pfarrer erboten die Übergabe für mich zu machen dann Dank vom Bürgermeister, Schulkindergesang Schluß. Nun muß aber doch quasi der Gemeinde v. mir für Gedenktafel (die diese am Brunnen gestiftet) gedankt werden. Wollen Sie das für mich tun? oder wollen Sie das Erstere, alles läßt sich noch einrichten? Ich komme am 19ten Abend zurück. Ich wäre nicht so unbescheiden wenn Sie nicht selbst einmal etwas von dazu kommen gesagt hätten. Ich brauche ja nicht zu erwähnen, daß wenn Ihnen die Sache nicht liegt, mir Ihrer beide Gegenwart auch schon so lieb wäre denn es giebt Momente wo man in Gedanken die Hand derer fassen möchte die einem innerlich nah sind – wenn man das Alleinsein so doppelt weh empfindet.
Ich *hoffe* ich bin Ihnen nicht ein unlieber Eindringling in einer gerade Hohem geweihten Zeit! – dann wäre ich sehr unglücklich. Ich grüße Sie Beide in herzlicher Freundschaft

Julie.

Nicht wahr das eine Bedenken mit m. Bitte unbescheiden zu sein – weil Jan dieses schwere Schicksal hatte – darf ich verscheuchen? Aber auch eine Absage aus diesem Grund würde ich in Freundschaft annehmen –

Rodaun den 24 IX. [1914]

Gnädige Baronin

Gerty hat Ihnen für Ihr gütiges liebes Telegramm durch eine Depesche gedankt die aus Versehen nach Neubeuern gerichtet war aber hoffentlich doch in Ihre Hände gelangt ist.

Wenn es hie und da in Frieden scheinen möchte, als ob wir uns nicht ganz verstünden – wo doch nichts anderes vorlag, als daß wir denselben Personen wohlgesinnt waren: jede in seiner Weise – so muß ich heute über solche Dinge lächeln – daß ich aber in einem solchen Moment nur für meine Nächsten keinen lieberen Ort in der Welt wüßte, als Ihr Haus oder die Nähe Ihres Hauses, mag Ihnen ein für allemal zeigen, wie mein innerstes Gefühl zu Ihnen steht. Ich war in diesem Winter einmal tief gerührt über Sie, über Ihre Güte gegen einen Ihnen ganz fremden Menschen – Müller-Hofmann – und nur die unsägliche Complication und Verworrenheit unseres gewöhnlichen Lebens, die ja jetzt einer solchen heiligen Reinheit und Einfachheit gewichen ist, war Schuld daran, daß ich dies Gefühl der ganz unpersönlichen Dankbarkeit und Gerührtheit nicht aussprach.

Ich möchte nicht daß Sie beide dächten, daß der Brief an Sie und Ottonie der jene Anfrage enthielt, in einer Art von Panik geschrieben war. Ich habe meinen Kopf vollkommen beisammen, auch meine Nerven functionieren trotz einer jagdhundartigen Abgemagertheit ganz normal und je kritischer die Situation wird, desto mehr werde ich beide, Kopf und Nerven beisammen haben, muß aber, um mich in noch kritischeren Zeiten noch völliger zur Verfügung stellen zu können, eventuell fünf hilflose von mir abhängige Wesen (namentlich meinen doch schon gebrechlichen Vater) irgendwo hin zu dirigieren die Möglichkeit haben, die mir ja jetzt durch Ihre gütige Antwort gegeben ist.

Unsere Situation hier ist von einer Gespanntheit, wie die Welt sie kaum ahnt, und wie sie seit den Türkenkriegen nicht da war. Es ist der Fluch dessen, der nicht an die Front, sondern hier an

eine militärische Centralstelle des Reiches befohlen ist, alles zu wissen und bei angespanntester Thätigkeit unendlich wenig abwenden oder helfen zu können. Was aber »alles wissen« in diesen letzten Wochen hier geheißen hat, davon wird man erst in späteren Zeiten reden können, wo einem alles dies wie ein ungeheuerlicher Traum erscheinen wird. Wenn ich Ihnen sage daß unsere heldenmütige wundervolle Armee in Ostgalizien in einem Netz von Verrat verfangen war, das unendlich schlimmer war als die russische Überlegenheit um 600 000 Gewehre und 12 000 Geschütze – daß von Keller zu Keller, von Dorf zu Dorf ja von Gebüsch zu Gebüsch die Telephone der Verräter liefen, Hochverrat jedes Glockenläuten in jedem Dorf, durch Hochverrat dem Feind fast das gesammte Eisenbahnmaterial von Galizien in die Hände gespielt, die Verräter gehängt und gehängt zu Tausenden, und noch kein Ende des Verrates, daß man die Locomotivführer von der Maschine, die Trainkutscher vom Bock herunterreißen mußte, – wenn Sie dazu bedenken, daß wir im Südosten einem der gefährlichsten Gegner in denkbar schwierigstem Terrain mit schwachen Kräften gegenüberstehen – daß wir 300 000 Mann gegen die südlichen »Bundesgenossen« stehen haben und daß unser alter Kaiser neulich am 20ten September, dem Nationalfeiertag, bis Mitternacht an seinem Schreibtisch blieb, von Stund zu Stund die Depesche über den Einmarsch der Italiener im Trentino erwartend – und endlich daß es mit Rumänien genau ebenso steht! – so werden Sie verstehen, daß ich von einer unabsehbaren Situation sprach und für einen gewissen Fall das eventuelle Wohin meiner Familie mit Ruhe durchdenken und ein für allemal fixieren wollte.
Und trotzdem habe ich im tiefsten Herzen die Zuversicht daß wir es durchstehen werden, daß wir als Sieger aus diesem ungeheuren Chaos hervorgehen werden.
Ottonie zeigte mir heute auf einer Karte den Tod ihres jüngsten Bruders und die Verwundung ihres älteren Bruders an. Mir ahnte ähnliches die letzte Zeit, ich sah sie in dieser Lage vor

mir. Ich kann ihr um dienstlicher Arbeit willen heute nicht mehr schreiben, vielleicht auch morgen nicht, bitte sprechen Sie ihr von diesem Brief und dessen allgemeinem Teil. Ich vertraue innigst auf Gott und die starke Natur Ihrer lieben Mutter, daß sie den Anfall noch ein Mal völlig überwindet.
In anhänglicher Verehrung Ihr Hofmannsthal.

Neubeuern, den 20/10. 1914.

Lieber Herr von Hofmannsthal
Immer schon wollte ich unserer Depesche eine Erklärung folgen lassen, warum wir außer Hinterhör noch eine Sommerfrischlerwohnung im Ort erwähnten. Unter Umständen wäre Hinterhör noch anders benötigt worden und dann wäre das Menagieren mit wenig Menschen näher am oder im Ort leichter gewesen – die Hauptsache ist, daß Sie wissen, daß die Ihren stets bei uns voll Liebe aufgenommen würden. Gebe der Himmel uns, daß die Vorbedingungen zu der Reise uns erspart blieben. Bitter ernst sieht es ja nach allen Seiten aus und die Schlange die uns ersticken soll windet sich immer weiter. Aber eine gerechtere Sache als die *unsere* war nie u. wird nie sein – und darum *muß* der Sieg unser werden.
Alles was Sie sagen – und mit kaltem Überlegen sagen ist ja erdrückend und daß Sie aus der Nähe immer wieder Nahrung für Ihren Pessimismus schöpfen ist ja nur zu begreiflich. Ach könnte man eine Stunde über all das reden wenn Ihnen das blaue Zimmer auch fremd geworden – heute sehnte ich diese Fremdheit doppelt weg. Denn es giebt ja nicht *nur* zu klagen. Es läuft mit diesem ganzen Erleben etwas unter was so groß und greifbar schön ist, daß alle Tränen und aller Jammer es nicht ersticken können. Das lebt in jedem von uns und erhebt uns weit über alles was unser Leben ausmacht, und uns bleibt nur zu *danken* daß wir solches ahnen und erleben dürfen. Ihr Privilegierten des Schicksals könnt es in Formen bringen und könnt es ausleben, während unser eins beinahe daran erstickt und nur

sehnsuchtsvoll nach einer Hand greift die gleich empfindet und gleichen Geistes ist.
Täglich kommt einem doch in all der Bedrängniß mehr zum Bewußtsein, was '70 voraus hatte und zu fragen *wo* ist *unser* Moltke wo ist *unser* Bismarck. Nie hätte die Schlange so weit ihre Bogen ziehen können wäre ein Bismarck unter uns; heute müßte man ihn schon fühlen.
Die große Einsamkeit hier wird mir sehr schwer – doch empfinde ich es so dankbar daß meine Mutter so liebumgeben ist – und freue mich daß Tönne u. Baby den Soldaten in Christophs Heimat – u. speziell seinen Dragonern ihre Liebestätigkeit widmen können. Baby entwickelt sich als Soldatenkind von echtestem Wasser.
Ich bitte nicht wo ich denke zu belasten, aber wenn Sie für ein gutes Wort einmal Zeit haben erfreuen
Sie Ihre sehr herzlich grüßende J Wendelstadt

[K. u. k. Kriegsministerium
Kriegsfürsorgeamt.
Wien, den] 28 x. [191]4.
Berggasse 16.

liebe gnädige Baronin
ich danke tausendmal daß Sie so gut waren, mir die interessanten Zeitungsausschnitte zu schicken. Auch das ist ein wichtiger Punkt. Fast meint man, man müsse ertrinken in diesem Schwall von Schwierigkeiten und Feindschaft, aber wir dürfen alle nicht ertrinken, müssen schwimmen. – In diesem unablässigen Sorgen und Tun denkt man aber nicht weniger an seine Freunde, an alle lieben Menschen auf der Welt – nur, viel mehr als sonst – viel näher verbunden ist man allen, ich bin seit dem 26ten Juli in einem Zustand von solcher Helligkeit, einer solchen Nähe zu allem Hohen, Schönen, denke ich an vergangene Jahre zurück, so scheint mir alles Frühere trübe und dunkel.

Müller-Hofmann schreibt auf einer Karte vom nordwestlichen Flügel, daß er Ihre und Ottonies liebe Gaben bekommen habe, und auch das eiserne Kreuz, aber sein Regiment und sein Corps seien in diesen letzten Tagen sehr geschmolzen.
Ich denke auch sehr viel an Ihre Mutter.
Gott helfe uns allen – bis ans Ende.
In herzlicher Verehrung der Ihre Hofmannsthal

Degenershausen, den 4. 9. 15.

Lieber Herr von Hofmannsthal,
Ich war *so* glücklich als Eberhard gestern Ihren »Prinz Eugen« vorlas hätte Ihnen die Hand dafür drücken mögen! Ich bin ganz wehmütig dabei geworden und bei dem Anhören dessen was Sie Ihren Landsleuten alles in der neuen kleinen – oder vielmehr großen, Bibliothek geben möchten! *Wie* lieben Sie Ihre Heimat! – und daraus die Folgerung wie viel Herzeleid *muß* Ihnen diese Liebe bereiten!
Ich gehe nicht ohne Sorge um Eberhard von hier weg. Nicht nur um seine Gesundheit sondern mehr um das Etwas willen was ihn seelisch und körperlich gleich so tief ins Elend mit sich reißt, daß er selbst kein Aus u. Ein mehr sieht.
Sie haben mir so gut u. lieb neulich geschrieben, ich konnte herausfühlen, daß Sie verstehen um *wie Viel* wir ärmer geworden in diesem Sommer, was es mir bedeutet meine geliebte Mutter missen zu müssen. Das nicht mehr »Mutter« sagen können ist ein so unbeschreiblicher Schmerz, dessen man sich wohl noch bewußter wird wenn man lange seine Mutter haben und hegen durfte. So reihen sich mit den Jahren die Herzensqualen aneinander, wie die Gräber selbst, und das Leben geht dabei seinen Gang weiter als wäre nichts geschehen, und als wäre man heute noch derselbe der man gestern war.
Die neuen Wendungen im großen Jagen, die uns wohl demnächst beschert werden vom Balkan her werden wieder der

Aufregungen genug mitbringen. Gott wolle uns gnädig sein und uns die Dardanellen lassen!
An Gerty viele liebe freundschaftliche Grüße. Ihnen nochmals Dank Ihre Julie Wendelstadt

[Hotel Adlon Berlin W
Anfang März 1916]

Gnädige Baronin
von Eberhard erhielt ich hier die so freudige als unerwartete Nachricht. Gleich darauf führte mich eine dienstliche Angelegenheit mit Herrn von Herwarth zusammen und ich konnte mich Aug in Aug des Zaubers einer männlich liebenswürdigen Persönlichkeit erfreuen, der für Sie schicksalvoll geworden ist. Ein solcher Augenblick faßt auch für uns, Gerty u. mich, die wir von Ihnen so viel Gutes u. Freundliches erfahren, an so schmerzlichen u. bitteren Wendungen Ihres Geschickes innigen Anteil genommen haben, gelebte Jahre in einem einzigen Augenblick zusammen, in dem sich Hoffnung, Mitfreude mit der Wehmut die allem menschlichen Gedenken beigemischt ist, vereinigen. Gestalten, die nicht mehr da sind, treten heran, erste Begegnungen, schöne Momente sich gründenden Vertrauens, wechselseitigen Gewahrwerdens, wachsender Freundschaft gleiten vorüber.
Möge Ihr Frauenschicksal sich nun erst voll u. reich auswirken. Möge nichts von der bezaubernden Anmuth Ihres gütigen zarten liebevollen Wesens Ihnen verloren gehen. Möge zu der Liebe eines Mannes, die Ihnen neu geschenkt wird, die Liebe der Wesen, die mit unzerreißbaren Banden an Ihnen hängen, möge Ihnen die ganze Liebe der Kinder erhalten bleiben.
Dies wünscht Ihnen von ganzem Herzen, auch in Gertys Namen, die vielleicht mehr als Sie wissen, an Ihnen hängt
Ihr anhänglicher Hofmannsthal.

[Neubeuern?, undatiert]

Liebe gnädige Frau
es ist hier wieder so paradiesisch schön, und die Gedanken des Ankommenden gehen zu Ihnen die Sie von dieser Schönheit für den Augenblick ausgeschlossen sind – aber nur für den Augenblick, das ist das Tröstende u. Schöne.
Ich gedenke Ihrer sehr herzlich

Ihr Hofmannsthal

ANHANG

ZUR EDITION

Die Briefe Hugo von Hofmannsthals an Ottonie Gräfin Degenfeld sind in der Houghton Library, Cambridge, Mass., USA, teils als Besitz, teils als Depositum. Die Briefe Hugo von Hofmannsthals an Julie Freifrau von Wendelstadt befinden sich im Besitz von Marie Therese Miller-Degenfeld. Die Briefe von Ottonie Gräfin Degenfeld, wie auch die Briefe von Julie Freifrau von Wendelstadt, verwahrt das Freie Deutsche Hochstift, Frankfurt am Main, als Dauerleihgabe der Stiftung Volkswagenwerk. Die Postkarte Hugo von Hofmannsthals vom 28.7.1914 stellte das Deutsche Literaturarchiv, Marbach am Neckar, zur Verfügung.

Die noch erhaltenen Briefe sind mit geringen Ausnahmen vollständig wiedergegeben: Alltäglich-Belangloses fällt weg, und aus Rücksicht auf lebende Personen wurden einige Auslassungen vorgenommen. Sie sind durch [...] gekennzeichnet. Interpunktion und orthographische Eigenheiten der Briefschreiber blieben bewahrt, offenkundige Schreibfehler und Flüchtigkeiten sind korrigiert.

Zahlreiche Briefe wurden von den Schreibern selbst datiert; zu den meisten Briefen Hofmannsthals sind die gestempelten Umschläge noch vorhanden. Erschlossene Daten und Ortsangaben sowie gedruckte Briefköpfe stehen in eckigen Klammern.

ANMERKUNGEN

Die Ziffern am Rand verweisen auf die Textseiten.
Abkürzungen: E = Erstdruck; G. W. = Hugo von Hofmannsthal, ›Gesammelte Werke in Einzelausgaben‹. Herausgegeben von Herbert Steiner. (Gedichte und lyrische Dramen. Die Erzählungen. Dramen I, II, III, IV. Lustspiele I, II, III, IV. Prosa I, II, III, IV. Aufzeichnungen.) Stockholm, Bermann-Fischer Verlag 1945–1948 und Frankfurt am Main, S. Fischer Verlag 1950–1959.

Hugo von Hofmannsthal (H. v. H.): geboren am 1. Februar 1874 in Wien, gestorben am 15. Juli 1929 in Rodaun.
Ottonie Gräfin von Degenfeld-Schonburg, geborene von Schwartz (O. D. S.): geboren am 25. Mai 1882 in Rimmerode (Thüringen), gestorben am 19. März 1970 in Feldafing.
Julie Freifrau von Wendelstadt, geb. Gräfin von Degenfeld-Schonburg (J. v. W.): geboren am 1. März 1871 in Eybach, gestorben am 11. November 1942 in Neubeuern.

18 H. v. H. 2. 9. 1909
Im Jänner beim Schlittenfahren: H. v. H. war mit seiner Frau Gerty vom 27. Dezember 1908 bis zum 3. Januar 1909 als Gast auf Schloß Neubeuern, zusammen mit Eberhard und Dora von Bodenhausen und Hugo und Elsa Bruckmann.
von dem Tod des armen Wendelstadt: Jan Freiherr von Wendelstadt, geboren 1843, Besitzer von Schloß Neubeuern am Inn, starb am 27. Juli 1909. Er hatte im Oktober 1895 Julie Gräfin Degenfeld geheiratet. Briefwechsel H. v. H.–J. v. W. S. 527ff.
Eberhard: Eberhard Freiherr von Bodenhausen-Degener (1868 bis 1918), Schwager von O. D. S. und J. v. W. Jurist, Industrieller, Kunsthistoriker; Fideikommißherr auf Degenershausen und Meineweh. Siehe H. v. H. – Eberhard von Bodenhausen, ›Briefe der Freundschaft‹, hrsg. von Dora Freifrau von Bodenhausen, Köln und Düsseldorf, Eugen Diederichs Verlag 1953, und ›Eberhard von Bodenhausen. Ein Leben für Kunst und Wirtschaft‹, Düsseldorf und Köln, Eugen Diede-

richs Verlag 1955. Eine neue, revidierte und erweiterte Ausgabe des Briefwechsels H. v. H. – Eberhard von Bodenhausen, ediert von Werner Volke in Beratung mit Rudolf Hirsch, wird für den S. Fischer Verlag, Frankfurt am Main, vorbereitet.

H. v. H. 23. 12. 1909 18
Julie: Julie Freifrau von Wendelstadt, Schwägerin von Ottonie Gräfin Degenfeld.
die Comödie: ›Cristinas Heimreise‹ (erste Fassung). Die Uraufführung fand am 11. Februar 1910 im Deutschen Theater, Berlin, in der Inszenierung von Max Reinhardt statt.
in der Spieloper: ›Der Rosenkavalier‹. Laut Gästebuch war H. v. H. vom 11. bis zum 22. Oktober 1909 auf Schloß Neubeuern. Dort las er zum ersten Mal aus dem noch unvollendeten ›Rosenkavalier‹ vor. E: Berlin, S. Fischer Verlag 1911. Jetzt G. W., Lustspiele I.
den langen Corridor: O. D. S. lebte zusammen mit ihrer Schwägerin J. v. W. auf Schloß Neubeuern.
in dem blauen Zimmer: von J. v. W.
Haben Sie die Französin: O. D. S. wollte ihre französischen Sprachkenntnisse verbessern.

H. v. H. 24. 1. 1910 20
lieben schönen Brief: nicht vorhanden.
im Bürstenabzug ... meine Comödie: die erste Fassung von ›Cristinas Heimreise‹ erschien Anfang 1910 im S. Fischer Verlag, Berlin. Jetzt G. W., Lustspiele I.
Max Reinhardt: (1873–1943), Schauspieler, Regisseur. Leiter des Deutschen Theaters und der Kammerspiele in Berlin, rief 1920 mit Richard Strauss und H. v. H. die Salzburger Festspiele ins Leben, übernahm 1924 das Theater in der Josefstadt in Wien, emigrierte 1937 nach den Vereinigten Staaten, wo er starb. Neben dem noch unveröffentlichten Briefwechsel mit Max Reinhardt und zahlreichen Erwähnungen in der übrigen Korrespondenz sind u. a. zu nennen H. v. H.: ›Das Reinhardtsche Theater‹. E: Das junge Deutschland, 1918, jetzt G. W., Prosa III. Zwischen 1903 (›Elektra‹) und 1940 (›Jedermann‹) inszenierte Reinhardt insgesamt neunzehn Werke von H. v. H.
Kessler: Harry Graf Kessler (1868–1937), Kunstschriftsteller, Mäzen,

Gründer der Cranach Presse, Politiker. Siehe H. v. H. – Harry Graf Kessler, ›Briefwechsel‹, hrsg. von Hilde Burger, Frankfurt am Main, Insel Verlag 1968.
Balzac: ›La Cousine Bette‹ (1847); ›Illusions perdues‹ (1837–39); ›Le Père Goriot‹ (1833); ›Le médecin de campagne‹ (1833); ›La vieille fille‹ (1837).

21 O. D. S. 23. 2. 1910
Mädi: Dora Freifrau von Bodenhausen-Degener, geb. Gräfin von Degenfeld-Schonburg (1877–1969), Schwägerin von O. D. S. und Schwester von J. v. W.
van de Velde: Henry van de Velde (1863–1957), Leiter des kunstgewerblichen Institutes in Weimar, Schöpfer eines neuen Stils in Architektur und Kunstgewerbe. In Schloß Neubeuern hat er mehrere Räume ausgestattet. – ›Geschichte meines Lebens‹, hrsg. und übertragen von Hans Curjel, München, R. Piper 1969.
Cristinas Heimreise: die Buchausgabe der ersten Fassung, mit handschriftlicher Widmung: »Gräfin Ottonie Degenfeld in Freundschaft. Hofmannsthal II 1910.«
Ihre Frau: Gertrud (Gerty) von Hofmannsthal, geb. Schlesinger (1880–1959).

23 H. v. H. 25. 3. 1910
im Sommer in München: die erhoffte Münchner Aufführung der zweiten Fassung von ›Cristinas Heimreise‹ fand nicht statt.
in einer kürzeren, kühneren oder frecheren Fassung: die gekürzte Fassung von ›Cristinas Heimreise‹ wurde als Gastspiel des Reinhardt-Ensembles am 9. Mai in Budapest aufgeführt. E: Berlin, S. Fischer Verlag 1910. Jetzt G. W., Lustspiele I.
die Kinder: Christiane (geb. 1902), Franz (1903–1929), Raimund (1906–1974).
Hinterhör: Hof bei Neubeuern, den Jan Freiherr von Wendelstadt seiner Schwägerin O. D. S. nach dem Tod ihres Mannes zum Wohnsitz gab.
den König Ödipus: ›König Ödipus, Tragödie von Sophokles, neu übertragen von Hugo von Hofmannsthal‹. Das Stück wurde am 25. September in der Musikfesthalle in München uraufgeführt (Reinhardt Gastspiel). E: Österreichische Rundschau, X, 1 und 2 (1. und 15. Januar 1907). Jetzt G. W., Dramen II.

Varèse: Edgard Varèse (1885–1965). Der französische Komponist schrieb eine Musik zu ›Ödipus und die Sphinx‹. E: Berlin, S. Fischer Verlag 1906.

O. D. S. 3. 4. 1910 25

La femme de trente ans: Roman von Honoré de Balzac (1842).
Pfarrer Blumhardt: Christoph Blumhardt (1842–1919) leitete die von seinem Vater Johann Christoph Blumhardt in Bad Boll gegründete Stätte christlicher Erholung. Er stand der Familie Degenfeld sehr nahe.
meines Mannes Geburtstag: O. D. S. hatte Christoph Martin Graf von Degenfeld-Schonburg am 6. Mai 1906 geheiratet. Er starb am 30. März 1908, 42 Jahre alt.
Eybach: Schloß Eybach, am Fuß der Schwäbischen Alb, Stammsitz der Grafen von Degenfeld-Schonburg.
zu meinen Eltern: Johann von Schwartz (1842–1918), Kammerherr des Fürsten von Schwarzburg-Sondershausen, und Margarethe, geb. Schröder (1869–1935).
von dem Kind: Marie Therese.
Schmidt: Mitglied des Kruppschen Direktoriums, Vorgänger Bodenhausens.

H. v. H. 10. 6. 1910 27

Aussee: in Bad Aussee, Salzkammergut, verbrachte Hofmannsthal alljährlich mehrere Wochen.

O. D. S. 24. 6. 1910 28

Mama: Anna Gräfin von Degenfeld-Schonburg, geb. Freiin von Hügel (1833– 1915), Schwiegermutter von O. D. S., Mutter von J. v. W.
das neue Süddeutsche Monatsheft: Süddeutsche Monatshefte 7. Jahrgang, Heft 6, Juni 1910, S. 705–719.
Alexander Schröder: Rudolf Alexander Schröder (1878–1962), Dichter und Übersetzer, Mitherausgeber der Zeitschrift Die Insel. H. v. H. lernte ihn im Februar 1900 kennen. 1909 erschien im Insel Verlag das Jahrbuch ›Hesperus‹ mit Beiträgen von H. v. H., Schröder und Rudolf Borchardt. Vgl. Schröders Beitrag zu ›Hugo von Hofmannsthal, Der Dichter im Spiegel der Freunde‹, Bern und München, Francke Verlag, 2. veränderte Auflage, 1963.

29 H. v. H. 5. 8. 1910
den Bruder: Albrecht von Schwartz (1875–1960), Offizier.

31 O. D. S. 30. 8. 1910
seit meinen glücklichen Zeiten in Cassel: gemeint ist die Zeit ihrer Ehe. Christoph Martin Graf Degenfeld diente als persönlicher Adjutant des Kommandierenden Generals, Herzog Albrecht von Württemberg.
Freundin, die Klavier spielt: Mabel Martin, Pianistin.
ich kann wieder so herrlich gehen: Die schwere Pflege und der Tod ihres Mannes, der bald nach der Geburt der Tochter erfolgt war, hatten bei O. D. S. einen Schock bewirkt: sie erlitt eine Lähmung.
Heuberg, das erste Mal: Berg im Inntal, auf dem Wendelstadts eine Jagdhütte besaßen. Hier verbrachte O. D. S. mit ihrem Mann im Sommer 1907 sechs glückliche Wochen.

33 H. v. H. 10. 9. 1910
Fortuny-Shawls: von Mariano Fortuny y de Madrazo (1871–1949), Dekorationschef und Kostümbildner. Erfinder des Rundhorizonts für die Bühne.

34 H. v. H. Oktober 1910
Wenn man sich: dieses nicht unterzeichnete Blatt wurde von H. v. H. geschrieben.

34 O. D. S. 25. 10. 1910
so schöne Gedichte: H. v. H. ›Die gesammelten Gedichte‹, Leipzig, Insel Verlag 1907. Mit handschriftlicher Widmung: »Gräfin Ottonie Degenfeld mit der Bitte, sich einer flüchtigen Begegnung gütig zu erinnern. Hofmannsthal Rodaun im Juli 1907.«
Médecin de Camps: ›Le médecin de campagne‹.
Rysselberghe: Théo von Rysselberghe (1862–1926), belgischer Landschafts- und Porträtmaler.
Pepino: Anton Joseph Pepino, Porträtmaler.
Hildenbrand: Wilhelm A. Hildenbrandt, Maler.
hier … Schluß machen: Hinterhör wurde für den Winter geschlossen; man zog wieder nach Neubeuern.

H. v. H. 28. 10. 1910 36

Karin: älteste Tochter von Eberhard von Bodenhausen (1898–1920).
der Hausherr: Karl Max Fürst von Lichnowsky (1860–1928), 1912 bis 1914 deutscher Botschafter in London; seine Frau: Mechtilde Fürstin Lichnowsky (1879–1958), geb. Gräfin Arco-Valay, Lyrikerin, Erzählerin, Dramatikerin, Essayistin.

H. v. H. 30. 10. 1910 37

den Brief an Kessler: nicht ermittelt.
Gersdorff: Karl Freiherr von Gersdorff (1866–1914), im Krieg gefallen; Dramaturg an Max Reinhardts Deutschem Theater in Berlin.

O. D. S. 1. 11. 1910 39

Ihr Brief an Julie: vom 23. Oktober 1910, vgl. S. 534.
die lieben Oktobertage: H. v. H. und seine Frau Gerty waren vom 4.–16. Oktober Gäste auf Schloß Neubeuern. Aus einem Brief von Fritz Behn an A. W. von Heymel geht hervor, daß H. v. H. dort am 14. Oktober »sein neues Spiel« – ›Der Rosenkavalier‹ – vorgelesen hat.
Mary: Miss Angold, englische Erzieherin der Tochter von O. D. S.
Der kleine Almanach... mit Lucidor: ›Lucidor, Figuren zu einer ungeschriebenen Comödie‹, im Insel-Almanach auf das Jahr 1911 abgedruckt. E: Neue Freie Presse, 22. März 1910. Jetzt G. W., Die Erzählungen. 1927 entsteht aus dem Stoff das Libretto ›Arabella‹.

H. v. H. 3. 11. 1910 40

Winkler: Josef Winkler (1860–1937), erster Diener auf Schloß Neubeuern.
Bernauer: Georg Bernauer, langjähriger Heuberg-Jäger in Wendelstadtschen Diensten.
Goethe Eckermann: Johann Peter Eckermann, ›Gespräche mit Goethe in den letzten Jahren seines Lebens‹ (1836).
Goethe Sprüche in Prosa: Zusammengetragen u. a. aus den Tagebüchern der italienischen Reise, aus ›Die Wahlverwandtschaften‹, ›Kunst und Altertum‹, sowie ›Wilhelm Meisters Wanderjahre‹ von Friedrich Wilhelm Riemer und Johann Peter Eckermann für Band III der vier-

zigbändigen Werkausgabe von 1840 (Tübingen und Stuttgart, Cotta). Titel (analog zu ›Sprüche in Versen‹) von den Herausgebern. Neuere Editionen (seit Max Hecker 1907) unter dem Titel ›Maximen und Reflexionen‹.
Kleists Briefe: ›Heinrich von Kleists Leben, Werke und Briefe‹ von Arthur Eloesser, in ›Kleists sämtliche Werke‹, Leipzig, Tempel Verlag o. J. In viele der O. D. S. geschenkten Bücher trug H. v. H. selbst ein:

Gräfin Ottonie
v.
Degenfeld-Schonburg.

Eichendorff: ›Aus dem Leben eines Taugenichts‹ (1826).
»Alexis und Dora«: Elegie (1797).
das Buch über die Willemer: Goethes Briefwechsel mit Marianne von Willemer, hrsg. von Philipp Stein, Leipzig, Insel Verlag 1908.
Hermann und Dorothea: Versepos (1798).
Von Hofmannsthal für Ottonie Degenfeld aufgeschriebene Lektüre:
Vieilles maisons vieux papiers: von Théodore Gosselin Lenotre. In H. v. H.s Bibliothek vorhanden: Bd. I, II, IV. Paris, Perrin et cie. 1910.
Thiers Histoire de la révolution: ›Histoire de la Révolution française‹ von Adolphe Thiers (1824–1827).
Montholon: Charles-Tristan Comte de Montholon (1783–1853) und *Gourgaud:* Caspar Gourgaud (1783–1852), französische Generäle. Sie begleiteten Napoleon nach Sankt Helena und veröffentlichten ›Mémoires pour servir à l'histoire de France sous Napoléon, écrits à Ste. Hélène sous la dictée de l'empéreur‹ (1822–24).
Keats: John Keats (1795–1821).
Gotthelf: Uli der Knecht: ›Wie Uli der Knecht glücklich wird‹, Roman von Jeremias Gotthelf (1841).
Hebbel: meine Kindheit: ›Aufzeichnungen aus meinem Leben‹ (1866–68).
Demogeot: Jacques Demogeot, ›Histoire de la littérature française depuis ses origines jusqu'à nos jours‹. Paris, Hachette 1882. (H. v. H.s Ausgabe erschien 1886).
Taine: ›Histoire de la littérature anglaise‹ von Hippolyte Adolphe Taine (1864).

Dilthey: Erlebnis und Dichtung: ›Das Erlebnis und die Dichtung‹ von Wilhelm Dilthey (1906). Vgl. H. v. H. ›Wilhelm Dilthey‹, E: Der Tag (1911), jetzt G. W., Prosa III.
Grimm, Goethe: ›Goethe‹ von Herman Grimm (1877).
Freytag: Bilder aus der deutschen Vergangenheit: ›Bilder aus der deutschen Vergangenheit‹ (1859–1867).
Browning: Robert Browning, ›Men and Women‹ (1855) und ›Dramatic Romances‹ (1845).
Whitman: Walt Whitman (1819–1892).
Knut Hamsun: Mysterien, Pan: ›Mysterien‹ (1890–1892) und ›Pan. Aus Leutnant Thomas Glahns Papieren‹ (1894), Romane.
Fontane: Theodor Fontane (1819–1898). H. v. H. meint hier offenbar keine Gesamtausgabe, sondern einfach alle greifbaren Werke des Autors. Dies gilt auch für Strindberg.
Björnson: Björnstjerne Björnson (1832–1910). Gesammelte Werke, Berlin, S. Fischer Verlag 1911.
Balzac: ›Séraphita‹, ›La recherche de l'absolu‹ (1834), ›Louis Lambert‹ (1832), ›Le Cousin Pons‹ (1846) und ›Albert Savarus‹ (1842), Romane von Honoré de Balzac.

O. D. S. 10.11.1910 44
»Schnitzler«: Arthur Schnitzler (1862–1931). Siehe H. v. H. – Arthur Schnitzler, ›Briefwechsel‹, hrsg. von Therese Nickl und Heinrich Schnitzler, Frankfurt am Main, S. Fischer Verlag 1964. H. v. H. hatte Schnitzlers Erzählung ›Die Weissagung‹ in Neubeuern vorgelesen.
nach Dresden: für die Proben von ›Der Rosenkavalier‹, der dort am 26. Januar 1911 uraufgeführt wurde.
»Tor und den Tod«: ›Der Tor und der Tod‹, Jugendwerk H. v. H.s. H. v. H. hatte O. D. S. ein Exemplar der fünften Auflage im Insel-Verlag (1904) geschenkt. Widmung: »Für Ottonie. H. H.« E: Moderner Musenalmanach auf das Jahr 1894. Jetzt G. W., Gedichte und lyrische Dramen.

H. v. H. 19.11.1910 46
Strauss: Richard Strauss (1864–1949). Siehe H. v. H. – Richard Strauss ›Briefwechsel‹, hrsg. von Willi Schuh, vierte, ergänzte Auflage der Gesamtausgabe, Zürich, Atlantis Verlag 1970.

46 H. v. H. 22. 11. 1910
in Ihrem Goethe: Goethes Sämtliche Werke, 15 Bände, Leipzig, Tempel Verlag (o. J.). Geschenk von H. v. H. an O. D. S.
ein anderes Buch, aus der ganz gleichen Zeit: ›Lebensgeschichte und natürliche Ebentheuer des Armen Mannes im Tockenburg von ihm selbst erzählt‹, die Autobiographie von Ulrich Bräker (1789).
Memoiren eines Herrn Heinrich von Lang: ›Aus der bösen alten Zeit, Lebenserinnerungen des Ritters Karl Heinrich von Lang‹, 2 Bände, Stuttgart, Robert Lutz Verlag [1910].
Angelus Silesius: Johannes Scheffler (1624–1677), Verfasser von ›Der Cherubinische Wandersmann‹.
H. Carossa: Hans Carossa (1878–1956). ›Gedichte‹ 1910. Siehe H. v. H. ›Hans Carossa‹, E: Leipzig, Insel Verlag 1928. Jetzt G. W., Prosa IV.

49 O. D. S. 24. 11. 1910
Guizot: Guillaume Guizot (1787–1874), Politiker und Historiker.
le lys dans la vallée: Roman von Honoré de Balzac (1835).

51 H. v. H. 14. 12. 1910
Über den Novalis kann ich nicht schreiben: H. v. H. schenkte O. D. S. ›Sämtliche Werke‹, 3 Bände, Florenz und Leipzig, Eugen Diederichs Verlag 1898.

52 O. D. S. 17. 12. 1910
den beiden Schwestern: J. v. W. und Dorothea von Bodenhausen, die Schwägerinnen von O. D. S.
Ich freue mich ... auf die Zeit nach dem Fest: Um die Weihnachtszeit fanden im Schloß Neubeuern auf Anregung von Eberhard von Bodenhausen Begegnungen innerhalb eines Freundeskreises statt. So waren Hofmannsthals vom 28. Dezember 1910 bis zum 9. Januar 1911 als Gäste in Neubeuern. Neben Bodenhausens trafen sie dort Henry van de Velde, Rudolf Alexander Schröder, Alfred Walter von Heymel, Rudolf von Simolin, Annette Kolb, Rysselberghes u. a. m.

52 H. v. H. 22. 12. 1910
die brüske Anfrage: nicht vorhanden.
die Grimmschen Märchen: ›Kinder- und Hausmärchen gesammelt

durch die Brüder Grimm‹, hrsg. von Paul Ernst, 3 Bände, München und Leipzig, Georg Müller (o. J.) Das eigens für O. D. S. in Leder gebundene Exemplar wurde ihr zu Weihnachten geschenkt. Eintragung: »Gräfin Ottonie v. Degenfeld-Schonburg.«

H. v. H. Dezember 1910 (zweiter Brief) 54
Ich fahre gern: H. v. H. legte gepreßte Blumen in einem Couvert bei.

H. v. H. 4. 1. 1911 54
Nun sind Sie schon so weit fort: O. D. S. mußte am 4. Januar zur Beisetzung eines Verwandten der Familie Degenfeld, Richard Freiherrn von König-Warthausen, nach Warthausen (Württemberg) fahren.
dem Doctor: Dr. med. Heinrich Glaser (1872–1945), Hausarzt.
den Herrn Heiseler: Henry von Heiseler (1875–1928), Dichter und Übersetzer. Da er nach dem Ersten Weltkrieg die deutsche Staatsbürgerschaft erhielt, wurde sein russischer Adelstitel ab 1918 übernommen. Henry von Heiseler war Freund und Nachbar von O. D. S.
Dabeth: Elisabeth, Frau des Malers Théo van Rysselberghe.

H. v. H. 7. 1. 1911 55
Muscadin: Belgischer Schäferhund im Schloß Neubeuern. Name nach einer Figur in ›Tartarin de Tarascon‹ von Alphonse Daudet.
meinen Brief damals: Es handelt sich um den Brief vom 2. 10. 1910, vgl. S. 34.
um Proben bekümmern: Münchner Erstaufführung von ›Der Rosenkavalier‹ am 1. Februar.
das Fräulein Kolb: Annette Kolb (1870–1967), Deutschfranzösin, Schriftstellerin.
Frau von Döring: Gertrud von Döring, Freundin des Hauses.

O. D. S. 8. 1. 1911 57
Stuttgart, 22 Mörikestraße: O. D. S. wohnte bei den Freunden Friedrich Freiherr von Gemmingen (1860–1924) und seiner Frau Dorothea Freifrau von Gemmingen, geb. Siegle (1877–1955).

59 H. v. H. 10. 1. 1911
Bruckmanns: Hugo Bruckmann (1863–1941), Verleger, und seine Frau Elsa, geb. Prinzessin Cantacuzène (1865–1946).

61 H. v. H. 15. 1. 1911
Amtshauptmannschaft Auerbach: Amtssitz des Ehepaares Nostitz. vgl. H. v. H. Brief vom 27. 1. 1911, S. 83, sowie Brief vom 17. 1. 1912, S. 195.
eines gewissen kleinen Thüringischen Fräuleins: scherzhafte Bezeichnung für Ottonie, Anspielung auf ihre Heimat und auf ›Minna von Barnhelm‹.
radotieren: faseln.

63 O. D. S. 16. 1. 1911
Migge: Migräne.
zu seiner Feldmarschallin nach Dresden: Anspielung auf die Proben zur ›Rosenkavalier‹-Uraufführung am 26. Januar.

67 H. v. H. Januar 1911
mein Vater: Hugo August Peter Edler von Hofmannsthal (1841 bis 1915).
der arme Lucidor: Hauptfigur in ›Lucidor. Figuren zu einer ungeschriebenen Komödie‹.

70 O. D. S. 18. 1. 1911 (zweiter Brief)
Ihr Telegramm: nicht vorhanden.
Stifter: Adalbert Stifter (1805–1868). ›Studien‹, 2 Bände. Neue Taschenausgabe mit einer Einleitung von Johannes Schlaf, Leipzig, Insel Verlag (o. J.)

72 H. v. H. 20. 1. 1911 (erster Brief)
dieses Buch: die erste Buchausgabe von ›Der Rosenkavalier‹, Berlin, S. Fischer Verlag 1911, mit handschriftlicher Widmung:

»Dem thüringischen Fräulein.
H. H.
Berlin 21. 1. 1911«

die ungeschriebene Comödie: Anspielung auf ›Lucidor‹.

H. v. H. 20. 1. 1911 (zweiter Brief) 77

in den Ödipus: ›König Ödipus‹ wurde im Zirkus Schumann, Berlin, in der Regie von Max Reinhardt gespielt.

O. D. S. 22. 1. 1911 79

Maria van de Velde: (1867–1942), geb. Sèthe, Frau von Henry van de Velde.

H. v. H. 24. 1. 1911 81

den Elgin marbles: griechische Skulpturen, hauptsächlich vom Parthenon, die Thomas Bruce, Earl of Elgin als Kunstsammler 1814 nach England brachte. Zwei Jahre später wurde diese Sammlung unter dem Namen ›Elgin marbles‹ von dem Britischen Museum, London, übernommen. H. v. H. fuhr im Mai 1900 nach London im Anschluß an einen Pariser Aufenthalt.

Dem alten Haydn: H. v. H. in ›Österreich im Spiegel seiner Dichtung‹, jetzt G. W., Prosa III, S. 333: »Sie kennen alle die Anekdote, die der alte Zelter Goethe erzählte: Man habe den alten Haydn gefragt, warum denn seine Messen so fröhlich wären und nicht feierlich und getragen. Darauf habe er gesagt: Ja, wenn ich an den lieben Gott denke, dann bin ich doch lustig! Und Sie wissen auch, daß Goethe, als Zelter ihm das erzählte, über diesen Zug tiefster naturhafter Ingenuität die Tränen heruntergelaufen sind.« – Variante in G. W., Aufzeichnungen, S. 154.

Roller: Alfred Roller (1864–1935), Maler, Bühnenbildner. Er gehörte zum Gründerkreis der Wiener Sezession und der Zeitschrift Ver Sacrum. 1903 berief ihn Gustav Mahler an die Wiener Hofoper. 1909 wurde er Leiter der Wiener Kunstgewerbeschule. Wirkte mit Reinhardt, H. v. H. und Strauss eng zusammen und entwarf u. a. Kostüme und Ausstattung für ›Elektra‹ in Wien, ›Rosenkavalier‹ in Dresden und später für ›Die Frau ohne Schatten‹ in Wien.

Delatour: Maurice Quentin de La Tour (1704–1788), französischer Pastellmaler am Hofe Ludwigs XV.

mit diesen unermüdlichen drei Frauen: Marschallin: Margarethe Siems; *Quinquin (Octavian):* Eva von der Osten; *Sophie:* Minnie Nast.

dem Ox: Karl Perron.

Graf Seebach: Nikolaus Graf von Seebach (1854–1930), Generaldirektor des Hoftheaters und der Oper in Dresden. Vgl. H. v. H. ›Kantate‹, geschrieben zum zwanzigsten Intendanten-Jubiläum. E: Berliner Tageblatt, 1. März 1914. Jetzt G. W., Gedichte und lyrische Dramen.

83 H. v. H. 27. 1. 1911
Helene Nostitz: (1878–1944), geb. von Beneckendorff und von Hindenburg. Siehe H. v. H. – Helene von Nostitz, ›Briefwechsel‹, hrsg. von Oswalt von Nostitz, Frankfurt am Main, S. Fischer Verlag 1965.
Schröders Schwestern: Clara Heye (1880–1963) und Lina Voigt (1878–1949).
Max Schillings: Max von Schillings (1868–1933), Komponist, Dirigent; 1908–18 Intendant der Stuttgarter Oper, 1919–25 der Berliner Staatsoper, 1933 der Städtischen Oper, Berlin.
der Zwerg aus Bremen: Leopold Biermann (1875–1922), Mäzen.

84 O. D. S. 27. 1. 1911
Staßfurt (19 Bernburgerstr.): O. D. S. besuchte ihre älteste Schwester, Margarethe Müller (1871–1945).

86 H. v. H. 30. 1. 1911
auf den Tag: laut Eintragung im Gästebuch ist H. v. H. am 28. 12. in Neubeuern eingetroffen.
Die tiefste Freude: Vgl. den ersten Satz von ›Ungeschriebenes Nachwort zum Rosenkavalier‹. E: Der Merker II, 12 (März 1911). Jetzt G. W., Prosa III.
Heymel: Alfred Walter von Heymel (1878–1914), Schriftsteller; Mitbegründer der Zeitschrift Die Insel und des Insel Verlages.
Varnbühler: Axel Freiherr Varnbüler von und zu Hemmingen (1851 bis 1937), Württembergischer Gesandter in Berlin.

88 H. v. H. 2. 2. 1911
Frau Foerster: Elisabeth Foerster-Nietzsche (1846–1935), Schwester von Friedrich Nietzsche.
»Geburtstagsdepesche«: am Tag der ›Rosenkavalier‹-Premiere in München aufgegeben. Vgl. J. v. W. Brief vom 2. 2. 1911, Anm. S. 628.
Bosetti: Hermine Bosetti sang in München den Octavian.
M. L.: Mechtilde Lichnowsky.

Bassermann: Albert Bassermann (1867–1952), Schauspieler.
Meinen kleinen Plan mit Strauss: die Oper ›Ariadne auf Naxos‹.

O. D. S. 3. 2. 1911 90
Wieke: Paul Wiecke, Schauspieler.
die Harmonie des Hauses: »Hohe Pappeln«, das van de Velde für sich entworfen hatte.
»Les Affranchis«: Theaterstück (1911) von Marie Lénern.

H. v. H. 7. 2. 1911 92
Harrachs: Hans Albrecht Graf Harrach (1873–1963), Bildhauer, und seine Frau Helene, geb. Gräfin Arco-Zinneberg (1877–1961).
Montgelas: Albrecht Graf von Montgelas (1887–1958), Journalist.
das Thema Craig: Kessler hegte den Wunsch, H. v. H.s ›König Ödipus‹ von dem englischen Bühnenbildner Gordon Craig ausstatten zu lassen. Dieser Wunsch scheiterte an Craigs finanziellen Forderungen. Vgl. ›Briefwechsel‹ H. v. H. – Kessler.
Frau Richter: Cornelia Richter, geb. Meyerbeer (1840–1922). Tochter des Komponisten Giacomo Meyerbeer.
Frau von Spitzemberg: Hildegard Freifrau von Spitzemberg, geb. Freiin von Varnbüler (1859–1914), Schwester von Axel von Varnbüler. Vgl. H. v. H. Brief vom 30. 1. 1911 Anm. S. 572. Witwe des Württembergischen Gesandten in Berlin, Carl Freiherr Hugo v. Spitzemberg. ›Das Tagebuch der Baronin Spitzemberg‹, ausgewählt und herausgegeben von Rudolf Vierhaus, Göttingen, Vandenhoeck und Ruprecht 1960.

O. D. S. 8. 2. 1911 95
Gräfin Wengersky: Irmgard Gräfin Wengersky, geb. von Alten (1886–1976), Freundin von O. D. S.
Emanuel Quint: ›Der Narr in Christo Emanuel Quint‹, Roman von Gerhart Hauptmann. Berlin, S. Fischer Verlag 1910.
Kunstjünglinge und Jungfrauen: Schüler des Kunstgewerblichen Instituts.

H. v. H. 9. 2. 1911 96
der Maler des Theaters: Ernst Stern (1876–1954), Bühnenbildner an den Reinhardt-Bühnen. Memoiren: Ernst Stern, ›Bühnenbildner bei

Max Reinhardt‹, Berlin, Henschel Verlag 1955; vollständig (nur englisch): ›My Life, my Stage‹, London, Victor Gollancz Ltd. 1951.
Ariadne: ›Ariadne auf Naxos‹. Als Dank für Max Reinhardts Beitrag zum Erfolg des ›Rosenkavalier‹ von H. v. H. und Strauss geplant. E: Berlin und Paris, Verlag Adolph Fürstner 1912. Jetzt G. W., Lustspiele III.

99 O. D. S. 13. 2. 1911
Christa: jüngste Tochter von Eberhard von Bodenhausen, geb. 1909.
Bredeney: in diesem Vorort von Essen hatte Eberhard von Bodenhausen seine Dienstwohnung als Direktor bei Krupp.
Die drei größeren Kinder: Karin, Hans Wilke (1901–1937), Julie (Luli) (1903–1951).
Baby: Marie Therese, geb. 1908.

101 O. D. S. 17. 2. 1911
Blei: Franz Blei (1871–1942), Schriftsteller und Kritiker.

102

H. v. H. 18. 2. 1911
der Reichskanzler: Theobald von Bethmann Hollweg (1856–1921), deutscher Reichskanzler 1909–1917.

106 H. v. H. 4. 3. 1911
Bezug auf Bilder und Gestalten: In seinen Aufzeichnungen notierte H. v. H. 1906: »Ich finde dies Wort in den ›Geheimnissen‹ von Goethe: ›Von der Gewalt, die alle Wesen bindet, / Befreit der Mensch sich, der sich überwindet.‹« Und später: »Auf diesem Gedanken ist eigentlich die ›Frau ohne Schatten‹ aufgebaut.« Siehe G. W., Aufzeichnungen, S. 154.
Das Neue für Eberhard und Mädi: Bodenhausens Berufung zu Krupp.

111 O. D. S. 6. 3. 1911 (erster Brief)
es tammt: Gongzeichen für die Mahlzeiten.
Hühnersache: O. D. S. wollte in Hinterhör eine Hühnerfarm einrichten.

O. D. S. 6. 3. 1911 (zweiter Brief) 112

Ihr Werther: eine im Insel-Verlag 1910 erschienene Ausgabe mit Illustrationen von Chodowiecki. Kolophon: »Diese einmalige Vorzugsausgabe in 400 Exemplaren wurde bei E. Hedrich Nachf. in Leipzig gedruckt und von P. A. Demeter mit der Hand gebunden... Dieses Exemplar wurde über die Auflage gedruckt für Hugo von Hofmannsthal.«

Hansi: Hans Wilke von Bodenhausen.

H. v. H. 9. 3. 1911 114

De l'amour: von Stendhal (1822).

O. D. S. 12. 3. 1911 117

»Vielleicht, vielleicht auch nicht«: ›Forse che si, forse che no‹, Roman von Gabriele d'Annunzio (1909). Hauptfigur ist die Schauspielerin Eleonora Duse.

H. v. H. 18. 3. 1911 118

Auch schreibe ich ja wirklich an etwas: ›Ariadne auf Naxos‹.

Poldy Andrian: Leopold Reichsfreiherr von Andrian zu Werburg (1875–1951), Dichter und Diplomat, 1915 Generalgouverneur von Polen. Siehe H. v. H. – Leopold von Andrian, ›Briefwechsel‹, hrsg. von Walter H. Perl, Frankfurt am Main, S. Fischer Verlag 1968.

zu einer Probe in die Oper: In Wien wurde ›Der Rosenkavalier‹ zum ersten Mal am 8. April aufgeführt.

Möller: schwedischer Heilpraktiker, bei dem O. D. S. in Behandlung gewesen war.

O. D. S. 20. 3. 1911 125

Dicky: das Pony von Marie Therese.

Ehepaar Heiss: in der Landwirtschaft von Hinterhör tätig.

O. D. S. 21. 3. 1911 126

unseres gemeinsamen Patenkindes: Christa von Bodenhausen.

das Frühstück mit ihm: Vgl. O. D. S. Brief vom 9. 2. 1911, S. 99.

das Buch von Gide: ›La porte étroite‹ (1909).

130 O. D. S. 24. 3. 1911
Luli: Julie von Bodenhausen.
von Ihrem Brief: Vgl. H. v. H. Brief vom 22. 3. 1911 an J. v. W., S. 537.
Bockelchen: Eberhard von Bodenhausen.

135 O. D. S. 7. 4. 1911
»Le rouge et le noir«: Roman von Stendhal (1830).

136 H. v. H. 10. 4. 1911
Mit Ausnahme der Marschallin und der Sophie: in Wien sang Lucy Weidt die Marschallin, Selma Kurz die Sophie.

137 H. v. H. 14. 4. 1911
Ich fahre Samstag abends: H. v. H. war vom 23. bis zum 28. 4. Gast auf Schloß Neubeuern.

139 H. v. H. 1. 5. 1911
Kreisler: Fritz Kreisler (1875–1962), Violinist und Komponist.

140 O. D. S. 4. 5. 1911
»Le Curé de Village«: Roman von Honoré de Balzac (1838–39).

142 H. v. H. 8. 5. 1911
meinen Dankbrief: vgl. H. v. H. Brief vom 8. 5. 1911 an J. v. W., S. 570.

143 H. v. H. 16. 5. 1911
im September spielen wir »Jedermann« in München: die Aufführung kam nicht zustande.
die Frau ohne Schatten: Plan der Oper. E: Berlin, Adolph Fürstner Verlag 1916/1919. Jetzt G. W., Dramen III.
einen reizenden Molière: zu spielen vor der Oper ›Ariadne auf Naxos‹: ›Der Bürger als Edelmann, Eine Komödie mit Tänzen von Molière nach der Bierlingschen Übersetzung (1750) neu eingerichtet in 2 Aufzügen‹. E: Berlin, Adolph Fürstner Verlag 1912. Jetzt G. W., Lustspiele III.
meine Comödie: wohl ›Lucidor‹. Die Erzählung wurde als Lustspielplan wiederaufgenommen.

»jeder Brief von mir«: nicht erhalten.
Seelenfreundin Martins: bezieht sich auf den Mann von O. D. S.

H. v. H. 26. 5. 1911 146
das Begräbnis Mahlers: Gustav Mahler (1860–1911), Komponist und Dirigent. Gestorben am 18. Mai, begraben am 20. Mai auf dem Friedhof in Grinzing.

H. v. H. 4. 6. 1911 148
um einer kleinen Arbeit willen: ›Ariadne auf Naxos‹.
Rousseaus Bekenntnisse: ›Les Confessions‹ von Jean-Jacques Rousseau (1765–70).
Andromaque: Tragödie von Jean Racine (1667).

H. v. H. 23. 6. 1911 149
ein junger Dichter: Max Mell (1882–1971).

H. v. H. 4. 7. 1911 151
die Kaiserin: Hauptfigur der Oper ›Die Frau ohne Schatten‹.
die Geschichte von der Frau mit dem Hündchen: der erste Teil des Romanfragments ›Andreas oder Die Vereinigten‹. E: Corona , I, 1 und 2 (Juli und September 1930). Jetzt G. W., Die Erzählungen.
von dem Knaben Euseb: ›Dämmerung und nächtliches Gewitter‹, auch ›Knabengeschichte‹ genannt. E: Corona, X, 6 (1943). Jetzt G. W., Die Erzählungen.
die von dem fünfzigjährigen Prinzen: sollte heißen: ›Der Mann von fünfzig Jahren‹. Begonnen als Komödie Winter 1908/09, weitergeführt im August 1909. Nach einem Gespräch mit R. A. Schröder am 26. August 1910 in Aussee neigte H. v. H. eher zur Form einer Novelle. Im Juli 1911 nach einer Unterhaltung mit Arthur Schnitzler entschied er sich doch für die Form eines Lustspiels (Fragmente im Nachlaß).
Dominic Heintl: ›Dominic Heintls letzter Tag‹. In den Aufzeichnungen, März 1907: »Finde ... eine Stelle aus den Upanischads, die den ganzen Inhalt von meinem ›Dominic Heintls letzter Tag‹ ausdrückt: ›Diese Welt war am Anfang der Âtman einzig und allein. Er begehrte: »Möge ich ein Weib haben! möge ich mich fortpflanzen!

möge ich Reichtum haben! möge ich ein Werk vollbringen!« soweit nämlich reicht das Begehren.‹« Vgl. G. W., Aufzeichnungen, S. 158.
Baptist der Diener: Notiz von H. v. H., September 1910 (im Nachlaß): »Herr und Diener. Ich kenne keine präcisere Schicksalslinie als die des Dieners Baptist – 1te Hälfte bis wo ihn Dumouriez' Eitelkeit in die Höhe wirft.« Dumouriez war ein Napoleonischer General; seine Memoiren befinden sich in H. v. H.s Bibliothek. H. v. H. schöpfte den Inhalt der Komödie aus Lenotres ›Vieilles maisons, vieux papiers‹, Deuxième Série, Paris 1910, S. 53 ff. (Mitteilungen von Dr. Rudolf Hirsch). Vgl. H. v. H.s Leseliste für O. D. S. Brief vom 3. 11. 1910, S. 42.
eine Tänzerin, einen Maler: Grete Wiesenthal (1885–1970) und ihr Mann, der Maler Erwin Lang (1886–1962).

154 O. D. S. 4. 8. 1911
die schönen lieben Hölderlins: Friedrich Hölderlin, Gesammelte Werke, herausgegeben von Wilhelm Böhm, Jena, Eugen Diederichs Verlag 1911. Geschenk von H. v. H.
der Brief (van Gogh): ›Das Erlebnis des Sehens‹ (aus den Briefen des Zurückgekehrten IV–V in ›Kunst und Künstler‹ 1908, aufgenommen im dritten Band der ›Prosaischen Schriften‹ unter dem Titel ›Die Farben‹. Jetzt G. W. Prosa II.
den III. Prosaband: der letzte Band der ursprünglich mit vier Bänden geplanten Sammlung erschien 1917, Band I und II waren 1907 im S. Fischer Verlag, Berlin, veröffentlicht worden.
über Wassermann: ›Unterhaltungen über ein neues Buch‹, eine Rezension von Jakob Wassermanns ›Die Schwestern, Drei Novellen‹, Berlin, S. Fischer Verlag 1906. E: Der Tag, 1. und 2. November 1906. Jetzt G. W., Prosa II.

155 H. v. H. 5. 8. 1911
das Atelier eines jungen Bildhauers: nicht ermittelt.

157 H. v. H. 15. 8. 1911
die tugendhaften Ballettmädchen: eine Gruppe junger Tänzerinnen, mit denen Grete Wiesenthal in Aussee arbeitete.
Erwin: Erwin Lang.

Gretl: Grete Wiesenthal.
Die Scene des Teufels für Pallenberg: In der Uraufführung des ›Jedermann‹, Berlin 1. Dezember 1911 im Zirkus Schumann, spielte Paul Biensfeldt den Teufel, Max Pallenberg (1877–1934) trat in dieser Rolle nur 1926 in Salzburg auf.
die Eysoldt: Gertrud Eysoldt (1877–1955), Schauspielerin.
die Pantomimen: ›Amor und Psyche‹ und ›Das fremde Mädchen‹. E: ›Grete Wiesenthal in Amor und Psyche und Das fremde Mädchen, Szenen von H. v. H.‹. Berlin, S. Fischer Verlag 1911. Jetzt G. W., Dramen III.

O. D. S. 18. 8. 1911 158
Ben Jonson: (1572 oder 1573–1637), englischer Dramatiker.
Robinson: Edward Robinson (1858–1931), Direktor des Metropolitan Museums in New York von 1910–1931; Freund von Jan von Wendelstadt.
»Everyman« ... in Amerika: offenbar eine Aufführung des alten englischen morality play ›The Summoning of Everyman‹, das dem ›Jedermann‹, H. v. H.s freier Nachdichtung, zugrunde liegt.
Ruth St. Denis: (1880–1968), amerikanische Tänzerin. Vgl. H. v. H. ›Die unvergleichliche Tänzerin‹. E: Die Zeit, 25. November 1906. Jetzt G. W., Prosa III.
Erwins »Gerty«: Erwin Lang hatte Gerty von Hofmannsthal porträtiert.

H. v. H. 23. 8. 1911 159
Milton: John Milton (1608–1674), Dichter von ›Paradise Lost‹.
Spenser: Edmund Spenser (1550–1599), englischer Dichter.
»die faithful shepherdess«: Schäferspiel von John Fletcher (1610).
»Amor und Psyche«: vgl. Anm. zu H. v. H. 15. 8. 1911.
»Goethe über seine Werke«: Hans Gerhard Gräf, ›Goethe über seine Dichtungen, Versuch einer Sammlung aller Äußerungen des Dichters über seine poetischen Werke‹, 9 Bände, Frankfurt am Main, Literarische Anstalt Rütten & Loening, 1901 bis 1914.
die geplante einmalige Münchner Aufführung: diese ›Jedermann‹-Aufführung kam nicht zustande.

161 O. D. S. 25. 8. 1911
die Orestie: neu übertragen von Karl Gustav Vollmöller (vgl. Anm. zu H. v. H. Brief vom 29. 9. 1911, S. 581).
die Lindemann: Haushälterin der Wendelstadtschen Wohnung in München, Maximilianstraße 25/1.

163 H. v. H. 31. 8. 1911
Charles Louis Philippe: französischer Romancier (1874–1909), ›Marie Donadieu‹ u. a.
Behn: Fritz Behn (1878–1960), Bildhauer, damals in München, später Professor an der Akademie in Wien.

165 O. D. S. 2. 9. 1911
Moissi: Alexander Moissi (1879–1935), Schauspieler. Erster Jedermann.
Ich habe wie Bettina Brentano: am 9. November 1810 schrieb Bettina Brentano (1785–1859) an Goethe: »Eine helle Mondnacht hab ich durchwacht, um dein Buch [die Wahlverwandtschaften] zu lesen, das mir erst vor wenig Tagen in die Hände kam.« Siehe ›Goethes Briefwechsel mit einem Kinde‹.
das von Gräf: ›Goethe über seine Dichtungen‹.
die Besprechung von Abeken: ›Über Goethes Wahlverwandtschaften‹ von Rudolf Abeken. Die Besprechung erschien anonym im Morgenblatt für gebildete Stände, 22., 23., 24. Januar 1810, aufgenommen in Gräfs Sammlung.
Wassermann: Jakob Wassermann (1873–1934). Der Novellenband ›Die Schwestern‹ war 1906 erschienen. Bei Erwähnung Wassermanns wird häufig auf seinen fränkischen Dialekt angespielt.

167 H. v. H. 6. 9. 1911
in Berlin die Pantomimen: ›Amor und Psyche‹ und ›Das fremde Mädchen‹. Die Premiere fand am 15. September statt. Vgl. H. v. H. Brief vom 15. 8. 1911, Anm. S. 579.
meine Comödie: wohl ›Der Schwierige‹, damals noch ohne endgültigen Titel.
Ihre »Ariadne«: Als H. v. H. sich dem Thema der Ariadne zuwandte, spielte der Gedanke an die junge Witwe Ottonie eine bedeutende Rolle.

H. v. H. 12. 9. 1911 171

Der Harlekin singt es ja besser: bezieht sich auf das Lied des Harlekins, ›Lieben, Hassen, Hoffen, Zagen‹, in ›Ariadne auf Naxos‹. Es ist dieser Korrespondenz als Motto vorangesetzt.

H. v. H. 19. 9. 1911 173

das von Erwin gemachte: Erwin Lang hatte für die Pantomimen die Bühnenbilder entworfen.

Lilly Berger: 1904–1911 Solotänzerin an der Wiener Oper, trat als Amor in ›Amor und Psyche‹ und als die Freundin in ›Das fremde Mädchen‹ auf.

der »reiche junge Mann«: Gestalt in der Pantomime ›Das fremde Mädchen‹, von Carl Beckersachs dargestellt.

der Maler König: Leopold Freiherr von König (1877–1944).

H. v. H. 29. 9. 1911 175

der... Bub von Hauptmann: Benvenuto Hauptmann (1900–1965).

The whole man must move at once: von H. v. H. oft zitierter Satz, doch nicht, wie H. v. H. glaubte, von Jos. Addison, sondern von Richard Steele in der Zeitschrift ›Spectator‹ verwendet. Die Anregung zu dieser Lektüre stammte von G. Chr. Lichtenberg. Erste Verwendung des Zitats als Motto eines Briefes an Eberhard von Bodenhausen am 7. 6. 1906. Vgl. Brian Coghlan ›The whole man must move at once‹ Hofmannsthal Forschungen Bd. 8, Freiburg i. B. 1985.

Vollmöller: Karl Gustav Vollmöller (1878–1948), Lyriker, zunächst im Kreis um Stefan George, Dramatiker und Übersetzer, sowie Auto- und Flugzeugkonstrukteur.

neunzehnjähriger Bruder: Hans Vollmöller, Pilot; früh verstorben.

Übernächsten Sommer spielen wir... die Bacchantinnen des Euripides: dieser mit Max Reinhardt gefaßte Plan wurde nicht ausgeführt.

in dem antiken Vindonissa: Römische Arena bei Windisch (Kanton Aargau, Schweiz).

meiner Prosakomödie: ›Der Mann von fünfzig Jahren‹.

177 H. v. H. 12.10.1911

Wie aus dem Neubeurer Gästebuch zu ersehen ist, war H. v. H. vom 6.–18. Oktober auf Schloß Neubeuern.

Dieser Brief – von O. D. S. datiert – wurde dort geschrieben und O. D. S. überbracht.

die Mappe: ›Die Mappe meines Urgroßvaters‹. Auf Schloß Neubeuern wurde abends oft vorgelesen. Darum das Ersuchen an O. D. S.

die Ruine, die Fischlein in der Pfanne: die Motive werden in ›Die Frau ohne Schatten‹ aufgegriffen.

177 H. v. H. 20.10.1911

bei Bernheimer: Antiquitäten- und Dekorations-Haus in München und Venedig.

179 H. v. H. 25.10.1911

mit den Briefen, die in N. aus der Mappe gefallen waren: Ein Motiv, von H. v. H. in ›Der Unbestechliche‹, Akt II, Szene 5 übernommen.

den Homer in beiden Übersetzungen: Die Odyssee, übersetzt von R. A. Schröder, erschienen 1910, und von Johann Heinrich Voss, erschienen 1781.

Hebbels Tagebücher: 4 Bände, Berlin, B. Behrs Verlag 1905. Friedrich Hebbel (1813–1863).

Shakespeare: Shakespeares Werke, englisch und deutsch, 20 Bände, Berlin und Leipzig, Tempel Verlag (o. J.).

César Birotteau: Figur aus dem Roman ›Histoire de la grandeur et de la décadence de César Birotteau‹ von Honoré de Balzac (1837).

Lucien Rubempré: Eine Hauptfigur aus ›Illusions perdues‹ von Honoré de Balzac.

181 H. v. H. 1.11.1911

so schrieb ich an Julie: Vgl. H. v. H. Brief vom 31.10.1911, S. 543.

»Frau ohne Schatten«: das Libretto zu der Oper ›Die Frau ohne Schatten‹.

Die Nurse fragt das baby: H. v. H. und O. D. S., spielerisch umschrieben.

die Carolin: Dienstmädchen im Haus Hofmannsthal.

der Reiher: nicht ermittelt.

H. v. H. 4. 11. 1911 183
Magda: Magdalena Pauli, geb. Melchers (1875–1970), Frau von Gustav Pauli, Direktor der Bremer und später der Hamburger Kunsthalle.
Hühnerstiege: so wurde ein kleines, drehbares Büchergestell genannt; Geschenk von H. v. H. an O. D. S.
Yella: Gabriele Baronin Oppenheimer, geb. von Todesco (1854 bis 1943).

H. v. H. 9. 11. 1911 184
der Tod des armen jungen Bruders: Alexander Mell (1888–1911).
Georg Franckenstein: Georg Freiherr von Franckenstein (1878 bis 1953), österreichischer Diplomat, Jugendfreund von H. v. H.
Vom Jedermann ist die erste Probe: Vgl. H. v. H. Brief vom 15. 8. 1911, S. 157.

H. v. H. 21. 11. 1911 186
Ich habe Julie eingeladen: Vgl. H. v. H. Brief vom 20. 11. 1911, S. 544 an J. v. W.

H. v. H. 15. 12. 1911 191
Kassner: Rudolf Kassner (1873–1959), Philosoph und Essayist. ›Von den Elementen menschlicher Größe‹, 1911, u. a.

H. v. H. 31. 12. 1911 (erster Brief)
Aus dem Neubeurer Gästebuch geht hervor, daß bei der ›Neubeurer Woche‹ 1911/12 außer Hofmannsthals, Bodenhausens, R. A. Schröder, Annette Kolb, Henry van de Velde, Rudolf Kassner, Heymel, Price Collier, Fritz Behn u. a. m. anwesend waren.
den Musset: gehört zu der O. D. S. von H. v. H. empfohlenen Lektüre. Vgl. Brief vom 3. 11. 1910, S. 40.

H. v. H. 18. 12. 1911 192
Keszycki: Freund des Hauses in Neubeuern.

H. v. H. 17. 1. 1912 195
Christiane: Tochter von H. v. H.
Jetzt hab ich die Besprechung in Dresden auf den 18ten gesetzt: die

Besprechung für die Uraufführung von ›Ariadne auf Naxos‹ fand nicht in Dresden, sondern in Berlin statt.
zu Nostitzens: Alfred von Nostitz-Wallwitz (1870–1953) und seine Frau Helene. Vgl. H. v. H. Brief vom 27. 1. 1911, S. 83.

195 H. v. H. 22. 1. 1912
Levin: Kommerzienrat Willy Levin (gest. 1926), Freund und geschäftlicher Berater von Richard Strauss.
Dr. A. Kippenberg: Anton Kippenberg (1874–1950), Leiter des Insel Verlags, Leipzig.

198 O. D. S. 23. 1. 1912
Von... blau-roten Schillers: Schillers Sämtliche Werke, 12 Bände, Leipzig, Tempel Verlag (o. J.). Eintragung von H. v. H.: »Gräfin Ottonie v. Degenfeld-Schonburg.«
in den Mozartbriefen: ›Mozarts Briefe‹, Berlin, Verlag von Karl Curtius 1910.

200 H. v. H. 27. 1. 1912
diese unglückseligen Russen: das Diaghilew-Ballett.
Das schöne Gedicht auf den Vogel: nicht ermittelt.

202 H. v. H. 30. 1. 1912
an der versprochenen Arbeit, Jedermann: ›Das alte Spiel von Jedermann‹, Aufsatz. E: Berlin, J. Bard 1912. Jetzt G. W., Prosa III.
Taxis: Alexander Prinz von Thurn und Taxis (1851–1931) und seine Frau, Marie Prinzessin Hohenlohe-Waldenburg-Schillingsfürst (1855–1934).
mit G. und E.: Grete Wiesenthal und Erwin Lang.
Mama D.: Anna Gräfin Degenfeld.

203 H. v. H. 3. 2. 1912
Raimund: der zweite Sohn von H. v. H.
einen politischen Aufsatz: ›Antwort auf die ‚neunte Canzone' von Gabriele d'Annunzio‹, E: Neue Freie Presse, 2. Februar 1912. Jetzt G. W., Prosa III.
G. W.: Grete Wiesenthal.

H. v. H. 3. 2. 1912 (abends) 205
Dieser Faden: vgl. H. v. H. Brief vom 26. 5. 1911, S. 146.

O. D. S. 6. 2. 1912 206
Mehrere Briefe aus diesen Wochen fehlen.
Gaudissart: ›L'illustre Gaudissart‹, Roman von Honoré de Balzac (1833).

H. v. H. 8. 2. 1912 207
in einer anderen Stadt: die Uraufführung war am 25. Oktober in Stuttgart, mit Mizzi (Maria) Jeritza als Ariadne – statt Frieda Hempel – und Margarethe Siems als Zerbinetta – statt Emmy Destinn.

H. v. H. 28. 2. 1912 212
der Geburtstag: siebzigster Geburtstag des Vaters von O. D. S., wurde in Sondershausen gefeiert.
Collier: Price Collier (1860–1913), amerikanischer Sammler und Schriftsteller. Vgl. H. v. H. Brief vom 31. 12. 1911, Anm. S. 583.

H. v. H. 5. 3. 1912 214
Schwerin: Botho Graf von Schwerin (1866–1917), naher Freund von Eberhard von Bodenhausen.
ein entzückend lieber Brief von Julie: Vgl. J. v. W. Brief vom 27. 2. 1912, S. 546.
Nijinsky: Vaclav Nijinski (1890–1950), Solotänzer im Diaghilew-Ballett. Vgl. H. v. H. ›Nijinskys ‚Nachmittag eines Faunes'‹. E: Berliner Tageblatt, 11. Dezember 1912. Jetzt G. W., Prosa III.
die Rubinstein: Ida Rubinstein, Tänzerin und Choreographin.

H. v. H. 12. 3. 1912 215
Meine Aufsätze: Entwürfe zu diesen Aufsätzen befinden sich im Nachlaß. Veröffentlicht wurde: ›Ein deutscher Homer von heute‹. E: Neue Freie Presse, 7. April 1912. Jetzt G. W., Prosa III. Vgl. H. v. H. Brief vom 25. 10. 1911, S. 179.
die 2 Schränkchen aus London: zwei kleine Büchergestelle, für Hinterhör bestimmt. Geschenk von H. v. H.
Habe für die Russen 2 Balletts gemacht: ›Orest und die Furien‹ und ›La

mort du jeune homme voluptueux‹. Notizen und Entwürfe zu diesen nicht ausgeführten Balletts befinden sich im Nachlaß.
ein sehr begabter junger Franzose: wohl Darius Milhaud (1892 bis 1974).

217 O. D. S. 22. 3. 1912
der kleinen Cousine Hügel: Huberta Gräfin von Hügel (1898 bis 1915).

217 H. v. H. 1. 4. 1912
mit einer Novelle: ›Barbara Naderers Viehstand‹. Erschienen in der Österreichischen Rundschau, Wien, Leipzig, 30. Band, 1912.

223 H. v. H. 11. 4. 1912
die Geschichte des Jahres 1814: ›1814‹ von Henry Houssaye, Paris, Perrin et cie. 1908. H. v. H. besaß noch die Bände 1815 (1909) und 1806 (1912).
die Memoiren der Rémusat: ›Mémoires de Madame de Rémusat‹, hrsg. von ihrem Enkel Paul Rémusat, 3 Bände, Paris 1879. Die Autorin berichtet über den Hof Napoleons I.

227 H. v. H. 10. 6. 1912
das Ballett: ›Josephslegende‹, Handlung von Harry Graf Kessler und H. v. H., Musik von Richard Strauss, wurde am 14. Mai 1914 in der Oper in Paris uraufgeführt. Deutsche Erstaufführung am 4. 2. 1921 in der Berliner Staatsoper. E: Berlin, Adolph Fürstner Verlag 1914. Jetzt G. W., Dramen III.
eine große Pantomime: ›Der dunkle Bruder‹, nicht ausgeführt.
dem Kind: Martin Lang, geb. 1912.
Borchardt: Rudolf Borchardt (1877–1945), Dichter, Essayist und Übersetzer; Freund von H. v. H. und R. A. Schröder. Siehe H. v. H. – Rudolf Borchardt, ›Briefwechsel‹, hrsg. von Marie Luise Borchardt und Herbert Steiner, Frankfurt am Main, S. Fischer Verlag 1954.
ein (anonym) politischer Artikel: ›Englisch-italienisches Mittelmeerabkommen: Annexion von Rhodos, Chios, Mytilene‹, Berliner Zeitung am Mittag, 9. Mai 1912. Der Artikel war unter dem Pseudonym »Spectator Germanicus« erschienen.
Browning »Ring and book«: ›The Ring and the Book‹, zwei Bände,

London, Smith Elder and Co. 1889. Aus diesem Buch schöpfte H. v. H. kurz nach der Jahrhundertwende den Stoff zu einem dramatischen Gedicht ›Pompilia oder das Leben‹. – Robert Browing vgl. H. v. H.s Leseliste im Brief vom 3. 11. 1910, S. 42f.

O. D. S. 17. 6. 1912 228
Lauchstädt: in Bad Lauchstädt wurden die von Goethe gegründeten Sommerfestspiele durch das Weimarer Theater wieder ins Leben gerufen.
»Gabriel Schillings Flucht«: Drama von Gerhart Hauptmann, Berlin, S. Fischer Verlag 1912.
Rathenau: Walther Rathenau (1867–1922). Industrieller. Dt. Politiker.
Studnitz: Ernst von Studnitz (1873–1943), Rittmeister a. D. im 2. Garde-Regiment, Berlin.

O. D. S. 14. 7. 1912 234
Die Zimmer: O. D. S. war beauftragt, Zimmer für die Premiere von ›Ariadne auf Naxos‹ in Stuttgart zu bestellen.
Placci: Carlo Placci (1862–1944), Florentiner Kunstkenner, Freund von Bernard Berenson.

O. D. S. 27. 7. 1912 235
Lampes: Walter Lampe (1872–1964), Pianist, und seine Frau Else von Guaita, Kunstgewerblerin.
Sisi: Julie.

H. v. H. 21. 8. 1912 238
Ilse: Ilse Gräfin von Seilern-Aspang, geb. Olden, starb 1974, fast 100 Jahre alt.
the pot of basil: ›Isabella or the Pot of Basil‹, Romanze von John Keats nach Boccaccio (1819).

H. v. H. 5. 9. 1912 240
die Einleitung zu den Erzählern: ›Deutsche Erzähler‹ ausgewählt und eingeleitet von H. v. H., Leipzig, Insel Verlag 1912. Jetzt G. W., Prosa III. Erste Notizen 1910.

244 O. D. S. 22. 9. 1912
Putlitz: Joachim Baron zu Putlitz (1860–1922), Intendant des Stuttgarter Hoftheaters.
Wolffs: Alfred Wolff, Bankdirektor in München, und seine Frau Hanna, geb. Josten; Freunde von Eberhard von Bodenhausen.

245 H. v. H. 26. 9. 1912
Die Prosaarbeit: H. v. H. arbeitete an dem Andreas-Roman.
daß Sie in Stuttgart sein werden: zu der Uraufführung von ›Ariadne auf Naxos‹ am 25. Oktober.
Margit Zichy: Margit Gräfin Zichy (1874–1963), geb. Zichy zu Zichy und Vásonykeö, verheiratet mit Johann Graf Zichy.

Anschließend an die Premiere in Stuttgart kamen Hofmannsthals für einige Tage nach Neubeuern. Eintragung im Gästebuch: »28 X–2 XI 1912. Gerty und Hugo Hofmannsthal nach den Stuttgarter ›Ariadne‹-tagen.« Auf der Gegenüberseite ein Aquarell von Erwin Lang: Grete Wiesenthal als »Omelette Surprise« (in Molières ›Bürger als Edelmann‹, dem Vorspiel zu ›Ariadne auf Naxos‹ in Stuttgart).

246 O. D. S. 8. 11. 1912
Die Brüder Karamasow: Roman von Fedor Dostojewski (1880).

247 H. v. H. 10. 11. 1912
meinen 2 Bildern: H. v. H. kaufte in München bei Tannhauser gleichzeitig eine Landschaft (Thuner See) von Hodler und ein Selbstporträt von Picasso aus dem Jahre 1902.

249 H. v. H. 25. 11. 1912
Ich schicke Ihnen das: dem Brief lag ein Typoskript bei: ›Der Wanderer‹ (›Augenblicke in Griechenland II‹). H. v. H. hat diesen Text für den Druck überarbeitet. E: ›Die prosaischen Schriften‹, Berlin, S. Fischer Verlag 1917. Jetzt in G. W., Prosa III. Das beigefügte Manuskript ist als Anhang zu dem Briefwechsel H. v. H. – O. D. S., S. 515 ff. gedruckt.
meine Erinnerung an Raoul Richter: H. v. H. hatte den Philosophen Raoul Richter (1871–1914) 1896 in der Andrianvilla in Alt-Aussee kennengelernt. Leopold v. Andrian und Richter waren Vettern. E:

›Raoul Richter zum Gedächtnis‹, Leipzig, Insel Verlag 1914. Jetzt in G. W., Prosa III.
der Mutter und dem Bruder: Cornelia Richter (vgl. H. v. H. Brief vom 7. 2. 1911, S. 92) und Gustav Richter (1869–1943).
Der Tag der Dresdner Jedermann Aufführung: die Aufführung fand am 5. Dezember statt. Paul Wiecke spielte die Hauptrolle.
Darmstadt: zur Generalprobe einer ›Jedermann‹-Aufführung und zu einem Frühstück bei Großherzog Ernst Ludwig.
Die politische Situation: die ungeklärte Lage im Mittelmeer nach dem Frieden von Lausanne (18. 10. 1912) und Italiens Neutralitätserklärung.
Pola: Die istrische Stadt Pula, heute jugoslawisch. Hafen der österreichisch-ungarischen Kriegsmarine.
zu Ende December alle wirklich beisammen: bei der Neubeurer Woche 1912/13 waren zugegen: Hofmannsthals, Bodenhausens, Annette Kolb, Rudolf Alexander Schröder, Alfred und Helene von Nostitz, Henry van de Velde u. a. m.

H. v. H. 12. 12. 1912 251
Liebermann: Max Liebermann (1847–1935), Maler.

H. v. H. 13. 1. 1913 251
die Bücher von Dostojewski: ›Rodion Raskolnikoff (Schuld und Sühne)‹ und ›Der Idiot‹, München und Leipzig, R. Piper & Co. (o. J.).
in dem Band von Schröder: ›Elysium, Gesammelte Gedichte‹, Leipzig, Insel Verlag 1912.

H. v. H. Anfang Februar 1913 253
das Buch von Chamberlain über Goethe: Houston Stewart Chamberlain, ›Goethe‹, erschien 1912 im Bruckmann Verlag, München.

H. v. H. 21. 2. 1913 255
auf Seite 31: in Walt Whitman, ›Leaves of Grass‹, Philadelphia, David McKay 1900.

O. D. S. Februar/März 1913 257
Franckenstein: Clemens von Franckenstein (1875–1942), Jugendfreund von H. v. H., Komponist, seit 1912 Intendant der Münchner Oper.

Jeritza: Maria (Mizzi) Jeritza, Sängerin (1887–1982).
Fay: Maud Fay, Sängerin an der Münchner Oper.

258 H. v. H. 15. 3. 1913
›das Grabmal der Ilaria: im Luccheser Dom San Martino, geschaffen von Jacopo della Quercia (1408).
Ferdinand Lobkowitz: Erbprinz Ferdinand Lobkowitz (1885–1953).
ein neues Stück von Sternheim: ›Bürger Schippel‹ (1913).
Edmund R.: Edmund Reinhardt (1874–1929), geschäftlicher Leiter der Theater seines Bruders Max.
Königin von Neapel: nicht mehr verständliche Anspielung.
Steinitzer: Wilhelm Steinitzer, häufiger Gast auf Schloß Neubeuern.
Sleepers: Gedicht von Walt Whitman in ›Leaves of Grass‹.

260 O. D. S. 22. 3. 1913
Mackensen: Fritz Mackensen (1866–1935), Mitbegründer der Künstlerkolonie Worpswede; 1910–1918 Direktor der Kunstschule in Weimar.
dem Minister: nicht ermittelt.
mit Stauffenberg gemeinsam: Dr. med. Wilhelm Freiherr Schenk von Stauffenberg (1878–1918), Arzt in München.
»Ivanhoe«: Roman von Sir Walter Scott (1819).
»Vicar of Wakefield: ›The Vicar of Wakefield‹, Roman von Oliver Goldsmith (1766).
»Bismarck« von Emil Ludwig: 1912 waren drei Auflagen erschienen im S. Fischer Verlag, Berlin.

262 H. v. H. 14. 4. 1913
Monsagrati: Villa von Rudolf Borchardt.
bedeutender Brief von Eberhard: nicht auffindbar.

263 O. D. S. Mai 1913
Astruc: Gabriel Astruc, Impresario in Paris.

265 O. D. S. Mai 1913
wegen des Picassos: H. v. H. hatte O. D. S. gebeten, evtl. einen Picasso für ihn zu erwerben.

Vollard und Kahnweiler: Kunsthändler in Paris: Ambroise Vollard (1868–1939), Daniel-Henry Kahnweiler (1884–1979).
Bonnard: Pierre Bonnard (1867–1947).
Boris Godunow: Oper von Modest Petrowitsch Mussorgskij (1874).
Schaljapin: Fedor Iwanowitsch Schaljapin (1873–1938), russischer Bassist.

H. v. H. 28. 5. 1913 265
auf einen so gräßlichen Brief: vermutlich verbrannt.

O. D. S. Juni 1913 267
das neue Ballett: ›Le Sacre du Printemps, Bilder aus dem heidnischen Russland‹ von Igor Strawinsky. Uraufführung am 29. 5. 1913 im Théatre des Champs Elysées.

H. v. H. 16. 6. 1913 268
Ich habe viel gearbeitet: am 12. Juni hatte H. v. H. das neue Vorspiel zu ›Ariadne auf Naxos‹ an Strauss geschickt: »Hier ist ein korrigiertes Exemplar des neuen definitiven ›Ariadne‹-Vorspiels, durch dessen Existenz ich erst das ganze Werk ›Ariadne‹ als geschlossen ansehe. «

O. D. S. 6. 7. 1913 270
das Buch der Annette: ›Das Exemplar‹, Roman von Annette Kolb (1913).
Rilke: Rainer Maria Rilke. Bekanntschaft durch Eberhard von Bodenhausen.

H. v. H. 11. 7. 1913 272
meiner Schwägerin: Mimi Schereschewsky, geb. Schlesinger (1886 bis 1970), Schwester von Gerty v. H.
Franzis: Franz, älterer Sohn von H. v. H.
Dostojewskys Memoiren aus dem sibirischen Gefängnis: ›Aus einem Totenhaus, Aufzeichnungen‹, München und Leipzig, R. Piper & Co. 1908.
dort im Schloß: Schloß Eybach.
ein kleines Bändchen Briefe: ›Goethe über seinen Faust‹, hrsg. von Hans Heinrich Borchard, Insel-Bücherei Nr. 44.

275 H. v. H. 16. 7. 1913
die im vergangenen Herbst angefangene Erzählung: wohl ›Andreas oder Die Vereinigten‹.
mit der anderen Arbeit: ›Die Frau ohne Schatten‹.

277 O. D. S. Sommer 1913
bei Freunden von Christoph: Armin Freiherr von Gaisberg (1863 bis 1928).
»Tod des Iljitsch«: Leo Tolstoi, ›Der Tod des Iwan Iljitsch‹, übertragen von Rudolf Kassner, Insel-Bücherei Nr. 52.
den »Kleinen Lord«: ›Little Lord Fauntleroy‹ von F. E. H. Burnett (1886), dt. 1888.

278 H. v. H. 3. 8. 1913
den Band von Goethes Briefen: Cotta-Ausgabe, hrsg. von Eduard von der Hellen. Dritter Band: 1788–1797.
Fritz von Stein: (1772–1844), Sohn der Charlotte von Stein.
Max Jacobi: Karl Wigand Maximilian Jacobi (1775–1858). Mediziner, Psychiater, auch dichterisch tätig.
Eine schöne Geschichte von der Lagerlöf: ›Wunderbare Reise des kleinen Nils Holgersson mit den Wildgänsen‹, dt. 1907f.
den Buben: den beiden Neffen von O. D. S. Hans Wilke von Bodenhausen und Fery von Hügel.
Stanleys Expedition zur Befreiung Emin Paschas: Henry M. Stanley (1841–1904): ›In darkest Africa‹ (1890).
der junge Maler Müller-Hofmann: Willy Müller-Hofmann (1885 bis 1948). Später Professor an der Kunstgewerbeschule in Wien.

280 H. v. H. 19. 8. 1913
nach Madonna: Madonna die Campiglio, beliebte Sommerfrische in Tirol.
dem Stoff der Erzählung: wahrscheinlich ›Andreas oder Die Vereinigten‹.

281 H. v. H. 1. 9. 1913
aus der Elegie von Schröder: ›Der Landbau‹. E: Süddeutsche Monatshefte, Juli 1909. Davon veranlaßte Heymel einen Sonderdruck.

mit dem jungen Maler: Willy Müller-Hofmann.
Walter: Bruno Walter (1876–1962), Dirigent; 1913–1922 Generalmusikdirektor der Münchner Oper.
N.: Neubeuern.

H. v. H. 28. 9. 1913 284
Salome: Oper von Richard Strauss, uraufgeführt in Dresden am 9. Dezember 1905.

O. D. S. Ende Oktober 1913 286
Leibl: Wilhelm Leibl (1844–1900), Maler.
Caspary: Kunsthändler in München.
Ludwig von Hofmann: Kunstmaler, 1861–1945. Vgl. H. v. H. ›Prolog zu Ludwig von Hofmanns ‚Tänzen'‹, E: Leipzig, Insel Verlag 1905. Jetzt G. W., Prosa II.

H. v. H. Ende November 1913 289
Das ist für Sie: H. v. H. schrieb den Brief auf die Rückseite des letzten Manuskriptblattes von ›Einleitung zu einem Band von Goethes Werken enthaltend den West-östlichen Divan‹. E: Neue Freie Presse, 25. Dezember 1913. Jetzt G. W., Prosa III.
das Märchen: ›Die Frau ohne Schatten‹. E: Berlin, S. Fischer Verlag 1919. Jetzt G. W., Die Erzählungen.
Faistauer: Anton Faistauer (1887–1930), Maler.
Christiane Thun: Christiane Gräfin Thun-Hohenstein-Salm-Reiferscheid, geb. Gräfin von Waldstein und zu Wartenburg (1859 bis 1935).
Herr v. G.: Max von Gomperz (1822–1913), Großindustrieller und Bankier.

H. v. H. Dezember 1913 290
seine schöne Schwester: Josephine von Wertheimstein, geb. von Gomperz (1820–1894).
Eugénie Grandet: Roman von Honoré de Balzac (1833).

H. v. H. 4. 12. 1913 291
so sonderbar frisiert: O. D. S. hatte ihre langen Haare zu dieser Zeit in gedrehten, nicht geflochtenen, Zöpfen um den Kopf gesteckt.

die Proben zu »Jedermann«: Die Erstaufführung am Burgtheater fand am 13. Dezember statt.

292 O. D. S. 7. 12. 1913
Barry: Opernsänger in München.
Faßbender: Zdenka Faßbender (1879–1954), Frau von Felix Mottl. Opernsängerin; erste Münchner ›Rosenkavalier‹-Marschallin.
Cle: Clemens Freiherr von Franckenstein.
Heiselers Stück: ›Peter und Alexéj, Tragödie‹, Leipzig, Insel Verlag 1912.
bei ihren Eltern: Carl von Thieme (1844–1924), Gründer der Münchner Rückversicherungs-Gesellschaft, und seine Frau, Marie von Thieme, geb. von der Nahmer (1873–1960).
Taube: Otto Freiherr von Taube (1879–1973). Sein erster Roman, ›Der verborgene Herbst‹, erschien 1913.
Nele: Nele van de Velde (1897–1965), älteste Tochter von Henry van de Velde.

295 H. v. H. 12. 12. 1913
eine sehr hübsche schwarz-weiß-Ausstellung: ›Internationale Schwarz-Weiß Ausstellung‹, veranstaltet vom Akademischen Verein für Literatur und Musik, Wien.

295 H. v. H. 14. 12. 1913
Spiegl: Edgar Spiegl von Thurnsee (1878–1931), Diplomat. Er spielte in der europäischen Gesellschaft eine große Rolle. Freund von H. v. H.

296 H. v. H. 21. 12. 1913
M–H: Willy Müller-Hofmann, kam als Gast zu der Neubeurer Woche 1913/14. Laut Gästebuch waren Hofmannsthals vom 28. Dezember bis 2. Januar dort.

296 H. v. H. 10. 1. 1914
des ersten Aktes: der Oper ›Die Frau ohne Schatten‹.
Reinhardts Frau: Else Heims (1878–1958), Schauspielerin.

H. v. H. 21. 1. 1914 298
welcher Band Hebbel: Von der 4bändigen Ausgabe von Hebbels Tagebüchern (im Brief vom 25. 10. 1911 O. D. S. von H. v. H. als Geschenk angekündigt) ging ein Band verloren. Vgl. O. D. S. Brief vom 27. 4. 1919, S. 400.

O. D. S. 20. 2. 1914 301
Stetten: Otto von Stetten, Freund des Hauses.
Esmond: ›Henry Esmond‹, Roman von William Makepeace Thackeray (1852).
Jeanne d'Arc: vermutlich ist hier ein damals populäres französisches Buch gemeint, H. v. H.s Vorbild für ›Prinz Eugen der edle Ritter, sein Leben in Bildern‹. E: Wien, Verlag von L. W. Seidel & Sohn 1915. Jetzt G. W., Prosa III. – Oder auch Charles Péguy, ›Le mystère de la charité de Jeanne d'Arc‹ (1910).

H. v. H. Ende Februar 1914 302
Vandal »Avènement de Napoléon«: ›L'Avènement de Bonaparte‹ von Albert Vandal, 2 Bände, Paris, Nelson 1903–1907.
Jans holländische Verwandte: Jan Freiherr von Wendelstadts Mutter, Johanna Alberta Walkart van Idsinga (1832–1901), war Holländerin.

H. v. H. Mitte März 1914 304
G. W.: Grete Wiesenthal.
die in Berchtesgaden ausgedachten Bilder: zu der Pantomime ›Der dunkle Bruder‹. Vgl. H. v. H. an Max Reinhardt, 12. 3. 1914 (abgedruckt in Wolfgang Nehring, ›Die Tat bei Hofmannsthal‹, Stuttgart, J. B. Metzlersche Verlagsbuchhandlung 1966): »Ich vermochte endlich neulich einmal G. W. den ›dunklen Bruder‹ zu erzählen... An ihrem Zuhören, daran wie sie es aufnahm und wie es sie bewegte und aus dem was sie dann sagte, konnte ich sehen, daß es im ganzen gut ist, ich konnte es selbst fühlen.«
Upanishads: die im siebten Jahrhundert entstandenen, indischen mythischen Dichtungen.
Lafcadio Hearn: (1850–1904), Schriftsteller und bedeutender Japankenner. Vgl. H. v. H. ›Lafcadio Hearn‹. E: Die Zeit, 1904. Als Einleitung gedacht zu Lafcadio Hearn, ›Kokoro‹, übersetzt aus dem Englischen von Berta Franzos, Frankfurt am Main, Literarische Anstalt Rütten & Loening 1906. Jetzt G. W., Prosa II.

307 H. v. H. 25. 4. 1914
ihn da hineinzuziehen: das Ballett ›Josephslegende‹ entstand in Zusammenarbeit mit Harry Graf Kessler.
die Premiere: ›Josephslegende‹ in der Großen Oper, Paris. Die Nijinsky zugedachte Hauptrolle tanzte Léonide Massine. Strauss dirigierte selbst.

309 H. v. H. 16. 6. 1914
in Nauheim: H. v. H. begleitete seinen Vater, der sich in Bad Nauheim einer Kur unterzog.

310 O. D. S. 1. 7. 1914
Der Tod des Thronfolgerpaares: in Sarajewo am 28. Juni 1914.
der Junge: Karl (1887–1922), Großneffe Kaiser Franz Josephs, 1916 bis 18 als Karl I. Kaiser von Österreich.

311 O. D. S. Mitte August 1914
meinem Schwager Fredy: Alfred Graf von Degenfeld-Schonburg (1873–1950).

313 O. D. S. 30. 8. 1914
Dr. von Boot: Arzt und Geburtshelfer.

316 H. v. H. 27. 9. 1914
Ihr jüngster Bruder: Adolf von Schwartz war bei Charleroi gefallen, ihr älterer Bruder Albrecht von Schwartz in derselben Schlacht verwundet worden.
an Julie: Vgl. H. v. H. Brief vom 24. 9. 1914 an J. v. W. S. 549.

317 O. D. S. 24. 10. 1914
der Kommandant der Emden: der Kreuzer Emden hatte unter Kapitän Karl von Müller bis 9. November 1914 im Indischen Ozean zahlreiche Handels- und Kriegsschiffe aufgebracht.
Ihr und Schröders Gedicht: ›Österreichs Antwort‹ von H. v. H. und ›Deutscher Feldpostgruß‹ von R. A. Schröder. Enthalten in: ›Heilig Vaterland, Kriegslieder von einem Artilleristen-Matt [!] auf Wangeroog‹ [= R. A. Schröder], Sonderheft der Kruppschen Mitteilungen, Essen, November 1914. Ebenfalls anonym, »von einem österreichi-

schen Offizier«, erschien dort H. v. H.s Gedicht. E: Neue Freie Presse, 14. September 1914. Jetzt G. W., Gedichte und lyrische Dramen.
Albrecht: O. D. S.s ältester Bruder.

O. D. S. 18. 11. 1914 319
eine Cousine Degenfeld: Liselotte Gräfin von Degenfeld-Schonburg (1870–1914).
Hindenburg: Paul von Beneckendorff und von Hindenburg (1847 bis 1934). Seit 1. November Oberbefehlshaber Ost, leitete Hindenburg die erfolgreiche deutsche Gegenoffensive in Polen und Galizien.
Campenhausen: Balthasar von Campenhausen (1877–1942).

H. v. H. 3. 12. 1914 320
An einem dritten Dezember: laut Eintragung im Neubeurer Gästebuch fand die erste Begegnung nicht am dritten, sondern am ersten Dezember 1906 statt.
Klärchen: Frau Clara Heye, Schwester von R. A. Schröder.
der arme Alfred: Alfred Walter von Heymel (1878–1914). H. v. H.s letzter Brief an ihn (mitgeteilt von Dr. Rudolf Hirsch in Neue Zürcher Zeitung, 3. Februar 1974):

Rodaun, den 19. XI. 1914

mein lieber Alfred,
du kannst nicht wissen, wie viel mir dieses Zeitungsblatt bedeutet, das deine Schilderung des Tages von Charleroi enthält. Nicht darum weil dieser Bericht etwas ganz Einziges ist unter allen den Kampfschilderungen, die ich in diesen Monaten gelesen habe – der einzige, in dem das Furchtbare drin ist, ganz wirklich und doch zugleich auch schon das unnennbar sänftigend und beglückende des Kunstwerks diese ganze Wirklichkeit überzieht – aber für mich ist es ja noch ganz ganz etwas andres, als ein höchst merkwürdiges Document, es ist ein Stück deines Lebens, du hast es durchlebt und und hast es dargestellt, und mehr als das – mir ist: du mußtest solches durchleben und solches darstellen, wie sehr sprichst *du* daraus, nur du, ein einziges Wesen auf der Welt – darum kann ich das Stück Papier mit den schwarzen Columnen nicht vor mir sehen, ohne daß etwas an meinem Herzen reißt – noch anders, doch noch ganz anders als alles, was seit vier Monaten geschieht, an

allen Herzen reißt. Wie oft in diesen Wochen, Alfred, hab ich in Gedanken an dich geschrieben, in meinem Amt oder in der Bahn – aber immer wieder kam die Ordonnanz herein mit dringenden Stücken oder es riß eine andere unmittelbare Sorge mein Denken weg, und doch habe ich *unter* den andern Dingen immer wieder an dich gedacht – und heute, Alfred, auch heute kann ich nicht ganz so schreiben, wie ich möchte – es ist zu viel, das sich zudrängt, zu heftig, zu verworren – so laß mich nur dies hinschreiben: Verzeih mir, daß ich dir weh getan habe und laß dein Herz mich wieder aufnehmen unter deine Freunde! Du darfst es tun, Alfred, denn glaub mir: nie hab ich dir aus kaltem, engem Herzen weh getan – mein Handeln war nur viel leidenschaftlicher als du wußtest und glaubtest. Nicht um mich ist es mir gegangen, Alfred, sondern um mein Bild von dir – und als dies Bild in mir anfing, zu schwanken, ja, sich zu zersetzen, da hab ich leidenschaftlich gegen dich gehandelt, hart – ja ich weiß es, es tut mir so unsagbar leid – aber ich darf dir heute auch sagen, und ich weiß daß du mir glauben wirst: nie hab ich aufgehört, dich lieb zu haben – wie leicht wäre mir es gewesen, anders zu sein, wenn du mir jemals gleichgiltig gewesen wärst.

Zweimal, mich in meiner eigenen Tat unmittelbar zu strafen, hat ein Dämon hineingespielt: das erste Mal in Neubeuern, daß er den Brief, der aus dem Herzen zu deinem Herzen reden wollte, dich nicht erreichen ließ – daß du kamest und andere dir sagten, ich habe dich gebeten nicht zu kommen – was niemals andere hätten sagen müssen sondern nur mein Brief hätte sagen dürfen, der dann uneröffnet an mich zurückkam und den ich wieder in törichter Leidenschaftlichkeit verbrannte.

Zum zweiten Mal dann in Berlin in dem Hôtel, das ist mir dunkel und trüb zu denken – unglückselige Fügung in dem kleinen wie – wie ein Page mir ausrichtete, du säßest unten in Gesellschaft und erwartetest mein Nachhausekommen und ich weiß nicht welches dämonische Widerstreben in mir, du würdest getrunken haben, überlebhaft sein – mein Hinaufschleichen auf der Hinterstiege, die Tür verriegeln – dann daß ich 24 Stunden, 48 – verstreichen ließ, bevor ich an dich schrieb – ich kann es mir nicht verzeihen. So verzeihe du mir.

Du sollst mir nicht schreiben, Alfred, jetzt nicht. Vielleicht daß ich wenn du dann wieder Dienst machst, für 2 Tage nach Berlin kann, dich sehe, dir die Hand drücke – oder Weihnachten? Wie glücklich wäre ich dein Gesicht zu sehen. Rudis, Mädi, Clärchen – es ist ja das Beste meines Lebens, Ihr alle – aber ich glaube nicht, daß ich vor Kriegsende von hier auch nur für 24 Stunden fortkomm. Du sollst mir nicht schreiben – aber wenn du mir verzeihen kannst, wenn du mit Liebe wieder an mich denken kannst, so schicke mir *als ein Zeichen* auf einer offenen Karte Dehmels Feldpostadresse.

Leb wohl. Dein Hugo

verschiedenes Gedruckte: H. v. H. ließ ab September 1914 mehrere politische Aufsätze veröffentlichen. U. a. ›Appell an die oberen Stände‹, E: Wien, Neue Freie Presse 8. 9. 1914, ›Die Bejahung Österreichs‹, E: Wien–Leipzig, Österr. Rundschau 1. 11. 1914. Siehe G. W., Prosa III.

H. v. H 2. 1. 1915 322
beim Stelzer: Gasthof.
ein unannehmbares Verhältnis: An dieser Stelle schrieb Eberhard von Bodenhausen am Rande des Briefes »Richtig«.
Hyperion: Hyperion oder der Eremit in Griechenland, Roman von Friedrich Hölderlin (1797–1799).

O. D. S. 5. 1. 1915 324
die Trauer um seinen Sohn: Kurt von Schwartz war mit 29 Jahren freiwillig aus dem Leben geschieden.

H. v. H. 10. 1. 1915 324
das Lazarett: man hatte auf Schloß Neubeuern ein Lazarett für dreißig Soldaten und acht Offiziere eingerichtet. Die Offiziere lebten wie Gäste des Hauses.
Brief von Julie: nicht vorhanden.
Kellers Züricher Novellen: ›Züricher Novellen‹ (1878).

H. v. H. 6. 2. 1915 326
daß Sie vielleicht zu uns kommen werden: der geplante Besuch fand nicht statt.

H. v. H. 1. 8. 1915 329
den 21. August: aus dem Poststempel dieses Briefes, ebenfalls dem

Inhalt geht hervor, daß H. v. H. sich im Datum geirrt hat. Es muß 1. 8. 1915 heißen.
ich kam Ende Juni aus den besetzten Gebieten zurück: H. v. H. hatte eine Dienstreise nach Krakau gemacht.
Rede von Borchardt: ›Der Krieg und die deutsche Selbsteinkehr‹, Rede am 5. Dezember 1914 in Heidelberg gehalten; erschien bei Richard Weißbach, Heidelberg 1915. Vgl. H. v. H.s Anzeige, ›Rudolf Borchardt‹. E: Berliner Tageblatt, 28. November 1916. Jetzt G. W., Prosa III.

321 O. D. S. 9. 8. 1915
durch Courtens Kunst: Carlo Graf Courten (1875–1942), Architekt.

332 H. v. H. 14. 10. 1915
die Bibiana: eine alte, weise Bäuerin in der Nachbarschaft von Hinterhör, eine starke Persönlichkeit. Alle, die sie aufsuchten, waren von ihr tief beeindruckt.

336 H. v. H. 19. 1. 1916
ich schrieb Ihnen am 5ten: vermutlich ein Irrtum: die vorigen Briefe tragen die Daten 2. 1. und 8. 1.

337 H. v. H. 7. 2. 1916
Ihr Brief: nicht vorhanden.

339 H. v. H. 27. 2. 1916
einer bezaubernden kleinen Tänzerin: Lillebil Christensen, damals fünfzehnjährig, war 1917–1920 Solotänzerin bei Reinhardt.

340 O. D. S. 1. 4. 1916
Dann kommt Ali Baba: H. v. H. schenkte O. D. S. ein Exemplar der 1907 im Insel Verlag erschienenen Ausgabe von ›Die Erzählungen aus den tausendundein Nächten‹. Er hatte dazu eine Einleitung geschrieben. Jetzt G. W., Prosa II.

H. v. H. 30. 5. 1916 341

der Van Gogh: dieses Bild wurde zur Aufbewahrung nach Hinterhör geschickt. Von H. v. H. auf Empfehlung Bodenhausens 1916 erworbenes Blumenstück. Nach dem Kriege in Rodaun. Das Bild erwies sich später als unecht. Vgl. Coche de la Ferté, ›Hofmannsthal‹. Paris, Editions Seghers 1973.

O. D. S. 11. 6. 1916 342

die »Lästigen«: H. v. H. hatte O. D. S. ein Typoskript des Stückes (nach Molières ›Les fâcheux‹) geliehen. Es wurde am 26. April 1916 in Berlin uraufgeführt. Der Druck erfolgte erst im Herbst 1917 (Marsyas I, 2, Sept. / Okt.). Jetzt G. W., Lustspiele II.
Egon Beroldingen: Egon Graf Beroldingen (1885–1933), Verwandter der Familie Degenfeld.

H. v. H. 1. 8. 1916 343

die Briefe von van Gogh: Vincent van Gogh, ›Briefe an seinen Bruder‹, ins Deutsche übertragen von Leo Klein-Diepold, Berlin, Paul Cassirer Verlag 1914.
Graf Brandenstein: Karl Alexander Graf Brandenstein-Zeppelin (1881–1949).
die Ariadne: die Uraufführung der neuen Fassung von ›Ariadne auf Naxos‹ (ohne Molières Komödie) fand am 4. Oktober in der Wiener Hofoper statt.

H. v. H. 8. 9. 1916 344

daß wir Sie zum 2. X. erwarten: Eintragung im Rodauner Gästebuch: »Ottonie Degenfeld 5.–16. 10. 16.«
ein gewisser Brief: nicht vorhanden.

H. v. H. 9. 12. 1916 345

Auf diesem Brief notierte O. D. S.: »Julies Hochzeit 1916 9. Dez.« J. v. W. heiratete Hans Wolfgang Herwarth von Bittenfeld (1871 bis 1942). Die Ehe wurde 1922 geschieden.

H. v. H. 24. 5. 1917 346

»Bürger als Edelmann«: eine erneute Bearbeitung der Molièreschen

Komödie. E: Berlin, Adolph Fürstner Verlag 1918. Jetzt G. W., Lustspiele III.
Fischer: Samuel Fischer (1859–1934), gründete 1886 in Berlin den S. Fischer Verlag.
den dritten Band der Prosaschriften: ›Die prosaischen Schriften‹, Band III, Berlin, S. Fischer Verlag 1917.
eine Reise nach Prag: Dienstreise im Juni 1917.
noch ungeschriebene Gesellschaftscomödie: ›Der Schwierige‹, erste Einfälle schon 1908. E: Neue Freie Presse, 1920. Jetzt G. W., Lustspiele II.

347 O. D. S. 8. 6. 1917
»Marsyas«: eine Zweimonatsschrift im Großformat, herausgegeben von Theodor Tagger (Ferdinand Bruckner). Von H. v. H. erschienen dort ›Reflexionen‹ (I, 1, Juli 1917) und ›Die Lästigen‹. Vgl. O. D. S. Brief vom 11. 6. 1916, Anm. S. 601.
dem japanischen Goldhimmel: ein antiker japanischer Paravent, den H. v. H. in Hinterhör untergestellt hatte.

347 H. v. H. 11. 8. 1917
von einem bisher Unbekannten: Rudolf Pannwitz (1881–1969), Schriftsteller, Kulturphilosoph. Den Briefwechsel mit ihm bezeichnete H. v. H. als »schicksalhaft« für sein Leben.

349 O. D. S. 13. 8. 1917
Meier Graefes Entwicklungsgeschichte: J. Meier-Graefe, ›Entwicklungsgeschichte der modernen Kunst‹. München, R. Piper Verlag. 1. Auflage 1904. 2. Auflage 1914.
Tannhauser: Heinrich Thannhauser, Münchner Kunsthändler.
in den »Talenten«: Karl Scheffler, ›Talente‹, Berlin, Bruno Cassirer Verlag, 1917. Illustrationen von Hans Meid (1883–1957). H. v. H. hatte eine Widmung hineingeschrieben: »O. D. Weihnachten 1916 H. H.«
die Angelegenheit Borchardt: Eberhard von Bodenhausen am 25. 7. 1917 an H. v. H.: »Die Postkarte an Borchardt hat Wunder gewirkt. Der erwartete lange Brief ist eingetroffen ... habe allen Groll verbrannt. Und das danke ich dir.«

H. v. H. 21. 8. 1917 352
den Band von Meier-Graefe: ›Corot und Courbet‹, Leipzig, Insel-Verlag 1905. 2. Auflage München, R. Piper Verlag 1911, 3. Auflage 1912.
Heinemann: Münchner Kunsthändler.

H. v. H. 21. 8. 1917 an M. T. 353
Deine Zeilen: in einem nicht vorhandenen Brief hatte die neunjährige Tochter von O. D. S. ihre Enttäuschung ausgedrückt, daß H. v. H. dieses von ihr geliebte Bild von van Gogh zu sich holen wollte.

H. v. H. 15. 9. 1917 354
Von den Vorfällen dort: nicht ermittelt.
Graf Bernsdorff: Albrecht Graf von Bernsdorff (1890–1945), ab 1916 Legationssekretär an der deutschen Botschaft in Wien.
sein Onkel: Johann Heinrich Graf von Bernsdorff (1862–1939), ab 1917 Botschafter in Konstantinopel.

O. D. S. 14. 11. 1917 355
Cari … Helene: Figuren aus ›Der Schwierige‹.
Geiger: Benno Geiger (1882–1965), Kunsthistoriker, Sammler und Schriftsteller: lebte damals in Rodaun. Vgl. H. v. H.s ›Vorwort zu Handzeichnungen alter Meister aus der Sammlung Dr. Benno Geiger‹, Zürich – Leipzig – Wien, Almathea Verlag 1920. Jetzt G. W., Prosa III.
in Borchardts Gedichten: ›Rudolf Borchardts Jugendgedichte‹, im Auftrag von Alfred Walter von Heymel bei W. Drugulin in Leipzig in hundert numerierten Exemplaren gedruckt, 1913.

H. v. H. 19. 11. 1917 356
charmanter Brief von Pannwitz: in einem Brief vom 18. 11. 1917 hatte Pannwitz an H. v. H. geschrieben: »Also die einladung der Graefin Degenfeld nehme ich mit vielen und groszen freuden an. nur dass ich blosz 24 stunden allein sein darf ist mir viel zu wenig. bei einer derart ruecksichtvollen gastfreundschaft muss man mir schon 36 stunden einsamkeit zubilligen. was und wie Sie das alles schreiben erinnert unmittelbar ans 18. jahrhundert. ueberhaupt habe ich hier

immer oefter das gefuehl im 18. und 20. jahrhundert auf einmal zu leben. die Graefin Degenfeld ist ganz ohne ihre schuld bei uns in eine ganz sonderbare mystische rolle geraten. gleich als sie das erste mal genannt wurde sagte ich zu meiner frau sie waere ganz gewisz irgend jemand und wir wuerden sie kennen lernen und sie wuerde ihr naechstens schreiben – so haette ich das gefuehl / und blieb dabei auch als der umzug nicht mehr in frage kam. also hatte ich recht. ich freue mich nun wirklich und sehr auf die zeit und bitte Sie es ihr bei gelegenheit mit meinem dank zu sagen.«
Fürberg: gegenüber von St. Gilgen am Wolfgangsee, Wohnort von Pannwitz.
der zweite Akt: der Komödie ›Der Schwierige‹.
Ferdinand Colloredo: Ferdinand Graf Colloredo-Mansfeld (1878 bis 1967), seit 1917 Chef des Kabinetts.
Mensdorff: Albert Graf Mensdorff-Pouilly (1861–1945), 1904–1914 österreichisch-ungarischer Botschafter in London.
Redlich: Josef Redlich (1869–1936), Jurist und Politiker. Siehe H. v. H. – Josef Redlich ›Briefwechsel‹, hrsg. von Helga Ebner-Fußgänger. Frankfurt am Main, S. Fischer Verlag 1970.
Kühlmann: Richard von Kühlmann (1873–1948), 1917–1918 Unterstaatssekretär des Auswärtigen Amtes.
den blühenden dritten Buben: Paul Manfred von Nostitz (1914 bis 1917).

357 O. D. S. 27.12.1917
die Prosaschriften: Band III der ›Prosaischen Schriften‹, enthaltend unter anderem ›Die Wege und die Begegnungen‹, ›Furcht. Ein Gespräch‹ und ›Augenblicke in Griechenland‹, vgl. ›Der Wanderer‹, Abdruck S. 515 ff.
bei der neuen Göttin: griechisches Original einer sitzenden Göttin im Alten Museum, 1914 von der Antiken-Abteilung der Berliner Museen erworben.

359 H. v. H. 9.1.1918
eine sehr merkwürdige andere dramatische Arbeit: ›Die beiden Götter. Ninyas-Semiramis-Tragödie‹. Ein Entwurf. E: München, Rupprecht-Presse 1933. Jetzt in G. W., Dramen III.
einen anderen alten Complex: ›Das Leben ein Traum‹. Eine Bearbei-

tung des Calderonschen Dramas, 1901–1904 begonnen, wurde erneut aufgenommen und führte zu der 1. Fassung des Trauerspiels ›Der Turm‹.
Aert de Gelder: (1645–1727), der letzte bekannte Schüler Rembrandts.

O. D. S. 24. 1. 1918 361
Wir machen momentan sehr schwer mit Karin durch: Karin von Bodenhausen litt unter tiefen Depressionen; 1920 schied sie freiwillig aus dem Leben.
Ihre Maria Theresia: ›Maria Theresia, zur zweihundertsten Wiederkehr ihres Geburtstages‹. E: Neue Freie Presse, 13. Mai 1917. Jetzt G. W., Prosa III.

O. D. S. 18. 2. 1918 363
»Die Befreiung des Ödipus«, »Der Tod des Empedokles«: Aus Rudolf Pannwitz' ›Dionysischen Tragödien‹, Nürnberg, Verlag Hans Carl 1913.

H. v. H. 27. 2. 1918 364
daß ich Gandegg für ihn erreichen kann: H. v. H. versuchte erst am 29. 10. 1919 durch einen Brief an seinen Freund Benno Geiger, Pannwitz eine Einladung auf Schloß Gandegg in Eppan zu verschaffen.
die Generalprobe vom Bürger als Edelmann: O. D. S. besuchte die Proben am 6. April. Die Uraufführung fand dann am 9. April statt.
Herrn Mauracher: Freund von Rudolf Pannwitz.
aus dem Münchner Speicher: Speicher in Neubeuern, in dem Sachen aus einer in München aufgelösten Wohnung abgestellt wurden.

O. D. S. 1. 3. 1918 366
Stellen..., für die er mal ausersehen war: 1915 wurde Eberhard von Bodenhausen für den Posten des Botschafters in Washington vorgeschlagen. 1916 und wieder im März 1917 wurde ihm das Amt des Reichskanzlers angetragen.
Hyperboräer... der blauen Blume... Zarathustra... vom dionysischen Periodos: Werke von Pannwitz: ›Die heiligen Gesänge der Hy-

perboräer‹ (unveröffentlicht), ›Der Dichter und die blaue Blume‹ (unveröffentlicht), ›Zarathustras andere Versuchung‹ (3. Teil der ›Trilogie des Lebens‹, 1929), ›Dionysische Tragödien‹ (1913), Nürnberg, Hans Carl Verlag.
Aufsatz über Goethe als Politiker: ›Goethe und Europa. Die Neue Rundschau XXIX, 5 (1918).
sein politisches Buch: ›Deutschland und Europa. Grundriss einer deutsch-europäischen Politik‹, Feldafing, Verlag Hans Carl 1918.

367 H. v. H. 17. 3. 1918
nach D.: Degenershausen, Gut von Eberhard von Bodenhausen.

371 H. v. H. 6. 4. 1918
Auf diesem Brief ist ein Vermerk von O. D. S.: »Proben zum Bürger als Edelmann 6. 4. 1918.«

371 H. v. H. 10. 4. 1918
diese zwei Stiche zu den »Lästigen«: zwei der Stiche, die Hans Meid für den illustrierten Druck der ›Lästigen‹ in Marsyas I,2, angefertigt hatte, auf einem Blatt mit der Widmung »Herrn v. Hofmannsthal in Verehrung Hans Meid«.

371 H. v. H. 16. 5. 1918
unermeßlich viel verloren: Eberhard von Bodenhausen war am 6. Mai an einem Gehirnschlag gestorben.
Sein letzter Brief: aus Berlin vom 3. Mai.

373 O. D. S. 20. 5. 1918
seine Worte am Grabe: ›Rede am Grabe Eberhard Bodenhausens‹, gehalten am 12. Mai 1918. E: München, Wieland-Verlag, 1918, später in Neue Deutsche Beiträge, I,3 (Juli 1923). Jetzt in ›Eberhard von Bodenhausen. Ein Leben für Kunst und Wirtschaft‹. Düsseldorf–Köln, Eugen Diederichs Verlag 1955, sowie Rudolf Borchardt G. W., Prosa I, Stuttgart, Ernst Klett Verlag 1957.
Herbst: Hans Herbst, Sekretär von Eberhard von Bodenhausen.

375 H. v. H. 27. 5. 1918
den nahen Tod des Vaters: der Vater von O. D. S. starb Ende Mai.

Lied des Harlekin: Siehe H. v. H. Brief vom 12. 9. 1911, Anm. S. 581.
»Willst Du ...«: Aus Schillers Gedicht ›Die Teilung der Erde‹.

O. D. S. 9. 6. 1918 378
Gedicht ... für die Frau v. Kühlmann: Myra (Marguerite) von Kühlmann, geb. von Stumm (1884–1917). Das Gedicht: ›Mnemosyne‹. E: ›Marguerite von Kühlmann, Gedenkblätter aus ihrem Freundeskreis‹, 1919. Jetzt G. W., Gedichte und lyrische Dramen.
Ich werde es Ihnen abschreiben: Das Gedicht erscheint hier, mit der Erlaubnis von R. A. Schröders Nichte, Frau Marie Luise Borchardt, zum ersten Mal.

O. D. S. 26. 6. 1918 380
seinen »Armen Heinrich«: Hartmann von Aue: ›Der arme Heinrich‹. Besorgt von Rudolf Borchardt. E: München, Verlag der Bremer Presse 1925. Jetzt G. W., Übertragungen, Stuttgart, Ernst Klett Verlag 1958.
»Der Dichter und die Geschichte«: Der Vortrag wurde in der Mannheimer Sternwarte gehalten. E: (2. stark überarbeitete Fassung) Neue Zürcher Zeitung, Fernausgabe, 13. und 14. Juni 1959. Jetzt G. W., Prosa IV, Stuttgart, Ernst Klett Verlag 1973.
B.: Im Juli war R. A. Schröder in der Nachrichtenabteilung, Berlin, von August–Mai 1919 bei der Gesandtschaft in Den Haag.

H. v. H. 30. 6. 1918 381
wundervoll schreibt er über Sie: siehe Einleitung, S. 11 f. Der dort zitierte Passus aus Borchardts Brief vom 22. 6. 1918 wurde im Briefwechsel H. v. H. – Rudolf Borchardt nicht gedruckt.
P.: Rudolf Pannwitz.

O. D. S. 11. 7. 1918 386
den Durant: ›Der Durant. Ein Gedicht aus dem männlichen Zeitalter‹. Jetzt G. W., Gedichte, Stuttgart, Ernst Klett Verlag 1957. Das Geschenkexemplar für O. D. S. (Nr. 318 der Erstausgabe, Berlin, Ernst Rowohlt Verlag 1920) enthält die Widmung: »Der lieben und verehrten Gräfin Ottonie Degenfeld ... Borchardt Hinterhör Advent 20«

Wieland: ab 1915 in Berlin erscheinende ›Deutsche Wochenschrift für Kunst und Literatur‹; von 1916–1920 monatlich im Wieland-Verlag, München, Hauptherausgeber: Bruno Paul.
die Villa Rosa: Neben H. v. H.s Sommerhaus in Aussee.

387 O. D. S. 14. 8. 1918
all die farbenfrohen Bilder: Eberhard von Bodenhausen besaß eine Sammlung französischer Impressionisten.
die Petra: Rudolf Borchardt las in Berlin bei Reinhardt das dramatische Fragment ›Petra und das Tier‹ vor. E: (Teildruck) Neue Schweizer Rundschau, Heft 3/1927. Jetzt G. W., Dramen, Stuttgart, Ernst Klett Verlag 1962.
Andrian an die Burg: H. v. H. hatte über den Grafen Colloredo die Berufung Leopold von Andrians zum Intendanten der kaiserlichen Theater betrieben.

389 O. D. S. 26. 10. 1918
Es umwölkt sich so von allen Seiten: deutet auf die Spartakisten-Revolution hin, die am 7. November ausbrach (Aufstand der Matrosen in Kiel).

389 H. v. H. 10. 11. 1918
B. B.: Sibylle (Billy) Blei, Tochter von Franz Blei. Spielte in der Uraufführung von ›Die Frau ohne Schatten‹ die Erscheinung eines Jünglings.

390 O. D. S. 25. 11. 1918
2): zwei Postkarten: Damit ihr Schreiben möglichst rasch die Zensur passierte, schickte O. D. S. zwei offene Karten.

391 H. v. H. 26. 11. 1918
Liebknecht: Karl Liebknecht (1871–1919), Leiter des Spartakusbundes.
Ludendorff: Erich Ludendorff (1865–1937), enger Mitarbeiter Hindenburgs. Verlangte Ende September ein deutsches Waffenstillstandsangebot. Am 26. 10. vom Kaiser entlassen.

O. D. S. 16. 1. 1919 392

»Die polnischen Bauern« von Reymont: ›Die Bauern‹, Roman von Wladyslaw Reymont, 1904–1909 polnisch erschienen, deutsch 1912.
die Revolution von Carlyle: ›Geschichte der französischen Revolution‹ von Thomas Carlyle (1837, dt. 1889).
Treitschke: ›Deutsche Geschichte im 19. Jahrhundert‹ 5 Bde. (1879 bis 1894).

H. v. H. 6. 2. 1919 394

Wolde: Ludwig Wolde, Mitbegründer der Bremer Presse.
D.: Degenershausen.
S. B.: Sibylle Blei.
Hebra: Wilhelm von Hebra (1886–1945), Schriftsteller, Feuilletonist.
Das neue Buch von Wassermann: der Roman ›Christian Wahnschaffe‹, 2 Bände, Berlin, S. Fischer Verlag 1919.
einen sehr schönen Faust I u. II spielen: Dieser Plan wurde nicht ausgeführt.
Nadler Band III: Josef Nadler, ›Literaturgeschichte der Deutschen Stämme und Landschaften‹, Band III: ›Hochblüte der Altstämme bis 1805 und der Neustämme bis 1800‹. Regensburg, Josef Habbel, 1918.

H. v. H. 14. 4. 1919 397

an einem reizenden Buch: nicht ermittelt.

O. D. S. 27. 4. 1919 400

Puppy: Helen van de Velde (1898–1935), Tochter von Henry van de Velde.
hier herüber zu ziehen: nach Hinterhör. Die Spartakisten hatten sich auf der linken Seite des Inns versammelt, und man befürchtete, daß sie die Brücke überqueren, das Schloß erstürmen und die Bewohner als Geiseln nehmen würden.

H. v. H. 11. 6. 1919 402

Marle: Marie Luise Voigt, geb. 1896, Nichte von R. A. Schröder und spätere Frau von Rudolf Borchardt.

die Wiener erste Aufführung: die Premiere fand erst am 10. Oktober statt.
B.: Rudolf Borchardt.
Michelet's Histoire de la France: Jules Michelet, ›Histoire de France‹, 16 Bände (1837–1867).

404 H. v. H. 19. 7. 1919
Albrecht Schaeffer: (1885–1950), Lyriker, Dramatiker, Erzähler: ›Gudula‹ (1918).
Hebbels Gedichte: H. v. H. hatte O. D. S. ›Hebbels Gedichte‹, Insel-Bücherei Nr. 59, geschenkt.

407 O. D. S. 25. 7. 1919
den Isenheimer Altar: Der Altar von Matthias Grünewald wurde während des Krieges in der Alten Pinakothek, München, sichergestellt.
Oper Dandolo: ›Herr Dandolo‹ von Rudolf Siegel (1878–1948).
die zauberhafte Nachtigall: Marie Luise Voigt. Anspielung auf ihre Gesangsausbildung.
»Le Feu«: Roman von Henri Barbusse (1916).
Puppys Bräutigam: Joachim von Schinckel, geb. 1896.
unser Bezirk geöffnet: wegen der regional erschwerten Ernährungslage bestand ein behördliches Einreiseverbot.
Rilkes Rodin: Studie über den französischen Bildhauer Auguste Rodin. E: In der von Richard Muther herausgegebenen Reihe ›Die Kunst‹ Berlin, Verlag Julius Bard 1902.
ein neues Buch von Keyserling: Hermann Graf von Keyserling, ›Reisetagebuch eines Philosophen‹ 2 Bde. München, Duncker und Humblot 1919.

413 O. D. S. 9. 11. 1919
der dritte Akt: des Lustspiels ›Der Schwierige‹.
die Zeitschrift: diese Pläne, eine Zeitschrift herauszugeben, führten zur Begründung der Neuen Deutschen Beiträge, Bremer Presse (1922–1927). Vgl. Rudolf Hirsch ›Zur Vorgeschichte zweier Zeitschriften. Unveröffentlichte Briefe H. v. H.s und Rudolf Borchardts zu den Zeitschriften Neue Deutsche Beiträge und Corona‹, in Philobiblon, XV, 4, S. 277–287.

Es war entzückend bei Ihnen: Eintragung im Rodauner Gästebuch: »Ottonie Degenfeld 8.–21. 10. 19.«
dem neuen Kassner: ›Zahl und Gesicht‹, Leipzig, Insel Verlag 1919.
Tessenow: Heinrich Tessenow: ›Handwerk und Kleinstadt‹, Berlin, Bruno Cassirer 1919.
in der »Krisis«: Rudolf Pannwitz, ›Die Krisis der europäischen Kultur‹, Nürnberg, Hans Carl Verlag 1917.
das Märchen: ›Die Frau ohne Schatten‹.

H. v. H. 13. 11. 1919 414
Schereschewski: Arnold Schereschewsky (1878–1959), Schwager von H. v. H.
Irene: Irene Hellmann (1882–1944), Schwester von Josef Redlich, Frau des Industriellen und Mäzens Paul Hellmann. Siehe H. v. H. ›Briefe an Irene und Paul Hellmann‹, hrsg. von Werner Volke, Jahrbuch der Deutschen Schillergesellschaft XI, Stuttgart, Alfred Kröner Verlag 1967.
meinen bourgeois gentilhomme: ›Herr von Heintl‹, später auch ›Der glückliche Leopold‹ genannt (nicht identisch mit ›Dominic Heintl‹). Entwürfe im Nachlaß.
Minna Herzlieb: Vorbild der Ottilie in Goethes ›Die Wahlverwandtschaften‹.
P.: Rudolf Pannwitz.
die »deutsche Lehre«: von Rudolf Pannwitz, Feldafing, Verlag Hans Carl 1919.

H. v. H. 19. oder 20. 11. 1919 417
Der Verkauf des Hodler: aus finanziellen Gründen entschloß sich H. v. H., sein Bild von Hodler (Thuner See) an den Schweizer Sammler Oskar Reinhart zu verkaufen.
Carl Burckhardt: Carl Jakob Burckhardt (1891–1974), Schweizer Historiker, Schriftsteller und Diplomat. Siehe H. v. H. – Carl J. Burckhardt ›Briefwechsel‹, hrsg. von Carl J. Burckhardt, Frankfurt am Main, S. Fischer Verlag 1956. – Carl J. Burckhardt: ›Erinnerungen an Hofmannsthal und Briefe des Dichters‹, Basel, Verlag Schwabe & Co. 1943; ›Begegnungen mit H. v. H.‹, Die Neue Rundschau, 65. Jg. Heft 3/4, 1954.
Ein sehr tiefgehender Aufsatz von Pannwitz: ›Die Bedeutung des

deutschen Geistes für die Europäische Kultur‹. Der Neue Merkur, III, 5 (1920).

418 O. D. S. 7. 12. 1919
mit diesem Verleger: dem Leiter des Musarion Verlags.
aus dem Weihnachtsspiel in Salzburg: ›Das Halleiner Weihnachtsspiel‹, in einer Nachdichtung von Max Mell; die Aufführung kam nicht zustande.

419 O. D. S. 9. 12. 19
Armer Rudi – armer Borchardt: Es geht um den »herzensschweren Aufschub« der Verbindung mit Marie Luise Voigt, R. A. Schröders Nichte.
mit der Zeitschrift: Neue Deutsche Beiträge.

421 O. D. S. 11. 12. 1919
das Inselschiff, was haben Sie da für schöne Gedanken: im ersten Heft dieser Zeitschrift finden sich von H. v. H. Aphorismen, ›Aus einem Notizbuch‹. 1922 ins ›Buch der Freunde‹ aufgenommen, vgl. H. v. H. Brief von 1. Hälfte April 1921, S. 446.

424 H. v. H. 6. 2. 1920
eine schöne kleine Zweimonatsschrift: siehe die Anmerkung zu dem Brief von O. D. S. 9. 11. 1919, S. 610.

425 O. D. S. 9. 2. 1920
Bärbi: Barbara Sprecher von Bernegg (1891–1974).
Albrecht: Bruder von O. D. S.
Dora: Dora Schröder (1887–1950), Schwester von R. A. Schröder.

428 O. D. S. 17. 2. 1920
die Ode: ›Aussee‹ von R. A. Schröder, 1918. Jetzt G. W., Die Gedichte, Berlin und Frankfurt, Suhrkamp Verlag 1952.

430 H. v. H. 8. 6. 1920
auf ein ruhiges längeres Dort-sein: diesen Brief schrieb H. v. H. auf der Rückreise nach Rodaun, nachdem er (mit Gerty und Christiane) vom 2. bis zum 7. Juni zum ersten Mal in Hinterhör gewohnt hatte. Ein zweiter, hier besprochener, Besuch (von H. v. H. allein) fand im

August statt. Die Eintragung im Hinterhörer Gästebuch lautet: »Hugo Hofmannsthal 31 VII–19 VIII 1920. (Der Schwierige Act III. letzte Scene) (L. [eben] e. [in] Tr. [aum] [= ›Der Turm‹] Act I.)«
hier Jedermann in der offenen Winterreitschule: die Erstaufführung des ›Jedermann‹ fand am 22. August auf dem Domplatz in Salzburg statt.
Kanzler: R. Kanzler, häufiger Gast auf Schloß Neubeuern.
Gedenkblatt für Frau von Kühlmann: Vgl. O. D. S. Brief vom 9. 6. 1918, S. 378.

H. v. H. 3. 7. 1920 432
vor einer neuen recht schweren Arbeit: ›Der Turm‹.
Simplicius Simplicissimus: ›Der abenteuerliche Simplicissimus‹ von Hans Jacob Christoph von Grimmelshausen (1669).
Buddho-übertragungen: siehe H. v. H., ›K. E. Neumanns Übertragung der Buddhistischen Heiligen Schriften, anläßlich einer neuen Ausgabe der Reden Gotamo Buddhos‹. E: Münchner Neueste Nachrichten, 18. / 19. Juni 1921. Jetzt G. W., Prosa IV.

O. D. S. 30. 9. 1920 434
Deventer: Sam van Deventer, Mitarbeiter von Otto Kröller-Müller.
Frau Kröller: Helene Kröller-Müller (1862–1947), Frau von Otto Kröller-Müller (1869–1939), dem Begründer und Mäzen des Van Gogh Museums in Otterlo, Holland.

H. v. H. 19. 10. 1920 435
Dame Kobold: Lustspiel in drei Aufzügen von Calderón. Freie Übersetzung für die neuere Bühne von H. v. H. E: Berlin, S. Fischer Verlag 1920. Jetzt G. W., Lustspiele IV. Die Wiener Erstaufführung fand am 26. September im Redoutensaal statt. Regie: Max Reinhardt.
»Verkündigung«: ›Verkündigungen‹ von Rudolf Borchardt. Der allein ausgeführte Teil des zweiteilig geplanten dramatischen Gedichts ›Die Päpstin Jutta‹. E: Berlin, Ernst Rowohlt Verlag 1920. Jetzt G. W., Dramen, Stuttgart, Ernst Klett Verlag 1962.

436 H. v. H. 27. 10. 1920
die Beethoven-rede: ›Rede auf Beethoven‹, gehalten bei der Beethovenfeier des Lesezirkels Hottingen in Zürich am 10. Dezember 1920. E: Neue Zürcher Zeitung, 19. Dezember 1920. Jetzt G. W., Prosa IV.

436 H. v. H. 15. 12. 1920
Basel, Rittergasse 20: Carl J. Burckhardts Elternhaus.
Wiegand: Willy Wiegand (1884–1961), Leiter der Bremer Presse. H. v. H.: ›Briefe an Willy Wiegand und die Bremer Presse‹, hrsg. von Werner Volke. Jahrbuch der Deutschen Schillergesellschaft VII, Stuttgart, Alfred Kröner Verlag 1963.

437 H. v. H. 26. 12. 1920
der Bub: Hans Wilke, Sohn von Eberhard von Bodenhausen.
Fräulein Auguste Adler: Auguste (Gusti) Adler (1890–1985), Sekretärin von Max Reinhardt. Ihre Erinnerungen an Max Reinhardt erschienen unter dem Titel ›... aber vergessen Sie nicht die chinesischen Nachtigallen‹, München und Wien, Langen Müller 1980.

439 H. v. H. 3. 1. 1921
den »Abenteurer«: ›Der Abenteurer und die Sängerin‹. E: Neue Deutsche Rundschau, X, 4 (April 1899). Jetzt G. W., Dramen I.

440 H. v. H. Dienstag 1921
dort ist wieder alles unsicher: bezieht sich auf den Versuch von H. v. H., das Reinhardt-Ensemble für längere Zeit an das Burgtheater zu binden.

442 O. D. S. 2. 3. 1921
von dem netten Amerikafreund: Otto Haas (1872–1960), Industrieller. Absender des Amerikapakets, vgl. O. D. S. Brief vom 15. 6. 1920, S. 431.
Die Reden und Gleichnisse des Tschuang Tse: Deutsche Auswahl von Martin Buber, 4. Auflage, Leipzig, Insel Verlag 1921.

445 O. D. S. 27. 3. 1921
Franzl: Franz Freiherr von Pfetten-Arnbach (1894–1956); Freund des Hauses.

H. v. H. 1. Hälfte April 1921 446
große Teile meiner neuen dramatischen Arbeit: ›Der Turm‹. Der erste und der zweite Aufzug erschienen in Neue Deutsche Beiträge, I, 2 (Februar 1923), der dritte bis fünfte Aufzug Heft II, 2 (Januar 1925).
Buch der Freunde: erschien in einer Auflage von 800 Exemplaren im Insel Verlag, 1922. Jetzt G. W., Aufzeichnungen.

H. v. H. 22. 4. 1921
Grab der Ilaria dell Carretto: Vgl. H. v. H. Brief vom 15. 3. 1913, S. 258.

H. v. H. 18. 5. 1921 449
dem Kind: Kaspar Borchardt, geb. 1921, Patensohn von H. v. H.

H. v. H. 29. 5. 1921 451
»Halbgerettete Seele«: ›Die halbgerettete Seele‹, Gedicht von Rudolf Borchardt. E: Berlin, Rowohlt Verlag 1920. Jetzt G. W., Gedichte, Stuttgart, E. Klett Verlag 1957.

H. v. H. 14. 6. 1921 452
wie sehr ich mich hinfreue: Im Sommer 1921 arbeitete H. v. H. vier Wochen in Hinterhör. Eintragung im Gästebuch: »11. Juli–13. August 1921. Hugo Hofmannsthal (Der Turm IV Welt-Theater Scenar).«
HW: H. W. v. Herwarth. Vgl. H. v. H. 9. 12. 1916, Anm., S. 345.
Premiere des »Schwierigen«: die Uraufführung fand am 8. November im Münchner Residenztheater statt. Am 30. November wurde das Stück in Berlin aufgeführt. Die Aufführung in Dresden kam nicht zustande.

H. v. H. 7. 9. 1921 455
aus Ihrem Brief: nicht vorhanden.
»Welttheater«: ›Das Salzburger Große Welttheater‹ wurde zum ersten Mal am 12. August 1922 in der Kollegienkirche aufgeführt.
Vossler: Karl Vossler (1872–1949). Romanist an der Münchner Universität, als deren Rektor er H. v. H. zu dem Vortrag ›Das Schrifttum als geistiger Raum der Nation‹ (10. Januar 1927) einlud. Die Rede ist Vossler zugeeignet.
Leopoldskron: Schloß bei Salzburg, damals im Besitz von Max Reinhardt.

Isepp: Sebastian Isepp (1884–1957), Maler und Restaurator.
T. oder Z.: Tyralla oder Zimmermann. (Das Bankhaus hieß: Tyralla, Zimmermann und Co.)
am 4ten Act: ›Der Turm‹.

457 H. v. H. 2. 11. 1921
Schwester: Theodora von der Mühll (gen. Dori), geb. Burckhardt (1896–1982).
die Premieren: Vgl. H. v. H. Brief vom 14. 6. 1921 Anm., S. 615.

458 O. D. S. 19. 4. 1922
in Pasing ... ein Internat zu gründen: Die Grot-Schule, O. D. S. von dem Pädagogen Georg Kerschensteiner empfohlen, hatte noch kein Internat. Ende der zwanziger Jahre wurde sie geschlossen, als ihre Gründerin, Martha von Grot, die Leitung aufgab.
ein Mann in Amerika: Otto Haas.

459 H. v. H. 27. 5. 1922
von dem Lustspiel: ›Der Unbestechliche‹. E: Neue Freie Presse, 18. März 1923 (nur der erste Akt). Jetzt G. W., Lustspiele IV.

462 H. v. H. 10. 1. 1923
dem Pallenberg: H. v. H. schrieb das Lustspiel ›Der Unbestechliche‹ für Max Pallenberg, der in der Uraufführung am 16. März in Wien den Diener Theodor spielte.
darf ich ... für 10–14 Tage hinkommen: Eintragung im Gästebuch: »Hugo H 14–18 II. – und 22 II–1. III 1923. Inzwischen bei Pallenberg in Garmisch (›Theodor‹).«

466 H. v. H. 19. 4. 1923
Bildchen von Gavarni: Eine kleine Folge Pariser Carnevalsszenen, ›Pariser Leben‹, von dem französischen Graphiker Paul Gavarni (1804 bis 1866).
Ich vergesse nicht wegen Marie Therese: O. D. S. suchte für ihre Tochter, die Französisch lernen sollte, passende Unterkunft bei einer Genfer Familie.
diese ins Welttheater einzulegende Pantomime: Entwürfe im Nachlaß. (›Christianus der Wirtssohn‹?)
das Häslein: Otto Haas. Anspielung auf die finanzielle Hilfe.

H. v. H. 14. 5. 1923 469

mit diesem jüngeren Freund: Carl J. Burckhardt. Schönenberg ist der Sitz der Familie.

H. v. H. 23. 6. 1923 470

den Vten Act: ›Der Turm‹.

O. D. S. Juli 1923 471

Borchardts Vortrag über »den Dichter und das Dichterische«: gehalten bei Georg Steinicke (Steinicke-Saal) in München. E: (Privatdruck) Münchner Bibliophilen-Gesellschaft, 1924. Jetzt G. W., Prosa I, Stuttgart, E. Klett Verlag 1957.

bei Altieris: Fürstengeschlecht, in Lucca ansässig.

Bilder sind auch von Mädy gekommen: darunter eines von Henri-Edmond Crosz und zwei von Paul Signac. Vgl. O. D. S. Brief vom 14. 8. 1918, Anm. S. 608.

H. v. H. 7. 7. 1923 472

einen Film aus dem »Rosencavalier« zu machen: der ›Rosenkavalier‹-Film wurde im Dredner Opernhaus, 10. Januar 1926 uraufgeführt. Vergleiche H. v. H. – Richard Strauss, ›Der Rosenkavalier, Fassungen, Filmszenarium, Briefe‹, hrsg. von Willi Schuh, Frankfurt am Main, S. Fischer Verlag 1971, S. 311–345.

das Ernstere: Die Arbeit an dem fünften Akt von ›Der Turm‹.

H. v. H. 2. 8. 1923 473

Ein Brief wie dieser: nicht vorhanden.

Ihrer Schwester: Annemarie von Schwartz (1878–1923).

H. v. H. 11. 10. 1923 476

einiges halb-Journalistische: ›Wiener Brief [IV]‹, geschrieben für die führende amerikanische Literaturzeitschrift The Dial, Vol. 75, Nr. 9, September 1923. Jetzt G. W., Aufzeichnungen.

die »ägyptische Helena: »Die ägyptische Helena‹, Oper in zwei Aufzügen. E: Berlin, Adolph Fürstner Verlag und Leipzig, Insel Verlag 1928. Jetzt G. W., Dramen IV.

dürfte ich ... zu Ihnen kommen: im Hinterhörer Gästebuch: »15. XI. bis 6 XII 1923. Hofmannsthal (»Helena« II Act).«

478 H. v. H. 23. 10. 1923
»die geliebte Kleinigkeit«: Untertitel ›Ein Schäferspiel in einem Akt und in Alexandrinern‹. E: Berlin, Rowohlt Verlag 1923. Jetzt G. W., Dramen, Stuttgart, E. Klett Verlag 1962.
das Buch eines ganz jungen Menschen: Ludwig von Pigenot, ›Hölderlin, das Wesen und die Schau. Ein Versuch‹, München, Hugo Bruckmann Verlag 1923.
Expedition durch Kleinasien: Carl J. Burckhardt, ›Kleinasiatische Reise‹. E: Neue Deutsche Beiträge, I, 1 (April 1924) und II, 2 (Januar 1925) unter dem Titel ›Aufzeichnungen über eine Reise in Kleinasien‹. Inspektionsreise im Auftrag des Internationalen Komitees vom Roten Kreuz.

480 H. v. H. 2. 11. 1923
die Oper: ›Die ägyptische Helena‹.

481 H. v. H. 8. 12. 1923
die Reserl: Mädchen im Haus von H. v. H.
den Memoiren von Paléologue: ›La Russie des Tsars pendant la Grande guerre‹ (1921–22) von Maurice Paléologue, franz. Diplomat und Schriftsteller; 1914–1917 Botschafter in St. Petersburg.
Tirpitz: Alfred von Tirpitz (1849–1930), Großadmiral.
Conrad: Franz Graf Conrad von Hötzendorf (1852–1925), Chef des österreichischen Generalstabes. Seine Memoiren: ›Aus meiner Dienstzeit 1906–1918‹ erschienen in 5 Bänden 1921–26.
W.: Willy Wiegand.
Groth-Öttingen: Zwei Balten, Bekannte von O. D. S.

482 O. D. S. 12. 1. 1924
Ihre schöne Prosa: Vgl. O. D. S. Brief vom 24. 1. 1918, Anm. S. 605.
Christian Leden: Norwegischer Forscher.
in der Presse: Bremer Presse.
die »Ofenfigur«: Frieda Tiersch (1889–1947). Buchbinderin (der Bremer Presse) in München.

484 H. v. H. 20. 1. 1924
eines meiner ältesten Freunde: Leopold Reichsfreiherr von Andrian-Werburg.

die gute alte Gicky: Kindermädchen bei Hofmannsthals.
die Massary: Fritzi Massary (1882–1969), Schauspielerin, Frau von Max Pallenberg.

O. D. S. 28. 1. 1924 485
O. A. H. Schmitz: Oskar A. H. Schmitz ›Das Land ohne Musik. Englische Gesellschaftsprobleme.‹ München, Georg Müller 1913. Vgl. H. v. H., ›Umrisse eines neuen Journalismus‹. E: Die Zeit, 5. 4. 1907. Jetzt: G. W., Prosa II.
Tante Metzger: nicht ermittelt.

H. v. H. 12. 2. 1924 486
Reinhardts Unternehmen: Die Erneuerung und Leitung des Theaters in der Josefstadt. Es wurde am 1. April wiedereröffnet.
einer Festschrift: ›Eranos, Hugo von Hofmannsthal zum 1. Februar 1924‹, München, Verlag der Bremer Presse 1924, erschien einige Monate nach dem Geburtstag, von H. v. H. dann gebilligt. Vgl. H. v. H. Brief vom 25. 2. 1924 an Rudolf Borchardt in: H. v. H.–R. B. ›Briefwechsel‹.

H. v. H. 17. 3. 1924 487
Die arme Marie: Marie Müller, Tochter des Obergärtners von Schloß Neubeuern, die über fünfzig Jahre in Hinterhör die Küche führte.
Jeanette: Jeanette Lorenz, langjährige Jungfer von O. D. S.
der »Schwierige«: wurde im Theater in der Josefstadt zum ersten Mal am 16. April gespielt, mit Gustav Waldau in der Titelrolle.

H. v. H. 1. 4. 1924 488
Die Eröffnung ist heute Abend: Zur Neueröffnung des Josefstädter Theaters schrieb H. v. H. einen szenischen Prolog. E: Wiener Zeitung, 19. April 1924. Jetzt G. W., Lustspiele IV.

O. D. S. 4. 4. 1924
Frl. v. Groth: Vgl. O. D. S. Brief vom 19. 4. 1922, Anm. S. 616.

H. v. H. 27. 9. 1924 492
Hahnlosersche Sammlung: eine der größten Privatsammlungen in der Schweiz, ausgerichtet auf die französische Malerei des 19. und 20. Jahrhunderts.

zur Aufführung der »Ruinen von Athen«: Ein Festspiel mit Tänzen und Chören. Musik unter teilweiser Benutzung des Balletts ›Die Geschöpfe des Prometheus‹ von Ludwig van Beethoven. Neu herausgegeben und bearbeitet von H. v. H. und Richard Strauss. Die Uraufführung fand am 20. September in der Wiener Oper statt. E: Berlin, Adolph Fürstner Verlag 1925. Jetzt G. W., Dramen IV.
Kotzebue: August von Kotzebue (1761–1819), Schriftsteller.
Balletmeister Kröller: Heinrich Kröller (1880–1930).
ein Ballett Don Juan: von Christoph Willibald Ritter von Gluck. Uraufgeführt 1761.
Mell's Apostelspiel: Uraufführung am 3. Oktober.

493 H. v. H. 24. 1. 1925
Handwerkerbetriebes: Einrichtung des Hauses von Carl Melchior in Hamburg, des Schlosses Fischhorn in Zell a. See und des »Bremer Landhauses« auf der Münchner Kunstgewerbeausstellung.
Dr. Zifferer: Paul Zifferer (1879–1929), Romancier, österr. Kulturattaché in Paris, Freund von H. v. H.

494 H. v. H. 17. 3. 1925
Marokko: Vgl. H. v. H. ›Reise im nördlichen Afrika‹. E: Berliner Tageblatt 12. 4. 1925 (›Fez‹) und Neue Freie Presse, Wien, 31. 5. 1925 (›Das Gespräch in Saleh‹). Jetzt G. W., Prosa IV. Die Reise dauerte vom 3.–23. März.

497 H. v. H. August 1925
ein solches Fest: die Salzburger Festspiele.

498 H. v. H. 5. 12. 1925
von dem Lustspiel: ›Timon der Redner‹, Entwürfe im Nachlaß. Siehe Jürgen Fackert, ›Eine ‚Welt der Bezüge', Vorlagen und Anregungen zu Hofmannsthals unvollendeter politischer Komödie ‚Timon der Redner'‹, Hofmannsthal-Blätter, Heft 10/11 (1974), S. 213–317.
einer romanartigen Erzählung: ›Andreas oder Die Vereinigten‹.
den »Turm« (in Buchform): in ein Exemplar der ersten Fassung, München, Verlag der Bremer Presse 1925, schrieb H. v. H.: »Ottonie in Freundschaft, XI. 926. Hugo. Geschrieben Juni 1920 – October 1925. Act II und IV in Hinterhör.«

Außerdem widmete er O. D. S. ein Exemplar der im Juli 1925 in vierzig Exemplaren gedruckten Faksimileausgabe des Manuskripts in der Bremer Presse: »Ottonie von Hugo Weihnachten 1925, geschrieben 1920 bis 1924 Rodaun–Hinterhör–Aussee.«

H. v. H. 18. 3. 1926 500

was ich auf Wunsch jenes Züricher Lesezirkels hinschrieb: ›Rudolf Alexander Schröder‹, geschrieben für den Lesezirkel Hottingen. E: Der Lesezirkel, 13. Jahrgang, 7. Heft, Februar 1926. Jetzt G. W., Prosa IV.
diesen alten Plan »Herbstmondnacht«: begonnen 1920, Entwürfe im Nachlaß.
einer Aufführung der »Cristina«: Die Premiere fand am 23. April im Theater in der Josefstadt statt.
Kohnstamm: Oskar Felix Kohnstamm (1870–1917), Psychiater, Leiter des Sanatoriums Königstein im Taunus. Mit Bodenhausen bekannt. Hauptwerk aus dem Nachlaß: ›Erscheinungsformen der Seele. Arbeiten über Psychopathologie und Psychotherapie, Ausdruckslehre und über die Selbstbesinnung des Unterbewußten in der Hypnose‹, München, Verlag Ernst Reinhardt 1927.

H. v. H. 9. 4. 1926 502

Zwei Hamburgerinnen: junge Mädchen, die in Hinterhör den Haushalt lernten: Renate Duncker und Irmgard Goßler.
Roffredo Gaetanis Oper: ›Hypatia‹ von Roffredo Gaetani, Prinz von Bassiano, zweitem Sohn des Herzogs von Sermoneta. Schon die Hauptprobe zu ihrer Uraufführung am 21. Mai war ein gesellschaftliches Ereignis.

H. v. H. 30. 7. 1926 503

den Turm neu schreiben: Ein Exemplar der zweiten Fassung (Berlin, S. Fischer Verlag 1927) ist gewidmet: »Ottonie 30 I 28. Hugo«
Frau von Planta: Esther von Planta, Genfer Freundin von O. D. S.
R.: Max Reinhardt.
Premiere von Turandot: Gozzis ›Turandot‹, bearbeitet von Karl Vollmöller. Die Premiere fand am 14. August im Salzburger Festspielhaus statt.
mit Raimund: Laut Gästebuch verbrachten Hugo und Raimund von Hofmannsthal den 17. August 1926 in Hinterhör.

504 H. v. H. 8. 9. 1926
die Überfahrt… erleichtern: O. D. S. hatte gute Beziehungen zur HAPAG.
Arbeit an dem Roman: Carl J. Burckhardts Roman blieb unvollendet.

505 H. v. H. 9. 10. 1926
ein neuer Stoff: wohl ›Kaiser Phokas‹ nach Calderón. Entwürfe im Nachlaß.
eines internationalen Kongresses wegen: Der Internationale Kongreß der Kulturverbände tagte vom 18.–20. Oktober in Wien. Vgl. H. v. H. ›Die Tagung des Kulturbundes. Ein Gruß an Kultureuropa‹. E: Neue Freie Presse, 16. Oktober 1926. ›Ansprache bei Eröffnung des Kongresses der Kulturverbände in Wien‹. E: Deutsche Allgemeine Zeitung, 20. 10. 1926. Jetzt G. W., Prosa IV.
Seipel: Ignaz Seipel (1876–1932), 1922–24 und 1926–29 österreichischer Bundeskanzler.

506 H. v. H. 20. 11. 1926
den eingeschlossenen Aufsatz: ›Der Peterspfennig der Literatur‹. E: Münchner Neueste Nachrichten, 14. November 1926. Jetzt G. W., Prosa IV.
den Brief von einem mir Unbekannten:

München, 14. 11. 26

Sehr geehrter Herr!
Ihr herrlicher Beitrag i. d. M. N. N. zu dem Vorschlag des Grafen Keyserling veranlaßt mich Ihnen herzlich zu danken.
Nicht in meinem Namen (ich bin ein trotz vereinzelter glänzender Kritiken »obskurer« Musiker, da ich nicht »modern« genug bin, um auf der zweifelhaften Oberfläche des heutigen Tages zu tanzen), sondern im Namen meines Freundes Seebaß, der mir ein wahrer Herzensbruder ist, schreibe ich an Sie. Der arme Dr. Seebaß! Er schleppt sich seit Jahren von einer Hauslehrerstelle in die andere. Nachdem er noch ein Buch geschrieben hat über frühchristliche Denkmäler, (das der Kurt Wolff Verlag hier bestellt u. angenommen hat, aber anscheinend aus Geldknappheit nicht herausbringen kann), war er in Berlin bei einem Geheimrat Huber und ist jetzt bei einer Frau v. Kainach für deren Sohn. Seine Heimat Braunschweig ist nicht in der Lage ihn un-

terzubringen, da die Subsistensmittel f. Wolfenbüttel (wo er sich beworben hat) höchst unsicher sind, solange die Welfen-Abfindung nicht geregelt ist. Natürlich besteht auch noch ein anderes Hindernis. Seebaß hat noch einige Granatsplitter in der Lunge (er war 6mal verwundet) u. solche Krüppel kann man nicht anstellen (geistige Krüppel ja viel leichter).
Ich werde meinem Freund Ihren Artikel schicken und bin überzeugt, daß so etwas eine Wohltat sein wird, wie sie ihm selten zukam.

Hochachtungsvoll

München, Knollerstr. 1/III Heinr. Roder

durch die Schule: Im Jahr 1925 gründeten J. v. W. und O. D. S. zusammen mit Josef Rieder als Direktor ein Knaben-Internat auf Schloß Neubeuern, dessen Gymnasium eine humanistische und eine naturwissenschaftliche Abteilung besaß. 1927 entschloß man sich, die ersten drei Klassen mit den Zehn- bis Zwölfjährigen in das Kavaliershaus nach Hinterhör zu verlegen – dasselbe Haus, in dem H. v. H. gewohnt und gearbeitet hatte.
Dies bedeutete für O. D. S. eine neue, faszinierende und beglückende Aufgabe. Mit der Lehrerin war sie die stellvertretende Mutter all dieser Kinder. 1942 wurde das Landerziehungsheim Neubeuern von den Nationalsozialisten geschlossen. Viele aus dieser »Hinterhörer Schar« besuchten Ottonie bis in ihr hohes Alter, um den engen und herzlichen Kontakt mit ihr zu wahren.
dem Dichter: Albrecht Schaeffer.

O. D. S. 8. 3. 1927 508
endlich ... wieder in Ruhe hier: O. D. S. hatte ihre Tochter Marie Therese in die Münchner Gesellschaft eingeführt.

O. D. S. 5. 5. 1927 508
Elisabeth: Elisabeth Burckhardt, geb. de Reynold, Frau von Carl J. Burckhardt.
Dori: Vgl. H. v. H. an O. D. S. Brief vom 2. 11. 1921, Anm. S. 616.

H. v. H. 8. 1. 1928 510
Datum der Premiere: ›Der Turm‹ (neue Fassung) wurde am 4. Februar im Prinzregententheater, München, uraufgeführt.

das Buch von Lawrence: ›Seven Pillars of Wisdom‹ von Thomas Edward Lawrence (1926).
die Buben: die Schüler des Landschulheims Neubeuern. Siehe H. v. H. an O. D. S. Brief vom 20. 11. 26, Anm. S. 623.
das Heft der Kreatur: Die Kreatur, Zeitschrift, hrsg. von Martin Buber, Victor von Weizsäcker und Josef Wittig.

512 H. v. H. 28. 2. 1929
H. v. H. an seinen Sohn Raimund, Aussee, 25. 10. 1928: »Gestern sind Carl, Elisabeth und Ottonie per Auto abgefahren, nach dem sie zwei Wochen bei uns waren. Es war eine sehr gemütliche Zeit.« (Hofmannsthal Blätter, Heft 12, 1974.) Anspielung darauf am Anfang des Briefes.
Rudi hat sich dieser Aufgabe unterzogen: siehe Rudolf Alexander Schröder ›Eberhard von Bodenhausen zum 6. Mai 1928‹. G. W., Band II, Frankfurt, Suhrkamp Verlag 1952.
Ich notierte viel: ›Andenken Eberhard von Bodenhausens‹. E: ›Eberhard von Bodenhausen. Ein Leben für Kunst und Wirtschaft‹. Düsseldorf–Köln, Eugen Diederichs Verlag 1955. Jetzt G. W., Aufzeichnungen.

513 H. v. H. 15. 7. 1929
Was uns geschehen ist: H. v. H. schrieb diese Karte wenige Stunden vor seinem Tode. Am 13. Juli hatte Franz von Hofmannsthal im Vaterhaus seinem Leben ein Ende gesetzt.

529 J. v. W. 22. 1. 1907
Ihr Buch: nicht ermittelt.
mit allen Geschwistern: Christoph Martin Graf Degenfeld (vgl. O. D. S. Brief vom 3. 4. 1910, Anm. S. 563) und O. D. S., Mädi von Bodenhausen (vgl. O. D. S. Brief vom 23. 2. 1910, Anm. S. 562) mit ihrem Mann Eberhard (Bockel), (vgl. H. v. H. an O. D. S. Brief vom 2. 9. 1909, Anm. S. 560).
neben aller Wehmut: J. v. W.'s Vater, Alfred Graf von Degenfeld-Schonburg, war im Januar 1906 gestorben.

H. v. H. 1. 9. 1908 530
an einem einzigen Tag des Lebens: H. v. H.'s erster Besuch in Hinterhör am 1. Dezember 1906. Vgl. Einleitung S. 10.
eigenem und fremdem Unglück: der Tod von Christoph Martin Graf Degenfeld am 30. März 1908.
ein Kind: Christa, geb. 21. März 1909.
das andere Kind: Marie Therese, Tochter von O. D. S., geb. am 14. Januar 1908.
Hinterhör: Hof bei Neubeuern. Vgl. H. v. H. an O. D. S. Brief vom 25. 3. 1910, Anm. S. 562.
Ihrem Gemahl: Jan Freiherr von Wendelstadt. Vgl. H. v. H. an O. D. S. Brief vom 2. 9. 1909, Anm. S. 560.

H. v. H. 2. 8. 1909. 531
in diesen Tagen im Jänner: Vgl. H. v. H. an O. D. S. Brief vom 2. 9. 1909, Anm. S. 560. Zur Erinnerung schrieb H. v. H. in das Gästebuch des Schlosses

Der Dichter und das Fremdenbuch
(Ein Nachmittagstraum am Neujahrstag 1909)

Das Fremdenbuch liegt aufgeschlagen vor mir. Ich werde jedenfalls etwas hineinschreiben. Sei es was es sei. Ich muß ja nicht dichten. Der Hausherr war ja so nett zu sagen: er begreife das vollkommen. Nur wach bleiben muß ich auf jeden Fall; nicht mich zurücklehnen, sondern steif sitzen bleiben und sofort hineinschreiben. Dazu liegt das Fremdenbuch ja eben da. Ganz ähnlich erwartungsvoll und unangenehm liegt es da wie die alte Löwin, die so oft gähnte, auf der chaiselongue im großen Salon des Palais Harrach, der ich befohlen war, meine Gedichte vorzulesen und von der ich wußte: sobald meine Gedichte anfingen, sie zu langweilen so würde sie mich fressen. Aber das ist ja ein alter dummer Traum, den ich vor vielen Jahren geträumt habe. Warum fällt mir denn nur der alte Traum jetzt ein? Das ist immer ein Zeichen von Schläfrigkeit wenn einem alte Träume einfallen. Wenn man nicht einschlafen kann, wünscht man sich das sosehr, aber dann kommt es nie. Und wenn man *nicht* einschlafen will, dann geht es gerade umgekehrt. Da muß man sich einfach aufrütteln: es handelt sich darum etwas ins Fremdenbuch zu schreiben. Der Hausherr – sonderbar daß mir in diesem Augenblick nicht einfällt, wie er aussieht, aber da steht er ja, fünf Schritte von mir, und bläst in die Holzkohlen, um mir Thee zu machen, und weil er über die Kohlen gebückt ist, kann ich sein Gesicht nicht sehen, aber dafür sehe ich das andere Gesicht, dieses große weiße, ein kreideweißes Gesicht. Ach, das ist ja das aufgeschlagene Fremdenbuch! Fremdenbuch? wer spricht da von Fremdenbuch? Das Gesicht ist doch die Baronin Meyendorff aus Weimar, eben ist sie hereingetreten und prompt hat auch jemand in einer Ecke gesagt: ‹Oh! c'était une grande amie de Liszt!‹ Aber wie kommt sie hier her und warum setzt sie sich so nahe zu mir und was will sie von mir? Jetzt spricht sie ja! Aber es klingt ganz aus den Weiten, obwohl ihr weißes Gesicht dicht vor mir ist. ›Sie sind also der wirkliche Dichter?‹ sagt sie, und bevor ich etwas erwidern kann, setzt sie mit einem großen air hinzu: ›Der erste Kutscher hat mir viel von Ihnen gesprochen‹ und ich fühle, daß ich jetzt lanciert bin, daß meine Position enorm werden kann, daß ich aber jetzt *sofort* etwas ins Fremdenbuch dichten muß, was im gleichen Augenblick, wo ich es dichte, als Transparent vor den Augen aller dieser Leute erscheinen wird. Denn wir sind in der Neujahrsnacht und alles wird in Transparent geschrieben und durch Scheinwerfer nach Hinterhör geworfen, damit die Hühner von Ottonie am geistigen Leben Anteil nehmen können. Denn sie haben sich bei der Bibiana beschwert, daß sie das Vorabendblatt der Münchner Neuesten immer erst am nächsten Nachmittag zu Gesicht bekommen. Meine Verlegenheit ist wirklich enorm, denn ich weiß, daß das was in mir dichtet, mir im Augenblick abhanden gekommen ist, d. h. ich habe es verlegt oder verloren aber nicht auf gewöhnliche Weise, sondern das alles hängt mit der Jahreszeit und der Landschaft zusammen, es ist sozusagen eingefroren, es kann nicht heraus. Ein wirklicher Dichter, sage ich mir und freue mich über das aperçu, ist eben zugleich da und nicht da. Ein wirklicher, ein wirklicher geheimer, ich muß es aber sofort wieder werden, und dazu gibt es ja ein einfaches Mittel, ich muß bloß mit Julie im Park spazierengehen, da wird man im Augenblick ein wirklicher geheimer – Warum sage ich eigentlich Julie? Ich kenne sie doch gar nicht so gut. Aber ganz einfach, weil ich sie charmant finde. Diese Motivierung gibt mir innerlich einen kleinen Ruck, wie wenn der Lift plötzlich stehen bleibt und ich bin ganz nahe daran, aufzumachen. Aber ich bin gleich wieder drin und ich weiß daß es sich einfach darum handelt, mit Julie im Park spazierenzugehen. Dazu muß natürlich Frühling sein, aber den herbeizuschaffen ist ja keine Kunst: man setzt sich in den Lift, schließt die äußere Tür, dann die innere und drückt auf den Knopf: der Lift ist Zeitautomat. Ich kann in den Frühling hinausfahren. Wenn ich bei ›Zwischengeschoß‹ drücken würde, so bliebe er beim 11ten Februar stehen, wo auf der sonnigen Stelle beim Eingang der Wolfsschlucht alles voll Himmelsschlüssel und Leberblümchen steht. Ich drücke aber bei ›Parterre‹ und sehe direct in den vollen Frühling. Der Frühling ist auch da, aber Julie ist nicht da. Ich suche sie hinter den Bäumen, unter den bemoosten Steinen, sie ist nicht da. Ich bin nicht würdig, mit ihr spazierenzugehen. Da fällt mir auch gleich ein, was ich angestellt habe: ich habe vergessen, im Lift das Licht auszudrehen. Ich laufe zurück und drehe ab, allein davon wird es doppelt so hell. Der Lift rast mit mir nach oben und stößt an. Ich bin wach: auf dem Tisch unter der Lampe, die mir in die Augen scheint, liegt das Fremdenbuch, kreideweiß und wartend.

Hofmannsthal

an die ich morgen schreiben will: der Brief ist nicht vorhanden.
zum dritten Mal: H. v. H. gedenkt noch der Todesfälle von J. v. W's Vater und Bruder.

J. v. W. Mitte März 1910 532
Nizza, Hotel de France: Vgl. O. D. S. Brief vom 23. 2. 1910, S. 21; Brief vom 3. 4. 1910, S. 25.
Ihr Vorlesen um meine Lampe: Vgl. H. v. H. an O. D. S. Brief vom 23. 12. 1909, Anm. S. 561.
Möller: Arzt von O. D. S.

H. v. H. 25. 3. 1910 533
nördlichen Exil: nach Bredeney. Eberhard von Bodenhausen war ab Mai 1910 in den Aufsichtsrat der Kruppschen Werke gewählt worden. Nach seiner Ernennung zum Direktor hatte er vor H. v. H.'s Eintragung (vgl. H. v. H. an J. v. W. Brief vom 2. 8. 1909, Anm. S. 625) ins Neubeurer Gästebuch geschrieben:
Leider kann ich nicht mehr dichten
Darob sollt Ihr mich nicht richten
Sollt bedenken, wie ich lebe,
Wie ich mühend mich bestrebe,
Kauf und Verkauf zu verbuchen

Syndikate zu besuchen,
Syndikate neu zu gründen
Neue Kunden aufzufinden
Tausend Briefe zu studieren
Tausend Briefe zu diktieren
Ganz Europa zu belaufen
Eisenpäckchen zu verkaufen.
Dichter war ich!
Darum bitte ich Euch innig:
Sollt mich nie und nimmer richten
Wenn ich nicht mehr Euch kann dichten,
Wenn ich meine letzten Reime
Heute hier zusammenleime;
Sollt mich nehmen, wie ich bin,
Kaufmann her; und Dichter hin!

Sylvester 1908.
Eberhard Bodenhausen.
Stellvertretendes Vorstandsmitglied
der Firma
Fried. Krupp A. G.
mit dem Titel
Direktor.

534 H. v. H. 23. 10. 1910
von einem ... Schloß abgereist: Vgl. O. D. S. Brief vom 1. 11. 1910, Anm. S. 563.
den Eglo: Max Freiherr von und zu Egloffstein (1862–1946), Verwalter des Gutes Neubeuern.
Mama D.: Vgl. O. D. S. Brief vom 24. 6. 1910, Anm. S. 563.
Winkler: Vgl. H. v. H. an O. D. S. Brief vom 3. 11. 1910, Anm. S. 565.

535 H. v. H. 29. 10. 1910
Heuberg: Wendelstadts besaßen dort eine Jagdhütte.

536 J. v. W. 2. 2. 1911
Sie den Rosenkavalier erlebt: Die Uraufführung vom 26. Januar in Dresden.

so ist er bei uns gewesen: die Münchner Erstaufführung am 1. Februar.
Componistengattin: Pauline Strauss, geb. de Ahna (1862–1950).
Marschallin: Zdenka Fassbender. Vgl. O. D. S. Brief vom 7. 12. 1913, Anm. S. 594.
Bender: Paul Bender (1875–1947) in der Rolle des Baron Ochs von Lerchenau.
Quinquin: Hermine Bosetti (1875–1936).
In einem Brief vom 4. Februar an Richard Voss berichtet Alfred von Heymel: »Nach der Uraufführung gab Simolin ein raffiniertes Essen im Hotel Continental für acht Personen, an dem die Baroninnen Julie, Mädi, die Gräfin Kolb, wie sie jetzt heißt, Teddy Haas, der tropenkollerige Schillings, Gitta und ich teilnahmen. Dann zogen wir, ohne die noch trauernde Baronin Julie, in die Vier Jahreszeiten und machten alle zusammen Strauss und der Bosetti den Hof.« Vgl. H. v. H. an O. D. S. 2. 2. 1911, Anm. S. 572.

H. v. H. 22. 3. 1911 537
Dieser Brief ist abgedruckt in H. v. H. – R. M. Rilke ›Briefwechsel‹, hrsg. von Rudolf Hirsch und Ingeborg Schnack, Frankfurt am Main, Insel Verlag 1978, S. 131 ff.
durch eine Reise nach Algier: vom 19. 11. 1910 bis zum 29. 3. 1911 reiste Rilke durch Nordafrika.
sein Verleger: Anton Kippenberg, Leiter des Insel Verlags.
Varèse: Vgl. O. D. S. Brief vom 24. 3. 1911, S. 130.

J. v. W. 4. 4. 1911 539
silberne Hochzeit meiner Majestäten: Wilhelm II, König von Württemberg, hatte sich 1886 in zweiter Ehe mit der Prinzessin Charlotte von Schaumburg-Lippe vermählt. J. v. W. war ihre Hofdame gewesen.
in Paris sein: Vgl. O. D. S. Brief vom 12. 3. 1911 und folgende, S. 118 ff.

H. v. H. 8. 5. 1911 540
auch diesmal sehr gern in Neubeuern: Vgl. H. v. H. an O. D. S. Brief vom 14. 4. 1911, Anm. S. 576.
Frau von A.: Aida von Ahlers, geb. von Chamisso.

H. v. H. 26. 7. 1911.
die Anwesenheit Ihrer Schwägerin: O. D. S. war vom 20. Juli bis zum 3. August bei Hofmannsthals in Aussee. Vgl. H. v. H. an O. D. S. Brief vom 14. 7. 1911, S. 152; O. D. S. Brief vom 4. 8. 1911, S. 154.

543 H. v. H. 31. 10. 1911.
der Aufenthalt: Vgl. H. v. H. an O. D. S. Brief vom 12. 10. 1911, Anm. S. 582.
Annette: Annette Kolb.
Lebendig-werden von Jedermann: Anspielung auf die Uraufführung am 1. Dezember 1911. Vgl. Brief von H. v. H. an O. D. S. 15. 8. 1911, Anm. S. 578.

544 H. v. H. 20. 11. 1911
Hans Richter: (1843–1916), 1875–1900 Hofkapellmeister in Wien, einer der Hauptdirigenten der Bayreuther Festspiele.

545 H. v. H. 14. 2. 1912
der ›Jedermann‹: ein Exemplar des Buches mit der Widmung: »der lieben Herrin des blauen Zimmers in herzlicher Verehrung Hofmannsthal, Rodaun, 22. I. 1912«
die Dame Gottesgabe: Dorothea (Mädi) von Bodenhausen.

546 J. v. W. 27. 2. 1912
Auf zartestem süßlila Papier: der Brief ist nicht erhalten.
Stuttgart die Wiege der Ariadne: die Uraufführung von ›Ariadne auf Naxos‹ fand dort am 25. Oktober 1912 statt.
Bank: Erzieherin von Julie (Luli) von Bodenhausen.
Rathenaus Buch: Vermutlich ›Zur Kritik der Zeit. Essays.‹ Berlin, S. Fischer Verlag 1912.

547 J. v. W. 8. 7. 1912
Eybach: Stammsitz der Grafen Degenfeld-Schonburg.
Brunnen u. Wasser: J. v. W. hatte als Andenken an ihren verstorbenen Mann in Markt Neubeuern einen Brunnen gestiftet.
Gedenktafel: mit der Inschrift: »Ihrem steten Wohltäter JAN FREIHERR VON WENDELSTADT Schlossherrn auf Neubeuern, bezeugt für

alle Zeiten an dieser, seinem Gedächtnis gewidmeten Stelle liebevolle und dankbare Verehrung die Neubeurer Marktgemeinde«.
eine Absage: H. v. H. nahm an dem Fest nicht teil. Seine Antwort auf den Brief ist nicht erhalten.

H. v. H. 24. 9. 1914 549
Müller-Hofmann: Vgl. H. v. H. an O. D. S. Brief vom 12. 12. 1913, S. 295; H. v. H. an O. D. S. Briefkarte vom 21. 12. 1913, Anm. S. 594.
meinem doch schon gebrechlichen Vater: Vgl. H. v. H. an O. D. S. Brief vom Januar 1911, Anm. S. 570.
Ottonie zeigte mir heute ... an: Vgl. H. v. H. an O. D. S. Brief vom 27. 9. 1914, Anm. S. 596.

J. v. W. 20. 10. 1914 551
Tönne und Baby: O. D. S. und ihre Tochter.
seinen Dragonern: Christoph Martin von Degenfeld gehörte zu den ›Gelben Dragonern‹, dem Dragoner-Regiment. König (2. Württembergisches) Nr. 26. Ottonie und ihre Tochter verteilten unter den Gelben Dragonern Liebesgaben, wenn die Züge an die Front in Eybach (Geislingen an der Steige) haltmachten. Vgl. O. D. S. Brief vom 24. 10. 1914, S. 317.

J. v. W. 4. 9. 1915 553
Ihren Prinz Eugen: ›Prinz Eugen der edle Ritter, sein Leben in Bildern‹. Vgl. O. D. S. Brief vom 20. 2. 1914, Anm. S. 595.
in der neuen ... Bibliothek: Die von H. v. H. herausgegebene Reihe ›Österreichische Bibliothek‹, welche die »österreichische Idee« dokumentieren sollte, erschien in 26 Bänden im Format der Inselbücherei. Leipzig, Insel Verlag 1915–17. Vgl. H. v. H. ›Österreichische Bibliothek. Eine Ankündigung.‹ E: Wien, Neue Freie Presse 15. 8. 1915. Jetzt G. W. Prosa III.
meine geliebte Mutter missen zu müssen: Vgl. O. D. S. Brief vom 24. 6. 1910, Anm. S. 563.

H. v. H. Anfang März 1916 554
Herrn von Herwarth: Vgl. H. v. H. an O. D. S. Brief vom 9. 12. 1916, Anm. S. 601.

555 H. v. H. Neubeuern, undatiert?
Vermutlich während des vierwöchigen Aufenthalts (11. Juli–13. August 1921) von H. v. H. in Hinterhör geschrieben, als J. v. W. in einem Münchner Krankenhaus lag. Vgl. O. D. S. Brief vom 25.6.1921, S. 453.

WERKREGISTER HUGO VON HOFMANNSTHAL

Die *kursiv* gesetzten Ziffern verweisen auf die Anmerkungen

REGISTER ERWÄHNTER PERSONEN UND FREMDER WERKE

Die *kursiv* gesetzten Ziffern verweisen auf die Anmerkungen